Nach und nach verschwinden drei junge Mädchen in der kleinen Stadt Aurelius im Staate New York. Als das erste Mädchen verschwindet, richtet sich der Verdacht der Bewohner zunächst auf alle Außenseiter der Stadt. Als das zweite Mädchen auf die gleiche mysteriöse Weise verschwindet, nehmen Angst und Mißtrauen zu, verdächtigen sich Menschen, die seit jeher Nachbarn sind, gegenseitig. Als das dritte Mädchen verschwindet, spitzt sich die Atmosphäre alptraumhaft zu. Keiner der Bewohner bleibt verschont von den zerstörerischen Auswirkungen der Denunziationen und Verdächtigungen – weder der angesehene Chefredakteur der Regionalzeitung noch der prüde Apotheker; nicht einmal der Erzähler, ein Biologielehrer, weil er dabei beobachtet wird, wie er mit Mädchen aus der Nachbarschaft Plätzchen backt. Denn das ist allen klar: Der Perverse, der sie mit seinen Taten in Atem hält, das ist einer von ihnen.
›Die Kirche der toten Mädchen‹ ist die abgründige Geschichte einer Kleinstadt, die zerfressen wird von der Angst, einen schrecklichen Verbrecher in ihrer Mitte zu haben. »Eine Geschichte, die sich im Kopf festsetzt. Die man nicht mehr aus der Erinnerung bekommt. Ein großartiger Thriller. Und ein erschreckend menschliches Buch.« *Frankfurter Rundschau*

Stephen Dobyns lebt mit seiner Familie in Boston und unterrichtet Literatur am Warren Wilson College. Er veröffentlichte zahlreiche Romane und Lyrikbände: In Amerika ist er vor allem bekannt geworden mit seiner Krimiserie um den Privatdetektiv Charlie Bradshaw; im Fischer Taschenbuch Verlag liegen die Bände ›Sams Falle‹ (Bd. 14547), ›Ackermans Grab‹ (Bd. 14790) und ›Jimmys Fehler‹ (Bd. 14858) vor.
Weitere lieferbare Titel im Fischer Taschenbuch Verlag: ›Die Kirche der toten Mädchen‹ (Bd. 14404), ›Der Junge im Pool‹ (Bd. 14884) und ›Die zwei Tode der Señora Puccini‹ (Bd. 14387).

Unsere Adressse im Internet: www.fischer-tb.de

Stephen Dobyns

DIE KIRCHE DER TOTEN MÄDCHEN

Roman

Aus dem Amerikanischen
von Rainer Schmidt

Fischer Taschenbuch Verlag

Limitierte Sonderausgabe
Veröffentlicht im Fischer Taschenbuch Verlag GmbH,
Frankfurt am Main, April 2001

Lizenzausgabe mit Genehmigung des
Wolfgang Krüger Verlags, Frankfurt am Main
Die amerikanische Originalausgabe erschien
unter dem Titel ›The Church of Dead Girls‹
im Verlag Metropolitan / Henry Holt & Co., New York

Satz: Wagner GmbH, Nördlingen
Druck und Bindung: Clausen & Bosse, Leck
Printed in Germany
ISBN 3-596-50441-4

Für Toby und Catherine Wolff

Prolog

So sahen sie aus: Drei tote Mädchen, die aufgerichtet auf drei Stühlen saßen. Die Vierzehnjährige saß in der Mitte. Sie war um einen halben Kopf größer als die anderen. Die beiden Dreizehnjährigen saßen rechts und links neben ihr. Über die Brust eines jeden Mädchens spannte sich x-förmig ein Seil bis über die Schultern und um die Taille herum, auf dem Rücken verknotet. Alle drei Mädchen waren barfuß und mit den Fußknöcheln an die Stuhlbeine gefesselt. Aber die Seile waren locker, als sollten sie nur die Leichen aufrecht fixieren und nicht die Lebenden gefangenhalten. Mit anderen Worten: Sie waren erst nach dem Tod festgebunden worden.

Ich war nicht da. Ich habe nur die Fotos gesehen, die mein Cousin mir zeigte. Es waren viele Fotos. Und er sagte, die Polizei habe ein Video vom ganzen Dachboden, aber das habe ich nie gesehen.

Die Stühle standen vielleicht einen halben Meter weit voneinander entfernt. Wegen der trockenen Luft auf dem Dachboden sahen die Mädchen alt aus. Nicht mehr wie Teenager. Sie waren hager und knochig und glichen siebzigjährigen Frauen. Eine große Klimaanlage und ein Luftentfeuchter waren rund um die Uhr gelaufen, Tag für Tag, und aus den Leichen war alle Feuchtigkeit entwichen. Sie waren ausgedörrt, und die Haut sah aus wie dunkles, zerknittertes Papier. Aber sie waren nicht gleichmäßig ausgedörrt, denn sie waren zu verschiedenen Zeiten umgebracht worden, und das Mädchen, das zuletzt an die Reihe gekommen war, sah am jüngsten aus. Die Köpfe der Mädchen waren in den Nacken oder zur Seite gelegt. Die mittlere hatte blonde Haare. Lange Strähnen hingen ihr übers Gesicht. Die beiden anderen waren braunhaarig. Allen dreien reichte das Haar halb über den Rücken, und vielleicht hatte das etwas zu bedeuten. Es ließ sie jungfräulich erscheinen; jetzt allerdings, da sie so alt aussahen, wirkten sie eher nonnen-

haft, jüngferlich. Und zum Zeitpunkt der Aufnahmen waren ihre Haare staubig geworden. Ausgemergelt waren sie auch, zumindest zwei, als hätten sie nichts zu essen bekommen. Aber das war vielleicht eine Folge der Austrocknung. Alle Lebendigkeit war aus ihrer Haut verdunstet. Die eingefallenen Wangen waren erschreckend hohle Einkerbungen. Das Zahnfleisch war von den Zähnen geschrumpft.
Was sie anhatten? Nicht ihre eigenen Kleider. Die hatte man ihnen weggenommen. Sie trugen handgenähte Gewänder aus dickem Samt. Das des Mädchens in der Mitte war dunkelgrün und langärmelig, und der Saum reichte fast bis an die Knöchel. Die rechte hatte ein dunkelrotes, die linke ein blaues Kleid an. Aber die Farben sagen noch gar nichts. Auf die Kleider genäht, gesteckt, ja, geklebt waren Sterne und Monde und Sonnen, ausgeschnitten aus weißem oder gelb funkelndem Stoff. Aber auch Tiere – besser gesagt, ihre Silhouetten: Hunde und Bären, Pferde und Fische, Falken und Tauben. Und Zahlen, scheinbar beliebig: Fünfen, Siebenen, Vieren – die glänzenden Zahlen, die man im Haushaltswarengeschäft kauft und an den Briefkasten klebt. Irgendeine Regelmäßigkeit war dabei nicht zu erkennen. Und Schmuckstücke waren an den Samt gesteckt und über Zahlen und Sterne und Tiere drapiert, billiger Straß: Armbänder, Halsketten, Ohrringe. So brauchte man eine Weile, bis man die eigentliche Farbe der Kleider erkennen konnte, denn sie waren völlig bedeckt von Zahlen und Schmuck und Stoffstücken.
Habe ich die Wörter schon erwähnt? Auf einigen der Stoffstücke standen Wörter, die aber keinen Sinn ergaben: »ic« und »tze« und »au« und »Dre«. Wortfetzen, Anfänge, Enden. Was konnten sie jemandem bedeutet haben? Messingglöckchen, kleine Spiegel, Metallstücke und bunte Glaskugeln waren auch noch am Stoff befestigt.
Vermutlich war dieses Gewirr von Flicken und Schmuck, Wörtern und Zahlen an den Kleidern erst angebracht worden, als die Mädchen sie schon trugen und nachdem sie an die Stühle gebunden worden waren, denn auf dem Rücken oder am knochigen Hintern hatten sie nichts. Es war klar, daß die Mädchen tot gewesen waren, als man sie auf die Stühle gesetzt und geschmückt hatte. Und diese Arbeit mußte Tage gedauert haben, denn nichts war holterdipolter erledigt worden.

Und die Stühle? Es waren einfache Stühle, aber sie waren nicht gekauft. Sie waren amateurhaft gebastelt, zusammengezimmert aus Vierkanthölzern, schief. Aber man sah nicht sofort, daß sie aus Vierkanthölzern gezimmert waren, denn jeder Zollbreit ihrer Oberfläche war mit blanken Konservendosendeckeln und runden roten Reflektoren und grünen und gelben, klaren und braunen Flaschenböden bedeckt. Das meiste war angenagelt, nur die runden Glasstücke wurden von Nägeln gehalten, die man ringsherum eingeschlagen und dann krummgebogen hatte.
Die Stühle glänzten und glitzerten, und – wie soll ich sagen? – sie schienen den Betrachter anzustarren. Sie wirkten nicht statisch; das bunte Glitzern ließ sie aktiv, ja, aggressiv erscheinen. Die Stuhlbeine waren mit Alufolie umwickelt; die runden Metallstücke, das Glas und die Reflektoren waren auf der Folie angebracht. Aber auch hier konnte man sehen, daß das alles gemacht worden war, als die Mädchen schon saßen, denn wo sie sich anlehnten und wo sie die Sitzfläche berührten, war das Holz blank.
Und der Dachboden? Es war ein großer Raum mit schräger Decke. An der höchsten Stelle war er vielleicht gut dreieinhalb Meter hoch, aber die Schräge reichte zu beiden Seiten bis auf einen halben Meter herunter. Die Grundfläche betrug etwa zehn mal fünfzehn Meter, und an beiden Enden befand sich ein Fenster mit einem Vorhang. Die Klimaanlage saß in der Mitte in einer Dachluke, dicht unter dem First. Aber ich habe das alles nie im Ganzen gesehen, sondern immer nur aus verschiedenen Blickwinkeln, die sich aus den Fotos zusammensetzten. Zwischen den Dachpfosten klebten Streifen von Dämmaterial mit glänzender Alubeschichtung, und dadurch funkelte der ganze Raum und muß im Licht der Kerzen regelrecht lebendig ausgesehen haben. Außerdem hingen Hunderte von Flitterstreifen von der Decke. Vielleicht bewegten sie sich im Luftzug der Klimaanlage ein wenig. Und wie müssen sie geglitzert haben.
Denn da war noch etwas: die Kerzen. Viele waren bis auf den Stumpf heruntergebrannt, aber die Stümpfe waren wieder und wieder erneuert worden; wer immer sie angezündet hatte, war viele Male auf den Dachboden gekommen, um sie anzuzünden. Auf den Fotos brannten

die Kerzen nicht. Man mußte es sich vorstellen, mußte sich die Lichtreflexe auf der Aluminiumbeschichtung der Dachisolierung vorstellen, ihr Flackern in den Glasstücken und Reflektoren und Blechscheiben, mit denen die Stühle geschmückt waren, ihr Funkeln in den billigen Modeschmuckstücken an den Kleidern der Mädchen. Wie lebendig es auf dem Dachboden ausgesehen haben mußte im Licht dieser Kerzen, wenn jede einzelne dieser Kerzen Hunderte von Malen reflektiert wurde. Wände, Stühle, Kleider: eine Konversation des Lichts, ein kirchenhafter Glanz. Und wie die Gesichter der drei Mädchen geschimmert haben müssen. Das Zusammenspiel von Licht und Schatten muß sie belebt haben – als wären sie gar nicht tot, als wären sie nie tot gewesen.

Aber das alles muß der Phantasie überlassen bleiben. Ich weiß, daß die Beamten die Kerzen nie angezündet haben. Sie haben einfach ihre Fotos gemacht, die Leichen fortgeschafft und das ganze Spektakel abgebaut. Ich weiß nicht, ob die Sachen irgendwo lagern oder ob man sie vernichtet hat. Man kann sich vorstellen, wie jemand ohne Skrupel versucht, das alles zu stehlen und die blitzenden Stühle irgendwo auszustellen, damit andere sie für Geld anschauen. Vielleicht würde so jemand Schaufensterpuppen auf die Stühle setzen und sie kleiden, wie die Mädchen gekleidet gewesen waren. Die »Kirche der toten Mädchen« könnte man das Ganze nennen, oder »Höhle des Ungeheuers«.

Denn wer diese Mädchen umgebracht hatte, war ganz sicher ein Ungeheuer. Aber hatte der Mensch nicht unter uns gelebt? Unsere Stadt ist nicht groß. Dieser Mensch kam und ging, machte Geschäfte, hatte Bekannte, ja, gute Freunde. Niemand sah ihn an und dachte: »Ungeheuer.« Vielleicht war es ja das, was an dieser Sache am meisten beunruhigte: daß diese Person zumindest oberflächlich niemals ungewöhnlich erschienen war oder daß keiner von uns genug Verstand gehabt hatte, die Zeichen zu erkennen. Wie hätten diese Zeichen ausgesehen? Müßte das Böse oder die Ungeheuerlichkeit nicht auf sich aufmerksam machen? Aber diese Person hatte ihren Platz in der Gemeinschaft. Was glauben Sie, wie wir uns gegenseitig sahen, selbst nachher, als die Entdeckungen gemacht worden waren? Wenn jemand unter uns, der so ein furchtbares Geheimnis hatte, unschuldig erscheinen konnte, was war dann mit den andern? Was hatten sie für Geheimnisse? Und schauten sie mich auch so an? Natürlich.

Drei tote Mädchen auf drei Stühlen, in die Seile gesackt, mit hängenden Köpfen, papierner Haut, und auf dem Dielenboden die bloßen Füße, die eher wie Pfoten als wie Füße aussahen, braun und knochig. Die Münder waren ein bißchen offen, die Lippen zurückgezogen. Man konnte ihre kleinen Zähne sehen, sich die dunkle Trockenheit ihrer Zungen vorstellen, die Finsternis in den schweigenden Kehlen. Wie mußten ihre Zähne im Kerzenlicht geglitzert haben. Und ihre Augen, halb offen, als ob die Mädchen dösten – auch sie mußten geglänzt haben.

Aber da ist noch etwas. Ihre linken Hände fehlten. Bei jedem Mädchen war die linke Hand am Gelenk abgetrennt. Man konnte die Gelenkknochen sehen. Und diese Stümpfe, die müssen auch geglitzert haben. Auf den Fotografien hatten diese Gelenkknochen etwas bestürzend Milchiges. Diese weiße Rundheit ließ mich an Augen denken, an blinde Augen natürlich, denn wie hätten diese weißen Knochen je sehen können?

Und die fehlenden Hände? Die waren nicht auf dem Dachboden, und auch nirgendwo im Haus.

.... Erster Teil ....

1

Nachher sagten alle, angefangen habe es mit dem Verschwinden des ersten Mädchens, aber es fing früher an. Es gibt immer Ereignisse, die etwas Ungeheuerlichem vorausgehen und die damit scheinbar nicht zusammenhängen oder sonstwie unschuldig wirken: ein ganzes Gewebe von Begebenheiten, von denen jedes unmerklich mit dem nächsten verbunden ist.

Man nehme den Fall eines Mannes, der sich die Kehle durchschneidet. Ist es nicht eine Tatsache, daß man bei der Obduktion ein paar Übungsritzer findet, als habe der Tote herausfinden wollen, wie weh es tun würde? Und im Fall unserer Stadt gab es auch vor dem Verschwinden des ersten Mädchens zweifellos mehrere Ereignisse, die mit den zwei oder drei Ritzern in der Haut über der Pulsader vergleichbar sind.

An einem Dienstag morgen Anfang September zum Beispiel wurde kurz nach Unterrichtsbeginn auf einem Fenstersims vor dem Raum der siebten Klasse der Albert Knox Consolidated School eine Bombe gefunden. Anscheinend handelte es sich um drei Stangen Dynamit, die mit silbrigem Klebstreifen zusammengebunden waren. Zwei grüne Drähte führten von dem Dynamit zu einer Papiertüte im Gras. Ein Schüler machte die Englischlehrerin, Mrs. Hicks, darauf aufmerksam, und sie löste den Alarm aus. Bei uns gibt es immer wieder mal eine Bombendrohung; so etwas gibt es in allen Schulen. Es sind boshafte Streiche, und eine Bombe wird nie gefunden. Wenn die Schule wegen einer Bombendrohung den Tag über zumacht, herrscht meistens Partyatmosphäre. Niemand nimmt die Drohung ernst, und man hört die Schüler lachen und schwatzen, während sie eilig aus der Schule laufen.

Aber an diesem Tag Anfang September verbreitete sich die Nachricht von einer wirklichen Bombe mit Windeseile. Die Schüler hatten Angst. Sarah Phelps, eine Achtkläßlerin, wurde auf der Treppe umgestoßen, als sie aus dem Gebäude rennen wollte. Auch andere Schüler trugen Schrammen davon. Unser Auszug verlief völlig ungeordnet. Amtlich auftretende Lehrer wie Lou Hendricks und Sandra Petoski standen an der Spitze ihrer Klasse und hielten sie unter Kontrolle. Aber andere waren weniger fähig, und in manchen Klassen, bei Mrs. Hicks zum Beispiel, brach Panik aus. Mrs. Hicks ist eine nervöse, aufgeregte Frau, und sie hatte offenbar das Gefühl, daß sie endlich etwas gefunden hatte, worüber sie sich echt aufregen konnte.

Das Gebäude wurde geschlossen, und alles lief zum Parkplatz. Ich führte ein paar meiner Biologieschüler an, zehnte Klasse, aber die meisten meiner Schützlinge waren verschwunden. Harry Martini, unser Schulleiter, war losgezogen, um sich die Bombe anzusehen, und kam zurückgerannt. Er trug ein weißes, kurzärmeliges Hemd; große, halbmondförmige Schwitzflecken verfärbten den Stoff unter seinen Achseln. Harry ist ziemlich stämmig, und das Rennen erfordert einige Anstrengung. Er ließ uns ans hintere Ende des Parkplatzes und auf das Spielgelände zurückgehen, wo der Boden schlammig war. Wir haben sechshundert Schüler, und so war ziemlich viel los. Ein Glück, daß es nicht regnete.

Ryan Tavich, der kürzlich zum Lieutenant befördert worden war, kam als erster von der Polizei, dicht gefolgt von drei Mannschaftswagen. Ryan übernahm das Kommando. Er war in Zivil – einen grauen Anzug hatte er an, wenn ich mich recht entsinne –, und auf seinem Hinterkopf balancierte eine Tweedmütze. Die Polizei stellte Absperrungen auf. Dann warteten wir ab, bis die Bombentechniker der State Police aus der Polizeikaserne in Potterville kamen. Die Schüler wimmelten durcheinander.

Als klar war, daß die Schule für diesen Tag zu Ende war, fuhren ein paar von denen, die Autos hatten, davon, und ein paar andere fuhren mit. Die meisten blieben aber lieber da, um zu sehen, ob es wirklich eine Explosion geben würde.

An jenem Morgen verfolgte ich die Ereignisse in gutmütiger Ahnungslosigkeit. Kein Mädchen war verschwunden. Die Stadt war in gewisser

Weise heil, und der Bürgermeister konnte von Gemeinschaftsgefühl reden. Jetzt sehe ich die gleiche Szene durch den Filter anderer Ereignisse, und ich erkenne Brüchigkeit, wo ich Elastizität vermutete, und Unbeständiges, wo ich Dauerhaftigkeit sah. Es war ein warmer Vormittag, und nur wenige Ahornbäume waren schon gelb. Krähen riefen aus den Eichen hinter dem Baseballplatz. Der Himmel war von jenem Tiefblau, das man im Herbst zu sehen bekommt, wenn zwei oder drei kleine Wölkchen darüber hinwegziehen. Die Schule lag am Nordrand der Stadt, und über den Bäumen sah ich den Turm von St. Mary und ein Stück vom roten Dach des vierstöckigen Weber Building, des größten Hauses bei uns. Ein Golden Retriever war aus einem der nahegelegenen Häuser gekommen, und er sprang von einer Schülergruppe zur andern und blieb überall nur lange genug, um sich die Ohren kraulen oder den Rücken tätscheln zu lassen.
Ich sehe sie noch zusammenstehen. Meg Shiller mit ihren langen braunen Haaren, wie sie mit dem schüchternen Bobby Lucas redet, den ich für den Schachclub geworben hatte. Bonnie McBride mit ihrem gewohnten Stoß Bücher, und Hillary Debois mit ihrem Geigenkasten. Sharon Malloy, die sich immer wieder mit den Fingern durch das blonde Haar fuhr. Es müssen auch Schüler dabeigewesen sein, deren Namen ich nicht wußte, aber mir kam es so vor, als wären sie mir alle bekannt. Manche ihrer Eltern waren meine Klassenkameraden gewesen.
Ein paar Jungen fingen an, einen Football hin und her zu werfen. Zwei andere hatten ein Frisbee. Ein paar Lehrer schauten ungehalten hinüber, als wollten sie sagen: Wir sind hier nicht zum Spaß.
Im September sind die Schüler besser gekleidet: neue Kleider, neue Schuhe, neue Haarschnitte. Im September sind sogar die Lehrer hoffnungsvoll. Harry Martini marschierte zwischen den Schülern und der Polizei hin und her und bildete eine Absperrung für sich. Ich fürchte, ich habe ihn noch nie leiden können; er latschte spreizfüßig herum wie ein alter Ganter und wuchtete seinen dicken Bauch hinter seinen Beinen her. Die Lehrer selbst erinnerten mich an Hühner. Solche Vergleiche kamen mir nicht zum erstenmal in den Sinn.
Es dauerte dreißig Minuten, bis die Bombenspezialisten von der State

Police eintrafen; inzwischen waren die Schulbusse gekommen und hatten den größten Teil der Schüler nach Hause gebracht. Viele wollten dableiben, aber das erlaubte Harry Martini nicht. Das Ding auf dem Fenstersims sah ziemlich furchterregend aus, und man konnte nicht sagen, wieviel Schaden es womöglich anrichten würde. Die Schule war ein zweistöckiges Gebäude aus gelben Ziegeln, Mitte der fünfziger Jahre erbaut, und man konnte sich vorstellen, daß die Ziegel wie Schrapnelle durch die Luft fliegen würden. Und natürlich hatte Harry schreckliche Angst, er könnte etwas tun, das ihm Ärger mit der Schulbehörde einbringen würde.

Ich selbst beschloß zu bleiben, um zu sehen, was passieren würde, auch wenn Harry mir einen Blick zuwarf. Da, wo ich stand, am Rande der Polizeiabsperrung, war die Bombe nur ein silbriger Umriß vor dem Fenster. Ungefähr zwanzig andere Lehrer blieben auch noch da, und ein paar Leute waren aus der Stadt gekommen. Franklin Moore vom *Independent* war da; er interviewte Ryan Tavich. Die beiden waren gute Freunde; sie spielten Donnerstags abends in der Turnhalle der High-School zusammen Basketball, und oft verbrachten sie die Wochenenden gemeinsam. Beide machten sehr ernste Gesichter. Ryan nahm immer wieder die Mütze ab und strich sich die kurzen schwarzen Haare mit den Fingern nach hinten. Franklin war groß, schmal, Mitte Dreißig. Er interviewte auch Mrs. Hicks, die immer wieder sagte: »Wir können von Glück sagen, daß wir nicht tot sind.« Sie sagte es ein dutzendmal, und immer mit anderer Betonung, als wolle sie üben, es richtig hinzukriegen.

Franklins Tochter Sadie hatte bei mir in der siebten Klasse Physik, ein hübsches Mädchen mit braunen Haaren und langen Beinen; sie bewegte sich wie eine Tänzerin. Als ihr Vater kam, war sie schon mit dem Bus nach Hause gefahren. Ihre Mutter war vor ein paar Jahren an Brustkrebs gestorben, und ich vermute, wenn Sadie nach Hause kam, war dort niemand; so war es bei vielen Schülern, deren Eltern berufstätig waren. Binnen eines Monats würde niemand mehr zulassen, daß die Kinder allein zu Hause waren.

So, wie der Captain der State Police sich aufführte, nahm ich an, daß die Bombe jeden Augenblick explodieren müsse. Die Polizei schob

ihre Absperrungen noch weiter über den Parkplatz nach hinten und drängte uns alle auf den Sportplatz. Technisch gesehen war Ryan Tavich hier zuständig, aber der Captain von der State Police übernahm unverzüglich das Kommando. Ich konnte nicht hören, was sie sagten, aber der Captain machte ein strenges Gesicht, als hätte Ryan etwas falsch gemacht, was natürlich nicht stimmte.
Die Autos wurden hinter die Schule gefahren, damit sie bei einer Explosion nicht beschädigt werden konnten. Zwei der Bombenentschärfer trugen wattierte Anzüge und silberne Helme; sie sahen aus wie Raumfahrer. Sie studierten Bombe und Tüte eine Zeitlang mit Ferngläsern; dann gingen sie mit unendlicher Sorgfalt darauf zu und trugen dabei etwas, das aussah wie ein großer weißer Mülleimer.
Wir hielten den Atem an. In Wirklichkeit erwarteten die meisten von uns, diese Männer in ihren weißen Anzügen in die Luft fliegen zu sehen. Einer trat noch ein Stück vor und reckte behutsam den Hals, um in die Tüte hineinzuspähen. Er blieb einen Moment lang so stehen, schaute hinunter und winkte seinem Partner dann ungeduldig zu; dieser lief heran und schaute auch in die Tüte. Trotz ihrer Kleidung war ihre Erleichterung zu spüren. In der Tüte war ein Ziegelstein, um den die Drähte gewickelt waren. Die Bombe hätte nie explodieren können. Trotzdem waren die Männer sehr vorsichtig, als sie das Dynamit – oder das, was so aussah wie Dynamit – in die weiße Mülltonne legten. Sie stellten die Tonne auf die Ladefläche eines weißen Lasters und fuhren damit weg.
Die Polizei fing an, ihre Sperren abzubauen. Franklin Moore interviewte den Captain von der State Police. Später erfuhren wir, die Bombe habe zwar Dynamit enthalten, aber keinen Zünder. Man hatte sie nur auf die Fensterbank gelegt, um den Leuten angst zu machen. Am selben Nachmittag gestand Phil Schmidt, unser Polizeichef, daß es die zweite Bombe gewesen war, die man gefunden hatte. Eine war ein paar Tage zuvor an der Pickering Elementary School deponiert worden. Das war eine beunruhigende Neuigkeit, und sie brachte unserer Stadt eine gewisse Aufmerksamkeit. TV-Teams aus Syracuse und Utica reisten an. Jedermann fragte sich, wo die nächste Bombe auftauchen würde. Die State Police stellte einen Extramann ab, der vierund-

zwanzig Stunden täglich in der Stadt blieb, und unsere Polizei stellte einen neuen Streifenpolizisten ein.
Die Frage, wer die Bomben gelegt hatte, bot Anlaß zu so mancher Spekulation. War es eine einzelne Person oder eine Gruppe gewesen? War es ein Scherz, oder stand eine verworrenere Idee dahinter? Angehörige der Ebenezer Baptist Church waren zum Beispiel ziemlich beredt für die Wiedereinführung des Schulgebets eingetreten, und ich hörte, daß Leute sich laut fragten, ob jemand aus dieser Baptistengemeinde möglicherweise endgültig durchgeknallt war und sozusagen eine Warnung ausgesprochen hatte.
Solche Theorien hörte man viele. Ein wütender Vater? Ein Lehrer oder ein anderer Mitarbeiter, der gefeuert worden war? Solche Theorien waren schädlicher als die Bomben selbst. Verdächtigungen dieser Art konnten sich gegen jedermann richten, je nachdem, was passierte. Und das war keine Kleinigkeit, wenn man bedachte, was dann bald passieren sollte.

Unsere Stadt, Aurelius, hat siebentausend Einwohner. Um die Jahrhundertwende waren es neuntausend. Gegründet wurde sie 1798 auf Land, das Soldaten nach dem Revolutionskrieg überschrieben worden war. Potterville, wo die County-Verwaltung ihren Sitz hat, liegt zehn Meilen weiter im Süden. Utica, vierzig Meilen weiter nordwestlich gelegen, ist die nächste Großstadt.
Bevor der Erie-Kanal gebaut wurde, lag Aurelius gleich südlich der großen Hauptstraße nach Westen, und bis zur Periode des »Greek Revival«-Baustils hieß es Loomis Corners. 1843 wurde der neue Name eingeführt. Wir haben immer noch viele gute Beispiele für die »Greek Revival«-Architektur: große weiße Häuser mit weißen Säulen. Aber als der Verkehr auf dem Kanal begann, wurde Aurelius nicht mehr größer, während die Städte am Kanal wuchsen und wuchsen. Manche Leute fanden das schlecht, andere gut.
Die Veränderungen, die danach eintraten, waren nur noch gering. Vor der City Hall wurde ein Bürgerkriegsdenkmal aufgestellt, eine hohe Säule mit einem Bronzesoldaten, der eine Muskete in der Hand hält. Ein Bahnhof wurde gebaut und hundert Jahre benutzt; dann verfiel er

und wurde schließlich als Pizzalokal wiedergeboren. Die Ulmen wurden gefällt, und die Main Street blieb ziemlich kahl zurück. Aurelius College war zuerst eine Töchterschule, wurde in den zwanziger Jahren ein Junior College für Mädchen und in den fünfziger Jahren ein Vier-Jahres-College für Mädchen, bis in den siebziger Jahren die Koedukation eingeführt wurde. Es hat fünfhundert Studenten und ein gutes Pferdeprogramm; ein paar Absolventen gehen geradewegs von da zum veterinärmedizinischen Studium nach Cornell.

Am Rande der Stadt entstand ein Einkaufszentrum, mit einem Ames, einem Wegmans Supermarket, einem Napa für Autobedarf und einem Fays Drugstore. Vielleicht hundert Leute arbeiten in Utica und pendeln täglich. Andere sind in Potterville beschäftigt oder bei dem Pharmaunternehmen in Norwich. Am Stadtrand gibt es noch eine Seilerei und eine kleine Elektrofirma, die aber General Electric gehört. Viele Bauern pflanzen Weißkohl für Sauerkraut, das in Potterville hergestellt wird. Jeden Herbst wird eine Sauerkrautkönigin gewählt. Wir haben ein kleines Krankenhaus und ein Kino namens »Strand Theater«. Und wir haben jetzt drei Videotheken.

Die Bibliothek ist ausreichend und kann Bücher aus der größeren Bibliothek in Potterville oder von noch weiter her beschaffen. Wir haben zwei Autogeschäfte: Jack Morris Ford und Central Valley Chevy. Der Fordhändler verkauft auch Volkswagen, und bei Chevy bekommt man Toyotas. Und bei beiden bekommt man natürlich Laster. Seit Jahren gilt, daß anscheinend mehr Leute wegziehen, als nach Aurelius kommen. Ich sehe ständig Häuser, die zu verkaufen sind. Der Leseclub trifft sich immer noch einmal im Monat in der Bibliothek, genau wie damals, als ich ein junger Mann war. Die Terriers, das Footballteam der High-School, waren im letzten Herbst Bezirksmeister, aber im Endspiel um die Staatsmeisterschaft haben sie gegen Baldwinsville verloren. Alle haben eine Weile gehofft. Das Footballteam des College, die Romans, kam in seiner Liga auf den dritten Platz; den ersten hat Hamilton gemacht. Die Zugverbindung zwischen Utica und Bingham ist vor vierzig Jahren eingestellt worden. Der Bus fährt seit acht Jahren nicht mehr. Das letzte, was im Opernhaus gelaufen ist, war »Li'l Abner«, 1958. Man hört oft von Renovierungsplänen, aber es kommt nie etwas dabei heraus. Wir haben zwei Motels, Gillian's und das Aurelius. Das große Hotel in der Stadtmitte ist abgebrannt, als ich in den sechziger Jahren in Buffalo auf dem College war. Auf dem Grundstück steht jetzt eine kleine Key Bank. Wir haben zwei italienische Restaurants plus ein McDonald's, ein Dunkin' Donuts und ein Pizza-Hut. Die Buchhandlung Dunratty hat sich nach und nach in eine Geschenk- und Schreibwarenhandlung verwandelt, aber Bücher bestellen sie einem dort immer noch. Trustworthy Hardware, das Haushaltswarengeschäft, läuft prima, Weaver's Bakery ebenfalls. Wir haben zwei Pensionen; sie haben oft im Spätsommer Gäste, die sehen wollen, wie das Laub bunt wird, oder die ihre Kinder im College besuchen. Wir haben sechs Kirchen. Die Episkopalkirche St. Luke war immer die größte, gefolgt von St. Mary, aber inzwischen sind sie alle beide von der Good Fellow Evangelica Church überrundet worden, die ihre Gottesdienste im alten A&P-Gebäude abhält.

Neben Phil Schmidt, unserem Polizeichef, haben wir zehn vollzeitbeschäftigte Polizisten und vier bis sechs Teilzeitleute, je nach Jahreszeit. Wir haben vier Polizeiwagen. Die Feuerwehr besteht überwiegend aus Freiwilligen, aber der Feuerwehrchef, Henry Mosley, bekommt ein Gehalt.

Die Stadtmitte besteht aus zwei- und dreistöckigen Ziegelhäusern; die oberen Hälften mit ihren Gesimsen, Pilastern und schlichten Friesen mit allegorischen Darstellungen von Fortschritt und Freiheit haben einen gewissen Charme. Das Weber Building an der Ecke Main und State Street hat Fenster mit runden Giebeln im oberen Stock. Dann und wann werden Anstrengungen unternommen, es zu einem nationalen Baudenkmal zu machen. Aber das Erdgeschoß des Gebäudes ist modernisiert worden, mit kunststoffbezogenen Wänden, Plastik und Aluminium, mit Schaufenstern und Stahltüren. Das hat man in den fünfziger Jahren gemacht. Heute sind die großen Geschäfte, die für diese Renovierung verantwortlich waren – Western Auto, Monty Ward, Rexall –, nicht mehr da, und das Gebäude sieht heruntergekommen aus. Durch die Mischung von Majestätischem und Schäbigem macht unser Stadtzentrum einen zwiespältigen Eindruck, und immer sind leere Gebäude zu verkaufen.

Die City Hall steht auf der anderen Straßenseite, dem Weber Building gegenüber, und mit ihren Türmchen und Ziegelmauern sieht sie eher gotisch als klassizistisch aus. Zwanzig weiße Marmorstufen führen hinauf zu einer großen Doppeltür. Das Holzwerk ist dunkel, die Fenster sind staubig. Das Polizeirevier hat einen Seiteneingang in der State Street. Meistens parkt davor ein Streifenwagen.

Es muß Hunderte solcher Städte im Osten geben. »Verschlafen« nennt man sie. Die eine oder andere hat manchmal eine berühmte Football- oder eine Basketballmannschaft. Das Land um Aurelius ist hügelig; langgestreckte Höhenzüge führen von Norden nach Süden, und dazwischen liegen enge Täler mit kleinen Flüssen oder Seen. Die gutgehenden Farmen liegen in den Tälern, die ärmeren oben auf den Höhen. Im Westen, in Richtung der Finger Lakes, gibt es Apfelgärten.

Der Loomis River fließt durch Aurelius, und im Frühling kann man darin Forellen angeln. Eine ganze Reihe von Leuten haben Campingplätze am See, wo sie im Sommer hinfahren oder im Winter zum Eisfischen.

Vor jenem Herbst, als alles schiefging, redeten meine Kollegen in der High-School davon, daß man ein angenehmes Leben habe. Manchmal fuhr ein Ehepaar oder eine Familie hinunter nach New York City, um jemanden zu besuchen oder um ins Theater zu gehen, aber die meisten blieben in Aurelius. Ich würde es nicht Selbstgefälligkeit nennen, aber sie sahen doch nicht recht ein, was sie anderswo sollten. Am College gab es eine Vortragsreihe, und ab und zu kam ein Streichquartett aus Syracuse, obgleich da wenige aus der Stadt hingingen. Gelegentlich organisierte auch jemand eine Busfahrt nach Syracuse zu einem Fußball- oder Basketballspiel.

Viele Männer gingen im Herbst auf die Jagd, und in den Bergen hörte man dann Schüsse. Die Leute wählten eher republikanisch, aber sie hätten wohl auch für einen Demokraten gestimmt, wenn sich ein interessanter Kandidat geboten hätte.

Das Interessanteste, was unsere Stadt seit Jahren erlebt hatte, war durch den *Independent* aufgekommen, und zwar betraf es den Chefredakteur, Franklin Moore. Manche fanden, Frank hätte nach dem Tod seiner Frau einen Job bei einer Zeitung in Utica oder in Syracuse annehmen sollen; dann hätten viele in der Stadt fest weiterschlafen können. Aber die Tatsache, daß seine Zeitung über bestimmte Ereignisse berichtete, macht Franklin noch lange nicht für die Folgen dieser Ereignisse verantwortlich. Andere meinten, er hätte sich wieder verheiraten – mit anderen Worten, etwas tun, um besser beschäftigt zu sein – und uns in Frieden lassen sollen.

2

Franklin Moore stammte nicht aus Aurelius. Das soll nicht heißen, daß er besondere Verantwortung für das Geschehene hatte, auch wenn manche der Ansicht sind, wenn Franklin von hier gewesen wäre, hätte er sich umsichtiger verhalten. Vielleicht hat das Dasein eines Außenseiters etwas, das dazu führt, daß man ohne jenes Engagement handelt, das man vielleicht bei Leuten findet, die durch engere Bande mit der Gemeinde verbunden sind. Die Leute meinten, Franklin habe eben nichts zu verlieren; er sei nicht mit Aurelius verheiratet und könne wegziehen, wenn er wollte, und er habe keine echten Bindungen hier. Aber das stimmte nicht. Er hatte seine Tochter.

Franklin kam vor fünf Jahren aus Rochester mit seiner Frau Michelle und mit Sadie, die damals acht war. In Rochester war er Reporter beim *Chronicle* gewesen. Davor war er auf der Journalistenschule in Cornell gewesen, und vorher, als Student, hatte er für die *Sun* geschrieben und war dort Redakteur geworden. Er stammte aus New York City.

Franklin wurde stellvertretender Chefredakteur des *Independent*, und man war sich einig, daß er in zwei Jahren Chefredakteur sein würde. Aber ein Jahr nach seinem Umzug nach Aurelius bekam seine Frau Brustkrebs. Sie war noch keine Dreißig. Ich glaube, sie arbeitete als Fotografin in Rochester und war freie Mitarbeiterin beim *Independent*. Mit ihrer Erkrankung war das vorbei. Der Verlauf war betrüblich vertraut: Brustamputation, Chemotherapie und Bestrahlung, Metastasen, weitere Operationen und Therapien, und dann der Tod. Als es soweit war, hatten sie drei Jahre in Aurelius gewohnt. Wie es in einer Kleinstadt so geht, wurden wir an ihrer Geschichte beteiligt und sahen zu, wie es schlimmer wurde. Michelle wurde auf dem Homeland-Friedhof begraben, und ihre Familie kam aus Bronxville zur Beerdigung.

In den zwei Jahren, in denen seine Frau krank war, hatte Franklin tatsächlich die Stelle des Chefredakteurs bei der Zeitung bekommen, und er arbeitete viel, obwohl er seine Aufmerksamkeit und einen großen Teil seiner Zeit auf seine Frau konzentrierte. Sie war eine hinreißend schöne, dunkelhaarige Frau, die nicht nur die Krankheit, sondern auch all die Demütigungen erleiden mußte, die damit einhergehen – die Brustamputation, die fahle Haut, den Haarausfall. Das alles ertrug sie mit einer Kraft, die jeden beeindruckte, der sie kannte.

Ich lernte sie kennen, als ihre Tochter Sadie bei mir in der siebten Klasse Physikunterricht hatte und mit ihrer Mutter in die Sprechstunde kam. Machte Sadie gut mit? Paßte sie im Unterricht auf? Die Mutter versicherte mir, ich brauchte nicht zu befürchten, daß ich Sadie zuviel Arbeit aufgäbe, denn sie sei eine gute Arbeiterin. Da war Michelle Moore sehr mager und trug eine Perücke, wenn auch eine schicke. Dennoch ließ die simulierte Gesundheit, die durch die Perücke und das dicke Make-up vorgetäuscht wurde, sie bereits aussehen wie eine Kreatur des Todes, obwohl sie als lebendige, lebhafte Frau angezogen, ja, verkleidet war.

Sie saß an meinem Pult in meinem Klassenzimmer und drängte mich, unnachsichtig zu ihrer Tochter zu sein, nicht aus Niedertracht, sondern um eine bessere Schülerin aus Sadie zu machen. Sie war offensichtlich eine Frau, die nicht mehr viel Zeit hatte, aber sie erwähnte ihre Krankheit mit keinem Wort, und es war fast, als sollte ich mich bloß mal getrauen, etwas zu merken. Sie war von großem Stolz, ein Charakterzug, der auch bei Sadie erkennbar war, und sie sprach davon, daß ihre Tochter einmal Medizin oder Tiermedizin studieren würde. In einer Stadt, in der viele junge Leute die High-School abbrechen und nur die Hälfte der Absolventen auch aufs College geht, waren ihre ehrgeizigen Pläne für Sadie bemerkenswert. Michelle Moore saß sehr aufrecht auf ihrem Stuhl; sie sprach leise, legte manchmal einen langen Finger ans Kinn, rückte manchmal ihren Schal zurecht und schaute mich die ganze Zeit mit ihren dunklen Augen an. Wenn sie Schmerzen hatte, ließ sie sich davon nichts anmerken.

Drei Wochen später, gegen Ende Oktober, hörte ich, daß sie tot war. Sadie kam eine Woche nicht zur Schule und war dann wieder da. Ich suchte in ihrem Gesicht nach Anzeichen der Trauer und sah die Blässe und den tiefen Ernst, aber mit keinem Wort erwähnte sie ihre Mutter oder was sie gesehen hatte. Ihre Mutter war zu Hause gestorben; sie war in der Küche zusammengebrochen, Franklin hatte den Arzt gerufen, aber es war zu spät gewesen. Die Leute sagten, sie hätten Glück gehabt, daß es so schnell gegangen sei, aber was wissen die Leute schon? Reden sie mit solchen Bemerkungen nicht immer nur über ihren eigenen Tod? Wer weiß schon, welche Art besser ist als die andere?

Sechs Monate nach dem Tod von Franklins Frau fing man an, eine Veränderung beim *Independent* zu bemerken. Er wurde aggressiver, zeigte mehr gesellschaftliches Bewußtsein in den Leitartikeln. Es gab mehr Interviews mit Leuten aus dem Ort. Man sprach davon, daß Franklin nach dem Tod seiner Frau eine starke Veränderung durchmache, aber ich glaube, daß er vor allem mehr Zeit hatte und sich von seiner Trauer ablenken wollte. Schlicht gesagt, er hatte jede Woche ein paar Storys mehr im Blatt, abgesehen von seinen Kommentaren und Kolumnen. Neben Franklin beschäftigte die Zeitung einen Fulltime-Reporter, einen Sportreporter, einen Fotografen und eine Frau, die Empfangsdame, Büroleiterin und Schlußredakteurin in einer Person war. Ohne größer zu werden, war die Zeitung irgendwie dichter; es gab weniger Füllmaterial.

Vielleicht war es aber auch mehr als Tatkraft und ein Bedürfnis nach Ablenkung. »Die Leute müssen aufgeweckt werden«, sagte Franklin immer zu mir. Er schien sogar schneller zu fahren. Er hatte einen blauen Ford Taurus, und man sah ihn immer um die Ecken schleudern. Da war Franklin vierunddreißig. Er war etwas über eins achtzig groß und ziemlich dünn, hatte hellbraunes, fast rötliches Haar, das er lang trug, von der Stirn zurückgekämmt. Er ging vorgebeugt, so daß der obere Teil seines Körpers, der mit allen möglichen Absichten vollgestopft war, eher ankam als der untere. Er sprach schnell und ein bißchen laut, und wenn man eine Frage nicht gleich beantwortete, bot er ein paar Alternativen an und ließ einen wählen. Einige Sommersprossen in seinem schmalen Gesicht ließen ihn jungenhaft aussehen. Und er besaß eine Art Unschuld – falls man es so nennt, wenn man glaubt, jemand anders teilt die eigene Passion für die Welt.

Viele fanden ihn aufdringlich, aber Aurelius ist eine ziemlich träge Stadt, und das natürliche Tempo dort ist allenfalls ein Trödeln. Es kam einem so vor, als ob Franklin sich schnell bewegte, aber vielleicht war das auch das normale Tempo, in dem die Welt sich drehte. Er war energisch und fürsorglich. Er kam zu jedem einzelnen Elternsprechtag und sprach leidenschaftlich über seine Tochter. Das einzig Sonderbare – und vielleicht habe ich unrecht, wenn ich es sonderbar finde – ist, daß er niemals seine Frau erwähnte. Ich schrieb es seinem Bemühen zu, den Schmerz hinter sich zu lassen. Aber wenn er über seine Tochter und ihre Kindheit redete, dann vermittelte Franklin den Eindruck – unbeabsichtigt, da bin ich sicher –, daß er immer schon ein alleinerziehender Vater gewesen war und daß Michelle nie existiert hatte.
Eine weitere Veränderung bestand darin, daß Franklin das Ranchhaus am Rande der Stadt verkaufte und in die Stadt in die Van Buren Street zog. Genau gesagt, das Haus, das er sich kaufte, war gleich das übernächste neben meinem, ein weißes viktorianisches Haus, das zu groß für ihn und Sadie wirkte. Alle Häuser in der Van Buren Street datieren aus der Zeit kurz nach dem Bürgerkrieg, mit Ausnahme des Sutter-Hauses: Das ist das Farmhaus, das ursprünglich auf diesem Gelände stand. Das Haus, in dem ich allein wohne, ist das Haus, in dem meine Mutter geboren wurde, und das Haus, in das sie zurückkehrte, als mein Vater, ihr Mann, im Krieg gefallen war – im Korea-Krieg, meine ich. Die Leute sagten, Franklin wollte näher bei der Zeitung sein, aber mir kam es auch so vor, als ob er den Erinnerungen an seine tote Frau entfliehen wollte. Er verkaufte sogar seinen Taurus und kaufte sich einen weißen Subaru-Kombi.
Manchmal sah ich ihn draußen, beim Anstreichen oder beim Rasenmähen oder beim Laubharken. Er machte alles schnell, beinahe ungeduldig. Sadie hatte ein Mountainbike, purpurfarben mit gelben Blitzen, und ich sah sie oft vorbeifahren. Wenn sie mich auch sah, winkte sie. Sie war sehr dünn, und ihr braunes Haar wehte hinter ihr her.
Ich habe sagen hören, Franklin habe nach dem Tod seiner Frau allen Bürgersinn in der Gestaltung der Beziehungen seiner Zeitung zur Stadt verloren. Ja, die Leute behaupteten, das Verhältnis der Zeitung zu Aurelius werde zunehmend feindselig. In seinen Leitartikeln begann

Franklin zum Beispiel zu fordern, der Stadtrat müsse einen Fünf-Jahres-Sanierungsplan erstellen; er erklärte, daß bei der Asphaltierung und Instandsetzung der Straßen sehr unsystematisch vorgegangen werde und daß die Kanalisation der Stadt in einem sehr schlechten Zustand sei. Er behauptete, wenn der Stadtrat einen Plan erstellten würde, hätte der Wähler eine genaue Vorstellung von dem, was getan werden müsse, und die Stadt würde klare Methoden zur gezielten Mittelverwendung etablieren, statt sich von einer kleinen Katastrophe zur nächsten treiben zu lassen.
Auch mit dem Schulausschuß legte Franklin sich an, weil dieser den Vorschlag abgelehnt hatte, Verwaltungsangestellten und Lehrpersonal eine siebenprozentige Gehaltserhöhung und eine Zahnersatzversicherung zu zahlen. Angesichts dessen, daß das halbe County nicht krankenversichert war, sah der Ausschuß nicht ein, weshalb Verwaltungsangestellte und Lehrer eine Krankenversicherung und eine Zahnersatzversicherung bekommen sollten.
Franklin hielt dagegen, die Schule solle ausgezeichnete Maßstäbe setzen, im Klassenzimmer wie im Kollegium, und Aurelius könne nur dann hoffen, erstklassige Lehrer anzuziehen, wenn es ein anständiges Gehalt und sonstige Vorteile zu bieten hätte. In diesen Leitartikeln gelang es Franklin, nicht nur anzudeuten, daß Stadtrat und Schulausschuß in irgendeiner Weise rückständig seien, sondern auch, daß die Lehrer und die Verwaltungsangestellten der Schule nicht von sonderlich hohem Kaliber seien.
Es ist vielleicht verständlich, daß viele Leute mit dem Leben, wie sie es lebten, zufrieden waren. Wir kannten die Mitglieder des Stadtrates und des Schulausschusses. Es waren keine üblen Leute. Sie leisteten ihre Amtszeit ab, sie wurden wiedergewählt oder ersetzt. Franklins Artikel, seine Kommentare und Kolumnen lösten niemals Empörung aus, aber es war, als ob einem jemand Sand ins Bett streute. Wenn die Leute ihn kommen sahen, zogen sie die Köpfe ein. Ich schätze, wenn er nicht gut ausgesehen hätte und wenn er nicht seit kurzem ein Witwer mit einer kleinen Tochter gewesen wäre, dann wäre er noch weniger beliebt gewesen. Er war liebenswürdig und behandelte alle mit Respekt. Aber für diejenigen, die Gegenstand seines Schreibens waren, wurde

er zu einem Kreuz, das sie tragen mußten. Sie wünschten ihm nichts Böses, aber sie wünschten doch, er würde verschwinden. Denn allmählich wurden die Leute nachdenklich. Sie bemerkten Dinge, die sie bisher nicht bemerkt hatten. Selbst wenn sie nicht einer Meinung mit Franklin waren, dachten sie nach und nach vielleicht, daß Aurelius doch nicht so vollkommen sei, wie sie immer angenommen hatten.

Franklins wöchentliche Interviews waren noch ärgerlicher als seine Leitartikel. Er hatte es raus, die Leute dazu zu bringen, daß sie Sachen über sich sagten, die andere nicht gern hören wollten. Einer der ersten war Herb Wilcox, ein Immobilien- und Versicherungsmakler aus dem Ort, der seit zwanzig Jahren im Stadtrat saß. Jeder kannte Herb. Man kannte seine Frau Betty. Man sah seine drei Kinder heranwachsen. Zwei gingen zum College, der kleine Bobby bekam eine Stellung im Büro seines Dads. In dem Interview machte Herb klar, daß alles an Aurelius genau richtig sei.

»Ich war in anderen Städten, ich mag andere Städte, aber keine kann sich mit dem messen, was wir hier haben. Wir haben erstklassige Schulen, ein gutes Krankenhaus. Ich weiß nicht, warum jemand von hier wegzieht. Nehmen Sie meine Kinder, Bruce und Mary Lou. Beide hatten ein Stipendium für das Aurelius College, aber Bruce ist nach Albany gegangen und Mary Lou nach Cortland State. Jetzt ist Bruce oben in Cahoes. Was ist denn das für ein Ort?«

So ging es weiter, und die Leser merkten, daß Herb nicht über die Vorzüge oder Nachteile von Aurelius redete, sondern vom Fortgang seiner beiden älteren Kinder, von seiner Liebe zu ihnen und von seiner Enttäuschung. Franklin hatte einen Bereich aufgedeckt, in dem Herb verwundbar war. Das ließ Herb irgendwie kleiner erscheinen – falls es das ist, was passiert, wenn ein Mensch plötzlich menschlicher wird.

In der nächsten Woche brachte Franklin ein Interview mit Will Fowler, dem Stadtdirektor. Wir haben einen Bürgermeister und einen Stadtdirektor. Der Bürgermeister wird gewählt, aber er bezieht kein Gehalt; er bekommt eine Sekretärin, eine Aufwandsentschädigung und einen kleinen persönlichen Etat. Meistens ist er einer aus der Gemeinde, der gern Hände schüttelt. Der Stadtdirektor ist etwas anderes. Er wird vom Stadtrat eingestellt und kommt oft gar nicht aus der Gemeinde. Unser jetziger Bürgermeister, Bernie Kowalski, nennt Fowler immer seine Peitsche. »Ich habe eine Peitsche, und die Peitsche erledigt alles«, sagt Bernie oft.

Franklin befragte Will Fowler über Aurelius. »Es ist eine angenehme Stadt mit lauter angenehmen Menschen.« Hatte er nichts auszusetzen? »Ich habe eine Menge auszusetzen.« Und der Stadtrat? »An dem habe ich auch eine Menge auszusetzen.« Hatte er spezifische Klagen über den Stadtrat? »Ein paar von denen sitzen vielleicht schon zu lange drin«, sagte Fowler. Was hielt er von der Notwendigkeit eines Fünf-Jahres-Sanierungsplanes? »Potterville hat einen. Normalerweise hat jede Stadt, die so groß ist wie unsere, so einen Plan. Das Problem ist, daß ein solcher Plan den Stadtrat zu öffentlicher Rechenschaft zwingt. Das wollen sie aber vielleicht nicht.« Und eine letzte Frage: Sie sind vor sechs Jahren von Albany hierhergezogen. Vermissen Sie Albany manchmal? »Na sicher. Albany ist eine größere Stadt.«

Wer das Interview mit Herb Wilcox in der Woche zuvor gelesen hatte, fand, daß Herb darin töricht ausgesehen hatte. Mit seinen lauten Lobreden schadete er Aurelius, und seine Behauptung von der Vollkommenheit der Stadt war nur ein Vorwand dafür, nicht härter zu arbeiten. Will Fowler dagegen schien von Aurelius überhaupt nichts zu halten. Er wäre lieber in Albany gewesen. »Der hält uns für Hinterwäldler«, sagte einer meiner Kollegen in der Schule.

Vielleicht waren wir ja auch Hinterwäldler, aber dann dachten wir nicht gern daran. Genau wie bei Herb Wilcox hatten wir das Gefühl, wir wüßten mehr über Will Fowler, als uns lieb war. »Für wen hält der sich?« hörte ich einen Lehrer klagen. Fowler war dazu eingestellt worden, die Stadt zu organisieren. Die Leute wollten, daß er sich glücklich schätzte, an einem so netten Ort zu leben. Jetzt wußten sie, daß es nicht der Fall war.

Natürlich hatten Franklins allwöchentliche Interviews längst nicht immer solche Wirkung. Aber wir erfuhren so manches über einander. Es stellte sich heraus, daß Tom Henderson, der Geschäftsführer von Trustworthy Hardware, Flaschenschiffe baute. Margaret Debois, eine Krankenschwester in der Klinik, spielte Jazzpiano im Tiny's in Utica. Leo Fletcher von Fletcher's Feeds war ein Sherlock-Holmes-Fan, der jeden Penny sparte, um eine Londonreise auf den Spuren des Detektivs zu unternehmen. Ein paar Leute wollten sich nicht interviewen lassen, Henry Mosley zum Beispiel, der Feuerwehrchef, und der Apotheker Donald Malloy. Ich selbst weigerte mich auch.

»Aber warum nicht?« fragte Franklin mich. Das ist gut ein Jahr her, und ich harkte gerade meinen Vorgarten. Er hatte mich gesehen und kam herüberspaziert.

»Weil ich mich nicht interessant finde.«

»Sie haben in New York als Naturwissenschaftler gearbeitet und sind dann nach Aurelius zurückgekommen. Das ist doch interessant.«

»Ich war Techniker. Und ob das interessant ist oder nicht, ich möchte jedenfalls nicht deswegen interviewt werden.«

Ich wollte nicht grob sein, aber nachdem ich gesagt hatte, ich möchte nicht interviewt werden, hätte er es akzeptieren müssen. Es war ja nicht so, daß er mich interessant fand. Er wußte überhaupt nichts von mir, abgesehen von dem, was er vielleicht von seiner Tochter gehört hatte. Höchstwahrscheinlich hatte er gerade über das Interview für die nächste Woche nachgedacht und mich beim Harken gesehen. Viele von den Leuten, die er interviewte, waren nicht interessant: ein Autoschlosser, jemand vom Einpackservice in Wegmans Supermarket, ein Klempner. Aber ich muß sagen, daß er in den meisten Fällen etwas Farbiges zutage förderte, und vielleicht lehnte ich es deshalb ab, mich interviewen zu lassen. Ich wollte nicht, daß die Leute mich anschauten und dachten: »Aha, ich weiß etwas über dich.« Wie die Dinge lagen, hatte ich das Gefühl, daß Franklin mich respektierte, weil ich ihn abgewiesen hatte. Wir sahen uns öfter. Nicht als Freunde, aber als freundschaftlich Bekannte. Manchmal kam er vorbei, und ich gab ihm eine Tasse Tee, oder ich ging zu ihm, und er bot mir ein Bier an. Wie gesagt, zwischen uns stand ja nur ein einziges Haus.

Überraschenderweise war das Interview, das die größte Wirkung hatte, nicht eins, das er mit einem gewöhnlichen Bewohner der Stadt geführt hatte, sondern mit einem Geschichtslehrer, den das Aurelius College in letzter Minute für das zweite Semester engagiert hatte. Die Einstellung ging rasch vonstatten. Ich sage das, weil der Mann den Job nicht bekommen hätte, wenn man eine konventionelle Ausschreibung gemacht hätte. Nicht, daß er inkompetent oder dumm war – bei weitem nicht. Aber er war Marxist und Algerier. Und er nahm kein Blatt vor den Mund. Vor dem Interview wußten wir nichts über ihn, außer daß er einen kleinen roten Citroën fuhr, den er sich aus Kingston, Ontario, mitgebracht hatte, wo er vorher gewohnt hatte. Zuerst sahen wir sein Auto, diesen roten Citroën. Dann erfuhren wir seinen Namen: Houari Chihani.

3

Franklin interviewte Chihani in seinem Büro im Aurelius College. Der zentrale Campus, der aus den siebziger Jahren des vorigen Jahrhunderts stammt, besteht aus dreistöckigen Ziegelbauten, die um eine viereckige, von Ahorn und Eichen bestandene Fläche herumgebaut sind. Die Gebäude sind weiß abgesetzt und efeubewachsen; sie haben weiße Pfeiler und breite Granittreppen. Leider sind sie infolge der Mittelknappheit ziemlich schäbig geworden; Farbe blättert ab, und Mauerfugen müssen ausgespachtelt werden. Die Rasenflächen sind ein bißchen dürftig, das Buschwerk ist struppig. Was die Studenten angeht, die sind ein buntgemischter Haufen. Auf der einen Seite gibt es Studiengänge, beispielsweise den pferdekundlichen, die gute Studenten anziehen, aber die Eignungstestnoten der übrigen Bewerber sind eher durchschnittlich.

Es gibt viele Schulen im Zentrum des Staates New York, und Aurelius College war kaum die erste Wahl. Deshalb hatte das College spezielle Programme für Studenten mit Lernstörungen, Programme für Leseschwache, Programme für Englisch als Zweitsprache. Manche der Studenten waren gescheite junge Männer und Frauen aus mehr als unzulänglichen Verhältnissen, aber viele waren auch in Aurelius, weil aus dem einen oder anderen Grund kein anderes College sie genommen hatte. Und wenn sie halbwegs gut zurechtkamen, wechselten sie oft nach dem ersten Jahr woanders hin.

Man könnte sagen, die Studenten hatten bisher wenig mitbekommen, abgesehen von dem, was sie bei MTV oder *People* erfahren hatten. Sie dachten nicht über die Vergangenheit nach, und sie spekulierten nicht über die Zukunft. Für die meisten kam es darauf auch nicht an. Sie würden niemals zu Denkern werden, und das ganze Getue um Lernstörungen und mentale Herausforderung war im Grunde nichts als heiße Luft und diente nur zur Verschleierung der Tatsache, daß sie eben nicht sehr gescheit waren. Aber ein paar Studenten waren doch intelligent und warteten nur darauf, daß der Richtige vorbeikam – wie ein trockener Schwamm auf einen Tropfen Wasser wartet. Jeder hätte es sein können. Leider war es Houari Chihani.

Er war etwas über fünfzig – fünfundfünfzig, um genau zu sein. Aufgewachsen in Algier, dann nach Paris gegangen, als Teenager, während des algerischen Befreiungskampfes gegen Frankreich. Sein Vater war Arzt, seine Mutter Lehrerin. Möglich, daß sie sich ihren französischen Herren näher fühlten als ihren moslemischen Landsleuten. Und in diesem Krieg wüteten die Rebellen gegen die moderaten Moslems ebenso wie gegen die Franzosen. Ein paar Jahre studierte Houari Chihani an der Sorbonne, und dann ging er von Frankreich nach Montreal an die Universität. Um 1960 herum, noch an der Sorbonne, wurde er Marxist. Es wirkt wie eine Ironie, daß so viele marxistische Intellektuelle aus den privilegierten Klassen kamen. Mit allem Komfort aufgewachsen, trachteten sie danach, diesen Komfort anderen zu verweigern, während sie selbst weiterhin behaglich lebten. Bei Chihani war das allerdings vielleicht nicht ganz der Fall, denn er schien von asketischer Natur zu sein.

Chihani blieb drei Jahre in Montreal; dann wurde er zum Promotionsstudium an der Universität von Chicago zugelassen, wo er in Geschichte promovierte. Es bestand nie ein Zweifel daran, daß er brillant war. Trotz seines Akzents war er ein vorzüglicher, überzeugender Lehrer. Die Schwierigkeit lag darin, daß er nicht einfach ein Lehrer war, sondern darüber hinaus ein Proselyt von beinahe religiösem Eifer. Infolgedessen konnte man sich, wo immer er unterrichtete, darauf verlassen, daß er den Marxistenclub oder die Lesegruppe des Colleges entweder gründete oder übernahm. Vielleicht wäre es klüger gewesen, die Festanstellung abzuwarten, bevor er auf dem Campus soviel Aufmerksamkeit auf sich lenkte; andererseits war diese Unbedachtheit auch nur ein Beleg für seine Integrität. Er ließ keinen Zweifel an seiner Position. Und man muß auch sagen, daß viele der Ansicht waren, daß die Kontroversen, die er in einen Fachbereich trug, gesunde Kontroversen seien. Trotzdem lief es darauf hinaus, daß er nach zwei oder drei

Jahren an einem College immer wieder weiterzog. Michigan State, Carnegie-Mellon, University of Windsor, Cleveland State, Lafayette College, Olivet College – bis er schließlich an einem kleinen College in Kingston, Ontario, Geschichte unterrichtete. Und diesen Job hatte er verloren – das heißt, man würde ihn im folgenden Herbst nicht weiter beschäftigen. Er hatte nur noch ein Semester.

Im Dezember jedoch kam Max Schnell, ein beliebter Geschichtslehrer am Aurelius College, bei einem Autounfall ums Leben. Es hatte ein Unwetter gegeben, die Straße war vereist, und Max schleuderte mit seinem Honda frontal einem Heizöllaster entgegen. Es war ein schwerer Verlust für die Gemeinde. Max war ein energischer Lehrer, dessen Aktivitäten die Stadt einschlossen; er war Mitglied des Bibliotheksausschusses und holte Vortragsredner in die Unitarierkirche. Das College aber brauchte sofort einen Ersatz, und Roger Fielding, der in der Historischen Abteilung den Vorsitz hatte, wurde beauftragt, mit der Suche zu beginnen.

Fielding annoncierte die Stelle für einen Spezialisten in moderner europäischer Geschichte, und Houari Chihani bewarb sich. Auf dem Papier sah er sehr gut aus: Doktortitel aus Chicago, zahlreiche Veröffentlichungen, Lobeshymnen von seinen Studenten. Auch die Empfehlungen von den Colleges, an denen er bisher unterrichtet hatte, waren gut. Oft sind solche Empfehlungsschreiben ja alles andere als aufrichtig, zumal wenn sie für jemanden geschrieben werden, den das College loswerden will. Der Dekan des College X hatte Chihani loswerden wollen, und so hatte er ihm ein leuchtendes Zeugnis verfaßt. Und man sollte auch zugeben, daß Roger Fielding und Priscilla Guerthen, die akademischer Dekan war, gewisse ehrgeizige Pläne für Aurelius verfolgten. Vielleicht waren ihre Augen größer als der Bauch, und sie sahen in Chihani jemanden, der ihrer kleinen Community Prestige einbringen würde. Würde schließlich nicht in seinen Büchern und zahlreichen anderen Publikationen erwähnt werden, daß er in Aurelius unterrichtete? Also bot man Chihani die Stelle an.

Chihani hatte keine Bedenken, seine Stellung in Kingston schon vor Jahresende zu kündigen. Sie hatten gesagt, sie wollten ihn nicht wiederhaben, und wenn er ihnen dafür seinerseits eine kleine Gemeinheit antun konnte, war ihm das recht. Er packte seine Bücher ein, schickte sie nach Aurelius, kam mit seinem roten Citroën hinterhergefahren und hatte Anfang Januar seine Wohnung bezogen. Er gab drei Kurse: »Westliche Zivilisation«, »Politische Bewegungen im Europa des 19. Jahrhunderts« und »Kapitalismus und Arbeit«. Anfang Februar hatte er eine kleine Lektüregruppe gegründet; sie bestand aus weniger als einem halben Dutzend Studenten, und er nannte sie »Untersuchung der Rechten«, UDR – ein hinreichend vager Titel. Zu diesem Zeitpunkt interviewte Franklin Moore ihn.

Chihanis Büro war in der Douglas Hall, dem geisteswissenschaftlichen Gebäude gleich neben der Verwaltung. Franklin sprach nicht davon, daß sie Chihani in Max Schnells Büro untergebracht hatten, aber ich nehme an, so war es. Es war ein Zimmer im zweiten Stock mit einem Oberlicht, und Franklin erzählte, daß die Regale für Chihanis Bücher nicht ausreichten, weshalb sich die Kartons an der Wand stapelten. Franklin schilderte Chihani als einen großen, gutaussehenden Mann mit einem Raubvogelgesicht. Tatsächlich habe ich seine Nase als ziemlich lang und krumm und mit einer ausgeprägten Krümmung in der Mitte in Erinnerung. Hohe Wangenknochen, ein vorspringendes Kinn, dichte, schwarze Locken. Seine Haut erinnerte mich an die Eichenholzfläche an einem Tisch oder einem Pult. Er hatte lange, schmale Hände, Basketballerhände, auch wenn er sich kein bißchen für Sport interessierte. Er trug immer einen dunklen Anzug, ein weißes Hemd und eine Krawatte, und manchmal eine Baskenmütze.

Ein Detail, das Franklin nicht erwähnte, war der Umstand, daß Chihanis linkes Bein länger war als das rechte. Sein rechter Schuh hatte eine extradicke Sohle von mindestens einer Handbreit Stärke, und Chihani hinkte beim Gehen: Er ließ den rechten Fuß nach vorn schwingen und setzte ihn mit klobigem Geräusch wieder auf. Oft benutzte er einen Stock. Manchmal hörte ich ihn in der Carnegie Library in der Stadt, wie er hinten zwischen den Regalen umherstöberte, und am Poltern seines schweren Schuhs auf dem Holzfußboden erkannte ich dann, daß es Chihani war.

Während des Interviews saß Chihani hinter seinem Schreibtisch, der leer war bis auf einen Block weißes Papier, einen teuren goldenen Füller und ein Telefon. Franklin saß ihm gegenüber. Er fragte Chihani, ob er etwas dagegen habe, wenn das Gespräch auf Tonband aufgenommen würde, und Chihani wollte es lieber nicht. Also machte Franklin sich Notizen. Chihani war kühl, ja, sogar ein bißchen mißtrauisch. In seinen Augen war Franklin eine unbedeutende Gestalt in einer unbedeutenden Stadt, und höchstwahrscheinlich würde er die Story nicht richtig mitbekommen. Aber ich habe den Verdacht, daß Chihani auch einen Reporter von der *New York Times* so behandelt hätte. Anfangs ging Franklin davon aus, daß Chihani froh sei, am Aurelius College zu sein. Nach wenigen Augenblicken aber war ihm klar, daß Chihani fand, das College könne von Glück sagen, ihn zu haben. Chihani hatte keinen Humor, was die eigene Person anging. Er bewunderte sich wegen seines Verstandes und weil er ein Mann mit einer Botschaft war. Vielleicht war er überhaupt nur aus einem einzigen Grund einverstanden, Franklin für eine Viertelstunde zu empfangen: weil er ihm etwas von dieser Botschaft mitteilen wollte.

Franklin fragte Chihani als erstes, wie es ihm in Aurelius gefalle, eine triviale Frage, auf die er eine triviale Antwort erwartete. Er tastete sich an das Interview heran. Chihani sagte: »Es ist eine Kleinstadt wie viele andere: altmodisch, pittoresk und ignorant.«

Franklin wollte wissen, wodurch diese Ignoranz hervorgerufen werde.

»Kein Wissen über die Welt, kein Sinn für die Vergangenheit, kein Gefühl für die Zukunft.«

Chihani saß in Hemdsärmeln am Tisch und stützte die Ellenbogen auf; er drückte die Finger der rechten Hand gegen die Finger der linken und formte so eine Art Zelt.

Braucht man denn Wissen über die Welt, fragte Franklin, um ein glückliches Leben zu führen?

»Nicht unbedingt, aber wenn man sich über die Kühe und Schafe erheben möchte, braucht man Wissen. Sie werden behaupten, daß Kühe und Schafe ein glückliches Leben führen. Ich würde Ihnen entgegenhalten, daß ihre Ignoranz sie zur Schlachtbank führt. Taten haben Folgen. Die Unkenntnis der Natur dieser Taten befreit einen Menschen nicht von der Verantwortung für die Folgen.«

Franklin begriff, daß er sich auf unsicherem Boden bewegte. Ein Interview mit Chihani würde etwas anderes werden als ein Interview mit einem einheimischen Zahnarzt oder Bankier. Also fragte er Chihani nach seiner Vergangenheit: nach seiner Jugend in Algier, nach der Schule in Paris, nach den Universitäten von Montreal und Chicago. Chihani war geschieden und hatte keine Kinder. Geschwister hatte er keine, seine Eltern waren tot. Er sagte, er habe keine Ahnung, wie lange er in Aurelius bleiben werde, aber solange er seine Bücher habe, sei es egal, wo er wohne. Er habe sich ein Haus in der Stadt gemietet; eins zu kaufen habe er nicht vor, denn er halte nichts von Privateigentum an Grund und Boden.

Franklin berichtete, Chihani habe langsam, aber ohne Pause gesprochen. Trotz seines Akzents habe man keine Mühe gehabt, ihn zu verstehen. Chihani hatte auch ohne zu zögern gesprochen. Er hatte keinen Mangel an Gedanken, und er dachte nicht daran, seine Message mit diplomatischen Floskeln zu polstern.

Franklin meinte, es sei doch schade, daß die Stelle am College infolge einer Tragödie verfügbar geworden sei.

»Das war keine Tragödie«, antwortete Chihani. »Schlimm vielleicht, und wohl auch sehr bedauerlich. Aber der Unfalltod eines Menschen bei seinen alltäglichen Verrichtungen ist niemals eine Tragödie.«

Er hat eine Frau und zwei kleine Kinder hinterlassen, sagte Franklin.

»Dann ist es noch schlimmer. Aber tragisch ist es nicht.«

Franklin fragte, was Chihani von seinen Studenten in Aurelius halte.

»Von der Jugend erwartet man Ignoranz. Das ist die Definition der Jugend: Unwissenheit. Man nimmt an, daß die jungen Leute in der Lage sind, sich unterrichten zu lassen. Hier sind die Studenten nicht nur ignorant, sie sind apathisch. Aber in jeder Situation findet man ein paar willige Studenten, und eben diese Willigkeit schafft Intelligenz oder wenigstens eine Bereitschaft, die als Intelligenz durchgehen kann. Und diese wenigen Studenten können andere anwerben. Wo es auch nur ein paar Handvoll Kleie gibt, findet man auch ein paar Weizenkörner. Und hier gibt es eine Menge Kleie.«

Und Mr. Chihanis Kollegen in Aurelius?

»Sie sind wie die Studenten in ihrer Ignoranz, aber ihr Geist ist verkalkt. Bestenfalls können sie Informationen vermitteln, die der konventionellen Weisheit nützlich erscheinen. Das Ausmaß, in dem die Studenten diese Weisheit verdauen, ist abhängig von dem Ausmaß, in dem sie ihnen angenehm gemacht wird. Aber wahres Wissen hängt nicht davon ab, ob es charmant ist. Die Verstandesfähigkeiten des Zuhörers sind alles, was nötig ist, um ihn von der Wahrheit des Dargebotenen zu überzeugen.«

Aber ist es nicht wichtig, daß ein Lehrer gut kommunizieren kann?

»Wichtig ist, daß die Argumente des Lehrers exakt sind. Ein Lehrer, der arbeitet, um seinen Schülern Spaß zu bereiten, benutzt ein rhetorisches Mittel – das Vergnügen –, um seine Worte überzeugend klingen zu lassen. Aber das macht seine Worte nicht wahr. Die Studenten erinnern sich daran, weil sie vergnüglich waren. Ich finde, daß Humor, Witz, Charme, eine gewisse Leichtigkeit des Vortrags – daß diese Dinge im Unterricht keinen Platz haben. Man hat die Aufgabe, Wissen zu vermitteln, und nicht, Freunde zu finden. Der Intellekt akzeptiert die Wahrheit eines Arguments, oder er verwirft es. Jegliches Vergnügen, welches das Argument begleitet, trübt nur das Wasser.«

Und warum war Houari Chihani Lehrer?

»Ich bin Lehrer, um jungen Menschen zu helfen, die Verantwortung für die Welt und die Verantwortung für einander zu übernehmen. Bildung muß ja Konsequenzen haben. Zumeist sieht man die Konsequenzen in gesteigerten Verdienstmöglichkeiten. Das ist eine Chimäre, die auf einer anderen Chimäre sitzt: dem grenzenlosen Wachstum. Ich finde, die Konsequenzen der Bildung müssen Verantwortlichkeit und Veränderung sein.«

Mit Veränderung meinte er Revolution?

»Das ist ein melodramatisches Wort. Ich meine Verantwortlichkeit für die Welt. In der historischen Betrachtung sehen wir, wie ein Bruchteil der Bevölkerung die Massen ausnutzt, indem sie sie zu ignoranten Verbrauchern macht, die dann angestrengt in sinnlosen Jobs arbeiten, um sich die Kleider, die Autos, die Spielsachen zu kaufen, von denen sie glauben, daß sie sie glücklich machen werden. Sie verschulden sich, werden so etwas wie Lohnsklaven und suchen Ablenkung in der Gewalt und im Sport. Die Bildung wird minimiert, die Kunst diskreditiert. Die Alternative ist eine Gesellschaft, die allen ihren Mitgliedern den gleichen Wert zumißt, eine Gesellschaft, die die Verantwortung für ihre Menschen übernimmt und die aus diesem Gefühl der Verantwortlichkeit heraus handelt. Eine Gesellschaft, die daran arbeitet, Habgier, Ignoranz und niedere Instinkte ihrer Angehörigen zu verringern, statt zu bestärken.«

Nennen Sie das Marxismus? wollte Franklin wissen.

»Man findet viele solche Ideen bei Marx, aber ganz so, wie die Evolutionstheorie über Darwin hinausgegangen ist, ist auch die Theorie der Ökonomie über Marx hinausgegangen.«

Aber lehren Sie denn nicht Marx?

»Seine Ideen waren ein Anfang. Man kann behaupten, daß diese Ideen auch im Neuen Testament vorkommen. Unsere Aufgabe ist es, junge Menschen auf das einundzwanzigste Jahrhundert vorzubereiten – und diese Aufgabe ist komplizierter als simples Lehren marxistischer Theorie.«

Und was hielt Mr. Chihani von den Leuten in Aurelius?

»Sie schlafen. Das ist der Zustand, der ihnen am liebsten ist. Sie haben Angst vor der Welt, und Schlafen ist eine Methode, mit dieser Angst fertigzuwerden. Eines Tages werden sie aufwachen. Vielleicht wird etwas Furchtbares passieren. Tatsächlich gibt es keine bessere Einladung an das Furchtbare als Ignoranz – das heißt, Schlaf.«

4

Franklins Interview mit Chihani machte niemandem Freude. Roger Fielding und Priscilla Guerthen sahen darin so aus, als hätten sie einen Fehler begangen, als sie Chihani engagierten, und das veranlaßte die Leute, sich an Fehler zu erinnern, die sie früher schon begangen hatten. Als die Zeitung am Donnerstag herauskam, am dritten Donnerstag im Februar, ließ der Präsident des Aurelius College, Harvey Shavers, Roger und Priscilla in sein Büro kommen und las ihnen das Interview laut vor. Leute, die draußen auf dem Gang vorbeikamen, erzählten später, sie hätten Shavers Stimme hören können. Er war ein kräftiger Mann und hatte eine entsprechend kräftige Stimme, eine Stimme, die im öffentlichen Reden geübt war. Shavers war vor allem ein Mittelbeschaffer, und er wußte, wie schwierig es sein würde, in der Gemeinde Geld zu bekommen, wenn jemand aus dem College in aller Öffentlichkeit erklärte, die Mitglieder dieser Gemeinde seien Dummköpfe. Shavers kam es auf den Anschein von Qualität an, weniger auf wirkliche Qualität. Er hatte festgestellt, daß brillante Leute ihr Licht selten unter den Scheffel stellten, mit anderen Worten: Sie redeten zuviel und brachten damit ungünstige Publicity. Weit einfacher als mit wahrer Qualität war die Sache, wenn man schweigsame Mittelmäßigkeit als Qualität ausgab.

Und im Senat sprach man davon, eine Erklärung zu verlangen. War hier nicht die Glaubwürdigkeit der Lehrer in Frage gestellt worden? Robinson Smart, der Vorsitzende der englischen Abteilung, erklärte, er werde Schwierigkeiten haben, seinen Studenten gegenüberzutreten, wenn Chihani sich nicht in aller Öffentlichkeit beim ganzen College entschuldigte. Über solche Gedanken diskutierte man hin und her, bis man zu dem Schluß kam, daß es ein Fehler wäre, Chihani auch noch ein Forum für weitere Bemerkungen zur Verfügung zu stellen. Statt

dessen einigte der Senat sich darauf, unter Umständen eine Rüge auszusprechen, sollte Chihani noch einmal die Kompetenz des Lehrkörpers beleidigen.
Die Studentenschaft ging weiter; sie schickte eine Delegation von drei Studenten zu Chihani, um eine Erklärung zu verlangen.
»Wollen Sie bestreiten, daß Sie ignorant sind?« fragte Chihani.
Es folgte eine gewisse Diskussion über das Wort »Ignoranz« und daß es nichts Abträgliches über Fähigkeiten, Potential oder Intelligenz bedeute. Er zum Beispiel, bekannte Chihani, sei des Japanischen völlig unkundig.
»Ihre Unwissenheit sollte Ihnen willkommen sein«, sagte Chihani, »denn sie befähigt Sie zum Lernen.«
Sie saßen in seinem Büro. In diesem Februar schneite es viel; nur an zwei Tagen war kein schlechtes Wetter. Der Schnee lag mehr als einen Meter hoch. Mit schien, als schneite es immer, wenn ich einen Blick aus dem Fenster warf.
»Was mich stört«, sagte Sharon McGregor, die stellvertretende Vorsitzende der Studentenvertretung, »ist, daß Sie glauben, ich muß über russische Geschichte Bescheid wissen, wenn ich Tierärztin werden will.«
»Absolument pas«, antwortete Chihani. »Nur, wenn Sie eine gute Tierärztin werden wollen.«
Die Reaktion außerhalb des College war nicht so heftig, aber bitter war sie ebenfalls. Es hat immer schon eine Kluft gegeben zwischen der Farmergemeinde – den Kohl- und Milchbauern – und der Stadt selbst. Die Farmer neigen dazu, der Stadt eine gewisse Verachtung entgegenzubringen und dem College noch mehr. Daß Chihani grobe Bemerkungen machte, bestätigte sie nur in ihrer Auffassung. Das College bestand aus Idioten, und hier kam nun ein spezieller Idiot und erbrachte den Beweis dafür. Die Tatsache, daß er ein Ausländer war, ein Heide und Marxist dazu, machte es nur noch schlimmer. In den Augen der paar Bauern, die sich dafür interessierten, war Chihani kein Mensch. Sein kleines rotes Auto, seine Baskenmütze und seine eichenholzfarbene Haut – das war ihnen zu exzentrisch. In den paar Bars, in denen die Farmer sich trafen, wurde er kurz diskutiert und dann abgetan. Mist

roch eben, und Chihani hatte nur gezeigt, daß er auch roch. Leider aber hatte er sich jetzt in ihre Köpfe gesetzt.

Unter den Städtern war die Reaktion wütender. Viele fanden, daß Aurelius ein prächtiger Ort sei, und da kam dieser Marxist daher und behauptete, es sei hier weniger kultiviert als am Nordpol. In den Kneipen neigten die Beschwerden über Chihani zur Gewalt: »Jemand sollte ihm in den Arsch treten.« In höflicheren Kreisen sprach man von Chihanis Unwissenheit – was die Werte der Gemeinschaft anging. Ärzte, Rechtsanwälte und Geschäftsleute sprachen von dem Geflecht aus Freundschaft und Verwandtschaft, das in jeder Kleinstadt für ein reibungsloses Leben sorgte. Sogar an der Albert Knox Consolidated School sprach man im Lehrerkollegium davon, Chihani eine schriftliche Rüge zukommen zu lassen, aber es geschah nichts.

Wenn Houari Chihani klar war, wie unbeliebt er sich gemacht hatte, so ließ er es sich nicht anmerken. Er unterrichtete wie immer und vertrat seine Positionen mit trockener, leidenschaftsloser Stimme. Man beobachtete ihn in der Stadt und im Einkaufszentrum. Chihani gehörte zu den Leuten, die den Blick anscheinend niemals von ihrem Ziel wenden, die ihn nie neugierig über andere Leute oder Dinge wandern lassen. Er schaute starr geradeaus, als sei er von leerem Raum umgeben. Oft sah man ihn mit seinem roten Citroën durch den Schnee nach Hause fahren, dann zum Campus, dann in die Stadt und dort zu verschiedenen Stationen: Wegmans Supermarket, Trustworthy Hardware. Es wäre besser gewesen, wenn er einen konventionelleren Wagen gefahren hätte, denn sein kleiner Citroën war wie Salz in den Wunden der Bürger. Und tatsächlich: Fünf Tage, nachdem das Interview im *Independent* erschienen war, kam Chihani eines Nachmittags aus Wegmans Supermarket und sah, daß seine Frontscheibe eingeschlagen war und ein dicker Stein auf dem Beifahrersitz lag. Er stellte seine Einkaufstüten in den Kofferraum, kehrte ins Geschäft zurück und rief die Polizei an. Chuck Hawley, ein Cousin von mir, nahm den Anruf entgegen. Vom Täter gab es keine Spur, und es war klar, daß Chihani die Polizei nur wegen der Versicherung angerufen hatte.

»Er war nicht mal wütend«, erzählte Chuck. »Der Schnee wehte ihm in den Wagen, und der Kerl merkte es nicht mal. Er gab seine Aussage zu

Protokoll, unterschrieb das Formular, und das war's. Ich fragte ihn, ob er jemanden gesehen hätte oder ob er Feinde hätte. Das Interview hatte ich natürlich gelesen. Er sagte, es gäbe keinen Grund, weshalb er Feinde haben sollte. Dann stieg er in sein Auto und fuhr weg, und das Schneegestöber wehte ihm ins Gesicht. Es muß eiskalt gewesen sein.«

Franklin hatte zwiespältige Gefühle bei dem Interview. Er hatte versucht, die Wahrheit zu vermitteln, und die Leute waren nicht großmütig genug, um die Wahrheit zu lesen. Das ließ seinen Überdruß gegen die Stadt wachsen. Infolgedessen berichtete er nicht gern, daß jemand Chihani die Autoscheibe eingeschlagen hatte, weil er befürchtete, daß so etwas zu schlimmeren Aktionen ermutigen könnte. Aber natürlich sprach sich die Sache mit der Windschutzscheibe herum. Viele Leute auf dem Parkplatz bei Wegmans hatten den Schaden gesehen und auch die Ankunft der Polizei. Chuck Hawley hatte auch darüber geredet; es gab ja keinen Grund, weshalb er es nicht hätte tun sollen. Franklin wußte deshalb, wenn er über das Ereignis nicht schriebe, würden die Leute denken, er wolle Chihani schützen und – noch schlimmer – er betreibe eine Art Zensur.

Einen Tag, nachdem Chihanis Windschutzscheibe eingeschlagen worden war, kam Franklin am Abend mit Sadie bei mir vorbei, und ich gab beiden eine Tasse Tee. Auf einem Regal im Wohnzimmer habe ich die Bücher, die meine Mutter als Mädchen gelesen hat, und Sadie machte es sich bequem und las »Understood Betsy«. Sie saß mit hochgezogenen Füßen in dem alten Ohrensessel. Ihr kastanienbraunes Haar fiel nach vorn und umrahmte ihr Gesicht. Sie war das Ebenbild ihres Vaters: lang und knochig. Ich stellte einen Teller mit Zuckerplätzchen hin. Sadie nahm eins, brach kleine Stückchen ab und steckte sie in den Mund. Ich glaube, außer hallo, danke und gute Nacht hat sie nichts gesagt.

Franklin war rastlos und wollte sich nicht setzen. Er fühlte sich schuldig, aber gerade das machte ihn wütend, als ob diese Schuldgefühle darauf hindeuteten, daß er kein so guter Zeitungsmann sei, wie er hätte sein sollen.

»Ich habe seine Äußerungen weder verändert noch übertrieben«, erklärte er. »Allenfalls habe ich noch heruntergespielt, was er mir gesagt hat. Ich wollte nicht, daß er wie ein Fanatiker aussieht.«

Franklin trug einen alten Lammfellmantel, der ihm bis auf die Knie reichte. Um den Hals hatte er einen dieser britischen Universitätsschals geschlungen, blau mit zwei roten Streifen. Er hatte eine irische Fischermütze in der Hand und schlug damit immer wieder gegen sein Bein und ließ Wassertropfen herumspritzen. Ihm muß warm gewesen sein, aber man sah es ihm nicht an. Er hatte Stiefel mit Vibram-Sohlen an, und beim Auf- und Abgehen verteilte er kleine, keilförmige Schneebröckchen auf dem türkischen Teppich meiner Großmutter Francine. Ich bin sicher, daß er sich nach einer Zigarette sehnte, aber ich lasse in meinem Haus niemanden rauchen. Hin und wieder lächelte Sadie ihm zärtlich zu und wandte sich dann wieder ihrem Buch zu.

»In einer Stadt wohnen alle möglichen Leute«, sagte Franklin. »Wenn alle sich gleich verhielten, was hätte das für einen Sinn? Schon die Tatsache, daß eine solche Debatte geführt wird, zeigt doch, daß die Stadt nicht schläft.«

Aber mir schien, es gab überhaupt keine Debatte – nur Zorn und Ressentiment. Der größte Teil des Ressentiments richtete sich gegen Chihani, aber die Leute wußten auch, wer ihm das Forum für seine Ansichten geliefert hatte. Wenn Franklin das Interview nicht geführt hätte, wäre der Marxist in unserer Mitte niemandem aufgefallen.

Franklin warf seinen Schal auf die Couch. Es sah aus wie eine Geste, die er bedacht hatte, nicht ganz bemüht, nicht ganz spontan: die Geste eines Mannes, der nicht mit Sicherheit weiß, wer er ist, und der deshalb eine geborgte Geste benutzt, eine, die für den Anlaß vermutlich angemessen sein wird.

»Mein Job als Journalist ist es, die Leute zum Nachdenken zu bringen. Ich kann nettes Zeug schreiben, auf das sie nicht weiter achten, aber dann würde ich meinen Job nicht tun.«

Mir kam es allerdings so vor, als redete er um das eigentliche Thema herum; also fragte ich, was er wegen der zerschlagenen Windschutzscheibe zu tun gedachte.

»Ich werde einen Leitartikel darüber schreiben.«

Und das tat Franklin. Als die Zeitung am ersten Donnerstag im März

herauskam, enthielt sie einen Leitartikel von Franklin, der denjenigen attackierte, der Chihanis Autoscheibe eingeschlagen hatte, und außerdem all die Leute, die meinten, dieser Vandalismus sei verdient. »Wenn wir als Stadt einen Reichtum besitzen«, schrieb er, »dann muß er in der Vielfalt bestehen. Wir unterscheiden uns voneinander – und das ist nicht nur unser Reichtum, es sollte auch unser Stolz sein … Wer immer die Scheibe an Houari Chihanis Wagen zerschlagen hat, hat eben diesen Reichtum angegriffen … Für uns muß Chihanis Anwesenheit ein Vorzug sein. Er hilft uns, uns selbst zu sehen, und uns selbst zu sehen, bedeutet, uns zu verbessern.«
Ich bezweifle, daß dieser Leitartikel irgendeine gerunzelte Stirn glättete. Im Lehrerzimmer hörte ich jemanden sagen: »Franklin droht uns schon wieder mit dem Zeigefinger.« Franklin schrieb diesen Leitartikel, um zu zeigen, daß er dem Thema des Anschlags nicht ausweichen wollte. Besser wäre es gewesen, die Sache auf sich beruhen zu lassen, damit die Leute Chihani vergessen könnten, aber er schlug den entgegengesetzten Kurs ein. Da er Angst hatte, man könnte ihn für feige oder, wie er es ausgedrückt hätte, für unprofessionell halten, fing Franklin an, Chihani nach seiner Meinung zu diversen Ereignissen sowohl in der Stadt als auch in der Welt an sich zu fragen. Das tat er nicht regelmäßig, aber mindestens einmal im Monat kam ein Artikel, in dem auch die Ansicht Chihanis erwähnt wurde. Meistens waren es unschuldige Ansichten. Im Zusammenhang mit einer Debatte über die Gesundheitsreform wurde Chihani beispielsweise mit der Äußerung zitiert, daß ein Land, das vorgebe, zivilisiert zu sein, für seine Bevölkerung sorgen müsse. Aber in manchen Fällen waren Chihanis Bemerkungen beunruhigend, und schließlich waren sie beunruhigender als irgend etwas von dem, was er im ersten Interview gesagt hatte.

Es wäre unzutreffend, wenn man die Vermutung erwecken wollte, daß Chihanis Äußerungen auf einhellige Ablehnung stießen. Eine winzige Gruppe spendete ihnen Beifall. Und das war Chihanis Lektüregruppe. Zu jenem Zeitpunkt hatte »Untersuchung der Rechten« fünf Mitglieder. Vielleicht erinnert sich jeder von uns an solche Randgruppen auf dem College. Wenn man die Mitglieder zusammen sah, spürte man mehr von Psychologie als von intellektueller Überzeugung. Die Schüchternen, die Pickligen, die Ressentimentgeladenen – man hatte das Gefühl, sie waren dort eingetreten, um gegen etwas zu sein, nicht für etwas.

Da gab es zum Beispiel zwei Brüder, Jesse und Shannon Levine, im zweiten und dritten Studienjahr: Skateboard-Nihilisten, aus deren Ghettoblaster eine Musik dröhnte, in der statisches Rauschen eine integrale Rolle spielte. Sie hatten blonde Ziegenbärte und waren dünn wie Windhunde, wodurch ihre Knie und Ellenbogen riesig aussahen. Und sie hatten selbstgemachte Knasttattoos an Händen und Armen: kleine Messages von Love und Hate, von Anarchie und Unzufriedenheit. Unweigerlich trugen sie Jeans, T-Shirts und große Basketballschuhe mit offenen Schnürsenkeln. Ihr Vater lehrte Psychologie an der State University in Cortland. Bevor sie einen Kurs bei Chihani belegten, waren sie auf Bewährung am College gewesen. Chihani sorgte dafür, daß sie sich genügend konzentrierten, um auf eine Durchschnittsnote von drei zu kommen. Es gelang ihm auch, ihre Ressentiments zu konzentrieren. Statt einfach wütend zu sein, hatten sie jetzt ein intellektuelles Argument, um ihre Gefühle zu untermauern. Dies machte ihre Rebellion zu einem rationalen Akt, einem vernünftigen Weg, dem sie folgen konnten.

Ich sah Jesse und Shannon manchmal in der Stadt. Ihre neue Überzeugung verlieh ihnen einen Mantel, der sie von ihrer defensiven Haltung befreite und ihnen erlaubte, eine überlegene Haltung einzunehmen. Sie gewöhnten sich Chihanis Art an, den Blick starr geradeaus zu halten und immer auszusehen, als wären sie allein. Sie tauschten ihre Skateboards gegen die Bücher, die Chihani ihnen erklärte. Uns übrige betrachteten sie als irregeleitet, tadelnswert und habgierig. Ihre Sprache geriet zu einem Jargon, der eine Barriere zwischen ihnen und den Unaufgeklärten bildete. Sie hielten Chihanis Interview für eine Attacke gegen die Selbstgefälligkeit, und sie freuten sich auf zukünftige Schlachten. Sie betrachteten sich als Soldaten und fingen an, schwarze Jeans und Pullis zu tragen, die ihnen ein irgendwie paramilitärisches Aussehen verliehen. Sie banden sich sogar die Schuhe zu.

Ein weiteres Mitglied der UDR war Leon Stahl, ein übergewichtiger junger Mann, der am Tage schlief und die ganze Nacht las und diskutierte. Man sah ihn anscheinend niemals ohne eine Familienflasche Coca-Cola. Er hatte ein rundes Pickelgesicht und einen kleinen schwarzen Schnurrbart und trug weiße Hemden, die um den Kragen grau waren und auf dem Rücken verfärbte Flecken hatten, wo Pickel aufgegangen waren. Er rühmte seine Häßlichkeit als einen Schlag gegen die Konvention, obwohl er ganz gut ausgesehen hätte, wenn er nur hundertfünfzig Pfund abgenommen hätte. Leon war schrecklich kurzatmig und hatte einen Schlüssel für die Aufzüge, die sonst für Lehrpersonal und Behinderte reserviert waren. Bevor er Chihani kennengelernt hatte, war »The Golden Bough« sein Lieblingsbuch gewesen. Jetzt las er Chihanis Bücher und Artikel und konnte ganze Passagen auswendig hersagen. Er war ein leidenschaftlicher Diskutierer und dafür bekannt, daß er niemals aufgab; einmal verwickelte er zwei andere Studenten in eine Diskussion über das Übel des Privateigentums, die sechsundzwanzig Stunden dauerte. Im ersten Studienjahr war er in den Debattierclub eingetreten, im zweiten war er zum Präsidenten gewählt worden, und im dritten hatten sie ihn ausgeschlossen. Er trug eine dicke Brille mit fleischfarbenem Gestell, und auf den Gläsern waren immer große, fette Fingerabdrücke. Er war aus Dunkirk, südlich von Buffalo; seine Eltern waren dort Lehrer an der High-School.

Ein viertes Mitglied war Jason Irving, ein hochgeschossener, dünner junger Mann, den ich für schwul gehalten hatte; später behauptete er aber, überhaupt keinen Sex zu treiben. Er war Kettenraucher und trank ungezählte Tassen Kaffee. Beim Schachspielen ließ er eine Uhr laufen. Jason war eitel mit seinen langen Haaren und kämmte sie dauernd. Er saß gern bei McDonald's und las »Das Kapital«. Er war über die Maßen höflich mit seinem »Bitte« und »Danke«, aber darüber hinaus schien er nie etwas zu sagen. Er trug billige Ringe an sämtlichen Fingern, sogar an den Daumen. Jason war ein guter Student und wollte ein Graduiertenstudium in Geschichte anschließen. Bevor er sich der UDR anschloß, hatte er den Satz »Das kleine schwarze Kaninchen hat dem fetten Buckligen sein gelbes Fahrrad gestohlen« in sechsundzwanzig Sprachen auswendig gelernt – einschließlich Farsi. Dies war das Ausmaß eines intellektuellen Ehrgeizes, den er später auf den Marxismus verwandte.

Die fünfte im Bunde war eine junge Frau namens Harriet Malcomb. Sie war im dritten Studienjahr, kam aus Binghamton, hatte langes, dunkles Haar, das lose herabhing, und sie galt als ziemlich schön. Sie war so dünn, daß sie beinahe anorektisch aussah, und sie lächelte nie. Die Blässe ihres Gesichts wurde durch ein kalkiges Make-up noch akzentuiert, so daß sie einem Mitglied der Addams Family ähnelte. Die Leute erzählten, sie sei als Kind von einem Cousin sexuell mißbraucht worden. Als ich fragte, woher man so etwas wisse, sagte man mir, Harriet habe die Geschichte selbst erzählt. Sie war zwar radikale Feministin, kleidete sich aber offenherzig und trug ihre Beine und Brüste zur Schau. Oft flirtete sie mit jungen Männern, und wenn sie dann reagierten, machte sie ihnen Vorwürfe. »Flirten« ist vielleicht zuviel gesagt. Sie gab sich zugänglich, und wenn ein junger Mann sich ihr näherte, zeigte sie sich unzugänglich. Und sie kritisierte den jungen Mann, weil er sich ihr genähert hatte, als sei das ein Hinweis auf seinen Sexismus, ja, auf Bestialität. Man hatte den Eindruck, daß sie nicht nur schlecht von Männern dachte, sondern das Geschehen auch noch so manipulierte, daß sie noch schlechter aussahen. Sie war eng befreundet mit Jason Irving, und sie trugen oft die gleiche Kleidung: rote Seidenhemden und ausgebeulte Khakihosen. Leon Stahl bildete sich ein, sie zu lieben, und folgte ihr hechelnd überall hin. Sie war meistens freundlich zu ihm und schickte ihn auf endlose Botengänge; er mußte ihr Zigaretten oder Kaugummi holen, und wahrscheinlich war das die einzige Gelegenheit, wo der arme Kerl ein bißchen Bewegung bekam. Die beiden Brüder Jesse und Shannon waren gegen ihren Charme anscheinend immun.

Diese fünf Studenten bildeten die Lektüregruppe. Allwöchentlich trafen sie sich in Houari Chihanis kleinem Haus in der Maple Street, um zu diskutieren, was Chihani ihnen aufgegeben hatte: größtenteils marxistische Basistexte. Als das Interview gedruckt wurde, war Chihani seit ungefähr sieben Wochen am College, und es war beeindruckend, daß er schon eine Anhängerschaft hatte, wenn auch eine kleine.

Die UDR war entzückt über das Interview. Dies waren Jugendliche, deren mimisches Spektrum üblicherweise von »kritisch« bis »höhnisch« reichte. Jetzt sahen sie glücklich aus. Die Öffentlichkeit würde begreifen, daß sie eine Kraft waren, mit der man rechnen mußte. Und als Chihanis Citroën beschädigt wurde, waren sie drauf und dran, vor der City Hall eine Mahnwache aufzustellen, bis Chihani sie davon abbrachte. Natürlich brachte das Interview nicht nur Chihani, sondern auch der UDR Publicity, und darauf waren ihre Mitglieder stolz.

In der Woche nach dem Erscheinen des Interviews schlossen sich der UDR fünf neue Mitglieder an. Vier waren aus dem College: Barry Sanders, ein Biologiestudent, der in Aurelius aufgewachsen war, Bob Jenks und Joany Rustoff, die im Hauptfach Theaterwissenschaft belegt hatten und seit ihrer High-School-Zeit in Utica miteinander gingen, sowie Oscar Herbst, ein Geschichtsstudent aus Troy im zweiten Studienjahr, der fand, daß der Marxismus stark unterschätzt werde. Die vier waren jung, unsicher, durchschnittlich und erfüllt von einem vagen Unbehagen, das sie veranlaßte, sich Chihanis Gruppe eifrig anzuschließen. Der fünfte Neuling war von einem ganz anderen Schlag. Zunächst einmal gehörte er überhaupt nicht zum College. Er war zwar in Aurelius geboren und aufgewachsen, aber in Buffalo zum College gegangen. Zweitens war er älter, ungefähr dreiundzwanzig, und er war nach mehr als zweijähriger Abwesenheit nach Aurelius zurückgekommen. Sein Name war Aaron McNeal, und sein Vater Patrick hatte mit mir zusammen an der High-School unterrichtet.

5

Als Aaron McNeal nach Aurelius zurückkehrte, konnte ich einen kollektiven Seufzer der Enttäuschung spüren. Fast sein ganzes Leben lang hatten wir seinen verworrenen Werdegang verfolgt. Wir kannten die deprimierende Geschichte seiner Eltern und das schreckliche Ende seiner Mutter. Aarons Anblick brachte uns diese Geschichten wieder in Erinnerung.

Aarons Mutter Janice hatte ihren Mann verlassen, als Aaron sechs war. Statt von Aurelius wegzuziehen, hatte sie sich zwei Straßen weiter, in der Hamilton Street, ein Haus gekauft, um in der Nähe ihres Sohnes zu sein – das sagte sie wenigstens. Patrick durfte das Sorgerecht für Aaron behalten, und zwar wegen der sexuellen Affären seiner Frau, die sie, ohne ein Hehl daraus zu machen, unter anderem mit einigen der prominentesten Bürger von Aurelius unterhielt, zum Beispiel mit Richter Marshall, der sich damit für die Sorgerechtsverhandlung in Potterville disqualifizierte. Sogar Patricks Vaterschaft wurde in Zweifel gezogen; ein populärer Scherz behauptete, er sei wahrscheinlich der einzige Mann in Aurelius, mit dem Janice keine sexuellen Beziehungen unterhalten habe.

Janice war Patricks zweite Frau. Er war älter als sie und war in Utica mit einer Frau namens Rachel oder Roberta verheiratet gewesen – ich weiß es nicht mehr –, jedenfalls hatten sie eine Tochter namens Paula, die sich nach dem, was ich mitbekommen habe, oft um Aaron kümmerte. Manch einer meinte, es sei Janices Eifersucht auf Patricks ehemalige Frau und ihre Abneigung gegen Paula gewesen, was sie veranlaßt habe, sich so schlecht zu benehmen, aber ich bin nicht sicher, daß Janice einen solchen Vorwand nötig hatte. Sie hatte eine Menge Energie, und sie fand ihren Ehemann langweilig, auch wenn sie ihn auf eine schwesterliche Art vielleicht ganz gern hatte.

Nachdem Janice sich von ihrem Mann getrennt hatte, unterhielt sie weiter zahlreiche Männerfreundschaften. Sie arbeitete als Technikerin bei der pharmazeutischen Firma in Norwich, und zum Glück kamen viele ihrer Liebhaber von dort, wodurch sie unserem Klatsch entzogen waren. Aaron verbrachte seine Zeit in beiden Häusern, auch wenn Patrick rechtlich gesehen für ihn verantwortlich war. Paula war nie bei ihrer Stiefmutter, was die Ansicht derer zu bestätigen schien, die meinten, daß Janice sie nicht leiden könne. Ich sah Patrick oft in der Schule und hatte Mitleid mit ihm. Die Schüler wußten von Janices Indiskretionen und machten ihm das Leben zur Hölle. Man behauptete sogar, drei ältere Schüler hätten Janice eines Nachts besucht, und sie hätte sich mit ihnen vergnügt. Sie brüsteten sich zumindest damit. In einer Kleinstadt wie unserer gibt es keinen Unterschied zwischen dem, was passiert ist, und dem, was nicht passiert ist, worüber aber getratscht wird. Möglicherweise waren die Bengel nie bei Janice gewesen, aber in Anbetracht des Geredes kam es darauf gar nicht an.

Angesichts so vieler Aufmerksamkeiten möchte man meinen, daß Janice eine große Schönheit gewesen sein muß, aber das war sie nicht. Sie war klein, ein bißchen übergewichtig und hatte einen großen Mund. Wenn sie lachte, sah man alle ihre Zähne. Sie hatte merkwürdige Augen mit hochgezogenen Winkeln und von grünlicher Farbe. Ihre Nase war ein bißchen stumpf, ihr Kinn ein bißchen eckig. Sie hatte kurzes, dunkles Haar, das geschwungen bis unter den Kiefer reichte. Vielleicht kann ich weibliche Schönheit schlecht beurteilen, aber mich wunderte, daß Männer sie attraktiv fanden. Sie kleidete sich gut, präsentierte sich gut und hatte offensichtlich ein Gefühl für Würde, aber ich fand sie letzten Endes ein bißchen pummelig.

Wenn Patrick in der Lage gewesen wäre, seine Exfrau zu vergessen, wäre sein Leben leichter gewesen, aber es war klar, daß er sie anbetete, und alles Gerede über Janice war eine Qual für ihn. Mein Cousin, der Polizist Chuck Hawley, fand ihn einmal morgens um zwei vor Janices Haus. Er bot ihm an, ihn nach Hause zu fahren, aber Patrick wollte nicht. Chuck sagte, Patrick habe geweint, und machte Witze darüber. Ich fragte ihn, ob Patrick vielleicht betrunken gewesen sei, aber Chuck verneinte. »Der war stocknüchtern«, sagte er.

Die Leute erwarteten, daß entweder Patrick oder Janice wegziehen würde, aber sie taten es beide nicht. Man spürte, daß die wichtigste Beziehung für sie beide immer noch die miteinander war, als mache es ihr Spaß, ihn zu quälen, und als habe er das Bedürfnis, sich quälen zu lassen, auch wenn sie das beide sicher bestritten hätten. Patrick unterrichtete weiter. Er war ein dicklicher Mann mit blonden Haaren, die ziemlich schütter wurden. Er trug gern Tweed und im Winter eine Lammfellmütze mit Ohrenklappen.

Wenn Aaron durch die Beziehung seiner Eltern einen Schaden davongetragen hatte, so merkte man es nicht. Anfangs wenigstens nicht. Das lag vielleicht zum Teil an seiner Halbschwester Paula, die sehr liebevoll wirkte. Aaron war ein freundlicher kleiner Junge, der auf der Straße jeden mit Namen begrüßte. Er kleidete sich gut und wirkte sehr sauber mit seinen gebürsteten blonden Haaren und dem glänzenden, lächelnden Sommersprossengesicht. Noch in der Grundschule fing er an, die Zeitungen aus Utica und Syracuse auszutragen; wenn er auf dem Fahrrad vorbeifuhr, lief sein Spaniel Jefferson hinter ihm her. Er schien wenige Freunde zu haben, aber er schien auch keine zu brauchen. Das stimmte natürlich nicht, denn jeder braucht Freunde, aber er war offenbar zufrieden allein oder in Gesellschaft seines Hundes, und so machte sich keiner Sorgen – und wenn es doch mal vorkam, vergaß man es rasch wieder. Erst später, als die Leute sich an seine Einsamkeit erinnerten, versuchten sie, etwas daraus zu machen und sie als eine Art Beweis anzuführen.

Sicher wußte Aaron Bescheid über seine Mutter, denn sie sprach sehr offen über ihre Bekanntschaften, und andere Kinder hänselten ihn mit der fragwürdigen Moral seiner Mutter. Ich hatte Aaron in zwei Klassen: in der achten in Physik und in der zehnten in Biologie. Er war sehr gescheit, ein eifriger Junge von der Sorte, die immer die Hand hob und freiwillig zusätzliche Aufgaben übernahm. Ich hatte irgendwie das Gefühl, ich würde ihn gut kennenlernen, aber ich kannte ihn nie besser als am ersten Tag des Kurses. Er wirkte nicht wachsam, aber er sprach auch nie über sich und sagte nichts, was man als persönlich hätte auslegen können. Er erwähnte zum Beispiel nie, daß sein Vater an derselben Schule unterrichtete, und ich bin überzeugt, daß manche Schüler

es gar nicht wußten. Als er auf die High-School kam, hatte seine Halbschwester sie gerade hinter sich und studierte an der Universität in Binghamton, aber am Wochenende war sie oft in der Stadt.
Mit sechzehn hatte Aaron seine volle Größe von eins fünfunddsiebzig erreicht. Sein blondes Haar war hellbraun geworden. Er war dünn, ohne zierlich zu wirken; eher hatte er die Gestalt eines Turners, obwohl er sich für keine Sportart interessierte und nur Fahrrad fuhr. Er wäre hübsch gewesen, wenn seine Augen nicht so eng zusammengestanden hätten, was ihn ein bißchen aussehen ließ wie ein Fisch. Außerdem hatte er eine kleine, L-förmige Narbe auf der linken Wange, wo sein Hund ihn gebissen hatte. Aaron hatte Zeitungen ausgetragen, als Lou Hendricks' Malamut sich losgerissen und Aarons Hund angegriffen hatte. Aaron hatte sich in das Getümmel gestürzt, und sein Hund hatte solche Panik gehabt, daß er Aaron gebissen hatte. Damals war er dreizehn gewesen. Die Wunde war zwar genäht worden, aber die Narbe blieb sichtbar, vor allem wenn er wütend wurde: Dann wurde sein Gesicht bleich, aber die L-förmige Narbe lief rot an.
Einmal, als Aaron in der achten Klasse war, kam seine Mutter zum Sprechtag. Ich würde nicht sagen, daß sie mit mir flirtete, aber sie machte mir ziemliches Unbehagen. Sie starrte mich mit ihren schrägen Augen an und schaute nicht weg, bis ich selbst dazu gezwungen war. Natürlich kannte ich ihren Ruf. Es war eine dieser Schulveranstaltungen, wo die Eltern herumgehen, die Lehrer ihrer Kinder kennenlernen und mit jedem ein paar Minuten plaudern. Janice schien ein leises Interesse an Aarons schulischen Leistungen zu haben, aber als ich klargemacht hatte, daß er gut zurechtkam, befragte sie mich statt dessen über das Leben in New York City. Jemand hatte ihr erzählt, daß ich einmal dort gewohnt hatte. »Aber warum wollten Sie denn nach Aurelius zurück?« fragte sie immer wieder. Ich war erleichtert, als ihre Zeit um war und die nächste Mutter kam. Zu den Sprechtagen in der zehnten Klasse kam Janice nie. Patrick sah ich natürlich oft, und er wußte, daß sein Sohn sich gut machte.
Die Pubertät ist eine gräßliche Zeit. Die Jugendlichen, die sich schlecht benehmen und Aufmerksamkeit auf sich ziehen, bemerken wir in der Regel, aber es gibt andere, denen gleichermaßen elend zumute ist und

die keinerlei Hilfe erhalten, einfach weil sie still sind. Ich nehme an, Aaron muß genauso elend zumute gewesen sein wie allen andern, aber erst in seinem letzten Schuljahr merkten wir etwas davon. Er war oft allein. Paula kam zwar an den Wochenenden nach Hause, aber sie hatte ihr Studium und ihre gleichaltrigen Freunde. Patrick, sein Vater, lebte äußerst zurückgezogen, und an der High-School sprach man davon, ihn dazu zu überreden, daß er sich vorzeitig pensionieren ließ, obwohl er erst Ende Vierzig war. Ein paar meiner Kollegen nannten ihn den »Zombie«.

Es war gegen Ende des Abschlußjahres, als wir bei Aaron plötzlich das spürten, was manche als seine dunkle Seite empfanden. Ich habe erzählt, wie man ihn wegen seiner Mutter hänselte. Da er sie besuchte, nahm ich an, daß er ein befriedigendes Verhältnis zu ihr hatte. Was er über ihre vielen Männerbekanntschaften dachte, weiß ich nicht. Aber er hatte ganz offensichtlich zwei Eltern und hielt beiden die Treue; folglich muß er Zerrissenheit empfunden haben.

Ein anderer Junge in der zwölften Klasse war Hark Powers, einer von denen, die gut im Sport sind, aber sonst nicht viel können, außer andere herumzuschubsen. Mag sein, daß er Aaron um seine schulischen Fähigkeiten beneidete. Vielleicht nahm er in seiner Empfindsamkeit auch wirklich Anstoß am Verhalten von Aarons Mutter. Jedenfalls hatte Hark schon in der zehnten Klasse angefangen, Aaron zu hänseln. Ich hatte sie beide in Biologie und mußte sie so weit wie möglich auseinandersetzen. Aaron bekam eine Eins, Hark eine Vier; ich hätte ihn durchfallen lassen, wenn Coach Pendergast mich nicht überredet hätte, ein Auge zuzudrücken, damit er ihn in der Footballmannschaft behalten konnte.

Hark Powers war fünfzig Pfund schwerer als Aaron. Er kam aus einer Farmerfamilie, der jüngste von vier Brüdern, die sich durch das Schulsystem geschlängelt hatten, ohne sich irgendwie auszuzeichnen. Hark trug Jeans und Jeansjacken und hatte lange, fettige braune Haare, und er polterte in schwarzen Motorradstiefeln mit einer Kette über dem Rist herum. Offenbar konnte er sich nichts Komischeres vorstellen als das Verhalten von Aarons Mutter, und die Tatsache, daß Aarons Vater Lehrer war, stachelte ihn nur noch weiter an. Noch in der zehnten

Klasse Biologie mußte ich ihn bestrafen, weil er zur Melodie vom »Back in the Saddle Again« immerfort sang: »Wer sie wohl jetzt gerade bumst?«

Es gab viele kleine Zwischenfälle zwischen Hark und Aaron. Einmal warf Hark einen brennenden Zigarettenstummel in den Aufschlag von Aarons Khakihose, so daß sie in Brand geriet. Ein paarmal kippte er ihm im Pausenraum ein Essenstablett übers Hemd. Ich bin sicher, jede Woche fiel etwas vor: Gespött oder Gezwinker, Zettel, die in der Klasse herumgereicht wurden und auf denen stand, daß jemand eine Hure sei. Ich könnte viele solche schmutzigen Beispiele nennen, die typisch waren für diese Art von Gemeinheit. Aaron konnte irgendwann nicht einmal mehr mit dem Rad zur Schule kommen, weil Hark es ihm sonst kaputtgemacht hätte.

Aaron reagierte nie. Er wischte sich das Essen vom Hemd, schüttete Wasser über sein qualmendes Hosenbein und ignorierte die Spötteleien, als berührten sie ihn überhaupt nicht. Und die Tatsache, daß Aaron nicht reagierte, verführte ein paar andere Jungen dazu, ihn auch noch zu hänseln. Aber die meisten ließen ihn in Ruhe – nicht aus Gutmütigkeit, sondern weil Aaron ihnen in seinem Schweigen allzu eigenartig vorkam. Diese Schikanen hielten ein paar Jahre an; sie wurden nie gewalttätig genug, um die Aufmerksamkeit der Obrigkeit zu erregen, und nie so geringfügig, daß man sie vergessen konnte.

Es gibt eine Lunchbar in Aurelius – Junior's –, wo die Schüler nach der Schule hingehen, um Videospiele zu spielen und eine Kleinigkeit zu essen, meistens Brezelstangen und Cherry-Cola. Einen Zeitschriftenstand und eine Musicbox gibt es dort auch. An manchen Tagen sind an die dreißig Kids bei Junior's. Hark war fast jeden Nachmittag da, aber Aaron ging nie hin, nicht einmal um sich eine Zeitschrift zu kaufen.

An einem Nachmittag im Mai, Aaron ging das letzte Jahr zur Schule, kam er gegen vier Uhr doch zu Junior's. An diesem Tag hatte es im Pausenraum wieder einen Zwischenfall gegeben; Hark hatte seinen Becher mit irgendeinem Orangenmixdrink über Aarons Teller mit Maccaroni und Käse gekippt. Es klingt trivial, und Hark hatte schon Schlimmeres getan, aber dieses Verhalten ging nun schon sehr lange so. Später hörte ich Leute sagen, sie hätten gedacht, Aaron habe sich inzwischen daran gewöhnt, als wäre das Dasein als Opfer etwas, woran man sich gewöhnen kann.

Als er Aaron sah, rief Hark: »Hey, Hurensohn.« Er saß an einem Tisch zusammen mit seiner Freundin Cindy Loomis und zwei anderen jungen Männern, und alle freuten sich auf die bevorstehende Unterhaltung.

Aaron trug ein weißes Hemd und eine Khakihose, was in Anbetracht des Folgenden wichtig ist. Cindy erzählte mir später, Aaron habe gelächelt, nicht besonders freundlich, aber jedenfalls harmlos.

»Erzähl uns, wie deine Mutter es mit Matrosen treibt.« Hark lachte. Er rauchte und schnippte seine Asche auf den Boden.

Aaron kam in entspannter Haltung heran, und Cindy sagte, sie rechneten damit, daß er etwas antworten oder vielleicht selber einen Witz machen würde. Als er am Tisch angelangt war, zwinkerte er Hark zu und beugte sich herunter, als wolle er ihm im Vertrauen etwas mitteilen. Hark war überrascht, aber er lehnte sich zur Seite, damit Aaron ihm ins Ohr flüstern konnte. Aaron hatte noch nie mit ihm gesprochen. Sonst hätte Hark sich ihm höchstwahrscheinlich nicht so entgegengeneigt.

Aber statt etwas zu sagen, schnappte Aaron mit den Zähnen zu, packte Harks Ohr und biß hinein. Hark schrie. Er trat gegen den Tisch und stieß die Gläser auf den Boden. Er packte Aarons Hemd, aber der Schmerz muß ungeheuer gewesen sein. Aaron bewegte sich rückwärts und zog Hark vom Stuhl. Er hatte fast das ganze Ohr im Mund. Hark versuchte immer wieder, nach ihm zu schlagen, aber er stolperte und schrie unaufhörlich. Junior kam hinter seiner Theke hervorgerannt. Aaron schleifte Hark rückwärts mit sich, ohne seinen Biß zu lockern. Dann preßte er die Zähne ganz fest zusammen und gab Hark einen Stoß. Hark torkelte quer durch das Lokal und drückte beide Hände auf die blutende Stelle. Aaron blieb an der Tür stehen, schob die Finger in den Mund und nahm etwas heraus. Es war Harks Ohr – oder doch mindestens dreiviertel davon.

Junior schrie Aaron an: »Gib es zurück!« Vermutlich dachte er, man könnte das Ohr wieder annähen. Und natürlich schrien auch alle andern durcheinander.

Aaron steckte sich das Ohr wieder in den Mund und fing an, darauf herumzukauen. Sein weißes Hemd war von Harks Blut bedeckt. Hark selbst lag mit hochgezogenen Knien auf dem Boden und kreischte. Cindy kauerte bei ihm, aber die meisten anderen Kids schauten nur zu, wie Aaron Harks Ohr zerkaute. Schließlich spuckte er es aus, und das Ohr flog klatschend auf den weißen Marmorboden. Einer der Jungen hat es beschrieben; es sah aus wie diese kaubaren Halloween-Lippen aus rotem Wachs: ein rosaroter, formloser Klumpen, der da auf dem weißen Marmor lag, halb über einem grünen Plastiktrinkhalm, den jemand fallengelassen hatte.

Aaron fuhr sich mit der Zunge im Mund herum und schaute in aller Seelenruhe in die Runde. Junior rief die Polizei.

Aaron saß ein paar Stunden im Gefängnis, dann löste sein Vater ihn aus. Während seiner letzten High-School-Jahre schien er seinen Vater zu verachten. Sie waren nie zusammen, und in der Schule ging Aaron an ihm vorbei, ohne auch nur mit dem Kopf zu nicken. Und Chuck Hawley erzählte mir, als Patrick zur Polizeiwache kam, um seinen Sohn abzuholen, habe Aaron ihn nicht einmal angesehen.

Aaron bekam ein Verfahren wegen Körperverletzung, aber die Sache kam nie vor Gericht. Viele Leute sagten aus, wie sehr Hark ihn gequält hatte. Es war offenbar klar, daß Aaron nicht verurteilt werden würde. Statt dessen erging der Beschluß, daß er sich einer psychologischen Beratung unterziehen müsse. Zur Schule kehrte er nicht mehr zurück; er lernte zu Hause und machte spezielle Prüfungen. Er hatte ein Einserzeugnis und war bereits in Buffalo angenommen worden. Es ging nur darum, ihn von der Schule fernzuhalten, denn seine Anwesenheit hätte mit Sicherheit Unruhe hervorgerufen.

Hark kam auch nicht zurück. Daß ihm das Ohr wieder angenäht werden könnte, war ausgeschlossen. Aaron hatte es zu einem Fetzen zerkaut. Das Ohr wurde in Formaldehyd gelegt und als Beweismaterial aufbewahrt. Chuck Hawley erzählte mir, es sei eine Sehenswürdigkeit in der Polizeiwache geworden. Deputys aus anderen Städten und sogar Staatspolizisten kamen vorbei, um es sich anzuschauen.

Aaron verschwand zum College. Patrick unterrichtete weiter. Janice arbeitete in Norwich und hatte ihre Bekannten. Im Sommer sah ich Hark einmal auf der Straße. Er hatte einen Verband an der Stelle, wo

sein Ohr gewesen war. Später verheilte die Wunde zu einer rosa Narbe. Hark ließ seine Haare darüberwachsen. Ich weiß nicht, ob man ihm mit plastischer Chirurgie kein neues Ohr hätte machen können oder ob er es nicht wollte. Patrick hätte es bestimmt bezahlt.
Aaron war drei Jahre weg. Ich nehme an, er wäre vielleicht gar nicht mehr zurückgekommen, wenn seine Mutter nicht gestorben wäre. Es ist nichts Neues, wenn man sagt, eine Kleinstadt ist wie eine Familie. Selbst mit Fremden teilt man seine Erlebnisse. Man fährt durch dieselben Straßen wie sie, kauft in denselben Geschäften ein. Niemand könnte mehr Außenseiter sein als ich, aber Janices Tod drang in grober Weise auch in mein Leben ein. Er wirkte sich darauf aus, wie ich die Welt sah und wie ich meine Nachbarn sah. Und wenn er das bei mir tat, muß er sich auf andere noch viel drastischer ausgewirkt haben. Und natürlich war es nicht bloß ein Todesfall, es war ein Mord.

6

Janices Leiche wurde von Megan Kelly entdeckt, die jeden Mittwoch morgen um zehn zum Putzen zu ihr nach Hause kam. Es war Mitte Oktober, und die Heizung war an. Janices drei Katzen, zwei schwarze und eine getigerte, waren außer Rand und Band. Sie hatten ihre Näpfe leergefressen und waren kurz vor dem Verhungern. Die Leute wunderten sich, daß die Nachbarn nicht schon am Lärm der Katzen und an ihrem Gejaule gemerkt hatten, daß da etwas nicht stimmte. Aber die Nachbarn sagten, sie seien es gewöhnt, daß aus Janices Haus laute Geräusche kämen.

Mrs. Kelly behauptete, sie habe gewußt, daß etwas nicht in Ordnung war, kaum daß sie die Haustür aufgeschlossen hatte. Sie war eine stämmige Frau Anfang Sechzig. Sicher, die Katzen machten Lärm, aber Mrs. Kelly sagte, da sei außerdem so ein Geruch gewesen, der matte, süße Geruch beginnender Verwesung. Eine der Katzen schoß sofort zur Haustür hinaus, und die beiden anderen wanden sich um Mrs. Kellys Beine, so daß sie beinahe gefallen wäre. Mrs. Kelly hängte ihren Mantel in den Schrank in der Diele und holte den Staubsauger. Zuerst saugte sie die Diele. Die Katzen blieben in ihrer Nähe, was sie wunderte, weil die Tiere den Lärm sonst nicht ausstehen konnten. Janice gehörte zu den Frauen, die finden, daß Zimmer »fröhlich« aussehen sollen, und deshalb waren die Wände rosa und gelb tapeziert und mit Reproduktionen französischer Gemälde mit Blumen und Licht behängt: Matisse und Bonnard, besonders Bonnard. Sie hatte schwere Polstermöbel mit blaß geblümten Bezügen und einen Teppich mit einem gelb-violetten Dreiecksmuster.

Als Mrs. Kelly den Staubsauger ins Wohnzimmer schob, sah sie die Tote. Janice lag auf dem Rücken zwischen Couch und Kamin in einem blauen Frottebademantel, der einem ihrer kräftigeren Männer gehört haben mußte. Der Mantel war offen, so daß Mrs. Kelly die nackte Haut darunter sehen konnte. Janices Gesicht war bläulich verfärbt. Ihre schrägen Augen standen offen und quollen aus den Höhlen; sie waren verdreht, als wollten sie etwas auf dem Kaminsims sehen. Sie war erwürgt worden, aber das war nicht das Schlimmste. Das Schlimmste, sagt Mrs. Kelly, war, daß Janices linke Hand am Gelenk abgetrennt worden war, und daß der Knochen herausguckte »wie ein weißer Knüppel aus einer Pfütze Blut«. Zuerst dachte Mrs. Kelly, die Katzen hätten die Hand gefressen, aber das war nicht der Fall, wie sich herausstellte.

Mrs. Kelly lief nach nebenan zu den Washburns, um die Polizei zu rufen. Innerhalb von zehn Minuten waren drei Streifenwagen da und brachten mehr Aufregung mit, als die Hamilton Street seit Jahrzehnten gesehen hatte. Der zuständige Officer war Ryan Tavich. Er war Mitte Vierzig und allgemein beliebt. Das Dumme war, daß auch er vor nicht allzu langer Zeit einer von Janices Liebhabern gewesen war.

Und das wurde zu einem Problem: Janices Liebhaber. Denn als die Ermittlungen einmal begonnen hatten und der Mörder innerhalb von vierundzwanzig Stunden nicht gefunden war, wandte sich die Aufmerksamkeit diesen Männern zu. Einige hatten Familie, und sie hatten sich heimlich mit Janice getroffen. Jetzt wurde ihr Leben von innen nach außen gekehrt. Sie waren verdächtig oder doch potentiell verdächtig. Und nicht alle waren bekannt, so daß auch Männer, von denen keiner angenommen hatte, daß sie sich mit Janice eingelassen hatten, vielleicht doch etwas mit ihr zu tun gehabt haben mochten. In dieser Frage wurde viel spekuliert und viel übertrieben.

Chief Schmidt rief den Sheriff in Potterville an. Dann wurde die State Police gerufen. Ryan wurde, so empfand er es jedenfalls selbst, sehr mies behandelt. Er war ein stämmiger, rechteckiger Mann, ein Gewichtheber, der an Schultern, Brust, Hüften und Schenkeln gleich breit zu sein schien. Er hatte auch ein breites Gesicht mit kantigem Kinn, kurzes, schwarzes Haar und dunkle, fast mürrisch blickende Augen. Augen, die Enttäuschung vermuten ließen. Er begann die Ermittlungen und führte die ersten Vernehmungen durch, bei den Nachbarn hauptsächlich, und mit Patrick, Janices Ex-Mann. Dann redete

Phil Schmidt mit dem Bürgermeister, und der redete mit dem Stadtdirektor, und dann hielt man es für das beste, Ryan von dem Fall abzuziehen.
Er hatte nie ein Geheimnis daraus gemacht, daß er mit Janice etwas gehabt hatte. Er war ledig – geschieden, genauer gesagt –, und man hatte sie zusammen gesehen, wie sie ins Kino oder ins Restaurant gingen. Reporter kamen aus Utica und aus Syracuse, ja, sogar aus Albany. Und die Nachrichtenagenturen verbreiteten die Story überall. Die Tatsache, daß Janices linke Hand fehlte, ließ den ganzen Fall besonders ruchlos erscheinen. Ein paar Tage lang sah man Kamerateams in die City Hall eilen. Und deshalb betrachteten alle außer Ryan selbst seine Affäre mit Janice als Problem, auch wenn Janice schon im Sommer mit ihm Schluß gemacht hatte. Durch seine Beziehung zu Janice war Ryan besonders erpicht darauf, ihren Mörder zu fassen. Für die anderen wurde er gerade deswegen zum Verdächtigen. Und leider kam es oft vor, daß das Sheriff's Department und die State Police die Kleinstadtpolizisten respektlos behandelten, und sei es nur, weil Kleinstadtpolizisten weniger Geld verdienten. Sie kannten Ryan und mochten ihn vielleicht, aber in ihren Augen war er kein ganz richtiger Profi.
Ryan sprach mit Franklin darüber. Das war kurz bevor Michelle starb, aber da dachten alle, sie würde noch länger durchhalten. Sadie war damals elf. Ryan besuchte Franklin zu Hause, nicht in dem Haus neben meinem, sondern in dem Ranchhaus an der Jackson Street. Michelle hatte ein Bett im Arbeitszimmer. Ein medizinischer Geruch erfüllte das Haus, und es war warm, ungefähr siebenundzwanzig Grad. Gegen Ende hat Michelle immer gefroren, und dauernd bat sie ihre Tochter, die Heizung aufzudrehen.
Die beiden Männer hatten in der Küche ein, zwei Bier getrunken. Als Michelle noch gesund war, war sie eine tatkräftige Hausfrau gewesen, trotz ihrer Arbeit als Fotografin, aber jetzt, da sie krank war, wirkte das Haus ein bißchen verlottert. Nicht, daß Franklin faul war oder nicht mit dem Staubsauger umgehen konnte – er war einfach wie gelähmt durch die Krankheit seiner Frau und hatte Mühe, neben der Arbeit bei der Zeitung überhaupt etwas zu tun.
Ryan war nicht wegen des Mordes an Janice zu Franklin gekommen,

sondern weil sie Freunde waren und weil Michelles Krankheit sein Mitgefühl weckte. Eine solche Beziehung ist nicht mit vielen Worten verbunden. Also redeten sie hauptsächlich über triviale Dinge: wie gut das Footballteam der High-School spielte und wie die Chancen für die Buffalo Bills in irgendeinem bevorstehenden Spiel standen. Aber Franklin wußte, daß Ryan ebenfalls traurig war. Janice war nicht mal eine Woche tot.

»Hast du sie geliebt?« fragte er.

Ryan verlagerte sein Gewicht auf dem Stuhl. »Sie hatte etwas an sich, das einem die Gedanken ausfüllen konnte.«

»Wer hat mit wem Schluß gemacht?«

»Sie meinte, ich klammerte mich zu sehr an sie.«

Franklin wartete darauf, daß Ryan noch mehr sagte, aber Ryan kratzte mit dem Daumennagel am Etikett seiner Budweiser-Flasche.

»Warst du wütend, als sie mit dir Schluß machte?«

»Natürlich, aber ich wußte, daß sie recht hatte. Fragst du mich als Reporter?« Ryan versuchte zu grinsen.

»Ich wollte nur wissen, was du empfunden hast.«

»Ich dachte den ganzen Tag immer nur an sie. Und wenn ich abends zu ihr kam, sagte ich kaum hallo – ich fing gleich an, sie zu umarmen und zu küssen. Sie hat mir in die Lippe gebissen. Das tat weh. Ich spürte es noch eine Woche, nachdem sie mit mir Schluß gemacht hatte. Und ich wollte nicht, daß das Gefühl weggeht.«

»Wie lange wart ihr zusammen?«

»Drei Monate. Und sie hatte da noch jemand anderen. Mir war es egal. Was weiß ich, vielleicht hatte sie sogar noch zwei Kerle. Um so besser für sie.«

»Hast du eine Ahnung, wer sie umgebracht haben könnte?«

»Bei der Obduktion haben sie vermutet, daß sie kurz vorher mit jemandem geschlafen hatte. Dann hätten sie seine DNS gehabt – wenn er kein Kondom benutzt hatte. Aber sie haben keine Spur von irgendwas gefunden. Also war es vielleicht eine Frau, die sie umgebracht hat. Eine eifersüchtige Ehefrau oder so.«

»Was ist denn mit der Hand?«

»Dafür gibt es keine Erklärung. Verrückt, das ist es.«

»Und dich haben sie ganz von dem Fall abgezogen?«
»Die State Police führt die Ermittlungen. Die meinen, es sieht nicht gut aus, wenn ich mit dem Fall etwas zu tun habe. Sie mußten lange suchen, um Leute zu finden, die nichts mit ihr gehabt haben. Sogar im Sheriff's Department waren welche. Die Cops von der State Police geben natürlich nichts zu.«
»Sie hatte einen gesunden Appetit.«
Ryan schaute die ganze Zeit zu Boden. »So könnte man's nennen.«
»War es bloß der Sex, weshalb du … du weißt schon – immer wieder zu ihr gingst?«
»Wenn es bloß das gewesen wäre, hätte ich sie schon vergessen. Sie war eine wunderbare Frau: komisch und voller Energie. Zum Teufel, auch ohne den Sex wäre ich gern mit ihr zusammengewesen.«
»Aber du wirst dich raushalten?«
»Sie geht mir nicht aus dem Kopf. Sie hatte ein himbeerförmiges Muttermal unter dem Bauchnabel. Das sehe ich die ganze Zeit vor mir. Ich werde zusehen, daß Schmidt nicht wütend auf mich wird, aber ich werde mich damit beschäftigen. Wenn sie von jemandem in Aurelius ermordet worden ist, dann finde ich es heraus.«
»Und was würdest du tun?«
»Meine Gefühle müssen zur Ruhe kommen. Als ich an dem Vormittag in ihr Haus kam, war ich seit Monaten nicht mehr da gewesen. Ich erkannte die Gerüche wieder, und oben auf diesen Gerüchen war der andere Geruch, ihr Todesgeruch. Sie lag auf dem Boden, ganz blau im Gesicht, die Augen verdreht. Ich hatte dieses Gesicht immer geküßt. Ich weiß nicht, ob du dir vorstellen kannst, das Gesicht der Frau, die du liebst, so zu sehen. Die Schrecklichkeit ihres toten Gesichtes.« Dann fiel Ryan ein, daß Michelle nebenan im Zimmer lag, und er wurde verlegen und schwieg.

Aaron kam zur Beerdigung aus Buffalo. Er war im letzten Jahr am College und machte sein Mathematikexamen. Er wohnte nicht bei seinem Vater, sondern in Gillian's Motel. Die Leute waren schockiert. Er hätte bei vielen wohnen können, wenn er gewollt hätte, aber er zog das Motel vor. Und er machte es ganz offen – nicht, daß er es hätte verheimlichen sollen, aber er sprach mit Leuten darüber, als sagte es etwas aus, daß er in Gillian's Motel wohnte.

Paula war auch zurückgekommen, und sie wohnte bei ihrem Vater. Ich hatte sie seit ein paar Jahren nicht gesehen, und sie war ziemlich schön geworden. Sie war früher bestimmt nicht unattraktiv gewesen, aber der hübsche Teenager war jetzt eine Frau. Sie war groß und schlank, und welliges schwarzes Haar fiel ihr über die Schultern. Und sie trug eine Brille mit großen runden Gläsern. Sie hatte in Binghamton ein Magisterexamen gemacht und arbeitete bei IBM.

Die Beerdigung fand in der Episkopalkirche statt, in St. Luke. Patrick saß vorn mit Paula und Aaron auf der anderen Seite des Ganges, ein paar Reihen weiter hinten, mit einem Cousin, der aus Scarsdale gekommen war. Die Kirche war voll. Natürlich waren Janices Kollegen aus der Pharmafirma in Norwich da, dann ein paar Verwandte und sogar einige Nachbarn. Aber viele Leute waren aus Neugier gekommen. Neben Ryan Tavich, der bei Franklin saß, war noch eine ganze Reihe von Männern in der Kirche, einige davon allein, und es war unmöglich, nicht darüber zu spekulieren, ob diese Männer etwas mit Janice gehabt hatten oder nicht.

Janice war eingeäschert worden, und auf einem Ständer vorn in der Kirche stand ein weißer Pappkarton, etwa so groß, daß ein kleiner Blumenstrauß hineingepaßt hätte. Es war eine erstaunliche Vorstellung, daß das, was darin war, mächtig genug gewesen war, die Herzen so vieler Männer auf den Kopf zu stellen. Rings um den Ständer waren Astern, Lilien und Rosen, Hunderte von Rosen. McHugh's Flower Shop in der Jefferson Street war total ausverkauft, und noch aus Utica waren Blumen geschickt worden. Auch das war erstaunlich insofern, als das Volumen dieser Blumen das der kleinen Blumenschachtel um das Tausendfache übertraf. Und man hatte Mühe, sich nicht vorzustellen, daß die kleine Schachtel nicht ihre Asche enthielt, sondern ihr Herz.

Father John hielt die Andacht, und Eunice Duncan spielte Orgel. Bach, glaube ich. Father John sprach von Janices Karriere als Wissenschaftlerin; sie sei eine Frau gewesen, die aktive Pionierarbeit auf dem Gebiet der Medizin geleistet habe. Dabei war sie nur Technikerin gewe-

sen, wie ich schon sagte. Er sprach davon, wie tragisch es sei, daß Janice so gewaltsam aus unserer Gemeinschaft gerissen worden sei, und er sprach von ihrer warmherzigen, liebevollen Natur. Tatsächlich war das die einzige Bemerkung, die sich, wenn man seine Phantasie sehr strapazierte, auf ihre Männerbekanntschaften hätte beziehen können.
Eine gewisse Anspannung erwuchs aus dem Argwohn, daß der Mörder in diesem Augenblick auch in der Kirche sein könne. Ryan sah sich immer wieder um, und man sah Polizisten in Zivil; einer stand oben bei Eunice Duncan auf der Orgelbühne. Erwarteten sie etwa, daß der Mörder oder die Mörderin sich plötzlich verraten würde, wenn er oder sie sich mit dieser kläglichen kleinen Pappschachtel und den wehmütigen Worten Father Johns konfrontiert sähe? Ich habe den Verdacht, viele Leute erwarteten, daß etwas Theatralisches passieren würde, und sie waren zum Teil deswegen gekommen. Tatsächlich aber passierte gar nichts.
Der Gottesdienst war zu Ende, und die Leute schlängelten sich zum Homeland-Friedhof, eine Prozession von Autos mit eingeschalteten Scheinwerfern, angeführt vom Leichenwagen, einem Cadillac von Belmont's Bestattungsinstitut. Es regnete, das Laub hatte sich verfärbt, und der Höhepunkt der Farbenpracht war schon vorbei. Vielleicht die Hälfte der Leute, die in der Kirche gewesen waren, kam mit auf den Friedhof; Ryan Tavich und Franklin waren dabei, und auch ein paar Polizisten in Zivil. Father John sprach mit den Leuten am Grab, und man sah viele Schirme.
Homeland ist ein hübscher Friedhof mit großen Eichen und etlichen Steinen aus viktorianischer Zeit: weinende Dryaden und Engel. Die Leute bildeten einen Halbkreis, und Aaron stand seinem Vater und seiner Halbschwester gegenüber auf der anderen Seite des Grabes. Es war ein kleines Grab für eine kleine Schachtel, und die Blumen machten es noch winziger, vor allem die Rosen, die man aus der Kirche mit herausgebracht hatte. Das Grab würde bald einen sehr großen Stein bekommen, bezahlt von Patrick. Jemand meinte, der Stein sei so groß, daß er eine Schublade enthalten könnte, in die man die Schachtel mit der Asche hätte hineinstellen können. Andere fanden, der Kauf eines solchen fast zwei Meter hohen Grabsteins sei ein Akt des Trotzes von

Patrick. Wieder andere fanden es geschmacklos – als dürfte Janice keinen Stein haben und als hätte man ihre Asche eigentlich besser irgendwo am Loomis River verstreut.
Nichts Ungewöhnliches passierte. Der Trauergottesdienst war zu Ende, und die Leute gingen weg und hinterließen eine lehmige Spur im nassen Gras. Noch bevor der Monat zu Ende war, kamen ein paar dieser Leute wieder zusammen, um Michelle Moore zu beerdigen, und diesmal sollten Franklin und die kleine Sadie die Hauptleidtragenden sein. Es war eine sehr viel kleinere Beerdigung mit viel weniger Blumen, aber mit einem richtigen Sarg. Und kein Polizist war dabei, außer Ryan Tavich.

7

Über die Morduntersuchung wurde ich aus mehreren Quellen informiert, unter anderem von meinem Cousin. Die Ermittlungen kamen nicht voran, weil es zu viele Spuren gab – allesamt von Janices Liebhabern – und zugleich überhaupt keine: Niemand hatte etwas gesehen. Viele der Liebhaber wurden identifiziert. Ihre Alibis wurden überprüft. Ein gewisses Maß an Skandal begleitete die Sache, denn einige waren verheiratet oder lebten mit anderen Frauen zusammen, oder sie waren in der Gemeinde wohlbekannt, wie zum Beispiel Richter Marshall in Potterville. Und es gab wahrscheinlich weitere Liebhaber, die man noch nicht identifiziert hatte. Außerdem bestand die Möglichkeit, daß eine Frau den Mord begangen hatte. Und natürlich war es auch möglich, daß der Mord nicht das geringste mit Janices Liebesleben zu tun hatte.

Es fiel schwer, nicht über Janices verschwundene linke Hand zu brüten. Wahrscheinlich existierte sie noch irgendwo. Ihr Volumen mußte dem Inhalt der weißen Pappschachtel entsprechen. Wieso war sie überhaupt weggenommen worden? Daß jemand Janice in eifersüchtiger Wut umbrachte, das war vielleicht noch verständlich, aber ihr die Hand abzuschneiden, das war ein Akt des Wahnsinns.

Ein paarmal hörte ich von meinem Cousin, daß die Polizei kurz davor sei, jemanden zu verhaften, aber nichts geschah. Einige der Männer, die mit Janice bekannt gewesen waren, hatten kein Alibi oder nur ein sehr schlechtes, aber diese Tatsache an sich bewies noch nicht, daß einer schuldig war. Patrick McNeal wurde vernommen, und die Polizei in Buffalo wurde ersucht, festzustellen, wo Aaron sich zur Zeit des Mordes aufgehalten hatte. Selbst Paulas Tätigkeiten wurden überprüft.

Mehr und mehr Tage vergingen, und uns wurde immer klarer, daß die

Antworten auf sich würden warten lassen. Man hörte allmählich öfter, daß der Mörder jemand von außerhalb sei, jemand, den wir nicht kannten. Aus Utica oder Syracus mußte er kommen, der Mörder, oder sogar aus Norwich. Die State Police hatte den Fall vollends an sich gezogen, auch wenn noch ein Deputy vom Sheriff's Department dabei war. Die State Police verfügte über Mittel, die das County nicht hatte. Was unsere eigene Polizei anging, so beschäftigte sich allein Ryan Tavich weiter mit der Sache, aber nur in seiner Freizeit und meistens sehr diskret. Schließlich war er ja selber verdächtig.

Man hatte festgestellt, daß Janice spät nachts am Sonntag oder sehr früh am Montag morgen ermordet worden war. Ihre Nachbarn sagten aus, sie sei den ganzen Abend fort gewesen und müsse zurückgekommen sein, nachdem sie alle schon ins Bett gegangen waren. Es gab keinen Hinweis darauf, wo sie gewesen war, obwohl sie gegen elf bei den Cumberland Farms am Nordrand der Stadt angehalten und getankt hatte. Niemand meldete sich und erklärte, er oder sie sei mit Janice zusammengewesen. Am Nachmittag hatte sie in ihrem Vorgarten das Laub zusammengeharkt. Die Fragen lauteten: Wo hatte sie den Abend verbracht, wann war sie nach Hause gekommen, und war sie allein nach Hause gekommen? Nachdem zwei Wochen vergangen waren, ohne daß eine Antwort gefunden wurde, begann das Interesse zu erlahmen.

Ohnedies wurde das Interesse an dem Mord an Janice teilweise durch das Verhalten ihres Sohnes Aaron überlagert. Vermutlich hatte er vorgehabt, zum College zurückzukehren, aber statt nach der Beerdigung abzureisen, blieb er in der Stadt. Er war gerade einundzwanzig, und man sah ihn in mehreren Bars in der Stadt.

Es gab eine Kellnerin, Sheila Murphy, die in Bud's Tavern arbeitete, eine rothaarige Frau, vielleicht ein Jahr älter als Aaron. Ich hatte sie in Physik gehabt – eine gutmütige, aber durch und durch mittelmäßige Schülerin. Sheila kellnerte bei Bud, seit sie die High-School abgeschlossen hatte. Ihr Vater arbeitete beim städtischen Straßenbautrupp. Die Mutter tat, glaube ich, nicht viel mehr als Bingo spielen.

Niemandem war klar, daß Aaron mit Sheila ging, und vielleicht tat er es auch nicht im üblichen Sinne des Ausdrucks, außer daß er zu ihr in

die Kneipe ging – bis zu einem Abend ungefähr zwei Wochen nach der Beerdigung seiner Mutter. Es schien, als hätten sie keine Vorgeschichte – besser gesagt, ihre Geschichte ging gleich in medias res.
Es passierte folgendes. Gegen halb drei morgens wurden ein Dutzend Leute in Gillian's Motel plötzlich durch Wut- und Schmerzensschreie geweckt. So zumindest hörte Franklin es von den Zeugen. Es waren Leute auf der Durchreise: Vertreter, Geschäftsleute und vielleicht auch ein paar Männer und Frauen aus dem Ort in geheimer Mission, wenngleich man dafür meistens nach Potterfield oder noch weiter wegfuhr.
Mehrere Männer kamen auf den Flur gestürzt, zogen sich die Hosen hoch oder die Pyjamas zurecht. In diesem Augenblick flog Aarons Tür auf, und Sheila Murphy kam herausgerannt. Sie trug Jeans und sonst nichts. Auf ihren Brüsten war eine Menge Blut. Ich sage »eine Menge«, weil die Zeugen untereinander uneins waren, wie groß die Menge war, aber selbst eine kleine Menge wäre schrecklich gewesen, und natürlich schrie sie auch. Sie hatte große Brüste, und bald wurde deutlich, daß die linke blutete. Blut tropfte auf den Teppich und sogar an die Wände. Einer der Männer zog sie in sein Badezimmer. Ein anderer rief die Polizei. Aaron erschien in seiner Tür. Es hieß, er habe gelächelt, aber nicht fröhlich, sondern eher prahlerisch. Er trug kein Hemd, und seine langen Haare hatten sich aus dem Pferdeschwanz gelöst. Mehrere Männer erwähnten die L-förmige Narbe auf Aarons Wange, und daß sie rot war, während die Wange ansonsten bleich aussah.
Wie sich herausstellte, hatte Aaron Sheila gebissen. Er hatte fast ein Stück aus ihrer linken Brust herausgebissen, so tief, daß sie genäht werden mußte. Mein Cousin kam auf den Anruf hin zum Motel. Aaron weigerte sich zu reden. Tatsächlich mußte Chuck ihn vor mehreren Männern im Motel schützen, die meinten, Aaron müsse an Ort und Stelle bestraft werden.
Inzwischen hatte Sheila aufgehört zu schreien; sie stand im Flur und drückte sich ein blutbeflecktes weißes Handtuch vor die Brüste. Sie beschimpfte Aaron als Tier und Perversen. Natürlich war in diesem Teil des Motels alles hellwach, und die Eigentümer, Jimmy und Kate

Gillian, waren schrecklich aufgebracht. Die Leute nahmen an, Aaron sei betrunken. Chuck brachte ihn weg, transportierte ihn in Handschellen zur Polizeiwache. Ein Krankenwagen kam, um Sheila in die Klinik zu bringen; sie behauptete, das sei nicht nötig, sie könne selbst hinfahren, aber am Ende fuhr sie doch mit dem Krankenwagen. Jemand sammelte ihre restlichen Kleider ein. Die Gillians versuchten, ihre Gäste zu beruhigen, und am Ende kehrten alle auf ihre Zimmer zurück.

Die Tatsache, daß Aaron drei Jahre zuvor Hark Powers ein Ohr abgebissen hatte, war niemandem entgangen. Die Leute nannten Aaron den Vampir. Seine Taten waren gräßlich, aber sie hatten auch etwas Komisches an sich – allerdings nicht für die Betroffenen. Aaron und Sheila hatten etwas getrunken und waren ins Motel gefahren, als Bud's geschlossen hatte. Sheila sagte aus, Aaron habe gewollt, daß sie ihre Jeans ausziehe, aber sie habe sich geweigert. Sie hätten gestritten und angefangen, sich zu balgen. Sheila war ein kräftiges Mädchen, und die jahrelange Arbeit in der Kneipe hatte sie an schlimmstes Männerverhalten gewöhnt. Jedenfalls wehrte sie sich. Da habe Aaron sie schließlich gebissen und erst wieder losgelassen, als sie ihm das Knie zwischen die Beine gerammt habe. Da hatte Aaron den Schaden aber schon angerichtet.

Aaron behauptete, er sei betrunken gewesen, aber diese Ausrede genügte nicht. Es wurde Anklage erhoben und ein Gerichtstermin festgesetzt. Patrick bezahlte die Kaution, um seinen Sohn aus dem Gefängnis zu holen, und unter der Bedingung, daß Aaron bei seinem Vater wohnte, gewährte man Haftverschonung. Ryan Tavich sprach mit Sheila und mit dem Richter. Man machte viel Aufhebens von der Tatsache, daß Aarons Mutter gerade zwei Wochen vorher beerdigt worden war. Sheila war zwar wütend, aber sie hatte doch ein gutes Herz. Am Ende lief es darauf hinaus, daß Aaron für die Arztrechnung aufkommen mußte. Er wurde verurteilt, bekam ein Jahr Bewährung und mußte sich einer Therapie unterziehen, was er in Buffalo tat; so kam es, daß er zu Beginn des zweiten Semesters wieder am College war.

Die Leute waren überrascht, daß Aaron so glimpflich davongekommen war, und einige, Hark Powers zum Beispiel, verstiegen sich zu der Behauptung, es habe da eine Verschwörung zu Aarons Gunsten gegeben, aber darauf deutete wenig hin. Uns allen war klar, daß Aaron Glück gehabt hatte. Und wir waren froh, als er die Stadt verließ. Es schien das letzte Kapitel einer unangenehmen Geschichte zu sein.

Mehr als ein Jahr lang wurde Aaron nicht gesehen. Er machte sein Examen und wollte Computerwissenschaft studieren. Vermutlich stand er mit seinem Vater und seiner Halbschwester in Verbindung, aber auch davon wußten wir nichts. Weil wir zusammen unterrichteten, sah ich Patrick oft, aber er hatte sich noch mehr zurückgezogen und pflegte keinen Umgang mit irgend jemandem. Die Leute sagten, er suchte eine Stelle in einer anderen Stadt. Und im Herbst zog er nach Utica; er wollte lieber an einer Stadtschule unterrichten, als in Aurelius zu bleiben. Es traf sich, daß seine Tochter zur selben Zeit zurückkam, um eine Stellung als Studienberaterin im Studentendekanat des Colleges anzutreten. Paula war, glaube ich, in Utica geboren und hatte nur sechs Jahre in Binghamton verbracht. Aber selbst Leute, die Aurelius für die beste Stadt der Welt hielten, konnten nicht begreifen, weshalb sie zurückgekommen war. Genau gesagt, sie zog in das Haus ihres Vaters.

Die Leute hörten auf, über Aaron nachzudenken. Hark Powers bekam einen Job als Schlosser bei Jack Morris's Ford-Vertretung. Immer wenn ich ihn sah, was nicht oft vorkam, mußte ich daran denken, was Aaron mit ihm gemacht hatte, denn obwohl er lange Haare hatte, wußten wir alle, daß ihm ein Ohr fehlte. Und er hatte sich nicht geändert. Er war immer noch laut. Er trampelte immer noch gern auf anderen herum. Wenn Aaron ihm mit seinem Überfall eine Lektion hatte erteilen wollen, so war das nicht gelungen; allenfalls war er vielleicht vorsichtiger in der Auswahl derer, die er mißhandelte. Eine kurze Zeit ging er mit Sheila Murphy, was angemessen erschien, da sie beide die Spuren von Aarons Zähnen am Körper trugen, aber die Sache hielt nicht. Sheila sagte, Hark habe sie geschlagen, und die Leute meinten, sie sei eine der Frauen, denen es bestimmt sei, von Männern mißhandelt zu werden. Aber ich war einmal in Bud's Tavern, nur um sie mir anzusehen, und ich fand sie durchaus nett, auch wenn sie ein bißchen laut war und zuviel rauchte.

Ungefähr ein Jahr später wurde Houari Chihani am College eingestellt, und wir sahen seinen roten Citroën durch die Stadt fahren. Man begegnete ihm in Wegmans Supermarket oder bei Trustworthy Hardware. Er humpelte durch die Gänge im Supermarkt und schob seinen Einkaufswagen vor sich her, der aber niemals etwas Frivoles enthielt. Tatsächlich sagte Franklin einmal, er sehne sich danach zu erleben, daß Chihani einmal ein Dutzend Pudding-Doughnuts kaufte. Chihani ging nie in Bars oder Restaurants, aber wegen seiner Baskenmütze, seines Autos und seines Humpelns war er besonders auffällig.

Im Februar machte Franklin sein Interview, und uns wurde klar, was für eine seltsame Person wir da in unserer Mitte hatten. Da hatten wir gedacht, er sei eigenartig, und nun stellte sich heraus, daß er uns eigenartig fand. Und mehr noch, er verachtete uns. Er verspottete uns. Zehn Jahre zuvor hätte man seinen Marxismus mit Argwohn betrachtet. Aber jetzt war der kalte Krieg vorbei, und Marxist zu sein, das war, als glaube man, die Erde sei eine Scheibe. Chihani war eher eine unangenehme Anomalie als eine verdächtige Erscheinung. Niemand mochte ihn, aber es gab uns ein gutes Gefühl, daß wir ihn tolerierten. Und als ihm auf dem Parkplatz bei Wegmans die Windschutzscheibe eingeschlagen wurde, waren viele Leute schockiert, wenngleich andere fanden, er habe es nicht besser verdient.

Mehr als das Interview war es wahrscheinlich der Zwischenfall mit der Windschutzscheibe, was seiner »Untersuchung der Rechten« neue Mitglieder zutrieb. Die Tatsache, daß man ihn beziehungsweise sein Auto angegriffen hatte, schien die Gültigkeit seiner Auffassungen zu untermauern, zumindest in den Augen jener sanften Rebellen, die zu seinen Fahnen eilten. Was aber am meisten überraschte, war, daß auch Aaron McNeal Mitglied seiner Gruppe wurde.

Ich glaube nicht, daß irgend jemand von seiner Anwesenheit in der Stadt wußte, aber seine Schwester muß es ja gewußt haben, und andere ebenso, auch wenn Aaron die Bars mied und überhaupt nicht viel ausging. Er war im Dezember zurückgekommen, hatte sich ein Apartment in einem Backsteinblock in der Nähe der City Hall gemietet und arbeitete als Analytiker für eine Datenverarbeitungsfirma in New York City – mit anderen Worten, er arbeitete zu Hause am Computer. Diese Tatsache fand ich am allermerkwürdigsten. Aaron hatte einen Job, der ihm ermöglichte, zu wohnen, wo er wollte, aber er entschied sich dafür, in Aurelius zu wohnen. Andererseits, war seine Schwester nicht auch zurückgekommen – als müßten beide in der Nähe von Janices Asche sein? Obwohl das vielleicht allzu melodramatisch klingt.

Was den Mord an Janice angeht, so war die Polizei noch genausoweit wie am Tag ihres Todes. Oft kommt es vor, daß man bei solchen Fällen manches weiß, auch wenn es nicht genug Beweismaterial für eine Anklageerhebung gibt. Die Polizei hat einen Verdacht oder sogar eine Gewißheit, und man redet darüber. Aber in diesem Fall gab es gar nichts. Man nahm an, Janice habe jemanden kennengelernt, der auf der Durchreise war, oder jemand von außerhalb habe sie besucht. Alle Leute, die in den Motels gewohnt hatten, selbst wenn die Motels fünfzig Meilen weit entfernt waren, hatte man durchleuchtet.

Die vorherrschenden Theorien waren die, die am leichtesten zu glauben waren: Der Mörder war jemand von weit her. Wenn jemand die Vermutung äußerte, daß es auch jemand sein könne, den wir regelmäßig sahen – ein Lehrer an einer der Schulen oder jemand, der in einem Geschäft arbeitete –, so begegnete man dieser Vermutung abschätzig. Für uns war der Fall abgeschlossen. Man redete sogar mit einer gewissen Bigotterie über Janices Tod: Es sei ihre Lebensweise gewesen, ihre sexuelle Lotterhaftigkeit, was ihr Ende herbeigeführt habe.

Aber wir hatten auch gedacht, der Fall Aaron McNeal sei abgeschlossen, und nun war er wieder da.

8

Neben Aaron kannte ich zufällig noch ein Mitglied von »Untersuchung der Rechten«: Barry Sanders. Ich hatte ihn in drei Kursen unterrichtet: Allgemeine Naturwissenschaft, Biologie und im Leistungskurs Biologie. Jetzt studierte er im Hauptfach Biologie am Aurelius College. Ich hatte mich bemüht, ihn auf eins der besseren staatlichen Colleges zu bringen, aber er war lieber hiergeblieben, um in der Nähe seiner Mutter sein zu können, die behauptete krank zu sein, wenn ich auch glaube, daß ihre Krankheit eine starke Übertreibung war. Barry war einer meiner besten Schüler gewesen, und wenn er das Glück haben sollte, auf dem Gebiet der Biologie Karriere zu machen, so wäre ein großer Teil davon mein Verdienst.

Was es aber als möglich erscheinen ließ, daß Barry vielleicht doch keine Karriere in Biologie machen würde, war nicht seine Intelligenz, sondern seine eigene unschlüssige Natur. Schon ihn dazu zu bringen, den Leistungskurs in Biologie zu belegen, ein Kurs, der nur für wenige Schüler reserviert war und den ich in meiner Freizeit unterrichtete, hatte große Überredungskünste erfordert.

Man denkt an den Weg, den Menschen im Leben einschlagen. Bei manchen sieht es einfach aus. Sie zögern nicht. Sie sehen gut aus, sind intelligent, und das Leben öffnet sich vor ihnen, wie das Rote Meer sich vor Moses auftat. Aber selbst auf das Leben solcher Menschen kann ein Schatten fallen. Franklin zum Beispiel war einer, auf dessen Fortkommen ein Zauber zu liegen schien, aber wer hätte vorhersehen können, daß Michelle sterben würde? Ich habe gelegentlich gehört, wie Leute sagten, es sei ungerecht, aber was hat Gerechtigkeit damit zu tun? Trotzdem – manche Leute scheinen bis zum Ende durchzukommen, ohne daß ihnen ein Unglück zustößt. Sie führen ein glückliches Leben und hinterlassen glückliche Kinder.

Andere müssen unaufhörlich kämpfen. Sie sind schüchtern oder sehen eigenartig aus. Sie stottern. Sie haben keinerlei sportliches Talent. Sie legen niemals ihre Befangenheit ab. Sie stolpern, sie kichern albern. Sie reden, wenn sie den Mund halten sollen, und sie schweigen, wenn sie sprechen müßten. Wenn sie Gelächter hören, glauben sie, man lacht über sie. Obwohl sie clever sind, halten sie sich für dumm. Die Art, wie sie durchs Leben gehen, erinnert an einen Menschen, der durch tiefen Schlamm watet. Und viele sind anscheinend so geboren. Es bringt mich fast dazu, an die Wiedergeburt zu glauben, so sehr gleicht das Leben mancher Menschen einer Strafe. Und wofür sollte es eine Strafe sein, wenn nicht für früher begangene Sünden?

Barry Sanders war ein Albino: weiße Haare, weiße Haut und rosa Kaninchenaugen, mit denen er hinter seinen dunklen Brillengläsern unaufhörlich blinzelte und zwinkerte. Übergewichtig war er auch – nicht fett, aber ein Opfer der vielen Süßigkeiten – Kekse, Schokoladenkuchen, Toffees –, die seine Mutter für ihn machte; das war ihre Art, sich für die Tatsache zu entschuldigen, daß er anders war als andere Kinder. Und Barry war klein. Er war seine ganze Schulzeit hindurch klein, und als er seine volle Größe erreicht hatte, maß er eins fünfundsechzig. Und er war schüchtern, was bei einem so auffälligen Menschen ein besonderer Fluch ist.

Auf der Grundschule war Barry unter dem Namen »Little Pink« bekannt. Als Schüler war er durchschnittlich, aber ziemlich intelligent. Es war nur seine Ängstlichkeit, was ihm bei seinen Leistungen in die Quere kam und ihnen schadete: Barry konnte sich selbst nie vergessen. Es war, als stehe er immer neben sich und sehe sich selbst im Klassenzimmer oder am Rand des Spielplatzes und als sehe er seine Eigenartigkeit im Verhältnis zu anderen.

Er lebte allein mit seiner Mutter, Mabel Sanders, in der Birch Street. Der Vater war verschwunden, als Barry zwei Jahre alt war. Mabel war Büroleiterin bei einer Versicherung, der State Farm Insurance. Sie hielt Barry für empfindlich – was er meiner Meinung nach nicht war – und behandelte ihn, als könnte er jederzeit zerbrechen. An Frühlingstagen, wenn andere Kinder ihre Jacken auszogen, war Barry immer noch eingemummelt. An Halloween durfte er nicht wie die andern von Haus zu

Haus ziehen und um Süßigkeiten betteln. Am Sport konnte er auch nicht teilnehmen.
Barry war der beste Schüler in meinem Physikunterricht in der achten Klasse, und er sagte das ganze Jahr lang kein einziges Wort. Er saß an der Seite, halb hinten, und hielt den Kopf gesenkt. Er war so schüchtern, daß ich selbst davor zurückscheute, die Aufmerksamkeit auf ihn zu lenken. Gelegentlich sprach ich nach dem Unterricht mit ihm, aber selbst das war eine Qual für ihn – besonders, wenn ich ihn lobte, weil er etwas gut gemacht hatte. Wenn die Jungen ihn »Little Pink« nannten, befahl ich ihnen aufzuhören.
In Biologie in der Zehnten war er besser, aber noch immer sagte er im Unterricht nichts. Ein paarmal aber unterhielten wir uns nach der Schule, und am Ende des Jahres konnte es sogar vorkommen, daß er einmal ein Gespräch begann. Natürlich drehten sich unsere Gespräche um naturkundliche Themen. Ich wußte nichts über sein Leben außerhalb der Schule, auch wenn ich wußte, wer seine Mutter war und wo sie wohnten. Ich fing an, ihm meine *Scientific-American*-Hefte zu leihen, wenn ich sie gelesen hatte, und nach einer Weile rechnete er schon damit und hatte Freude daran. Sein Aussehen war ihm peinlich. Niemals trug er Shorts oder kurzärmelige Hemden, aber dafür fast immer eine Mütze; bei manchen Lehrern allerdings mußte er sie während des Unterrichts abnehmen. Ich glaube, wenn er sich einen Schal um den Hals hätte wickeln und eine Maske aufsetzen können, wäre er glücklich gewesen – oder doch glücklicher. Das alles soll sich nicht anhören, als wäre er übermäßig sonderbar gewesen. Er war schüchtern und sah eigenartig aus. Es gibt viele Leute wie Barry, aber er war derjenige, der mir über den Weg lief.
Im Frühling seines letzten Schuljahrs erkannte ich, daß Barry schwul war. Er besuchte meinen Leistungskurs Biologie und kam gut voran. Es war ein kleiner Kurs, nur fünf Schüler, aber er sprach trotzdem nur dann, wenn er gezwungen wurde. Inzwischen hatte sich jedermann an ihn gewöhnt, obwohl manche Jungen ihn immer noch aufzogen. Aber nicht in meinem Unterricht.
Der Kurs traf sich am Schluß des Schultags, und Barry blieb danach oft noch da, mindestens einmal in der Woche. Es dauerte ein paar Monate,

bis das Thema seiner Homosexualität zur Sprache kam, aber schließlich gestand er ein, daß er ein kurzes Verhältnis mit einem Mann in der Stadt gehabt habe; allerdings wollte er nicht sagen, mit wem. Als ich versuchte, ihn danach zu fragen, zog er sich fast völlig zurück. Dabei schien seine Angst sich nicht gegen mich zu richten, sondern gegen den Mann, mit dem er sich eingelassen hatte. Die einzige weitere Information bestand darin, daß Barry diesen Mann als »Akademiker« bezeichnete, als wolle er damit andeuten, daß er sich nicht mit Gesindel herumtrieb. Dann stellte sich heraus, daß der Mann sich selbst so bezeichnet hatte. Ich wußte zwar von ein paar Männern, die unverhohlen schwul waren, aber ich glaubte nicht, daß es einer von denen gewesen war. Für mich wurde dies zu einem weiteren der kleinen Geheimnisse von Aurelius. Das Thema bereitete mir zudem leises Unbehagen. Nicht das Thema Homosexualität, aber vielleicht Barrys Interesse an mir als alleinstehendem Mann. Wir erreichten nie den Punkt, an dem ich ausdrücklich hätte sagen müssen, daß ich nicht zur Verfügung stand, aber ich vermute, daß Barry es spürte. Diese Anspannung bereicherte unsere Unterhaltungen um ein unwillkommenes Element, als lauere da ein unsichtbares Gespräch hinter dem sichtbaren. Als Barry mit dem College anfing, war ich erleichtert. Zumindest würde ich ihn jetzt nicht mehr jeden Tag sehen.

Im ersten Jahr wohnte er zu Hause. Aber die Beziehung zwischen Barry und seiner Mutter wurde angespannt. Nicht, daß er rebellisch geworden wäre – er wurde mürrisch, und ich glaube, er hegte eine Art Groll, als wäre seine Mutter schuld an seiner Lage. Sie umhüllte ihn wie eine alte Wolldecke; sie nötigte ihn, Tabletten zu schlucken, obwohl er nicht krank war, und machte sich dauernd Sorgen wegen der Zugluft. Sie ließ ihn nicht mal den Rasen mähen; sie behauptete, es sei nicht gut für ihn, draußen zu sein, und engagierte einen Jungen aus der Nachbarschaft für diese Arbeit. Ein paarmal erzählte Barry mir, wie er vorn am Fenster saß, Sammy McClatchy beim Rasenmähen beobachtete und sich wünschte, er könnte an seiner Stelle sein. Es war wirklich eine jämmerliche Geschichte.

Aber am Aurelius College fing Barry an, Freundschaften zu schließen. Nicht viele – zwei oder drei, aber sie eröffneten ihm eine Welt, die er gegen die Welt seiner Mutter stellen konnte. Er besuchte mich immer noch in der Schule, vorgeblich, um sich den *Scientific American* zu borgen, und dann erzählte er mir von jungen Männern, die anscheinend absolut langweilig waren, abgesehen von ihrem Interesse an Schach, Science-fiction und »Dungeons and Dragons«-Spielen. Aber im zweiten Semester seines ersten Studienjahres fing Barry mit einem von ihnen ein Verhältnis an, mit einem Pianostudenten aus Wilkes-Barre. Es war aber nicht von Dauer, und nachher war Barry um so zorniger – nicht weil er schwul war oder über seine Mutter, oder weil er ein Albino war, sondern über die ganze öde Einrichtung des Lebens: daß man geboren wurde, sich abmühte und gegen seinen Willen hinausgezerrt wurde, meistens schreiend.

Nun, daran war nichts Ungewöhnliches. Barry hatte es satt, eine Mißgeburt zu sein, und suchte Leute und Systeme, denen er die Schuld daran geben konnte. Deshalb zog er im zweiten Studienjahr ins Studentenheim, obwohl er dafür fünfzehn Wochenstunden in der Cafeteria des Colleges arbeiten mußte. Es ist merkwürdig mit Leuten, die schüchtern sind: Sie lernen es nie ganz, zu sprechen oder sich mit Worten im Mund wohl zu fühlen. Barry sprach jedes Wort so kurz wie möglich, und das Resultat war, daß seine Redeweise etwas Ruckhaftes bekam. Meistens erzählte er vom College, von seiner Mutter und wie er zurechtkam – ziemlich allgemeines Geplauder. Am Ende des ersten Semesters in seinem zweiten Studienjahr war er immer noch auf der Suche nach etwas, das ihn von seiner schrecklichen Selbstbefangenheit befreien würde. Und um diese Zeit kam Houari Chihani ans Aurelius College.

Barry hatte Chihani in diesem Frühjahr nicht als Lehrer, obwohl er von ihm wußte. Wie hätte es auch anders sein können? Aber er wußte auch von der Lektüregruppe, denn er war befreundet oder mindestens bekannt mit Jason Irving, da sie beide im selben Schachclub waren. Und wie andere mag Barry angenommen haben, Jason sei schwul, auch wenn Jason, wie ich schon sagte, anscheinend beiden Geschlechtern ablehnend gegenüberstand. Anfangs wäre Barry niemals zur UDR gegangen. Aufmerksamkeit auf sich zu lenken war ihm zuwider. Aber nachdem Franklin das Interview mit Chihani gebracht hatte, wurde er neugierig. Und als dann die Theaterstudenten Bob Jenks und Joany Rustoff dazukamen, fing Jason an, auch Barry zum Beitritt zu drängen.

Ich weiß nicht, ob Jason ihn hätte überreden können, wenn nicht in diesem Augenblick auch Aaron McNeal dazugekommen wäre. Barry war drei Jahre jünger als Aaron und kannte ihn nicht persönlich. Aber er kannte seine Geschichte, die nach und nach immer mehr aufgebläht worden war. Sicher, es war dramatisch gewesen, wie Aaron Hark Powers das Ohr abgebissen hatte, aber als Barry die Geschichte zu hören bekam, hatte sie bereits die Ebene der großen Oper erreicht. Sogar Aarons Überfall auf Sheila Murphy wurde in eine Geschichte verwandelt, die ein gutes Licht auf Aaron warf – dies allerdings vor allem unter jenen glücklosen jungen Männern, für die Sheila unerreichbar war.

Barry wurde gegen Ende März Mitglied bei »Untersuchung der Rechten«. Er war stolz auf seine Entscheidung. Er brach hier eine Lanze für etwas Wichtiges, auch wenn er nie genau artikulieren konnte, was dieses Wichtige war. Aber er sprach mit mir darüber. Alle zwei Wochen kam er in der High-School vorbei, und ein oder zweimal besuchte er mich auch zu Hause, obschon ich Schülern oder ehemaligen Schülern von solchen Besuchen oft abrate. Schließlich tratschen die Leute.

Zu Anfang traf sich die UDR montags in einem Seminarraum in der Webster Hall. Chihani behandelte den Aufstieg der Mittelklasse nach der Französischen Revolution, die Natur des Imperialismus und die Ausbeutung der Arbeiterschaft. Die Gruppe las Marx und diskutierte darüber, aber auch über Thorstein Veblen und Romane wie »Früchte des Zorns«, denn Chihanis Ziel war es nicht nur, seine Zöglinge zu unterrichten, sondern auch, Empörung in ihnen zu wecken. Und natürlich beherrschte Chihani die Diskussion mit seiner trockenen, leidenschaftslosen Stimme – der Stimme der Vernunft, wie er gesagt hätte. Diese jungen Leute hatten keine Ahnung von Geschichte, und so konnten selbst Erzählungen über die Verwicklungen der Regierung in Lateinamerika sie in Aufregung versetzen. In der High-School war die amerikanische Geschichte ein glückliches Märchen gewesen; jetzt erzählte Chihani ihnen die Kehrseite.

Wenn die UDR auf diese Montagabende beschränkt geblieben wäre, so wäre sie ein relativ unschuldiges Unternehmen geblieben, aber bald begann Chihani, die Gruppe freitags abends zu sich nach Hause einzuladen. Es waren gesellige Anlässe, wenngleich für Chihani kein Anlaß ausschließlich gesellig sein konnte. Wenn er beispielsweise Musik spielte, dann spielte er vielleicht Paul Robeson und erzählte seinen Studenten die Geschichte dieses frustrierten Mannes. Oder sie schauten sich ein Video an, aber dann war es die Geschichte von Woodie Guthrie, Bound for Glory. Chihani mußte ihnen immer Lehren erteilen, auch wenn es so aussah, als organisierte er ein geselliges Beisammensein. Und vieles von dem, was er sagte, traf ja zu. Er brauchte keine Geschichten über die Schurkereien des Kapitalismus zu erfinden. Es standen viele wahre Geschichten zur Verfügung.

Je mehr Mitglieder die UDR hatte, desto mehr traten in ihren Sitzungen Diskussionen an die Stelle der Vorträge. Die Mitglieder diskutierten über ihre Lektüre; sie diskutierten über Marx und über das, was mit Aurelius nicht in Ordnung war. Wir waren für die UDR ein Fallbeispiel. Wir waren eine Illustration dessen, was falsch laufen konnte. Die jungen Leute, die am längsten Mitglied waren – Jesse und Shannon Levine, Leon Stahl, Jason Irving und Harriet Malcomb – wurden sozusagen die Offiziere der Truppe. Sie hegten Besitzergefühle in Hinblick auf Chihani und stritten sich mit den neuen Mitgliedern. Das Problem war, daß Aaron älter war und mehr gelesen hatte. Er wurde der Anführer der Neulinge. Zwar stritt er nicht mit Chihani, aber er stritt mit Harriet und dem dicken Leon Stahl über Fragen der Interpretation. Die alten und die neuen Mitglieder wetteiferten um Chihanis Gunst. Chihani merkte es und bestärkte sie darin. Schließlich wollte er Bekehrte um sich haben, keine Freunde.

Bald sahen wir sie auch zu anderen Zeiten. Als es schneite, schaufelten zwei oder drei Mitglieder der UDR Chihanis Gehweg und seine Einfahrt frei. Als das Wetter besser wurde, saßen sie freitags abends in Chihanis Garten und diskutierten bei unerschöpflichen Krügen mit Eistee. Die Nachbarn konnten es nicht übersehen, und selbst die Tolerantesten betrachteten es mit Argwohn. Manchmal hörte man laute Stimmen, manchmal Lachen.

Als es April wurde, trafen sich die fünf neuen Mitglieder einmal in der Woche in Aarons Apartment in der Stadtmitte. Ich glaube nicht, daß sie sich als Opposition gegen die andern betrachteten, aber Aaron ging mit ihnen durch, was sie für die folgende Woche diskutieren sollten; er trainierte mit ihnen, damit sie gegen Leon und Harriet bestehen konnten. Barry war ganz aufgeregt über diese Treffen, und er war bald richtig verschossen in Aaron; er erledigte kleine Besorgungen für ihn und folgte ihm überallhin. Aaron war an Barry sexuell nicht interessiert, aber die Aufmerksamkeit schmeichelte ihm – und wenn sie ihm nicht gerade schmeichelte, so übte Aaron doch gern Macht aus, das bißchen Macht, das er besaß. Es machte ihm Spaß, Barry auf Botengänge zu schicken. Er fing sogar an, Barry »Little Pink« zu nennen, obwohl es, glaube ich, liebevoll gemeint war. Zumindest erlaubte er nicht, daß irgend jemand anders Barry mit diesem Namen anredete.

Bei den Montagstreffen fand die Hauptkonkurrenz zwischen Aaron und Harriet statt. Obwohl Leon Stahl auch ziemlich belesen war, wirkte er in seiner Fettleibigkeit eher komisch. Er saß auf dem Boden und brauchte Hilfe beim Aufstehen. Jesse und Shannon zerrten ihn hoch, und die andern lachten. Auch für Chihani hatte es etwas Verdorbenes an sich, daß jemand so fett war. Es wies auf einen Mangel an Disziplin hin. Chihani machte sich zwar nicht über Leon lustig, aber er sprach doch mit ihm über das Abnehmen. Ich glaube, Leon schränkte daraufhin seinen Coca-Cola-Konsum ein oder wechselte zumindest für eine Weile zu Cola Light. Leon war der intelligenteste der Studenten, aber seine Fettleibigkeit und die verschiedenen komischen Elemente, die damit einhergingen – zum Beispiel seine Leidenschaft für Harriet Malcomb –, hinderten ihn daran, ein intellektueller Führer zu sein. Damit blieben Harriet und Aaron.

Barry meinte, die beiden könnten einander nicht ausstehen, aber so einfach war es nicht, und vielleicht stimmte es auch gar nicht. Auf ihre Art war Harriet ziemlich bösartig. Ihre Schönheit, ihr glänzend schwarzes Haar, ihre bleiche Haut, ihre schmale Taille, ihre großen Brüste – das waren ihre Waffen. Im College trug sie kurze Röcke und

Pullover, in der Freizeit Jeans und T-Shirts, beides sehr eng. Aaron schien es egal zu sein, wie sie aussah. Bei den Sitzungen sprach er höflich, aber herablassend mit ihr, und immer nur kurz, als könne er es nicht erwarten, seine Aufmerksamkeit wieder jemand anderem zuzuwenden. Sie redete ihn sarkastisch an, und er hörte zu und ließ keinerlei Emotion erkennen, von einem leisen Lächeln vielleicht abgesehen.

Mitte Mai erwähnte Aaron gegenüber Barry, er werde Harriet Malcomb »kriegen«. Barry nahm an, er wolle Harriet in der Gruppe lächerlich machen, aber das war ein Irrtum. Sie saßen im Junior's beim Lunch, wo Aaron Hark das Ohr abgebissen hatte. Touristen machten oft Fotos im Junior's, wegen der Chromhocker und der Marmortheke und den Blechschildern mit der Reklame für Moxie und Vernor's Ginger Ale. Aaron aß einen Hamburger; Barry, der zu dem Schluß gekommen war, er sei Vegetarier, hatte einen Salat bestellt. Sie saßen an der Theke. Aarons Haaransatz wich allmählich zurück; er hatte beginnende Geheimratsecken, was ihn ziemlich distinguiert aussehen ließ. Noch immer band er sich das Haar zu einem Pferdeschwanz zusammen.

Barry fragte ihn, was er damit meinte, er werde Harriet »kriegen«.

»Ich mache sie zu meinem Soldaten.« Aaron schaute Barry mit hochgezogener Braue an, als wolle er sagen, Barry verstehe schon, was er meine.

»Wie willst du das machen?«

»Indem ich sie zu meiner Hure mache.«

Barry sprach nicht gern über Sex und hielt solche Gespräche mittlerweile für an sich schlecht. Natürlich wußte er, daß Harriet schön war, aber er hielt sich stolz zugute, daß er gegen ihren Zauber immun war. Jetzt fing er an zu stottern.

»Wa … was hast du vor?«

»Ich möchte, daß du ihr einen Brief bringst.« Aaron zog einen Umschlag aus seiner Segeltuch-Büchertasche.

In diesem Augenblick wurde Barry klar, daß der Tag, der Lunch, der Zeitpunkt, daß dies alles nur mit dem Hintergedanken gewählt worden war, den Brief abzuliefern. Schließlich war der Brief schon geschrieben. Es war Donnerstag, und donnerstags hatte Harriet keine Kurse. Sie hatte sogar ausdrücklich erklärt, daß sie den Donnerstag für ihre UDR-Lektüre freihielt.

»Was steht denn in dem Brief?«

Aaron gab ihm den Umschlag und packte Barry dann halb zärtlich im Nacken; Barry wußte nicht, ob Aaron ihn streicheln oder wie ein Kätzchen hochheben wollte.

»Eine Einladung zu einem Gespräch. Schmeichelhaft für ihren Verstand.«

9

Barry lieferte den Brief ab. Es war zwei Uhr an einem Donnerstag nachmittag im Mai, ein windiger Frühlingstag, an dem der Himmel gerade noch klar und im nächsten Augenblick schon voll dunkler Wolken war. Staub wirbelte über dem Sand auf, der im Winter auf die Straßen gestreut worden war. Ein paar Rentner harkten totes Laub unter ihren Rhododendron-Büschen zusammen. Barry fuhr einen verrosteten Ford Fairlane, der seiner Mutter gehört hatte, einen Wagen mit gebrochener Federung und ausgeschlagenen Stoßdämpfern, der schwankte wie ein Schiff auf dem Ozean. Am Rückspiegel baumelte ein Luftauffrischer in Form eines Tannenbaums.

Harriet Malcomb bewohnte eine Wohnung unter dem Dach eines Hauses in der Adams Road, zwei Straßen weit vom Campus entfernt. Barry parkte vor dem Haus und ging die Treppe hinauf. Auch nach dem Mord an Janice McNeal waren die Haustüren in unserer Stadt nie verschlossen; Harriet hatte allerdings ein Schloß an ihrer Wohnungstür. Sie schien nicht erfreut, ihn zu sehen, sondern wirkte genervt und verächtlich, aber ich bin sicher, dieser Eindruck beruhte zu einem gewissen Grad auf seiner eigenen Ängstlichkeit. Harriet trug Shorts und ein Colgate-Sweatshirt. Barry gab ihr den Brief, und sie wollte die Tür zumachen, »mir vor der Nase zumachen«, wie Barry sagte.

Er drückte mit der Hand gegen die Tür. »Ich soll auf eine Antwort warten«, sagte er.

»Dann warte«, sagte sie und schloß die Tür.

Barry blieb im Flur stehen. Er wünschte, er hätte etwas zu lesen bei sich gehabt – nicht um zu lesen, sondern um beschäftigt auszusehen, wenn Harriet zurückkäme, um ihr zu zeigen, daß er nicht einfach wartete, sondern auch las, und daß er das Warten ganz vergessen hatte. Durch das Fenster im Flur konnte man auf den Campus schauen, und

er sah die weiße Kuppel und die Glocke auf dem Dach des Verwaltungsgebäudes. Unten bellte ein Hund. In der Ferne hörte er ein Motorrad, das von einem Gang zum andern hochgeschaltet wurde und jedesmal wieder bis zum oberen Drehzahlbereich aufheulte.
Zehn Minuten später machte Harriet die Tür wieder auf. Sie trug immer noch die Shorts, aber das Sweatshirt hatte sie gegen eine weiße Bluse ausgewechselt. Barry gefiel die Bluse nicht, weil sie darin so sittsam aussah und er diesem Eindruck nicht traute. Ihr schwarzes Haar war hinten zu einem losen Zopf zusammengebunden, der von einem dicken roten Gummiband gehalten wurde. Und sie trug eine Halskette aus blauen Perlen.
»Ich bin soweit«, sagte sie.
Weil Barry nicht wußte, was in dem Brief gestanden hatte, war ihm auch nicht ganz klar, was sie meinte, aber er haßte es, ratlos auszusehen. »Mein Wagen steht draußen«, sagte er.
Sie gingen die Treppe hinunter. Barry hielt ihr keine Tür auf, nicht die Haustür und auch nicht die Tür am Ford Fairlane. Den ganzen Weg bis hinüber zu dem Backsteinkomplex bei der City Hall überlegte er sich, was er sagen könnte. Harriet schaute starr geradeaus, und Barry vermutete, daß sie versuchte, Houari Chihani nachzuahmen, der immer den Eindruck vermittelte, er sehe nichts anderes vor sich als sein Ziel. Barry betrachtete Harriet nicht als schön. »Ästhetisch« war das Wort, das er benutzte.
Aarons Apartmentkomplex hieß Belvedere Apartments; das Gebäude, in dem er wohnte, enthielt vier Apartments mit einem Hausflur in der Mitte, der bis zur Decke im ersten Stock hinaufreichte, von wo ein prunkvoller, aber billig aussehender Lüster herunterhing. Aarons Wohnung lag im ersten Stock. Harriet folgte Barry nach oben, und Barry klopfte, zweimal, dann noch einmal, was sein spezielles Zeichen war – nicht, daß Aaron ein Zeichen verlangt hätte.
Als Aaron die Tür öffnete, schien er kein bißchen überrascht, Harriet zu sehen. »Komm rein«, sagte er. Das Apartment hatte ein großes Wohnzimmer zur State Street hinaus, ein Schlafzimmer und eine kleine Küche. Aarons Arbeitstisch mit dem Computer stand im Schlafzimmer. An der Wand im Wohnzimmer hingen Poster mit Zapata und

Pancho Villa und dem Wort »Huelga!« Ein Bücherregal war vollgestopft mit Büchern, es gab eine Stereoanlage, ein paar Sessel und eine modernistische gelbe Couch, langgestreckt und flach über dem Boden, wo ein geflochtener Teppich lag.

Aaron drehte sich zu Barry um und sagte: »Geh doch ins Schlafzimmer und warte da.«

Barry begriff, daß sie hier eine Art Erwachsenenspiel spielten. »Na klar«, sagte er, und dann ging er ins Schlafzimmer und machte die Tür hinter sich zu.

Die Tür hatte kein Schlüsselloch, und darüber war er enttäuscht. Über dem einzelnen Bett hing das Vermeer-Porträt der Frau mit dem gelben Tuch. Ihr lebendiger Blick, ihre Lebenslust bildeten einen Kontrast zur asketischen Beschaffenheit des Zimmers. Weiße Wände, weißer Boden, ein Tisch aus einem weißen Türblatt, ein Compaq-Computer, ein kombiniertes Telefon und Fax, ein Hewlett-Packard-Drucker. Der einzige Schmuck auf dem Tisch war die gerahmte Fotografie einer jungen Frau mit schrägen Augen und einem großen Mund; Barry fand das Gesicht ein bißchen froschartig. Er nahm das Bild in die Hand, und erst nach einem Augenblick erkannte er, daß es Janice McNeal war, Aarons Mutter. Vielleicht wäre er schneller darauf gekommen, wenn die Frau auf dem Foto nicht so jung ausgesehen hätte, nicht viel älter als Aaron selbst.

Barry ging zur Tür. Er hörte Aaron sprechen, aber er konnte kein Wort verstehen. Der Tonfall war hartnäckig. Barry nahm an, daß sie über ihre Diskussionen bei Chihani sprachen; dann hörte er, wie Harriet laut »Nein!« sagte und wie Aaron lachte. Ein Stuhl wurde umgestoßen. Barry blieb stehen, die Hand auf dem Türknopf. Er dachte daran, wie bereitwillig Harriet mitgekommen war und was das bedeuten konnte.

Barry fühlte sich zunehmend unwohl. Er ging zum Telefon und hätte gern jemanden angerufen, aber er wußte nicht, wen. Ihm war bang zumute, und er wußte nicht, was da im Gange war. Jetzt war Aarons Stimme noch lauter und beharrlicher. Barry näherte sich wieder der Tür und hörte einen klatschenden Schlag, dann noch einen, und einen Schrei von Harriet. Wieder legte er die Hand auf den Türknopf. Einen

Augenblick später hörte er, wie Aaron das Wort »Arschloch« aussprach, und zwar beinahe zärtlich.
Barry stürzte zum Fenster. Er war neunzehn, und vieles machte ihm angst, vor allem das, was er nicht verstand, und das war eine Menge. Blinzelnd spähte er in die Sonne. Er sah Houari Chihanis roten Citroën in die Monroe Street einbiegen. Er erkannte viele der Leute, die er sah, auch wenn er nicht wußte, wie sie hießen.
Nach einer Weile hörte er Aaron rufen.
»Little Pink! Little Pink!«
Hastig lief er zurück zur Tür.
»Little Pink, komm rein!«
Barry öffnete die Tür. Harriet lag auf dem geflochtenen Teppich. Ihre Shorts lagen daneben, und die Haut an ihren Hüften war sehr weiß. Aaron lag auf ihr, und seine Khakihose wickelte sich um seine Knöchel. Harriet starrte an die Decke, und dann, ganz langsam, schaute sie Barry an. Ihm war, als stimmte irgend etwas nicht mit ihren Augen. Sie schaute ihn an und sagte: »Little Pink«, sehr leise. Aaron stützte sich neben Harriets Schultern mit den Händen auf den Boden. Er lächelte nicht; es schien eher, als funkele er Barry an, und der sprang zurück ins Schlafzimmer und warf die Tür zu. Dann drehte er sich um, preßte die Hände auf die Ohren und rutschte mit dem Rücken an der Tür herunter, bis er auf dem Boden saß. Dort blieb er. Er betrachtete seine Turnschuhe und den Doppelknoten daran. Er nahm die Hände von den Ohren und hörte jemanden weinen. Rasch drückte er die Hände wieder an die Ohren. Er fühlte sich einsam. Er sah zu, wie die Schatten über den Boden und auf Aarons einzelnes Bett hinaufkrochen. Er schaute zum Fenster und stellte sich vor, wie er sich hinausstürzte, aber er wußte, er würde sich nur verletzen. Aber bald mußte er zur Toilette, und die war nebenan. Er nahm die Hände nicht von den Ohren. Bald hatten die Schatten Aarons Bett völlig bedeckt.
Dann drückte jäh die Tür gegen seine Schultern und hielt inne, und gleich darauf hämmerte eine Faust dreimal dagegen. Barry rappelte sich hoch. Aaron stand in der Tür, Harriet ein paar Schritte hinter ihm. Beide waren angezogen.
»Wir gehen eine Pizza essen«, sagte Aaron. »Kommst du mit?«

Barry wollte ablehnen; er sei nicht hungrig. Aber dann sagte er gar nichts. Er nickte. Aber zur Toilette mußte er immer noch. Er ging hinein und schloß hinter sich ab. Beim Händewaschen sah er ein Stück Papier auf dem Boden liegen. Es war der Brief, den er Harriet gebracht hatte. Barry steckte ihn in die Tasche.

Die Pizzeria war in dem alten Bahnhof, ein paar Straßen weiter die Main Street hinauf. Sie gingen zu Fuß hin. Inzwischen war es schon nach fünf. Der Himmel hatte sich bewölkt. Die Leute fuhren von der Arbeit nach Hause. Aaron und Harriet gingen nebeneinander. Sie sprachen nicht und schauten einander nicht an. Weil der Gehweg so schmal war, mußte Barry entweder hinter ihnen oder über den Grasstreifen gehen. Er tat abwechselnd beides. Aaron und Harriet gingen schnell, und Barry mußte sich beeilen, um mitzukommen.

In der Pizzeria bestellte Aaron, ohne die andern zu fragen, was sie haben wollten. Sie tranken Coke. Barry fühlte sich unbehaglich und warf Harriet immer wieder kurze Blicke zu, aber sie sah völlig normal aus. Ihr schwarzes Haar hatte sich aus dem Zopf gelöst.

Aaron hatte über utopische Gemeinschaften gelesen und sprach mit Barry über die Notwendigkeit neuer solcher Gemeinschaften. Nicht Kommunen, sondern Gemeinschaften mit einem Führer. Das Problem der Kommunen war gewesen, daß sie führerlos gewesen waren.

Die Pizza war mit Schinken und Wurst belegt. Barry pickte beides herunter, aber er mochte sie immer noch nicht. Aus Höflichkeit nahm er ein paar Bissen. Er fragte sich, ob er je in einer utopischen Gemeinschaft leben könnte – oder ob er, was das betraf, überhaupt irgendwo leben könnte. Harriet fragte Aaron, ob er immer mit seiner Mutter in diese Pizzeria gekommen sei.

»Meistens waren wir im Aurelius Grill. Einmal die Woche, genau gesagt. Ich war nicht mehr da seit dem Mord.«

Als Barry an dem Abend nach Hause kam, nahm er den Brief aus der Gesäßtasche und las ihn. »Wir haben einander viel zu geben. Ich brauche Deine Hilfe. Komm mit Little Pink.« Er begriff nicht, wie dieser Brief Harriet hatte überreden können, zu Aaron zu kommen, und auch nicht, was Aaron mit »Hilfe« meinte. Und er kam sich verraten vor, weil Aaron ihn als »Little Pink« bezeichnet hatte.

Barry ging in der Woche darauf nicht zum UDR-Meeting, und er ging auch nicht zur Diskussion bei Aaron am Donnerstag, und auch am folgenden Montag, am letzten Montag im Mai, ging er nicht zur UDR. Am Dienstag rief Aaron ihn an.
»Du bist am Donnerstag abend bei mir«, sagte er und legte auf.
Barry hatte immer wieder sexuelle Phantasien über Aaron. Er stellte sich vor, wie er auf dem Boden lag, wo Harriet gelegen hatte, und wie Aaron auf ihm lag und in ihn hineinstieß. Anfangs versuchte Barry diese Phantasien zu unterdrücken, aber dann gab er sich ihnen hin und masturbierte. Was Harriet anging, die haßte er. Und er bildete sich törichterweise ein, wenn Harriet nicht gewesen wäre, würde Aaron ihm mehr Aufmerksamkeit zuwenden, sexuelle Aufmerksamkeit, versteht sich. Immer wieder las er den Brief, den Aaron ihr geschickt hatte. »Wir haben einander viel zu geben.«
Als Barry am Donnerstag zu Aaron in die Wohnung kam, fand er dort sämtliche Mitglieder der UDR vor. Aaron saß auf der Couch, Harriet neben ihm. Sie berührten einander, aber sie liebkosten sich nicht, und sie zeigten auch sonst keinerlei Zärtlichkeit.
Von dieser Zeit an war Aaron der inoffizielle Führer der »Untersuchung der Rechten«. Was Chihani anging, so war er der Mentor der Gruppe. Er führte die UDR nicht, sondern die Mitglieder kamen zu ihm, um sich Anleitung geben zu lassen. Und es war Aaron, der sie zu Chihani brachte; so jedenfalls hatte es den Anschein. Bei den Diskussionen in Aarons Wohnung am Donnerstag abend gingen sie die aufgegebene Lektüre durch, und Aaron vergewisserte sich, daß sie alles verstanden. Freitags abends ging ein großer Teil der Mitglieder zu Chihani, um zu diskutieren und Kaffee zu trinken, aber Aaron war oft nicht dabei. Er begegnete Chihani freundlich, aber auch kühl. Er schmeichelte ihm nicht wie ein paar andere, Jason Irving vor allem, der Chihani folgte wie ein Hund. Aaron hielt Distanz, auch wenn er sich Chihani intellektuell immer fügte. Und wenn Chihani ihn um einen Gefallen ersuchte und ihn bat, etwas zu besorgen oder zu erledigen, dann tat Aaron es zuverlässig. Aber er saß nie bei Chihani zu Hause herum.
Aaron und Harriet waren oft zusammen. Sie verbrachte die Nächte bei

Aaron, und es war schwer, sich nicht vorzustellen, wie sie in Aarons schmalem Bett lagen. Für Barry war es eine Qual. In der Öffentlichkeit traten Aaron und Harriet selten demonstrativ auf; manchmal hielten sie sich bei der Hand, aber selbst das wirkte kalt, als habe etwas ihre Finger unbeabsichtigt verflochten – der Wind oder die Umstände. Aber wenn sie allein waren, führten sie sich leidenschaftlich, ja laut auf; ein Lehrer an der High-School, Martin Tyson, hatte eine Wohnung in Aarons Haus, und er erzählte, er habe Glas splittern und Möbel umstürzen hören. Einmal habe er an Aarons Tür geklopft, um zu fragen, ob etwas passiert sei, und Aaron habe gerufen, es sei alles okay.
Die Leute erinnerten sich an Sheila Murphy, und so musterten sie Harriet in der High-School, um zu sehen, ob sie blaue Flecke hatte oder unglücklich aussah. Aber ihre Haut war makellos und bleich wie immer. Wenn Aaron irgendwelche Male hinterließ, so konnte man sie nicht sehen. Wahrscheinlich waren keine da. Aber in Anbetracht seiner Vergangenheit hofften die Leute fast, doch einmal etwas zu sehen, die äußerliche Manifestation der Tatsache, daß seine eigentümliche Geschichte ihren Fortgang nahm, wie sie es vorher gewußt hatten. Sheila Murphy arbeitete immer noch in Bud's Tavern, und sie war skeptisch. »Wartet's nur ab«, sagte sie immer wieder.

10

Es ist vielleicht die Eigentümlichkeit einer Kleinstadt, daß die Lebensgeschichten der Leute sich immerfort kreuzen. Jemand ist eine Zeitlang Bestandteil des alltäglichen Daseins, verschwindet dann und kommt wieder zurück. Man sieht immer dieselben Leute auf der Straße und in den Geschäften. Man führt kurze Gespräche und erfährt das Neueste über die Nachbarn. Selbst ich, der ich ein zurückgezogenes Leben führe, kann samstags nachmittags nicht bei Wegmans einkaufen gehen, ohne mit vier oder fünf Leuten zu sprechen. Ich erfahre, daß Mrs. Dunratty die Grippe gehabt hat, daß Tom Hendersons Tochter Midge jetzt am Cortland State College ihr Examen macht oder daß die alte Mrs. Howster mit ihrem Dodge Caravan ein Reh angefahren hat. Ich freue mich auf diese Unterhaltungen. Und ich lege Wert darauf, meinen *Independent* und den *Syracuse Post Standard* in Malloy's Pharmacy zu kaufen, statt sie mir zustellen zu lassen, weil ich bei dieser Gelegenheit kurze Gespräche führen kann.

Mein Leben aus zweiter Hand verläuft somit in ziemlich ausgedehnten Bahnen. Die Folge ist natürlich, daß ich mich stärker beteiligt fühle, als ich es in Wirklichkeit bin. Ich mache mir Sorgen um Mrs. Howster und freue mich für Tom Henderson, obgleich mir mancher entgegenhalten könnte, daß diese Art des Kontakts mir die Möglichkeit gibt, mich beteiligt zu fühlen und zugleich meine Isolation zu zelebrieren.

Nach dem Tod seiner Frau blieb Franklin Moore ungefähr ein Jahr lang sehr zurückgezogen. Er kümmerte sich um Sadie. Er pflegte seine Freundschaft mit Ryan Tavich. Er arbeitete hart für die Zeitung. Aber er war Mitte Dreißig. Es war zu erwarten, daß er Interesse an anderen Frauen entwickeln würde. Und angesichts der Größe unserer Stadt und der kleinen Zahl der verfügbaren Frauen war es wahrscheinlich unausweichlich, daß sein Blick auf Aarons Halbschwester Paula fallen

würde, die als Beraterin im Studentensekretariat des Aurelius College arbeitete.
Paula war dreißig und ledig. Die Leute erzählten, sie habe in Binghamton vier Jahre mit einem Mann zusammengelebt, aber der habe getrunken, und es habe ein böses Ende genommen. Tatsächlich, so hieß es, habe sie bei Gericht eine einstweilige Verfügung gegen ihn erwirken müssen, und man behauptete, dies sei einer der Gründe, weshalb sie nach Aurelius zurückgekehrt sei. Ein weiterer Grund war wahrscheinlich die Verfügbarkeit ihres Elternhauses, denn das stand leer. Ich nehme an, Patrick hatte vor, es zu verkaufen, denn er hatte sich entschlossen, in Utica zu unterrichten, und mit unserer Stadt war er fertig. Aber als Paula nach Aurelius zurückkam, vermietete er seiner Tochter das Haus für einen geringen Betrag. Das war typisch für Patrick. Er konnte ihr das Haus nicht umsonst überlassen. Er mußte Einschränkungen erlassen, mit denen er Distanz zwischen sich und seinem eigenen Kind schuf, obgleich ich nie gehört habe, daß Paula sich über dieses Arrangement beklagt hätte. Patrick fühlte sich stets wohler, wenn es Unterlagen und Rechtsanwälte gab. Seine tote Frau hatte sich deshalb immer über ihn lustig gemacht: Er benutze Anwälte wie andere Männer Kondome. Zufällig war Henry Swazey, Patricks Anwalt, einer von Janices Liebhabern gewesen.
Paula war seit ein paar Wochen wieder in Aurelius, bevor ich es erfuhr. Sie blieb für sich und ging selten aus. Man könnte sich allerdings fragen, wohin man in Aurelius gehen sollte, wenn man nicht zum Bowling oder zum Bingo wollte oder einer Kirche oder einem Verein angehörte. Ein paarmal kam sie zu kulturellen Veranstaltungen ins College – zu einem Vortrag oder einem Kammermusikabend. Ich bin sicher, die meisten Leute hatten keine Ahnung, daß Paula wieder da war, obwohl man sie, wenn man darauf geachtet hätte, abends mit ihrem Hund Fletcher hätte sehen können, einem großen, braun-schwarzen Mischling, teils Labrador, teils Schäferhund.
Aber Franklins Stellung als Chefredakteur des *Independent* gab ihm Zugang zu allem, was sich ereignete. Er war ständig damit beschäftigt, die Zeitung der nächsten Woche zu füllen und sie möglichst interessant zu machen, was in einem verschlafenen Städtchen stets eine Heraus-

forderung ist. So war es unvermeidlich, daß er auch das Studentensekretariat besuchte, und ebenso unvermeidlich war es, daß er Paula sah. Sie hatte sich das wellige schwarze Haar abgeschnitten, so daß es nur noch bis auf Kinnhöhe reichte, und es war ziemlich lockig geworden. Patricks erste Frau – Rachel oder Roberta – war Jüdin gewesen, und die Mischung von jüdischen und schottischen Einflüssen gab Paula ein exotisches Aussehen. Ihre Augen zum Beispiel waren hellblau. Andererseits war sie ein bißchen altmodisch in Kleidung und Benehmen, was bei Leuten in der Kleinstadt verbreiteter ist. Und ihre Brille gab ihr einen Anschein von Ernsthaftigkeit, der zu ihrer Position am College zu passen schien.

Paula und Franklin waren ein hübsches Paar. Franklin mit seinen Khakihosen und Tweedsakkos, Paula mit ihren karierten Röcken und weißen Blusen. Die Leute betrachteten sie mit Wohlwollen. Ihre unglückliche Vergangenheit – Franklins erste Frau an Krebs gestorben, Paulas Mutter ermordet – bewahrte sie vermutlich vor jenem Hauch von Bösartigkeit, der allem Tratsch anhaftet. Nicht, daß Franklin und Paula in der Öffentlichkeit eine großartige Romanze vorgeführt hätten. Dazu waren sie zu diskret. Aber man sah sie zusammen im Kino oder in einem Restaurant, und manchmal parkte Franklins weißer Subaru-Kombi spät abends vor Patrick McNeals Haus.

Ryan Tavich wäre vielleicht auch mit Paula ausgegangen, wenn er nicht das Verhältnis mit ihrer Stiefmutter gehabt hätte. Ryan war heikel in solchen Zusammenhängen. Aber weil Ryan und Franklin befreundet waren, tranken die beiden Männer und Paula gelegentlich etwas in Bud's Tavern, oder sie fuhren zum Skilanglauf in den Wald im Naturschutzgebiet am Rande von Lincoln Park. Ryan ging mit Frauen aus, aber er legte sich nie auf eine fest; die Leute sagten, er hänge immer noch an Janice. Gelegentlich sah man ihn mit Patty McClosky, Chief Schmidts Sekretärin, und manchmal auch mit Ronnie Glivens, einer OP-Schwester aus dem Krankenhaus.

Es gab jemanden, der Paula nicht leiden konnte, und das war Sadie – obwohl das vielleicht nicht ganz genau zutrifft. Sie hätte Paula gemocht, wenn Paula sich nicht mit ihrem Vater eingelassen hätte. Dreizehnjährige haben einen komplizierten, aber in mancher Hinsicht rudimentären Verstand. Nach dem Tod ihrer Mutter hatte Sadie ein sehr enges Verhältnis zu ihrem Vater entwickelt. Sie gingen überallhin zusammen. Als Franklin sein Verhältnis mit Paula begann, bedeutete es, daß er nicht mehr soviel Zeit mit seiner Tochter verbringen konnte. Oft nahmen Franklin und Paula sie mit ins Kino oder zum Spazierengehen in den Naturpark, aber wenn Sadie auch nicht unhöflich war, so zeigte sie sich doch schweigsam und unglücklich.

Manchmal sprach Franklin darüber, wenn er bei mir hereinschaute. »Sie findet, ich lasse das Andenken ihrer Mutter im Stich«, sagte er.

»Sie ist eifersüchtig auf die Zeit, die Sie nicht mit ihr verbringen«, sagte ich dann.

Sadie selbst fühlte sich verraten, weniger das Andenken ihrer Mutter. Sie hatte das Gefühl, sie sei durch Paula ersetzt worden; das war albern, aber, wie gesagt, sie war erst dreizehn. Und Sadie hatte die – schrecklich übertriebenen – Geschichten von Janice und ihrer Ermordung gehört, und sie bildete sich ein, daß die gleiche Ruchlosigkeit – nämlich die Promiskuität – auch in Paula lauern müsse, obwohl die beiden Frauen überhaupt nicht verwandt gewesen waren. Das Ironische daran war, daß Paula, als ihr Vater Patrick damals, vor fünfundzwanzig Jahren, sein Verhältnis mit Janice begonnen hatte, die gleiche Art von Eifersucht auf diese verspürt hatte. In dem Fall allerdings hätte Patrick die Warnungen vielleicht lieber beachten sollen.

Sadie fing an, ihren Vater zu strafen, auch wenn sie es nicht so empfand. Sie begann sich in der Schule zu verschlechtern, und sie verließ das Haus, ohne Franklin zu sagen, wohin sie ging. Er war darüber ziemlich bestürzt. Sadie war immer verantwortungsbewußt gewesen, und als alleinerziehender Vater war Franklin auf ihr Verantwortungsbewußtsein angewiesen, denn er mußte sie manchmal alleinlassen. Er hatte eine Putzfrau, Megan Kelly – dieselbe, die Janice McNeals Leiche entdeckt hatte –, und montags, dienstags und mittwochs abends kochte Mrs. Kelly für ihn oder besser gesagt für Sadie, weil Franklins Arbeit beim *Independent* ihn an diesen Abenden meistens in Anspruch nahm.

Wenn Sadie das Haus verließ, ohne zu sagen, wohin sie wollte, kam sie oft zu mir, und das wußte Franklin natürlich, weil ich es ihm sagte, auch wenn ich Sadie nie erzählte, daß ich sie verpetzte. Seit sie elf war, hatte ich Sadie damit unterhalten, daß ich ihr die Präparate zeigte, die ich in Formaldehydgläsern aufbewahre – Mixed Pickles nenne ich sie. Es sind mehrere Frösche, eine Ratte, eine Klapperschlange, ein menschlicher Fötus mit geschlossenen Augen, den ich von einem ehemaligen Biologielehrer geerbt habe, zehn Augäpfel, die von Kühen stammen, und ein Schweinefötus. Ich habe sie im Laufe der Jahre zusammengetragen, um sie im Naturkundeunterricht zu zeigen. Im Formaldehyd haben sie alle die gleiche dunkle Färbung angenommen, und der Ratte sind fast alle Haare ausgefallen. Die Kuhaugen zeigen eine düstere Intelligenz, und der Schweinefötus sieht traurig aus.

Sadie war immer fasziniert von dem menschlichen Fötus; sie fragte sich, wer seine Eltern sein mochten, und wie er wohl geworden wäre, wenn er hätte aufwachsen können. Es machte sie ziemlich philosophisch.

Aber zu anderen Gelegenheiten verschwand sie allein auf langen Spaziergängen oder Radfahrten, und das konnte beschwerlich sein, zumal wenn Franklin mit ihr irgendwohin wollte oder auch nur einfach wissen wollte, wo sie war. Sadie hatte ein paar gute Freundinnen in ihrem Alter, unter anderm die arme Sharon Malloy, und sie war oft bei Sharon zu Hause. Aber Sharons Eltern waren nicht besonders aufmerksam und sagten Franklin nicht immer Bescheid, wenn seine Tochter bei ihnen zu Besuch war.

Hin und wieder versuchte Paula, mit Sadie allein auszugehen, aber Sadie weigerte sich entweder, oder sie blieb stumm, wenn sie mitkam. So ging es ungefähr sechs Monate lang, und ich war beeindruckt von Paulas Beharrlichkeit. Aber Sadie behielt ihre Abneigung gegen Paulas Gesellschaft – oder es war Bockigkeit. Die Folge jedenfalls war, daß Franklin mehr Zeit mit Paula allein und ohne Sadie verbrachte, was die Situation immer weiter verschlechterte.

Franklin hoffte, daß das Problem sich von allein lösen würde. Paula war schließlich nett zu Sadie; sie erzählte lustige Geschichten und brachte ihr hübsche Sachen mit – Franklin konnte sich nicht vorstellen, daß Sadie sie nicht irgendwann liebgewinnen würde. Aber Paulas Qualitäten machten Sadie mißtrauisch.

»Wieso bringt sie mir Geschenke mit?« fragte sie mich. »Sonntag hat sie mir einen Pullover mitgebracht, einen blauen, mit rundem Ausschnitt.«
»Sie möchte, daß du sie gern hast«, sagte ich.
»Ich will sie aber nicht gern haben.«
»Was hast du denn mit dem Pullover gemacht?«
»Ich hab ihn Sharon geschenkt. Finden Sie nicht, daß Paula zuviel lächelt?«
Bei einem Erwachsenen ist ein solches Verhalten neurotisch, aber ein Heranwachsender kann Neurose und Normalität in einem Paket kombinieren. Ich half Sadie bei ihren Schularbeiten, und ihre Noten besserten sich, aber ihr plötzliches Verschwinden hörte nicht auf, und als der Frühling zu Ende ging, sprach Franklin davon, mit ihr zur Erziehungsberatung nach Hamilton zu gehen. Der Vorschlag mußte von Paula stammen, denn Beratung war ihr Fachgebiet. Natürlich machte Ryan Tavich seine Kollegen im Police Department darauf aufmerksam, daß Sadie manchmal ausriß, und ein paarmal wurde sie von einem Polizisten nach Hause gebracht, ein Ereignis, das in der Nachbarschaft großes Getuschel hervorrief.
Ich hätte mir größere Sorgen wegen Sadies Verhalten gemacht, wenn ich nicht davon profitiert hätte. Daß ich keine Familie habe, empfinde ich zwar nicht als Entbehrung, aber Sadies Anwesenheit hatte doch etwas Anrührendes. Ich kam mir selbst töricht und unreif vor und machte mir Vorwürfe, wenn sie wieder weg war, obwohl ihre Besuche völlig unschuldig waren – mir wäre es sehr unangenehm, wenn in der Schule bekannt würde, daß ich einen Abend damit verbracht hatte, mit Sadie Moore Schokoladenkekse zu backen. Nicht, daß wir jeden Tag Kekse gemacht hätten – das taten wir vielleicht einmal im Monat, aber ich freute mich darauf. Ich wußte zwar, daß ich versuchen sollte, Sadie von Paulas guten Absichten zu überzeugen, aber ich wollte Sadie nicht auf die Nerven gehen oder sie dazu bringen, daß sie mir mißtraute. Und mein Fehler war, daß ihre Besuche mir wichtiger waren als die Frage, wie sie sich mit Paula verstand.
Ryan Tavich begann sich ebenfalls für Sadie zu interessieren, und ich könnte mir vorstellen, daß er sich bemühte, sie dazu zu bringen, daß sie

Paula akzeptierte. Er nahm Sadie im Winter mit zum Skilaufen und im Frühling zum Forellenangeln. Ryan war kein großer Plauderer, aber er erzählte ihr von den verschiedenen Bäumen und Wildblumen, wie die Forellen leben und was sie zu verschiedenen Tageszeiten machen. Er war ein praktischer Mann mit wenig Phantasie, und er gab Sadie Informationen über die Welt.
Und so machten Sadie und ich Schokoladenkekse und schauten uns tote Dinge an, und Ryan Tavich ging mit ihr angeln – es war noch nichts passiert, was den Anblick eines älteren Mannes mit einem kleinen Mädchen in irgendeiner Weise bemerkenswert gemacht hätte. Ein anderer Mann in Sadies Leben gab mehr Anlaß zur Besorgnis: Aaron McNeal. In Anbetracht seiner Vergangenheit machte selbst Franklin sich Sorgen wegen Sadies Freundschaft mit Aaron. Ich habe den Verdacht, daß Sadie von dem Zwiespalt wußte, in dem ihr Vater sich befand, und daß sie ihn bis zu einem gewissen Grad – in aller Unschuld natürlich – manipulierte. Franklin verbrachte seine Zeit mit Paula, also verbrachte Sadie ihre Zeit mit Paulas Halbbruder. In Sadies Augen war das sicher nur gerecht.
Paula selbst hatte ein kompliziertes Verhältnis zu ihrem Bruder. Sie hatte geholfen, ihn großzuziehen, und hatte oft auf ihn aufpassen müssen, als er klein war. Aber Paula hatte ihre Stiefmutter nicht gemocht, und Aaron hatte Ähnlichkeit mit ihr. Sie hatten die gleichen leicht aufwärts gezogenen Augen. Er hatte sogar ein paar ihrer Eigenheiten – die Art, wie Janice die eine Schulter gezuckt oder wie sie beim Lachen die Hand vor den Mund gehalten hatte.
Und was empfand Aaron gegenüber seiner Schwester? Nachdem Patrick und Janice sich hatten scheiden lassen, hatte Paula nicht nur den Platz von Aarons Mutter eingenommen, sondern sich Janice in den Weg gestellt. Paula hatte ihn genährt und abgeschirmt. Paula war es gewesen, die ihm Bücher gab und ihn in die Bibliothek mitnahm. Sie hatte sogar versucht, ihn vor Hark Powers zu beschützen, als Hark zum Haus kam, um Aaron zu hänseln. Und vielleicht hatte sie Aaron auch dazu ermuntert, sich zu wehren, obwohl sie ihn natürlich nicht dazu gedrängt haben dürfte, Hark das Ohr abzubeißen. Familiäre Beziehungen sind fast unmöglich auszuloten: Lügen liegen über Abneigungen,

Liebe verdeckt Selbstsucht. Neid, Groll, Zorn – der ganze Brei kann zu einem Problem werden. Ich halte es für ein Glück, daß ich keine Geschwister und nur ein Elternteil hatte, aber es ist mir unmöglich, die Beziehung zu meiner Mutter eindeutig zu entwirren, vor allem in den letzten Jahren vor ihrem Tod.

Als Franklin anfing, mit Paula auszugehen, war Aaron noch nicht in die Stadt zurückgekommen. Ungefähr drei Monate später, im Dezember, kam er dann, und sie feierten Weihnachten zusammen, was ein Alptraum gewesen sein muß. Sadie hatte an Paulas Geschenken alles mögliche auszusetzen: Dieser Pullover hatte die falsche Farbe, jene Bluse war zu klein. Und Aaron behandelte Franklin kühl, obwohl Franklin absolut höflich, sogar freundlich zu ihm war. Man hätte denken sollen, daß Aaron wegen Michelles Tod Mitgefühl mit Franklin gehabt hätte, aber er war so sehr mit seiner eigenen Geschichte beschäftigt, daß der Schmerz anderer Leute für ihn nicht faßbar war. Vielleicht störte er sich auch an Franklins gelassenem Umgang mit der Welt. Franklin führte ein stabiles Leben. Er suchte keine Richtung. Und natürlich liebte Paula ihn, und es war möglich, daß Aaron sich auch daran störte, und sei es nur, weil er Paulas Aufmerksamkeit für sich allein haben wollte.

In dieser Hinsicht waren Aaron und Sadie einander ähnlich, und an diesem Weihnachten spielten sie Monopoly und bewarfen sich mit Schneebällen – das heißt, sie bewarfen hauptsächlich Franklin. Aber erst nach Franklins Interview mit Houari Chihani und nachdem Aaron der UDR beigetreten war, begannen er und Sadie ihre Zeit miteinander zu verbringen, was Franklin befürchten ließ, daß da vielleicht noch etwas anderes im Spiel sein könnte. Aaron machte Sadie kleine Geschenke – ein preiswertes Schmuckstück, manchmal ein Buch. Franklin traute Aaron nicht, obwohl er es gern wollte. Aber Paula, Aarons Halbschwester, traute ihm auch nicht.

»Man weiß nie, was Aaron als nächstes machen wird«, erzählte Franklin mir. »Meistens benimmt er sich wie jeder andere auch, aber dann tut er etwas beinahe Perverses – er gibt Paulas Hund Rumpunsch oder versteckt nur zum Spaß meine Schlüssel. Sie kennen das Gefühl, daß man mit den meisten Leuten eigentlich zwei Gespräche gleichzeitig führt?

Daß sich hinter dem, was gerade gesagt wird, noch etwas anderes verbirgt? Man sieht die Angst des anderen, seinen Stolz, seine Eitelkeit, und das ist wie ein zweiter Gesprächsgegenstand. Und bei Aaron kann ich dieses verborgene Gespräch nie sehen.« Franklin lachte. »Es ist zu gut verborgen. Und ohne das habe ich kein Gefühl dafür, was er als nächstes tun wird oder warum er tut, was er tut. Ich kann nicht erkennen, wie sein Gefühl für Ursache und Wirkung funktioniert. Es ist wie die Oberfläche eines Tümpels. Da unten regt sich was, aber ich weiß nicht, was.«

Nicht, daß Sadie sehr viel Zeit mit Aaron verbracht hätte, aber manchmal sah man sie in seinem Auto, oder sie rief ihren Vater aus Aarons Wohnung an, damit er sie abholte, obwohl Aaron nur acht Straßen weit weg wohnte. Manchmal sah man sie im Junior's beim Eisessen. Anscheinend hatten sie einander gern, aber Aaron war dreiundzwanzig, und Sadie war dreizehn, und wir alle kannten Aarons Geschichte.

Auch Sadie kannte Aarons Geschichte, aber sie romantisierte ihn. Sie sah ihn als Opfer. Und sie wußte, daß ihr Vater unter ihrer Freundschaft mit Aaron litt, und irgendwo in ihrer pubertären Seele bereitete ihr das Spaß. Einmal nahm sie einen roten Stift und machte sich ein L-förmiges Mal auf die linke Wange, das aussah wie Aarons Narbe. Als Franklin es sah, hätte er sie am liebsten gezwungen, es abzuwaschen, aber er sagte nichts.

11

Es ist bezeichnend, daß keines der zehn Mitglieder der »Untersuchung der Rechten« Aurelius in diesem Frühling verließ, als die Kurse am College zu Ende waren. Die meisten fanden einen Sommerferienjob in der Stadt. Harriet Malcomb arbeitete als Platzanweiserin im Restaurant des Pine Cone Inn. Leon Stahl wurde Verkäufer bei Ames. Jesse und Shannon Levine bekamen Jobs in der Hausverwaltung des Colleges. Oscar Herbst ging ins Sägewerk von Aurelius Lumber. Aber die Gruppe traf sich weiterhin zwei- bis dreimal pro Woche. Sie lasen die Bücher, die Chihani ihnen aufgab, und trafen sich in Aarons Apartment, um darüber zu diskutieren und den Jargon zu definieren, auch wenn sie es so nie nannten. Heilige Nomenklatur traf es wohl eher. Freitags abends sah man einige von ihnen bei Chihani zu weiteren Diskussionen auf einer geselligeren Ebene. Jesse und Shannon mähten Chihanis Rasen und den des Colleges. Joany Rustoff machte Chihanis Haushalt – sie saugte Staub und wusch das Geschirr ab; allerdings bezahlte Chihani sie dafür.

Die Mitglieder der UDR waren zu Gläubigen geworden, manche mehr als andere. In Barrys Fall gab es einfach ein großes Verlangen, an irgend etwas zu glauben, und da kam Chihani daher. Das schien für alle zu gelten, mit Ausnahme von Aaron: Die Sehnsucht nach Glauben war dem Gegenstand des Glaubens vorausgegangen. Alle zehn Mitglieder der UDR verspürten einen Mangel, der durch die UDR selbst schließlich ausgefüllt wurde – aber wer könnte sagen, daß er nicht auch durch Standardtänze hätte ausgefüllt werden können, oder durch Greenpeace oder durch einen Hund? Hätte ich Barry gegenüber so etwas angedeutet, wäre er beleidigt gewesen. Jedes Mitglied glaubte, daß sein Mangel von ganz spezifischer Größe und Form war und daß nur die UDR ihn ausfüllen konnte.

Infolgedessen war die UDR nicht bloß ein Debattierclub oder eine politische Gruppe. Ihre Mitglieder strebten nach Theokratie, und Chihani war ihr Prophet. Und so fingen sie an zu missionieren. Die Welt war aufgeteilt in Gerettete und Gefallene, in Rechtschaffene und Verdammte. Auch dieser Charakterisierung hätten sie vielleicht widersprochen, aber Barry war tief betroffen über die unzutreffende Weltsicht der anderen, und er machte sich Sorgen um sie. Wenn ich angedeutet hätte, daß er sich Sorgen um ihr Seelenheil mache, wäre er wohl überrascht gewesen – schließlich glaubte er eigentlich nicht an die Existenz der Seele –, aber was ihm vorschwebte, war durchaus ihre Seele.

Die Ausnahme war Aaron. Ich bezweifle, daß er ein Gläubiger war; eher war er ein widerstrebender Nihilist auf der Suche nach Alternativen zum Nihilismus. Aber er hatte einen eigenartigen Humor – man zögert, von Humor zu sprechen –, der sich in seinem Widerspruchsgeist zeigte. Das machte ihn problematischer als die andern, denn wenn es Zwietracht zwischen den Mitgliedern der UDR gab, fand Aaron auch dies wegen des Widerspruchs amüsant. Tatsächlich ermunterte er womöglich sogar manches Mal zur Zwietracht. Aber es war ein Irrtum, wenn ich glaubte, Aaron sei von Launen gelenkt. Er hatte eine einzige Leidenschaft, die all sein Handeln bestimmte – aber ich greife vor.

Es war schade, daß Aaron die Freitagabende bei Chihani oft versäumte, denn sie entwickelten sich zu Selbstkritiksitzungen. Es rührte mich, wie Barry der Gruppe offenbarte, was er empfand, weil er Albino und klein war. Er gestand sogar, daß es ihm zuwider war, »Little Pink« genannt zu werden. Sie waren ziemlich typische, vernagelte junge Leute, und durch Chihanis sanftes Drängen gewahrten sie schließlich ein paar ihrer Mängel: ihren Neid, ihre Trägheit. Leon Stahl war gezwungen, sich seiner eigenen Gefräßigkeit zu stellen. Jason Irving sprach von seiner Angst vor Sex. Bob Jenks und Joany Rustoff gaben zu, daß sie ihre Beziehung benutzten, um den Rest der Welt zu verdrängen. Ich kann mir nicht vorstellen, daß Jesse und Shannon Levine sich jemals anders als überlegen gesehen haben könnten, aber unter Chihanis Anleitung erkannten sie schließlich, wie sie ihren eigenen Standpunkt gegenüber anderen stets bevorzugt behandelten. Aber wenn schon nichts daran auszusetzen ist, daß Chihani bei seinen Anhängern ein Gefühl des Bewußtseins zutage förderte, so war es doch vielleicht ein Fehler, ihre Schwächen durch seine eigene Variante des Marxismus zu ersetzen.

Wie Aaron schien auch Harriet Malcomb kein Interesse an Selbstkritik zu haben. Sie behauptete, sie müsse an diesen Abenden im Pine Cone Inn arbeiten, aber vielleicht wollte Aaron nicht, daß sie an den Sitzungen bei Chihani teilnahm. Vielleicht befürchtete er, daß sie seinen Einfluß auf sie verringern könnten. Es war schwer einzuschätzen, wieviel Macht Aaron über Harriet hatte, besonders nachdem sie angefangen hatte, mit Ryan Tavich auszugehen. Ryan hatte sie im Pine Cone Inn gesehen, als er mit Ronnie Glivens dort zu Abend gegessen hatte. Danach hatte Harriet ihn angerufen.

»Na klar gehe ich mit ihr aus«, sagte Ryan, als Franklin ihn eines Donnerstags abends nach dem Basketball danach fragte. »Wenn eine schöne Frau mich sehen will, wäre ich doch verrückt, nicht mit ihr auszugehen.«

»Du bist mehr als zwanzig Jahre älter als sie«, sagte Franklin.

»Zählen kann ich selber«, antwortete Ryan. »Wenn es sie nicht stört, wieso soll ich mir dann den Kopf deswegen zerbrechen?«

Harriet war größer als Ryan, aber er war muskulös vom Gewichtheben und sah nicht schlecht aus. Es erschien sonderbar, daß sie zusammen ausgingen, aber wir waren noch nicht an dem Punkt angelangt, wo etwas Sonderbares sofort Mißtrauen weckte.

»Worüber unterhaltet ihr euch?« fragte Franklin.

»Bullenkram. Sie hört gern meine Kriegsgeschichten.«

Chihani behielt die Zusammenkünfte in seinem Haus streng unter Kontrolle. Und wenn Aaron doch einmal dabei war, schien er ein anderer Mensch zu sein: fleißig und ehrerbietig.

Bei einem Montagstreffen bei Chihani hatten die UDR-Mitglieder »The Power Elite« von C. Wright Mills lesen sollen. Chihanis Wohnzimmer war ziemlich spartanisch: zwei Plattformen mit Futons als Sofas, ein paar Stühle. Der einzige Schmuck war ein rot-blauer algerischer Teppich an der Wand; ein zweiter Teppich in verschiedenen

Braunschattierungen lag auf dem Boden. Keine Bücher, keine Musik, keine Fotos. Chihani hatte zwar viele Bücher, aber die waren im oberen Stockwerk. Chihani servierte Pfefferminztee ohne Zucker und zuckerfreie Cracker aus Kanada.
Er saß auf einem Stuhl, die andern waren im Zimmer verteilt.
»Und was nennen Sie Gerechtigkeit?« fragte Chihani. »Jeder von Ihnen kann darauf antworten.«
»Was gut ist für die meisten?« fragte Leon. Er saß mit gekreuzten Beinen auf dem Boden, aber seine Beine waren so fett, daß ihm das nicht leichtfiel, und er mußte seine Schienbeine umklammern, damit sie nicht nach außen federten.
»Was ist denn gut?« fragte Chihani. Seine Stimme klang trocken, und er sprach die Worte abgehackt und ließ jede Silbe gleich lang klingen.
»Gut ist, was gerecht ist«, sagte Harriet. Sie saß auf dem Futon mit Aaron, der in einer französischen Zeitschrift blätterte.
»›Jeder nach seinen Fähigkeiten, jedem nach seinen Leistungen‹«, sagte Leon und zitierte Marx.
»Und warum ist das gerecht?« fragte Chihani. »Basiert diese Idee von Gerechtigkeit auf dem moralischen Anspruch des Subjekts?«
»Sie basiert auf einer historischen Theorie«, sagte Leon.
»Erklären Sie das«, sagte Chihani.
»Geschichte ist progressiv«, sagte Leon. »Sie bewegt sich auf die Erreichung einer besseren Gesellschaftsordnung zu.«
»Ich frage Sie noch einmal, was heißt besser?« sagte Chihani.
»Die Emanzipation der Menschheit«, sagte Shannon.
»Warum ist das besser?« fragte Chihani.
»Die Ausbeutung des Menschen durch den Menschen führt zu Reibungen in der Gesellschaft«, sagte Harriet. »Nicht alle arbeiten für die Verbesserung der Menschheit. Eine Gruppe, die übergangen wird, ist eine ausgebeutete Gruppe, eine Gruppe, die sich am Ende gegen die Mächtigen erheben wird.«
Leon hob die Hand und begann Marx vorzulesen. »Erst wenn eine große soziale Revolution die Folgen der bürgerlichen Epoche, den Weltmarkt und die modernen Produktivkräfte, gemeistert und der gemeinsamen Kontrolle der am weitesten fortgeschrittenen Völker un-

terworfen hat, erst dann wird der menschliche Fortschritt nicht mehr jenem scheußlichen, heidnischen Götzen gleichen, der den Nektar nur aus den Schädeln Erschlagener trinken wollte.«

»Das mit den Schädeln der Erschlagenen gefällt mir«, sagte Oscar. In seine Unterlippe, ganz links, war eine goldene Niete gebohrt. Beim Zuhören spielte er gern mit der Zunge daran, als schmecke sie süß.

»Lenin sagt, moralisch ist alles, was dazu verhilft, die alte Ausbeutergesellschaft zu vernichten und die Arbeiter zur Schaffung einer neuen, kommunistischen Gesellschaft zu einen«, sagte Harriet.

»Ist damit nicht gesagt, daß der Zweck die Mittel heiligt?« fragte Barry. Er war stolz darauf, daß er gesprochen hatte; er tat es nur selten.

»Was ist daran auszusetzen?« fragte Oscar.

»Das Böse, das zum Guten benutzt wird, ist nicht mehr böse«, sagte Aaron.

»Das ist eine fragwürdige Philosophie«, sagte Leon.

»Manchmal ja«, sagte Aaron, »und manchmal nein.«

»Und was ist mit der Polizei?« fragte Leon.

»Leon hat Angst vor der Polizei«, sagte Oscar. Er war ein Ketzer von der Sorte, die Beweise will und wenig Interesse am Theoretischen hat. Er war wie ein Mechaniker in einer Autowerkstatt, der keinen Grund sieht, die Probleme eines Autos auf der philosophischen Ebene zu erörtern. Aber das stimmt auch nicht ganz. Das Reparieren war Oscars Sache nicht. Was ihn erregte, war Zerstörung. Er wollte zerlegen. Er hatte ein Jahr auf der Technischen Hochschule in Rensselaer verbracht und war dann ausgestiegen, denn obwohl er auf den Gebieten, die er freiwillig studierte, ein guter Student war, kümmerte er sich niemals um das, was ihm unwichtig erschien. Manchmal sah ich ihn in der Stadt: klein und mager, und der Rücken seiner Jeansjacke war über und über mit Heavy-Metal-Abzeichen benäht. Er ging niemals in der Mitte des Gehwegs, sondern immer am Rand, nah an der Hauswand. Und er machte gern viel Lärm mit seinen Stiefeln und stapfte und scharrte damit.

Der Winter in Aurelius ist kalt, schneereich und lang, aber der Sommer ist ein Geschenk: sonnig und nicht zu heiß. Jener Sommer war besonders angenehm. Ich erinnere mich, daß es im Juli eine Woche lang jede Nacht für kurze Zeit regnete, aber die Tage waren immer klar. Für kurze Zeit sah es so aus, als habe die Natur die Sache mal richtig hinbekommen. Mein Rasen ist zwar groß, aber ich ziehe es vor, ihn selbst zu mähen. Ich habe es gern, wenn meine Nachbarn mich bei der Gartenarbeit sehen; es ist, als machte mich das zu einem von ihnen. Sadie half mir manchmal, und ich bezahlte ihr eine Kleinigkeit dafür, daß sie meine Blumen versorgte; infolgedessen hatte ich Geranien, Fleißige Lieschen und Taglilien. Sie half mir auch, meine Garage anzustreichen – weiß mit grünen Kanten. Dabei trug sie Shorts und T-Shirt. Ich sah enttäuscht, daß sie nicht mehr lange ein Kind sein würde.

Wie ich schon sagte, die UDR traf sich den ganzen Sommer hindurch, aber sie zeigten eine gewisse Rastlosigkeit, und es gab Spannungen in der Gruppe. Ich kann mir nicht vorstellen, daß Chihani sie darin bestärkte, aber möglicherweise merkte er es nicht. Aaron dagegen, sagte Barry, förderte es. Glatte Oberflächen waren ihm zuwider. Im Juli verbrachte er ein paar Tage lang seine gesamte Zeit mit Joany Rustoff; er ging mit ihr ins Kino und ins Schwimmbad. Vielleicht versuchte er, auch sie zu seinem Soldaten zu machen, was immer das bedeutete. Harriet und Bob Jenks störte es jedenfalls. Dann hörte Aaron auf, sich mit ihr zu treffen, und darüber war Joany aufgebracht. Sex gab es, glaube ich, nicht zwischen ihnen; anfangs schien er sie zu mögen, und dann war sie ihm offenbar egal. Sie war blond, hübsch und trug enge Jeans und Trägershirts. Sie hatte eine kleine Stupsnase wie die Filmschauspielerinnen aus den fünfziger Jahren, und darauf war sie so stolz, wie manche Leute auf ihren Verstand stolz sind. Sie trug selten Make-up, aber sie tat es in den Tagen, als Aaron ihr den Hof machte. Dann war es vorbei, und Joany kehrte zu Bob zurück.

Spannungen gab es auch zwischen Barry und Oscar Herbst. Oscar konnte Barry nicht ausstehen. Es mißfiel ihm, daß Barry ein Albino war, und es mißfiel ihm, daß er schwul war – in einer der Selbstkritiksitzungen bei Chihani hatte Barry es zugegeben. Und Oscar mißfiel es, daß Aaron so tat, als sei Barry sein privates Haustier. Vielleicht hätte Oscar diese Position gern selbst gehabt; jedenfalls sah er sich veranlaßt, den Versuch zu unternehmen, einen Keil zwischen Barry und

Aaron zu treiben. Aaron war sich dessen bewußt, und er stachelte ihn sogar noch an.
Und Jesse und Shannon führten sich rücksichtslos auf; sie betranken sich in Bars und waren laut. Und wie anders hätte man Harriets Affäre mit Ryan bezeichnen können, wenn nicht als rücksichtslos? Wenn man sie auf der Straße oder in Ryans Escort sah, hing sie buchstäblich an ihm. Tatsächlich wurde das extravagante Benehmen bei ihnen allen im Laufe des Sommers immer auffälliger.
Zum Beispiel die Party Anfang August, die Aaron veranstaltete. Es sollte eine Mitternachtsparty werden, auf dem Homeland-Friedhof am Rande der Stadt. Ich bin nicht sicher, ob die andern – mit Ausnahme von Oscar Herbst – wirklich hingehen wollten. Leon Stahl, der nicht gern zu Fuß ging, schon gar nicht über einen Friedhof, erklärte ein paarmal, er sei eigentlich »kein Partylöwe«. Barry wollte nicht mitgehen, aber er wollte auch nicht zu Hause gelassen werden. Joany und Bob Jenks, schätze ich, gingen mit, um zu zeigen, daß Aarons Flirt mit Joany ein paar Wochen zuvor sie nicht weiter beeinflußt hatte. Harriet ging mit und brach dafür eine Verabredung mit Ryan. Am Ende überlegte es sich auch Leon und meinte, wenn er sich die Knie bandagierte, würde es vielleicht gehen. Wie sich herausstellte, wäre er aber besser beraten gewesen, wäre er zu Hause geblieben.
Die Gruppe nahm einen kleinen Ghettoblaster mit, Pappbecher, einen Kanister Orangensaft und zwei Liter Wodka. Außerdem hatten sie ein paar Sixpacks, und ich glaube, auch ein paar Brezeln.
»Keine Luftballons?« fragte ich Barry später.
»Hören Sie bloß auf«, sagte er.
Barry sagte, er habe sich ständig vorgestellt, wie eine Knochenhand sich aus einer Gruft strecke und sein Bein festhalte oder wie sie aus dem Boden rage und seine Hosenbeine packe. Infolgedessen bemühte er sich, in der Mitte der Gruppe zu bleiben, und stieß und rempelte die andern immer wieder an, bis sie ziemlich wütend waren. Vielleicht waren sie alle nervös. Schließlich hielten sie sich unbefugt auf dem Friedhof auf, und es war Mitternacht. Der Mond war nur viertelvoll, aber Aaron hatte eine Lampe mit, und Shannon und Bob Jenks ebenfalls.
Dicht vor der Mitte des Friedhofs lag eine Granitplatte vor einem un-

gefähr fünf Meter hohen Obelisken. Das war die Familiengruft von Hyram Peabody, einem Bankier, der im neunzehnten Jahrhundert in Aurelius gelebt hatte. Die Platte maß zwei mal zweieinhalb Meter, und darauf stand geschrieben: »Der Geist des Fortschritts war seine ständige Forderung.« Zu beiden Seiten des Obelisken standen etliche kleinere Grabsteine, der Hyram Peabodys, seiner Frau und seinen Söhnen und Töchtern, von denen einige schon im Kleinkindesalter gestorben waren. Die Eichen in diesem Teil des Friedhofs waren ziemlich alt, und in der Nähe des Obelisken standen fünf oder sechs würdevolle Marmormausoleen mit griechischen Säulen. Eines, es gehörte Cyrus Tucker, war so groß wie ein kleines Haus.

Als ich Ende der fünfziger, Anfang der sechziger Jahre auf der High-School war, erzählte man, daß tollkühne Paare nachts zu Hyram Peabodys Granitplatte kamen, um darauf miteinander zu schlafen, und ein paarmal behaupteten Mitschüler, sie hätten im Gras oder auf der Steinplatte selbst Kondome gefunden, aber wer weiß, ob sie die Wahrheit sagten.

Die Granitplatte war Aarons Ziel. Sie würden darauf tanzen. Sie würden Screwdriver trinken, sich obszön benehmen und über Marx diskutieren. Während sie sich zwischen den Gräbern hindurchschlängelten, machte Aaron sich einen Spaß mit den andern, indem er fragte: »Was war das da drüben? oder »Habt ihr das gehört?« Dann drängten sich alle dichter zusammen.

Shannon stellte den Ghettoblaster am Fuße des Obelisken ab. Aaron schob die Doors ein. Oscar machte die Drinks. Bob und Joany tanzten zum Mahagonny-Song vom Mond von Alabama. »Oh, show me the way to the next whiskey bar ...« Sie tanzten ruckhaft und affektiert. Jason wandte den andern den Rücken zu, verschränkte die Arme, legte sich die Hände auf die Schultern und wiegte den Körper hin und her, so daß es aussah, als umarme er jemanden, der noch dünner war als er.

»Zeig's ihr«, sagte Shannon.

»Ya-hooo«, sagte Jesse.

Barry stand so dicht neben Aaron, wie es möglich war, ohne ihn zu berühren. Er hatte Angst, sich hinzusetzen; er fürchtete, der Boden könne sich auftun und ihn in die Tiefe saugen. Er wußte nicht, warum er sich bereitgefunden hatte, mitzukommen. Wohin er auch schaute, überall sah er etwas potentiell Schreckenerregendes.

»Was ist der Unterschied«, fragte Oscar, »zwischen epistemologischer, ontologischer und relationaler Dialektik? Wer es weiß, kriegt von Joany einen geblasen.«

»Halt die Klappe«, sagte Joany empört.

»Dann von Harriet«, sagte Oscar.

»Leon könnte das beantworten«, sagte Barry; er fühlte sich genötigt, für den einen einzutreten, der schlau genug gewesen war, nicht mitzukommen.

»Deswegen wollten wir ihn ja auch nicht dabeihaben«, sagte Oscar.

»Ich fänd's auch scheußlich, Leon einen zu blasen«, sagte Harriet. Dann lachte sie, und Aaron lachte mit.

Barry verspürte eine Woge des Grauens bei dem Gedanken, Joany oder Harriet könnten seinen Penis in den Mund nehmen wollen. Er trank seinen Screwdriver. Den Wodka konnte er nicht schmecken, aber er wußte, daß er drin war. Die Taschenlampen malten Zickzackmuster aus Licht auf den Boden.

»Sterben die Leute, weil sie es verdient haben zu sterben?« fragte Jason.

»Sie sterben, weil sie alt und krank sind«, sagte Harriet.

»Sie sterben, weil sie sich langweilen«, sagte Aaron.

Der Mond schien durch das Eichenlaub. Harriet hatte sechs Kerzen rechts und links neben den Ghettoblaster gestellt. Die Nacht schien zwar windstill zu sein, aber es war, als flackerten die Kerzenflammen im Takt der Musik. Aaron und Bob Jenks fingen an, über Verelendung und den Unterschied zwischen relativer und absoluter Verelendung zu diskutieren. Beide hatten schon mehrere Drinks intus. Bob meinte, Verelendung beschränke sich heutzutage überwiegend auf die peripheren Dritte-Welt-Länder.

Oscar Herbst schlug vor: »Kommt, ficken wir einen Verelendeten.«

»Hey«, sagte Shannon, »die Verelendeten sind unsere. Laßt uns einen Kapitalisten ficken.«

»Einen toten Kapitalisten«, sagte Jesse.

»Ich wette, wir können ein paar von diesen Steinen umschmeißen«,

sagte Oscar. Er stemmte sich gegen den Obelisken, aber der rührte sich nicht.
»Nicht!« sagte Barry.
»Hey«, sagte Oscar, »Little Pink möchte die schlafenden Kapitalisten nicht stören.«
»Jau-wau-wau!« heulte Jesse.
»Leise«, sagte Harriet. »Oder wollt ihr, daß jemand die Polizei ruft?«
»Der Stein hier ist locker«, rief Shannon, der etwa fünf Schritte weitergegangen war.
»Das ist aber ein kleiner«, sagte Aaron empört. »Gehört eindeutig einem armen Menschen, einem der Verelendeten.«
Oscar fing an, gegen einen größeren Stein zu drücken; der Stein gehörte Wilhelm Bockman, der eine Strickerei in Aurelius besessen hatte. »Kommt her«, sagte Oscar. Jesse und Shannon gingen zu ihm. Sie rüttelten den Stein hin und her. Barry hielt sich die Ohren zu. Er war sicher, daß gleich etwas Furchtbares passieren würde. Der Stein war ungefähr anderthalb Meter hoch. Bob und Jason halfen jetzt mit, und auch Joany stemmte sich dagegen. Der Stein geriet ins Wanken und kippte dann mit dumpfem Schlag rückwärts.
»Erledigt, der Scheißer«, sagte Oscar.
»Wen noch?« fragte Shannon.
»Laßt uns den Obelisken umkippen«, sagte sein Bruder.
Alle drückten dagegen, aber der Obelisk gab nicht nach. Aaron half jetzt auch mit, aber der Obelisk blieb immer noch unbewegt.
»Komm her, Litte Pink«, sagte Aaron.
»Nein.«
»Tu, was ich sage.«
»Ich will nicht«, sagte Barry. Er kehrte den andern den Rücken zu, aber dann fühlte er sich allein, und so drehte er sich wieder um.
»Scheiß Kapitalisten«, sagte Oscar. »Schmeißen wir noch mehr Steine um.«
In der nächsten halben Stunde warfen sie zehn Grabsteine um. Barry blieb neben dem Obelisken stehen, die meiste Zeit allein. Er fand ein bißchen Trost in Jim Morrisons Stimme, aber der Song machte ihm angst: »When the music's over, turn out the light.«

Einmal kam Harriet zu ihm. »Du bist ein Angsthase«, sagte sie. Ein Hauch von Wärme lag in ihrer Stimme.
»Ich weiß. Tut mir leid.«
»Sag's nicht der Polizei.« Ihr Gesicht war ein fahler Kreis im Dunkeln.
»Das würde ich nie machen.«
»Du wirst einen ulkigen Revolutionär abgeben, Little Pink.«
»Ich will kein Revolutionär sein«, sagte er.
Nach einer Weile kamen die andern zum Peabody-Obelisken zurück. Oscar warf sich auf den Boden und schien einzuschlafen. Shannon und Jesse tranken Bier. Aaron machte ein paar Screwdriver und reichte sie Harriet, Jason und Bob.
Barry wollte auch nach einem Becher greifen.
»Du kriegst keinen«, sagte Aaron. »Du warst böse.«
Oscar lag auf dem Bauch und mit dem Gesicht im Gras. »Böse, böse, böse«, sagte er.
»Cancel my subscription to the resurrection«, sang Jim Morrison.
Aaron sah sich um, erst in die eine, dann in die andere Richtung. »Meine Mutter ist hier irgendwo begraben«, sagte er.
»Die ermordete Lady«, sagte Bob Jenks.
»Ich glaube, sie ist da drüben«, sagte Aaron. Er ging nach links. Harriet lief ihm nach. Die andern schauten zu. Oscar sprang auf und folgte ihnen. Shannon und Jesse gingen ebenfalls.
Barry war allein. Er sah sich um und rannte hinter Jesse her. »Wartet«, rief er.
Janice McNeals Grab lag in einem kürzlich angelegten Teil des Friedhofs; der große, rechteckige Grabstein sah noch neu aus. Auf dem Grab lagen Blumen, und Barry fragte sich, wer sie dort hingelegt hatte. Aaron, Bob und Shannon leuchteten mit ihren Taschenlampen auf den Stein.
»Sollen wir ihn umschmeißen?« fragte Oscar.
»Versuch's gar nicht erst«, sagte Aaron.
»Wie war sie so?« fragte Harriet.
Aaron antwortete nicht gleich. Dann sagte er: »Sie hat sich gern ficken lassen.«
Niemand sagte etwas.

»Sie hat auch gern Männer gewichst und gesehen, wie sie in die Luft spritzten.«
»Das hat sie dir erzählt?« fragte Harriet.
»Andere Männer haben es mir erzählt«, sagte Aaron. »Sie meinten, ich sollte wissen, wie meine Mutter war. Ich kann in Bud's Tavern sitzen, und irgendein Besoffener wird kommen und sagen: ›Deine Mutter hat mir immer gern einen runtergeholt.‹«
Auf der Straße fuhr ein Auto vorbei.
»Arschlöcher«, sagte Shannon. Der Strahl seiner Taschenlampe tanzte auf Janices Grabstein.
Aaron schien wütend zu werden. »Findest du, daß es nicht in Ordnung ist, jemandem einen runterzuholen? Vielleicht hat sie's gern getan. Sie hat vieles gern getan.«
»Was denkst du über den Mord?« fragte Barry. Es war nicht ganz das, was er meinte. Eigentlich wollte er wissen, ob Aaron jemanden im Verdacht hatte.
»Was zum Teufel glaubst du, daß er denkt?« fragte Jason.
»Ich habe das Gefühl«, sagte Oscar, »daß Little Pink sich heute nacht eine Menge leistet.«
»Little Pink soll sich schämen«, sagte Shannon.
»Bei den Kapitalistensteinen hat er nicht mitgeholfen«, sagte Jesse.
»Ich glaube«, sagte Oscar, »wir würden Janice McNeals Andenken ehren, wenn wir ihr Little Pinks Hose gäben.«
Shannon lachte. »Super«, sagte er.
»Und seine Unterhose«, sagte Oscar.
Barry wich zurück, aber sofort wurde er gepackt und zu Boden gedrückt. Shannon kniete sich auf seine Schultern, und Oscar und Jesse machten sich an seiner Gürtelschnalle zu schaffen. Die andern hielten sich zurück, aber dann kam auch Bob Jenks dazu.
Barry wehrte sich. »Nein!« schrie er, und Shannon drückte ihm die Hand auf den Mund. Sie zogen Barry die Turnschuhe aus und zerrten dann an seiner Hose. Er wand sich hin und her und sah Aaron und Harriet; sie standen über ihm und schauten auf ihn herunter. Harriet lächelte leise. Aarons Gesicht ließ keine Regung erkennen.
Als sie ihm Hose und Unterhose ausgezogen hatten, hielten Shannon

und Jesse ihn weiter fest. Oscar stand auf und richtete seine Taschenlampe auf Barrys Genital.

»Kein Wunder, daß sie dich Little Pink nennen«, sagte er.

»Hey, Barry«, sagte Shannon, »was glaubst du, wann er zu wachsen anfängt?«

Und sie machten noch ein paar Witze über seinen Penis.

»Vielleicht braucht er Vitamine«, schlug Joany vor.

»Oder man muß Kunstdünger drauftun«, sagte Bob.

Aaron sagte gar nichts. Er schaute Barry an, und dann schaute er weg.

Barry preßte die Augen zu und wünschte, er könnte verschwinden.

Oscar drapierte Barrys Hose über Janices Grabstein.

»Oh, teure Verblichene«, sagte er, »wir legen dir unseren Tribut auf dein Grab, auf daß du wissest, daß dir unsere unendliche Verehrung sicher ist.«

Sie leuchteten mit ihren Lampen auf den Grabstein. Die herunterhängenden Beine von Barrys Jeans bildeten ein umgekehrtes V, das Janices Namen umrahmte.

»Laßt uns hier abhauen«, sagte Aaron. »Mir wird's langweilig.«

Oscar schnappte sich die Hose und rannte zur Straße davon. Jesse lief ihm nach, und auch Shannon rannte los. Die andern eilten hinterher. Barry blieb auf dem Boden liegen und hielt sich mit beiden Händen die Augen zu. Ihm war klar, daß er auf Janices Überresten lag. Aber er rührte sich nicht. Die Dunkelheit wurde dunkler. Ein Nachtvogel rief. Einen Augenblick später hörte er gar nichts mehr.

Barry nahm die Hände nicht von den Augen. »Little Pink«, sagte er laut. »Little Pink.« In der Stille klang es, als schreie er. Er hörte die andern nicht mehr, aber dann schoß ein Auto mit kreischenden Reifen davon. Noch immer rechnete er damit, daß die Toten ihn zu sich hinabziehen würden, aber jetzt wünschte er sich, es möge passieren.

Nichts passierte. Vielleicht eine Stunde lag er so da, und dann wurde es ihm zu kalt. Er suchte sich den Weg zur Straße. Seine Schuhe hatten sie ihm auch weggenommen. Nach seiner Uhr war es halb vier morgens. Er trat auf Kies, und seine Fußsohlen taten weh.

»Little Pink«, sagte er laut.

Als er die Straße erreicht hatte, blieb er hinter einem Baum stehen. Autos waren keine unterwegs, und die Häuser waren dunkel. Bis zu seiner Wohnung war es eine Meile. Bis zu seiner Mutter war es nicht so weit, aber dahin konnte er nicht gehen. Barry stellte sich vor, wie er ohne Hose durch die Stadt spazierte. Man würde ihn ganz sicher sehen. Am liebsten wäre er auf dem Friedhof geblieben und nie mehr weggegangen. Er fand, die Toten hatten Glück.

Gegen halb fünf hörte er ein Auto. Er duckte sich hinter seinem Baum. Der Wagen hielt vor dem Zaun, und eine Tür ging auf.

»Barry!«

Es war Aaron.

Barry kam hinter dem Baum hervor.

Aaron stand am Zaun. Er hatte Barrys Hose in der Hand. Er sah Barry an, und dann warf er ihm die Hose zu.

»Steig schon ein«, sagte er.

12

Aaron war zehn Jahre älter als Sadie und damit ganz sicher zu alt, als daß sie noch als gleichaltrig hätten gelten können; ich habe zwar auch Freunde, die zehn Jahre jünger oder zehn Jahre älter sind als ich und die ich trotzdem als gleichaltrig empfinde, aber Sadie war dreizehn. Niemand billigte diese Freundschaft, und man warnte Sadie davor. Schon die Tatsache, daß Aaron sich für Sadie interessierte, betrachtete man als Hinweis darauf, daß da etwas nicht stimmte. Das war auch so ein Punkt: Warum interessierte sich Aaron für Sadie, und warum wollte er seine Zeit mit ihr verbringen? Das ist einer der Gründe, weshalb das Leben so kompliziert ist: Nichts tut man nur aus einem einzigen Grund. Es kann viele Gründe geben, bewußte wie unbewußte. Mein Lieblingssessel zum Lesen ist der, in dem meine Mutter mir immer vorgelesen hat. Aber als ich wieder in dieses Haus zog, war mir nicht klar, daß es derselbe Sessel war, obwohl ich wahrscheinlich jeden Abend ein paar Stunden dringesessen habe. Er war neu bezogen worden; der Stoff war nicht mehr dunkelbraun, sondern hellblau mit gelben Blumen. Es war nicht mal der bequemste Sessel im Wohnzimmer; die Armlehnen waren klumpig, und die Sitzfläche sackte durch. Und trotzdem veranlaßt mich irgend etwas, mir diesen Sessel zum Lesen auszusuchen. Psychologisch gesehen, war es für mich der bequemste Stuhl. Das ist ein Beispiel für einen unbewußten Grund.

Aaron mochte Sadie vielleicht, weil sie unverdorben war und die Welt mit staunenden Augen betrachtete. Das war jedenfalls einer der Gründe, weshalb ich sie mochte: Ihr Blick auf die Welt war noch ohne Überdruß. Darüber hinaus war sie energisch und enthusiastisch, höflich und hübsch. Und sie hatte Humor, eine Freude am leicht Wunderlichen, die ich bezaubernd fand – zum Beispiel die Geschichten, die sie sich ausdachte, über meinen Schweinefötus oder über die fast haarlose

Ratte im Formaldehydglas, die sie Garzulahm nannte und für die sie Abenteuer ersann, bei denen immer alles schiefging.

Aaron muß ebenfalls noch andere Gründe gehabt haben. Seine Geschichte hatte ihn mit den dunklen Seiten des menschlichen Lebens vertraut gemacht. Bei Sadie gab es keine dunkle Seite, höchstens eine noch nicht dunkle Seite. Selbst der Idealismus der UDR, so töricht er erscheinen mochte, beruhte ja auf der Hoffnung, daß die dunkle Seite aus der menschlichen Erfahrung ausgelöscht werden könne, indem man die menschlichen Institutionen veränderte – auch wenn diese Einsicht einige der Mitglieder ganz bestimmt überrascht hätte. Dieser Idealismus indessen war einer der Gründe für Aarons Eintritt, auch wenn er noch ein halbes Dutzend andere hatte. Sadies Unschuld wirkte anziehend auf uns beide. Andererseits hätte ich niemals etwas getan, was sie in Gefahr gebracht hätte, und das schien bei Aaron nicht hundertprozentig der Fall zu sein.

Zehn Tage nach der Sache auf dem Friedhof fuhr Aaron mit Sadie zu einem überfluteten Steinbruch ein paar Meilen weiter östlich von Aurelius zum Schwimmen. Der See war Privatgelände, und das Sheriff's Department fuhr dort regelmäßig Streife, weil im Laufe der Jahre drei oder vier Leute dort ertrunken sind. Auch standen noch alte Maschinen herum, teils unter Wasser, teils ein Stück weit sichtbar, verbogenes, rostiges Metall, das so schrottreif war, daß man seine ursprüngliche Funktion nicht mehr erkennen konnte. Franklin wäre sehr beunruhigt gewesen, wenn er gewußt hätte, daß Aaron mit Sadie an einen so gefährlichen Ort fuhr, aber er wußte nichts davon und erfuhr das alles erst später.

Wenn ich recht verstanden habe, hatte Sadie den ganzen Sommer über gebettelt, Aaron möge mit ihr dort hinfahren, und so war Aaron vielleicht nicht zu hundert Prozent schuld daran. Andererseits hatte er ihr erst von dem Steinbruch erzählt, und wahrscheinlich hatte er es aufregend geschildert. Die Leute gingen im Steinbruch schwimmen, als ich klein war, und schon damals wußte man, daß es gefährlich war. Ich selbst bin nie hingegangen, weil ich fürchtete, meine Mutter würde wütend werden.

Aaron parkte seinen alten Toyota ungefähr eine Meile weit weg unter ein paar Bäumen, und dann wanderten sie über die Maisfelder und durch ein Wäldchen bis zum Rand des Steinbruchs. Man sollte noch einmal sagen, daß Sadie für ihr Alter groß war, Aaron dagegen nur eins fünfundsiebzig. Aus der Ferne gesehen hätte man sie für gleichaltrig halten können. Sadie hatte Salami-Sandwiches gemacht, und sie hatten ein Sixpack Pepsi in einer kleinen Kühltasche dabei. Es war Mitte August und heiß, ein blauer, wolkenloser Tag. Zikaden zirpten. Es hatte seit über einer Woche nicht geregnet, und alles war trocken. Sie verließen Aurelius gegen zehn und waren eine Stunde später am Steinbruch.

Sadie hatte ihren Hund Shadow mitnehmen wollen, einen schwarzen Cockerspaniel, der Bewegung haßte, aber Aaron hatte gesagt, sie solle ihn zu Hause lassen.

Das Ereignis auf dem Homeland-Friedhof hatte eine Menge Aufmerksamkeit erregt, aber gegen niemanden wurden Vorwürfe erhoben, und die Vandalen blieben unbekannt. Im *Independent* wurde darüber berichtet, und Franklin schrieb einen Leitartikel und sprach davon, daß man die Gegenwart nach ihrem Respekt vor der Vergangenheit beurteilen könne. Ein Dutzend Grabsteine war umgestürzt worden, und einer war dabei mitten durchgebrochen. Man hatte viele Bierdosen gefunden, und man nahm an, daß Schüler der High-School dafür verantwortlich seien.

Die UDR schien niemand zu verdächtigen, obwohl manchen Leuten der Gedanke gekommen sein muß. Ein paar Monate später würde man die UDR für alles verantwortlich machen, angefangen beim Diebstahlsverdacht verschwundener Hunde bis zum Abfall auf der Straße.

Ein Trupp von Pfadfindern aus der Stadt erbot sich, den Friedhof aufzuräumen, und die Polizei fuhr jetzt aufmerksamer Streife.

Als Sadie den Friedhof Aaron gegenüber erwähnte, gestand er ihr, daß er dagewesen sei.

»Hast du auch Grabsteine umgeschmissen?« fragte Sadie.

»Zwei. Sie waren schwer.«

Sie hatten den Steinbruch erreicht und folgten einem Feldweg, der sich auf einer niedrigen Böschung am Rand entlangzog. Der See war ungefähr hundertfünfzig Meter breit und ungleichmäßig oval geformt. Vier

Jungen sprangen auf der anderen Seite von einem Ast ins Wasser, und ein Hund bellte.

»Hattet ihr keine Angst, daß ihr Ärger kriegt?«

»Daran haben wir nicht gedacht. Den Toten ist es egal, und die Lebenden waren nicht da.«

»Warum habt ihr es gemacht?«

»Aus Langeweile, schätze ich.«

Sie suchten sich eine freie Stelle am Ufer, wo drei Holzstämme ein Dreieck bildeten, in dessen Mitte einmal ein Feuer gebrannt hatte, so daß jetzt noch ein schwarz verkohlter Fleck übrig war. Hinter den Balken erhob sich eine Anhöhe ungefähr sechs Meter hoch über den Wasserspiegel. Am Ufer entlang wuchsen Sumachbüsche. Aaron und Sadie befanden sich den vier Jungen genau gegenüber; diese badeten am Ende eines Feldwegs, auf dem die Deputys des Sheriffs manchmal auftauchten. Der Hund bellte immer weiter. Einer der Jungen warf einen Stein nach ihm, verfehlte ihn aber.

Aaron, der sich bei andern oft schweigsam gab, war bei Sadie redselig. Ich bin nicht sicher, ob er sich bei ihr wirklich anders benahm, aber er wirkte weniger wachsam, weniger ironisch. Auch er war in Aurelius aufgewachsen und hatte den Eindruck eines glücklichen Kindes gemacht. Die Veränderung hatte er als Teenager erlebt. Bei oberflächlicher Betrachtung konnte man Hark Powers dafür verantwortlich machen, aber Hark repräsentierte ganz einfach die Welt. Man hätte auch Aarons einsetzender Pubertät die Schuld geben können, mit der ihm bewußt wurde, was für eine Leben seine Mutter führte. Und sein Vater, wenn man es genau bedenkt.

Aaron sprach mit Sadie über das, was er las – historische und geschichtliche Bücher und Gesellschaftsromane, die er von Chihani bekam –, aber auch über seine Kindheit in Aurelius, wie er mit seinem Hund zusammen Zeitungen ausgetragen hatte und wie er, jünger noch als Sadie, auch schon in den Steinbruch gekommen war.

Er sprach davon, Aurelius zu verlassen. »Nicht sofort. Aber ich hab mir gedacht, ich würde gern ein Motorrad kaufen und durch das südliche Mexiko fahren – Chiapas und Yucatan, wo sie versuchen, Revolution zu machen.«

»Was für 'ne Revolution?« fragte Sadie. Sie hatten ihren Lunch ausgepackt und aßen die Sandwiches. Aaron hatte sein Hemd ausgezogen und trug eine schwarze Badehose, die ihm halb über die mageren Schenkel reichte. Er saß auf dem Boden und lehnte an einem Felsen. Sadie saß auf einem Balken; sie trug abgeschnittene Jeans und ein grünes Tanktop. Ihre Beine waren lang, viel länger als der Oberkörper. An ihren Knien sah man noch die Reste der Rollschuhnarben vom vergangenen Jahr.

»Revolutionen bedeuten die Umverteilung der Macht«, sagte Aaron. »Da hat einer einen Stock, und er benutzt ihn, um die Leute um sich herum zu prügeln, bis jemand ihm das Ding wegnimmt. Dann hat den Stock eine Zeitlang jemand anders, und er schlägt die Leute um sich herum. Im Süden von Mexiko kämpfen die Indianer gegen die Grundbesitzer.«

»Muß es denn immer eine Revolution geben?«

»Nicht unbedingt. Wenn du dem Typen, der dich prügelt, den Stock wegnehmen willst, ist Revolution das letzte, was du probierst«, antwortete Aaron.

»Könntest du da unten deine Arbeit machen?«

»Überall, wo es ein Telefon gibt.«

»Was machst du als Analytiker? Erzählen die Leute dir ihre Probleme?«

Aaron lachte. »Ich analysiere nur Daten. Totes Material. Im Moment analysiere ich den Datenbestand einer Klinik in New York, um festzustellen, ob es sich für sie auszahlen würde, die Abteilung für Geburtshilfe und Gynäkologie auszubauen.«

Sadie rümpfte die Nase. »Das hört sich aber nicht aufregend an.«

»Du würdest dich wundern, wie friedlich es ist. Jedes Fitzelchen Information findet sein kleines Heim.«

»Und was hast du nach der Revolution vor?«

»Jeder, der Pläne für die Zeit nach der Revolution macht, ist ein Reaktionär. Das sagt zumindest Marx.« Aaron nahm eine Dose Pepsi aus der Kühltasche, machte sie auf und reichte sie Sadie. »Wenn einer einen Stock hat, wird er damit die Leute schlagen, solang ihn kein Gesetz daran hindert. Das war schon so, als die Menschen noch in Höhlen leb-

ten, und es wird noch so sein, wenn sie mit Raketen durch die Gegend reisen.«
»Wer das macht, ist ein Tyrann«, sagte Sadie.
»Jeder hat irgendwo in sich einen Tyrannen.« Aaron machte eine Pause und fragte sich, ob das wohl stimmte. »Das glaube ich wenigstens.« Er stocherte an seinen nackten Füßen herum. Es waren große Füße mit langen Zehen; er konnte Steinchen damit aufheben.
»Habe ich auch einen Tyrannen in mir?« fragte Sadie ein bißchen scherzhaft.
»Kann sein. Zuerst brauchst du einen Stock.«
»Hast du Hark Powers gebissen, weil er ein Tyrann war?«
»Den habe ich gebissen, weil ich krank war.«
»Und Sheila Murphy?«
»Über die war ich wütend, aber auch da war ich krank.«
»Warst du wütend, weil sie sich geweigert hat … du weißt schon?«
»Ich war wütend, weil sie meine Fragen nicht beantworten wollte.«
»Was für Fragen?«
»Fragen eben.«
»Bist du immer noch krank?«
Aaron kratzte sich am Kopf. »Ich weiß es nicht genau.«
Sadie wollte noch etwas fragen, aber dann unterbrach sie sich und fragte etwas anderes. »Wie hat sein Ohr geschmeckt?«
Aaron nahm einen Schluck Pepsi und rollte ihn im Mund herum. »Wachsig«, sagte er. »Wie ein wachsiges Stück Salami. Ich würd's nicht empfehlen.«
»Was bedeutet krank sein?«
»Es bedeutet, daß du etwas tust und weißt, daß du es nicht tun solltest, es aber trotzdem tust.«
»Bist du nach Aurelius zurückgekommen, weil du krank bist?«
»Nein. Ich hatte gute Gründe zurückzukommen.«
»Um alles über die Revolution zu lernen und in die UDR einzutreten?«
»Ich hatte schon vorher beschlossen zurückzukommen.«
»Wegen deiner Mutter?«
»Zum Teil. Ich will herausfinden, wer sie ermordet hat.«
Sadie senkte die Stimme. »Hast du eine Ahnung?«

»Es war einer von ihren Freunden, und es ist jemand, der sich gut versteckt halten kann. Vielleicht ein Priester, vielleicht ein Arzt, vielleicht ein Polizist.«
»Du denkst also an bestimmte Leute.«
»Natürlich.« Aaron stand auf. »Hey, ich dachte, wir gehen schwimmen?«
»Was ist mit Harriet?« Sadie war noch nicht ganz fertig mit ihren Fragen.
Aaron stand bis an die Knöchel im Wasser. »Was soll mit ihr sein?«
»Liebst du sie?«
»Sie ist eine Freundin«, sagte er. »Und sie ist mein Soldat.«
»Hast du noch andere Freundinnen?«
»Eine Menge.«
»Machst du Sex mit allen?«
Aaron grinste; dann wurde sein Gesicht wieder ernst. »So gut wie.« Er stürzte sich ins Wasser und schwamm sieben, acht Meter weit hinaus, dann drehte er sich wassertretend um und rief sie. »Kommst du rein?« Er warf den Kopf in den Nacken, um sich die Haare aus den Augen zu schleudern.
»Sind da Schlangen?«
»Glaubst du, die legen sich mit dir an?«
Sadie stürzte sich ebenfalls ins Wasser. Aaron hielt beim Schwimmen den Kopf über Wasser; Sadie schwamm, wie sie es im Schwimmteam gelernt hatte. Aaron versuchte sie einzuholen, aber sie war schneller. Er drehte sich auf den Rücken und strampelte zum Ufer zurück. Sein Körper war sehr weiß, als habe er den ganzen Sommer über das Hemd nicht ausgezogen. Er war dünn, und seine Rippen stachen hervor. Sadie schwamm ihm nach.
Aaron kletterte aus dem Wasser und stieg den Feldweg bis zum Gipfel der Uferhöhe hinauf.
»Willst du von da oben reinspringen?« rief Sadie.
»Warum nicht?«
Die Uferböschung fiel nicht senkrecht ab; Aaron mußte Anlauf nehmen, um ins Wasser zu kommen. Seine langen Haare wehten wie ein Fächer hinter ihm her. Im Sprung zog er die Knie an und plumpste etwa

drei Meter weit draußen ins Wasser, daß es ringsum hoch aufspritzte. Dann schwamm er wieder ans Ufer. Als er wieder auf die Böschung kam, spähte Sadie über den Rand.
»Man kriegt Angst«, sagte sie. Die Böschung erschien so hoch wie ein kleines Haus, und es bestand die Gefahr, daß man nicht weit genug sprang.
»Nur, wenn man drüber nachdenkt.«
»Ist es tief?«
»Tief genug.« Aaron nahm sechs Schritte Anlauf und rannte los. Als er sprang, breitete er die Arme aus und schrie. Dann tauchte er ins Wasser und kam ungefähr dreißig Sekunden lang nicht wieder hoch. Schließlich erschien er ein paar Meter weit neben der Stelle, wo er ins Wasser gefallen war.
»Mach's nicht, wenn du nicht willst«, rief er und schwamm zum Ufer zurück. Sadie spähte immer noch über den Rand.
»Es ist ein ziemliches Stück«, sagte sie.
»Deshalb macht es ja Spaß«, sagte Aaron. »Sieh nur zu, daß du weit genug springst.« Er kletterte auf einen Felsen, um zuzuschauen.
Sie verschwand aus seinem Blickfeld, und Aaron wartete. Dann erschien sie plötzlich wieder und flog durch die Luft, weiß und schlank. Sie quiekte und hielt den Körper gestreckt, als sie mit den Füßen zuerst abwärtsflog. Ungefähr zweieinhalb Meter weit vom Ufer entfernt traf sie aufs Wasser.
Als Sadie wieder auftauchte, sah Aaron an ihrem Gesicht, daß etwas nicht in Ordnung war.
»Ich bin irgendwo angeschlagen«, rief sie. »Es tut weh.«
Aaron sprang von seinem Felsen und watete ins Wasser, um sie zu holen. Er verlor das Gleichgewicht, tauchte unter und kam prustend wieder an die Oberfläche. Sadie schwamm ans Ufer. Er packte ihren Arm, und zusammen kletterten sie aus dem Wasser. Sadie blutete am linken Bein.
»Da unten war was«, sagte sie. »Ich bin dran vorbeigeschrammt.« Sie biß die Zähne zusammen.
Aaron beugte sich über ihr Bein und versuchte das Blut abzuwischen, damit er sehen könnte, wie groß der Schnitt war, aber es blutete immer

weiter. Er schöpfte mit gewölbten Händen Wasser darüber und wusch das Bein ab. Der Schnitt war eine tiefe Schramme, die sich über dem Knie am Oberschenkel hinaufzog.
»Kannst du stehen?«
»Es tut weh.«
Aaron nahm sein Handtuch, tauchte es ins Wasser und wickelte es um Sadies Oberschenkel. »Ich bringe dich zum Arzt.« Er fing an, sich die Schuhe anzuziehen.
Er stützte sie halb und brachte sie so über die Felder bis zu seinem Wagen. Sie war so leicht, daß er sie ohne Mühe hätte tragen können.
Sadie sagte nichts. Sie konzentrierte sich nach Kräften darauf, nicht zu weinen, und schürzte immer wieder die Lippen. Aaron schwieg ebenfalls. Wenn er sich verantwortlich fühlte, so sagte er nichts davon.
Er hatte vorgehabt, sie zur Notfallambulanz ins Krankenhaus zu bringen, aber als sie in der Stadt ankamen, hatte die Blutung aufgehört.
»Ich brauche nicht ins Krankenhaus«, sagte Sadie.
Sie besprachen die Sache und beschlossen dann, am Drugstore vorbeizufahren und das Bein selbst zu versorgen.
Es gab zwei Drugstores in Aurelius: Fays Drugs im Einkaufszentrum und Malloy's Pharmacy in der Main Street. Donald Malloy war ein paar Jahre zuvor von Buffalo nach Aurelius gezogen, wie es vor ihm sein Bruder Allen getan hatte, ein Arzt und der Vater von Sadies Freundin Sharon.
Donald Malloy war ein massiger Mann Mitte Vierzig mit rotblondem Haar und rotem Gesicht. Er trug einen weißen Laborkittel, auf dessen Brusttasche in roten Buchstaben sein Name stand. Er war allein in der Apotheke. Eine Frau namens Mildred Porter arbeitete bei ihm, aber sie hatte gerade Mittagspause.
Malloy drängte Aaron, er solle Sadie zum Arzt bringen.
»Es blutet doch nicht mehr«, sagte Aaron. »Wir können das selbst versorgen.«
»Laßt mich mal sehen«, sagte Malloy. Er hatte eine hohe, dünne Stimme, und Sadie erzählte, sein Atem habe süß gerochen, als ob er Pfefferminzbonbons gelutscht habe.

Sadie setzte sich auf die Theke neben die altmodische, verchromte Registrierkasse. Malloy wickelte das Handtuch vom Bein ab. Der Schnitt war an die dreißig Zentimeter lang.
»Scheußlich«, sagte er. »Du müßtest eine Tetanusspritze bekommen.« Er säuberte die Wunde mit Alkohol, was Sadie veranlaßte, Aarons Hand zu pressen. »Du bist ein tapferes Mädchen. Wie heißt du?«
»Sadie Moore.«
Er kenne ihren Vater, sagte Malloy und nickte dann Aaron zu. »Und ich bin sicher, Sie kenne ich auch, aber ich kann mich nicht erinnern …«
»Aaron McNeal.«
»Ah«, sagte Malloy und wandte sich wieder Sadies Bein zu, um den Rest der Wunde mit einem Tupfer zu reinigen.
»Ist mein Ruf so schlecht?« fragte Aaron, und er meinte es scherzhaft. »Wahrscheinlich kannten Sie auch meine Eltern.«
»Ja«, sagte Malloy. »Ich erinnere mich an beide.« Er schien noch etwas sagen zu wollen, aber dann besann er sich anders. Er hatte große rosarote Hände, und die Fingernägel waren makellos manikürt. Er nahm eine Tube Salbe und betupfte damit die Verletzung und ihre Umgebung.
Dann legte er sehr präzise ein viereckiges Stück Gaze darauf. Dabei hielt er inne und deutete auf einen Ring an Sadies linkem Mittelfinger, einen billigen Silberring mit einer eingravierten Taube; Aaron hatte ihn ihr geschenkt.
»Warum trägst du diesen Ring?« fragte Donald.
»Weil er hübsch ist. Ich habe ihn von einem Freund.«
»Weißt du, was er bedeutet?«
»Muß er etwas bedeuten?«
»Alle Geschöpfe haben eine Bedeutung. Ein Löwe zum Beispiel könnte Mut bedeuten oder das große Tier aus dem Buch der Offenbarung.«
»Ich nehme an, eine Taube bedeutet Frieden und Freundschaft«, sagte Sadie. »Sogar Liebe.« Ihre Wangen röteten sich ein bißchen.
»Das sind einige der Bedeutungen«, sagte Donald. Er fing an, die Gaze zu verpflastern.

»Was bedeutet sie denn sonst noch?« fragte Aaron. Er stand neben Sadie und hatte ihr eine Hand auf die Schulter gelegt.
»Sie könnte das göttliche Opfer bedeuten oder auch die Hoffnung.«
»Und was bedeuten Hunde?« fragte Sadie; ihr Interesse war erwacht.
»Kommt auf die Rasse an. Ihre einfachste Bedeutung ist Treue.« Als Donald mit dem Pflaster fertig war, tätschelte er Sadies Knie. »Vergiß die Tetanusspritze nicht. Mein Bruder kann sie dir geben oder seine Krankenschwester. Geht gleich zu ihm hinüber; ich rufe ihn an.«
Sadie berührte den Verband; er war präzise an ihrem Bein ausgerichtet, und das weiße Klebpflaster zog sich waagerecht und senkrecht darüber hin wie ein professionell gemaltes Tic-Tac-Toe. »Das ist super«, sagte Sadie. »Sie hätten Arzt werden sollen.«
»Mein Bruder war schneller«, sagte Donald. Dann lächelte er.
»Was bin ich Ihnen schuldig?« fragte Aaron.
Malloy schüttelte den Kopf. »Das war meine gute Tat für heute.«
Der Drugstore war vollgestellt mit Grußkartenständern, Zeitschriften, Kühlbehältern mit Limonade und Eis. Neben der Tür stand ein großer Korb mit Volley- und Basketbällen. Daneben stapelten sich Schachteln mit Federballspielen.
»Möchtest du noch irgend was haben?« fragte Aaron Sadie. Er hatte das Gefühl, daß sie irgend etwas kaufen müßten, weil Malloy so freundlich gewesen war.
»Wir wollten einen Volleyball holen«, sagte Sadie.
»Gute Idee«, sagte Aaron. Er suchte einen aus und warf ihn Sadie zu. Dann bezahlte er den Ball.
Als Malloy ihm das Wechselgeld gab, fragte er: »Ist Ihr Vater nicht nach Utica gezogen?«
»Er unterrichtet da an der High-School.« Aarons Tonfall erweckte den Eindruck, er spreche von einem entfernten Bekannten.
»Und Sie haben eine Schwester, wenn ich mich nicht irre?«
Aaron lachte. »Sie ist die Freundin von Sadies Vater. Sie sehen, wie inzestuös die Sache wird?«
Er legte Sadie einen Arm um die Taille und half ihr beim Hinausgehen. Malloy sah ihnen nach.

Aaron brachte Sadie zum Arzt, um ihr die Tetanusspritze geben zu lassen, und dann fuhr er sie nach Hause. Als Franklin am Abend ihr verbundenes Bein sah, fragte er, was passiert sei. Sadie erzählte ihm die Geschichte, und sie dachte nicht daran, ihm irgend etwas zu verheimlichen. Schließlich war es ein Abenteuer gewesen.

13

Ryan Tavich wohnte allein in einem Backsteinbungalow in der Jackson Street, seit er Ende der siebziger Jahre nach Aurelius gezogen war. Im Vorgarten standen zwei Ahornbäume, und einen nennenswerten Garten dahinter gab es nicht. Ich kannte einen seiner Nachbarn, Whitey Sherman, und Whitey sagte, oft sehe es so aus, als wohnte niemand in Ryans Haus, als stehe es leer. Ich hätte irgendeinen bizarren Verdacht gehegt, aber Franklin war bei Ryan zu Hause gewesen, und er sagte, es könnte nichts Normaleres geben; die einzige Eigentümlichkeit bestehe darin, daß Ryans zwei Wohnzimmersessel von seinem Kater, einem dicken, schwarzweißen und sehr flauschigen Tier namens Chief in Fetzen gekrallt worden seien.
Ryan hatte eine Sammlung von Jazzplatten, und im Keller waren seine Hanteln. Seine Wände waren kahl; nur über dem Kamin hing ein Bild mit einem Fasan, der über gelbe Kornähren strich. Einen kleinen Bücherschrank gab es auch noch; meistens holte Ryan sich seine Bücher allerdings aus der Bibliothek, und ein großer Leser war er ohnehin nicht. Oben auf dem Bücherschrank standen eine Stereoanlage und ein elektronisches Schachspiel. In der Ecke stand ein verschlossener Holzschrank, in dem Ryan seine Jagdgewehre und Schrotflinten aufbewahrte. Er hatte mehrere Hunde gehabt, fast immer Setter, aber jetzt hatte er keinen mehr, weil er den Kater nicht aufregen wollte.
Wenn Ryan morgens wegging, rief er immer: »Bewach das Haus, Chief.« Und wenn er abends nach Haus kam, rief er: »Was gibt's Neues, Chief?« In der Zeit dazwischen zerfetzte Chief die Möbel.
Ryan Tavich stammte aus Oneonta, aber von dort ging er weg, als er mit achtzehn in die Armee eintrat. Damals war zwar der Vietnamkrieg im Gange, aber ihn schickte man nach Korea, wo er sich, wie er Franklin erzählte, »den Arsch abfror«.

Franklin hatte ein paar Jahre zuvor ein Interview mit Ryan gemacht. Es gehörte nicht zu seinen besseren, entweder weil Ryan nichts preisgab oder weil er wenig über sich zu sagen hatte. Nach dem Militärdienst arbeitete er als Wachmann für eine Sicherheitsfirma in Albany, ging dann zur Polizeischule und arbeitete als Streifenpolizist in Cahoes, bevor er die Stelle in Aurelius annahm. Kleinstadtpolizisten werden schlecht bezahlt, und diese Stellen sind nur reizvoll für Männer, die entweder nichts Besseres kriegen können oder die aus einem bestimmten Grund in dieser Stadt leben wollen. Ryan aber paßte in keine der beiden Kategorien. Er war gut in seinem Job und hätte überall im Land arbeiten können. Aber er entschied sich für Aurelius, was ein Gewinn für uns war. Ich konnte nachfühlen, wie man über ihn tratschte, als gebe es da ein Geheimnis in seiner Vergangenheit.
Er hatte wenige Freunde – Franklin, Ralph Belmont, den Bestattungsunternehmer, und Charlie Kirby vom YMCA –, aber denen gegenüber war er äußerst loyal. Man bedenke zum Beispiel, wie viele Stunden er mit Sadie verbrachte, wenn er sie mit zum Angeln oder sogar auf die Jagd nahm. Ich nahm an, er nutzte diese Gelegenheiten, um Paula McNeal zu preisen oder Sadie davon zu überzeugen, daß sie harmlos sei, aber Sadie sagte, er habe Paula niemals erwähnt.
Zwar ging Ryan mit etlichen Frauen aus, aber nie mit einer besonders lange. Manchmal machte er Schluß, manchmal die Frau, aber wenn es die Frau tat, dann weil sie wußte, daß die Beziehung keine Zukunft hatte und Ryan sich niemals auf die Bedingungen eines anderen Menschen einlassen würde. Die Ausnahme war Janice McNeal. Franklin war der Meinung, es sei die Sexualität gewesen, wodurch Janice sich unterschieden habe. Sie war eine Frau, die den Mann, mit dem sie zusammenwar, vollständig beherrschte, und vielleicht gefiel Ryan das. Franklin erzählte, Ryan spreche immer noch von ihr und von ihrer Sexualität.
»Sie hat mir beschrieben, daß das Sperma bei jedem Mann anders schmeckte«, hatte er Franklin erzählt. »Bei manchen sei es süß, bei manchen geschmacklos und bei manchen bitter. Ich habe sie nach meinem gefragt, und sie sagte, es rangierte zwischen süß und geschmacklos.«

Und wer hatte sie Ryans Meinung nach ermordet?
»Ich bin sicher, es war jemand aus der Stadt. Jemand, der zu Fuß zu ihrem Haus kam und zu Fuß wieder wegging.«
Konnte es eine Frau gewesen sein?
»Eine Frau hätte sie nicht erwürgt.«
Manchmal fand ich Ryan begriffsstutzig. Ich hatte den Eindruck, daß ihm jegliche Phantasie fehlte und daß er nur deshalb nicht geheiratet oder eine Lebensgefährtin gefunden hatte, weil er in der Gesellschaft seiner selbst absolut glücklich und zufrieden war. Aber ich war auch eifersüchtig auf seine Beziehung zu Sadie und darf ihn nicht ungerecht kritisieren. Manchmal kam er mir vor wie ein dunkler Holzklotz, nichts weiter, aber das lag vielleicht daran, daß er nicht sehr groß war und durch sein Hanteltraining so rechteckig geworden war. Ich sollte noch sagen, daß er jemand war, mit dem ich nur selten sprach.
Aber er machte den Eindruck eines Mannes, der einen Verlust erlitten, der Geheimnisse zu hüten hatte, und es war leicht, sich vorzustellen, daß in seiner Kindheit oder auch beim Militärdienst in Korea irgend etwas passiert sein mußte. Franklin sagte, Ryans Eltern seien tot, aber er habe eine Schwester in Corning. Ich glaube, sie war verheiratet mit einem Mann, der in der Glasfabrik arbeitete. Wahrscheinlicher ist, daß Ryan wie eine Pflanze war, die sich nie entwickelt. Ihm fehlte das letzte Etwas, das einen Menschen mit dem Leben verbindet und ihn zu einem Teil des Lebensflusses macht. Und vielleicht war mir nicht ganz wohl mit ihm, weil man das gleiche auch über mich sagen könnte.
Ich wünschte mir oft, die Leute hätten kleine Bildschirme in der Brust, winzige Fernsehmonitore, die man einschalten könnte, um ihr Innenleben zu sehen. Ich meine nicht das Blut, wie es durch die Adern pumpt, und die Lungenflügel, wie sie sich dehnen und zusammenziehen. Ich meine das, was sie denken, worüber sie sich Sorgen machen, was sie lieben. Denn sonst ist ja alles Spekulation; man beobachtet, was sie tun, und findet dann ein paar Möglichkeiten, die man ins Reich des Wahrscheinlichen zu verschieben versucht.
Fünf Wochen ging Ryan im Juli und im August mit Harriet Malcomb, und er sah das Mädchen oft. Ich nahm an, es seien rein sexuelle Gründe, was sie zusammengeführt hatte, denn worüber konnten sie

sich unterhalten? Aber später fand ich heraus, daß es nicht ganz so war. Dann machte Ryan Schluß mit ihr, zum Teil wegen ihrer Beteiligung an den Verwüstungen auf dem Homeland-Friedhof. Anzeige erstattete er nicht, obwohl ihm klar war, daß er sich damit zum Mittäter machte. Mir scheint, er war sich auch aus anderen Gründen unsicher mit Harriet. Zu Franklin sagte er: »Sie stellt zu viele Fragen nach Janice.«

Drei Wochen nachdem Ryan sein Verhältnis mit Harriet beendet hatte, wurde in der Albert Knox Consolidated School die Bombenattrappe gefunden. Von Anfang an führte Ryan eigene Ermittlungen mit Polizisten aus Aurelius. Ich sage das, weil die State Police ebenfalls ermittelte. Aber seit dem Mord an Janice hatte Ryan kein gutes Verhältnis mehr zur State Police. Er kooperierte zwar in hundert anderen Angelegenheiten mit ihnen, aber er konnte nicht vergessen, wie man ihm den Fall McNeal weggenommen hatte. Professionell betrachtet hatte die State Police korrekt gehandelt, das wußte er, aber persönlich fand er es unverzeihlich. Das war auch ein Charakterzug Ryans: Er hatte ein langes Gedächtnis. Er behandelte die State Police nicht zornig; er erinnerte sich nur an die Sache, und die Folge davon war, daß er ihnen in einem Fall, an dem sie beteiligt waren, vielleicht einfach nicht alles sagte, was er wußte.

Weil zwei Bombenattrappen in zwei Schulen gefunden worden waren und weil die Zeitungen im ganzen Staat darüber berichtet hatten, stand man bei der Aufklärung des Falles unter großem Druck. Ein FBI-Agent kam von Syracuse heruntergefahren, aber er blieb nicht lange. Die Hauptlast der Ermittlungen lag auf den Schultern der State Police, und ihre Polizisten behielten die Schulen in der Stadt im Auge, um sie vor weiterem Unheil zu bewahren.

Am Freitag morgen, zehn Tage nachdem die Bombe in der Knox Consolidated gefunden worden war, verließ Ryan sein Büro gegen neun, ohne zu sagen, wohin er ging. Das war nicht besonders merkwürdig, aber Patty McClosky, Chief Schmidts Sekretärin, berichtete, sie habe gesehen, wie er seine Pistole überprüfte und sich ein Paar Handschellen in die Tasche steckte. Insgeheim nannte Patty ihn den Alten Schweiger.

Ryan nahm einen ungekennzeichneten Polizeiwagen, einen grauen

Ford Taurus, und fuhr hinüber zum Aurelius College, das seit Ende August wieder in Betrieb war. Es war einer dieser kühlen, sonnigen Tage, an denen einem klar wird, daß der Sommer vorbei ist und etwas Neues anfängt. Die Kinder waren in der Schule, und auf den Straßen war es still.

Ryan parkte in der Juniper Street, Ecke Spruce, ein paar Straßen weit vom Campus des Aurelius College entfernt. Er schloß den Wagen ab, warf einen Blick auf ein Blatt Papier, das er aus der Tasche nahm, und ging dann einen halben Häuserblock bis zum Haus Juniper Street Nummer 335, einem weißen viktorianischen Haus, das in sechs Apartments aufgeteilt und an Studenten vermietet war. Das Haus hatte einen Anstrich nötig; die Vorderveranda hing durch, und der Vorgarten war eine Mischung aus Unkraut und nackter Erde, von Reifenspuren zernarbt. Zwei leere Budweiserdosen lagen auf der Veranda.

Ryan Tavich betrat das Haus. Oscar Herbst hatte ein Apartment im ersten Stock gemietet. Ryan verglich die Nummer mit der Nummer auf seinem Zettel, und dann klopfte er.

Nach einer Weile hörte er eine gedämpfte Stimme. »Wer ist da?«

»Polizei«, sagte Ryan.

Er wartete. Dann klopfte er noch einmal, lauter. Er hielt inne und lauschte an der Tür. Gleich darauf machte er einen Schritt zurück und trat gegen das Schloß. Die Tür flog auf. Ryan stürzte ins Zimmer. Er wollte die Pistole ziehen, aber dann sparte er sich die Mühe.

Oscar war halb zum Fenster hinausgeklettert; er war mit T-Shirt und Jeans bekleidet, aber barfuß. Ryan packte ihn am Gürtel und riß ihn ins Zimmer zurück. Oscar stolperte und fiel auf den Boden. Er warf einen kurzen Blick auf Ryan und schoß dann auf die Tür zu. Ryan packte ihn wieder, ein bißchen rauher diesmal.

»Laß es sein«, sagte er.

Oscar versuchte noch einmal, zur Tür zu fliehen.

Ryan schnappte ihn, ohrfeigte ihn und legte ihm dann die Handschellen an. Oscar war ungefähr zehn Zentimeter kleiner als Ryan.

»Wir fahren auf die Polizeiwache«, sagte Ryan. »Willst du deine Schuhe?«

Oscar leckte an der Niete in seiner Lippe. »Fuck you«, sagte er.

Ryan nahm die Schuhe trotzdem mit.
Auf der Straße versuchte Oscar noch einmal, wegzulaufen, aber Ryan hielt ihn im Nacken fest. »Willst du, daß ich dich trage?« fragte Ryan.
Er schob Oscar auf den Rücksitz des Taurus und fuhr zum Polizeirevier.
»Ficken Sie immer noch mit Harriet?« fragte Oscar von hinten.
Ryan sparte sich die Mühe einer Antwort.
»Sie sollten Angst vor mir haben«, sagte Oscar.
Auf der Wache ging Ryan mit Oscar in sein Büro und machte die Tür zu.
Patty McClosky sah das alles. Ein paar Minuten später verließ Phil Schmidt sein Büro, um im YMCA Raquetball zu spielen, und Patty sagte: »Ryan hat einen College-Studenten in seinem Büro. Er hat ihm Handschellen angelegt.«
Schmidt verlagerte sein Gewicht von einem Fuß auf den andern. Es paßte ihm gar nicht, wenn er zu spät zum Raquetball kam. In diesem Augenblick kam Ryan mit Oscar aus seinem Büro.
»Der Bengel hier hat gestanden, daß er die Bomben gelegt hat«, sagte er.
Ryan verhaftete Oscar und steckte ihn in eine Zelle. Er überließ es Phil Schmidt, die State Police anzurufen.
Oscar hatte zwar ein Geständnis abgelegt, aber er behauptete auch, er habe allein gehandelt. Ein Mann, der morgens früh mit seinem Hund unterwegs gewesen war, hatte ihn vor der Knox Consolidated gesehen, und ein weiterer Zeuge war ihm in der Woche zuvor bei der Pickering Elementary begegnet.
»Das waren keine echten Bomben«, sagte Oscar. »Das war ein Witz.«
Noch am selben Freitag und übers Wochenende sprach Ryan mit den anderen Mitgliedern der »Untersuchung der Rechten«, auch mit Houari Chihani. Alle behaupteten, nichts von Oscars Aktionen zu wissen.
Das Problem war Aaron. Ryan war sicher, daß er mehr wußte, als er sagte, aber Ryan hatte ein vertracktes Verhältnis zu Aaron. Schließlich liebte er Aarons tote Mutter noch immer.

»Ich weiß nichts über diese Bomben«, sagte Aaron. »Oscar muß das auf eigene Faust gemacht haben.«
»Er hat nie etwas davon gesagt?« fragte Ryan.
»Nicht zu mir, nein.« Sein Ton war kühl, als könne er Ryan nicht leiden.
Aaron ließ Ryan vor seiner Wohnungstür im Flur stehen. Ryan fragte sich, ob Harriet bei ihm war, und er stellte sich ihren nackten Körper in Franklins Bett vor. Auch sie hatte Ryan gesagt, sie wisse nichts über die Bomben.
Franklin interviewte Oscar in der Haftzelle. Weil Oscar am Freitag festgenommen worden war und die Zeitung erst am nächsten Donnerstag herauskam, wußten alle schon aus den Zeitungen aus Utica und Syracuse von der Sache, lange bevor der *Independent* gedruckt wurde.
Oscar sagte zu Franklin: »Die haben Glück gehabt, daß es keine echten Bomben waren.« Und dann fragte er: »Warum bringen Sie nicht mal 'ne Story über einen Cop, der eine Studentin fickt, die halb so alt ist wie er?« Und er nannte Franklin »Lakai der Kapitalisten«.
»Was ist ein Lakai?« fragte Sadie mich, als die Zeitung herauskam.
»Ein unterwürfiger Gefolgsmann«, sagte ich.
»Wie ein Diener?«
»Technisch gesehen ist es, glaube ich, ein Laufbursche.«
Oscar verbrachte das Wochenende in der Zelle. Am Montag kam sein Vater aus Troy, um ihn auszulösen. Nachdem er mit dem Richter gesprochen hatte, meldete Mr. Herbst seinen Sohn vom Aurelius College ab und nahm ihn mit nach Hause. Vor dem Gerichtsverfahren würde es eine Vorverhandlung und andere Besuche in Aurelius geben, aber davon abgesehen würde Oscar in Troy bleiben.
Die Nachricht, daß Oscar die Bomben gelegt hatte, war überraschend, und im Zusammenhang mit den Bemühungen, sie zu erklären, erfuhren die Leute eine Menge über die »Untersuchung der Rechten«. Am College und im Stadtrat wurden Fragen gestellt, und man erwog die Möglichkeit, die UDR zu verbieten.
Man unternahm auch den Versuch, Chihani aus seiner Stellung in Aurelius zu entfernen. aber Chihani war solche Taktiken gewöhnt und nahm sich einen Anwalt. Er war im zweiten Semester eines Drei-Jahres-Ver-

trags, und solange man ihm keine Verfehlung nachweisen konnte, gedachte er jede Minute davon hierzubleiben. Natürlich hoffte er nicht darauf, daß sein Vertrag nach Ablauf dieser Frist erneuert werden würde, aber bis dahin wäre die ganze Angelegenheit ohnehin irrelevant.

Ryan besuchte Chihani zu Hause und sprach mit ihm. Hatte er Oscar und die andern vielleicht ermuntert?

»Warum sollte ich das tun?« fragte Chihani. »Ich bin Philosoph. Ich bin kein Revolutionär.«

»Predigen Sie nicht die Revolution?«

»Ich lehre die Menschen, klar zu sehen. Ich predige den genauen Blick.«

»Fühlen Sie sich nicht irgendwie verantwortlich?«

»Keineswegs.«

»Und wenn es echte Bomben gewesen wären?«

»Es waren aber keine.«

»Oscar Herbst war Ihr Student.«

»Er ist eine leicht erregbare Natur. Das ist weniger eine Sache der Erziehung als vielmehr der Genetik. Sie täten besser daran, seine Eltern zu befragen.«

»Wissen Sie, was eine Verschwörung ist?« fragte Ryan.

»Eine Verschwörung ist etwas, das Sie vor Gericht nachweisen müssen«, sagte Chihani.

Franklin sprach ebenfalls mit Chihani.

»Die schulische Erziehung«, sagte Chihani, »versorgt junge Menschen mit Informationen über die Welt. Wenn die jungen Menschen aufgrund dieser Informationen handeln, können wir nicht ihren Lehrern die Schuld geben, so wie wir auch nicht die Zeitung für die Nachrichten, die sie druckt, verantwortlich machen können. Ich bin ganz einfach das Medium für eine spezielle Art von Informationen.«

»Fühlen Sie sich denn nicht verantwortlich für die ›Untersuchung der Rechten‹?« wollte Franklin wissen.

»Das ist ein Arbeitskreis, nichts weiter. Sie lesen dort Bücher und treffen sich dann, um darüber zu diskutieren.«

»Glauben Sie, eines dieser Bücher könnte Oscar Herbst zu seiner Tat veranlaßt haben?«

»Damit kehren wir noch einmal zur Natur von Informationen zurück. Es ist möglich, daß Oscar durch etwas, das er gelesen hat, zum Handeln bewogen wurde. Er ist leicht zu begeistern. Er lernt die Natur der Welt kennen und empört sich. Das ist nicht verwunderlich, oder? Aber was mir Sorge bereitet, Mr. Moore, ist der Umstand, daß Sie erwägen, das Buch und den Lehrer dafür zu bestrafen.«
»Ich versichere Ihnen, daß dies nicht meine Absicht ist.«
»Dann verstehe ich nicht, worauf Sie mit Ihren Fragen abzielen.«
Manchen Leuten erschien es unwahrscheinlich, daß Ryan Tavich auf Oscars Täterschaft gekommen wäre, wenn es in der UDR nicht einen Informanten gegeben hätte. Darüber wurde viel spekuliert. Harriet schwor, daß sie ihm nichts erzählt hatte. Schließlich war sie ja schon ein paar Wochen vor den Bombenfunden nicht mehr mit Ryan zusammengewesen.
Am Sonntag morgen nach Oscars Verhaftung war Barry unterwegs zu Aarons Apartment. Seit der Nacht auf dem Homeland-Friedhof war er nur einmal zu den Sitzungen bei Chihani und überhaupt nicht zu denen bei Aaron gegangen. Aber er hatte sich weiterhin mit Aaron getroffen und mit ihm gesprochen, solange sonst niemand dabeigewesen war. Ihm graute davor, Harriet zu sehen, und ihm graute bei der Erinnerung daran, wie sie sein Genital angestarrt hatte. Bevor er Aaron besuchte, vergewisserte er sich jedesmal, daß Harriet nicht bei ihm war. Auch bei dieser Gelegenheit wußte Aaron also, daß Barry kam, was bedeutet, daß er ab und zu einen Blick aus dem Fenster warf.
Barry ging zu Fuß. Das Wetter war mild, und ein paar Ahornbäume fingen an, die Farbe zu wechseln; orangegelb belaubte Äste leuchteten auffällig an den sonst grünen Bäumen. Als Barry auf den Fußweg vor Aarons Haus einbog, hörte er einen Wagen, der am Randstein anhielt. Er drehte sich um und sah, wie Jesse und Shannon aus ihrem Chevy stiegen; er erkannte ihre blonden Pferdeschwänze, bevor er die Gesichter sah. Weil Aaron gesagt hatte, daß sonst niemand kommen würde, fühlte Barry sich enttäuscht. Dann sah er, daß Jesse und Shannon wütend waren. Eilig lief er auf die Haustür zu.
Jesse stieß ihn auf halbem Weg wie ein Footballspieler zu Boden. Als

Barry versuchte, wieder auf die Beine zu kommen, ohrfeigte Jesse ihn und schlug ihm dabei die Brille herunter.
»Du hast gepetzt«, sagte Jesse.
»Was denn gepetzt?« fragte Barry.
»Du hast Oscar verpfiffen«, sagte Barry.
»Hab ich nicht. Ich schwöre.«
Barry saß auf der Erde, rieb sich mit der einen Hand das Gesicht und hielt mit der anderen seine Brille fest. Sie war mitten durchgebrochen, und er hielt die beiden Hälften in der Hand. Er blinzelte unaufhörlich. Ohne seine Brille sah alles hell und verschwommen aus.
»Du lügst«, sagte Shannon.
Barry hörte, wie die Haustür aufflog, und dann hörte er Aarons Stimme. »Laßt ihn in Ruhe.«
»Er hat den Bullen von Oscar erzählt«, sagte Shannon.
»Little Pink hat niemandem irgend etwas erzählt«, sagte Aaron.
»Ich wette, ich bringe ihn zum Reden«, sagte Shannon.
Aaron legte ihm eine Hand auf den Arm. »Hast du nicht gehört, was ich gesagt habe?«
Barry konnte kaum etwas sehen, und das Sonnenlicht tat ihm in den Augen weh. Er konnte nur Shannons und Jesses blonde Ziegenbärte erkennen. Die beiden Brüder sahen einander an. Jesse zuckte die Achseln.
»Komm«, sagte Shannon. Sie gingen zu ihrem Auto zurück. Auf ihren mageren Rücken ragten die Schulterblätter hervor; unter den T-Shirts sahen sie aus wie aufsprießende Flügel.
Barry rappelte sich hoch. Sein Gesicht brannte von der Ohrfeige. »Ich habe nichts verraten, wirklich nicht.«
»Sabbel nicht«, sagte Aaron. Er nahm Barry beim Arm und führte ihn zur Tür. »Ich weiß, daß du nichts verraten hast.«

14

Oscars Verhaftung ging mit einem Gefühl der Vollendung einher: Etwas Verrücktes war geschehen, und ein Verrückter war gefunden, der dafür verantwortlich war. Man machte viel Wind um die Tatsache, daß Oscar eine goldene Niete in der Lippe trug. Unverständlich wäre nur gewesen, wenn der oder die Schuldigen sogenannte normale Teenager gewesen wären, die jedermann seit Jahren kannte – auch wenn man das befürchtet hatte. So bedauerte man nur, daß man die Bomben nicht auch noch dem Rest der UDR anhängen konnte. Bestimmt waren alle zehn Mitglieder daran beteiligt gewesen, und Chihani hatte sie dazu ermuntert. Zumindest wurde das behauptet. Weil bekannt war, daß Franklin ein Verhältnis mit Paula McNeal hatte, vermutete man, daß er ihren Halbbruder deckte. Und jeder wußte von Ryan Tavichs Beziehung zu Aarons Mutter. Es gab viel Gerede über eine Verschwörung des Schweigens zwischen diesen Männern, und wer am lautesten von einer solchen Verschwörung redete, war Hark Powers. Er schwadronierte in Bud's Tavern davon, daß Chihani und Aaron doch ganz offensichtlich hinter diesen Bombenattrappen steckten. Da Aaron ihm das Ohr abgebissen hatte, war Harks Glaubwürdigkeit freilich suspekt. Aber die Leute tuschelten, und es kam ihnen unwahrscheinlich vor, daß Oscar auf eigene Faust gehandelt haben sollte.

Die Gerüchte über Franklins und Ryans Komplizenschaft fanden solche Verbreitung, daß Phil Schmidt eines Morgens Ryan zu sich in sein Büro rief. Schmidt war seit fünfundzwanzig Jahren Polizeichef, und inzwischen betrachtete er Aurelius als seinen Privatbesitz. Er war ein dicker Mann mit einem dicken Bauch, auf den er beim Reden gern die Hände legte. Er trug lieber Anzüge als Uniformen, aber es waren Anzüge, die aussahen wie Uniformen: blau und glänzend. Seine Frau Gladys arbeitete in der Post, und zusammen schienen sie alles zu wissen, was es in Aurelius zu wissen gab.

»Ich will Sie nicht beleidigen, Ryan«, sagte Schmidt, »aber ich muß Ihnen eine Frage stellen.«

Ryan wußte, was kam. »Ich versuche nicht, Aaron McNeal zu schützen«, sagte er.

»Glauben Sie, er hatte was mit den Bomben zu tun?«

»Aaron bestreitet es, und Oscar sagt, er hat es allein getan.«

»Glauben Sie ihnen?«

»Ich halte mich bei meiner Arbeit nicht an das, was ich glaube, sondern an das, was ich beweisen kann.« Ryan zügelte seinen wachsenden Ärger und atmete durch. »Ich weiß nicht mehr als das, was ich in meinen Bericht geschrieben habe. Franklin übrigens auch nicht, was das betrifft.«

»Sind Sie mit Aaron befreundet?«

»Soll das ein Witz sein? Anscheinend haßt er mich.«

Damit gab Phil Schmidt sich vielleicht zufrieden, aber andere nicht. Chihani wurde vom College-Präsidenten, Harvey Shavers, ins Verhör genommen. Seine Sekretärin erzählte, sie habe eine Stunde lang seine dröhnende und Chihanis trockene Stimme gehört, und es sei hin und her gegangen. Schließlich gab Shavers auf; anscheinend hatte er nichts in Erfahrung bringen können.

Das Komitee für Gutes Verhalten am College befragte die studentischen Mitglieder der UDR. Da sie bei keiner Missetat ertappt worden waren, konnte man sie auch nicht bestrafen, aber Barry erzählte, man habe sie an die schöne Tradition des Colleges erinnert.

»Wohin Sie auch gehen«, hielt Dekan Phipps ihnen vor, »sehen die Leute nicht Jason Irving oder Harriet Malcomb oder Bob Jenks, sie sehen das Aurelius College.«

Shannon Levine gab hinter vorgehaltener Hand ein halb hörbares Schweinegrunzen von sich, aber Barry sagte, er hatte Angst. Wenn bekannt geworden wäre, daß sie den Friedhof verwüstet hatten, wären sie vom College geflogen. Jede Woche standen empörte Briefe über diesen Vandalismus im *Independent*, und jede Woche erklärte Chief Schmidt, die Ermittlungen würden fortgesetzt.

Die Angst vor einer Verschwörung kann eine tückische Angst sein. Die Tatsache, daß die UDR sich für unschuldig erklärte, war ohne Bedeutung. Die Leute glaubten, daß sie Komplotte schmiedete. Dieser Glaube an sich wurde zu einer Art Beweis. Nur sehr wenige Leute hatten das Gefühl, daß die Sache mit diesen Bomben erledigt sei, und die meisten warteten auf eine neue Untat. Ja, sie freuten sich beinahe schon darauf.

Dann passierte etwas, das Oscar Herbst und seine Bombenattrappen fast aus dem Gedächtnis der Leute getilgt hätte. Aber es tilgte sie nicht vollständig, und das war ein Teil des Problems.

Megan Kelly wohnte in einem kleinen weißen Haus am Rande von Aurelius. Es war das letzte Haus in der Jefferson Street vor der Kreuzung mit der Adams Street; auf diesem Abschnitt liegen Hapwoods Reifenhandlung und mehrere städtische Lagerschuppen. Das erste Haus an der Adams Street, stadtauswärts gesehen, ist eine Farm, Bells, und liegt eine Viertelmeile weit außerhalb. Megan Kelly war Mitte Sechzig. Ihr Mann Winfred war der stellvertretende Geschäftsführer bei Trustworthy Hardware gewesen, aber er war fünf Jahre zuvor an einem Schlaganfall gestorben. Sie hatten vier Töchter, die alle woanders wohnten. Um ihre Rente aufzubessern, arbeitete Mrs. Kelly als Putzfrau.

Ein paar Monate lang hatte Mrs. Kelly auch für mich gearbeitet und jeden Donnerstag bei mir saubergemacht, aber mir war sie ein bißchen zu naseweis gewesen, und deshalb hatte ich ihr gekündigt. Sie war neugierig, was meine Gewohnheiten anging, und behelligte mich allzu bereitwillig mit Ratschlägen, wie ich zu leben hätte. Ich versuchte die Tatsache zu akzeptieren, daß Mrs. Kelly wahrscheinlich einsam war und sich deshalb für die Leute, bei denen sie arbeitete, sehr interessierte. Nie hatte ich sie im Verdacht, daß ihrem Interesse etwas Bösartiges innewohnte oder daß sie über mich tratschen könnte, aber die Aufmerksamkeit, die sie meinem Leben zukommen ließ, setzte mich unter einen Druck, den ich nicht gebrauchen konnte. Zum Teil lag es also an meiner eigenen Empfindlichkeit.

Am Nachmittag des 18. September, an einem Montag, war Mrs. Kelly dabei, ihr Wohnzimmer aufzuräumen. »Die Kissen aufschütteln«, sagte sie später. Es war kurz nach drei, und um halb sechs mußte sie bei Franklin Moore sein, höchstens fünf Autominuten von ihr entfernt. Als sie einen Blick aus dem Wohnzimmerfenster warf, sah sie, wie Sharon Malloy mit dem Fahrrad auf der Adams Street stadtauswärts fuhr. Sie nahm an, Sharon sei unterwegs zu den Bells, die eine Tochter in Sharons Alter hatten, Joyce. Sharon war mit Jeans und einem blauen Pullover mit rundem Halsausschnitt bekleidet. Auf dem Rücken trug sie eine rotleinene Büchertasche. Ihr Fahrrad war ein rot-blau lackiertes Mountainbike Marke Husky. Seit ungefähr einer Viertelstunde war die Schule aus.

Sharon Malloy war vierzehn Jahre alt und ging in die neunte Klasse. Ihre Familie war Mitte der achtziger Jahre von Rochester nach Aurelius gezogen. Mrs. Kelly war ein paarmal wegen ihres Rheumas zu Dr. Malloy gegangen. Er gefiel ihr zwar, aber sie bevorzugte doch Ärzte, die wirklich aus Aurelius stammten. Dr. Malloy war ein Fremder, und Mrs. Kelly war es unbehaglich, wenn er sie anfaßte. Nicht, daß er nicht stets höflich geblieben wäre.

Mrs. Kelly sah Sharon Malloy, und das war alles. Mehrere Autos fuhren ebenfalls vorbei, aber das einzige, das sie kannte, war Houari Chihanis roter Citroën. Mrs. Kelly kannte dieses Auto – jeder kannte es –, und sie erinnerte sich an das, was sie im *Independent* gelesen hatte: Ein Freund von Mr. Chihani, vielleicht auch ein Student, war verhaftet worden, weil er die Bomben an der Grundschule und an der High-School gelegt hatte. In Mrs. Kellys Augen war das der Beweis für die schleichende Verkommenheit der Städte, ein Zeichen für Verfall und Verlotterung – eine Formulierung, die sie gern benutzte.

Einen Augenblick später ging Mrs. Kelly in die Küche, um sich eine Tasse Tee zu machen. Ihr Küchenfenster lag an der Rückseite des Hauses und bot ebenfalls einen Blick auf die Adams Street, aber nach Süden, nicht nach Norden. In der Ferne sah sie den Silo, der neben Frank Bells Scheune aufragte. Sie erwartete, Sharon Malloy noch einmal auf ihrem Fahrrad zu sehen, aber das Mädchen war nicht da. Mrs. Kelly sah auf die Uhr und schaute dann noch einmal aus dem Fenster. Sie öffnete die Küchentür und trat hinaus auf die Hintertreppe.

Mrs. Kelly war keine argwöhnische Person, aber seit sie fast zwei

Jahre zuvor Janice McNeals Leiche gefunden hatte, erwartete sie in jedem Fall das Schlimmste. Wenn sie Janices Leiche nicht gefunden hätte, wäre ihr wahrscheinlich gar nicht aufgefallen, daß sie Sharon nicht mehr sah. Aber in Mrs. Kellys Vorstellung war die Welt seit dem Mord an Janice verschlagener geworden, und gefährlicher zudem. Mrs. Kelly dachte daran, daß sie Sharon gerade noch gesehen hatte und nun nicht mehr. Aber müßte Sharon nicht noch zu sehen sein? Mrs. Kelly schaute noch einmal auf die Uhr und erhob sich dann auf die Zehenspitzen, um besser sehen zu können. Sie war sicher, daß nur ein paar Augenblicke vergangen waren, und sie hielt es für unmöglich, daß Sharon schon bei den Bells angekommen sein sollte.

Mrs. Kelly kehrte in ihre Küche zurück, und während sie darauf wartete, daß das Teewasser kochte, dachte sie an Sharon Malloy. Wenn das Mädchen schon bei den Bells wäre, würde das darauf hindeuten, daß ihr das Gefühl für die Zeit entglitten wäre, und diese Möglichkeit war beunruhigend. Sie hatte eine ältere Cousine in Munnsville, die das Gedächtnis verloren hatte, und ihre eigene Mutter war am Ende auch vergeßlich geworden. Mrs. Kelly hielt sich etwas auf ihren scharfen Verstand zugute, und dieser scheinbare Ausrutscher machte ihr Sorgen. Sie dachte auch an Janice McNeal; aber es war kein ominöser Gedanke, sondern ein Beispiel für das Unerwartete. Und vielleicht hatte Mrs. Kelly außerdem ein bißchen Langeweile, und die Aussicht auf ein kleines Rätsel belebte ihr den Nachmittag.

Als der Wasserkessel gepfiffen und Mrs. Kelly sich das Wasser über den Teebeutel in ihrer Tasse gegossen hatte, ging sie ans Telefon, um bei den Bells anzurufen. Sylvia Bell nahm sie oft im Auto mit zur Kirche, und Mrs. Kelly hatte manchmal auf Joyce aufgepaßt, als das Mädchen noch klein gewesen war. Auf dem Fenstersims über der Spüle lag ein halbes Dutzend Tomaten, die Sylvia am Tag zuvor gebracht hatte.

Joyce meldete sich.

»Ist Sharon schon angekommen?« fragte Mrs. Kelly und kam sich albern vor.

»Noch nicht«, sagte Joyce. »Aber ich rechne jeden Moment mit ihr. Soll sie bei Ihnen anrufen?«

Mrs. Kelly überlief es kalt. »Das wäre nett«, sagte sie. Dann legte sie auf.
Mrs. Kelly holte ihre Jacke und ging durch die Hintertür aus dem Haus. An der Ecke bog sie in südlicher Richtung in die Adams Street ein. Es war windig, und der Nachmittag war kühl geworden. Blätter wehten über die Straße. Dicke Wolken zogen vom Lake Ontario herunter, und später würde es regnen. Mrs. Kelly versuchte, sich allzu übertriebene Befürchtungen auszureden. Sie dachte an den Schlaganfall ihres Mannes und wie sie ihn im Hof gefunden hatte, die Schaufel noch in der Hand. Und sie erinnerte sich an Janice McNeal, die erwürgt in ihrem Wohnzimmer gelegen hatte, und daran, wie ihr Gesicht ausgesehen hatte.
Als Mrs. Kelly ungefähr dreißig Schritte gegangen war, sah sie im hohen Gras am Straßenrand etwas liegen, einen unerwarteten Farbfleck. Es war ein rot-blau lackiertes Fahrrad. Als sie näher kam, sah sie, daß es Sharons Fahrrad war. Sie stieß mit dem Fuß dagegen. Die Kette war abgesprungen. Mrs. Kelly schaute die Straße hinauf zu den Bells, aber von Sharon war nichts zu sehen. Mehrere Autos kamen vorbei. Mrs. Kelly hob das Fahrrad auf und schob es ein Stück weit. Die Räder drehten sich reibungslos. Sie überlegte, ob sie das Fahrrad mit nach Hause nehmen sollte, aber dann legte sie es wieder auf den Boden. Sie drehte sich um und marschierte steifbeinig wieder nach Hause, so schnell sie konnte.
Die Tatsache, daß die Kette abgesprungen oder gerissen war, konnte erklären, weshalb sie Sharon vom Küchenfenster aus nicht gesehen hatte, aber warum hatte Sharon dann das Rad nicht das letzte Stück bis zu den Bells geschoben? Bis dahin war es doch nicht mehr weit. Vielleicht hatte ein Freund angehalten und sie mitgenommen.
Zu Hause angekommen, rief Mrs. Kelly noch einmal bei den Bells an. »Ist Sharon jetzt da?« fragte sie.
»Nein«, sagte Joyce. »Ist was nicht in Ordnung?«
Mrs. Kelly überlegte. »Ich weiß nicht«, sagte sie und legte dann auf. Sie stellte sich vor, was alles nicht in Ordnung sein konnte. Auf ihrem Telefon war ein Aufkleber mit den Nummern der Polizei, des Krankenwagens und der Feuerwehr. Mrs. Kelly nahm den Hörer ab und rief die Polizei an.

Ryan Tavich war nicht auf dem Revier, als Megan Kelly anrief. Er war zu Jack Morris in die Ford-Werkstatt gefahren, um die Bremsen an seinem Escort erneuern zu lassen. Der Wagen stand auf einer Hebebühne, und Hark Powers hatte das linke Hinterrad abmontiert. Hark Powers hantierte rauh mit seinem Werkzeug; er rammte den Druckluftschrauber gegen das Rad und drückte abrupt auf den Schalter, so daß das Schnellfeuerrattern aufheulend die Halle erfüllte. Als der Lärm abbrach, hörte Ryan, daß sein Piepser piepste. Es war gerade halb vier. Er ging ins Büro, um auf dem Revier anzurufen.
»Wir haben einen Anruf von Megan Kelly bekommen«, sagte Chuck Hawley. »Sie glaubt, Sharon Malloy ist was passiert. Der Tochter des Arztes.« Und er fing an, von einem Fahrrad zu erzählen und von Megan Kellys Wohnzimmerfenster, das nach Norden hinausging, und ihrem Küchenfenster, das nach Süden ging, aber Ryan verstand das alles nicht. Durch das Bürofenster konnte er sehen, wie sein Escort auf den Boden heruntergelassen wurde.
»Ich fahre mal rüber und sehe es mir an«, sagte er.
Als er sich eine Stunde später vergewissert hatte, daß Sharon nicht bei den Bells und nicht nach Hause zurückgekehrt war und daß sie auch nicht eine von einem halben Dutzend anderen Freundinnen besuchte, rief Ryan Tavich die State Police an. Er glaubte immer noch, daß Sharon wieder auftauchen würde, aber er wollte doch zusätzliche Hilfe hinzuziehen. Eine Vorsichtsmaßnahme, nichts weiter. Als die Leitstelle in Potterville den Alarm an die diensthabenden Wagen funkte, hörten private Scanner im ganzen County mit, auch der Scanner in der Redaktion des *Independent*. Franklin Moore war nicht in der Redaktion. Er mußte am Abend über eine Stadtratssitzung berichten und hatte sich deswegen den Nachmittag freigenommen. Frieda Kraus, Empfangsdame, Büroleiterin und Schlußredakteurin in einer Person, rief ihn zu Hause an.
Wegen Sadies Abneigung gegen die Beziehung ihres Vaters zu Paula trafen die beiden sich oft bei Franklin zu Hause, wenn Sadie in der Schule war. An diesem speziellen Montag nachmittag wurde Sadie nicht vor halb sechs zu Hause erwartet – sie hatte gesagt, sie wolle noch zu einer Freundin. Paula war um halb drei herübergekommen.

Franklin und Paula waren im Bett.
Kurz nach halb fünf klingelte das Telefon. Franklin versuchte es zu ignorieren. Der Apparat stand auf dem Nachttisch neben dem Kopfkissen.
Paula rutschte zur Seite und setzte sich auf. »Geh lieber ran.«
Bevor Franklin den Hörer abgenommen hatte, wußte er, daß es Frieda Kraus war. Sie war die einzige, die es zwanzigmal klingeln lassen würde. Und sie wußte wahrscheinlich, daß er mit Paula im Bett war. Sie hatte wahrscheinlich sogar einen Scherz darüber parat.
Friedas Stimme klang ernst. »Die Polizei glaubt, daß Sharon Malloy etwas zugestoßen ist. Ich dachte, Sie würden das gern wissen.«
In diesem Moment ging die Schlafzimmertür auf, und da stand Sadie. Sie hielt einen Volleyball in den Händen und trug Jeans und ein übergroßes graues Hamilton-Sweatshirt. Sie starrte ihren Vater und Paula an. »Ihre Augen waren so groß wie Untertassen«, erzählte Franklin mir. Paula zog sich die Decke über die nackten Brüste.
»Ich kümmere mich sofort drum«, sagte Franklin zu Frieda. Dann legte er auf.
Franklin starrte seine Tochter an, und die starrte die Kleider an, die verstreut auf dem Boden lagen. »Ich dachte, du kommst erst um halb sechs«, sagte Franklin und bemühte sich, gelassen zu klingen.
Sadie war bleich. Ihr langes Haar hing zu einem Zopf geflochten auf dem Rücken herab. »Aaron sollte mich nach der Schule abholen«, sagte sie. »Aber er ist nicht gekommen.« Dann legte sich ihr Gesicht in wütende Falten. Mit beiden Händen hob sie den Volleyball hoch und warf damit nach ihrem Vater. Der Ball prallte hinter seinem Kopf an die Wand und hüpfte davon.

.... Zweiter Teil ....

15

Wie wir einander nur vor den Kopf und nicht hineinschauen können, so sehen wir auch vom Verhalten des andern immer nur die Oberfläche. Wir sehen den höflichen Teil, den öffentlichen Teil, und über das, was darunterliegt, können wir nur spekulieren. Wenn der oberflächliche Teil konventionell und manierlich ist, nehmen wir für gewöhnlich an, daß es der Rest ebenfalls ist. Aber was bedeutet das schon? Wie können wir annehmen, daß das geheime Ich eines Menschen ebenso konventionell und manierlich ist? Wenn die Unanstößigkeit des öffentlichen Ich von Angst bewogen ist, könnte das heimliche Ich, scheint mir, doch alles mögliche sein.

Vor nicht langer Zeit zeigte ein Schüler mir einen Artikel im *Rolling Stone*, und zufällig sah ich dabei die Kleinanzeigen im hinteren Teil, zwei Seiten mit Telefonnummern, und alle mit der gebührenpflichtigen 900er Vorwahl. Die Nummern standen unter der Rubrik »Telefon-Entertainment« und boten sexuelle Betätigungen in jeder erdenklichen Kombination an. Daß in der Zeitschrift solche Nummern inseriert wurden, beeindruckte mich nicht so sehr wie die Tatsache, daß über zweihundert Stück davon zur Verfügung standen. »Stiefellecken! Von Mann zu Mann!« lautete eine. »Erfahrungen in Leder!« und »Bisexuelle Hausfrauen« wurden anderswo angeboten und wieder anderswo »Süße Schulmädchen live«. Das deutete darauf hin, daß es vielen Leuten großes Vergnügen bereitete, diese 900er Nummern anzurufen. Ich selbst habe nie eine angerufen – ich würde mich nicht trauen. Aber es hat auch noch keiner von meinen Bekannten zugegeben, daß er eine angerufen hat, obwohl einige, könnte ich mir denken, es ja schon getan haben müssen.

Ich nehme an, daß viele Leute, die diese Nummern anrufen, ihre Vorliebe vor ihren Nachbarn verbergen. So etwas ist ein Beispiel für das heimliche Verhalten, das ich meinte. Ich würde es nicht unmoralisch nennen, aber es deutet darauf hin, daß es in der Gesellschaft eine Vielfalt von unerfüllten Sehnsüchten gibt. Wenn man neben dem *Rolling Stone* in andere Zeitschriften hineinschaut, findet man noch viel mehr Nummern. Wie viele Leute rufen da an? Tausende? Mehr als eine Million?

Wir neigen zu der Vorstellung, daß unerfüllte Leidenschaften zum Abgrund weisen, und wir fürchten, daß diese Leidenschaften, gäben wir ihnen nach, zunehmend grausige Befriedigung fordern würden. Ich bin nicht sicher, daß dem so ist. Aber selbst ich, der ich ein zurückgezogenes Leben führe, habe das Gefühl, es wäre der Beginn der langen, abschüssigen Bahn ins Verderben, wenn ich der Versuchung nachgeben wollte.

Zwischen meinem und Franklins Haus steht das weiße viktorianische Haus, das Pete Daniels und seiner Frau Molly gehört. Wir sprechen manchmal miteinander, aber wir sind nicht befreundet. Unser Verhältnis ist allerdings auch nicht unfreundlich – ich behalte ihr Haus im Auge, wenn sie verreisen, und sie tun das gleiche für mich. Das ist simple Kleinstadtfreundlichkeit. Für sie bin ich ein unverheirateter Biologe im mittleren Alter, der ein bißchen penibel in seinen Gewohnheiten ist und sich manchmal beklagt, weil ihr Terrier seine Blumenbeete schmutzig macht.

Pete Daniels ist ein erfolgreicher Elektriker, aber ich habe ihn noch nie beauftragt. Ich will ihn nicht in meinem Haus haben – vor allem, weil er schon zuviel über mich weiß, obwohl er sehr wenig weiß. Molly arbeitet bei Fays Drugs in unserem Einkaufszentrum. Wenn ich irgend etwas kaufen mußte, das auch nur im geringsten peinlich war – selbst wenn es sich um Schlaftabletten handelte oder um ein gelegentliches Abführmittel –, dann bin ich deshalb nie zu Fays gegangen, sondern immer in Malloy's Pharmacy in der Stadt. Donald Malloy war stets freundlich, und die Tatsache, daß sein Bruder Arzt ist, ließ mich immer annehmen, daß er ein bißchen besser Bescheid wußte.

Pete und Molly haben drei Kinder. Die beiden älteren, Dennis und Jenny, sind Ende Zwanzig. Dennis ist verheiratet und arbeitet bei seinem Vater. Jenny hat einen Klavierstimmer geheiratet und wohnt jetzt in Oneonta. Als diese beiden neun und elf waren, bekam Molly noch Rosa, die blind geboren wurde. Das war eine schwere Prüfung, aber Rosa war ein intelligentes Kind, und es hat einen segensreichen Vorteil, blind zur Welt zu kommen, statt blind zu werden: Man kann sich erfolgreicher an diesen Zustand anpassen. Pete und Molly wollten alles richtig machen, und deshalb verbrachte Rosa mehrere Jahre in der Perkins School für Blinde in Boston. Genauer gesagt, in Watertown.

Mit Rosa hatte ich schon gesprochen. Sie war achtzehn und wollte im kommenden Herbst aufs College gehen. Oft trug sie eine dunkle Brille, weil ihre leeren Augen rastlos in Bewegung waren. Sie hatte ihr Gesicht nicht vollständig unter Kontrolle; sie grimassierte, wenn sie lächelte, biß die Zähne zusammen und sperrte den Mund auf, wenn sie ihn hätte zumachen sollen. Aber sie konnte sich ja nicht sehen; sie hatte nie einen Spiegel benutzen können.

Ich erwähne das, weil ich etwas gestehen muß, was mir peinlich ist. Rosas Schlafzimmerfenster im ersten Stock ihres Hauses lag keine sechs Meter weit von meinem eigenen Schlafzimmerfenster entfernt – besser gesagt, von meinem ehemaligen Schlafzimmerfenster. Jedenfalls hatte ich ihr oft zugeschaut, wenn sie sich auszog, und auch, wenn sie andere Dinge tat. Abends kam sie oft aus der Dusche zurück und trug nur einen alten braunen Bademantel und sonst nichts. Dann setzte sie sich gern dem Fenster gegenüber in einen Sessel. Sie lehnte sich zurück, öffnete den Bademantel und fing an, sich zu berühren. Vielleicht habe ich sie doch nicht so oft beobachtet, vielleicht nur ein dutzendmal. Es ist sicher besser geworden, seit ich mein Schlafzimmer verlegt habe. Rosas Vorhänge waren meistens offen, und sie kam nicht auf den Gedanken, daß ihr jemand zusehen könnte. Schließlich hatte sie ja die Schlafzimmertür zugemacht.

Man kann eigentlich nicht sagen, daß ihr Benehmen mich erregte. Erst fand ich es widerlich, und ich mußte mich zwingen, zu bleiben und zuzuschauen, so merkwürdig dieses Geständnis auch klingen mag. Man sollte meinen, ich hätte mich abgewandt oder sogar ihrer Mutter gesagt, sie solle die Vorhänge zuziehen. Aber ich tat weder das eine noch das andere; allerdings verlegte ich, wie gesagt, nach ein paar Monaten mein Schlafzimmer. Natürlich machte mir das Zuschauen ein schlechtes Gewissen,

aber diese Gewissensbisse überwand ich, bis das Zuschauen so etwas wie ein Betäubungsmittel für mich wurde und ich an meinem Schlafzimmerfenster saß und darauf wartete, daß sie nach oben kam. Wenn ich ihr Tun sexuell erregend gefunden hätte, wäre ich vielleicht stärker beunruhigt gewesen, aber mir schien, was ich da beobachtete, war nicht Sexualität; eher war es, als schaute ich ins tiefste Innere ihrer Natur.
Und dann dachte ich: Wenn die Lage nun umgekehrt wäre? Wenn ich derjenige wäre, der beobachtet wurde? Auch ich berühre mich gelegentlich, und als ich in Rosas Alter war, habe ich es noch viel öfter getan. Und auch wenn ich sehr zurückgezogen bin und es selten vorkommt, habe ich doch schon Sexualpartner zu Besuch bei mir zu Hause empfangen. Was für Verzerrungen sind da auf meinem eigenen Gesicht zu sehen? Ist mein Gesicht – oder mein inneres Gesicht, wenn ich es so nennen darf – weniger ausdrucksstark?
Wenn ich Rosa abends beobachtet hatte, bemerkte ich sie oft am nächsten Tag. Manchmal sah ich sie im Garten und sprach mit ihr. Dann suchte ich in ihrer Miene nach dem Ausdruck von Ekstase, den sie am Abend zuvor gezeigt hatte. Aber natürlich war davon keine Spur zu sehen. Was ihre Gedanken anging, so waren es vermutlich welche, die ich auch schon hatte. Rosa war eine normale junge Frau. Es war nur ihre zufällige Blindheit, was es ermöglichte, ihr Handeln zu beobachten. Bei unseren alltäglichen Unternehmungen sehen wir die Oberfläche des Handelns der anderen, und vielleicht spekulieren wir über das, was darunterliegen mag. Tun wir das, weil wir wissen wollen, zu welchen Handlungen auch wir von unseren Leidenschaften getrieben werden könnten? Wenn ich absolut sicher sein könnte, daß es geheim bleibt, würde ich dann nicht vielleicht, manchmal, auch eine 900er Nummer anrufen? Aber es sind ja nicht nur sexuelle Handlungen. Für alle unsere Emotionen – Liebe, Haß, Neid, Habgier, Stolz – gibt es einen akzeptablen öffentlichen Grad, aber es gibt andere Ebenen, private Ebenen, wo sie sich dem Exzeß nähern können. Habe ich nicht Neid empfunden? War ich nicht stolz auf meine übermäßigen Fähigkeiten? Und wenn ich mit Freunden im Restaurant bin und die Kellnerin das Essen bringt, schaue ich da nicht, wer die größere Portion bekommt?
Dennoch habe ich ein Gespür für die Grenze. Irgendwann sage ich mir,

jetzt habe ich genug, oder ich zügle meinen Appetit. Ich sage nein. Das Verderben, der Abgrund, der Verlust der Selbstkontrolle – man stelle sich eine Person ohne Gespür für die Grenze vor. Bedeutet das nicht, ein Ungeheuer zu sein, eine Kreatur, deren Lust und deren Exzesse keine Beschränkung kennen? Wir unterwerfen uns einer scheinbaren Kleinigkeit, und bald wächst sie ins Riesenhafte, bald nimmt sie uns in Besitz. Man stelle sich vor, daß eine solche Person unter uns lebt und ein scheinbar konventionelles Leben führt. Wer ist jemand hinter einer verschlossenen Tür, ob Mann oder Frau? Wer ist eine Person, wenn die Vorhänge zugezogen sind? Welche Handlungen mögen sich dahinter ereignen? Und dann stelle man sich vor, wir fangen an, die Fußspuren dieser Person zu sehen, die Auswirkungen ihres Appetits, die Krumen und blanken Knochen des furchtbaren Mahls. Wie wird sich das auf uns auswirken? Könnte es ein Gefühl des Zulassens hervorbringen, das seine eigenen Konsequenzen hat? Wie im Falle Rosa Daniels – je mehr ich zuschaute, desto stärker wurde meine Faszination, während ich zugleich Abscheu gegen diese Faszination empfand. Ihre Lust wurde meine Lust. Obgleich ich Beobachter blieb, lechzte ich danach, jede Nuance ihres Verhaltens kennenzulernen. Und mein Gespür für die Grenze änderte sich zusehends.

Und in Aurelius fanden ebenfalls bestimmte Handlungen statt, die unser Gespür für die Grenze veränderten. Etwas Schreckliches war im Gange, und Schreckliches war nötig, es aufzuhalten. Das war die Stimme der Moral, die da sprach, das Über-Ich. Aber gab es nicht auch Freude darüber, daß Schreckliches nun zugelassen war? Ich meine nicht, daß normale Leute sich ganz selbstverständlich zu frevelhaften Handlungen verleiten lassen, aber vielleicht steigerte die Frevelhaftigkeit, die sie beobachteten oder die sie sich vorstellten, ihr eigenes Gefühl des Zulassens, ihr Gefühl der Zulässigkeit. Sie konnten ihre Aktionen rechtfertigen, indem sie sie Reaktionen nannten. Sie konnten Schreckliches tun, und sie konnten es Bestrafung nennen oder Rache oder Vergeltung, aber es war immer noch schrecklich. Ihre inneren Versuchungen wurden in offenes Verhalten verwandelt, und auch sie gelangten dahin, daß sie die Eigenschaften des Ungeheuers teilten. Zumindest in meiner Stadt kam es so.

16

Sharon Malloy war verschwunden, aber nach ihrem Verschwinden erwarteten die Leute noch vierundzwanzig Stunden lang, daß sie wieder auftauchen oder wenigstens anrufen würde. Oder auch, daß ihr Entführer, wenn es einen gab, anrufen würde. Aber es passierte nichts. Und als die Tage vergingen, schwanden auch die Hoffnungen der Leute.

Am nächsten Morgen war natürlich ihr Bild mit ihrer Personenbeschreibung im ganzen Land verbreitet worden. Auf dem Bild stand sie vor einer weißen Garage, und ihre Hand steckte in einem Baseballhandschuh. Sie reckte das Kinn hoch und grinste. Sie hatte ein keckes, ovales Gesicht und Zahnklammern, die hinter ihrem Lächeln matt blinkten. Sie hatte den blauen Pullover an, den sie auch getragen hatte, als sie verschwand. Sharons blondes Haar hing lose um ihre Schultern. Ihre Knie waren ein bißchen eingeknickt, und die Füße standen ein Stück weit auseinander. Ihr Gesicht war äußerst hübsch und trug einen Ausdruck von eifriger Erwartung, der zeigte, daß sie nicht einfach darauf wartete, daß ihr jemand den Ball zuwarf: Sie wartete auf das Leben an sich. Das verlieh ihrem Blick eine große Unschuld, als erwarte sie mit Leidenschaft, was vor ihr lag. Und was lag vor ihr? Niemand wußte es, aber das machte es nur noch schlimmer.

Innerhalb einer Woche sah man Sharons Bild überall: in Schaufenstern, Postämtern, Banken, an Telefonmasten, an den Mautkassen vor der Autobahn und mit Klebstreifen an den Rückfenstern von Autos befestigt. Viele Male am Tag sah man Sharons hübsches Gesicht mit diesem Ausdruck eifriger Erwartung, und immer spürte man die Dichotomie zwischen dem, was sie erwartet, und dem, was sie vielleicht bekommen hatte. Und veranlaßte das die Leute, mich selbst eingeschlossen, nicht dazu, daß sie über die unerwarteten Wendungen ihres eigenen Lebens nachdachten? Sharon wurde zum Sinnbild für die gebrochene Verheißung – die Verheißung, die wir alle einst empfunden hatten: für den Unterschied zwischen dem, was das Leben zu bieten schien, und dem, was es dann gab.

Von Anfang an gingen die Ermittlungen auf zwei Ebenen vonstatten: die eine lag in der Welt, die andere in Aurelius. Die Polizeibehörden im ganzen Osten fingen an, nach Sharon zu suchen. Die State Police, das FBI – jeder Polizist, jeder Agent trug ihr Bild bei sich. NBC Nightly News brachte einen Bericht, und CNN widmete dem Fall zehn Minuten. Reporter und Nachrichtenteams reisten Hunderte von Meilen weit an. Sharons Familie war in einem Schockzustand und weigerte sich zunächst, mit den Reportern zu sprechen, aber Megan Kelly wurde fünfzigmal interviewt. Joyce Bell erzählte von ihrer Angst, als Sharon an jenem Nachmittag nicht bei ihr angekommen war. Man sprach mit Sharons Lehrern und Freundinnen, auch mit Sadie. Viele Leute entwickelten kleine, festgefügte Reden – auch wenn sie es sicher nicht so empfanden –, in denen sie erklärten, was für ein wunderbares Mädchen Sharon gewesen sei. Sogar Junior von Junior's Lunchbar, der sie kaum gekannt hatte, sagte so etwas. Tatsächlich hatten viele, die sich zu Freunden Sharons erklärten, wahrscheinlich nur ein- oder zweimal mit ihr gesprochen, bevor sie verschwunden war.

Es ist schwer, ohne einen Hauch von Zynismus darüber zu reden. Sharons Verschwinden gab vielen Leuten die Gelegenheit, zu wohltuender Publicity zu gelangen. Harry Martini, der Schulleiter von der Knox Consolidated, trat im Lokalfernsehen von Syracuse und Utica auf und redete von den Gefahren, denen Kinder ausgesetzt sind, wenn sie allein zur Schule oder nach Hause gehen müssen. Und er beschrieb Sharon als einen der leuchtenden Sterne der neunten Klasse. Harry plusterte sich auf, sah verloren aus und wischte sich die Augen. Ich bin sicher, er hielt sich für aufrichtig, aber ich bin ebenso sicher, er konnte sich kaum erinnern, wer Sharon eigentlich war. Sie war eine gute Schülerin mit einem ordentlichen Notendurchschnitt, aber sie war auch schüchtern gewesen und hatte nicht gern Aufmerksamkeit auf sich gelenkt. Angesichts der Publicity, und wenn man die Leute jetzt reden hörte, hätte man meinen können, sie wäre die klügste und beliebteste Schülerin der Schule gewesen.

Das soll nicht heißen, daß die Leute logen. Sie glaubten, daß sie die Wahrheit sagten, aber es war, als könnten sie sich dadurch, daß sie sich mit ihr in Verbindung brachten und vor der Presse oder den Behörden über sie redeten, einen Teil von Sharons Wichtigkeit aneignen: der Wichtigkeit ihres Verschwindens. Wenn ich Harry Martini gegenüber so etwas geäußert hätte, wäre er empört gewesen. Und als ich Ruth Henly – Sharons Englischlehrerin – im Lehreraufenthaltsraum fragte, wie gut sie Sharon wirklich gekannt habe, wurde sie ein kleines bißchen mißtrauisch und behauptete – ziemlich unfair, wie ich sagen muß –, es tue mir offensichtlich nur leid, daß Sharon nicht auch meine Schülerin gewesen sei.

Tatsächlich tat es mir überhaupt nicht leid, daß Sharon niemals meine Schülerin gewesen war, obwohl ihre älteren Brüder, Frank und Allen Junior, bei mir Biologieunterricht gehabt hatten. Aber was ich als unglückselig empfand, war das Scheinwerferlicht: daß Leute hastig damit bei der Hand waren, ihre Verbindung zu ihr bekanntzugeben. Wenn ich in meinem Klassenzimmer aus dem Fenster schaute, sah ich Fernsehteams, die Außenaufnahmen von der Schule machten. Oder sie standen in den Fluren oder sprachen mit Schülern oder Lehrern oder Verwaltungsangestellten. Wegen ihrer Scheinwerfer und Apparaturen fielen sie sofort ins Auge. Sogar Herkimer Potter, ein Sonderschüler, der seit fast einer Ewigkeit an der Knox Consolidated unterrichtet wird, bekam frei, damit er einem Fernsehreporter aus Albany erzählen konnte, daß er Sharon einmal einen Kaugummi geschenkt und daß sie ihm dafür gedankt hatte.

Ich empfand es bald wie eine bösartige Geschwulst, daß so vielen Leuten daran lag, die Aufmerksamkeit auch auf sich zu lenken. Es stellte eine ihrer geheimen Leidenschaften dar. Aber als ich darüber mit Franklin sprach, zuckte er nur die Achseln.

»Das erleichtert einem Reporter den Job. Neunundneunzig Prozent der Leute brennen darauf zu reden.«

»Sie wollen sich wichtig machen«, sagte ich.

»Sie wollen, daß man ihr Leben zur Kenntnis nimmt.«

»Harry Martini will mehr als nur Kenntnisnahme.«
»Kenntnisnahme und Echtheitsbestätigung«, sagte Franklin. »Den Beweis dafür, daß sie leben.«
Aber ich konnte nicht anders: Ich dachte immerfort, daß die Leute sich von einer Seite zeigten, die unangenehm war.
Die zweite Ebene der Ermittlungen, die lokale Ebene, erregte weniger Aufmerksamkeit. Die städtische Polizei, besonders Ryan Tavich, war zwar daran beteiligt, aber die Leitung lag bei der State Police. Der verantwortliche Captain hieß Raymond Percy. Ich kannte ihn da noch nicht, aber Franklin und mein Cousin Chuck Hawley sagten nur Gutes über ihn. Percy war von einer Professionalität, aus der jede Spur von Persönlichkeit getilgt worden zu sein schien. Er wohnte in Norwich und war erst kürzlich zum Captain befördert worden. Er hatte acht Jahre bei der Army gedient, die meiste Zeit als Sergeant bei der Militärpolizei. Er war groß und äußerst fit, und sein dunkles Haar war grau meliert. Seine lange, sehr schmale Nase erinnerte mich an eine Beilklinge. Er trug dunkle Anzüge und Krawatten in gedämpften Farben. Wahrscheinlich war er Anfang Vierzig. Er zeigte keinerlei Charaktermangel und war gründlich, aber er ließ auch keine Emotionen erkennen. Ich weiß nicht genau, was mir lieber gewesen wäre, wenngleich mir ein gelegentlicher Fluch oder ein Lächeln gut gefallen hätte. Eigentlich muß es inkonsequent erscheinen, wie ich mich bald über die geheimen Laster mancher Leute beklage und bald darüber, daß andere Leute anscheinend keine haben.
Allem Anschein nach wollte Raymond Percy gern eine Maschine sein – vielleicht war das ja geheimes Laster genug. Sein Innenleben war verborgen, und das machte mich nur begierig nach Hinweisen auf dieses Innenleben. Vielleicht war das meine eigene Schwäche: das Verlangen, zu sehen, was unter der Oberfläche lag, und die Überzeugung, daß Raymond Percy ein anderer Mann sei, wenn er morgens um vier aufwachte und an die Decke starrte.
Ryan Tavich war oft mit ihm zusammen.
»Aber wie ist er?« fragte Franklin.
»Gründlich.«
»Heißt?«

»Er produziert eine Menge Papier, redet mit einer Menge Leute, verlangt eine Menge Berichte.«
Franklin und Ryan saßen an Franklins Küchentisch. Es war früh an einem Abend in der ersten Woche der Ermittlungen, und sie hatten beide ein Bier vor sich. Sie glaubten, Sadie sei oben in ihrem Zimmer, aber sie hockte auf der Treppe und lauschte.
»Unterhält er sich je über Football?« fragte Franklin.
»Er unterhält sich nie über irgend etwas, das nicht mit dem Fall zusammenhängt.«
»Schon mal Essensflecken an seinem Hemd gesehen?«
»Was redest du da?«
»Ich will wissen, wie er ist. Wie kann ich über den Kerl schreiben, wenn er ein Stück Holz ist?«
Ich bin einmal an seinem Haus vorbeigefahren. Norwich ist eine Stadt mit wunderschönen viktorianischen Häusern, aber Captain Percy wohnte in einem neuen Mehr-Etagen-Haus auf einem Eckgrundstück, weiß mit schwarzen Plastikläden. Ein eingezäunter Vorgarten, kein Basketballkorb an der Garage, keine Fahrräder, keine Spielsachen auf dem Rasen, alle Vorhänge zugezogen. Man konnte sich des Gedankens nicht erwehren, daß Captain Percys Haus Ähnlichkeit mit Captain Percy selbst hatte; und warum auch nicht? Ich wußte, er hatte eine Frau und zwei Söhne im Teenageralter, aber von außen gab es keinen Hinweis auf sie.
Eine Stunde nachdem sie die Polizei angerufen hatte, nahm Ryan Tavich Megan Kellys Aussage zu Protokoll. Captain Percy sprach am nächsten Morgen in der City Hall mit ihr. Mrs. Kellys Geschichte, wie sie Sharon durch das Wohnzimmerfenster gesehen hatte und durch das hintere Fenster dann nicht mehr, wurde mehrmals durchgekaut. Drei bis fünf Minuten waren zwischen diesen beiden Augenblicken vergangen. Mrs. Kelly räumte bereitwillig ein, daß in dieser Zeit mehrere Autos vorbeigefahren waren, auch wenn die Adams Road nicht besonders verkehrsreich war; aber das einzige Auto, an das sie sich konkret erinnern konnte, war Houari Chihanis roter Citroën.
Noch am selben Vormittag, am Dienstag, dem 19. September, fuhren

Ryan und Captain Percy zum Aurelius College, um mit Chihani zu reden. Er unterrichtete gerade seinen Kurs in Europäischer Geschichte des 19. Jahrhunderts, und Captain Percy ließ ihn herausrufen. Ryan meinte später, er selbst hätte das nicht getan, denn es sei unsinnig gewesen, Chihani dem Tratsch auszusetzen. Percy hatte einen Sergeant bei sich und einen Fahrer noch dazu; der Besuch hatte nichts Diskretes an sich. Megan Kelly hatte bereits hier und da erzählt, daß sie Chihanis Citroën gesehen hatte, und manche Leute zeigten sich verwundert darüber, daß Chihani nicht schon im Gefängnis saß, daß er nicht schon am Tag zuvor verhaftet worden war.
Der uniformierte Sergeant und eine Sekretärin des Colleges eskortierten Chihani aus dem Klassenzimmer. Ryan und Captain Percy empfingen ihn in einem leeren Büro im Verwaltungstrakt. Ryan erzählte, man habe hören können, wie er rasch den Gang heruntergehumpelt kam – einen weichen Schritt und einen lauten, immer abwechselnd. Chihani trug einen schwarzen Rollkragenpullover unter einem grauen Sportsacco und seine Baskenmütze. Einen Gehstock hatte er auch bei sich. Er war nicht erfreut.
»Ich komme mit den Studenten dieses Kurses sechsundzwanzigmal im Semester zusammen. Eine dieser Gelegenheiten haben Sie soeben gestört. Ich werde jetzt einen neuen Termin ansetzen müssen.«
»Nehmen Sie Platz«, sagte Captain Percy.
»Ich möchte lieber nicht Platz nehmen.«
»Ich fordere Sie auf, Platz zu nehmen.«
»Aufgrund welcher Befugnis?«
Captain Percy erklärte ihm, wer er war.
»Nichts davon«, sagte Chihani, »kann mich dazu überreden, Platz zu nehmen, wenn ich es nicht möchte.«
Und so blieb Chihani stehen und hielt den Stock dicht neben seinem rechten Bein.
Captain Percy blieb ebenfalls stehen. Ja, alle vier Männer blieben stehen, obwohl genug Stühle vorhanden waren. Chihani und Percy waren gleich groß, etwas über eins achtzig. Beide waren schlank, aber während Percy muskulös war, wirkte Chihani drahtig und kantig.
»Man hat Sie gestern gesehen«, sagte Percy, »wie Sie kurz nach fünf-

zehn Uhr auf der Adams Road stadtauswärts fuhren. Können Sie mir sagen, wohin Sie gefahren sind?«

»Warum ist das notwendig?«

»Es ist Bestandteil einer laufenden Untersuchung.«

Chihani blickte starr zu Boden und war anscheinend nicht bereit zu antworten. Aber dann sprach er doch. »Ich wollte zu Henderson's Obstfarm; ich wollte dort Äpfel kaufen, Cider und ein Glas Honig.« Seine Miene war verachtungsvoll, als finde er es lächerlich, daß die Polizei sich für seine Apfelkäufe interessierte.

»Haben Sie beim Verlassen der Stadt ein Mädchen auf einem Fahrrad gesehen?«

»Ich habe niemanden gesehen.«

»Sie müssen sie überholt haben«, sagte Ryan.

»Ich habe trotzdem niemanden gesehen.«

»Sie wollten Äpfel kaufen«, sagte Percy. »Haben Sie welche gekauft?«

»Ich habe unterwegs gemerkt, daß ich nicht genug Geld mitgenommen hatte, und deshalb bin ich wieder nach Hause gefahren. Ich will heute nachmittag noch einmal hin.«

»Sind Sie auf der Adams Road nach Aurelius zurückgefahren?«

»Ich bin in die Fletcher Street eingebogen, um noch zur Bank zu fahren.«

»Waren Sie an der Obstfarm und haben dort gewendet?« fragte Ryan.

»Nein, ich habe schon vorher gewendet. Warum ist das wichtig?«

»Das Mädchen trug einen blauen Pullover und hatte eine rote Büchertasche bei sich«, sagte Percy. »Das Fahrrad war blau und rot.«

»Ich habe sie nicht gesehen.«

»Wo ist Ihr Auto jetzt?«

»Auf dem Lehrerparkplatz.«

»Ich muß Sie leider mit in die Stadt nehmen«, sagte Percy.

Zum erstenmal sah Chihani überrascht aus. »Warum denn das?«

»Das Mädchen ist verschwunden.«

»Dann würde ich gern meinen Anwalt anrufen«, sagte Chihani.

Percy ließ Chihanis Citroën zur State Police nach Potterville schleppen. Er hatte sich bereits einen Durchsuchungsbeschluß für den Wagen und für Chihanis Haus ausstellen lassen.

In der City Hall sagte Chihani nichts, was er nicht schon im College gesagt hatte. Er habe das Mädchen nicht gesehen. Er sei umgekehrt, bevor er bei der Obstfarm angekommen sei. Sein Anwalt war eine Frau, Agnes Whitehead. Sie erklärte unmißverständlich, man müsse entweder Anklage erheben oder ihren Mandanten freilassen. Während Chihani auf dem Polizeirevier war, wurde sein Haus von den Spurensicherungsexperten der State Police durchsucht. Percy zögerte es so lange wie möglich hinaus, aber am späten Nachmittag mußte er Chihani laufenlassen. Im Haus hatte man keine Spur von Sharon gefunden. Die State Police behielt das Auto noch einen Tag, aber man fand keinen Hinweis darauf, daß Sharon Malloy je dringesessen hatte.

»Das Dumme ist«, sagte Ryan zu Franklin, »es ist unwahrscheinlich, daß Chihani jede Spur von ihr beseitigt haben könnte. Von anderen Leuten waren Spuren da, auch von Frauen, aber nicht von Sharon.«

»Was für Frauen?« fragte Franklin.

»UDR-Mitglieder. Harriet Malcomb zum Beispiel, und Joany Rustoff.« Sie saßen wieder an Franklins Küchentisch. Nebenan hörte man Sadie, die am Klavier saß und Tonleitern übte.

»Also hat Chihani seinen Wagen vermutlich nicht gesäubert.«

»Richtig. Es wäre unmöglich, selektiv sauberzumachen – die Spuren der einen Person zu beseitigen und die der anderen nicht.«

»Gibt es einen Hinweis darauf, daß Chihani jemals mit Sharon gesprochen hat?«

»Nein.«

Franklin rief Sadie herein und fragte sie, ob Sharon je über Houari Chihani gesprochen habe.

»Über wen?« fragte Sadie. Das Klavierüben war etwas, wozu ihr Vater sie zwang, und sie hatte nichts dagegen, dabei gestört zu werden.

»Er unterrichtet am College und fährt einen roten Citroën.«

»Das kleine rote Auto? Das hab ich schon gesehen, aber ich wußte nicht, wem es gehört. Was hat denn der für einen Namen?«

»Einen algerischen.«

»Ist er da geboren?«

»Ich nehme es an«, sagte ihr Vater.

»Das ist aber weit weg von Aurelius«, meinte Sadie.

Chihani war zwar auf freiem Fuß, aber potentiell verdächtig blieb er weiterhin. Beamte der State Police und Deputys vom Sheriff's Department sprachen mit den Leuten, die entlang der Adams und der Fletcher Street wohnten, um festzustellen, ob ihn jemand gesehen hatte. Viele konnten sich an den roten Citroën erinnern, aber sie waren nicht sicher, ob sie ihn an diesem speziellen Montag nachmittag gesehen hatten.

Bald war es allgemein bekannt, daß man Chihani in die City Hall gebracht und sein Auto nach Potterville geschleppt hatte. Ich möchte wetten, daß beim Gedanken an Chihani jeder auch an Oscar dachte, wie er wegen der Bomben verhaftet worden war. Und die Leute dachten an die UDR ganz allgemein. Manche begannen sich zu fragen, ob die Gruppe nicht doch etwas mit den Verwüstungen auf dem Homeland-Friedhof zu tun hatte; die Polizei hatte den Fall noch immer nicht aufgeklärt. Es gab keinerlei Beweis für einen Zusammenhang zwischen dem Vandalismus und den Bomben, aber Aurelius war eine kleine Stadt, und die Zahl derer, die bereit waren, gegen die Gesetze zu verstoßen, war begrenzt. Also dachten sich die Leute, es könnte vielleicht auch einen Zusammenhang zwischen der UDR und Sharons Verschwinden geben. Franklin war es nicht entgangen, daß Aaron am Montag nachmittag mit Sadie verabredet gewesen und nicht erschienen war. Wo war er gewesen? Selbstverständlich gab er diese Information an Ryan Tavich weiter.

Ryan muß sich unwohl in seiner Haut gefühlt haben. Obwohl er wußte, daß die UDR für den Vandalismus verantwortlich war, hatte er beschlossen, nicht darüber zu reden. Er betrachtete dies nicht als ein weiteres Beispiel dafür, daß er den Sohn seiner toten Geliebten oder auch Harriet Malcomb schützte. Er verhinderte ganz einfach, daß eine Horde ziemlich harmloser Studenten in Schwierigkeiten geriet. Angesichts dessen, wie unbeliebt Chihani war, und in Anbetracht des Mißtrauens gegen die UDR würde man die Tatsache, daß ein paar ihrer Mitglieder die Grabsteine einiger der ehrwürdigsten Verstorbenen von Aurelius umgestürzt hatten, über jedes Maß hinaus aufblähen. Deshalb hatte er geschwiegen.

17

Tatsächlich hatte Ryan versucht, Aaron an dem Montag, an dem Sharon verschwunden war, zu finden. Er war viermal bei Aarons Wohnung gewesen. Zweimal war er bei Harriets Apartment vorbeigefahren. Seit August war ihr Verhältnis zueinander stark abgekühlt. Es ärgerte Ryan, daß er sie nicht ansehen konnte, ohne Verlangen zu empfinden, und es ärgerte ihn, daß er in den fünf Wochen, die sie zusammengewesen waren, nie gewußt hatte, was sie für ihn empfand. Ryan besuchte aber auch die anderen Mitglieder der »Untersuchung der Rechten«, unter anderem Barry, der später erzählte:
»Er sah wütend aus. Ich dachte, er würde mich schlagen.«
Ryan mußte unwillkürlich an Aarons Gewalttätigkeit gegen Hark und gegen Sheila Murphy denken. Er dachte auch daran, daß Aaron sich mit Sadie herumtrieb. Vielleicht war Ryan sogar eifersüchtig. Wenn er Sadie mit zum Fischen nahm, sah er sich vielleicht als Gegengewicht zu Aarons Einfluß. Auch wenn er Aaron nicht ausstehen konnte, änderte dies nichts daran, daß er bei jeder Begegnung das Gesicht von Aarons Mutter sah, das da hervorschaute, diese leicht aufwärtsgezogenen, schrägen Augen.
Ryan hätte es Percy sofort sagen müssen, als er hörte, daß Aaron vermißt wurde, aber er tat es nicht. Montag abend und Dienstag morgen suchte er nach ihm; er weckte die Mitglieder der UDR und ging zweimal zu Paula McNeal, um sich zu erkundigen, ob sie etwas von ihrem Halbbruder gehört hatte. Aber niemand hatte etwas von ihm gehört.
Paula hatte Franklins Haus gegen siebzehn Uhr verlassen, kurz nachdem Sadie sie mit Franklin im Bett angetroffen hatte. Es tat ihr leid, daß Sadie darüber aufgebracht war, aber es ärgerte sie auch, daß Franklin so tat, als habe er seine Tochter betrogen. Aber es war Paulas Angewohnheit zu schweigen, wenn sie etwas auf dem Herzen hatte,

und es herunterzuschlucken, und so lag es nahe, daß andere dachten, es sei alles in Ordnung. Die Nachricht von Sharons Verschwinden überlagerte ihren Groll, aber sie ließ ihn nicht verschwinden. Sie ging also nach Hause, und Franklin verbrachte eine oder zwei Stunden mit Ryan Tavich, bevor er in die Stadtratssitzung ging. Sadie ließ er bei mir, denn Mrs. Kelly wurde noch von der Polizei in Anspruch genommen.
Mir fiel auf, daß Franklin sie persönlich herüberbrachte, statt sie allein gehen zu lassen. Ich wohnte schließlich nur zwei Häuser weiter. Es war die erste Andeutung der Veränderungen, die Sharons Verschwinden hervorrufen würde.
Sadie war aufgeregt wegen Sharon, aber sie hatte die Neuigkeit noch nicht vollständig begriffen. Daß sie Paula mit ihrem Vater im Bett angetroffen hatte, beschäftigte sie viel mehr.
»Wieso gefällt sie ihm?« fragte sie immer wieder. »Sieht er nicht, daß sie ihm nur was vormacht?«
»Wieso soll sie ihm was vormachen?« fragte ich.
»Weil sie unehrlich ist.« Sadie funkelte mich unter ihren Ponyfransen an. Dann mußte sie über ihre eigene Ernsthaftigkeit grinsen.
»Aber was sollte sie von ihm wollen?« fragte ich.
»Vielleicht sein Geld, vielleicht unser Haus. Vielleicht haßt sie mich und will mir schaden.«
»Vielleicht liebt sie ihn.«
»Diese Art von Liebe braucht er nicht«, sagte Sadie.
Ich hatte ein paar Packungen Makkaroni mit Käse für ihre Besuche vorrätig, und an diesem Abend aßen wir zusammen eine davon. Sadie machte ihre Schularbeiten und sah dann fern, und ich korrigierte Arbeiten. In den Elf-Uhr-Nachrichten kam eine kurze Meldung über Sharons Verschwinden, und sie zeigten das Foto von Sharon vor der Garage.
»Das ist mein Pullover«, sagte Sadie. »Das ist der Pullover, den Paula mir geschenkt hat.«

Ryan Tavich fand Aaron schließlich am Dienstag morgen gegen acht. Besser gesagt, Ryan parkte vor Aarons Apartmenthaus, und als er in den Rückspiegel schaute, sah er Aaron den Gehweg heraufkommen.

Es war ein kühler Morgen, aber Aaron war in Hemdsärmeln. Ryan stieg aus.
»Ich habe dich gesucht«, sagte Ryan.
Aaron sagte nichts. Sein Haar hing ihm offen über die Schultern. Er hatte Ringe unter den Augen.
»Wo warst du?«
»Weg«, sagte Aaron.
»Wo?«
»Einfach weg.«
»Warum hast du Sadie gestern nicht von der Schule abgeholt?«
»Ich hatte zu tun.«
»Weißt du etwas über Sharon Malloy?«
»Ich hab gestern abend was in den Nachrichten gesehen. Hat man sie gefunden?« Aaron zog ein Gummiband aus der Gesäßtasche und fing an, sich seinen Pferdeschwanz zu binden.
»Wo warst du gestern nachmittag gegen drei?«
»Beschäftigt.«
»Genauer.«
Aaron überlegte einen Moment. »Genauer werde ich nicht.«
Da nahm Ryan ihn mit zur City Hall und übergab ihn an Percy. Er erzählte ihm Aarons Geschichte, berichtete von der UDR und ließ durchblicken, daß er die Gruppe im Verdacht hatte, die Friedhofsschändung begangen zu haben. Chuck Hawley, der zufällig mit der Untersuchung des Vandalismusfalles befaßt war, hörte das Gespräch mit an.
»Wieso zum Teufel haben Sie mir das nicht schon früher erzählt?« fragte Percy mehr überrascht als erbost.
Ryan wollte etwas sagen und zuckte dann die Achseln. Chuck erzählte mir später, daß er ziemlich rot wurde.
Percy rief die Polizei in Troy an und ersuchte sie, Oscar festzunehmen. Dann ließ er die anderen UDR-Mitglieder zur City Hall bringen. Er und Ryan machten unterdessen einen Besuch im College, wo sie mit Chihani sprachen, bevor sie ihn ebenfalls aufs Polizeirevier brachten. All das blieb nicht unbemerkt. Gegen Mittag wußte fast die ganze Stadt, daß die Mitglieder der UDR verhaftet worden waren. Auch an der High-School hatte es sich herumgesprochen, allerdings in einer ziem-

lich verworrenen Version. Es hieß, Jesse und Shannon hätten Widerstand geleistet und seien zusammengeschlagen worden. Leon Stahl habe eine Art Schlaganfall erlitten. Jason Irving habe versucht, hinten aus dem Fenster zu klettern, sei aber erwischt worden. Harriet habe man im Schrank gefunden. Joany Rustoff und Bob Jenks seien nackt gewesen; man habe sie in Unterwäsche in die Stadt gebracht. Barry habe geweint. Nichts davon stimmte, auch wenn vielleicht in jeder Geschichte ein Körnchen Wahrheit war. Barry zum Beispiel erzählte mir, er sei sehr bestürzt gewesen, aber er schwor, daß er nicht geweint habe. Es kam kaum darauf an. Das waren die Geschichten, die die Runde machten. Es erschien niemandem weit hergeholt, daß diese Marxistengruppe vom College Sharon entführt hatte. Hatten sie nicht schon versucht, die High-School in die Luft zu jagen?

Wenige Leute waren von der völligen Schuld der UDR überzeugt, aber nur wenige hielten die Mitglieder auch für völlig unschuldig. Sie hatten ganz offensichtlich etwas Unrechtes getan – schließlich hatte man sie ja verhaftet. Und noch am selben Tag erfuhren wir, daß man gegen alle Mitglieder der UDR mit Ausnahme von Leon Stahl Anklage wegen Vandalismus erhoben hatte, und die Leute erinnerten sich an die umgestürzten Grabsteine auf dem Homeland-Friedhof. Und diejenigen, die nie einen Verdacht gegen die UDR gehegt hatten, wunderten sich über sich selbst – das sagten sie zumindest –, denn war es nicht absolut einleuchtend, daß die Gruppe diese Verwüstungen begangen hatte?

Angst und eifrige Spekulation ergeben eine ungesunde Mischung. Am Ende des Schultags unterhielten sich die Schüler über Hexenkult und Satanismus. Ich hörte sogar Mrs. Hicks, die Englischlehrerin, darüber spekulieren, daß Sharon womöglich als Menschenopfer dargebracht worden sei. Inzwischen war Sharon seit vierundzwanzig Stunden vermißt. Viele Leute glaubten immer noch, daß sie wieder auftauchen würde, aber die Anwesenheit von Reportern, Polizisten und diversen Fremden führte doch zu mancherlei Schlußfolgerung. Dazu kam die Verhaftung der UDR-Mitglieder. Die Tatsache, daß keinem von ihnen zur Last gelegt wurde, etwas mit Sharons Verschwinden zu tun zu haben, war ohne Bedeutung. Die Leute hatten eine unbestimmte Vorstellung von der Geschichte der Gruppe, eine unbestimmte Vorstellung von dem, was passiert war – und aus diesen Unbestimmtheiten formten sie eine Geschichte.

Im Lehrerzimmer spekulierte Sandra Petoski, sonst eine vernünftige Frau, über Barry Sanders; sie habe sich schon immer gefragt, erklärte sie, ob er nicht emotional gestört sei. Andere sprangen ihr mit Geschichten über Barry und auch über Aaron bei, bis man den Eindruck haben konnte, daß Sharons Verschwinden geradezu unvermeidlich gewesen sei. Und die Schule war nur ein Mikrokosmos der Stadt, denn die gleichen Spekulationen waren überall im Gange. Die »Untersuchung der Rechten« müsse etwas damit zu tun haben, behauptete man, und der Spiritus rector hinter dem Verhalten der Gruppe sei Chihani. Und weshalb sollte Chihani ein Interesse daran haben, daß die Grabsteine auf dem Friedhof umgestürzt wurden? Na, war er nicht Moslem? War er nicht Kommunist? Sogar die Tatsache, daß er dieses rote Auto fuhr, legte man ihm zur Last. Ich fand, die Polizei hätte diskreter vorgehen müssen, aber auch sie war naiv, und in Situationen wie dieser hatten die Polizisten nur ein rudimentäres Empfinden für das Verhältnis von Ursache und Wirkung. Sie konnten nicht vorhersehen, wie sich diese Ereignisse auf unsere Stadt auswirken würden.

Am Dienstag nachmittag brachte man die Mitglieder der UDR nach Potterville ins Gericht. Man bedrängte sie, ihre Beteiligung an Sharons Verschwinden zuzugeben, und der Vandalismusvorwurf diente als Instrument, mit dem man sie zum Reden bringen wollte. Unterdessen wurden Durchsuchungsbeschlüsse erwirkt, und die Polizei durchstöberte ihre Wohnungen.

Barry wurde in ein Büro eskortiert und mußte dort warten. Nach kurzer Zeit kamen zwei Polizisten in Zivil herein und teilten ihm mit, er habe für die Verwüstung des Friedhofs fünf Jahre Gefängnis zu erwarten. Ob Rauschgift im Spiel gewesen sei? Barry konnte sich nicht erinnern. Er konnte immer nur daran denken, was seine Mutter sagen und wie wütend sie sein würde. Er wußte zwar, daß Sharon verschwunden war, aber er hatte keine Ahnung, daß seine Verhaftung etwas damit zu tun hatte. Einer der Zivilpolizisten sagte ihm, daß man die Vandalismusanklage vielleicht fallenlassen würde, wenn er ihnen erzählte, was er über Sharon wußte. Barry hatte einen von Sharons Brüdern gekannt,

aber er konnte nicht mit Sicherheit sagen, ob er Sharon je gesehen hatte, zumindest nicht in letzter Zeit.
»Was sagt Ihnen die Zahl 666?« fragte man ihn.
Barry überlegte angestrengt. War das so was wie die Notrufnummer, oder war es die Nummer an seinem Spind in der Schule gewesen? »Ich weiß es nicht«, sagte er schließlich. Er saß sehr still da und zwinkerte mit den Augen.
Die Zivilpolizisten fragten Barry, wie er die vergangenen vierundzwanzig Stunden verbracht habe und wo er am Montag nachmittag gegen fünfzehn Uhr gewesen sei. Barry war in der Schule gewesen, und abends hatte er seine Mutter besucht. Danach hatte er daran gedacht, Aaron zu besuchen, aber Aaron war nicht zu Hause gewesen.
»Woher wissen Sie, daß er nicht zu Hause war?« fragte der Zivilpolizist.
»Ich habe ihn angerufen, und er hat sich nicht gemeldet.«
»Und wo, glauben Sie, war er?«
»Ich habe keine Ahnung.«
»Und wann haben Sie Mr. Chihani zuletzt gesehen?«
»In der Sitzung am Freitag abend.« Die beiden Männer stellten ihre Fragen abwechselnd, bis es Barry ganz schwindlig wurde.
»Und worüber wurde gesprochen?«
»Über *Marxian Economics* von Desai. Mr. Chihani erzählte davon, und wir diskutierten darüber.« Barry hoffte, sie würden ihn nicht fragen, was das sei, denn er hatte nur eine sehr verschwommene Ahnung.
»Hat jemand Sharon Malloy erwähnt?«
»Nicht, soweit ich mich erinnern kann. Bestimmt nicht.«
»Finden Sie sie hübsch?«
»Ich kann mich nicht erinnern, wie sie aussieht.«
»Haben Sie was übrig für kleine Mädchen?«
»Ich schätze schon«, sagte Barry, der für kleine Mädchen nichts übrig hatte, aber nichts Falsches sagen wollte. »Sie sind ganz okay, aber ich habe nicht mehr viele gesehen, seit ich, na ja, seit ich ein kleiner Junge war.«
Ryan gelang es, Harriet von den andern zu trennen, und sprach in einem kleinen Büro mit ihr. »Ich dachte, du wolltest niemandem et-

was von dem Friedhof verraten«, sagte sie. Sie hatte ihre Kontaktlinsen herausgenommen und trug eine Brille mit durchsichtigem Rahmen. Ihr schwarzes Haar umrahmte ihr Gesicht. Ein Colgate-Sweatshirt verhüllte ihre Figur. Ryan sah keine Spur von den Brüsten, die er einmal so erstaunlich gefunden hatte. Harriet sah aus wie zwölf und hatte einen Pickel am Kinn. Ryan war schockiert bei dem Gedanken, daß er je mit ihr geschlafen haben sollte.

»Es mußte eines Tages rauskommen«, sagte er.

»Ich werde allen erzählen, daß du mich gefickt hast.«

Ryan merkte, daß er sie nicht ansehen konnte. »Mach, was du willst«, sagte er.

»Du glaubst wohl, es hat mir gefallen, was? Ich hab's nur getan, weil Aaron gesagt hat, ich soll es tun. Du bist ein kleiner alter Mann.«

»Aaron?« Ryan nahm kaum Notiz von der Beleidigung. »Wieso denn?«

»Frag ihn selbst, wenn du es wissen willst.«

»Ich schätze, das werde ich wohl tun müssen.« Ryan schaute Harriet nicht in die Augen, sondern konzentrierte sich auf den Pickel an ihrem Kinn. Und er fragte sich, ob er je mit irgendeiner Frau geschlafen hatte, bei der es ihm nicht nur darum gegangen war, den Gedanken an Janice McNeal loszuwerden.

Keines der UDR-Mitglieder hatte irgend etwas über Sharon zu sagen. Mehrere – Leon Stahl und Joany Rustoff zum Beispiel – behaupteten, sie wüßten gar nicht, daß sie verschwunden sei. Aaron behauptete, er könne sich unbestimmt an sie erinnern, genau wie Barry, aber die andern gaben an, überhaupt nicht zu wissen, wer sie sei. Was ihr Alibi für die letzten vierundzwanzig Stunden anging, so ließ sich das meiste bestätigen. Sie hatten Unterricht gehabt, sie waren in der Stadt gewesen. Sie hatten in Bud's Tavern ein Bier getrunken. Der eine hatte dies getan, der andere jenes, aber bei jedem blieb ein Zeitabschnitt übrig, für den er oder sie kein Alibi hatte.

Leon wurde freigelassen, und Ryan fuhr ihn zurück nach Aurelius.

»Mann, bin ich froh, daß ich in der Nacht zu Hause geblieben bin«, sagte Leon immer wieder. »Sie wollten, daß ich mitkomme zum Friedhof; andauernd haben sie gefragt. Es ist das erste Mal, daß es mir was genützt hat, fett zu sein.«

Die andern bekamen eine Anklage wegen Vandalismus; alle außer Aaron wurden gegen Kaution freigelassen. Aaron blieb in Haft; die Kaution war auf fünfundzwanzigtausend Dollar festgesetzt worden. Er rief seine Halbschwester an, und die nahm Kontakt mit dem Anwalt ihres Vaters auf. Der Anwalt, Henry Swazey, wollte versuchen, Aaron am Mittwoch freizubekommen. Die State Police in Troy hatte sich mit Oscar Herbst beschäftigt und festgestellt, daß er Sharon nicht entführt haben konnte. Er hatte am späten Montag nachmittag einen Termin beim Zahnarzt gehabt.

Am Mittwoch nachmittag besuchte Franklin das Aurelius College, um mit Houari Chihani zu sprechen; er hoffte, daß er am Tag darauf noch etwas in den *Independent* würde setzen können. Er fand Chihani in seinem Büro im zweiten Stock von Douglas Hall. Es gab keine neuen Informationen über Sharon, obwohl die Polizei eine Menge Spuren verfolgte. Die meisten waren anscheinend falsch: Leute, die behaupteten, Sharon an fernen Orten wie Chicago gesehen zu haben. Aber man redete über die UDR, und die Leute kamen nicht darüber hinweg, daß Mrs. Kelly Chihanis roten Citroën gesehen hatte.

Weil Chihani von der Polizei vernommen worden war und wußte, daß die UDR unter Verdacht stand, muß er vor Franklin auf der Hut gewesen sein, aber er ließ es sich nicht anmerken.

Franklin setzte sich vor Chihanis Schreibtisch und zog seinen Notizblock hervor. »Haben Sie eine Ahnung, was mit Sharon Malloy passiert sein könnte?«

»Nein.« Chihani hatte dünne Lippen, die Franklin an ein abgeflachtes »M« über einem abgeflachten »W« erinnerten. Das erweckte bei Franklin den Eindruck, Chihani lächele ein wenig, aber er war nicht sicher, daß der Eindruck zutraf.

»Sie können sich nicht vorstellen, weshalb sie entführt worden sein könnte?« fragte Franklin und schrieb etwas auf seinen Block.

»Ich kann mir Dutzende von Gründen vorstellen, aber das sind lediglich Möglichkeiten. Wir wissen nicht einmal, ob sie entführt wurde. Sie könnte freiwillig mit jemandem mitgegangen sein. Vielleicht gab

es da auch niemanden. Vielleicht ist sie allein weggelaufen. In diesem Augenblick könnte sie überall auf der Welt sein.«
»Sie glauben also nicht, daß es sich um ein Verbrechen handelt?«
»Ich will nur sagen, nach allem, was ich weiß, gibt es keinen Grund, automatisch davon auszugehen, daß ein Verbrechen vorliegt. Sie wird seit zwei Tagen vermißt. Natürlich ist ein Verbrechen da eine naheliegende Möglichkeit.«
»Wie es aussieht, ist sie am Montag nachmittag gegen fünfzehn Uhr in der Nähe der Stadtgrenze auf der Adams Road verschwunden. Sie wurden um diese Zeit in der Nähe gesehen. Ist es möglich, daß Sie an Sharon vorbeigefahren sind, ohne sie zu bemerken?«
»Ja, das ist möglich. Ich war dort von vielen Dingen umgeben: von Bäumen, Vögeln, Häusern, anderen Autos, Hunden. An nichts davon kann ich mich konkret erinnern.«
Franklin notierte sich auch das. »Angenommen, sie wurde entführt – welche Gründe könnten Sie mir dafür nennen?«
»Diese Frage ist nun wirklich allzu hypothetisch.«
»Dann möchte ich Sie hypothetisch nach Vergewaltigung fragen. An manchen Orten passiert dergleichen oft, an anderen sehr selten. Haben Sie dafür eine Erkärung?«
Chihani stützte die Ellenbogen auf seinen Schreibtisch. »Der Vergewaltiger fühlt sich oft als Opfer einer Entmannung durch die Gesellschaft. Sein Opfer ist ein Vorwand; es repräsentiert die Gesellschaft. Der Vergewaltiger bemüht sich auf hilflose Weise zu zeigen, daß er nicht entmannt ist, oder er führt einen Schlag gegen seine eigene Erniedrigung zum Opfer, denn auch er ist sicher ein Opfer. Sex hat selten etwas damit zu tun. Die Entmannten streben nach Macht, die Schwachen, die sich zur Ware gemacht sehen, bringen ihre Unzufriedenheit zum Ausdruck. Das sind allgemeine Gründe. Zudem ist die spezielle psychologische Situation des Vergewaltigers zu berücksichtigen, und die können wir nur kennen, wenn wir auch den Vergewaltiger kennen.«
»Halten Sie es für möglich, daß Sharon Malloy vergewaltigt wurde?«
»Ich habe keine Ahnung.«
»Sind Sie der Ansicht, daß der Vergewaltiger ebensosehr ein Opfer ist wie die Person, die er vergewaltigt?«

»Er ist ganz gewiß ein Opfer, aber das soll nicht heißen, daß er nicht bestraft werden sollte. Es gibt Verbrechen, zu denen es kommt, weil eine Gesellschaft verdorben ist, Verbrechen, die als Reaktion auf diese Verdorbenheit anzusehen sind. Das gilt für die meisten Verbrechen. Die Gesellschaft kann sich ändern, um die Häufigkeit dieser Verbrechen zu reduzieren, oder sie kann diejenigen bestrafen, die sie Verbrecher nennt. Der Vergewaltiger ist ebensosehr Opfer wie die Person, die er vergewaltigt, aber in dieser Gesellschaft verstößt er auch gegen das Gesetz, und deshalb wird er bestraft.«
»Sie meinen, er sollte nicht bestraft werden?«
»Ich meine, die Gründe, weshalb er vergewaltigt, sind wichtiger als die Vergewaltigung selbst. Den Vergewaltiger ins Gefängnis zu sperren ist keine Lösung für das Problem der Vergewaltigung. Damit beseitigt man lediglich vorübergehend einen Vergewaltiger.«
»Welche Veränderungen würden denn die Häufigkeit von Vergewaltigungen reduzieren?«
»In einer Gesellschaft, in der jedes Mitglied sich jedem anderen Mitglied wirklich gleichwertig fühlen könnte, würden Vergewaltigungen sehr viel seltener vorkommen.«
»Aber sie würden nicht völlig aufhören?«
»Eine Vergewaltigung kann Gründe haben, die nicht politisch sind, aber wenn Vergewaltigung mit Macht und Ohnmacht zu tun hat, dann sind dies die Krankheiten, die der Behandlung bedürfen. Eins der Probleme mit dieser Gesellschaft besteht darin, daß sie versucht, sich mit den Ursachen zu befassen, indem sie die Wirkungen bestraft, indem sie den potentiellen Straftätern angst macht. Sie versucht nicht, die Ursachen zu beseitigen.«
»Warum nicht?«
»Weil das System auf dem Verhältnis von Macht und Ohnmacht basiert. Wir können das Verbrechen nicht beseitigen, solange innerhalb der Gesellschaft nichts verändert wird.«
Nicht alles war so im *Independent* zu lesen. Franklin redigierte es und verschob einzelne Sätze. Er hatte das Gefühl, daß er dem Originaltext des Interviews treu blieb, aber er bemühte sich auch, Chihani nicht unnötig in Schwierigkeiten zu bringen. Zum Beispiel erwähnte er

nicht, daß Chihani in der Nähe gewesen war, als Sharon verschwunden war. Aber das wußten die Leute schon, und sie lasen das Interview unter anderm deshalb, weil sie wissen wollten, was Chihani dazu sagen würde.

Auch Chihanis theoretische Erläuterungen ließ Franklin weg; er hatte das Gefühl, sie würden nur den Blick vernebeln. Vielleicht wäre es besser gewesen, Chihani gar nicht zu interviewen, aber Franklin befürchtete, es könne dann so aussehen, als scheue die Zeitung davor zurück.

Auf die Frage nach der Entführung ließ er Chihani antworten: »Wir wissen nicht einmal, ob sie entführt wurde. Sie könnte freiwillig mit jemandem mitgegangen sein. Vielleicht ist sie allein weggelaufen. In diesem Augenblick könnte sie überall auf der Welt sein. Es gibt keinen Grund, automatisch davon auszugehen, daß ein Verbrechen vorliegt.«

Über Vergewaltigung ließ Franklin ihn sagen: »Sex hat selten etwas damit zu tun. Es geht um Macht. Ich meine, die Gründe, weshalb einer vergewaltigt, sind wichtiger als die Vergewaltigung selbst. Der Vergewaltiger ist ebensosehr Opfer wie die Person, die er vergewaltigt, aber in dieser Gesellschaft verstößt er auch gegen das Gesetz, und deshalb wird er bestraft. In einer Gesellschaft, in der jedes Mitglied sich jedem anderen Mitglied wirklich gleichwertig fühlen könnte, würden Vergewaltigungen sehr viel seltener vorkommen.«

Aaron wurde am Mittwoch nachmittag gegen Kaution aus der Haft entlassen. Die Anklage lautete auf Vandalismus und bezog sich auf die Ereignisse auf dem Homeland-Friedhof. Er wollte sich jedoch immer noch nicht zu der Frage äußern, wo er sich am Nachmittag und Abend des fraglichen Montag aufgehalten hatte. Mein Cousin erzählte, die Polizei sei dicht davor, ihm Sharons Entführung zur Last zu legen, aber das stimmte nicht. Es gab keinen greifbaren Hinweis darauf, daß Sharon entführt worden war, und es gab kein Indiz dafür, daß Aaron etwas damit zu tun hatte. Chuck wollte nur sagen, die Polizei hätte Aaron gern angeklagt gesehen. Er hatte sich geweigert, ihnen ihre Fragen zu beantworten. Er hatte sich geweigert zu reden. Die Polizei wollte, daß er schuldig war, weil die Polizei ihn bestrafen wollte. Ich behaupte nicht, daß das auch für Captain Percy galt, und es galt sicher nicht für Ryan Tavich, aber Freunde hatte Aaron sich nicht gemacht.

Wo er am Montag gewesen war, blieb weiterhin rätselhaft, aber Aarons Impulse verleiteten ihn, dieses Rätsel noch zu steigern. Es gefiel ihm, daß die Polizei ihn nicht ausstehen konnte. Weshalb hatte er ihnen sonst nicht gesagt, wo er gewesen war? Mir kam der Gedanke, daß Aaron, selbst wenn er etwas absolut Unschuldiges getrieben hatte, sich weigern würde, die Fragen zu beantworten. Nur zum Spaß – weil er eben so war. Und mehr noch: Er hatte jede Menge Gründe, uns zu verletzen. Seine Mutter war ermordet worden, und ihn hatte man verhöhnt, weil er ihr Sohn war.

18

Bis jetzt ist eine Gruppe von Leuten in dieser Erörterung nicht aufgetaucht: Sharon Malloys Familie. So bestürzt wir über Sharons Verschwinden auch sein mochten, unsere Gefühle waren doch nur ein matter Abglanz dessen, was die Malloys erlebten. Tatsächlich ist es ja schwer, das Leid eines anderen zu ermessen, denn es ist eine Emotion ohne Grenzen. Ich denke an das Leid, das ich nach dem Tod meiner Mutter empfand oder nachdem Freunde von mir gestorben waren, einige ganz jung und an Aids. Ich versuche, dies zu übertragen und mir vorzustellen, was Sharons Familie empfunden haben muß, und ich erkenne, daß ich mir nur einen Bruchteil ihres Leids vorstellen kann.

Die Malloys kamen von Rochester nach Aurelius, als Sharon drei Jahre alt war. Dr. Allen Malloys Schwester Martha war mit einem Steuerberater in der Stadt verheiratet, mit Paul Leimbach, einem allenthalben bewunderten Mann, der wahrscheinlich für mindestens die halbe Stadt die Steuererklärungen ausfüllte. Dr. Malloy wollte nicht mehr in der Großstadt leben. In seinem Haus in Rochester war mehrmals eingebrochen worden, und er hielt es für besser, wenn seine Familie in einer sichereren Umgebung wohnte. Für Aurelius entschied er sich, weil er in der Nähe seiner Schwester und seines Schwagers sein wollte. Er kaufte ein großes weißes Haus und ließ sich als Allgemeinmediziner nieder. Er und seine Frau Catherine hatten damals drei Kinder: Sharon, Francis – oder Frank –, der damals sechs war, und Allen Junior, der acht Jahre alt war. Die ganze Familie gehörte zur Pfarrkirche St. Mary. Zwei Jahre nach ihrer Ankunft hier bekam Catherine noch ein Kind, die kleine Millie, die fünf Jahre jünger als Sharon war.

Martha Leimbach hatte ebenfalls vier Kinder, und die beiden Familien hatten ein enges Verhältnis zueinander. Drei Jahre, nachdem die Malloys nach Aurelius gekommen waren, zog Dr. Malloys Bruder Donald, der Apotheker, von Buffalo hierher. Donald Malloy war geschieden. Er arbeitete eine Zeitlang bei Fays, und dann kaufte er einen kleinen Drugstore im Stadtzentrum, den er ausbaute, um auch Illustrierte, Zeitungen und Limonade aus einem Kühlbehälter zu verkaufen – den üblichen Kleinkram. Ich kann mir nicht vorstellen, daß er viel Geld damit verdiente, aber es war bestimmt hilfreich, daß er einen Bruder hatte, der Arzt war.

Die Malloys und die Leimbachs verbrachten viel Zeit miteinander. Sie hatten zwar auch andere Freunde – Roberta Fletcher, die als Krankenschwester bei Dr. Malloy arbeitete, und Dr. Richards, der seine Praxis im selben Gebäude drüben beim Krankenhaus hatte –, aber am glücklichsten schienen sie doch im Kreise der Familie zu sein. Die Kinder der Leimbachs waren ständig mit Dr. Malloys Kindern zusammen, und sonntags nach der Messe aßen die Familien gemeinsam zu Mittag.

Als Ryan Tavich am Montag nachmittag zu Mrs. Kelly fuhr, war es eine seiner ersten Handlungen, seine Kollegen zu Sharons Eltern, aber auch zu ihrer Tante, zu Paul Leimbach und Donald Malloy zu schicken, damit sie dort nachfragten, ob jemand sie gesehen habe. Und selbstverständlich mußten Geschwister und Cousinen gefunden und in gleicher Weise befragt werden. Innerhalb einer Stunde waren die meisten ausfindig gemacht, und alle gaben an, Sharon nicht gesehen zu haben. Da rief Ryan die State Police dazu. Und das Leid der Familie, kann man sagen, begann in diesem Augenblick.

Um sechs hatten sie sich alle im Hause der Malloys versammelt – fünf Kinder, fünf Erwachsene –, um auf Nachrichten zu warten. Die ältesten Jungen, John Leimbach und Allen Malloy, waren auf dem College, und man würde sie erst am nächsten Tag rufen. Mein Cousin, Chuck Hawley, war auch da, und Roberta Fletcher ebenfalls. Ein paar Nachbarn schickten Tabletts mit Sandwiches und Kartoffelsalat hinüber, aber niemand aß viel. Es überraschte mich indes, wie schnell die Leute von dem Verschwinden des Mädchens wußten und wie schnell sie reagierten, indem sie sich überlegten, wie sie helfen könnten – und sei es nur mit einer Schüssel Kartoffelsalat.

Das Wohnzimmer der Malloys war eine Mischung aus modernen und Kolonialmöbeln – Polstersessel und Sofas, Stoffe und Vorhänge mit

Abbildungen von Siedlerwerkzeugen, Beistelltischchen, die aussahen wie Butterfäßchen. Fast das einzige Geräusch war das Ticken der Standuhr. Ab und zu klingelte das Telefon; meistens waren es Nachbarn, die anriefen, um sorgenvolle Fragen zu stellen oder ihr Mitgefühl auszudrücken. Roberta Fletcher nahm die Anrufe entgegen. Sie war eine große, nüchterne Frau, die so knapp wie möglich mit den Anrufern sprach. Sie begriff nicht, wieso die Leute die Malloys in diesem kummervollen Augenblick nicht in Ruhe lassen konnten.

Dr. Malloy war ein großer Mann mit rötlich blondem, etwas schütterem Haar und einem dichten roten Schnurrbart, den er gern mit Daumen und Zeigefinger von der Mitte nach außen strich. Er trug dunkle Anzüge und sah von Kopf bis Fuß aus wie ein Arzt. Seine Augen waren hellblau, seine Hände groß und rosig, die Handrücken beinahe unbehaart und sommersprossig. Er roch immer nach Seife. Ich war ein paarmal zur Grippeimpfung in seiner Praxis, aber dabei habe ich nur kurz mit ihm gesprochen. Ich glaube, ich habe mich Ärzten gegenüber immer ein bißchen unwohl gefühlt. Manche sind so arztmäßig, daß sie keine andere Persönlichkeit zu haben scheinen. Man fragt sich, ob Leute diesen Beruf vielleicht ergreifen, damit sie die damit verbundene stereotype Persönlichkeit annehmen können. In dieser Hinsicht hatte Allen Malloy Ähnlichkeit mit Captain Percy.

Dr. Malloy saß auf der Couch, die Ellenbogen auf die Knie und das Kinn in die Hände gestützt, und wartete. Er weinte nicht, er sprach nicht. Ab und zu putzte seine Frau sich die Nase. Die Kinder sahen verängstigt aus. Paul Leimbach putzte sich ebenfalls unentwegt die Nase. Donald Malloy saß im Schaukelstuhl und nagte an seinem Daumennagel. Hin und wieder schüttelte er den Kopf.

Über ihre Gedanken kann man nur Vermutungen anstellen. Ohne Zweifel spekulierte jeder darüber, was Sharon wohl zugestoßen sein könnte. Sie war eine junge Dame, die stets pünktlich war, ihre Eltern immer wissen ließ, wohin sie ging, und sich meistens aufführte wie eine verantwortungsbewußte Erwachsene. Jetzt wurden die häßlichen Möglichkeiten wahrscheinlich gegen die günstigen abgewogen. Je mehr Zeit verstrich, desto weniger wahrscheinlich wurden die günstigen Möglichkeiten. Es war klar, daß Dr. Malloy schreckliche Dinge durch den Kopf gingen und daß er sich bei jedem dieser Gedanken sagte: Das ist doch unmöglich. Und dann wurde ihm klar, daß es gar nicht unmöglich war, und er sagte sich: Aber vielleicht ist Sharon ja nichts passiert. Dann erkannte er, daß offensichtlich doch etwas passiert war. Zu Hause nannte er seine Tochter oft Täubchen, und jetzt konnte er kaum an diesen Namen denken, ohne daß ihm die Tränen in die Augen traten.

Sharons Verschwinden ließ entsetzliche Dinge plausibel werden. Vielleicht war sie entführt worden, und die Entführer würden anrufen. Vielleicht war sie geschlagen worden. Vielleicht vergewaltigt oder ermordet. Und die Ironie des Umstands, daß die Malloys nach Aurelius gezogen waren, um sich vor den Gefahren der Großstadt in Sicherheit zu bringen, entging niemandem.

Auch Dr. Malloy war klar, daß Sharon nichts passiert wäre, wenn sie in Rochester geblieben wären, und er sah eine namenlose Hand vor sich, wie sie nach ihr griff, sie packte, ihr die Kleider vom Leibe riß: seinem schlanken vierzehnjährigen Mädchen, das er jeden Morgen beim Frühstück sah. Der Hund war umhergesprungen. Millie hatte ihren Toast verbrannt. Frank hatte sein Biologiebuch nicht finden können. Und dann war Dr. Malloy gegangen – an einem Montag morgen Mitte September, mit einem Hauch von Frost in der Luft. Er war in seine Praxis gefahren. Er hatte seine Patienten empfangen und seine Runde durch das Krankenhaus gemacht. Er hatte mit seinem Kollegen Dr. Richards zu Mittag gegessen. Er hatte weitere Patienten empfangen. Gegen sechzehn Uhr war die Polizei gekommen. Ob er wisse, wo seine Tochter sich aufhielt? Und dann stellte sich heraus, daß sie verschwunden war.

Die Familie verbrachte den Abend zusammen und wartete, und jedesmal, wenn die Türglocke oder das Telefon klingelte, machten ihre Herzen einen Satz. Aber nie gab es Nachricht von Sharon. Irgendwann nach Mitternacht wurden die Kinder ins Bett geschickt. Dann gab Dr. Malloy seiner Frau ein Beruhigungsmittel. Donald Malloy umarmte seinen Bruder und ging nach Hause. Die Leimbachs gingen ebenfalls. Gegen drei Uhr morgens ging auch Roberta Fletcher nach Hause. Mein Cousin Chuck schlief in einem Sessel ein. Ab und zu wachte er auf und setzte

sich anders hin. Und jedesmal sah er Dr. Malloy, wie er auf der Couch saß und den Kopf auf die Hände gestützt hatte. Chuck sagte, er hätte gern mit ihm gesprochen, aber er wußte nicht, was er sagen sollte.
Der Dienstag kam und ging, und es gab nichts Neues. Die Kinder der Malloys und der Leimbachs blieben zu Hause und gingen nicht zur Schule. Dr. Malloy sagte seine Termine ab oder ließ sich von Dr. Richards vertreten. Er fuhr zur City Hall und dann nach Potterville. Er sah, wie Houari Chihani aufs Revier gebracht und wieder freigelassen wurde. Natürlich wußte er, daß Chihanis Citroën auf der Adams Road gesehen worden war. Mehrere Fernsehreporter versuchten mit ihm zu sprechen, aber Chief Schmidt gab ihm einen Raum in der City Hall, wo er ungestört sein konnte. Durch das Fenster sah er, wie Aaron gebracht wurde, dann Jesse und Shannon Levine, Harriet Malcomb und die andern, auch Barry Sanders. Ein paar kannte er. Barry hatte er wegen Erkältungen und anderer Kleinigkeiten behandelt; Barry hatte etwas von der hypochondrischen Veranlagung seiner Mutter geerbt. Und dann sah Dr. Malloy, wie sie nach Potterville gefahren wurden. Unablässig fragte er, ob es etwas Neues gebe, aber es gab nichts.
Mindestens hundert Männer und Frauen, freiwillige Helfer und Leute von der State Police, durchkämmten die Felder zu beiden Seiten der Adams Road. Sie kamen mit Hunden und ließen sie an Sharons Kleidungsstücken die Witterung aufnehmen. Sie fanden nichts. Dies bestärkte die Spekulation, daß Sharon mit einem Auto fortgeschafft worden sei. Nachbarn, die man bereits gefragt hatte, ob sie etwas gesehen hätten, wurden noch einmal vernommen. Rundfunk- und Fernsehansager baten die Bevölkerung um Informationen über Sharon Malloy. Mehrere Leute meldeten sich, die Sharon auf dem Fahrrad gesehen hatten, aber niemand hatte gesehen, daß etwas passiert war.
Dr. Malloy half beim Absuchen des Geländes, und sein Bruder Donald ging auch mit. Donald weinte. Dr. Malloys Gesicht war starr und ernst. Seite an Seite stapften sie durch das Gebüsch. Donald hatte einen Stock, mit dem er Äste beiseite schob und herumstocherte. Als es dunkel wurde, kehrten beide zur City Hall zurück. Dort erfuhren sie, daß man gegen die Mitglieder der UDR ein Verfahren wegen Vandalismus eröffnet und sie gegen Kaution auf freien Fuß gesetzt hatte. Sie erfuh-

ren, daß Aaron in Potterville in Haft saß, ohne daß man ihm allerdings im Zusammenhang mit Sharon irgend etwas zur Last gelegt hätte. Irgendwann vernahm Captain Percy die Familien Malloy und Leimbach. Gegen acht fuhren Dr. Malloy und sein Bruder zurück in das Haus des Arztes. Die beiden großen Söhne waren vom College nach Hause gekommen, und wieder warteten alle den ganzen Abend. Wieder schlief Chuck Hawley im Sessel. Dr. Malloy verbrachte die Nacht auf der Couch.

»Er schien überhaupt nicht zu schlafen«, sagte Chuck. »Zumindest war er immer wach, wenn ich guckte.«

Am Mittwoch morgen kamen die ersten Meldungen von Leuten, die Sharon gesehen haben wollten. In New York City. In Albany und Rochester, in Buffalo und Syracuse. Jemand hatte sie eine Landstraße bei Plattsburgh entlangwandern sehen. Jede Meldung ließ einen Optimismus aufflammen, der gleich wieder erlosch, wenn sie sich als falsch erwies. Jede Enttäuschung war schlimmer als die vorige. Und jeder neuen Nachricht begegnete man mit geringerer Hoffnung.

Aaron wurde aus dem Gefängnis von Potterville entlassen und kehrte nach Aurelius zurück. Chihani wurde ein zweitesmal zur City Hall gebracht und durfte wieder gehen. Als es Nachmittag wurde, kamen so viele – ausnahmslos falsche – Nachrichten über Sharon, daß Freiwillige für den Telefondienst benötigt wurden. Überall wurde Sharons Foto aufgehängt.

Am Abend ging Dr. Malloy nach Hause, und wieder warteten die Malloys, die Leimbachs und Donald im Wohnzimmer auf Neuigkeiten. Nachbarn schickten Essen herüber. Wieder schlief Chuck Hawley im Sessel. Dr. Malloy blieb auf der Couch beim Telefon, aber in dieser Nacht, sagt Chuck, schlief er ein bißchen.

Am Donnerstag erschien der *Independent* mit Houari Chihanis Äußerungen. »Sie könnte freiwillig mit jemandem mitgegangen sein«, wurde er zitiert. »Der Vergewaltiger ist ebensosehr Opfer wie die Person, die er vergewaltigt … Die Gründe, weshalb einer vergewaltigt, sind wichtiger als die Vergewaltigung selbst …«

Dr. Malloy las das und schüttelte fassungslos den Kopf.

Auf der Titelseite war das Bild von Sharon, auf dem sie mit dem Baseballhandschuh vor dem Garagentor stand; sie hatte mit ihrem Bruder Frank Ballfangen gespielt. Dr. Malloy hatte das Foto gemacht. Es gab Interviews mit Sharons Klassenkameradinnen. »Sie ist die wunderbarste Freundin, die ich je hatte«, sagte Joyce Bell. »Sie wurde nie wütend, hat immer gelacht«, sagte Meg Schiller. »Ich würde nicht sagen, sie war meine beste Schülerin«, sagte Lou Hendricks, der Sharon in Sozialkunde hatte, »aber sie gehörte zu den besten, und es war auf jeden Fall eine Freude, sie in der Klasse zu haben.«

Sharons Familie wurde zitiert. »Wir haben keine Ahnung, was passiert sein könnte«, sagte ihr Bruder Frank. »Als ich sie Montag morgen sah, war alles prima.«

»Wenn ihr jemand etwas getan hat«, sagte ihr Onkel Donald, »dann – ich weiß nicht, aber ich würde diesen Menschen gern umbringen. Sie ist eine Heilige, ein wundervolles kleines Mädchen.«

Die kleine Millie sollte gesagt haben: »Ich will meine Schwester wiederhaben.«

Franklin hatte auch mit Captain Percy gesprochen. »Zu dieser Stunde haben wir Hunderte von Officers, die an diesem Fall arbeiten. Tausende von Leuten suchen nach ihr. Wir hoffen immer noch, daß sie wieder auftaucht.«

Es gab eine Menge freies Gelände rings um Aurelius, und Hunderte von Leuten suchten es ab: Pfadfinder, Nationalgarde, Freiwillige. Man sah Gruppen von Schulkindern, die den Wald am Lincoln Park und die Felder ringsum durchkämmten. Man suchte zu beiden Seiten des Loomis River, von Hamilton bis Norwich. Leute durchforschten den Henderson State Park, die nahen Seen und den Steinbruch. Schüler schwänzten den Unterricht, um zu helfen, und niemand dachte daran, sie zu bestrafen. Es herrschte die Idee – eine Phantasie, ohne Zweifel –, daß man Sharon gesund und munter auffinden würde, wenn nur alle mithalfen. Und wenn man jeden Quadratzoll des County absuchte, dann würde man sie bestimmt finden. Die Formulierung »jeder Quadratzoll« wurde unablässig wiederholt, als verstieße man gegen einen Grundsatz der Magie, wenn man es nicht sagte. Die Tatsache, daß Sharon so spurlos verschwunden war, sich in Luft aufgelöst hatte, wie Ryan sagte, machte Magie zu einer realen Möglichkeit. Bevor die ganze Sache vorüber

war, konsultierte man Wahrsager und Leute mit vorgeblichen Heilkräften. Ich glaube, irgendwann zog man sogar einen Wünschelrutengänger hinzu, allerdings nicht auf Veranlassung der Familie oder der Behörden.
Sharons Verschwinden hatte noch eine andere Wirkung: Von Mittwoch an kam es zu Schulbeginn und Schulschluß immer zu kleinen Verkehrsstaus. Viele Kinder kamen sonst zu Fuß oder mit dem Fahrrad zur Schule, aber jetzt wurden sie mit dem Auto gebracht. Sharon Malloy war etwas zugestoßen. Wer konnte wissen, ob das gleiche nicht auch einem anderen Kind zustoßen konnte? Chief Schmidt stellte zwei neue Polizisten ein, und man sah dauernd die Streifenwagen der State Police, wie sie ihre Runde machten.
In derselben Ausgabe des *Independent*, die Houari Chihanis unglückselige Äußerungen enthielt, wurde auch berichtet, daß die Mitglieder der UDR wegen der Verwüstungen auf dem Homeland-Friedhof im August vor Gericht gestellt würden. Dies machte sie keineswegs beliebter. Jason Irving verließ die Schule und zog zurück zu seinen Eltern nach Kingston. Natürlich brauchte er dazu eine polizeiliche Genehmigung. Die andern verschwanden zwar nicht ganz, aber sie bemühten sich doch, keine Aufmerksamkeit zu erregen. Eine Ausnahme machten Houari Chihani, dessen rotes Auto man weiterhin in der Stadt sah, und Aaron McNeal, der seine Gewohnheiten kein bißchen änderte.
Die Polizei versuchte immer noch herauszufinden, wo Aaron am Montag nachmittag und abend gewesen war. Man sprach von einer gerichtlichen Vernehmung, so daß man ihn wegen Mißachtung des Gerichts belangen könnte, wenn er sich weiterhin weigerte, seinen Aufenthaltsort anzugeben. Ich weiß mit hundertprozentiger Sicherheit, daß die Staatsanwaltschaft des County daran arbeitete.
Am Samstag nachmittag half Sadie mir, das Laub in meinem Vorgarten zusammenzuharken. Ich paßte auf sie auf, weil Franklin arbeiten mußte.
»Aaron hat nichts damit zu tun, daß Sharon weg ist«, sagte sie zu mir. Sie hatte eine rote Jacke an, und ihr Haar war offen.
»Wieso glaubst du das?«

»Weil er sie nicht kannte – und selbst wenn, würde er sie nicht entführen. Er ist nicht so.«

»Wie ist er nicht?« Jetzt hatte ich aufgehört zu harken.

»Wie jemand, der ein Kind raubt.«

»Und wie ist so jemand?« Ich wollte mich nicht über Sadie lustig machen; ich wollte wissen, was sie dazu sagen würde.

»Gemein. Aaron ist aber nicht gemein.«

»Was glaubst du denn, was Sharon passiert ist?«

»Wissen Sie, Leute stehlen doch auch Hunde, um sie an Labors zu verkaufen. Vielleicht ist Sharon so etwas passiert. Vielleicht hat man sie für irgendein Experiment entführt. Aber wissen Sie, was?«

»Nein.«

»Ich denke immer, es wäre besser, wenn sie tot wäre, denn wenn nicht, wird sie wahrscheinlich gequält.«

»Vielleicht taucht sie aber auch gesund und munter wieder auf«, meinte ich.

Sadie sah mich streng an. »Das glauben Sie doch selbst nicht.«

19

Franklin Moores energische Natur wurde durch Sharons Verschwinden auf eine harte Probe gestellt. Wo er sonst fünfzig Stunden in der Woche gearbeitet hatte, arbeitete er jetzt siebzig. Neben seiner Arbeit für den *Independent* sprang er auch für Zeitungen in Kingston, Rome, Binghamton und Albany ein und schrieb für sie Artikel über das verschwundene Mädchen. Wenn Reporter und TV-Teams von außerhalb nach Aurelius kamen, war Franklin jemand, mit dem sie sprachen und von dem sie sich informieren und mit den richtigen Leuten bekanntmachen ließen. Ich weiß nicht, ob es für Sadie ein Problem war, daß er so beschäftigt war, aber sie verbrachte mehr Zeit bei Mrs. Kelly und bei mir. Ich tat, als ob ich deshalb maulte, aber es machte mir Spaß. Ich überließ Sadie die Erstellung des Speiseplans, und wir aßen jede Menge Makkaroni mit Käse. Sie verbrachte soviel Zeit mit meinen eingelegten Tieren, daß die Gläser einen festen Platz auf dem Küchentisch bekamen. Jeden Morgen begrüßen mich die Kuhaugen mit traurig starrem Blick.

Neben den offiziellen Ermittlungen, die Captain Percy führte, waren noch andere Gruppen beteiligt: die Kirchen, die Pfadfinder und der Veteranenverband. Die Pfingstgemeinde war besonders aktiv. Aber in der zweiten Woche bildete sich eine größere Gruppe, die sich die »Freunde von Sharon Malloy« nannte und an die Stelle der kleineren Gruppen trat oder sie aufsog. Sie verteilte Plakate und sammelte Geld, um damit Belohnungen für Informationen und noch höhere Belohnungen für ihre unversehrte Heimkehr auszusetzen (erst waren es zehn- und zwanzigtausend Dollar, aber am Ende noch sehr viel mehr).

Die Gruppe bearbeitete auch die Anrufe von Leuten, die brauchbare Informationen zu haben glaubten. Die meisten waren absolut aufrichtig. Sie hatten ein Mädchen gesehen, das aussah wie Sharon, oder einen

Mann, der sich verdächtig benahm (meistens jemanden in einem Lieferwagen), und sie meinten, es sei einen Anruf wert, wenngleich man sich natürlich fragt, wie viele bloß ein Auge auf die zehntausend Dollar geworfen hatten. Es gab auch Anrufe von Verrückten und sogar bösartige Anrufe – Leute, die von Hexenkult redeten oder Sharon moralische Verdorbenheit vorwarfen und behaupteten, sie sei ein dreckiges kleines Mädchen, das nur gekriegt habe, was es verdiene. Aber das war nur ein winziger Bruchteil.

Die »Freunde von Sharon Malloy« arbeiteten eng mit der Polizei zusammen und halfen bei der Suche, und mit ihrem Telefondienst ersparten sie der Polizei eine Menge Zeit. Sie wurden Teil eines Netzwerks anderer Gruppen im ganzen Land, die Informationen über Vermißte verteilten und sammelten. Bald erschienen auch Plakate mit den Gesichtern anderer vermißter Kinder in Aurelius und Umgebung. Manche waren seit Jahren verschwunden, und viele stammten von der Westküste.

Sandra Petoski, die bei uns Sozialkunde unterrichtete, war Zweite Vorsitzende der »Freunde von Sharon Malloy«; den Vorsitz führte Rolf Porter, der eine Immobilienfirma namens »Century 21« leitete. Porter war mit Mildred Porter verheiratet gewesen, die in Donald Malloys Drugstore arbeitete, aber sie waren seit ein paar Jahren geschieden. Die »Freunde von Sharon Malloy« hatten gehofft, auch Sharons Eltern für ihre Gruppe gewinnen zu können, weil sie meinten, daß die Anwesenheit des Arztes ihnen gewaltigen Auftrieb geben würde, aber weder Allen Malloy noch seiner Frau war daran gelegen, dauernd im Rampenlicht zu stehen, auch wenn sie die Gruppe unterstützten. Paul Leimbach dagegen beteiligte sich, und er brachte seinen Schwager Donald mit, der eine große Hilfe war, weil er die Bemühungen der Gruppe, Geld zu sammeln, durch den Namen Malloy verstärkte. Donald arbeitete jeden Tag ein paar Stunden für die Gruppe; er half am Telefon und sprach mit Leuten.

Donald war ungefähr fünf Jahre jünger als der Arzt und hatte dessen irische Röte, war aber schwerer, ja, ziemlich stämmig. Und er hatte dichteres Haar als sein Bruder, von der gleichen rötlich-blonden Farbe. Seine Hände waren makellos: schmal in Anbetracht seiner Figur, mit langen, feinen Fingern. Donald litt schrecklich unter dem Verschwinden seiner Nichte; er brütete und bekam im nächsten Moment Wutausbrüche. Nachdem sie beide aus einer Großstadt gekommen waren, fühlten sich die Brüder erst recht verraten, als sie die Gefahren, vor denen sie hatten flüchten wollen, in einer Kleinstadt wie Aurelius wiederfanden. Der Mann ihrer Schwester, Paul Leimbach, der in Aurelius geboren war, teilte diesen Zorn nicht, obwohl er seine Nichte liebte und schrecklich bestürzt war.

Franklin unterhielt sich regelmäßig mit Donald und führte auch fremde Reporter zu ihm. Sein Zorn war gutes Nachrichtenmaterial, und viele Male applaudierte er Gouverneur Pataki, der im Staat New York die Todesstrafe wiedereingeführt hatte. Tatsächlich schien ja eine Gefängnisstrafe, auch wenn sie lang war, eine allzu leichte Sühne für einen Kindesentführer zu sein. Donald hängte ein auf mindestens anderthalb mal zweieinhalb Meter vergrößertes Bild seiner Nichte – das, auf dem Sharon mit dem Baseballhandschuh vor dem Garagentor stand – ins Schaufenster seiner Apotheke, und auch wenn die Apotheke keineswegs das Hauptquartier der »Freunde von Sharon Malloy« war, machte das riesige Bild sie doch zu einem Zentrum, und manchmal sah man, daß Leute Fotos davon machten. Harry Martini, unser Schulleiter, meinte, das Riesenbild sei auch für Donald Malloys Geschäft nicht gerade schädlich, aber diese Bemerkung tat man als zynisch ab. Paul Leimbachs Steuerberatungsfirma hatte ebenfalls ein Büro in der Stadt, und auch dort hing ein Bild von Sharon im Fenster, aber es war eins der normalen Plakate im Format zweiundzwanzig mal dreißig.

In seinen Gesprächen mit Franklin machte Donald seiner Fassungslosigkeit über die Psyche eines Menschen Luft, der ein Kind entführen konnte.

»Warum tut einer so etwas?« fragte er. »Für eine solche Person ist keine Strafe zu hart.«

Donald tat solche Äußerungen oft auch in seinem Drugstore hinter der Medikamententheke, die ein bißchen erhöht war, so daß er größer wirkte als jeder andere im Geschäft. Wie immer trug er dort die weiße Jacke; über dem Herzen stand in roten Buchstaben sein Name und darunter das Wort »Apotheker«. Seine Brille hatte ein farbloses Gestell, und immer wenn Donald etwas Wichtiges zu sagen hatte, nahm er sie ab, hielt sie in der einen Hand und klopfte damit in die Handfläche der anderen.

Donald konnte Franklin mit zahlreichen Anekdoten über Sharon versorgen: Sie hatte einmal ein Eichhörnchen mit einem gebrochenen Bein gesundgepflegt, sie hatte mehr Kekse als jedes andere Mädchen in ihrer Pfadfindertruppe verkauft, ihre Mutter hatte ihr das Kochen beigebracht, und Sharon war jeden Mittwoch abend für das Essen zuständig gewesen – meistens hatte es Hühnerragout gegeben oder Florentiner Schnitzel. Diese Informationen bewirkten, daß Sharon sehr viel mehr wurde als ein Gesicht auf einem Plakat, und sie verschafften den »Freunden von Sharon Malloy« weitere Unterstützung und Geldspenden. Sharon war eine typische Vierzehnjährige, und die Artikel im *Independent*, die über ihre zahlreichen Vorzüge berichteten und erzählten, wie sie zu Hause gewesen war, gaben den Leuten das Gefühl, sie sei mit ihnen verwandt. Pam Larkin, eine Kassiererin in der Fleet Bank, erzählte mir mehrmals, Sharon sei haargenau wie ihre Schwester Betsy, die vor zehn Jahren nach Kalifornien gezogen sei und jetzt in Bakersfield wohne. Die Idealisierung, wenn ich es so nennen darf, trug Sharon in viele Familien und steigerte das Ausmaß des Schmerzes und der Fassungslosigkeit.

Daß er solche Storys druckte, betrachtete Franklin als seine journalistische Pflicht. Seine Aufgabe war es, Informationen zu liefern, aber was seine Leser tatsächlich bekamen, war eine Verkleinerung, eine Verzerrung dessen, was stattgefunden hatte. Vielleicht begebe ich mich hier auf dünnes Eis, aber indem er Sharon mit seinen Artikeln idealisierte und ihr Verschwinden mit derartig schwarzweißen Kategorien beschrieb, brachte er die Leute dazu, gleichfalls in solchen Kategorien zu denken. Im Lehrerzimmer hörte ich, wie Frank Phelan, ein Geschichtslehrer, davon redete, daß die Briten im neunten Jahrhundert jedem marodierenden Dänen, den sie erwischten, die Haut abzogen und an die Kirchentür nagelten. Genauso, verkündete er, müsse man mit dem verfahren, der Sharon entführt habe. Daß diese Person krank, verrückt oder in irgendeiner Hinsicht verkrüppelt sein konnte, hatte überhaupt nichts zu sagen.

Aber bei Franklin war es mehr als Pflichterfüllung: Er übte seinen Beruf mit absoluter Hingabe aus. Er war nicht einfach der Bursche von nebenan mit seinen Zweifeln, Beschwerden und Ambitionen. Er ging ganz auf in seinem Beruf. Ich habe dies als Biologielehrer auch schon erlebt: Ich kann von meiner Arbeit so in Anspruch genommen werden, daß meine fehlbare Seite, meine unsichere Seite, ganz von mir abgleitet und ich mich in die Rolle verwandle, die ich mir auserwählt habe. Es wäre unzutreffend, wenn man sagte, Franklin war weniger menschlich, aber die Ereignisse in unserer Stadt erlaubten ihm immer mehr, sich in sein Inbild des Journalisten zu verwandeln. Vielleicht ist es das, was ich in Captain Percy und Dr. Malloy sah: Sie waren von ihrem Beruf absorbiert worden. Das befreite sie von der Last persönlicher Verpflichtungen – die Profession traf die Entscheidungen für sie.
Ich fand es sonderbar, daß Franklin seine Tochter alleinließ, nachdem gerade ein Mädchen verschwunden war – aber das war nicht er, das war sein Beruf. Und indem er sich in seinen Beruf verwandelte, verarbeitete er seine Ängste. Sogar in seiner Erscheinung – der alte Lammfellmantel und die irische Mütze, seine ständige Eile und das Notizbuch in seiner Hand, das zerzauste Haar und die lose Krawatte – und selbst mit seinem Gehabe dessen, der die Fakten hinter den Fakten kennt, reflektierte er die Eigenschaften eines Kleinstadtjournalisten. Bei solchen Gelegenheiten kann es vorkommen, daß die eigenen Verwundbarkeiten und Ängste scheinbar verschwinden.

Anfang Oktober wußte jeder im County, daß Chihani und die Mitglieder der UDR im Zusammenhang mit Sharons Verschwinden verhört worden waren. Dies schuf eine unangenehme Atmosphäre, und ich sagte schon, daß Jason Irvings Eltern es für das beste hielten, ihn vom College zu nehmen und nach Kingston zurückzuholen. Franklin trug freilich eine gewisse Verantwortung für diese gesteigerte Aufmerksamkeit. Aber der *Syracuse Post Standard* hatte ebenfalls eine Geschichte über Chihani und die UDR gebracht, und mehrere Zeitungen hatten sowohl über den Vandalismus auf dem Friedhof als auch über die beiden von Oscar Herbst gelegten Bomben berichtet. Zeitungen haben das Bedürfnis, Kausalitätsmuster herzustellen, und so vertraten sie die Ansicht – oder sie suggerierten sie doch –, diese Taten seien mit Vorbedacht ausgeführt und somit Bestandteil einer allgemeinen Verschwörung der UDR. Und sie konnten städtische Beamte und sogar Polizisten finden, die der gleichen Ansicht waren, auch wenn Ryan Tavich und Captain Percy niemals öffentlich über die Gruppe sprachen.

Die Leute haben eine Abneigung gegen Informationen ohne Zusammenhang, und so verknüpften sie diese Häppchen zur Theorie einer Verschwörung, die mit Chihanis Ankunft am Ende des vergangenen Jahres begonnen hatte. Die sanftesten Vertreter dieser Theorie betrachteten die UDR als marxistische Lektüregruppe, die marxistischen Theorien anhing. Für die Radikaleren zettelte die UDR den Aufstand an und beging anarchistische Taten. Sie sahen eine klare Linie von Chihanis Ankunft bis zu Sharons Verschwinden. Die »Freunde von Sharon Malloy« gingen so weit, daß sie sich Fotos von Chihani, Aaron, Oscar und den anderen beschafften und sie in andere Gegenden des Landes schickten, wo es Entführungen gegeben hatte. Sie verbreiteten sogar ein Foto des roten Citroën. Ein Tankwart bei Spencer's Texaco erkannte einen Zusammenhang zwischen der Farbe des Citroën und der Tatsache, daß der Teufel einen roten Anzug trug. Es lag mir auf der Zunge, ihm entgegenzuhalten, daß dies auch für den Weihnachtsmann gelte, aber ich hielt es für klüger, den Mund zu halten. Die Zeiten waren heikel, und wenn man hörte, daß ich mich über populäre Theorien lustigmachte, würde ich vielleicht auch unter Verdacht geraten.

Paula war eine von denen, die den Fortgang der Ereignisse fürchtete, und sie ängstigte sich immer mehr. Sie kannte die Bockbeinigkeit ihres Bruders und seinen Drang zur Provokation. Und vielleicht hatte sie auch den Verdacht, daß sein derzeitiges Verhalten etwas mit dem Tod seiner Mutter zu tun hatte – als mache er die Stadt für ihre Ermordung verantwortlich. In Anbetracht seines Charakters sowie Franklins leidenschaftlicher Berichterstattung, der Reaktion der Stadtbewohner und der Aktivitäten der »Freunde von Sharon Malloy« mochte Paula vorhergesehen haben, wo sich die Linien dieses Verhaltens kreuzen würden, und das könnte ihr angst gemacht haben.

Außerdem sah sie, wie die Leute sie behandelten, weil sie Aarons Schwester war. Sie spürte eine gewisse Kälte in den Geschäften und auf der Straße, und sie merkte, daß Leute, die sonst mit ihr gesprochen hatten, es nicht mehr taten. Sie war eine schöne Frau voller Charme und Energie. Sie war freundlich zu den Leuten, und diese reagierten meist mit Herzlichkeit. Das änderte sich jetzt. Jeden Abend führte sie ihren Hund zwei Meilen weit durch die Stadt. Dabei begegnete sie regelmäßig denselben Leuten und wechselte ein paar Worte mit ihnen. Aber nun sprachen sie nicht mehr mit ihr, und ihr wurde unbehaglich. Sie änderte ihre Routine, ging zu anderen Zeiten mit dem Hund spazieren und nahm andere Straßen.

Auch bei ihrer Arbeit als Studentenberaterin im Dekanat wurde ihr die Veränderung bewußt. Die Studenten behandelten sie nicht anders, aber sie spürte eine gewisse Kälte oder Neugier bei den Mitarbeitern – Leuten aus Aurelius, denen die Stadt wichtiger war als das College. Paula fühlte, daß sie sie beobachteten und mißbilligten oder auch nur andere darauf neugierig machten, daß sie Aarons Schwester war. Pam Larkin in der Fleet Bank behandelte sie mit knapper Höflichkeit, und Lois Schmidt in der Gemüseabteilung von Wegmans ging einfach weg, als Paula eine völlig unschuldige Frage nach dem Salat stellte. Und Paula wußte, wenn man sie schon so behandelte, würde man mit ihrem Bruder und den anderen Mitgliedern der UDR weit schlimmer umspringen.

»Wir sind in einer Kleinstadt«, sagte Franklin, als sie ihm davon erzählte. »Die Leute regen sich eben auf.«

Es war eine Unzulänglichkeit in ihrer Beziehung – so liebevoll sie einander sonst zugetan waren –, daß er als Reporter die Neigung hatte, das Offensichtliche zu konstatieren, während sie als Psychologin dem Offensichtlichen mißtraute. Sie saßen bei Paula zu Hause auf der Couch im Wohnzimmer, in dem Haus, das sie von ihrem Vater gemietet hatte. Die Couch war ziemlich fadenscheinig und hatte ein Muster aus blauen und violetten Blumen. Patrick und Janice hatten sie kurz nach ihrer Hochzeit vor fünfundzwanzig Jahren gekauft.

»Es ist die Tatsache, daß die Leute voreilige Schlüsse ziehen, was mich stört«, sagte Paula. »Und jeder Tag ohne eine Spur von Sharon macht die Sache schlimmer.«

»Aaron muß sagen, wo er war«, meinte Franklin.

»Er sagt, es hat nichts mit Sharon zu tun.«
»Das kann er sagen, so oft er will«, erwiderte Franklin. »Aber die Leute werden es ihm nicht glauben.«
»Sprich noch mal mit ihm. Ich habe Angst vor dem, was noch passieren kann.«
Franklin machte ein beschwichtigendes Geräusch. »Sharon wird wieder auftauchen, oder man wird denjenigen finden, der sie entführt hat, und dann ist die ganze Sache vorbei. Die Leute werden die UDR vergessen.«
»Das möchtest du gern glauben«, sagte Paula. »Aber hat man je Janices Mörder gefunden? Die Leute sind aufgebracht, und mit jedem Tag, der verstreicht, wird der Druck schlimmer. Sieh uns doch an – wir sehen uns ja kaum noch.«
Franklin nahm ihre Hand. »Ich habe viel mehr zu tun, und Sadie ist auch noch da. Ich kann sie nicht sich selbst überlassen.«
»Sadie«, wiederholte Paula, als wolle sie noch etwas sagen. Und dann sagte sie es nicht.

20

Franklin und Aaron saßen in Franklins Wohnzimmer. Es war am Mittwoch morgen, mehr als zwei Wochen nach Sharons Verschwinden: der 4. Oktober. Aaron trug ein Gummiband um seinen Pferdeschwanz.
»Nichts davon ist zur Veröffentlichung gedacht«, erklärte er.
Franklin hörte auf, in seinem Notizbuch zu blättern, und legte es auf den Tisch. »Das ist mir klar.«
»Man spricht von Ursache und Wirkung. Es gibt keine Ursache, die nicht auch eine Wirkung wäre.«
»Bis zurück zum Urknall, nehme ich an.«
»Und was hat den verursacht?« fragte Aaron halb ernsthaft. »Ich will nur sagen, daß Houari Chihanis Erscheinen in Aurelius nichts verursacht hat. Allerhöchstens war er Katalysator für ein paar Studenten.«
Franklin nieste und zog dann ein Taschentuch aus der Tasche seines Sportsakkos. Er hatte sich in den letzten paar Tagen eine Erkältung geholt, die mit Kopfschmerzen und einem Kratzen in der Brust einherging. »Wo waren Sie also, als Sharon verschwand?«
»Wir waren übereingekommen, daß wir darüber nicht reden«, sagte Aaron.
Aaron saß in dem Sessel vor dem Fenster, und die Sonne schien ihm über die Schulter. Franklin saß auf der Couch; sie war klumpig, und er fand sie zu niedrig. An der Wand, ihm gegenüber, hing das rote Zapata-Poster. Darunter stand ein Bücherschrank, der mit Büchern vollgestopft war, aber die einzigen Romane waren »Früchte des Zorns« und »The Jungle«.
»Sie versuchen zu verstehen, was passiert ist«, sagte Aaron, »indem Sie die Spuren des Geschehenen studieren. Ebenso könnten Sie versuchen zu erfahren, was ein Elefant ist, indem Sie seine Fußstapfen betrachten.«

»Aber Sie müßten mit mir zurückkehren bis zur Geburt des Elefanten? Das klingt nach Chihani.«
»Ich habe viel von ihm gelernt.«
»Zum Beispiel?«
»Stellen Sie sich zwei Landschaften vor«, sagte Aaron. Während er sprach, löste er seinen Pferdeschwanz und band ihn wieder zusammen. »Die erste ist ein Feld auf dem Höhepunkt des Frühlings: Blumen blühen, alles wächst. Kaninchen rennen herum, Schmetterlinge flattern von Blüte zu Blüte. Und jede Menge Vögel: Rotkehlchen, Meisen, Drosseln, vielleicht ein paar Fasane. Ein Murmeltier spaziert vorbei. Die Apfelbäume stehen in Blüte, und die Vögel bauen ihre Nester in den Zweigen.«
»Klingt nach Walt Disney«, sagte Franklin.
»Genauso ist es.«
»Und wie sieht die andere Landschaft aus?«
»Genau wie die erste, aber jetzt geben wir noch die Katze dazu, den Fuchs, die Schlange, den Falken.«
»Worauf wollen Sie hinaus?« fragte Franklin. Aaron hatte ihm ein Glas Orangensaft gegeben, und er nahm einen Schluck davon.
»Das erste ist die Landschaft, von der die Leute hoffen, daß sie da ist, die Landschaft, in der sie zu leben glauben. Und das zweite ist die Landschaft, die existiert. Keine Sharon Malloy verschwindet in der ersten Landschaft. Es ist eine Landschaft, in der meine Mutter nicht ermordet worden wäre. Das Dumme ist nur, sie ist falsch. Nur die zweite Landschaft ist echt. Und daran ist nichts auszusetzen. So ist die Welt: Veränderung und gewalttätige Veränderung, Geschöpfe, die einander auffressen, nichts, das sicher wäre. Ihre radikale Instabilität ist eine natürliche Instabilität.«
»Chihani hat Sie gelehrt, es so zu sehen?«
»Er hat mich gelehrt, mich nicht nach der anderen zu sehnen und die Welt nicht durch die Brille meiner Wünsche zu sehen.«
»Was hat denn das mit Marxismus zu tun?« wollte Franklin wissen.
»Unvollkommenheiten gibt es immer, aber an manchen kann man etwas ändern und an anderen nicht. Ich kann nichts gegen das Älter-

werden tun. Aber ich kann etwas gegen Ungleichheit und Machtmißbrauch tun.«
Franklin zog sein Taschentuch hervor und putzte sich die Nase. Er wußte, daß es eine Auswirkung des Journalistendaseins war, daß er Fragen nicht um der Erkenntnis, sondern um der Informationen willen stellte und daß er die Informationen nicht für sein eigenes Leben brauchte, sondern oft nur für etwas, das er schreiben und vergessen würde. Kümmerte es ihn, so oder so, was Aaron sagte? Oder weshalb Aaron eine Welt sehen wollte, in der Fuchs und Katze und Schlange und Falke ihren notwendigen Vergnügungen nachgingen?
»Warum sind Sie nach Aurelius zurückgekommen?«
»Warum, glauben Sie, bin ich zurückgekommen?«
»Um herauszufinden, wer Ihre Mutter ermordet hat.«
»Das haben Sie gesagt, nicht ich.«
»Und Sie glauben, Chihani kann Ihnen dabei helfen?«
»Er kann mir helfen, die Dinge klarer zu sehen.«
»Was denken Sie über den Tod Ihrer Mutter?«
Aaron legte den Kopf schräg; die Geste erinnerte Franklin an einen Vogel, der auf ein unterirdisches Geräusch lauscht. »Ich glaube, sie wurde von einem Mann ermordet, der in Aurelius lebt. Aber was hat das mit dem zu tun, worüber wir sprachen?«
»Ich frage mich, in welchem Maße ihre Vorstellung von der Welt durch den Tod ihrer Mutter beeinflußt ist. Vielleicht ist ihr Tod das Fenster, durch das Sie die Welt betrachten.«
»Wenn ich also für größere Gleichheit eintrete, dann einfach deshalb, weil meine Mutter ermordet wurde?«
»Das ist eine übermäßige Vereinfachung.«
»Wenn jemand Philosophie und Geschichte liest und dann zu einer Schlußfolgerung hinsichtlich der Natur der Welt gelangt, dann ist diese Schlußfolgerung in Wirklichkeit durch seine Psyche geformt, die ihrerseits durch Ereignisse in seinem Leben und durch Vererbung geformt wurde, tatsächlich also geformt wurde, bevor er anfing zu lesen. Ist es das, was Sie glauben?«
Franklin dachte daran, daß er nichts von alldem in einer Zeitungsmeldung gebrauchen konnte und daß die Zeitung des nächsten Tages noch

nicht fertig war. Vor seinem geistigen Auge sah er die Löcher auf Seite eins und auf der Leitartikelseite, die er am Nachmittag noch würde ausfüllen müssen.

»Nicht unbedingt.«

»Na«, sagte Aaron, »dann lassen Sie uns über Ihren Standpunkt und über das, was er über Verantwortung aussagt, nachdenken. Wenn sich etwas ereignet und Ihre Reaktion darauf psychologisch vorbestimmt ist, dann ist das doch befreiend, nicht wahr? Es bedeutet, daß jedes konkrete Ereignis nicht Ihre Schuld ist.«

»Welche Art Ereignis meinen Sie?«

»Den Tod Ihrer Frau zum Beispiel.«

»Meine Frau ist an Krebs gestorben.«

»Also war es schicksalhaft bestimmt, und Sie konnten nichts dagegen tun.«

»Ich konnte nichts dagegen tun.«

»Vielleicht, wenn die Diagnose früher gestellt worden wäre …?«

»Es gab keinen Hinweis darauf, daß irgend etwas nicht in Ordnung war.«

»Aber wenn sie zur Vorsorgeuntersuchung gegangen wäre?«

»Sie war erst ein Jahr vorher zur Vorsorgeuntersuchung gegangen.«

»Aber wenn sie nur ein halbes Jahr oder drei Monate vorher gegangen wäre?«

Franklin antwortete nicht. Er wunderte sich über sein Unbehagen.

»Kehren wir noch einmal zu meiner früheren Frage zurück. Was denken Sie über den Mord an Ihrer Mutter?«

Aaron nahm wieder den Ausdruck an, der Franklin an einen Vogel erinnerte. Es lag eine Ironie darin, die Franklin mißfiel – als habe Aaron das Gefühl, er wisse jetzt etwas über Franklin, was er vorher nicht gewußt hatte.

»Was soll ich da denken?« fragte Aaron.

»Zum Beispiel, wer sie wohl umgebracht hat.«

»Haben Sie je mit ihr geschlafen?«

Franklin war überrascht. »Selbstverständlich nicht.«

»Wieso selbstverständlich? Ihr Freund Ryan Tavich hat es getan.«

»Er ist nicht verheiratet.«

»Glauben Sie, meine Mutter hat nur mit unverheirateten Männern geschlafen?«
»Ich habe keine Ahnung. Glauben Sie, es war ein verheirateter Mann, der sie ermordet hat?«
»Ein Mann hat sie ermordet, ein Mann, der mit ihr geschlafen hatte. Mehr weiß ich im Moment nicht. In Ihrem Referenzsystem war es ihr durch eine psychisch bedingte Promiskuität schicksalhaft bestimmt, zu sterben. Moment«, sagte Aaron, als Franklin widersprechen wollte, »ich weiß, daß ich übertreibe, aber ihre Promiskuität und ihre Lust auf Männer hat ihre Chancen erhöht, auf jemanden zu stoßen, der sie vielleicht umbringen würde. Ich vertrete die Ansicht, daß ihr Glaube an eine gute Welt sie für die Möglichkeit blind machte, daß alles mögliche passieren könnte. Hätte sie sich beigebracht, die wirkliche Welt zu sehen, die Welt der Schlange und des Fuchses, dann wäre sie vorsichtiger gewesen und könnte vielleicht noch leben.«
»Und Sharon Malloy?«
»Ich kann es Kindern nicht verdenken, daß sie die Landschaft sehen, von der sie hoffen, daß sie da ist«, sagte Aaron. »Das gefällt mir an ihnen – sie sind niedlich. Und deshalb brauchen sie Erwachsene, die sie beschützen. Wollen Sie andeuten, daß es Sharon bestimmt war zu verschwinden?«
Franklin wollte nicht glauben, daß es so war. »Sie ist mit dem Fahrrad überall in der Stadt herumgefahren – vielleicht war das ein Fehler. Aber denken Sie daran, wie ihre Eltern aus Rochester hierher gezogen sind. In ihrer Vorstellung war Rochester gefährlich, und Aurelius war sicher. Vielleicht war Sharons Vorstellung von der Sicherheit in Aurelius zu einem Bestandteil ihrer Psyche geworden. Und so ist es nicht. Kein Ort ist völlig sicher. Insofern steigerte ihr Glaube, in absoluter Sicherheit zu sein, die Chancen, daß etwas passieren könnte.«
»Ist das die Schuld ihrer Eltern?«
»Es ist niemandes Schuld.«
»Glauben Sie, mit diesem Argument ließe sich rechtfertigen, daß Sie so wenig Zeit mit Sadie verbringen?«
Franklin merkte, daß er die L-förmige Narbe auf Aarons Wange anstarrte. »Darüber möchte ich nicht sprechen«, sagte er.

»Es ist komisch, nicht wahr«, sagte Aaron, »aber wenn der Journalist Fragen beantworten soll, gefällt ihm das auch nicht.«

Am Abend des 6. Oktober trafen sich die Mitglieder der »Untersuchung der Rechten« – mit Ausnahme von Aaron, Jason und Oscar – bei Houari Chihani zu Hause. Barry berichtete, daß sie einander erzählten, was ihnen in der Stadt widerfuhr. »Irgendeine Frau hatte Harriet in Wegmans Supermarket angeschrien und sie eine Hure genannt. Und Jesse und Shannon hatte man auf der Straße alles mögliche nachgerufen. Professor Chihani wollte über diese Ereignisse diskutieren. Er sagte, sie lieferten einen Kommentar zum kapitalistischen System und seinem Bedürfnis nach Sündenböcken. Nur, daß diesmal eben wir die Sündenböcke wären. Der ganze Abend war furchterregend, und es tut mir leid, daß ich hingegangen bin.«
Chihani sah ein Problem und versuchte damit fertigzuwerden, indem er es ins Philosophische übersetzte. An diesem Abend hatte er zwei Dutzend Doughnuts und eine Gallone Cider bereitgestellt, was anrührend war, denn er hatte den Studenten nie etwas anderes als Tee und Cracker angeboten. Das bloße Vorhandensein der Doughnuts war ein Eingeständnis dessen, daß etwas nicht in Ordnung war. Die Studenten saßen verstreut im Wohnzimmer herum, die meisten auf dem Boden. Wegen der Mißhandlungen, die Jesse und Shannon ihm angetan hatten, saß Barry so weit von ihnen weg wie möglich. Er saß neben Leon, denn gegen ihn hatte er die wenigsten Einwände. Leons Magen knurrte, und er roch nach Schweiß.
»Was ist ein Sündenbock?« fragte Chihani.
»Einer, der die Schuld für etwas kriegt, das ein anderer getan hat«, sagte Bob Jenks.
»Es kommt aus dem Alten Testament«, sagte Leon. Er hockte auf dem Boden und hatte vor sich auf einem Papiertaschentuch drei Doughnuts liegen. Von einem fehlte ein Viertel, und Leon hatte einen vollen Mund. »Leviticus«, fügte er hinzu. »Drittes Buch Moses.«
Chihani wandte sich an Harriet. »Was zeichnet den Sündenbock aus?«
»Er muß anders sein als die andern«, sagte Harriet, »selbst wenn dieser Unterschied lediglich durch einen Zufall zustande kommt – wie zum

Beispiel, daß Barry ein Albino ist. Er sieht anders aus, und man betrachtet ihn als Außenseiter. Weil er ein Außenseiter ist, eignet er sich zum Sündenbock.«

»Sehr gut.« Chihani sah die Studenten an. »Indem Sie die ›Untersuchung der Rechten‹ gründeten, wurden Sie anders. Indem Sie anders wurden, zogen Sie Aufmerksamkeit auf sich. Indem Sie Aufmerksamkeit auf sich zogen, brachten Sie sich in die Lage derer, denen die Schuld aufgebürdet werden konnte, wenn die Gemeinschaft jemanden dafür brauchte. In einer Gemeinschaft, in der wahre Gleichheit herrscht, brauchte man keinen Sündenbock. Die Menschen würden die Verantwortung für ihre eigenen Fehler selbst übernehmen. Sie müßten die Schuld nicht anderen geben.«

Aber Barry wußte, daß das nicht die ganze Geschichte war. Hatten die UDR-Mitglieder nicht die Grabsteine auf dem Friedhof umgestürzt? Hatte nicht einer von ihnen an zwei Schulen Bombenattrappen auf die Fenstersimse plaziert?

Chihani erörterte den Begriff der Verantwortung und wie in einem kapitalistischen System die Verantwortung für ein Unrecht den Entrechteten aufgebürdet werde, während die wahre Verantwortung doch bei den Kapitalisten selbst liege. Da aber die Bourgeoisie auf die Brosamen hoffe, die vom Tisch der Herrschenden fallen, verdammten sie die unteren Klassen desto wütender, denn wären die unteren Klassen nicht, so würden sie ja selbst verdammt werden.

»Die Bourgeoisie sehnt sich danach, in die oberen Klassen einzugehen«, sagte Chihani, »ganz so, wie fromme Christen sich danach sehnen, in den Himmel einzugehen. Und es ist die Aufgabe der oberen Klassen, diese Sehnsucht am Leben zu erhalten.«

In diesem Augenblick, es war kurz nach neun, läutete es an der Tür.

»Das ist Aaron«, sagte Harriet.

Aber es war nicht Aaron. Es war Dr. Malloy.

Barry sagte, er sah schrecklich aus. Sein Gesicht war ausgemergelt, und von seiner gesunden irischen Erscheinung war kaum eine Spur. Da sie Aaron erwartet hatten, waren sie überrascht, einen Fremden zu sehen. Barry begriff, daß er der einzige war, der Dr. Malloy erkannte.

»Was verschafft uns …«, begann Chihani ziemlich förmlich.

»Ich bin Allen Malloy. Ich wollte wissen, wie Sie aussehen.« Er blieb in der Tür stehen und sah sich um.
»Warum wollten Sie uns sehen?« fragte Chihani.
»Ich wollte Ihre schuldbewußten Gesichter sehen«, sagte Dr. Malloy und hob die Stimme.
Die Studenten starrten den Arzt an.
»Weshalb schuldbewußt?« fragte Chihani.
Der Arzt tat einen Schritt auf ihn zu. Sein Gesicht rötete sich. »Ist Ihnen nicht klar, daß meine Tochter verschwunden ist?«
Chihani nickte langsam. »Als dächte er«, erzählte Barry später, »›aha, also der Malloy sind Sie‹.«
»Sie haben mein tiefempfundenes Mitgefühl«, antwortete Chihani.
»Jemand hat meine Tochter gestohlen!« schrie Dr. Malloy. »Wie konnten Sie erzählen, dieser Mensch sei mehr Opfer als Sharon? Nur ein Dummkopf würde so etwas sagen! Nur ein Sadist!«
Barry wußte nicht, wovon Dr. Malloy da redete, aber Chihani verstand es sofort. »Ich habe vieles zu Mr. Moore gesagt, und er hat es vorgezogen, nur wenig davon zu zitieren. Aber ich glaube nicht, daß Sie eine philosophische Diskussion beginnen wollen ...«
»Ich will nur eins«, sagte Malloy flüsternd. »Ich will Sie bestraft sehen.«
Chihani verzog bestürzt das Gesicht. »Glauben Sie mir, wenn ich Ihnen sage, daß niemand in diesem Raum etwas mit dem Verschwinden Ihrer Tochter zu tun hat. Wenn wir irgend etwas tun können, um sie suchen zu helfen, so sagen Sie es uns bitte.«

Am selben Freitag war Sadie bis zehn Uhr mit Aaron unterwegs. Als sie nach Hause kam, wartete ihr Vater im Wohnzimmer.
»Ich verbiete dir, dich noch einmal mit Aaron McNeal zu treffen«, sagte Franklin. Er stopfte die Hände in die Taschen, weil er fürchtete, Sadie sonst unsanft anzupacken.
»Er ist mein Freund«, sagte Sadie. Aaron hatte ihr eine silberne Halskette mit einem silbernen Cockerspaniel geschenkt, und sie griff danach. Sie überlegte, ob sie sie ihrem Vater zeigen sollte, und ließ es dann lieber sein.

»Was muß ich denn tun – dich in deinem Zimmer einschließen? Begreifst du denn nicht, daß ich Angst habe, dir könnte etwas passieren?«
»Mit Aaron ist alles in Ordnung«, sagte Sadie.
»Das weiß keiner von uns.«
»Ich weiß es.«
Aber Sadie gehorchte ihrem Vater, mehr oder weniger. Wie sich herausstellte, hatte ich den Nutzen von der Sache, denn sie verbrachte nun mehr Zeit mit mir. An drei Nachmittagen in der Woche kam sie nach der Schule zu mir nach Hause, und am Wochenende ebenfalls. Aber selbst das sollte unglückseliges Gerede hervorrufen.

21

Ryan Tavich öffnete die Augen. Es war sechs Uhr früh am Montag, dem 9. Oktober. Ryan brauchte nicht auf die Uhr zu sehen, um zu wissen, daß es sechs Uhr war. Er wachte immer um sechs Uhr auf, ganz gleich, wann er ins Bett ging. Er lag auf dem Rücken und starrte an die Decke. Er schlief immer auf dem Rücken. Janice McNeal hatte es seine »Sarglage« genannt. Es war noch dunkel draußen, aber das Badezimmerlicht warf einen matten Schein ins Zimmer. Das war etwas, das ihn leicht verlegen machen konnte – daß er gern das Licht im Badezimmer anließ. Ryan empfand es als beruhigend, aber ein Mann von vierundvierzig Jahren sollte solche Beruhigung eigentlich nicht mehr nötig haben.

Beim Aufwachen hatte Ryan an Aaron gedacht, als ob er unbewußt die ganze Nacht an ihn gedacht hätte. Er dachte auch an Janice und an die Eigenheiten, die Mutter und Sohn anscheinend gemeinsam hatten. Nebenan wurde ein Motor angelassen; er hörte, wie sein Nachbar Frank Penrose seinen alten Pontiac Cutlass aufheulen und für die Fahrt nach Norwich warmlaufen ließ; er arbeitete dort bei dem Pharmaunternehmen. Ryan dachte sich zum hundertsten Mal, wenn er nicht automatisch um sechs Uhr aufwachte, würde Frank Penrose ihn fünf Minuten später wecken, wie er den halben Häuserblock weckte.

Dann begann Ryan an Arleen Barnes zu denken, die im Haus neben Paula McNeal wohnte. Arleen war ungefähr fünfunddreißig Jahre alt. Ihr Mann war Chemiker in Norwich. Kann sein, daß er Harold hieß. Sie hatten keine Kinder. Arleen hatte einen Halbtagsjob im Büro der State Farm Insurance an der Main Street, wo auch Barry Sanders' Mutter beschäftigt war, aber sie kleidete sich, fand Ryan, als ob sie bei Saks Fifth Avenue arbeitete. Ryan war zwar noch nie bei Saks Fifth Avenue gewesen, aber er hatte sein Auto bei der State Farm Insurance versichert, und ein Aufkleber an seiner Stoßstange gab diese Tatsache bekannt. Und während er so an die Decke starrte, sah er auch an der Stoßstange von Aarons Toyota einen State-Farm-Aufkleber.

Ryan dachte an Arleens Haus, einen Bungalow mit grünen Dachschindeln, ein Stück weit weg von der Straße, so daß er hinter Paulas Haus verschwand. Aaron sah ihn wahrscheinlich jedesmal, wenn er seine Schwester besuchte. Und ihm fiel ein, daß Arleen eine Freundin von Janice gewesen war. Eine Zeitlang waren sie schließlich Nachbarinnen gewesen. Ryan versuchte sich daran zu erinnern, wie Harold Barnes aussah, aber außer einer Glatze und einer allgemeinen Rundlichkeit konnte er sich kein Bild machen. Arleen Barnes konnte er sich dagegen mühelos vorstellen: eine schlanke Frau, die gern Schneiderkostüme mit bunten Halstüchern trug. Ryan gefiel es, wie sie aussah. Sie kleidete sich wie eine Frau, deren sexuelle Optionen offen waren. Und ihre Erscheinung erinnerte an einen Frisiersalon mit dem sorgfältig gewellten, hellbraunen Haar. Und während er an sie dachte, konnte er Arleen sogar vor sich sehen, wie sie bei »Make Waves« zur Tür herauskam, diesem Schönheitssalon an der State Street, gleich an der Ecke zur Main Street. Der Salon gehörte Cookie Evans, einer fröhlichen, tatkräftigen Frau; Ryan wußte das, weil er manchmal mit ihr ausging und davon jedesmal ganz erschöpft war. Sosehr er sich auch beeilte, er war immer ein paar Schritte hinter ihr. Und sie redete ohne Unterlaß, nicht unmittelbar mit ihm, sondern immer ein bißchen über die Schulter.

Ryan stand auf, zog seinen Jogginganzug an und ging in den Keller, um mit seinen Gewichten zu arbeiten. Der Kater folgte ihm.

»Ich hab ’ne Idee, Chief«, sagte er.

Eine halbe Stunde lang klapperten und schepperten die Gewichte wie alte Wasserleitungen. Dann ging Ryan unter die Dusche und machte Kaffee. Während er auf den Kaffee wartete, schälte er sorgfältig eine rote Grapefruit; er achtete darauf, daß er auch die weiße innere Schicht spurlos entfernte. Er schnitt die Grapefruit in sechzehn kleine Spalten. Der Kater schlängelte sich zwischen seinen Beinen hin und her, bis Ryan ihm Milch in eine Untertasse schüttete. Dann aß er seine Grapefruit, trank seinen Kaffee und las den *Syracuse Post Standard*. Ab und zu legte er die Zeitung hin und starrte wieder an die Decke.

»Du kannst froh sein, daß du ein Kater bist, Chief«, sagte er. »Das Leben ist leichter für Kater. Sogar das Liebesleben ist leichter.«

Um halb acht saß Ryan in seinem Escort und war unterwegs zu dem Schönheitssalon. Er hatte keinen Zweifel, daß Cookie schon da sein würde; sie machte immer früh auf. Und um diese Zeit würde es noch leer sein. Ryan war es in Schönheitssalons immer mulmig. Es war dort wie in einem Frauenclub mit Gardinchen und Milchglasscheiben: Orte, an denen weibliche Bekenntnisse ausgetauscht wurden – und aus eben diesem Grund wollte er Cookie Evans besuchen. Er wollte wissen, über was und wen Arleen Barnes so redete.

Es waren keine Kundinnen da, aber Cookie war trotzdem nicht allein. Jaime Rose stutzte sich vor dem Spiegel seinen Bart. In Aurelius geboren und aufgewachsen, hatte Jaime Rose das Leben als James Rozevicz begonnen, aber seine Fortüne als Friseur hatte mächtig zugenommen, als er seinen Namen zu Jaime Rose geändert hatte. Das schwarze Haar trug er nach hinten gekämmt, was seine Körpergröße um ein, zwei Fingerbreit steigerte. Ansonsten war er von schlanker, eckiger Gestalt und Mitte Dreißig. Jaime hatte den Friseurberuf in Albany gelernt, auch wenn er allen – einschließlich Cookie – erzählte, er sei in Los Angeles in die Lehre gegangen. Eine Zeitlang hatte er dann in New York City gewohnt, aber seit ungefähr fünf Jahren war er wieder in Aurelius. Und er sprach seinen Vornamen auf die spanische Art aus: Chai-me.

Jaime erzählte mir später, Cookie sei mit Ryan in ihrem kleinen Büro verschwunden, wo sie fast eine halbe Stunde geblieben seien. Jaime sagte, er habe sich versucht gefühlt, an der Tür zu lauschen, aber er habe sich nicht getraut. Polizisten machten ihn nervös. Sie waren zu neugierig für seinen Geschmack. Kurz vor acht sei Ryan dann aus dem Büro gekommen und habe den Salon verlassen, ohne Jaime eines Blickes zu würdigen. Inzwischen arbeitete Jaime an Mrs. McAuleys Strähnen.

»Was war denn los?« fragte Jaime seine Chefin.

Cookie hatte angefangen, eine Perücke zu kämmen, die eine Kundin am Vormittag abholen wollte. Sie war wenig mehr als eins fünfzig groß, genau dreißig Zentimeter kleiner als Jaime. »Du würdest dich wundern, was für ein Skandal in dieser Stadt im Gange ist«, sagte sie.

»In Aurelius«, antwortete Jaime, »wundert mich überhaupt nichts.«
Ryan ging zu Fuß hinüber zum Büro der State Farm Insurance in der Main Street. Er hatte nicht vor, mit Arleen Barnes zu sprechen; er wollte nur einen Blick auf sie werfen. Mrs. Sanders erzählte er, er habe seinen State-Farm-Straßenatlas verloren und hätte gern einen neuen, wenn sie noch einen übrig hätten. Arleen telefonierte gerade; sie lachte und hielt sich dann die Hand vor den Mund. Sie trug ein dunkelgraues Kostüm und hatte ein Tuch mit einem gelb-violetten, geometrischen Muster um den Hals geschlungen. Ihr braunes Haar fiel in zwei Wellen rechts und links bis in Halshöhe herab. Sie hatte Wimperntusche und Lidschatten aufgelegt, aber nicht zuviel, zumindest nicht für Ryans Geschmack. Er fand die Schönheitsgeheimnisse der Frauen mysteriös – ein Empfinden, das in seiner Kindheit von zwei jüngferlichen Tanten in Oneonta inspiriert worden war, die Korsette, ausgeklügelte Stützmieder und eigenartige Gesäßpolster getragen hatten.
Mrs. Sanders gab Ryan einen Atlas. Er warf noch einen Blick zu Arleen hinüber, die immer noch ins Telefon lachte. Ryan nahm nicht an, daß sie mit einem Kunden sprach. Er bedankte sich bei Mrs. Sanders und fuhr dann hinüber zum Aurelius College.
Er verbrachte zwanzig Minuten bei Paula McNeal im Dekanatsbüro und sprach mit ihr über Aaron, bevor er zur City Hall fuhr. Um neun Uhr saß er an seinem Schreibtisch. Patty McClosky brachte ihm eine Tasse Kaffee, schwarz mit zwei Stück Zucker.
»Sie sehen selbstzufrieden aus«, stellte sie fest.
Ryan war überrascht. Er hatte gedacht, sein Gesicht sei eine kahle Mauer zwischen ihm und der Welt.
»Irgendwas Neues zu Sharon Malloy?« fragte er. Er wußte, daß es nichts gab, denn sonst hätte man ihn angepiepst.
»Captain Percy hat angerufen, um zu sagen, daß er um halb zehn kommt, aber es klang nicht nach was Dringendem.«
Ryan nahm einen Schluck Kaffee. Auf seinem Schreibtisch lag ein Bericht von Chuck Hawley, der beschrieb, wie er das Wochenende über Dr. Malloy und seine Frau beobachtet hatte; in allen Einzelheiten schilderte er Dr. Malloys Besuch bei Houari Chihani am Freitag abend. Der Arzt war fünfzehn Minuten in Chihanis Haus gewesen und dann wie-

der nach Hause gefahren. Später erkundigte Chuck sich bei Barry Sanders, was Malloy gewollt habe. »Er hat gefragt, ob einer von uns seine Tochter geraubt hätte«, sagte Barry.
Ryan rechnete damit, daß die Ermittlungen bald an zwei oder drei Mann übergeben werden würden, deren Aufgabe es wäre, abzuwarten, bis etwas passierte. Die State Police konnte sich nicht leisten, in alle Ewigkeit zwanzig Leute für den Fall abzustellen. Beim Mord an Janice war es auch so gewesen – ein Riesenwirbel von Aktivität, der dann im Nichts versickert war. Unversehens dachte er an Janices Hände. Sie war eitel damit gewesen, hatte die Nägel stets lang gehalten und lackiert, und dauernd hatte sie von ihrer Nagelhaut geredet. Er dachte an die Hand, die abgeschnitten worden war. Die linke Hand. Er kam nicht über die Tatsache hinweg, daß die Hand sich in diesem Augenblick an irgendeinem konkreten Ort befand: in einem Graben, auf einem Feld, auf einem Regal. Bei der letzten Möglichkeit schrak er auf.
Um halb zehn, kurz bevor Captain Percy eintraf, rief Ryan im Büro der State Farm Insurance an und ließ sich mit Mrs. Barnes verbinden.
»Morgen, Arleen, hier ist Ryan Tavich. Haben Sie bald Frühstückspause? Ich dachte, ich könnte mich vielleicht mal fünf Minuten mit Ihnen unterhalten. Ich komme um halb elf vorbei. Bis dann.«

Ryan ging mit Arleen zum Junior's und fragte sich dann, ob das das Richtige war. Arleen war zu elegant fürs Junior's, und sie paßte nicht zu den Videospielen. Er suchte einen Tisch am hinteren Ende aus.
»Möchten Sie auch 'n Doughnut?« fragte er Arleen.
»Gern. Gucken Sie mal, ob's welche mit Zimt gibt.«
Ryan holte zwei Kaffee und vier Zimt-Doughnuts von der Theke und kehrte damit zum Tisch zurück. Arleen schaute lächelnd zu ihm auf. Sie hatte frischen Lippenstift aufgetragen, während er vorne gewesen war. Ryan verstand nicht, wie Frauen beim Essen Lippenstift tragen konnten. Damit mußte doch alles nach Parfüm schmecken. Ryan schaufelte sich zwei Löffel Zucker in den Kaffee. Als er aufblickte, sah er, daß Arleen ihn erwartungsvoll anschaute. Er wurde verlegen.
»Arleen«, begann er, »manchmal bin ich als Polizist gezwungen, Fragen zu stellen, die ich unter normalen Umständen niemals stellen

würde.« Er brach ab und fragte sich, ob er zu laut spreche. Von den Videospielen dröhnten elektronische Explosionen herüber. Arleen hatte einen Finger ans Kinn gelegt und schaute ihn an. »Ich will damit sagen«, fuhr Ryan fort, »ich möchte nicht, daß Sie Anstoß nehmen an dem, was ich Sie fragen werde, denn ich frage Sie nur als Polizist.«

»Sie wollen wissen, ob ich mit Aaron McNeal ins Bett gehe?« sagte Arleen. Sie lächelte kurz, dann wurde ihr Gesicht wieder ernst.

Ryan warf einen Blick hinter sich, um zu sehen, ob jemand zugehört hatte. Ein Farmer, Lou Weber, saß ungefähr drei Meter weit entfernt und aß ein Pudding-Doughnut. Er kümmerte sich um nichts außer sein Doughnut. »Um die Wahrheit zu sagen«, antwortete Ryan, »das ist genau das, was ich wissen wollte.«

»Nun, das tue ich«, sagte Arleen. »Oder ich hab's getan. Ich habe seit mehr als einer Woche nichts von ihm gehört.«

Ryan nahm ein Zimt-Doughnut und legte es dann wieder auf den Teller zurück. »War er an dem Tag bei Ihnen, als Sharon verschwand?«

»Den ganzen Nachmittag und den Abend auch.« Arleen zog das Tuch an ihrem Hals zurecht. »Harold mußte in Norwich bleiben; er hatte am frühen Nachmittag angerufen, um es mir zu sagen. Ich rief Aaron an, und gegen zwei war er bei mir. Seinen Wagen hat er bei seiner Schwester in der Einfahrt stehenlassen. Es war wunderbar. Als Harold am nächsten Tag gegen fünf zurückkam, hatte ich das Haus wieder aufgebaut.«

Ryan versuchte sich das Ausmaß ihres Treibens vorzustellen. Er nahm an, wenn er wollte, könnte er Arleen vermutlich selbst einmal besuchen. Er wurde rot. »Woher wußten Sie, daß ich Sie danach fragen würde?«

»Weil Aaron sagt, Sie wollten wissen, wo er gewesen ist. Er hatte Angst, daß Harold es erfahren könnte. Ich finde, wenn Harold es herausfindet, dann weil er es herausfinden sollte. Vielleicht tut es ihm mal ganz gut. Damit er zu schätzen lernt, was er hat, wissen Sie.«

Ryan wollte eine Bemerkung machen, aber dann ließ er es. Statt dessen fragte er: »Hat Aaron sonst noch etwas über mich gesagt?«

»Er sagte, Sie wären einer von den Männern, die ein Verhältnis mit seiner Mutter gehabt hätten. Aber das wußte ich natürlich schon.«

»Er hat von Janice gesprochen?«

»Natürlich. Janice und ich waren gute Freundinnen, aber ich habe ganz bestimmt keine Ahnung, wer sie umgebracht hat. Aaron wollte wissen, mit wem sie so ausgegangen ist. Ich habe ihm ein paar Namen genannt – alle, an die ich mich erinnern konnte. Vielleicht zehn Männer. Manchmal sind Janice und ich zusammen ausgegangen und haben einen Vierer gemacht. Sie wissen schon – heimlich.«

Ryan stellte sich vor, wie Aaron und Arleen Barnes zusammen im Bett lagen und über Janices Lover sprachen. Aber vielleicht hatten sie es überhaupt nicht im Bett miteinander getrieben. Vielleicht war Aaron wie seine Mutter. Für Janice war das Bett nur eine von vielen Möglichkeiten gewesen. Ryan schüttelte den Kopf, um die Erinnerungen zu vertreiben. »Wollen Sie keins von diesen Doughnuts?« fragte er.

»Ich hab's mir anders überlegt«, sagte Arleen. »Ich muß abnehmen.«

Ryan nahm ein paar Servietten und wickelte die vier Doughnuts in zwei Päckchen. Er schob die Päckchen in seine Jackentaschen, eins rechts und eins links. »Ich hebe sie mir für die Mittagspause auf«, sagte er.

Als er zehn Minuten später zu Aarons Apartment fuhr, kam ihm der Verdacht, daß Arleen gelogen haben könnte – aber, wie er später Franklin erzählte, er konnte sich nicht vorstellen, weshalb sie sich diese Mühe machen sollte. Arleen hatte ihn ein bißchen erregt, und er überlegte sich, ob er sie gelegentlich mal anrufen sollte, aber er wußte, daß er es nicht tun würde. Er hatte kein Mitleid mit ihrem Mann, aber ihm gefiel der Gedanke nicht, im Bett eines anderen Mannes zu tun, was er lieber nicht tun sollte, vor allem weil er selbst eifersüchtig gewesen war, als Janice sich mit anderen Männern getroffen hatte, während sie mit ihm zusammen war.

Die »Freunde von Sharon Malloy« hatten an der Main Street ein Ladenlokal gemietet, an dem Ryan auf dem Weg zu Aaron vorbeikam. Im Schaufenster hing ein großes Bild von Sharon. Davor parkten ein paar Autos. Die Tür ging auf, und Hark Powers kam mit einem anderen Mann heraus. Ryan war überrascht, ihn zu sehen; es wunderte ihn, daß Hark sich auf irgendeine Weise für Sharon interessiert haben sollte. Hark grinste, und auch das wunderte Ryan: daß es in dem Laden irgend etwas geben sollte, was Hark komisch fand.

Ryan parkte vor Aarons Apartmenthaus, schloß sein Auto ab und ging hinein. Er klopfte, klopfte noch einmal. Nach einer Weile machte Aaron die Tür auf. Er trug einen Bademantel und Pantoffeln. Seine nackten Schienbeine waren mager und unbehaart. Die langen Haare fielen ihm über die Schultern. Er trat zurück und ließ Ryan eintreten.
»Sie erwischen mich in der Arbeitskleidung«, sagte er.
Ryan fragte sich, ob das sexuell gemeint war, aber dann fiel ihm ein, daß Aaron ja zu Hause arbeitete.
»Du warst am achtzehnten bei Arleen Barnes«, sagte er.
»Hat sie es Ihnen erzählt?«
»Warum hast du es mir nicht schon gesagt?«
»Weil ich keine Lust hatte.«
»Es war eine Polizeisache, und du hast dich damit in Schwierigkeiten gebracht.«
»Was interessieren mich Polizeisachen?« Aaron nahm eine Packung Pall Mall, klopfte eine Zigarette heraus und zündete sie an. Die Toilettenspülung rauschte. Überrascht begriff Ryan, daß noch jemand in der Wohnung war.
»Ein Gast«, sagte Aaron.
Ryan wollte eine Bemerkung über den Gast machen, aber dann sagte er: »Indem du es uns nicht gesagt hast, hast du die polizeilichen Ermittlungen behindert.«
»Ihre Ermittlungen interessieren mich nicht.«
»Sharon Malloy ist dir egal?«
»Sich für Sharon zu interessieren und sich für die Polizei zu interessieren, das sind zwei verschiedene Dinge. Sie werden nicht herausfinden, wer es getan hat, ebensowenig wie Sie herausgefunden haben, wer meine Mutter umgebracht hat. Inzwischen ist Sharon wahrscheinlich tot. Ihre Aufgabe ist es, Besitz zu schützen. Ich halte nichts von Besitz.«
Ryan warf einen Blick auf die Bücher und die Möbel, und er fragte sich, ob Aaron wohl etwas dagegen hätte, wenn jemand das alles wegnehmen würde.
»Bist du mit Arleen ausgegangen, weil sie eine Freundin deiner Mutter war?«

»Ich bin mit Arleen ausgegangen, wie Sie es nennen, weil ich mit ihr ficken wollte.«
»Du bist deiner Mutter ähnlicher, als ich dachte«, sagte Ryan.
»Sie meinen, weil wir beide über Sex reden?«
Wenn er Aaron anschaute, stellte er wiederum verstört fest, daß er Janices Gesicht in dem ihres Sohnes begraben sehen konnte. Das hinderte ihn daran, klare Gedanken über Aaron zu verfolgen. Und er mußte an Harriet Malcomb denken und wie sie ihm erzählt hatte, daß Aaron ihr aufgetragen hatte, mit ihm ins Bett zu gehen. Ryan hätte Aaron gern danach gefragt, aber er war noch nicht soweit. Das Thema machte ihn immer noch wütend.
»Ich kann dir nicht genau sagen, was ich meine«, sagte er und ging. Er wollte nicht sehen, wer da im Bad war. Ein Teil seiner selbst wollte zwar wissen, wer es war, aber ein anderer Teil wollte seine Gedanken nicht noch komplizierter machen. Später erzählte er Franklin, es habe Harriet sein können, aber genausogut habe es auch jemand ganz anders sein können.
Während er zur City Hall zurückfuhr, dachte Ryan an Janices Appetit auf Männer. Sexuell hatte sie keinerlei Einschränkung gekannt – mit Ausnahme der Tatsache, daß sie nicht gern Schmerzen erlitt oder doch wenigstens keine ernsthaften Schmerzen, denn es hatte ihr sogar Spaß gemacht, sich den Hintern versohlen zu lassen. Manchmal hatte sie Ryan gern masturbiert und seinen Penis schmerzhaft gequetscht, um seinen Orgasmus zurückzuhalten, damit das Sperma schließlich um so weiter spritzte. Manchmal hatte sie es gern gehabt, wenn ihr das Sperma ins Gesicht spritzte. Das machte sie absolut heiß, sagte sie, und sie verrieb es sich auf den Wangen oder auf der Stirn oder ließ es von Ryan verreiben, bis es restlos verschwunden war. Ryan hatte dabei gleichzeitig Erregung und Ekel empfunden. Aber weder vorher noch nachher war er je mit einer Frau zusammengewesen, die eine Leidenschaft für derartige Vergnügungen gehabt hatte.

22

Hark Powers war der erste, der behauptete, die L-förmige Narbe auf Aarons Wange stehe für »Luzifer«, als hätte Luzifer ihm diese spezielle Tätowierung verpaßt und ihn damit als sein Eigentum markiert. Bald erzählten es alle. Tatsächlich war es ja eine Behauptung von der Sorte, wie die Leute sie gern hatten. Sie machte die Welt klarer. Natürlich war es immer eine Art Witz, wenn man es sagte, aber für manche Leute war es weniger witzig als für andere.

Leute, die andere gern herumschubsen, haben oft eine sentimentale Ader. Sie möchten die Niedertracht ungern um ihrer selbst willen betreiben. Lieber möchten sie ihr Verlangen, zu schlagen und zu herrschen, in den Dienst irgendeiner höheren Sache stellen. Das ist nichts weiter als ein Vorwand, aber er gestattet dem Tyrannen, seine Machtgefühle mit einem weniger schlechten Gewissen zu genießen. Er kann sich dann einreden, daß er sein Opfer nicht deshalb schlägt, weil er gern schlägt, sondern weil sein Opfer Strafe verdient. So verhielt es sich auch mit Hark Powers.

Für mich war es nicht so verwunderlich wie für Ryan Tavich, daß Hark sich den »Freunden von Sharon Malloy« anschloß. Wie viele andere glaubte er, daß Sharon von jemandem auf der Durchreise entführt worden war, aber ebenso sicher war er, daß diese Person etwas mit Houari Chihani und der »Untersuchung der Rechten« zu tun hatte. Hark war empört gewesen, daß es jemand von der UDR gewesen war, der in zwei Schulen in Aurelius Bomben auf das Fenstersims gelegt hatte, und über die Grabschändungen auf dem Homeland-Friedhof war er außer sich gewesen. Hark hatte Verwandte auf dem Friedhof, und deshalb hatte ihn dieses Sakrileg besonders tief getroffen. Er mußte immer an die umgekippten Grabsteine denken, und diese Vorstellung war stets frisch und furchtbar in seinem Herzen. So zumindest hörte es sich an, wenn er in Bud's Tavern davon redete. »Atheisten« – so nannte Hark die Mitglieder der UDR, auch wenn er selbst eine Kirche nur selten von innen gesehen hatte.

Hark war nicht dumm, aber er war einer von den in Kleinstädten nicht selten anzutreffenden jungen Leuten, die sich für die Ignoranz entschieden hatten. Es war beinahe eine philosophische Position gegen die Außenwelt, die da eingenommen wurde, und er trug seine Scheuklappen mit trotzigem Stolz. An der Stoßstange seines Pickup-Lasters prangte der Slogan »Buy American – Kauft amerikanisch!«, und in seinem Heckfenster hatte er eine kleine amerikanische Flagge. Ein anderer Aufkleber an seinem Wagen erzählte etwas von der Notwendigkeit, seine kalten Finger eines Tages vom Kolben seines rauchenden Revolvers zu biegen. Es versteht sich von selbst, daß er davon überzeugt war, jeder Mensch müsse das Recht haben, Angriffswaffen zu besitzen. Andererseits galt er als guter Autoschlosser, und er konnte ein gutes Herz zeigen: Auf der Farm seines Vaters, die sein älterer Bruder führte, packte er oft mit an. Das soll ihn nicht entschuldigen, aber es wäre auch nicht fair, ihn einfach als minderbemittelt abzutun. Er mißtraute allem, was von außen kam. Seine Abneigung galt nicht nur Houari Chihani, sie galt dem ganzen College. Und die Tatsache, daß Aaron in Buffalo die Schule besucht hatte, war ein weiterer Punkt, der gegen ihn sprach.

Selbstverständlich haßte er Aaron, weil Aaron ihm das Ohr abgebissen hatte. Aber in den Jahren seitdem hatte es eine Reihe von Kränkungen gegeben, die dafür gesorgt hatten, daß Aaron ihm stets frisch in Erinnerung geblieben war. So war zum Beispiel die junge Frau, die während Ryans Besuch in Aarons Bad gewesen war, nicht Harriet Malcomb, sondern Jeanette Richards, die als Abteilungsleiterin im Kaufhaus Ames arbeitete. Sie hatte ein ziemlich reizloses Gesicht, aber eine aufregende Figur. Das Problem war, daß sie den ganzen Herbst hindurch mit Hark Powers gegangen war. Dann erfuhr er, daß sie sich auch mit Aaron traf. In einer Stadt wie Aurelius – wo es außer dem Fernsehen wenig Unterhaltung gibt – nehmen Liebesaffären und Melodramen übertriebene Ausmaße an. Die Tatsache, daß man Harks Freundin dabei beobachtet hatte, wie sie in Aarons Apartmentkomplex ein- und ausging, ließ die Telefone klingeln. Zweifellos hatte Hark den »Freunden von Sharon Malloy« seine Dienste angeboten, weil er über Sharons Verschwinden beunruhigt war, aber er war auch beigetreten, weil seine Freundin sich mit seinem Feind traf.

In dem Ladenlokal, das die »Freunde von Sharon Malloy« gemietet hatten, bediente Hark das Telefon, er machte die Post auf und leckte Briefumschläge an. Auch an ein paar Suchaktionen beteiligte er sich. Wegen seiner festen Arbeitszeiten bei Jack Morris Ford war seine Zeit für die »Freunde« auf zirka zehn Stunden pro Woche beschränkt. Sharons Onkel Donald Malloy und Paul Leimbach kamen oft in den Laden, und Hark schloß sich ihnen als Ein-Mann-Ehrengarde an. Seine Muskeln standen in ihrem Dienst. Fröhlich erledigte er allerlei Botengänge für sie, als verleihe ihm die Verbindung zu ihnen eine spezielle Bedeutung. Hark war ein großer Mann mit einem Mondgesicht. Er hatte ein ironisches, scherzhaftes Auftreten, das den Eindruck erweckte, er wisse ein bißchen mehr als die Leute in seiner Umgebung und ihm könne man nichts vormachen. Donald Malloy und Paul Leimbach mochten ihn. Sie betrachteten ihn als einen ihrer besten Freiwilligen, aber ich bin sicher, daß sie keine Ahnung hatten, was für ein gefährliches Werkzeug er sein konnte.

Hark begann Aaron und die andern im Auge zu behalten. Und Hark hatte seine Busenfreunde: Untertyrannen, die er als Helfer rekrutiert hatte. Wenn Chihani zu Wegmans fuhr, um dort seine wöchentlichen Einkäufe zu erledigen, folgte ihm manchmal einer dieser Männer. Für Hark und seine Freunde war es klar, daß die Polizei sich für Aaron interessierte, und zwar nicht nur wegen der Vorwürfe im Zusammenhang mit dem Vandalismus auf dem Homeland-Friedhof. Infolgedessen waren sie der Meinung, ihre Unternehmungen seien im Interesse der Polizei, wie sie auch mit ihrer Arbeit bei den »Freunden von Sharon Malloy« lediglich der Polizei behilflich waren.

Gelegentlich beschattete Hark auch Barry Sanders, obwohl er Barry so widerlich fand, daß selbst der Name »Little Pink« nicht gut genug für ihn war. Hark gab ihm keinen Namen, sondern nur ein Etikett: »Rosa Scheißklumpen«. Er sah wohl, daß Barry eine Heidenangst vor ihm hatte, und das machte ihm diese Art von geringfügiger Drangsalierung

zu einem Vergnügen. Und die Tatsache, daß Barry Angst hatte, deutete darauf hin, daß es neben Hark noch etwas anderes gab, wovor er Angst hatte, und das hieß, daß er ein schlechtes Gewissen hatte.
Hark wußte vielleicht nicht, daß Barry schwul war, aber er hatte sich ein paarmal große Mühe gegeben, Jaime Rose gegenüber unangenehm aufzutreten. Zur Bevölkerung von Aurelius gehörte eine ganze Reihe von schwulen Männern, aber Jaime Rose war der einzige, der überhaupt kein Hehl daraus machte, auch wenn er nicht gerade ein Plakat mit sich herumtrug. Andererseits sagte er gern: »Wenn du's hast, laß es sehen.« Ich habe ihn einmal gefragt, weshalb er nicht in eine Stadt mit einer klar akzeptierten schwulen Szene ziehe.
»Hab ich schon gemacht«, sagte er. »Die Schwulen in Aurelius sind so süß. Sie möchten so gerne als Heteros durchgehen. Das macht sie verzweifelt. Ein netter Junge wie ich kann hier jederzeit ein Date kriegen.«
Hark beschränkte seine Behandlung für Jaime auf wütende Blicke. Ein Jahr zuvor hatte er Jaime einmal in Bud's Tavern gesehen und ein paar laute Bemerkungen über Schwuchteln gemacht. Aber Jaime hatte den Spieß umgedreht. Er war mit drei Friseusen aus dem Salon da, und sie gingen alle zusammen zu Hark hinüber, der mit seinen Kumpanen an der Bar stand. »Hört doch, wie er redet«, sagte Jaime. »Ich glaube, er will mich küssen. Möchtest du mich küssen, Hark?« Und Jaime spitzte die Lippen.
Sogar Harks Kumpel hatten gelacht. Danach hatte Hark in der Öffentlichkeit nichts mehr zu Jaime gesagt.
Wenn sich solche kleinen Episoden ereignen, redet man darüber, und dann vergißt man sie. Erst im Licht anderer Ereignisse bekommen sie Bedeutung. Da war zum Beispiel Harks Zusammentreffen mit Houari Chihani. Chihani war in Malloys Apotheke gegangen, um ein Röhrchen Aspirin zu kaufen. Er wußte wahrscheinlich nicht, daß der Besitzer der Apotheke Sharons Onkel war, auch wenn im Schaufenster das riesige Bild von ihr hing. Ich habe ja schon versucht anzudeuten, daß die Realität aus Fleisch und Blut für Chihani nicht viel bedeutete. Sein Gehirn war allzuvoll von Gesprächen mit den Toten, von intellektuellen Argumenten und philosophischen Erwägungen. An diesem Tag

nun war Donald Malloy gar nicht im Geschäft. Chihani wurde von Mrs. Porter bedient.

Chihani bezahlte sein Aspirin und bedankte sich bei Mrs. Porter. Er war stets auf eine ziemlich förmliche Art höflich. Als er gehen wollte, versperrte ihm Hark Powers, der eben hereinkam, den Weg. Barry Sanders, der draußen wartete, erzählte mir alles später. Daß Hark den Laden in diesem Augenblick betrat, sagte Barry, war kein Zufall. Er hatte Chihani gesehen und sein Eintreten absichtlich so abgepaßt, daß er Chihani beim Herauskommen begegnete.

Da er jemanden vor sich sah, trat Chihani nach links. Hark trat nach rechts. Chihani wich nach rechts aus, und Hark machte einen Schritt nach links. Das alles geschah, ohne daß Chihani Hark angesehen hatte. Jetzt hob er den Kopf. »Ich bitte um Entschuldigung.«

»Ich ebenfalls«, sagte Hark. Er war kleiner als Chihani, aber breiter und muskulöser.

Chihani machte einen Schritt nach links, und Hark machte einen Schritt nach rechts.

Chihani blieb wieder stehen. »Das tun Sie mit Absicht.«

»Das tun Sie mit Absicht«, sagte Hark.

»Hören Sie auf mit diesen Albernheiten«, sagte Chihani. Er machte einen Schritt nach rechts, und Hark machte einen Schritt nach links.

Derartige Ereignisse eskalieren im kleinen. Chihani hob seinen Gehstock und schüttelte den Griff vor Harks Gesicht. »Lassen Sie mich vorbei.«

Hark streckte die Hand aus, riß Chihani die Baskenmütze vom Kopf und ließ sie auf die Straße segeln.

»Das ist meine Mütze«, erklärte Chihani. »Ich verlange, daß Sie sie zurückholen.«

Hark grinste. Barry rannte auf die Straße hinaus und holte die Mütze. Chihani hob wieder seinen Stock, und Hark packte ihn, so daß beide Männer an dem Gehstock zerrten. In diesem Moment schaltete Mrs. Porter sich ein.

»Laß ihn in Ruhe, Hark.«

Hark ließ den Stock los, und Chihani taumelte zurück. Barry drängte sich an Hark vorbei und gab Chihani seine Baskenmütze. Hark ging in

den Drugstore. Draußen auf dem Gehweg drehte Chihani sich um und betrachtete das riesige Bild von Sharon Malloy im Schaufenster.
»Aus welchem Grund ist dieses Bild so groß?«
»Der Drugstore gehört ihrem Onkel«, sagte Barry.
»Ah«, sagte Chihani. »Das erklärt die Sache.« Er rückte seine Baskenmütze zurecht, bedankte sich bei Barry und ging zu seinem Auto.
Barry war wieder zu seiner Mutter zurückgezogen, teils wegen des Mißtrauens, das die UDR nach Sharons Verschwinden auf sich gezogen hatte, teils weil das Alleinleben ihn nervös machte, nachdem man ihm die Vandalismussache vorgeworfen hatte – das behauptete er jedenfalls. Bei seiner Mutter plagte ihn zwar die Klaustrophobie, aber zugleich gefiel ihm ihre Fürsorglichkeit. So war er wenigstens für einen Menschen der Mittelpunkt des Universums – wenn es auch nur seine Mutter war. Sie schaute ihn an und sagte: »Oh, Barry, was fangen wir nur mit dir an?« Dann verdrehte Barry die Augen und seufzte, aber dabei fragte er sich das gleiche.
Wenn er es bei seiner Mutter nicht mehr aushielt, kam Barry oft in mein Haus. Ich sage »in mein Haus« und nicht »zu mir«, denn oft wollte er Sadie besuchen, die er gern hatte, zumal da sie Aarons Freundin war. In dieser Beziehung war Sadie die stärkere, obwohl sie erst dreizehn und er neunzehn war; sie konnte Barry Ratschläge erteilen und ihn herumkommandieren, allerdings auf freundliche Art. Sadie machte gerade einen Flechtteppich für ein Projekt in der Schule, und Barry half ihr dabei. Die beiden saßen auf dem Boden, flochten und nähten, und ich saß in meinem alten Sessel und las Schülerarbeiten. Manchmal zündete ich ein Feuer an. Spätabends machte Sadie Kakao. Das war Anfang Oktober. Oft rief ich mir in Erinnerung, wie unecht das alles war, diese Illusion von Behaglichkeit und familiärer Wärme selbst in einer so merkwürdigen Familie, wie Barry, Sadie und ich sie bildeten. Sadie war da, weil ihr Vater die Person verfolgte, die für Sharons Entführung verantwortlich war, und weil er Angst hatte, sie alleinzulassen. Barry war da, weil die Leute glaubten, er habe etwas mit der Entführung zu tun. Unsere häuslichen Vergnügungen gab es nur, weil ein Kind verschwunden war.
Aber am Mittwoch, dem 11. Oktober, ereignete sich etwas Neues. In

Somerset, Pennsylvania, östlich von Pittsburgh, wurde ein Mann festgenommen, weil er versucht hatte, einen zehnjährigen Jungen in seinen Lieferwagen zu locken. Sein Name war Daniel Layman, und er bezeichnete sich selbst als Teilzeit-Klempner. Er war unverheiratet und Ende Dreißig, und er hatte fünf Jahre zuvor schon einmal Ärger bekommen, weil er auf einem Sonntagsschulpicknick einen kleinen Jungen befummelt hatte.

Bei der Vernehmung gestand Layman, drei andere Kinder entführt und ermordet zu haben. Eines dieser Kinder war Sharon Malloy. Er behauptete, er habe sie in seinen Lieferwagen gelockt und sei mit ihr in einen ungefähr dreißig Minuten weit entfernten State Park gefahren; dort habe er sie vergewaltigt und die Leiche im Wald vergraben. Er beschrieb ihr welliges braunes Haar und den blauen Pullover. Er sagte, sie habe unaufhörlich nach ihrem Daddy gefragt.

Als man die State Police in Potterville über Laymans Geständnis informierte, rief Captain Percy die »Freunde von Sharon Malloy« an und bat um Freiwillige, damit man den Henderson State Park gründlicher durchsuchen könne. Das war der nächstgelegene State Park, aber fünfunddreißig Meilen südlich von Aurelius gab es noch den Hannible State Park. Percy entsandte außerdem zwei Leute nach Somerset zu Laymans Vernehmung.

Am Freitag morgen waren wieder zweihundert Männer und Frauen dabei, den Park zu durchkämmen. Die Polizei setzte Hunde und einen Hubschrauber ein. Hark Powers hatte das Kommando über einen Trupp von zwanzig Freiwilligen. Am Freitag wurde nichts gefunden, aber am Samstag kamen alle noch einmal zurück. Noch mehr Leute schlossen sich der Suche an, aber das ganze Wochenende über wurde nichts gefunden.

Die Männer, die Captain Percy zu Daniel Layman geschickt hatte, riefen am Samstag mit neuen Informationen an: Layman habe erzählt, daß es in dem Park einen Fluß gebe. Im Henderson State Park gab es keinen, aber der Loomis River floß durch den Hannible State Park. Also fielen am Sonntag ungefähr dreihundert Sucher in Hannible ein.

Die beiden anderen Kinder, deren Entführung und Ermordung Layman gestanden hatte, wurden ebenfalls vermißt, und er machte vage Angaben über die Stellen, an denen er die Leichen vergraben hatte. Suchtrupps wurden also auch zu zwei anderen Orten entsandt, einer in die Nähe von Northampton in Massachusetts und einer nach Vermont. Aber die Kinder wurden beide nicht gefunden, und zu Beginn der nächsten Woche war die Polizei zu der Vermutung gelangt, daß Layman log: Entweder war er verrückt oder scharf auf Publicity, oder er war nur eine weitere schuldbeladene Seele auf der Suche nach Strafe.

Bis zum Mittwoch hatten sich mehr als siebenhundert Leute an den Suchaktionen in Henderson und Hannible State Park beteiligt. Manche verbrachten einen halben Tag dort, manche gleich mehrere. Manche kamen mit dem Wagen aus Utica oder sogar aus Syracuse. Die Wirkung war, daß es die Leute auf eine Weise einte, wie sie bis dahin nie geeint gewesen waren. Und als immer klarer wurde, daß Daniel Layman gelogen hatte, wurde ihre Empörung noch größer.

Und dann passierte etwas, das die Aufmerksamkeit der Leute in eine neue Richtung lenkte.

23

Am Montag morgen, dem 16. Oktober, kam Chuck Hawley um halb sechs zum Dienst in die City Hall. Es war noch dunkel, und er konnte die Sterne sehen. Das Polizeirevier hat einen Seiteneingang am Gebäude, und als Chuck darauf zuging, sah er einen Pappkarton – für Budweiser-Bier, genau gesagt –, der auf der Treppenstufe vor der Tür stand. Chuck konnte die Tür nicht öffnen, ohne den Karton zu bewegen; also hob er ihn hoch. Die Leute meinten später, das sei mutig gewesen, denn es hätte ja eine Bombe drin sein können, aber mein Cousin hat nicht viel Phantasie, und auf den Gedanken, daß in dem Karton eine Bombe sein könnte, kam er gar nicht. Der Karton war leicht, sagte er. Er nahm ihn mit hinein.

Josh Riley hatte Dienst – besser gesagt, er schlummerte an seinem Schreibtisch, und seine Stirn ruhte auf der Löschblattunterlage neben ein paar Bonbonpapierchen. Chuck stellte den Karton auf den Tisch und machte ihn auf. Darin lagen, sauber zusammengefaltet, ein blauer Pullover, eine weiße Bluse, eine Jeans, Mädchenunterwäsche, weiße Söckchen, ein Paar Adidas-Turnschuhe und ein roter Rucksack. Chuck wollte den Rucksack aufmachen, tat es dann aber nicht. Statt dessen rief er Ryan Tavich an, der um zwanzig vor sechs noch schlief.

Ryan meldete sich nach dem dritten Klingeln und hörte Chucks aufgeregte Stimme am anderen Ende der Leitung. »Jemand hat uns soeben Sharon Malloys Kleider zurückgeschickt.«

Zehn Minuten später betrat Ryan das Revier – fünf Minuten eher als Chief Schmidt. Captain Percy mußte von Potterville herüberfahren und kam um fünf nach sechs.

Patty McClosky, Chief Schmidts Sekretärin, hörte von den Kleidern und dem Rucksack, als sie um viertel nach acht zum Dienst kam, aber da war der Karton samt Inhalt schon zum Labor der State Police nach

Ithaca unterwegs. Gleich nachdem sie sich die erste Tasse Kaffee eingeschüttet hatte, rief sie ihre Freundin Denise Clark an.
»Die Kleider waren alle gewaschen, gebügelt und zusammengefaltet«, erzählte sie, »sogar die Söckchen und das Unterzeug.«
Um neun rief Frieda Kraus von der Redaktion aus bei Franklin an, als dieser gerade das Haus verlassen wollte.
»Chuck Hawley hat heute morgen vor der City Hall einen Karton mit Sharons Kleidern gefunden. Denise Clark hat es mir gerade erzählt.«
Franklin muß sich gefragt haben, woher Denise Clark solche Informationen hatte. Er rief Ryan Tavich an.
»Es stimmt«, sagte Ryan. »Aber ich kann im Moment noch nichts dazu sagen.«
Binnen einer Stunde erhielt die Polizei Telefonanrufe von Zeitungen aus Utica, Syracuse und Albany und von vier Fernsehsendern. Channel 9 aus Syracuse schickte ein Kamerateam; um zehn parkte der weiße Bus vor der City Hall. Am Mittag kündigte Chief Schmidt für fünfzehn Uhr eine Pressekonferenz an.
Wegen des großen Interesses wurde die Pressekonferenz in den Räumen des Stadtrates im ersten Stock der City Hall und nicht in Chief Schmidts Büro abgehalten. Es gab ein paar protokollarische Schwierigkeiten, weil Captain Percy ja die Leitung der Ermittlungen hatte; andererseits war der Karton vor Chief Schmidts Tür abgestellt worden, und deshalb schlug Percy vor, daß Schmidt sich auf den Sessel des Stadtratsvorsitzenden setzen sollte. Percy saß rechts neben ihm, zusammen mit einem seiner Lieutenants, Peter Marcos, einem fotogenen jungen Mann, der aus Albany gerufen worden war. Neben Marcos saßen Ryan Tavich und Dr. Malloy. Der Bürgermeister, Bernie Kowalsi, saß links neben Chief Schmidt.
Mehr als fünfzig Journalisten waren anwesend – Zeitungen, Fernsehen, Rundfunk, Illustrierte und Agenturen. Die *New York Times* und die *New York Post* hatten beide einen Reporter geschickt. Franklin gelang es, sich bis nach vorn durchzudrängen. Der Boden war bedeckt von den Kabeln der Fernsehleute. Franklin hatte erwartet, den Karton leibhaftig zu sehen, aber er war nirgends zu entdecken. Darüber war er froh. Er mußte an den blauen Pullover denken, den Paula Sadie als

Friedenszeichen geschenkt und den Sadie dann an Sharon weitergegeben hatte. Franklin hatte diesen Pullover nicht noch einmal wiedersehen wollen.

Chief Schmidt begann mit einer formellen Erklärung des Inhalts, daß ein Karton mit Sharon Malloys Kleidern am Morgen um fünf Uhr dreißig von einem Polizisten vor dem Eingang zum Polizeirevier gefunden worden sei. Sharon Malloys Familie habe die Stücke identifiziert, und man habe sie ins Labor der State Police nach Ithaca geschickt.

»Hat man schon eine Vermutung, wer den Karton dort deponiert hat?« fragte ein Reporter.

»Im Moment noch nicht.«

»Wann wurde der Karton deponiert?«

»Irgendwann zwischen drei Uhr dreißig und fünf Uhr dreißig heute morgen«, antwortete Chief Schmidt. »Er hat die Tür versperrt, und der letzte, der sie benutzt hat, ist um drei Uhr dreißig hinausgegangen.«

»Waren Blutflecken an den Kleidern?«

»Nein.«

»Waren sonst irgendwelche Flecken daran?«

»Die Sachen waren gewaschen, gebügelt und zusammengelegt. Wie es aussieht, wurden sie mehrmals gewaschen.«

»Es könnten also Flecken an den Kleidern gewesen sein, die herausgewaschen wurden.«

»Das ist möglich«, sagte Chief Schmidt.

»War ein Brief oder so etwas dabei?«

»Nein, nichts«, sagte Percy.

Dr. Malloy saß am Tisch und starrte auf die Tischplatte. Es war ein schwerer Eichenholztisch, so alt wie die City Hall und von sattgoldener Farbe. Jemand zündete eine Zigarette an, und Percy erklärte, das Rauchen sei verboten. Fernsehscheinwerfer und Kameras waren an den Seiten des Raumes plaziert. Die Pressefotografen krochen nach vorn, um Bilder vom Polizeichef und von Dr. Malloy zu machen.

»War jemand auf dem Polizeirevier, als die Sachen draußen abgelegt wurden?«

»Ein diensthabender Officer.«

»Hat er etwas gehört?«
»Nein«, sagte Chief Schmidt.
»Der den Karton dagelassen hat, ist also möglicherweise zu Fuß gekommen?«
»Ist durchaus möglich.«
»Heißt das, daß der Mann, der den Karton abgestellt hat, hier aus dem Ort war?«
Captain Percy schaltete sich ein. »Es gibt keinerlei Hinweis darauf, daß der Karton von einem Mann oder einer Frau hinterlassen wurde.«
»Aber die Person, ob Mann oder Frau, ist hier aus dem Ort?«
Captain Percy stand auf und legte die Hände auf den Tisch. »Wir haben keinen Hinweis darauf, daß es sich bei der Person, die für Miss Malloys Verschwinden verantwortlich ist, und der Person, die den Karton gebracht hat, um ein und dieselbe Person handelt.«
»Aber ist das nicht wahrscheinlich?«
»Es gibt keinen Beweis dafür.«
»Glauben Sie, daß Sharon Malloy noch lebt?«
»Wir hoffen es«, sagte Chief Schmidt. »Aber wir wissen es nicht.«
»Was war in dem Rucksack?«
»Sharons Schulbücher, Schreibhefte, Schulutensilien.«
»Wird die Rückgabe der Kleidung etwas an der Richtung der Ermittlungen ändern?«
»Wie meinen Sie das?« fragte Chief Schmidt.
»Erhebt sich damit nicht die Möglichkeit, daß es sich bei dem Täter um eine Person aus dieser Stadt handelt?«
Wieder ergriff Captain Percy das Wort. »Wir sind zu keinem Zeitpunkt von der entschiedenen Annahme ausgegangen, daß Miss Malloy, falls sie entführt worden ist, durch einen Bewohner dieser Stadt oder durch eine Person von außerhalb entführt wurde.«
»Was meinen Sie mit ›falls sie entführt worden ist‹?« fragte ein Reporter.
»Wir haben keinen unumstößlichen Beweis dafür, daß sie tatsächlich entführt worden ist. Wir wissen lediglich, daß sie verschwunden ist.«
»Wollen Sie andeuten, sie könnte die Sachen selbst zurückgebracht haben?«

Ganz hinten im Raum lachte jemand, und Captain Percy schaute in seine Richtung, aber sein Gesicht zeigte keinerlei Emotion.
»Ich sage nur, daß wir es nicht wissen.«
»Hat Sharons Familie etwas von ihr oder von sonst jemandem im Zusammenhang mit ihr gehört?«
»Nein«, antwortete Chief Schmidt. Percy setzte sich wieder.
»Halten Sie es für möglich, daß sie tot ist?«
»Wir haben weder dafür noch für das Gegenteil einen Beweis.«
»Warum, glauben Sie, hat man die Kleider zurückgebracht?« fragte Franklin.
»Wir haben keine Ahnung«, sagte Captain Percy.
»Erscheint es Ihnen wie eine Verhöhnung?«
»Dazu kann ich keinen Kommentar abgeben«, antwortete Captain Percy. »Wir haben weder dafür noch für das Gegenteil einen Beweis.«
»Welche Auswirkung hat die Rückerstattung der Kleider auf Daniel Laymans Geständnis?«
Chief Schmidt warf einen Blick zu Percy hinüber. »Das sind laufende Ermittlungen; ich kann zum jetzigen Zeitpunkt keinen Kommentar dazu abgeben.«
»Hat Layman ausgesagt, er habe dem Mädchen die Kleider ausgezogen?«
»Dazu kann ich nichts sagen.«
»Glauben Sie, jemand hat die Kleider zurückgegeben«, fragte Franklin, »um so darauf hinzuweisen, daß Daniel Layman nichts mit der Sache zu tun hat?«
»Ich habe keine Ahnung.«
»Haben Sie denn eine Meinung?« fragte jemand von Channel 9. Ein paar andere Reporter lachten.
Wieder stand Captain Percy auf. »Unsere Aufgabe ist es, einen Corpus an Informationen zusammenzutragen und zu verstehen. Wir wissen nicht, warum jemand die Kleider zurückgebracht hat. Wir wissen nicht, ob die Person, die es getan hat, etwas mit der Entführung zu tun hat, und wir wissen nicht einmal, ob es eine Entführung gegeben hat. Wir wissen nicht, ob die Rückgabe der Kleider so oder so etwas mit

Daniel Layman zu tun hat. Wir wissen nicht, ob dies alles bedeutet, daß der Täter in dieser Stadt wohnt oder nicht.«

Percy sagte nicht ganz die Wahrheit. Als er über die Rückgabe der Kleider informiert worden war, hatte er angefangen, Einsatzpläne zu ändern, und er hatte zehn Mann an den Fall zurückbeordert. Den ganzen Vormittag über hatten sie die Leute in der Nachbarschaft der City Hall befragt, um herauszufinden, ob irgend jemand etwas gesehen hatte. Und die Tatsache, daß Aaron McNeal nur zwei Straßen weiter wohnte, wurde nicht ignoriert.

Percy hatte sich am Morgen einen Durchsuchungsbeschluß verschafft, und Spurentechniker aus Ithaca hatten Aarons Apartment Zoll für Zoll abgesucht. Aaron hatte nicht protestiert. Er hatte sich mit einem Stuhl und einem Laptop in den Flur gesetzt und dort weitergearbeitet, als wäre die Polizei nicht da.

»Er hat einfach durch uns durchgeguckt«, sagte Chuck Hawley. »Am liebsten hätte ich ihm eine gescheuert.« Er hatte über Aarons Schulter einen Blick auf den kleinen Monitor geworfen und nichts als Zahlen gesehen. Das hatte ihn ebenfalls gestört. »Das waren nicht mal Wörter«, sagte er.

Man hatte außerdem überprüft, was die Mitglieder der UDR und Houari Chihani am Abend zuvor getrieben hatten. Percy hatte einen Durchsuchungsbeschluß für Chihanis Haus erwirken wollen, aber Chief Schmidt hatte es für sinnlos gehalten. Das alles war in Chief Schmidts Büro besprochen worden, aber Patty McClosky und andere hatten es mitgehört. Als die Pressekonferenz stattfand, war der Inhalt dieser Gespräche, überwiegend in verstümmelter Form, Dutzenden von Leuten bekannt. Das Wichtigste daran war – und das war niemandem entgangen –, daß Chihani und die UDR immer noch unter Verdacht standen.

»Die Polizei hat heute morgen Aaron McNeals Apartment durchsucht«, sagte ein Reporter. »Hat man belastendes Material gefunden?«

»Darüber darf ich Ihnen nichts sagen«, antwortete Chief Schmidt.

Chuck Hawley hatte erzählt: »Wenigstens ein bißchen Marihuana hatten sie zu finden gehofft. Dann hätten sie ihm Druck machen können. Aber er war total clean.«

»Die Mitglieder dieser UDR stehen also immer noch unter Verdacht?«

»Es wäre falsch, sie als Verdächtige zu bezeichnen«, sagte Schmidt. »Zum jetzigen Zeitpunkt gibt es niemanden, der verdächtig ist, und niemanden, der nicht verdächtig ist.«

»Könnte Oscar Herbst mit den Kleidern von Troy herübergefahren sein?«

»Das darf ich Ihnen nicht sagen.«

Tatsächlich gab es keinen Hinweis darauf, daß Oscar sein Haus verlassen hatte.

»Was ist mit dem Jungen, der nach Kingston zurückgegangen ist – könnte der hergefahren sein?«

Der Reporter meinte Jason Irving, der aber ebenfalls die ganze Nacht zu Hause gewesen war. Die UDR-Mitglieder, die noch in Aurelius wohnten, hatten dagegen keine wasserdichten Alibis. Barrys Mutter schwor zwar, daß er zu Hause gewesen sei, aber für die Polizei war das kein hundertprozentiger Beweis. Wie Chuck mir sagte: »Jeder von diesen Bengels hätte sich für fünf Minuten verdrücken und den Karton zur City Hall bringen können. Sogar der Dicke. Ich meine, wer ist denn um die Zeit unterwegs. Du hättest es doch auch gekonnt.«

»Wäre es möglich, jede Spur von Blut aus den Kleidern herauszuwaschen?« fragte ein Reporter.

»Das glaube ich nicht«, sagte Schmidt.

»Und was für Schlußfolgerungen ziehen Sie daraus?«

»Daß kein Blut an den Kleidern war«, sagte Percy.

Jemand lachte.

»Wie ist es mit anderen Körperflüssigkeiten?« fragte der Reporter. »Könnte man auch Sperma spurlos von den Kleidern entfernen?«

»Da befinden wir uns schon eher auf unsicherem Boden«, sagte Schmidt.

»Sie meinen, es könnte sein?«

»Das hat man mir gesagt.«

»Sie wollen also sagen, daß man keine Spur von Sperma an den Sachen gefunden hat?«

»Das ist korrekt.«

»Hat man überhaupt etwas an den Kleidern festgestellt?«

»Nur die üblichen Trage- und Verschleißspuren.«

»Waren die Sachen irgendwie zerrissen?«
»Nein, das wollte ich damit nicht sagen.«
»Wenn Sharon Malloy ermordet wurde, dann wurde sie also entweder auf eine Weise ermordet, bei der kein Blut fließt, oder sie trug ihre Kleider nicht, als sie ermordet wurde.«
Diese Frage kam von einem Reporter aus Utica. Inzwischen hatte die Pressekonferenz das Niveau von Siebzehnundvier erreicht, und eigentlich dachte kein Mensch mehr an die Sharon aus Fleisch und Blut. Dr. Malloy sagte kein Wort und schaute die Reporter nicht mal an. Er hatte die Tischkante mit beiden Händen umfaßt und saß leicht vorgebeugt da, ohne sich anzulehnen. Sein Bruder Donald saß hinten im Raum; sein Schwager, Paul Leimbach, war zu spät gekommen und stand an der Tür. Unter den TV-Scheinwerfern war es heiß. Es war kurz vor vier.
»Wir haben keinerlei Kenntnisse über das, was mit Sharon Malloy geschehen ist«, sagte Chief Schmidt.
»Es ist also möglich, daß sie vergewaltigt wurde?« fragte ein Reporter.
In diesem Augenblick explodierte Dr. Malloy. »Ist Ihnen nicht klar, daß Sie über ein Kind sprechen? Ein vierzehnjähriges Mädchen? Wissen Sie, wie wunderbar sie ist? Natürlich lebt derjenige, der sie geraubt hat, hier! Er lebt hier in dieser Stadt!«
Die Reporter riefen wild durcheinander und fragten Dr. Malloy, ob er wisse, wer es gewesen sei. Die Fotografen drängten sich nach vorn, um Bilder zu machen. Die Leute sprangen auf. Ryan legte dem Doktor den Arm um die Schultern und versuchte ihn vom Tisch weg und zur hinteren Tür hinauszuführen. Dr. Malloy hatte angefangen zu weinen und wischte sich immer wieder schroff mit dem Handrücken über die Augen. Sein Bruder schob sich durch das Gedränge nach vorn.
»Wie können Sie es wagen zu fragen, ob sie vergewaltigt wurde!« schrie Dr. Malloy.
Chief Schmidt winkte Ryan. »Schaffen Sie ihn raus.«
Donald Malloy hatte den Ratstisch erreicht. »Bestimmt war es jemand hier in der Stadt!« schrie er. »Jemand hat sie geraubt. Jemand hat sie gestohlen! Jemand muß dafür bestraft werden!«

»Wer ist es denn?« fragten die Leute immer wieder.
Chief Schmidt hatte einen Sitzungshammer gefunden und schlug damit auf den Tisch. »Wenn Sie nicht auf Ihre Plätze zurückkehren, lasse ich den Saal räumen!«
»Wir werden ihn finden«, rief Donald. »Die ›Freunde von Sharon Malloy‹ bieten jetzt fünfzigtausend Dollar für jede Information über Sharons Aufenthalt und hunderttausend, wenn sie unversehrt zurückkommt.«
Das rief noch mehr Aufruhr hervor, und wieder wurden Fotos gemacht.
Chuck Hawley nahm Donald beim Arm und drängte ihn zur Hintertür. Ryan war bereits mit Dr. Malloy verschwunden. Die Reporter brüllten weitere Fragen, und Chief Schmidt schlug unaufhörlich mit seinem Hammer auf den Tisch. Franklin kritzelte wie wild in seinem Notizbuch. Der einzige, der völlig ausdruckslos blieb und nach Chuck Hawleys Worten aussah wie der Fels von Gibraltar, war Captain Percy.
Als es wieder ruhiger wurde, ergriff Percy das Wort. »Sie wissen genau das, was wir auch wissen, und das ist wenig. Wir wissen nicht, um was für eine Art von Verbrechen es sich handelt. Wir wissen nicht, ob Sharon entführt wurde. Wir wissen nur, daß irgendwann heute morgen zwischen drei Uhr dreißig und vier Uhr dreißig ihre Kleider und ihr Rucksack bei der Polizei abgeliefert wurden. Die Kleider waren gewaschen, gebügelt und zusammengefaltet. Ihre Adidas-Tennisschuhe aus weißem Leder waren geputzt. Wir wissen nicht, wer das getan hat oder ob dieselbe Person auch etwas mit Sharons Verschwinden zu tun hatte.«
Und auch hier sagte Captain Percy nicht die ganze Wahrheit. Es waren außer den Schulutensilien noch zwei Gegenstände in Sharons Rucksack gewesen. Das eine war die Hand einer Schaufensterpuppe, eine linke Hand, fleischfarben und mit lackierten Nägeln. Sharons Eltern und mehrere ihrer Freundinnen, darunter auch Sadie, gaben an, sie noch nie gesehen zu haben.
Der zweite Gegenstand war ein Büroumschlag, der ein einziges Blatt Papier enthielt. Darauf stand eine Liste von Wörtern, die aus ausgeschnittenen Zeitungsbuchstaben zusammengesetzt waren. Die

Wörter waren »FOTZE«, »DRECK«, »FICK«, »MÖSE«, »SAU«, »SCHMUTZ«, »NUTTE« und noch ein halbes Dutzend weitere in einer Reihe untereinander. Aber die Wörter waren verändert, vielleicht redigiert worden. Über einige Lettern waren schwarze Striche geratscht worden, und aus »FOTZE« war »TZE« geworden, und »NUTTE« wurde zu »UTTE«. Alle Wörter waren in dieser Weise verändert worden, und die schwarzen Striche bedeckten das ganze Blatt und waren so tief ins Papier gerissen, daß zum Beispiel das »D« von »DRECK« beinahe ausgestanzt war. Nur Captain Percy und Chief Schmidt wußten, was in dem Umschlag war, und sie behielten es für sich. Was die Hand der Schaufensterpuppe anging, so wußte auf dem Revier jeder darüber Bescheid. Auch Franklin wußte von der Hand, aber Chief Schmidt bat ihn, nicht davon zu sprechen. Darauf kam es allerdings kaum an. Innerhalb von zwei Tagen war die Tatsache, daß diese Hand im Rucksack gewesen war, allgemein bekannt.

24

Captain Percys Erklärung, die Rückgabe der Kleider lasse nicht darauf schließen, daß Sharons Entführer aus Aurelius oder aus der Umgebung sei, überzeugte niemanden. Und der Umstand, daß Percy behauptete, es gebe keinen Beweis dafür, daß Sharon überhaupt entführt worden sei, blieb ebenfalls wirkungslos. Nach allgemeiner Übereinstimmung hatte Sharons Entführer die Kleider zurückgebracht, um die Polizei zu verhöhnen. Die Leute sahen darin einen Akt der Tollkühnheit. Und möglicherweise hatte der Betreffende etwas dagegen, daß Daniel Layman in Somerset, Pennsylvania, den Ruhm für etwas in Anspruch nahm, was er – oder sie – begangen hatte. Ich sage »er oder sie«, aber alle hier glaubten, daß der Entführer ein Mann sei.

Das waren Gedanken, die auch die Polizei hegte, zumindest nach dem, was Ryan sagte, aber das bedeutete nicht, daß Captain Percy einem Saal voller Journalisten erzählen konnte, er sei davon überzeugt, daß Sharon Malloys Entführer ein Bürger dieser Stadt sei. Ich bin sicher, daß die Journalisten zu der Pressekonferenz gekommen waren, weil sie damit gerechnet hatten, etwas Sensationelles zu erfahren. Sie waren in hohem Maße frustriert gewesen. Das Wiederauftauchen der Kleider war unheimlich, aber nicht dramatisch. Dr. Malloys Ausbruch entschädigte sie zum Teil für diese Enttäuschung.

An diesem Abend sahen Tausende von Menschen im ganzen Staat, vielleicht sogar im ganzen Land, wie Dr. Malloy aufsprang und schrie: »Ist Ihnen nicht klar, daß Sie über ein Kind sprechen? Ein vierzehnjähriges Mädchen? Wissen Sie, wie wunderbar sie ist? Natürlich lebt derjenige, der sie geraubt hat, hier! Er lebt hier in dieser Stadt!«

Nach der Pressekonferenz erschienen in Zeitungen aus der Umgebung etliche Leitartikel, in denen die Frage gestellt wurde, ob die Behörden auch genügend unternahmen, um Sharon Malloys Entführer zu finden.

Dies führte dazu, daß Captain Percy die Anweisung erhielt, noch mehr Leute auf den Fall anzusetzen, so daß er jetzt insgesamt fünfundzwanzig Mann hatte – Sonderkommission nannten sie sich.
Die wachsende Überzeugung, daß der Täter unter uns lebe, setzte die UDR immer mehr unter Druck. Solange die Leute geglaubt hatten, der Verbrecher sei von weither gekommen, hatte man Chihani und die anderen Mitglieder der Gruppe höchstens mit Argwohn betrachtet. Möglicherweise bestand eine Verbindung zwischen dem Verbrecher und der UDR, aber selbst das behaupteten nur Leute wie Hark Powers. Jetzt schien es nicht mehr so weit hergeholt zu sein. Und die Nachricht, daß die Polizei Aarons Wohnung durchsucht hatte, betrachtete man als Beweis für seine Verwicklung in den Fall. Chihani und die übrigen UDR-Mitglieder wurden nunmehr noch schärfer gemustert. Barry beklagte sich, daß die Leute ihn mehr denn je anstarrten. »Als ob ich etwas gestohlen hätte«, sagte er.
Die Gruppe war aber auch nicht übermäßig empfindlich, was ihren Mangel an Popularität betraf. Paula McNeal hörte im Dekanatsbüro, daß die Schule sich mit ihren Anwälten darüber beriet, ob es möglich wäre, die Mitglieder der UDR zu suspendieren, bevor sie wegen Vandalismus vor Gericht kämen.
Gegen Ende der Woche, in der die Kleider zurückgebracht worden waren, verließen Bob Jenks und Joany Rustoff das College und kehrten zu ihren Eltern nach Utica zurück. Ein paar Tage später fuhren sie nach Seattle, wo Bobs älterer Bruder bei einer Software-Firma arbeitete. Damit blieben noch sechs Mitglieder und Chihani. Ich fürchte, daß Bobs und Joanys Abreise die Leute noch mißtrauischer gegen die andern werden ließ, als sei ihre Desertion ein Hinweis auf die Schuld der ganzen Gruppe. Natürlich informierten die beiden Captain Percy darüber, was sie vorhatten und wie er sie schnell erreichen könnte.
Anscheinend fanden die Leute, wenn schon jemand aus der Stadt der Schuldige war, dann wäre es besser jemand, den niemand leiden konnte. Aaron hatte bereits eine eigenartige Geschichte bei uns. Barry sah komisch aus. Leon war fett, was an sich schon bewies, daß er pervers war. Jesse und Shannon zeigten ihre Verachtung für den Status quo mit jeder Geste. Harriet war von einer kalten Schönheit, die bei den

Leuten den Eindruck erweckte, sie halte sich für besser als den Rest der Welt. Und dann war da Houari Chihani mit seinem Citroën.
Vielen graute es bei dem Gedanken, der Schuldige könnte jemand sein, den niemand in Verdacht gehabt hatte, eine sogenannte Säule der Gesellschaft. Was wäre zum Beispiel, wenn Dr. Malloy seine Tochter selbst entführt und ermordet hätte? Oder auch Paul Leimbach – fiel der Verdacht nicht oft auf Verwandte? Wäre das Verbrechen von einer angesehenen Persönlichkeit begangen worden, so gäbe das der ganzen Gemeinde eine gewisse Schuld. Wir hatten die Ruchlosigkeit des Betreffenden nicht gesehen. Er hatte als Freund unter uns gelebt. Man kann eine Säule der Gesellschaft nicht entfernen, ohne daß die Gesellschaft ins Wanken gerät. Da war es weit besser, einen Außenseiter zu finden, dessen Eigenheiten ihn bereits suspekt machten.
Das Auftauchen von Sharons Kleidern ließ Harks Bezichtigungen plausibler klingen. Hark hatte die ganze Zeit behauptet, daß die UDR dahinterstecke. Jetzt stand er in Bud's Tavern am Tresen und verkündete lauter denn je: »Ich hab's euch gesagt.« Als bekannt wurde, daß man in Sharons Rucksack eine Puppenhand gefunden hatte, verlieh ihm dieser Umstand gerade durch seine Absonderlichkeit zusätzliche Glaubwürdigkeit. Die Puppenhand ergab keinen Sinn. Sie war furchtbar und absurd. Hark meinte, sie sei das gleiche wie Oscars Bombenattrappen oder auch wie Aarons sinnlose Gewalt. Und Hark sah, daß er mehr Zuhörer hatte, und seine Aktien stiegen ein bißchen. Seine Kumpane konnten sich nicht verkneifen zu verkünden, daß Hark die ganze Zeit über recht gehabt habe, denn damit stiegen auch ihre Aktien. Es wäre unzutreffend, wenn man behaupten wollte, sie hätten irgendeinen Einfluß gehabt, aber ihnen war doch bewußt, daß man zunehmend Notiz von ihnen nahm.
Wer diese Kumpane waren? Es waren drei: Jeb Hendricks, der bei »Midas Muffler« arbeitete, in der Auspuffwerkstatt neben Wegmans, Ernie Corelli, Installateur bei Henderson's Plumbing and Heating, und Jimmy Feldman, der bei uns in der Knox Consolidated einen Hausmeisterposten hatte. Sie kannten Hark ihr Leben lang, auch wenn sie ein paar Jahre jünger waren als er. Im Herbst gingen sie zusammen auf die Jagd, im Frühjahr zum Fischen. Im Sommer spielten sie Softball.

Feldman war verheiratet, die andern nicht. Er hatte schon auf der High-School geheiratet – das Mädchen war schwanger gewesen –, und ich glaube, er hat die Schule nicht abgeschlossen.
Sie alle waren – wie Hark – Männer, die ewig murrten. Wenn ihre bevorzugte Football-Mannschaft ein Spiel verlor, dann war Schiebung im Spiel. Wenn die Staatssteuern erhöht wurden, dann lag es daran, daß das Geld in die Großstadt zu Sozialhilfeempfängern und habgierigen Minderheiten floß. Von ihrem Murren abgesehen waren sie ziemlich normale junge Männer, die die Welt und ihren Platz darin mit einer Mischung aus Ratlosigkeit und Groll betrachteten. Hark gefiel ihnen, weil er eine Meinung hatte und weil er die Schuld dort fand, wo sie sie gern sahen: anderswo. Er war stärker als sie. Er war lauter, konnte mehr trinken und ein Reh zur Strecke bringen, wenn die andern danebenschossen. An den meisten Abenden traf man zwei oder mehr dieser jungen Männer in Bud's Tavern, wo sie Bier tranken, Pool spielten und murrten. Manchmal kamen noch zwei oder drei andere dazu, die genauso waren wie sie. Ihre Reden wurden jetzt um das Thema Sharon bereichert.
»Wenn Aaron McNeal da nicht mit drinsteckt«, erklärte Hark, »dann laß ich mir auch noch das andere Ohr abschneiden, verdammt.«
In diesen Diskussionen war die Wahrheit nicht eine Frage der Logik, sondern sie kam aus der Kraft der Überzeugung und der Fähigkeit, die Opposition niederzubrüllen. Je mehr Aufmerksamkeit Hark erhielt, desto lauter wurde er, bis er offensichtlich selber alles glaubte, was er da redete.
»Hat man vielleicht nicht den Wagen des Arabers gesehen, als Sharon verschwand?« fragte er zum Beispiel.
Und seine Kumpane nickten, und andere nickten mit.
»Es ist eine Sache, wenn die Cops sagen, sie haben keine klaren Beweise, mit denen sie vor Gericht gehen können«, rief er. »Aber es ist was anderes, es nicht zu wissen. Ich meine, Scheiße, im Herzen weiß man es doch!«
Ich richte hier zwar den Finger auf Hark Powers, aber seine Behauptungen unterschieden sich kaum von denen, die man in anderen Kneipen und Wohnungen in Aurelius hören konnte. Er war vielleicht der

Lauteste, aber seine Ansichten wurden von vielen geteilt. Tatsächlich habe ich ganz ähnliche Äußerungen im Lehrerzimmer der Knox Consolidated gehört.
Ich glaube nicht, daß dieses Gerede irgendwohin geführt hätte, wenn Harks Streitbarkeit nicht noch durch andere, an sich triviale Begebenheiten weiter angefeuert worden wäre.
Von allen UDR-Mitgliedern war es Barry, dessen Isolation ich am besten verstehen konnte, denn er besuchte mich häufig. Seit Anfang September hatte Barry Sanders einen Freund am Aurelius College. Ich bin versucht zu sagen, daß ihre Beziehung ganz unschuldig war, weil sie beide eine Heidenangst davor hatten, daß jemand etwas merken könnte, aber vielleicht irre ich mich. Vielleicht verband sie eine große Leidenschaft. Der Junge hieß Ralph, und er wollte Elektroingenieur werden. Die Aufmerksamkeit, die man Barry als Mitglied der »Untersuchung der Rechten« zukommen ließ, störte Ralph von Anfang an. Als Sharon dann verschwunden war und man der Gruppe die Schändung des Homeland-Friedhofs zur Last legte, teilte er Barry mit, daß er sich nicht mehr mit ihm treffen wolle, aber er versicherte ihm, daß sie weiter Freunde bleiben könnten. Anscheinend kam es zu einer Szene in Ralphs Wohnheimzimmer, bei der Barry ihm gestand, daß er möglicherweise verliebt in ihn sei und daß Ralphs Entscheidung, sich nicht mehr mit ihm zu treffen, ein grausamer Verrat sei.
Am Freitag, nachdem Sharons Sachen aufgetaucht waren, kam er mich besuchen. Er sprach ganz offen über seine Verbitterung. Er war einsam, und sein Herz war gebrochen; es war ihm bestimmt, sein Leben lang einsam zu bleiben.
»Niemand wird mich wieder gern haben«, sagte er.
»Was ist denn mit dem Mann in der Stadt?« fragte ich.
»Wen meinen Sie?«
»Den ersten Mann, mit dem du ein Verhältnis hattest.« Ich war tatsächlich immer noch interessiert an diesem Mann, denn Barry wollte seinen Namen nicht preisgeben.
»Den mochte ich nicht«, sagte Barry.
»Was hast du denn mit ihm gemacht?«
»Nichts Schönes.«

»Aber was?«
»Er wollte immer nur, daß ich ihn masturbiere, und mich wollte er überhaupt nicht anfassen. Und grob war er.«
»Du meinst, er hat dich angebrüllt?«
»Nein, so was nicht. Er bestand darauf, daß ich mir vorher die Hände wusch, und er stand dabei neben mir, um sich zu vergewissern, daß ich es auch richtig machte.«
Barrys Hauptproblem, was seine Einsamkeit anging, bestand darin, daß er entweder in der Schule oder bei seiner Mutter war. Es war völlig klar, daß er keine anderen Männer kennenlernen würde, wenn er seine gesellschaftlichen Kreise nicht erweiterte. Ich dachte unversehens an Jaime Rose, aber es gab keinen Anlaß zu der Vermutung, daß Jaime Barry nicht nur lächerlich finden würde. Ich wußte aber, daß Jaime ausging. Er spielte Bowling und war Mitglied im Gartenclub in der Bibliothek. Ich hatte ihn manchmal sogar schon in Kneipen gesehen – nicht in Bud's Tavern, aber in der Bar von Gillian's Motel. Also sagte ich Barry, er solle öfter ausgehen. Das war kein besonders radikaler Ratschlag.
Aber Barry sagte: »Die Leute starren mich an.«
»Du wirst aber niemanden kennenlernen, wenn du nicht ausgehst.«
»Ich trinke nicht gern.«
»Es gibt Lesegruppen in der Bibliothek. Es gibt einen Jazzverein und einen Reiseclub. Du mußt dich anstrengen.«

Bedürfnisse haben etwas Egalitäres. Wir haben sie alle. Barrys Bedürfnis nach Gesellschaft unterschied sich nicht von dem anderer Leute. An diesem Samstag abend organisierte der Skiclub am Aurelius College eine Tanzveranstaltung in der Cafeteria mit einer Band namens »Unreasonable Behavior«. Und im Haus eines der Spanischprofessoren, bei Ricardo Diaz, gab die Lateinamerikanische Liga einen mexikanischen Abend mit Tacos, Enchiladas Verdes, Chicken Mole und Dr.-Pepper-Limonade.
In der Stadt im Freimaurer-Tempel gab es eine Gesellschaft, und die Elk-Loge veranstaltete eine Auktion, um Geld für die Little League im Baseball zu sammeln. In der Evangelikalenkirche gab es ein Pfannku-

chenessen. In den italienischen Restaurants, von denen Aurelius mehrere zu bieten hatte, herrschte Hochbetrieb, und wenn man sich vor die City Hall stellte und kräftig schnupperte, konnte man wahrscheinlich den Duft von Oregano und Fett riechen. In der Cocktail Lounge von Gillian's Motel bekamen Damen zwei Drinks zum Preis von einem. In Bud's Tavern kriegte man gebackene Hühnchenflügel gratis. Der Parkplatz vor Landrys Bowlingbahn war voll mit Pickup-Lastern. Der Lieferwagen von Domino's Pizza schlängelte sich durch die Stadt hin und her wie eine Nähnadel, die alles säuberlich zusammennähte. Im »Strand Theater« lief ein Film mit dem Titel »The Stupids« vor vollem Haus. Die Teenager, die in der Sandwichbar an der Main Street arbeiteten, hatten alle Hände voll zu tun.

An diesem Samstag abend hatte Barry Sanders beschlossen, auszugehen – ein bedeutsamer Entschluß –, und er war in Landrys Bowlingbahn gegangen, nicht um zu spielen, sondern um an einem Tisch zu sitzen und Coke zu trinken. Das mag nach einer sehr unschuldigen Beschäftigung aussehen, aber Barry fand es ziemlich wagemutig. Wer weiß, was er für Phantasien hatte? Er trug ein neues blaues Hemd, und sein weißes Haar war sorgfältig gekämmt. So nippte er an seiner Coke und blinzelte mit seinen rosa Augen hinter den dicken Brillengläsern, und immer wenn die Kegel laut krachten, schrak er wahrscheinlich ein bißchen zusammen. Auf seine Art machte Barry einen Zug durch die Gemeinde.

Aaron war an diesem Abend ebenfalls ausgegangen. Er hatte bei Gillian's ein Glas mit Jeannette Richards getrunken; sein Verhältnis mit ihr war im Abklingen begriffen, und als sie gegen halb acht ging, blieb er sitzen und plauderte mit einem Englischlehrer von der High-School, mit Ron Slavitt, der Gedichte schrieb. Aaron behauptete, Lyrik sei ein totes Medium, Ron war anderer Meinung. Jaime Rose war ebenfalls bei Gillian's; er trank allein an der Bar. Er liebte ausgeklügelte Cocktails: frische Frucht-Daiquiris und Drinks mit Kahlua.

Franklin und Paula waren mit Sadie in Angotti's Spaghetti House zum Essen. Paula versuchte mit Sadie über die Schule zu reden, aber Sadie blieb einsilbig. Sie hatte keine Spaghetti gewollt und aß statt dessen Hamburger mit Pommes frites. Anfang der Woche hatte Sadie ihren

blauen Pullover in den Nachrichten gesehen, nachdem er aus dem Labor der State Police in Ithaca zurückgekommen war. Sie hatte Paula nie erzählt, daß sie Sharon Malloy den Pullover geschenkt hatte, aber Paula wußte es trotzdem, und Sadie hatte deswegen ein schlechtes Gewissen. Außerdem, das gestand sie später, graute ihr davor, daß man ihr den Pullover zurückgeben könnte – nicht wegen der Verbindung mit Paula, sondern wegen der Verbindung mit Sharon. Sie bildete sich sogar ein, sie würde Blutflecken finden, wo die Polizei keine gefunden hatte, was albern war. Beim Essen schwang ihr Haar über den Teller und kam gefährlich nah an den Ketchup. Franklin und Paula waren beide dicht davor, ihr zu sagen, sie solle sich die Haare hinter die Ohren stecken, aber sie verzichteten beide darauf.
Ryan Tavich war mit Cookie Evans in Mike's Steak House draußen beim Shopping Center. Neben seiner üblichen Arbeit mußte er Captain Percy zur Verfügung stehen; deshalb brachte er es auf einen Zwölf-Stunden-Tag, und er hatte das Gefühl, eine Pause gut gebrauchen zu können. Aber er mußte immer wieder an die Puppenhand in Sharons Rucksack denken. Und er dachte an Janice McNeal, ihre flinke Stimme und daran, wie sie ihn mit ihren Händen berührt hatte. Er konnte es fast fühlen, und die Erinnerung nahm dem Essen in seinem Mund allen Geschmack.
Obwohl Cookie Evans ihn mit ihrer Energie zur Erschöpfung trieb, ging er gern mit ihr aus, denn sie hatte nichts dagegen, das Reden zu übernehmen. Tatsächlich bemerkte sie es kaum, ob Ryan etwas sagte oder nicht. Während sie aßen, ließ sie für Ryan sämtliche Frauen Revue passieren, die im Laufe der Woche in den Salon gekommen waren. Es schienen endlos viele zu sein. Ryan nickte, lächelte und dachte an Janice McNeal. Cookie zählte ihre Kundinnen an den Fingern ab. Ihre Nägel waren lang und dunkelrot. Ihr kurzes Haar war gelockt und gesträhnt. Ryan fand, ihr Kopf sehe aus wie das Werk eines Landschaftsgärtners, und er nahm sich vor, Franklin davon zu erzählen, weil der behauptete, daß er niemals scherze.
Irgendwann fragte Ryan: »Hat eine von diesen Frauen über Sharon Malloy gesprochen?«
Cookie sah ihn entnervt an. »Sie reden über nichts anderes. Und über

ihre Männer natürlich. Man wundert sich, wie viele von ihnen glauben, sie seien in Gefahr.«

Dies war auch Hark Powers' Thema in Bud's Tavern. Sheila Murphy stand hinter der Theke, und sie versorgte Hark, Jeb Hendricks, Ernie Corelli und Jimmy Feldman mit Bierkrügen, Schweinekrusten und Kartoffelchips. Das Lokal war verräuchert, und hinten klickten Billardkugeln. In der Musicbox lief Country-Musik und manchmal auch ein alter Sinatra-Song.

»Ich hab mal 'ne Fernsehsendung gesehen«, erzählte Hark, »da hat der Mörder die Leiche auf den Friedhof gebracht. Er hat ein frisches Grab aufgegraben und die Leiche oben auf den Sarg gelegt. Ich wette, die State Cops haben die Gräber nicht mal untersucht. Und wenn einer so was macht, daß er Mädchen raubt, dann dauert's nur so und so lange, und er macht's wieder. Das ist 'ne Krankheit.«

Und seine Freunde dachten über diese Krankheit nach und fragten sich, wie man sie wohl heilen könnte.

Dr. Malloy und seine Familie verbrachten den Abend zu Hause mit den Leimbachs. Sie bemühten sich, einen halbwegs normalen Samstag abend zu verleben – Essen, Fernsehen, Unterhaltung –, aber sie wußten, daß sie in Wirklichkeit nur darauf warteten, daß das Telefon klingelte. Mein Cousin Chuck Hawley saß draußen vor Dr. Malloys Haus in einem Streifenwagen und hörte eine Radio-Talkshow. Drüben bei den »Freunden von Sharon Malloy« saßen ein Dutzend Freiwillige, darunter auch Donald Malloy, und machten Plakate versandfertig. Captain Percy war zu Hause in seinem adretten kleinen Ranchhaus in Potterville und las die Berichte, die ihm die Sonderkommission Sharon Malloy eingereicht hatte. Es stand nichts drin, was er nicht schon wußte.

Um acht Uhr, als ich gerade dabei war, mir einen Teller Suppe warmzumachen, verließ Barry die Bowlingbahn. Er stieg in seinen rostigen Ford Fairlane und fuhr in die Stadt zur Sandwichbar, denn er hatte Hunger, und es war ihm langweilig geworden, anderen Leuten beim Bowling zuzuschauen. Gesprochen hatte er mit niemandem, aber es war noch zu früh, um nach Hause zu fahren, wo seine Mutter ihn nur fragen würde, wo er gewesen wäre und ob er sich gut amüsiert hätte. Und dann würde sie ihn mit sorgenvoller Miene anschauen.

Vor der Sandwichbar war kein Parkplatz mehr frei; deshalb parkte er eine Straße weiter. Er parkte nicht gern parallel zum Randstein und brauchte deshalb viel Platz – zwei Plätze anstelle von einem. Es war ein kühler Abend, und ein Halbmond stand am klaren Himmel. Barry blieb stehen und lauschte nach Gänsen. Er hörte es gern, wenn sie hoch über der Stadt vorbeiflogen mit ihrem fernen, energischen Gehupe. Aber an diesem Abend hörte er nur die Musicbox aus Bud's Tavern. Barry mochte keine Country-Musik. Er bevorzugte eine Band namens »Phish«. Aber im allgemeinen sah er nicht viel Sinn in Musik.

In der Sandwichbar orderte er ein Sandwich mit Gemüse und Käse und eine große Coke. Er dachte daran, sich zum Essen an einen Tisch zu setzen, aber in der Bar waren fünf halbwüchsige Jungen, die ihn dauernd anschauten und dabei grinsten. Barry wußte, daß er mehr als sonst blinzelte, weil er eben von draußen hereingekommen war. Und als er an der Theke stand und den Jungen seinen Rücken zukehrte, hörte er, wie einer von ihnen sagte: »Little Pink.« Sein Aussehen war ihm zwar verhaßt, aber er nahm es mittlerweile einigermaßen stoisch hin. Er erwog nicht länger, sich die Haare zu färben, Make-up zu benutzen und getönte Kontaktlinsen zu tragen – Phantasien, denen er früher nachgehangen hatte. Aber er hatte auch keine Lust, sein Sandwich zu essen, während man ihn anglotzte.

Er ging hinaus auf die Main Street und zu seinem Auto; er wollte hinüber zum College-Campus fahren und sein Sandwich dort essen. Wenn er nach Hause führe, würde seine Mutter ihn fragen, wieso er sein Geld in der Sandwichbar zum Fenster hinauswarf, wenn sie ihm mit dem, was sie im Kühlschrank hatte, ein tadelloses Sandwich hätte machen können.

Als Barry noch einen halben Häuserblock von seinem Auto entfernt war, rief ihn jemand: »Hey, Little Pink, warte.«

Hark Powers und drei andere Männer kamen über die Main Street auf ihn zu. Barry verspürte ein beinahe überwältigendes Verlangen, wegzurennen, aber er tat es nicht.

Hark trat zu ihm auf den Gehweg und stellte sich zwischen Barry und sein Auto, das er vor Weaver's Bakery stehen sehen konnte. Barry erkannte Jeb Hendricks, aber die beiden andern waren ihm fremd.

»Wo willst du hin, Little Pink?« fragte Hark.
»Nach Hause.«
»Und warum die Eile?«
»Ich will bloß nach Hause, das ist alles.«
»Wartet deine Mutter auf dich?« fragte Hark. »Da willst du nicht zu spät kommen.« Hark und Jeb Hendricks trugen Jeansjacken. Die beiden andern hatten dunkle Sweatshirts an.
»Das ist es nicht. Ich will bloß nach Hause.«
»Was hast'n da, Little Pink?«
Barry hatte die Coke in der linken und das Gemüse-Käse-Sandwich, in weißes Papier eingewickelt und so dick wie ein kleiner Football, in der rechten Hand.
»Nur ein Sandwich.«
»Zeig mal.« Hark nahm Barry das Sandwich aus der Hand, packte es aus und warf das Papier auf den Gehweg. Dann biß er hinein. »Hm, Gemüse und Käse. Warm ist es auch noch. Mag ich gern, Gemüse und Käse. Auch mal beißen, Jeb?«
Hark reichte Jeb das Sandwich, und der nahm einen Bissen und gab das Sandwich an Ernie Corelli weiter. Barry sah zu, wie die drei Männer kauten.
»Kein Fleisch?« fragte Ernie.
»Ich esse kein Fleisch«, sagte Barry.
»Fleisch ist schlecht für Little Pink«, sagte Hark. »Davon wird er rosa.«
Barry wollte sein Sandwich zurückverlangen, aber dann überlegte er sich, daß er es nicht mehr wollte. Hark nahm noch einen Bissen.
»Was trinkst du denn da, Little Pink?« fragte Hark mit vollem Mund.
»Coke.«
»Zeig her.«
Barry hielt den Becher vor die Brust und wich einen Schritt zurück. »Nein, das ist meine.«
Hark streckte die Hand aus und stieß unter Barry Becher. Die Hälfte der Coke schwappte über Barrys neues blaues Hemd, der Rest platschte auf den Gehweg.

»Anscheinend hast du deine Coke verschüttet, Little Pink«, sagte Hark.
Barry drehte sich um und ging auf die Sandwichbar zu. Er hatte nicht genug Geld, um sich ein neues Sandwich zu kaufen, aber er wollte drinnen warten, bis Hark und seine Freunde weg wären. Sein nasses Hemd war kalt und klebrig.
»Hey, ich rede mit dir, Little Pink.«
Barry ging weiter. Er hatte zwar Angst vor Hark, aber noch mehr Angst hatte er davor, zu weinen.
Hark packte ihn bei der Schulter, riß ihn herum und schleuderte ihn gegen die Ziegelwand eines Hauses. »Ich habe gesagt, ich rede mit dir.« Harks Gesicht war ungefähr zwei Handbreit von seinem entfernt. Barry war mit dem Kopf gegen die Mauer geschlagen, und es tat weh.
»Laß mich in Ruhe«, sagte er.
Hark schlug ihm leicht ins Gesicht. »Ich bin derjenige, der hier die Befehle gibt«, sagte er freundlich.
Barry sah jemanden vor der Sandwichbar stehen und sie beobachten. Er erkannte Aaron.
Hark ohrfeigte ihn ein wenig fester. »Ich rede mit dir, Little Pink. Willst du uns nicht was von Sharon erzählen?«
»Wie meinst du das?« fragte Barry. Aus dem Augenwinkel konnte er Aaron immer noch sehen; er rührte sich nicht, sah nur zu.
»Du wolltest sie gern anfassen, nicht?«
»Sharon? Wieso soll ich sie anfassen?« Barry hätte Aaron gern gerufen. Er zog sein Taschentuch aus der Tasche und wischte sich vorn über das Hemd. Die Coke war kalt an seiner Haut.
»Ich hab gehört, du wärst der gewesen, der Sharons Kleider zurückgebracht hat«, sagte Hark.
Barry starrte ihn an. Harks Atem roch nach Bier.
»Ihre Kleider?«
»Hat dieser Araber sie dir gegeben?«
Barry drehte sich rasch nach links und rannte auf die Sandwichbar zu. Er hatte noch keine zwei Schritte gemacht, als Hark ihm in den Rücken sprang und ihn zu Boden stieß. Barry rutschte ein Stück weit auf dem

Bauch, und seine Brille flog weg. Hark drehte ihn um und holte aus, um ihm ins Gesicht zu schlagen.

»Ich habe nicht gesagt, daß du das darfst!« schrie Hark.

Barry bedeckte sein Gesicht mit beiden Armen. Er lag auf dem Rükken, und Hark hockte rittlings auf ihm, prügelte auf seine Arme ein und traf Ellenbogen und Handgelenke.

Dann schien Hark einen Satz rückwärts zu machen. Barry öffnete die Augen. Mit verschwommenem Blick sah er, daß Aaron Hark bei den langen Haaren gepackt hatte und ihn zurückzerrte. Hark versuchte sich aufzurappeln und Aaron einen Schwinger zu verpassen, und Aaron trat nach ihm. Dann schlug Jeb Hendricks nach Aaron, dann Ernie Corelli, dann Jimmy Feldman. Aaron versuchte sich zu wehren; er drückte sich mit dem Rücken an ein geparktes Auto und schlug um sich, aber er war kein Fighter. Barry krümmte sich auf dem Gehweg zu einer Kugel zusammen und bedeckte seinen Kopf mit beiden Händen. Er konnte die Geräusche nicht ertragen, als die Männer auf Aaron einschlugen, die dumpfen Schläge ihrer Fäuste, und er wünschte, er wäre kein Feigling gewesen.

Aaron ging zu Boden, und Hark und zwei andere wollten ihn treten, aber sie gerieten sich gegenseitig in die Quere. Barry hörte, wie eilige Schritte herankamen. Er spähte zwischen den Fingern hindurch und sah Ryan Tavich.

»Polizei!« schrie Ryan; er packte Hark beim Kragen und riß ihn weg. Die anderen Männer ließen von Aaron ab, und dieser blieb liegen.

»Sie haben mich überfallen«, sagte Barry. Er wollte aufstehen, aber seine Knie waren weich. »Sie haben mein Sandwich aufgegessen. Aaron wollte sie davon abhalten.« Er wischte sich über die Augen und suchte nach seiner Brille.

Ryan hielt Hark Powers am Arm fest. Ungefähr ein Dutzend Leute waren inzwischen herübergelaufen, darunter auch die Teenager aus der Sandwichbar.

»Fragen Sie die doch mal nach Sharon Malloy«, sagte Hark.

Aaron stand auf. Sein Gesicht war blutig. Er bückte sich und fischte Barrys Brille aus der Gosse. Ein Polizeiwagen mit blitzenden Blinklichtern bog in die Main Street ein. Aaron gab Barry seine Brille.

»Du solltest vorsichtig sein, Hark«, sagte er dann. »Du hast bloß noch ein Ohr übrig.«
Ryan Tavich hielt Hark immer noch fest. Aaron machte einen Schritt nach vorn und gab Hark einen kräftigen Tritt zwischen die Beine. Hark schnappte nach Luft und krümmte sich vornüber, so daß Ryan ihn losließ. Aaron hatte Turnschuhe an, aber es muß trotzdem sehr weh getan haben. Sofort packte einer der Polizisten Aaron von hinten.

25

Ich war vier, als mein Vater nach Korea geschickt wurde, und ich habe ihn nie wiedergesehen. Meine Mutter zog zurück nach Aurelius in das Haus ihrer Mutter. Wir hatten in Utica gewohnt, aber daran kann ich mich kaum erinnern: große Leute, hektische Straßen. Mein Großvater war da schon tot, aber meine Großmutter war noch ganz gesund und aktiv in ihrem Bridge-Club und in der Episkopalkirche von St. Luke. Die Familie meines Vaters war aus Utica. Ich kannte sie kaum. Manchmal kam ein Onkel auf dem Weg nach Binghamton vorbei und besuchte uns auf ein halbes Stündchen. Ich hätte unglücklich sein sollen, als mein Vater weg war, aber ich war froh. Das heißt, insgeheim war ich froh, denn meine Mutter vermißte ihn, und als die Nachricht kam, daß er gefallen war, weinte sie tagelang. Natürlich hatte ich ein schrecklich schlechtes Gewissen, weil ich mich freute, und als er getötet wurde, kam mir sogar der – natürlich irrationale – Gedanke, daß ich daran schuld sei, weil ich froh gewesen war, ihn aus dem Haus zu haben.

Es war Sommer, als wir zurückkamen, und Aurelius war grün. Überall blühten Blumen. Ich war jeden Tag von morgens bis abends mit meiner Mutter zusammen. Sie las mir vor, und wir gingen spazieren, und dann erzählte sie mir Geschichten über die Leute, die in den Häusern wohnten, an denen wir vorbeikamen. Meinen Vater habe ich als rauh in Erinnerung; er kitzelte mich gern und warf mich in die Luft, und das machte mir angst. Ich fand es angenehmer, als er weg war. Wenn man vom fünften Rad am Wagen redet, dann war er das bei uns. Als er tot war, dachte ich kaum noch an ihn. Natürlich bekam ich eine Menge Mitgefühl. Die Leute tätschelten mir den Kopf und sagten, es sei sehr traurig, daß ich keinen Vater mehr hätte. Und auch davon bekam ich ein schlechtes Gewissen. Meine Großmutter war eine langsamere, sanftere Version meiner Mutter; auch sie las mir vor und ging mit mir spazieren. Es waren ein paar glückliche Jahre.

Aurelius war ein lebendiger Ort in den fünfziger Jahren, und es gab auch noch eine Zugverbindung nach Utica. Der County-Jahrmarkt in Potterville war ein großes Ereignis, und jedes Jahr veranstaltete Aurelius seinen Feuerwehrtag mit Karussells und Spielbuden. Ich freute mich immer darauf und bildete mir ziemlich viel darauf ein, daß ich Ballons mit Wurfpfeilen platzen lassen konnte, obwohl ich bezweifle, daß ich dafür besonders begabt war. Im Kino gab es jeden Samstag nachmittag ein Doppelprogramm. Einmal kam auch ein Hypnotiseur und führte seine Tricks vor. Er hypnotisierte das halbe Publikum, und ich hatte das Gefühl, daß etwas Schreckliches mit mir nicht stimmte, weil ich nicht hypnotisiert werden konnte. Die Glücklichen, bei denen es mühelos klappte, konnten auf der Bühne sitzen und wie Enten quaken oder über ein eingebildetes krankes Hündchen weinen und ohne Springseil seilspringen, was sehr lustig war.

Ich will damit sagen: Es war, als sei die Stadt eine Erweiterung des Hauses meiner Mutter. Es gab keinen Ort, an den ich nicht gehen konnte, auch wenn meine Mutter mir einschärfte, ich sollte mich von den Bahngleisen fernhalten und nicht an den Fluß gehen. Aber am Wochenende kletterte ich nach Herzenslust auf die leeren Güterwaggons, und wenig machte mir soviel Spaß, wie wenn ich Steine in den Fluß oder von der Brücke werfen konnte. Ich hatte ein halbes Dutzend Freunde, aber es waren keine besonders engen Freundschaften, weil ich nicht gut im Sport war. Aber daß ich überall hinspazieren und sicher sein konnte, daß die Leute mir wohlgesonnen waren, das hielt ich für selbstverständlich. Mag sein, daß ich eine bestimmte Straße mied, weil dort ein bissiger Hund wohnte oder ein gemeiner Kerl wie Hark Powers, aber Angst gab es nicht. Korea und der Kommunismus waren weit weg. Und es gab genug Veteranen und genug Geschichten über den Zweiten Weltkrieg, daß man glauben konnte, mit dem Krieg sei es ein für allemal vorbei.

Ich weiß nicht, ob ich meine Kindheit ideal nennen würde. Ich fühlte mich oft einsam und anders als andere Kinder – teils weil ich keinen Vater hatte, teils weil ich nicht gut im Sport war, teils weil ich eine

Brille trug. Manchmal nannte man mich Hasenfuß, und das gefiel mir nicht. Mein Cousin Chuck war ein paar Jahre jünger als ich; er war der älteste von vier Geschwistern. Ich sah sie oft, aber sie waren so klein, daß man sie nicht ernst nehmen konnte. Chucks Mutter war die Schwester meiner Mutter, und auch sie war eine Frau, die nett zu mir war. Ja, ihr Kühlschrank und ihre Speisekammer standen mir immer offen. Wenn ich mit dem Fahrrad unterwegs war und Hunger bekam, konnte ich ebensogut zu meiner Tante, statt zu meiner Mutter nach Hause fahren, um etwas zu essen.

Meine Tante ist jetzt eine alte Dame. Meine Mutter und meine Großmutter sind tot. Chuck ist der einzige von seinen Geschwistern, der in Aurelius geblieben ist; wir unterhalten uns manchmal, aber wir stehen uns nicht besonders nahe. Zu Weihnachten schenke ich ihm immer eine Flasche Whiskey, und seine Frau schenkt mir einen Schlips. Aber in der Zeit, von der ich schreibe, schien Aurelius nur noch das blanke Gerippe der Stadt zu sein, die sie vor vierzig Jahren war. Man empfand die Stadt nicht mehr als eine Erweiterung des eigenen Heims.

Als ich vor zwanzig Jahren aus New York City nach Aurelius zurückkam, erwartete ich das Aurelius der frühen fünfziger Jahre vorzufinden. Aber da war aus dem Bahnhof schon eine Pizzeria geworden, und in der Main Street gab es leerstehende Läden. Dennoch, verglichen mit New York erschien es ideal. Keiner schloß seine Haustür oder sein Auto ab. Vor ein paar Jahren, als Jack Shelbourne in seinen BMW eine Alarmanlage einbauen ließ, machten die Schüler der High-School sich einen Riesenspaß daraus, das Ding auszulösen, um es heulen zu hören. Bis dahin hatte noch kein Mensch einen Autoalarm gehört.

Es war kein Problem, mehrere Generationen von Familien aus Aurelius zu kennen. Ich kannte Hark Powers' Vater. Er war Farmer und ungefähr zehn Jahre älter als ich. Und seinen Großvater kannte ich auch. Harks Vater zwang Hark, in der Little League Baseball zu spielen, und die Leute sagten, wenn Hark schlecht spielte oder verlor, verprügelte sein Vater ihn. Vor langer Zeit hatte Harks Vater für ein paar Jahre ein 1949er Ford Coupé, an dem er Kühleremblem und Kofferraumverriegelung abmontiert hatte, bevor er den ganzen Wagen abgeschliffen und in einem glänzenden Kastanienbraun mit hellen Partikeln darin lackiert hatte. Der Auspuff hatte einen dunklen, musikalischen Klang, und samstags abends fuhr Harks Vater mit seinen Freunden damit immer wieder um die vier Blocks der Innenstadt. Vielleicht fuhr er auch mal mit einem Freund und zwei Mädchen nach Norwich ins Autokino. Mit neunzehn war er dann verheiratet, und binnen eines Jahres wurde Harks ältester Bruder geboren.

Harks Mutter kam aus Morrisville. Ich bin sicher, daß ich erst Notiz von ihr nahm, als sie schon ein paar Monate verheiratet waren. Da fiel sie dann auf, weil sie so schwanger war. Sie hatte sehr weich aussehendes, rötlich-blondes Haar, fast wie ein Baby, und große blaue Augen. Sie bekam in sieben Jahren vier Söhne und zehn Jahre später einen fünften: Hark. Ich erinnere mich, wie Hark einmal, als wir noch einen Woolworth's in der Stadt hatten, im Kaufhaus verlorenging. Als ich ihn sah – und das war möglicherweise überhaupt das erste Mal, daß ich ihn gesehen habe –, stand er mitten zwischen Regalen voller Damenunterwäsche und heulte sich die Augen aus. Er war ungefähr drei und sehr dick. Der Fußboden bei Woolworth's war aus Holzdielen, und kaum fing er an zu brüllen, kamen von überallher die Leute zu ihm gelaufen, und ihre Schuhe machten einen hohl polternden Lärm. Ich weiß nicht, was der Anlaß war, aber Hark trug einen blauen Matrosenanzug mit einer kurzen blauen Hose. Beim Heulen preßte er die Augen zu, und es sah aus, als ob ihm die Tränen waagerecht zwischen den Lidern hervorspritzten. Seine Mutter kam herbeigeeilt, nahm ihn auf den Arm, schüttelte ihn ein bißchen und gab ihm dann einen Kuß. Dann schaute sie sich beinahe trotzig um, ob jemand dafür verantwortlich war, daß Hark weinte. Ich stand drei, vier Schritte weit weg, und sie funkelte mich ziemlich scharf an, als hätte ich ihren kleinen Jungen gekniffen oder mit einer Grimasse erschreckt. Harks Mutter starb, als er noch auf der High-School war. Ich weiß nicht, ob es Krebs war oder etwas anderes. Jedenfalls hat sie ihn nie mit nur einem Ohr gesehen.

Jetzt sah ich meine Nachbarn bei meinem täglichen Frühsport, und ich sah nicht nur ihre Unsicherheit, sondern diese Unsicherheit wurde durch meine eigene noch vergrößert, als sei meine Unsicherheit eine Glasscheibe, durch die ich auf die Welt schaute. Und es fiel mir

schwer, nicht daran zu denken, wie sie in glücklicheren, ruhigeren Zeiten gewesen waren.
Harry Martini, der Schulleiter von der Knox Consolidated, war ein dicklicher Junge mit schwarzen Ponyfransen gewesen, der jedem, dem er begegnete, sofort erzählte, er könne »Antidisestablishmentarianismus« buchstabieren. Und mit dieser großartigen Fähigkeit nicht zufrieden, prahlte er schon bald, er könne es rückwärts buchstabieren. Er lief ganz allein in Banken und führte den Kassierern seine Buchstabierkünste vor. Er hielt sogar Leute auf der Straße an, um mit seiner Nummer anzugeben. Escadrille war noch ein Wort, mit dem er gut war, auch wenn niemand, Harry eingeschlossen, wußte, was es bedeutete. Ich will nicht behaupten, daß die Liebe zum richtigen Buchstabieren dazu geführt hat, daß er Schulleiter wurde, aber manchmal frage ich mich das doch.
Phil Schmidt, unser Polizeichef, war ein Footballstar an der High-School. Es hieß, er hätte beinahe ein Football-Stipendium für Syracuse bekommen, aber dann sei es an einen farbigen Jungen vergeben worden. Und kurz danach wurde Jim Brown als Spieler für Syracuse berühmt, und ich dachte immer – sicher unzutreffend –, daß Jim Brown Phil Schmidts Stipendium bekommen habe.
Unser Bürgermeister, Bernie Kowalski, feierte immer Partys in der Hütte seiner Eltern am Round Lake. Ich bin mit siebzehn mal dabeigewesen. Es gab Bier, und Paare knutschten oder tanzten zu »Teen Angel«. Alkohol durfte man damals erst mit achtzehn trinken, was vernünftig erschien. Bernie ließ niemanden an seinen Plattenspieler. Er rauchte Pall Mall aus einer roten Packung und hatte eine Freundin namen Suzie aus Norwich, von der es hieß, sie sei sehr erfahren. Ich stand am Bootssteg und ließ Steine über das Wasser hüpfen. Ich traute mich nicht, Bier zu trinken, weil ich fürchtete, daß meine Mutter es an meinem Atem riechen könnte. Ich traute mich nicht, mit einem Mädchen zu tanzen, weil ich fürchtete, ihr Parfüm könnte an meinen Sachen hängenbleiben. Ich war mit ein paar anderen Jungen gekommen und konnte nicht allein weg. Es war im Juni, kurz vor dem Ende der Schule. Gegen Mitternacht wurden ein paar Kids in den See geworfen, hauptsächlich Mädchen. Ein Footballspieler namens Hercel Morgan schmiß

mich auch hinein, weil ihm, wie er sagte, »mein Gesichtsausdruck« nicht gefiel.

Jahre später, als ich aus New York zurückkam, war Cookie Evans Cheerleader an der High-School. Sie war so winzig, daß man sie gut hochwerfen konnte, und sie war ein Mädchen, das man niemals ohne ein lächelndes Gesicht sah. Sie trug einen dicken blauen Pullover mit einem großen goldenen A. Ihre Stimme war sehr hoch, beinahe quiekend, und schon damals war sie als schwatzhaft bekannt. Im letzten Schuljahr wurde sie endlich ein bißchen größer und ihre Stimme ein bißchen dunkler, und ihre Mutter meinte, das sei schade, denn sonst hätte sie einen Job im Zirkus bekommen können.

Ich sehe heute Megan Kelly, eine massige Frau, die sich mit knapper Not durchschlagen kann, indem sie als Putzfrau arbeitet und gelegentlich zum Beispiel auf Sadie Moore aufpaßt. In jüngeren Jahren war Megan auf eine grobknochige, muskulöse Art durchaus schön. Sie hatte vier Töchter, und sie waren alle Pfadfinderinnen. Wenn die Pfadfinderinnen im Frühjahr Kekse verkauften, kaufte meine Mutter nur bei Mrs. Kellys Töchtern. Später bildeten diese Mädchen eine Gesangsgruppe. Sie nannten sich die »Kelly-ettes« und ließen Tambourstäbe wirbeln, während sie »How Much Is That Dog in the Window« sangen. Die Leute schrieben Briefe, um sie im Fernsehen in der Ted Mack's Amateur Hour auftreten zu sehen, aber dabei kam nie etwas heraus.

Manchmal denke ich an Janice McNeal oder an Franklin oder an Ryan Tavich, wie sie als Kinder waren. Sie haben natürlich alle nicht hier gewohnt. Sie werden die Nachrichten über Vietnam und die Beatles gehört haben. Sie hatten Fahrräder. Es gab Filmstars und Sporthelden, die sie mit Leidenschaft beobachteten. Sie haben sich Plakate an die Zimmerwand gehängt, und sie hatten einen Hund oder eine Katze, der sie ihre Geheimnisse anvertrauten.

Allen und Donald Malloy sind außerhalb von Rochester aufgewachsen, in Spencerport, glaube ich. Paul Leimbach hat erzählt, daß sie Segelboote auf dem Lake Ontario hatten. Sie segeln heute noch gern, und Dr. Malloy hat Sharon das Segeln beigebracht. Vor ungefähr einem Jahr hat Dr. Malloy eine Party zu seinem fünfzigsten Geburtstag veranstaltet. Auf der Einladung war ein Foto, das ihn als Kind zeigte; er muß da etwa acht Jahre alt gewesen sein. Er trug Shorts und eine Jacke, ein weißes Hemd und eine Schleife. Sein Gesicht war rund wie ein Penny, und seine kurzen blonden Haare standen senkrecht nach oben. Er blickte sehr ernst und stand auf der Schwelle eines Hauses mit weißer Holzverkleidung. Die linke Hand war ausgestreckt, und an der Handfläche hing ein Jo-Jo. Auf der untersten Stufe, zu seinen Füßen, saß Donald, drei Jahre alt und rund wie ein Fäßchen. Er starrte zu dem Jo-Jo an der Hand seines Bruders hinauf, als wäre es ein religiöser Gegenstand, und sein Mund war halb offen.

Paul Leimbach war in der Schule zwei Klassen unter mir. Er war ein großer, sehr ernsthafter Junge und galt als Mathegenie. Er hatte stapelweise Baseballkarten und fragte gern andere Kinder, auch ältere, wie viele Doubles Ted Williams 1956 geschlagen oder wie viele Bases Jackie Robinson 1955 geholt hatte. Er wußte das alles auswendig, ohne auf seine Karten zu gucken. Daß es niemanden interessierte, machte ihm nichts aus. Er hatte eine kleine blaue Mappe, in der er seine Baseballkarten mit sich herumtrug. Sie waren sein Fachgebiet, das ihn von anderen Kindern unterschied. Er hatte dunkle Augen, dunkle Haare und dichte dunkle Augenbrauen, und er stand gern reglos wie ein Totempfahl da, die Mappe mit den Baseballkarten ans Bein geschmiegt. Man konnte sich vorstellen, wie endlose Zahlen durch sein Gehirn strömten. Wie stellte er sich damals seine Zukunft vor? Heute ist er Steuerberater in einer Kleinstadt. Und seine Nichte ist verschwunden.

Ich spaziere durch Aurelius und sehe diese Leute mit ihrem komplizierten Leben, manche glücklich, manche unglücklich. Natürlich kenne ich die jungen Leute praktisch seit ihrer Geburt.

Aaron war als Kind ganz anders als das, was er dann wurde: Er war offen, freundlich und gutmütig. Ich habe schon erzählt, daß ich ihn gesehen habe, wie er mit dem Fahrrad Zeitungen austrug und wie sein Hund hinter ihm herlief. Die Tatsache, daß sein Vater mein Kollege in der Schule war, machte ihn für mich auffälliger, und lange bevor ich von den Männergeschichten seiner Mutter wußte, sah ich Aaron und seinen Hund überall in der Stadt. Der Hund apportierte leidenschaftlich gern Stöckchen; er brachte sie sogar zu Fremden und stupste einem gegen das Schienbein, bis man Notiz von ihm nahm. Am Ende wurde er draußen auf dem State Highway von einem Laster überfahren. Aaron trug Zeitungen aus, bis er vierzehn war. Sein Vater, Patrick, prahlte damit, daß der Junge sich seine Kleider selbst kaufte, und ich fand es ziemlich knauserig von Patrick, denn sein Gehalt war nicht schlecht. Aber das sagte ich natürlich nicht. Nach der Junior High-School wurde Aaron in etwa so, wie er heute ist: still, ein bißchen geheimnisvoll, ein Mann, dessen Handlungen oft keinen rationalen Grund erkennen lassen.

Barry Sanders war ein rosiges, pummeliges Kind mit weißen Haaren und einer dicken Brille. Ich habe ihn nie rennen oder spielen sehen. Ich sagte schon, sein Vater verschwand, als er zwei war, und seine Mutter war ziemlich herrisch. Im Sommer mußte er immer einen Hut tragen, einen roten Cowboyhut aus Stroh. Die andern Kinder klauten ihm den Hut, und Barry flehte sie an, ihn zurückzugeben. Oft saß der Hut schließlich auf dem Kopf des bronzenen Bürgerkriegssoldaten mit der Muskete, der vor der City Hall steht. Wenn ich dort vorbeifuhr und den roten Strohhut auf dem Kopf des Soldaten sah, stellte ich mir immer vor, daß Barry irgendwo weinte. Wir hatten damals einen Polizisten namens Potter Malone; inzwischen ist er pensioniert und wohnt in Florida. Er war ein liebenswürdiger Bursche, der es sich zur Aufgabe gemacht hatte, Barry seinen Cowboyhut zurückzubringen. Tatsächlich hatte man manchmal das Gefühl, er habe sonst überhaupt nichts zu tun; in einer Stadtratssitzung bemerkte einmal jemand, daß die Stadt extra einen Polizisten beschäftigte, der Little Pink seinen Hut wiederbringen müßte.

Wenn Sadie Moore mich besucht und auf der Couch sitzt und ihre Schularbeiten macht oder Anne of Green Gables liest, dann sehe ich nicht nur ihr gegenwärtiges Gesicht, sondern auch ihre vergangenen Gesichter bis hinunter zu dem achtjährigen Kind mit dem schokoladenverschmierten Mund. Manchmal sitzt sie am Küchentisch und starrt die kleine, haarlose Ratte in ihrem Glas an. Dann stützt sie die Ellenbogen auf den Tisch, und ihr Gesicht ist nur eine Handbreit von dem Gesicht der Ratte entfernt. »Einmal«, sagte sie dann zum Bei-

spiel, »ging Garzulahm gerade über die Straße, als ein Lastwagen daherkam – und wissen Sie, was passiert ist?«
»Er wurde überfahren?« fragte ich.
»Nein. Ein Polizist hat ihn gerettet. Vielleicht war es Ryan.« Oder sie schaut sich die Klapperschlange im Glas an und sagt: »Warum sagen die Leute, Schlangen sind böse? Sie sehen nur traurig aus.«
Und Harks Kumpel, Jeb Hendricks, Ernie Corelli, Jimmy Feldman – ich erinnere mich an sie alle. Jeb und Ernie hatten in der achten Klasse bei mir Naturkundeunterricht: ziemlich dumme Schüler, die nicht aufpassen konnten. Aber ich erinnere mich an sie auch, als sie noch jünger waren, im Schwimmbad in Lincoln Park, wo sie Arschbomben vom Sprungturm hinlegten, oder in irgendeiner Seitenstraße, wo sie Fahrradkunststücke auf dem Hinterrad vollführten. Das übliche Treiben in der Zeit des Heranwachsens, dieses langen Prozesses, der in der Unschuld beginnt – und wo endet?
Wenn Hark Powers im Spiegel eine Narbe sieht, wo sein linkes Ohr war, was denkt er dann? Und wenn Barry sein Spiegelbild sieht und mit seinen schwachen Augen blinzelt, was sieht er dann? Wenn Aaron sich morgens rasiert, kann er sein Gesicht sehen, ohne sich dabei an das seiner Mutter zu erinnern? Und der Mensch, der Sharon Malloy entführt hat, was sieht er, wenn er sein Gesicht betrachtet? Spürt er einen Eissplitter im Herzen?
Vor fünf Jahren gab es in Aurelius eine Weihnachtsfeier, bei der unter anderm ein Engelschor um die Krippe in Bethlehem stand. Die Engel waren Grundschulmädchen, und sie sangen »Stille Nacht«. Sadie war einer von den Engeln, und auch Sharon Malloy, Sarah Patton, Meg Shiller, Bonnie McBride, Hillary Debois und zwei oder drei andere. Die Engel trugen raffinierte Gewänder – aus Bettlaken genäht, aber mit Flitterstreifen und Straßketten. Dutzende von Broschen und funkelnden Nadeln waren am Stoff befestigt. Die Gewänder blitzten und glänzten bei jeder Bewegung. Die Mädchen hatten mit Flitter bedeckte Pappdeckelflügel auf dem Rücken und goldene Heiligenscheine im Haar, die im Licht schimmerten. Als ihre hohen Stimmen durch die Turnhalle der High-School hallten, vibrierten meine Zähne. Es ist mir unmöglich, an Sharon Malloy zu denken, ohne sie zugleich als Engel

vor mir zu sehen, wie sie »Stille Nacht« singt. Hunderten von Leuten in meiner Stadt muß es genauso gehen.

Das Entsetzen, das Sharons Verschwinden hervorrief, galt nicht einfach nur der Möglichkeit ihres Todes, obwohl die schon schlimm genug war; aber es prägte außerdem all diesen Kindern das Gesicht des Todes auf. Sie wurden zu potentiellen Präparaten, wie ich sie in meinen Formaldehydgläsern habe. Würde Bonnie McBride ihr High-School-Examen erleben? Würde Hillary Debois erwachsen werden? Würde Sadie ihr zwanzigstes Lebensjahr erreichen? Das war der Schatten, der über unsere Stadt hinwegkroch: Wer würde sonst noch verschwinden? Und das Mißtrauen und die Angst, die dieser Schatten erweckte – welche Gewalt mochten sie entstehen lassen?

26

Ich weiß nicht, wie es in anderen Städten ist, aber in Aurelius ist Halloween immer mehr zu einem wichtigen Ereignis geworden. Als ich klein war, ging es nur darum, daß man sich eine Maske aufsetzte oder ein selbstgemachtes Kostüm anzog und von Haus zu Haus ging, um für Süßigkeiten zu singen. Mittlerweile sind die Kostüme ziemlich kostspielig geworden, und womöglich werden sie sogar für diese Nacht aus dem Kostümverleih bezogen. Die Leute verzieren ihre Häuser mit raffinierten Halloween-Dekorationen, mit blitzenden Lichtern und heulenden Lautsprechern. Da gibt es Kürbisköpfe und nachgemachte Spinnweben, Grabsteine und Skelette, und man hört gruselige Musik und sieht flackernde elektrische Kerzen. Puppen in alten Kleidern hängen an den Ästen oder liegen in den Vorgärten, manchmal mit einem Messer in der Brust. Es erinnert mich an ein religiöses Fest, dem die Gottheit fehlt.

Die Kinder erwarten ebenfalls mehr: große Schokoladetafeln, Kartons mit gemischen Süßigkeiten, sogar Geld. Als ich an einem der letzten Halloweens jedem Kind ein paar süße Kleinigkeiten gab – Dauerlutscher, Plombenzieher, all das, was ich für klassische Lieblingsleckereien hielt –, warf ein halbes Dutzend Kinder einen Blick auf mein karges Angebot und meinte: »Ist das alles?« Ein Junge verweigerte überhaupt die Annahme.

Wenn Halloween etwas Religiöses an sich hat, so ist es schwer zu sagen, wie die betreffende Religion aussehen könnte. Nicht besonders nett, nehme ich an. Vor Jahren kaufte man sich mit etwas Naschwerk von den Besuchen der Dämonen los. Heutzutage scheinen die Hausbesitzer mit den Gespenstern unter einer Decke zu stecken. Und schlimmer noch: Mit ihren Grabsteinen, ausgestopften Leichen und den Soundeffekten von knarrenden Türen, Schreckensschreien und Wolfsgeheul versuchen sie die Dämonen, die zum Bonbonsammeln kommen, zu erschrecken. Halloween hat eine irrwitzige Hektik bekommen, als gehe es darum, den Fürsten der Finsternis persönlich zu umschmeicheln und zu umwerben.

Als ich jung war, gab es an Halloween marodierende Teenager-Banden – so sahen sie sich zumindest selbst –, die Fensterscheiben mit Seifenschaum zuschmierten und Mülltonnen umwarfen. Heutzutage ist dieses Verhalten bösartiger. Im vorigen Jahr wurde Helen Burgers Auto in ihrem Vorgarten aufs Dach gelegt. In der Alfred Street ging eine Garage in Flammen auf, bei mehreren parkenden Autos wurden Knallkörper in den Auspuff geschoben, und Mrs. Parsons Hund, ein Collie namens Ollie, wurde kahlrasiert. Grober Unfug, sagte die Polizei, aber man hatte auch das Gefühl, daß dieses Verhalten dazu gedacht war, eine dunkle Macht heraufzubeschwören, ja, diese Macht zu verführen. Und es waren nicht bloß Teenager, die sich schlecht benahmen. Hark Powers und seine drei Kumpane zum Beispiel waren ja erwachsen, und auch sie brannten darauf, Ärger zu machen.

Alle vier und Aaron hatten für den Zwischenfall am Samstag abend ein Verfahren wegen Störung der öffentlichen Ordnung bekommen. Aaron war eher Opfer als Angreifer gewesen, aber Ryan hatte nicht gefallen, wie er Hark getreten hatte, während Ryan seinen Arm festgehalten hatte. Also bekam auch Aaron ein Verfahren. Jeder der fünf mußte dreihundert Dollar Strafe zahlen. Barrys Mutter bekam einen Anruf von der Polizeiwache und kam ihren Sohn abholen. An diesem Abend aß Barry also doch noch zu Hause, während seine Mutter ihm gegenübersaß und ihn fragte, wie er nur es geschafft habe, derart in Schwierigkeiten zu kommen.

Weil Aaron den letzten Treffer gelandet hatte, war die Sache weiterhin offen. Hark war schrecklich wütend, weil er vor seinen Freunden ein schlechtes Bild abgegeben hatte. Er hatte einen schmerzhaften Tritt zwischen die Beine bekommen und nicht darauf reagieren können. In Bud's Tavern redete er darüber, und bei Jack Morris Ford redete er auch darüber. Und jedesmal wuchs sein Gefühl, ungerecht behandelt worden zu sein. In seinen Augen hatte Aaron etwas viel Schlimmeres als ein Bußgeld verdient. Jeb und Ernie bestärkten ihn in dem Empfinden, mißhandelt worden zu sein. Sie fragten ihn, was er dagegen zu unternehmen gedenke und wie er sich rächen wolle. Hark war verpflichtet, etwas zu tun, nicht bloß weil er einen unfairen Tritt bekommen hatte, sondern auch um die Kontrolle über seine Freunde zu behalten.

»Wartet bis Halloween«, erklärte er.

Andere Leute, darunter Sheila Murphy, hörten, wie er es sagte. Später vor Gericht sagten sie entsprechend aus.

Sharons Verschwinden verlieh diesem Halloween einen weiteren Schrecken. Nur wenige Kinder zogen allein los. Entweder gingen sie in Gruppen, oder ihre Eltern fuhren sie. Etliche Eltern veranstalteten Partys zu Hause, so daß die Kinder überhaupt nicht auf Tour gingen. Es war auch keine angenehme Nacht; es war kalt, und ein leichter Regen verwandelte sich in den frühen Morgenstunden in dichtes Schneetreiben.

Sadie verkleidete sich als Vampir; sie trug ein schwarzes Gewand und eine schwarze Perücke. Ihr Gesicht war weiß geschminkt, der Mund grellrot. Sie marschierte mit ihren Freundinnen Meg Shiller und Hillary Debois los. Meg ging als Verkehrsunfallopfer; sie war in blutige Verbände eingewickelt und hatte einen Gipsverband am linken Bein. Hillary war ein Zombie; sie hatte eine Zombie-Perücke und den Mund voll übergroßer Zähne. Und sie trug eine Keule mit einem Nagel darin bei sich. So besuchten sie mich. Ich hatte den Eindruck, daß es sie nervös machte, draußen herumzulaufen, und deshalb bot ich an, sie zu begleiten. Das war ein Fehler, denn mein Angebot ärgerte sie so sehr, daß sie ihre Angst völlig vergaßen. Es war ein seltsamer Anblick, diese drei Gruselgestalten, wie sie in meinem Wohnzimmer standen und auf ihren Süßigkeiten kauten, während hinter Blut und Schminke die hübschen Dreizehnjährigen hervorschimmerten. Ich selbst verbrachte den Abend damit, daß ich an der Haustür saß und Milky Ways und Snickers verteilte. Ich hatte Hefte zu korrigieren, aber ich glaube nicht, daß ich zwischen sechs und neun Uhr fünf Minuten lang ungestört blieb. Die Kinder, die kamen, waren naß und zerzaust. Sie sahen eher wie Flüchtlinge als wie Dämonen aus. Oft wartete vorn auf dem Gehweg eine Mutter oder ein Vater auf sie. Manche Erwachsene in den Häusern verkleideten sich ebenfalls und begegneten ihren Besuchern mit größeren und noch furchterregenderen Versionen der Kinderkostüme. Ich trug wie immer einen blauen Blazer und eine Fliege; das ist zwar vielleicht auch ein Kostüm, aber es ist das einzige, das die Leute bei mir erwarten.

Hark und seine Freunde hatten sich nur rudimentär verkleidet. Hark trug eine schwarze Maske mit einem Schnurrbart und eine »Mets«-Baseballmütze. Jeb Hendricks hatte sich eine Dämonenmaske übergestülpt, Ernie Corelli hatte eine Mickymaus-Maske aus Plastik auf, und Jimmy Feldman trug eine grüne Grashüpfermaske. Sie fuhren mit Jebs rotem Chevy Blazer durch die Gegend und hatten eine Kühlbox Budweiser hinten drin. Je länger sie herumfuhren, desto wüster führten sie sich auf.

Ungefähr von sieben Uhr an kreuzten sie eine Zeitlang hin und her durch die Stadt; dann fuhren sie zum College hinüber, wo ein Halloween-Tanz stattfand. Jeb ließ den Blazer mit aufheulendem Motor auf die Kids zudonnern, die über die Straße gingen. Nachher fuhren sie aufs Land hinaus, um Mailbox-Baseball zu spielen; sie fuhren am Straßenrand entlang und zertrümmerten sechs oder sieben Briefkästen mit ihren Baseballschlägern. Tom Schneider hörte, wie sie seinen zerschmetterten, und verfolgte sie mit seinem Pickup, aber sie konnten entkommen. Gegen acht fuhren sie zu Aarons Apartment. Dort brannte kein Licht. Jeb parkte, sie gingen ins Haus und hämmerten an die Tür. Sie hatten geplant, Aaron zu packen und ihn unbekleidet vor der City Hall hinauszuwerfen. Vielleicht würden sie ihm noch Hände und Füße zusammenbinden. Oder sie würden ihn nackt ans Bürgerkriegsdenkmal fesseln und mit gelber Farbe besprühen. Vielleicht würden sie auch noch einen Hund an ihm festbinden. Die Erörterung dieser Möglichkeiten bereitete ihnen einen Heidenspaß, und so war es eine große Entäuschung, daß Aaron nicht zu Hause war.

Jebs Blazer hatte einen auffallend lauten Auspuff, und viele Leute hörten ihn. Und es waren auch noch andere Gruppen von jungen Männern unterwegs, die nicht viel anders als Hark und seine Freunde auf Unfug aus waren. Jemand band die hintere Stoßstange von Randy Beevis' Ford Bronco an die Ladentür von Weaver's Bakery, und als Randy wegfahren wollte, riß er die Tür aus dem Rahmen, und der Feueralarm

ging los. Und jemand anders, vielleicht derselbe, schüttete Pflanzenöl auf die Stufen vor dem Polizeirevier. Chuck Hawley rutschte aus und prellte sich schmerzhaft das Steißbein.
Franklin war mit seinem Fotografen Bob Alton unterwegs. Halloween war in diesem Jahr an einem Dienstag, und Franklin wollte in der Zeitung am Donnerstag eine ganze Seite mit Fotos bringen. Sie begegneten sechs Halbwüchsigen in Anzügen und Krawatten, die einen siebten, Louie Hyde, in einem Sarg durch die Gegend schleppten. Sie gingen mit dem Sarg von Tür zu Tür, und bald war das Ding halb voll mit Süßigkeiten. Louie Hyde war zur Leiche erkoren worden, weil er trotz seiner vierzehn Jahre nicht mal einen Meter fünfzig groß war. Bob Alton machte zwanzig Aufnahmen, und Franklin interviewte Louie, der ihm erzählte, es sei nicht schlecht, der Tote zu sein, denn das hieß, daß man getragen wurde.
Franklin bekam auch ein Foto von einer Puppe, die vor der City Hall am Flaggenmast hochgezogen wurde. Die Elk-Loge sponsorte eine Party für junge Leute mit Gesellschaftsspielen und einem Kostümwettbewerb. Franklin unterhielt sich mit den Gewinnern – den Zwillingen Tim und Tom Miller –, die sich als zwei Würfel verkleidet hatten. Bob Alton machte außerdem Bilder von den Kindern, die er auf der Straße sah: Lucy Schmidt, die in einem Wägelchen saß und sich von einem Bernhardiner ziehen ließ, und die Geschwister Gillespie, die alle sechs als Big Bird aus der Sesamstraße verkleidet waren. Franklin fuhr an Dr. Malloys Haus vorbei, aber im Erdgeschoß brannte kein Licht. Genauso war es bei Leimbachs, und auch Donald Malloys Haus war dunkel. Franklin war den ganzen Abend beschäftigt, aber nach dem, was dann später geschah, kam er zu dem Schluß, daß es ziemlich geschmacklos wäre, irgendeins von diesen Bildern zu drucken.
Ryan Tavich hatte sich mit Cookie Evans verabredet und mit ihr ins Colgate Inn zum Essen gehen wollen, aber diese Verabredung sagte er in letzter Minute ab. Er hätte nicht sagen können, warum. Er hatte ein unruhiges Gefühl. Den Abend verbrachte er in seinem Auto; er fuhr in der Stadt umher oder parkte auf der Main Street.
Cookie war nicht erfreut. »Du hättest mir wenigstens einen Tag vorher

Bescheid sagen können; dann hätte ich mich mit jemand anderem verabreden können.«

Sadie, Meg Shiller und Hillary Debois blieben in den Straßen der Nachbarschaft. Später erzählte Sadie, es hätte ihnen keinen Spaß gemacht; es sei zu kalt und naß gewesen. Sie begegneten vielen anderen Kindern, aber wegen der Kostüme, und weil es dunkel war, erkannten sie nicht viele.

»Wir haben auch Große gesehen«, sagte Sadie, »so groß wie Erwachsene, in Kostümen.«

»Wie viele denn?« fragte ich.

»Vielleicht zwanzig – viel mehr als sonst.«

Mag sein, daß es Eltern waren, die auf ihre Kinder aufpaßten – aber vielleicht auch nicht.

Kurz nach acht fuhren Hark und seine Freunde zu Barrys Haus. Alle vier polterten auf die Vorderveranda hinauf, und Hark drückte auf den Klingelknopf. Mrs. Sanders öffnete die Tür. Sie war eine stämmige Frau, ein gutes Stück größer noch als Barry.

»Bonbons raus, sonst brennt das Haus«, sagte Hark.

Jeb Hendricks lachte.

Mrs. Sanders hatte ihnen eine Schüssel mit Süßigkeiten anbieten wollen, aber dann hielt sie inne. »Ihr scheint mir ein bißchen zu groß zum Bonbonsammeln zu sein«, stellte sie fest.

»Im Herzen sind wir noch Kinder«, sagte Hark. Er trat einen Schritt vor, nahm Mrs. Sanders die Bonbonschüssel ab und gab sie Ernie Corelli. Jeb Hendricks und Jimmy Feldman griffen mit vollen Händen hinein und stopften sich die Süßigkeiten in die Taschen. Dann warf Jeb einen Schokoriegel zu Jimmy, und Jimmy fing ihn auf und warf ihn zu Jeb zurück.

»Gib das her«, befahl Mrs. Sanders erbost.

Hark ignorierte sie. »Kann Barry zum Spielen rauskommen?«

»Wir wollen Little Pink«, rief Ernie.

»Wagt nicht, ihn so zu nennen«, sagte Barrys Mutter. Sie riß Ernie die Schüssel aus der Hand. Als er sie daran hindern wollte, gab sie ihm einen Stoß, daß er rückwärts taumelte.

»Runter von meiner Veranda!« sagte sie.

»Die alte Dame ist sauer«, stellte Jeb fest.
Mrs. Sanders stellte die Schüssel drinnen neben die Tür, und als sie sich wieder nach draußen wandte, hatte sie einen schwarzen Regenschirm in der Hand. »Runter von meiner Veranda.«
»Wir wollen Little Pink«, rief Hark.
Mrs. Sanders stieß Hark den Schirm in den Bauch, daß er grunzte.
»Ich weiß, wer du bist, Hark Powers«, sagte sie. »Mach, daß du von meiner Veranda kommst, bevor ich die Polizei rufe.« Sie holte mit dem Schirm aus, und alle vier wichen zurück.
Hark überlegte, ob er ihr den Schirm abnehmen sollte. Er war wütend, weil sie ihn lächerlich gemacht hatte. Eine Gruppe Kinder – legitime Halloween-Monster – näherte sich dem Haus.
»Hauen wir ab«, sagte Hark, und sie kehrten zu Jebs Blazer zurück. Jeb warf die Bonbons, die er mitgenommen hatte, auf die Erde. Mit kreischenden Reifen fuhr er an.
Mrs. Sanders rief trotzdem die Polizei an. »Sie sollten Hark Powers verhaften«, sagte sie zu Chuck. »Er hat versucht, in mein Haus einzubrechen.«
An diesem Abend waren drei Streifenwagen unterwegs. Chuck funkte sie an und schlug vor, sie sollten sich ein bißchen nach Hark umsehen. Von Jebs rotem Blazer wußte er nichts. Er glaubte, sie seien mit Harks Pickup unterwegs.
Hark befahl Jeb, noch einmal zu Aarons Apartment zu fahren. Dort war immer noch alles dunkel. Hark ging hinein und hämmerte trotzdem für alle Fälle gegen die Tür. Er wartete einen Augenblick und hämmerte noch einmal. Dann ging er wieder hinaus.
»Laßt uns Hundescheiße suchen«, sagte er.
Die vier Männer stöberten auf der Wiese herum, bis sie drei kleine Häufchen Hundekot gefunden hatten; Jimmy stülpte sich eine Plastiktüte über die Hand und hob sie auf. Hark befahl ihm, die Hälfte davon in Aarons Briefkasten zu stecken. Die andere Hälfte schmierte Jimmy an Aarons Tür. Während sie noch kichernd damit beschäftigt waren, schaute Herman Potter, der auf der anderen Seite des Hausflurs wohnte, zu seiner Tür heraus. »Hey, was machen Sie da?«
»Verpiß dich«, sagte Hark. Sie liefen zu Jebs Blazer hinaus.

Als nächstes versuchten sie Leon Stahl zu finden, der eine kleine Wohnung in der Nähe des College hatte.
»Wir bringen ihn in die Stadt und schmeißen ihn nackt vor die City Hall«, sagte Hark. »Die fette Sau.«
Leons Apartmenthaus hatte ein Klingelbrett an der Haustür. Hark drückte auf den Knopf, und nach einer Weile ertönte Leons Stimme aus einem kleinen Lautsprecher. »Wer ist da?«
»Freunde«, sagte Hark.
»Wer?«
»Aaron McNeal.«
»Sie hören sich nicht an wie Aaron«, sagte Leon mißtrauisch.
»Aber klar. Laß mich rein«, sagte Hark.
»Wie lautet dein mittlerer Name?«
»Komm schon, Leon, laß mich rein.«
»Wie lautet dein mittlerer Name?«
»Klingel doch woanders«, sagte Jeb. »Irgend jemand wird schon aufmachen.«
In dem Haus waren fünfzehn Wohnungen, und Hark drückte auf alle Klingelknöpfe. Einen Augenblick später ertönte ein Summer, und Hark drückte die Tür auf.
Sie stürmten zu Leons Wohnung hinauf und hämmerten gegen die Tür. Hark legte die flache Hand auf den Spion. Als Leon nicht aufmachte, nahm er einen Schritt Anlauf und trat kräftig gegen die Tür.
»Ich kann sehen, wer du bist«, sagte Leon drinnen. »Ich rufe jetzt die Polizei.«
»Wer bin ich denn?«
»Hark Powers.«
»Scheiße«, sagte Hark. Sie liefen die Treppe hinunter zu Jebs Blazer. »Wie zum Teufel können die Leute mich erkennen, wenn ich die Maske aufhabe?«
»Wahrscheinlich an deinen Kleidern«, meinte Jeb.
»Oder an deinem Gang«, sagte Jimmy.
Sie hatten keine Lust, ihm zu sagen, daß es das Ohr war.
Sie fuhren zu Harriet Malcomb, aber die war auch nicht zu Hause. Sie fuhren noch einmal zu Aaron, aber dort war es immer noch dunkel.

»Schnappen wir uns die zwei Brüder«, sagte Hark.
Jesses und Shannons Adresse suchten sie sich aus dem Telefonbuch heraus. Es war eine Wohnung in der Whittier Street, nicht weit vom College.
Jesse und Shannon waren am Abend losgezogen, um Bonbons zu sammeln; sie taten das, weil sie kein Geld hatten, aber Süßigkeiten haben wollten. Sie banden sich Halstücher vors Gesicht und verkleideten sich so als Desperados. Nachdem sie ungefähr eine halbe Stunde von Haus zu Haus gezogen waren, gingen sie wieder nach Hause, um fernzusehen. Gegen halb neun rief Barry an und erzählte ihnen, daß Hark Powers bei ihm gewesen sei. Kurz nach neun rief Leon an und berichtete, daß Hark und seine Freunde auch an seiner Haustür gewesen seien. Weder Barry noch Leon mochten die beiden Brüder, aber sie wollten es sich auch nicht mit ihnen verderben. Bei Aaron und bei Harriet riefen sie ebenfalls an, aber die beiden waren nicht zu Hause.
Jesse und Shannon machten das Licht aus, gingen hinaus und warteten. Kurze Zeit später hörten sie, wie Jebs Blazer die Straße herunterkam. Er parkte, und Hark und die andern stiegen aus. Die Brüder wohnten in einem großen Haus, das in Studentenapartments aufgeteilt worden war. Die Haustür war offen. Hark, Ernie und Jimmy gingen hinein, und Jeb wartete bei seinem Auto. Nach ein paar Minuten kam Hark wieder heraus.
»Sie sind auch nicht da.«
»Die haben Schiß«, sagte Jeb.
Alle vier stiegen wieder in den Blazer. Als Jeb den Motor anließ, kamen Jesse und Shannon von zwei Seiten herangelaufen. Sie hatten Sprühdosen mit schwarzer Lackfarbe und sprühten damit die Fenster ein. Jeb schrie und fuhr los. Hark brüllte ihn an, er solle anhalten. Jesse sprühte die Frontscheibe ein. Jeb ließ den Blazer über den Bordstein holpern und trat auf die Bremse. Jesse und Shannon sprühten das Rückfenster schwarz. Jeb, Hark und die andern kraxelten aus dem Auto, aber Shannon und Jesse rannten schon in Richtung Campus davon. Die vier Männer liefen hinterher, aber sie hatten zuviel Bier im Bauch, um schnell zu rennen, und sie kannten das Gelände nicht. Shan-

non und Jesse lockten sie auf das College-Gelände und waren dann verschwunden.

Hark blieb auf dem Campusplatz stehen, und seine Freunde umringten ihn. Nirgends rührte sich etwas, aber sie hörten Musik aus dem Studentenzentrum, wo der Halloween-Tanz stattfand.

»Ich will wieder zu meinem Wagen, bevor sie zurücklaufen und ihn anzünden«, sagte Jeb.

»Verflucht«, sagte Hark. »Verflucht!«

Als sie das Auto erreicht hatten, sahen sie, daß die Frontscheibe zerschmettert war. Auf dem Vordersitz lag ein Mauerstein. Im Licht der Straßenbeleuchtung sahen die Glasscherben oben auf dem Armaturenbrett aus wie Diamanten.

27

Was Hark Powers für Gerechtigkeitssinn hielt, war in Wirklichkeit ein Vergeltungsdenken, in dem er sich selbst als strafende Macht sah. Er betrachtete sich als eine Waffe, die von der Hand der Rechtschaffenheit in Bewegung gesetzt wurde. An Halloween hatte er die Absicht gehabt, diejenigen zu bestrafen, die ihm unrecht getan hatten. Und je mehr diese Absicht vereitelt wurde, desto größer war seine Empörung geworden. Die Tatsache, daß Aaron nicht zu Hause gewesen war, daß Barrys Mutter ihn mit einem Regenschirm traktiert, daß Leon die Tür nicht aufgemacht und daß Jesse und Shannon die Fenster des Blazer mit Lack eingesprüht und die Windschutzscheibe zertrümmert hatten – dies alles, das war ihm klar, war nur geschehen, um ihn zu ärgern. Und um zehn Uhr an diesem Abend war Hark innerlich zu einem dicken Wutknoten verschlungen.

Ernie Corelli und Jimmy Feldman wollten wieder in Bud's Tavern gehen. Jeb wollte nach Hause. Sein Truck, wie er ihn nannte, war kaputt, und er hatte die Nase voll. Hark sah, daß ihm die Zügel seiner Kumpane aus der Hand glitten. Aber er hatte auch das Gefühl, daß etwas Böses sich weithin ausbreitete, und das kam zum Teil von seiner Mitarbeit bei den »Freunden von Sharon Malloy«. Irgend etwas Furchtbares war hier im Gange, und Hark wollte erst nach Hause gehen, wenn er etwas dagegen unternommen hatte.

»Fahren wir zu dem Araber«, schlug er vor.

Also fuhren sie hinüber zur Maple Street. Es war jetzt nach zehn, und die Straßen waren verlassen. Es war kälter geworden, und der Regen schien sich zu einer Art Graupel zu verfestigen. In der zertrümmerten Frontscheibe des Blazer klaffte ein weit offenes Loch; Regen und kalte Luft strömten herein. Jeb und Hark duckten sich zusammen, und Jeb hatte die Heizung voll aufgedreht. Alle vier tranken Bier, und die Eisbox, die hinten stand, war fast leer. Um sich zu wärmen, hatten sie sich außerdem eine Flasche Seagram's Seven Crown besorgt.

Chihanis Haus war dunkel, aber sein Auto stand in der Einfahrt.

»Ich wette, der hat keine Bonbons verteilt«, sagte Jeb.

»Hat wahrscheinlich oben im Dunkeln gehockt«, sagte Ernie.

»Und gewichst«, sagte Jimmy.

»Park vor dem Haus«, sagte Hark.

Jeb parkte und schaltete die Scheinwerfer aus, stellte aber den Motor nicht ab. Der Regen prasselte auf das Armaturenbrett.

»Was hast du vor?« fragte Ernie.

»Wirst du schon sehen«, antwortete Hark. Er hatte sich die Maske auf die Stirn hinaufgeschoben. Jetzt zog er sie wieder herunter. Er starrte Chihanis Haus und den roten Citroën an.

»Meinst du, der ist wach?« fragte Jimmy.

»Ist mir egal, ob er wach ist oder pennt«, sagte Hark. Er langte auf den Rücksitz und packte einen der Schläger, mit denen sie Mailbox-Baseball gespielt hatten. »Laß den Motor laufen«, sagte er und stieg aus.

»Au verdammt«, sagte Ernie. Er griff nach dem zweiten Schläger und kletterte hinten hinaus. Seine Mickymaus-Maske verlieh ihm einen Ausdruck von grenzenloser Fröhlichkeit.

Hark ging durch die Einfahrt auf den Citroën zu. Er hatte eine Menge getrunken und schwankte ein bißchen. Ein paar Ahornbäume standen auf der anderen Seite der Einfahrt, und einer stand in Chihanis Vorgarten. Das Nachbarhaus war ebenfalls dunkel, aber in anderen Häusern brannte noch Licht. Ernie hastete hinter Hark her. Er kicherte vor sich hin und konnte auch nicht mehr geradeaus gehen. Die beiden andern blieben im Blazer sitzen und schauten zu.

Vor dem Citroën wartete Hark, bis Ernie ihn eingeholt hatte. Der Wagen stand mit der Nase zur Straße. Hark stand neben der Fahrertür und hielt den Schläger locker in der Hand. Er trat einen Schritt zurück, packte den Baseballschläger mit beiden Händen und ließ ihn mit Schwung in die Frontscheibe des Citroën sausen. Das Geräusch des zersplitternden Glases wurde durch das Rauschen des Regens gedämpft. Hark schlug noch einmal in die Scheibe und schleuderte die Scherben auf die Vordersitze.

»Au verdammt«, sagte Ernie. Er holte mit seinem Schläger aus und zertrümmerte den rechten Scheinwerfer. Dieses Geräusch war lauter, ein metallisches Scheppern fast. Die Einfassung des Scheinwerferglases sprang ab und rollte wie ein kleiner Silberreif durch das Gras.
Hark ließ seinen Schläger auf das Heckfenster niederfahren. Die Scheibe zerbarst zu einem Stern, und Hark schlug noch einmal zu, daß die Splitter nach innen flogen; dann stocherte er mit dem runden Ende des Schlägers in den Resten am Rand. Auf der Hutablage befanden sich Bücher, die jetzt von Glasscherben übersät waren. Ernie zerschlug den anderen Scheinwerfer, und Hark fing an, auf die Seitenfenster einzuprügeln. Er duckte sich wie ein Baseballspieler, holte wild aus und traf den Seitenspiegel; der Spiegel brach ab und klirrte über die Zufahrt zur Straße hinunter. Ernie schlug den Spiegel an der Beifahrerseite ab.
In den nächsten paar Augenblicken waren die beiden Männer völlig von ihrem Zerstörungswerk in Anspruch genommen, und als Chihani auftauchte, wußten Hark und Ernie nicht, ob er zur Vordertür heraus oder von hinten um das Haus herum gekommen war. Trotz seines Hinkens bewegte er sich flink; er schwang das Bein mit dem übergroßen Schuh nach außen und stieß sich mit seinem Gehstock voran. Er trug seine Baskenmütze und eine dunkle Sportjacke. Als er sich den beiden Männern näherte, hob er den Stock.
»Aufhören!« rief er.
Hark und Ernie erschraken genug, um aufzuhören und sich Chihani zuzuwenden. Beide schwankten ein bißchen.
»Dies ist absolut inakzeptabel!« rief Chihani. Seine Stimme klang hoch, und sein Akzent wirkte schwerer. Er war größer als Hark und Ernie, aber auch dünner. Und er war nüchtern.
Hark wollte irgendeine abschätzige Grobheit von sich geben, aber als er sich umdrehte, holte Chihani mit seinem Gehstock aus und schlug Hark damit ins Gesicht.
»Iiaau!« Hark taumelte zurück und hielt sich die Wange.
Ernie schmetterte seinen Baseballschläger auf die Motorhaube des Autos. Es dröhnte hohl und blechern.
»Sie sind üble Schläger, nichts weiter!« schrie Chihani, und er schwang

noch einmal seinen Stock und schlug Ernie damit über den Rücken. Ernie strauchelte vorwärts. Chihani landete einen Hieb quer über die Plastik-Mickymaus-Maske, daß sie mittendurch brach. Die Zufahrt war von Regen und nassem Laub glitschig; Ernie verlor das Gleichgewicht, rutschte aus und fiel hintenüber. Die Maske rutschte ihm um den Hals herunter. Er saß auf dem nassen Boden und hielt sich die Schulter. Chihanis Stock traf ihn am Kopf, und er schrie auf.

Jimmy Feldman und Jeb Hendricks sahen vom Blazer aus, wie Chihani ihre Freunde attackierte. Seine Schnelligkeit verblüffte sie. Sie begriffen nicht, wie er so behende sein konnte, und sie warteten die ganze Zeit darauf, daß Chihani aufhörte. Aber er hörte nicht auf.

»Wir müssen abhauen«, sagte Jeb.

»Wir können sie nicht hierlassen.« Jimmy hatte Mühe zu sprechen. Langsam schraubte er den Deckel auf die Seagram's-Flasche.

»Hier können jeden Moment die Bullen kommen.«

»Mann, dieser Araber schlägt die beiden zusammen.« Jimmy kletterte vom Rücksitz und lief im Zickzackkurs auf die anderen zu. Ernie saß immer noch auf dem Boden und hielt sich den Kopf. Chihani hatte Hark noch einmal mit dem Stock ins Gesicht geschlagen, und Hark fiel gegen die Seitentür des Wagens.

Jimmy raffte den Baseballschläger an sich, der neben Ernie auf dem Boden lag. Er hatte sich die Grashüpfermaske übers Gesicht gezogen und hatte jetzt Schwierigkeiten, durch die Augenlöcher etwas zu sehen. Während er sich bemühte, Chihani ins Auge zu fassen, stolperte er über Ernies Füße und taumelte auf den Citroën zu. Er streckte die Arme aus, um sich abzustützen, und seine Hände rutschten über das nasse Blech der Haube. Chihani schwang den Stock und schlug Jimmy quer über den Hinterkopf, so daß die Grashüpfermaske davonflog.

»Hey!« schrie Jimmy.

Hark rieb sich mit der einen Hand das Gesicht und hielt mit der anderen den Baseballschläger umklammert. Chihani wollte wieder auf ihn einprügeln, aber Hark blockte den Gehstock mit seinem Schläger ab. Er war benommen und konnte nicht fassen, wie schnell sich dieser Araber bewegte. Schon wieder sauste der Stock auf ihn herunter und traf ihn am Knie, so daß er seitwärts torkelte. Hark dachte daran, wie erniedrigend es war, daß ein Ausländer mit Baskenmütze drei von ihnen verprügeln konnte. Es kam ihm vor wie eine Art Mogelei. Die Ungerechtigkeit der Welt machte ihn fassungslos. Er schlug mit dem Baseballschläger um sich, traf aber nichts. Seine Maske war heruntergerutscht und verdeckte ihm teilweise die Augen, so daß er kaum etwas sehen konnte.

Jimmy stemmte sich von der Haube des Citroën hoch, schwang seinen Schläger und traf Chihanis Arm. Chihani schmetterte ihm den Gehstock über die Schulter, und Jimmy taumelte zurück und stolperte schon wieder über Ernies Beine.

Hark sah, daß Chihani ihm den Rücken zugewandt hatte; er schlug nach ihm und traf ihn an der Schulter. Auf der Stelle fuhr Chihani stockschwingend herum und stieß ihn rückwärts gegen den Wagen. Hark konnte mehrere Schläge abblocken, aber der Stock traf ihn trotzdem im Gesicht.

Jimmy rappelte sich hoch, und sein Baseballschläger traf Chihani noch einmal am Arm. Inzwischen war auch Jeb aus dem Blazer gestiegen und kam über das nasse Laub auf sie zugerannt. Er packte Ernie am Kragen und wollte ihn hochziehen. Seine übergestülpte Dämonenmaske sah nicht aus wie eine Maske. Sie sah echt aus. Aber auch Jeb hatte ein Problem mit seinen Gucklöchern, und während er Ernie hochzog, bekam er einen Stockhieb auf den Hinterkopf. Er taumelte nach vorn, ließ Ernie fallen und kippte über ihn. Jimmy schlug wieder nach Chihani und verfehlte ihn.

Hark riß sich die Maske und die Baseballmütze vom Kopf und warf beides auf den Boden. Er sah, wie Chihani Jimmy Feldmann zurückdrängte, während Jeb und Ernie mühsam versuchten, sich aufzurappeln. Er kam einfach nicht darüber hinweg, wie dieser Araber sie hier zur Schnecke machte. Hark stieß sich vom Wagen ab, umfaßte seinen Schläger fester und lief ein paar Schritte auf Chihani zu; dabei hob er den Schläger. Er holte mit aller Kraft aus und zielte auf Chihanis Schulter. Chihani hörte ihn und wollte sich umdrehen; er hob seinen Gehstock, konnte den Schlag aber nicht mehr abwehren. Der Baseballschläger traf ihn mit voller Wucht in den Nacken. Die Baskenmütze flog ihm vom Kopf wie eine hochgeworfene Münze. Er wankte ein

paar Schritte vorwärts und brach dann zusammen. Sein Stock rutschte über das nasse Laub.
»Verdammter Schweinehund«, sagte Hark. Er versetzte Chihani einen Tritt in die Rippen, aber der Mann gab keinen Laut von sich.
»Laßt uns bloß hier verschwinden«, sagte Jeb. Er kam auf die Beine. Ernie kauerte auf allen vieren wie ein Hund. Seine zerschlagene Mickymaus-Maske war ihm seitwärts um den Kopf gerutscht, so daß es aussah, als ob er zwei Gesichter hätte. Jimmy Feldman saß in der Zufahrt und rieb sich den Schädel. Seine Grashüpfer-Maske lag neben ihm.
Hark trat Chihani noch einmal so hart, daß dessen Oberkörper sich bewegte.
»Komm schon«, sagte Jeb. »Laß ihn.« Er zog Ernie auf die Beine. Ernie wankte auf das Haus zu. Jeb packte ihn beim Arm und drehte ihn zur Straße. Ernie taumelte ungefähr zwei Schritte weit und übergab sich unversehens. Die Mickymaus-Maske fiel ihm vom Kopf, und Ernie kotzte hinein.
»O Mann«, sagte Jeb.
Jimmy Feldman raffte sich auf und schwankte hin und her. Er hob den Baseballschläger auf, holte wild aus und schlug nach dem Auto, aber er traf nicht. Statt dessen wirbelte er um sich selbst und kippte wieder um. Hark zerrte ihn hoch.
Jeb nahm Ernie beim Arm und führte ihn zum Blazer.
»Mein Kopf tut weh, und mein Bauch tut weh«, sagte Ernie.
»Den Drecksack machen wir fertig«, sagte Jimmy.
»Haben wir schon«, sagte Jeb. »Laßt uns nach Hause fahren.« Er schob Ernie in den Blazer und lief zurück, um die andern zu holen. Kurze Zeit später hatte er Jimmy auf den Rücksitz gepackt. Hark stand im Vorgarten und starrte Chihanis Haus an. Er hatte sich die Hose aufgemacht und pinkelte. Das Licht der Straßenlaterne ließ den gelben Bogen glitzern. Der Regen verwandelte sich zusehends in Schnee. Chihani lag immer noch auf dem Boden. Hark pinkelte zu Ende, zog seinen Reißverschluß hoch und hob die beiden Schläger auf, so daß er einen in jeder Hand hielt.
»Jetzt schlagen wir sein Haus zu Klump«, sagte er.

»Wir müssen weg«, sagte Jeb. »Die Polizei kommt gleich.« Er wollte Hark zur Straße ziehen.
Hark riß sich los und schlug mit einem der beiden Schläger nach ihm, ohne ihn zu treffen. »Laß mich in Ruhe.«
»Gott, du bist genauso verrückt wie er. Jetzt komm!«
Jeb ging zurück zur Straße, und Hark folgte ihm, aber langsam. Immer wieder schaute er zurück zum Haus, als würde er gern noch mehr Schaden anrichten. Jeb schob ihn ins Auto. Jimmy und Ernie saßen auf dem Rücksitz; sie stöhnten und hielten sich die Köpfe. Hark starrte immer noch zu Chihanis Haus hinauf. Seine Wagentür war offen.
»Mach die Tür zu, Hark«, sagte Jeb.
Hark rührte sich nicht. Jeb sprang aus dem Wagen, lief vorn herum, schlug Harks Tür zu und lief wieder um den Wagen zurück. Er verstand nicht, wieso die Polizei noch nicht da war, aber er war ungeheuer dankbar dafür und fand, daß er Glück hatte.
»Fahren wir zu Bud's?« fragte Hark.
Jeb antwortete nicht. Er wollte seine Freunde nach Hause bringen und dann selbst heimfahren. Für ihn war der Abend vorbei. Auf dem Rücksitz bekam Ernie einen Weinkrampf; er würgte und schluchzte. Jeb sah immerfort Chihani in seinem Vorgarten liegen. Er versuchte das Bild aus seinen Gedanken zu vertreiben. Der wird schon aufwachen, dachte er dauernd. Er riß sich die Dämonenmaske vom Kopf. Sie war innen ganz verschwitzt. Jeb war der einzige, der seine Maske nicht verloren hatte, und auch insofern, fand er, hatte er Glück gehabt.
Als er alle nach Hause gebracht hatte, schneite es heftig, und die Straßen waren weiß. Jeb hatte ungefähr zwölf Zentimeter Schnee auf dem Schoß liegen.
Houari Chihani lag in seinem Vorgarten, etwa fünf Schritte weit neben seinem Auto. Die Wagenfenster waren eingeschlagen, die Scheinwerfer zerschmettert, und die Motorhaube hatte Beulen. Harks schwarze Maske lag neben der Beifahrertür. Jimmys Grashüpfer-Maske lag vor dem Wagen. Mitten im Vorgarten lagen die beiden Hälften der Mickymaus-Maske und grinsten zu den Bäumen hinauf, bis der Schnee sie ganz zugedeckt hatte.
Der Schnee deckte auch Chihani zu. In dieser Nacht fielen knapp

zwanzig Zentimeter, und am Morgen war Chihani nur noch ein weißer Hügel. Sein Stock war verschwunden, und die Masken waren auch weg. Die Vordersitze seines Autos waren zugeschneit.

Jeden Morgen um sechs ging Irving Powell mit seinem schokoladenbraunen Labrador die Maple Street hinauf. Der Labrador hieß Sidney. Weil es noch so früh war, führte Powell ihn nie an der Leine, denn außer ihnen war niemand unterwegs. Und Sidney war ein folgsamer Hund; er kam immer, wenn er gerufen wurde, obwohl er den Schnee liebte und gern mit der Nase darin wühlte und sich dann schüttelte. Es war dunkel, und die Straßenlaternen brannten noch.

Powell sah Chihanis Citroën, und er sah, daß die Scheiben eingeschlagen waren. Er kannte das Auto, und er kannte Chihanis Geschichte wie jeder in Aurelius. Sidney schnüffelte an einem Hügel herum, der von Schnee bedeckt war. Powell rief den Hund, aber der Hund hatte irgend etwas gefunden und machte sich daran zu schaffen. Powell ging hin. Sidney hatte ein bißchen von dem Schnee weggescharrt, und Powell konnte erkennen, daß es sich um eine dieser Halloween-Puppen handelte, die die Leute sich vor die Häuser legten. Powell mochte Halloween nicht. Der Abend zuvor war ihm von vorn bis hinten auf die Nerven gegangen. Er hatte sehr schnell keine Süßigkeiten mehr gehabt und dann das Licht im Haus ausgeknipst. Und dann waren seine Mülltonnen verschwunden.

»Komm her, Sidney«, rief er.

Der Hund scharrte und schnüffelte weiter an der Halloween-Puppe herum.

Irving Powell lief zu seinem Hund und packte ihn am Halsband. Er betrat nicht gern unbefugt fremde Vorgärten und ärgerte sich über Sidney.

»Böser Hund«, sagte er und warf einen Blick auf die Halloween-Puppe. Von ihrem Gesicht war der Schnee abgefallen. Die Augen der Puppe waren offen, und es sah aus, als starrten sie Irving Powell an.

28

Es wäre falsch anzunehmen, daß Houari Chihanis Nachbarn nicht die Polizei gerufen hätten. Das dumpfe Dröhnen eines Baseballschlägers, der auf eine Motorhaube trifft, wird den Seelenfrieden eines jeden Hausbesitzers in Unordnung bringen. Mrs. Morotti von der anderen Straßenseite rief um viertel nach zehn bei der Polizei an, und ihr Nachbar zur Rechten, James Pejewski, tat es ein paar Minuten später. Aber keiner von beiden sah, wie Chihani zu Boden fiel, und deshalb betrafen ihre Anrufe auch nur die Sachbeschädigung. Als sie wieder hinausschauten, sahen sie Chihani im nassen Vorgarten liegen, aber sie kamen nicht auf den Gedanken, daß er es sein könnte. Es war Halloween. Viele Leute hatten Leichen im Vorgarten liegen.

Gegen zwei Uhr morgens, lange nachdem die Polizei alarmiert worden war, fuhr ein Streifenwagen an Chihanis Haus vorbei. Die beiden Polizisten, Tommy Flanaghan und Ray Hanna, wußten nichts von den Anrufen am Abend, aber sie sahen den zerschlagenen Citroën. Hanna wollte anhalten, aber Flanaghan meinte, sie sollten weiterfahren. Chihanis Haus lag im Dunkeln, und dieses Problem würde bis zum Morgen Zeit haben. Sie hatten sich jetzt jedenfalls um Dringenderes zu kümmern als um Vandalismus.

Vermutlich waren die Anrufe von Chihanis Nachbarn bei der Polizei registriert worden. Vielleicht hatte sogar ein Officer den Auftrag bekommen, der Sache nachzugehen, sobald er Zeit hätte. Aber in der Welle der Ereignisse, die am frühen Abend ihren Anfang nahm, hatte man die Anrufe vergessen.

Sadie, Meg Shiller und Hillary Debois waren von halb sieben bis acht auf ihrer Tour gewesen, aber angesichts des naßkalten Wetters hatten sie nach einer halben Stunde nicht mehr viel Spaß dabei gehabt. Sadie und Meg hatten Schirme, die ihnen an Halloween unpassend vorka-

men und sich außerdem dauernd in den Kissenbezügen verhedderten, in denen sie ihre Süßigkeiten verstaut hatten. Sie trafen Freundinnen, und ein paarmal schlossen sie sich anderen Kindern an, klapperten fünf oder sechs Häuser zusammen ab und trennten sich dann wieder.
Um acht waren sie wieder bei Sadie zu Hause. Franklin war noch auf der Suche nach Halloween-Storys unterwegs; deshalb waren die Mädchen allein. Mrs. Kelly war dagewesen, aber sie war schon wieder weg, obwohl Franklin erwartet hatte, daß sie bis zehn bleiben würde. Sie hatte befürchtet, daß jemand ihre Mülltonnen stehlen würde, wenn sie nicht zu Hause wäre, um darauf aufzupassen. Die Mädchen waren völlig durchnäßt; sie zogen sich aus und schlüpften in Bademäntel, die Franklin gehörten; Sadie hatte sie ihnen herausgesucht. Ihre nassen Sachen warfen sie in den Wäschetrockner. Meg und Hillary riefen ihre Eltern an, um ihnen zu sagen, wo sie waren. Meg wohnte zwei Straßen weiter in der einen Richtung, Hillary einen Block weiter in der anderen. Während sie darauf warteten, daß ihre Kleider trockneten, machten sie sich heiße Schokolade und naschten von ihren Halloween-Süßigkeiten. Worüber sie sich unterhielten? Über ihre Geschichtshausaufgaben für den nächsten Tag. Über Shirley Potter, die anscheinend in Bobby McBride verknallt war. Darüber, daß Meg am Samstag reiten gehen wollte. Daß Hillarys Cousine aus Albany am Wochenende zu Besuch kommen würde. Daß Meg Frank Howard süß fand, die andern aber nicht: Er sei zu eingebildet. Unterhielten sie sich auch über Sharon Malloy und über das, was ihr passiert war? Nein, darüber nicht, aber das heißt nicht, daß ihnen die Frage nicht in den Sinn kam. Sie plapperten schnell und unterbrachen sich gegenseitig und lachten viel.
»Natürlich haben wir an Sharon gedacht«, erzählte Sadie mir später. »Das ist was, woran wir dauernd denken. Es ist bloß zu deprimierend, ständig drüber zu reden.«
Um neun waren ihre Sachen trocken. Meg hatte Jeans angehabt; über der Jacke trug sie ein weißes Hemd von ihrem Vater, das sie mit roter Farbe eingeschmiert hatte, damit es aussah wie Blut. Als Verkehrsunfallopfer hatte sie kein kompliziertes Kostüm gebraucht, und sie machte sich nicht die Mühe, ihr Gipsbein wieder anzulegen; es war sowieso naß und fiel allmählich auseinander, denn es war aus Zeitungs-

papier. Die blutgetränkten Verbände wickelte sie sich auch nicht wieder um Kopf und Arme.
Hillary hatte sich einen Anzug von ihrem Vater angezogen, und Sadie hatte gefunden, daß ein schwarzes Kleid ein passendes Vampirgewand abgab. Den Lippenstift hatte sie Paula geklaut, und sie hatte die Spitze zuerst mit einem Papiertaschentuch abgewischt, damit ihre Lippen nicht mit etwas in Berührung kamen, was Paulas Lippen berührt hatten.
Weil am nächsten Tag Schule war, hatten Meg und Hillary ihren Eltern versprochen, um halb zehn oder spätestens um zehn zu Hause zu sein. Ihnen war ein bißchen flau von den vielen Süßigkeiten, aber sie waren auch müde, und um kurz nach halb zehn riefen sie deshalb ihre Eltern an, um ihnen zu sagen, daß sie jetzt nach Hause kamen. Franklin war noch immer mit dem Fotografen unterwegs. Ich war zu Hause und korrigierte Arbeiten, und ich war froh, daß nun schon seit fünfundvierzig Minuten kein Halloween-Gespenst mehr an meiner Tür geklingelt hatte.
Hillarys Mutter sagte, sie würde mit dem Auto kommen und ihre Tochter abholen, obwohl es kaum mehr als ein Häuserblock war. Meg sagte, sie wollte nicht abgeholt werden. Ihre Eltern waren endlos umständlich; bis sie ihre Autoschlüssel gefunden hätten, könnte sie schon im Bett sein. Es regnete noch, aber Meg hatte ihren Schirm, einen langen schwarzen Stockschirm, der ihrem Vater gehörte. Hillary meinte, ihre Mutter könnte Meg auch rasch nach Hause bringen, aber Meg war zu ungeduldig.
Also sagte Meg gegen viertel vor zehn Gutenacht und lief hinaus in den Regen. Joan Debois' Dodge Caravan bog fünf Minuten später in die Einfahrt und hupte. Sadie stand auf der Veranda und sah zu, wie Hillary zum Wagen hinauslief, der dann rückwärts aus der Einfahrt rollte. Hillary winkte durch das Fenster. Sadie machte die Tür zu und schloß ab, und dann kehrte sie in die Küche zurück. Sie hatte noch Matheaufgaben zu machen; also holte sie sich noch eine Tasse heiße Schokolade und setzte sich mit ihrem Mathematikbuch an den Küchentisch. Sie hoffte, ihr Vater würde nach Hause kommen, bevor sie schlafen ginge, aber oft machte er noch einen Besuch bei Paula McNeal.

Manchmal, wenn sie allein war, rief Sadie mich abends gegen halb elf noch an, um hallo zu sagen. Ich fand es nicht gut, daß Franklin sie allein zu Hause sitzen ließ, aber ich zögerte, ihn darauf anzusprechen. Es ist erstaunlich, wie oft wir schweigen, wenn wir das Gefühl haben, wir müßten eigentlich den Mund aufmachen. Aber wir wollen bei niemandem dadurch Anstoß erregen, daß wir ein Problem zur Sprache bringen, etwas, das diese Person unserer Ansicht nach tun sollte. Ich fand es gefährlich, daß Sadie soviel Zeit allein verbrachte, aber statt etwas dagegen zu unternehmen und Franklin damit womöglich zu verärgern, ließ ich Sadie weiter in diesem gefährlichen Zustand.

Um viertel nach zehn rief Meg Shillers Mutter bei Sadie an und wollte Meg sprechen. Sie klang verärgert, weil ihre Tochter so lange weggeblieben war, obwohl sie angekündigt hatte, gleich nach Hause zu kommen.

Unvermittelt schaltete sich der Kühlschrank ein, und Sadie schrak zusammen. »Meg ist vor einer halben Stunde gegangen«, sagte sie.

Beide müssen auf der Stelle ausgerechnet haben, wie lange man für die zwei Häuserblocks brauchen würde.

»Bist du sicher?« fragte Megs Mutter. »Mach jetzt keine Witze.« Helen Shiller unterrichtete die zweite Klasse in der Pickering Elementary School. Sie wußte, daß Kinder manchmal Witze machen, wenn sie es besser nicht tun sollten.

»Sie ist um viertel vor zehn gegangen«, sagte Sadie, die es mit der Angst zu tun bekam.

»O Gott«, sagte Helen Shiller und legte auf.

Sadie rief bei Hillary Debois an, aber der Anschluß war besetzt. Da rief sie mich an. Ich sagte, ich käme sofort. Ich zog mir den Regenmantel an und griff nach meinem Schirm. Sadie erwartete mich vorn auf der Veranda. »Sie ist nicht bei Hillary«, sagte sie. »Ich hab gerade dort angerufen.«

Ich hatte eine Taschenlampe mitgenommen und leuchtete sie an. Mir fiel auf, wie alt Sadie aussah, wie verängstigt.

»Lassen Sie uns zu Meg rübergehen«, sagte sie. »Vielleicht ist sie ja inzwischen zu Hause.«

Der Regen wurde jetzt langsam zu Schnee. Ich hielt meinen Schirm über uns beide. Wir eilten den Gehweg entlang, und Sadie erzählte mir, wie sie den Abend verbracht hatten und wie Meg dann beschlossen hatte, zu Fuß nach Hause zu gehen. Wir waren erst einen halben Block weit gekommen, als ein Kombiwagen am Randstein hielt. Es war Helen Shiller.

»Habt ihr sie gesehen?« fragte sie.

Wir verneinten. Die Straßen waren dunkel und verlassen. Die Häuser auf diesem Stück hatten große Gärten, die manchmal nach hinten bis zur nächsten Straße reichten. Ein paar Schneeflocken blieben jetzt am Boden kleben.

Helen Shiller fuhr weiter. Die Angst, die ich in ihrem Gesicht sah, sehe ich noch heute: die Augen voller Panik im Schein des Armaturenbretts. Sadie und ich gingen weiter die Straße hinauf zu Megs Haus, und wir stießen unter dem Schirm gegeneinander. Ich leuchtete immer wieder mit der Taschenlampe in die dunklen Gärten. Wir waren ungefähr zehn Meter weitergegangen, als mein Lichtstrahl einen dünnen schwarzen Gegenstand in Herb Gladstones Vorgarten erfaßte.

»Was ist das?« fragte ich.

Sadie rannte hin. »Es ist Megs Regenschirm«, rief sie.

Ich war es, der die Polizei anrief. Und ich schäme mich für meine törichte Eitelkeit, die mich glauben läßt, daß die Polizei, weil Chuck Hawley Dienst hatte, schneller reagierte, als sie es vielleicht sonst getan hätte. Zum ersten Mal war ich froh darüber, daß mein Cousin Polizist war, auch wenn ich in der Vergangenheit nie Grund hatte, es zu bedauern. Ich erzählte Chuck, was passiert war.

»O je«, sagte er. »Nein.«

In weniger als fünf Minuten war Ryan Tavich bei Sadie zu Hause. Ein paar Minuten später waren zwei weitere Polizeiwagen da. Hillary Debois' Mutter rief Sadie an, um sich zu erkundigen, ob es etwas Neues gebe. Draußen wurden wieder Autotüren zugeschlagen, und man hörte Leute rennen. Ein kalter Luftzug wehte durch die offene Tür herein.

»Bei Meg zu Hause meldet sich niemand«, sagte Joan Debois.

Sadie berichtete ihr, daß Meg nirgends zu finden sei.

»Du meinst, sie ist gar nicht zu Hause angekommen? Oh, ihre arme Mutter.«

Nach einer Weile erschienen auch die Polizisten, die dienstfrei hatten, und um elf hatten wir die State Police da. Sadies Cockerspaniel, Shadow, mußte in den Keller gesperrt werden, wo er unaufhörlich kläffte. Der Regen war inzwischen vollends zu Schnee geworden. Captain Percy kam um halb zwölf. Sein normalerweise ausdrucksloses Gesicht war jetzt besonders starr, wie aus Holz geschnitzt. Ich hätte nach Hause gehen sollen, aber Franklin war immer noch nicht da, und es widerstrebte mir, Sadie alleinzulassen, denn sie weinte jetzt. Außerdem war ich von der Aufregung angesteckt und wollte gern bleiben. Obwohl – ich weiß nicht, was ich daran aufregend fand, daß Captain Percy die Polizeikaserne in Utica anrief und darum bat, so schnell wie möglich Hunde herunterzuschicken. Männer gingen polternd ein und aus, und das Telefon klingelte unaufhörlich. Immer neue Polizeiautos parkten am Straßenrand, und ich sah, wie die Leute oben und unten an der Straße zusammenströmten.

Nachdem Captain Percy telefoniert hatte, rief Ryan verstohlen bei Franklin an.

»Komm lieber sofort nach Hause«, sagte er in die Sprechmuschel. Nach einer Pause fuhr er fort: »Sadie ist wohlauf. Es ist eine von ihren Freundinnen.« Dann legte er auf.

Zehn Minuten später kam Franklin in sein Haus gestürzt und fand es voller Polizisten.

Die Polizei suchte jeden Zollbreit zwischen Sadies und Meg Shillers Haus ab. Sie weckten oder störten jeden – nicht nur in unserer Straße, sondern auch in den Häuserblocks nördlich und südlich davon. Niemand hatte Meg Shiller gesehen. Am frühen Abend waren die Straßen voller Kinder gewesen. Die Leute hatten ihre Stimmen gehört, ihr Geschrei. Es war Halloween. Ja, wenn Meg Shiller zufällig geschrien hatte, wer hätte daran etwas Bemerkenswertes gefunden?

Und der Schnee war auch ein Problem. Sadie zeigte Ryan die Stelle in Herb Gladstones Vorgarten, wo wir den Schirm gefunden hatten. Sein Rasen reichte nach hinten bis zur Tyler Street. Die Polizei holte Herb aus dem Bett, aber er hatte nichts gesehen oder gehört. Wenn jemand durch seinen Garten gegangen war und Spuren im feuchten Boden hinterlassen hatte, so waren diese Spuren um Mitternacht unter dem Schnee verschwunden. Aber es deutete nichts darauf hin, daß solche Spuren existierten.

Um Mitternacht ging ich nach Hause; ich fand, es sei nicht gerechtfertigt, noch länger zu bleiben, nachdem Franklin nun nach Hause gekommen war.

Sadie war wütend auf ihren Vater. »Du warst bei Paula, nicht wahr.« Es war keine Frage.

Franklin machte ein schuldbewußtes Gesicht. Sein hellbraunes Haar war zerzaust, und diese Unordnung war wie ein Beweis seines Fehltritts. Man erwartete fast, Lippenstift auf seiner Wange zu sehen.

Reporter aus Utica und Syracuse kamen gegen eins, und etwa um dieselbe Zeit trafen auch die Hunde aus Utica ein. Ich war im Bett und versuchte zu schlafen, als ich sie bellen hörte. Um zwei stand ich auf und nahm eine Schlaftablette. Auf der Straße war immer noch viel Betrieb.

Meg war die vierte Generation der Shillers in Aurelius. Ihr Urgroßvater war kurz vor dem Ersten Weltkrieg hierhergezogen. Er war derjenige, der das C aus dem Familiennamen – Schiller – gestrichen hatte, um ihn zu anglisieren. Sein Vater war in den siebziger Jahren des vorigen Jahrhunderts in einer Kleinstadt in Bayern geboren. Vor ungefähr fünfzehn Jahren, ein Jahr bevor Meg zur Welt kam, haben Ralph und Helen diese Stadt in Bayern besucht – ich habe den Namen vergessen –, und nachher haben sie erzählt, dort gebe es lauter Schillers. Ralph erzählte vielen Leuten in Aurelius, es sei ihm peinlich, daß sein Großvater den Familiennamen geändert habe, und er denke daran, ihn wieder in Schiller umzuändern. Ich glaube nicht, daß dabei etwas herausgekommen ist. Aber es muß merkwürdig gewesen sein, eine ganze Stadt voll entfernter Verwandter zu entdecken und einen Friedhof zu besuchen, auf dem die eigene Familie seit Jahrhunderten bestattet worden ist.

Helen Shillers Mädchenname war ebenfalls deutsch: Kraus. Aber sie wußte nichts über ihre Vorfahren vor ihrem Großvater, einem Mann, den sie anscheinend nicht mochte. Ralph und Helen sind in Aurelius aufgewachsen, und ich kenne sie ihr ganzes Leben lang. Als Elektriker hatte Ralph schon in meinem Haus gearbeitet. Sein Vater war auch Elektriker, und als ich Ralph das erstemal mit einem Problem anrief, tat ich es, weil ich wußte, daß meine Mutter immer seinen Vater beauftragt hatte. Und wie gesagt, Helen Pickering unterrichtete die zweite Klasse in der Pickering Elementary School. Sie hatten drei Kinder: Bobby war neun, Meg dreizehn und Henry sechzehn. Ralph und Helen hatten Geschwister in der Stadt, Cousins und Cousinen, Nichten und Neffen, und so gab es viele Shillers in Aurelius, wenn auch vielleicht nicht so viele wie in der Stadt in Bayern, deren Namen ich nicht mehr weiß. Es ist vielleicht töricht, aber ich stelle mir Deutsche immer blond vor; die Shillers hingegen waren dunkelhaarig, klein und braunäugig. Sie waren eine gute Familie, ernst und fleißig. Eine von den Familien, mit deren Namen sich nie ein Skandal verbindet.

Ich hatte Meg Shiller in der achten Klasse in Naturkunde; sie war zwar keine erstklassige, aber immer eine gute Schülerin. Sie war lebhaft und gutmütig, und ich konnte verstehen, weshalb sie für Sadie eine so gute Freundin war. Sie liebte das Reiten, und sie trug ihr Haar in einem langen braunen Pferdeschwanz – wie aus Solidarität mit den Pferden. An den meisten Wochenenden arbeitete sie in einem Stall südlich der Stadt, und dafür durfte sie ein oder zwei Stunden reiten. Sie war ein Kind – eine junge Dame, sollte ich wohl sagen –, das einem das Gefühl vermitteln konnte, die Welt sei schon auf dem richtigen Weg: Sie war glücklich, erfolgreich und zufrieden. Und jetzt war sie verschwunden.

Ryan Tavich bekam an diesem Dienstag in der Nacht keinen Schlaf, und am Mittwoch morgen auch nicht. Viele Leute mußten geweckt und gefragt werden, ob sie etwas Verdächtiges bemerkt hätten. Tatsächlich erinnerten sich einige daran, Meg Shiller am Abend in ihrem blutigen Kostüm gesehen zu haben. Und manche sahen etwas Prophetisches darin, daß Meg blutverschmiert und mit weiß bandagiertem Gesicht von Haus zu Haus gegangen war.

Als die Leute hörten, daß Meg verschwunden war, fingen sie an, Freunde, Nachbarn und Verwandte anzurufen. Ein paar stiegen auch ins Auto und fuhren langsam die Van Buren Street hinunter, an meinem Haus vorbei und weiter von Sadies bis zu Megs Haus. Es schneite immer noch, und die Straßen waren glatt. All dieser Verkehr veranlaßte Captain Percy, die Straßen rings um Megs Haus von Ryan absperren zu lassen; das war vielleicht ein Fehler, denn es lockte noch mehr Leute aus dem Bett, die sich nun die Absperrungen anschauen wollten. Ich weiß nicht, ob wirklich Unfälle passierten, aber man hörte immer wieder aus dritter Hand, daß der und der gegen einen Baum gerutscht oder jemand anderem ins Heck geprallt sei.

Mitten in alldem saß Ralph Shiller wie versteinert an seinem Küchentisch, und seine Frau Helen weinte im Schlafzimmer. Ihr Kombiwagen parkte in der Einfahrt und wurde langsam vom Schnee zugedeckt. Ein Polizist war im Haus, der alle Telefonanrufe annahm, und die beiden Jungen, Bobby und Henry, saßen nebeneinander auf der Couch im Wohnzimmer; Bobby war eingeschlafen. Ralph Shillers jüngerer Bruder Mike, der bei der Post arbeitete, war ebenfalls da. Er fragte Chuck Hawley unablässig: »Glauben Sie, sie taucht wieder auf? Bestimmt taucht sie wieder auf. Nicht wahr?« Und dann nickte Chuck und versuchte, nichts zu sagen.

Sie warteten darauf, daß das Telefon klingelte oder daß jemand kam und sagte, diese Prüfung sei vorüber. Alle dachten unaufhörlich daran, was vielleicht passiert war, genau wie die Malloys es getan hatten, und jedes Szenario war schrecklicher als das vorige. Und konnte es eine barmherzigere Vorstellung geben, als daß Meg plötzlich zur Tür hereingelaufen kam, fröhlich und unversehrt? Aber das war kaum wahrscheinlich.

Gegen halb sechs in der Frühe fuhr Ryan zu Aarons Wohnung. Er fragte sich besorgt, ob er nicht schon früher einen Officer zu Aaron hätte schicken sollen, aber jemandem den Auftrag zu geben, Aaron aufzutreiben, wäre irgendwie gleichbedeutend damit gewesen, ihn als Verdächtigen zu bezeichnen. Ebenso besorgt fragte er sich, ob nicht zuviel Zeit verstrichen sei; wenn Aaron etwas zu verbergen gehabt hätte, dann hätte er es inzwischen erfolgreich tun können. Aber keine dieser Sorgen erwies sich als begründet, denn als Ryan zu der Wohnung kam, stellte er fest, daß Aaron nicht da war. Der Neuschnee bewies außerdem, daß Aaron die ganze Nacht nicht zu Hause gewesen war. An der Wohnungstür war braune Schmiere. Ryan schnupperte und begriff, daß dies irgend jemandes Vorstellung von einem Halloween-Scherz war. Und er dachte sogar daran, daß dieser Jemand Hark Powers sein könnte.

Ryan wußte, daß Aaron mehrere Freundinnen hatte, aber er wußte nicht, mit welcher er im Moment zusammen war. Er fragte sich, ob »Freundin« noch der richtige Ausdruck war. Tatsächlich befürchtete er, daß Aaron überhaupt nicht bei einer Frau war, sondern irgendwelchen dunkleren Angelegenheiten nachging, die mit Meg Shiller zusammenhingen. Und hatten diese dunklen Angelegenheiten auch etwas mit der UDR zu tun, oder war Aaron allein darin verwickelt?

Von Aaron aus fuhr Ryan zu Harriet Malcombs Apartment. Er klopfte an die Tür, aber niemand rührte sich. Als nächstes fuhr er zu Jesse und Shannon. Anscheinend waren sie auch nicht zu Hause. Wegen des Aufruhrs um Megs Verschwinden hatte Ryan nur sehr verschwommene Erinnerungen daran, daß es am Abend irgendeine Aufregung im Zusammenhang mit Hark Powers gegeben hatte. Als er zu Leon Stahls Wohnung weiterfuhr, dachte er deshalb überhaupt nicht an Hark Powers. Er versuchte immer noch, Aaron aufzustöbern.

Leon hatte geschlafen; er öffnete erst, als Ryan es ihm befahl und seinen Ausweis vorzeigte. Er trug einen gestreiften Pyjama in Babyblau, der so groß war, daß Ryan sich an ein Zelt erinnert fühlte. Bei geöffneter Tür füllte Leon den ganzen Rahmen aus. Am Abend zuvor hatte Leon um neun die Polizei gerufen, um sich über Hark zu beschweren, aber es war nichts passiert. Zuerst war er empört gewesen, weil die Polizei nicht sofort herbeigeeilt war; jetzt war er sauer, weil Ryan um sechs Uhr morgens aufkreuzte.

»Hätte das nicht Zeit bis später gehabt?« fragte er. »Ich habe heute eine Chemieprüfung.« Seine Stimme klang weinerlich.

»Ich suche Aaron«, sagte Ryan. »Haben Sie ihn gesehen?«

»Selbstverständlich nicht.«

»Und Shannon und Jesse?«

»Mit denen habe ich gestern abend gesprochen, aber gesehen habe ich sie auch nicht. Geht es um Hark Powers?«

»Wieso sollte es?«
Da berichtete Leon, wie Hark und seine Freunde zu seiner Wohnung gekommen waren und ihn dazu hatten bringen wollen, ihnen die Tür zu öffnen. Und zu Barry seien sie auch gekommen, sagte er.
Als er Leon verlassen hatte, fuhr Ryan geradewegs zu Chihani. Es schneite noch immer. Ryan konnte sich zwar erinnern, daß am Abend irgend jemand von Chihani gesprochen hatte, aber er wußte nicht mehr, in welchem Zusammenhang. Er nahm jedoch an, wenn Hark die anderen UDR-Mitglieder besucht hatte, würde er auch zu Chihani gefahren sein.
Ryan hielt vor Chihanis Haus, als Irving Powell gerade dabei war, seinen schokoladenbraunen Labrador von Chihanis Leiche wegzuzerren.
Ryan stieg aus.
»Böser Hund«, sagte Powell immer wieder. »Böser Hund.«
Ryan sah den zerschlagenen Citroën und lief zu Powell. »Was ist hier los?« fragte er.
»Da liegt ein Mann im Schnee«, sagte Powell. »Er hat die Augen offen.«
Der schokoladenbraune Labrador hatte eine Baskenmütze in der Schnauze und schüttelte sie hin und her. Das lenkte Ryan ab, und so brauchte er einen Augenblick, um den Mann im Schnee zu erkennen. Es war Houari Chihani, und er war tot.

.... Dritter Teil ....

29

Jeder Text enthält offenes und verborgenes Material, das unterschiedliche kognitive Ebenen beim Leser anspricht. Dies ist eine der hochgeschätzten Äußerungen in Lehrerkonferenzen, die ich vermeide. Aber ich benutze sie hier, um die Vermutung zu begründen, daß meine Homosexualität niemanden überraschen wird. Bis jetzt war sie nicht Teil der Geschichte insofern, als auch ich nicht Teil der Geschichte bin. Zu Anfang habe ich mich nur als ein Paar Augen betrachtet. Als Fenster sogar – jawohl, ich war das Fenster, durch welches man meine Geschichte sehen konnte. Wahrscheinlich leben mehr als hundert schwule Männer in Aurelius, angefangen bei ziemlich oberflächlichen Typen wie Jaime Rose bis zu ernsthaften Männern, die keinerlei Ähnlichkeit mit der Klischeevorstellung von einem homosexuellen Mann aufweisen. Es gibt keinen Treffpunkt und keine Organisation, keinen Diskussionszirkel und keine Teestunde, aber diese Männer neigen dazu, einander zu erkennen. Ein paar sind verheiratet, einige haben männliche Lebensgefährten, aber die Mehrheit lebt allein, denn Kleinstädte wie Aurelius haben wenig Sympathie für schwules Leben. Aus diesem Grunde sind die meisten dieser Männer eher umsichtig. Nicht wenige haben Aurelius sogar verlassen – ich zum Beispiel, aber ich bin zurückgekommen. Ich kenne auch zwei Männer aus der Stadt, die an Aids gestorben sind, und einen Jungen, der aber an der Bluterkrankheit litt. Und ich kenne ein paar andere, die HIV-positiv sind, denn diese Geißel ist inzwischen bis in die kleinsten Ortschaften vorgedrungen.

Ich bin auch mit Leuten bekannt, die sich als Schwule wohlfühlen und das regelrecht feiern, aber meine Erfahrung ist dies eher nicht – vielleicht, weil ich mich für die Rückkehr in die Kleinstadt entschieden habe, vielleicht auch wegen meiner eigenen Abneigung dagegen, Aufmerksamkeit auf mich zu lenken. Ich spreche nie über meine Homosexualität, und tatsächlich habe ich nur wenige Partner gehabt. Ich finde die ganze Sache ziemlich deprimierend. Nicht, daß ich gern heterosexuell wäre – eine weniger attraktive Möglichkeit –, aber die menschliche Sexualerfahrung scheint mir darauf angelegt zu sein, in die Erniedrigung zu führen. Der Zölibat stand mir immer als unerreichbares Ideal vor Augen. Ich verspüre keine religiöse Berufung, aber gelegentlich beneide ich doch den gelehrten Mönch in seiner Zelle.

Und die Alternative zum Zölibat? Die jungen Männer, die ich attraktiv finde, fühlen sich nicht zu mir hingezogen, was bedeutet, daß mein schwules Leben sich auf Männer beschränkt, die Ende Dreißig, Anfang Vierzig oder noch älter sind. Ich habe einen Freund in San Francisco, der in einem Brief mal erwähnte, daß die Bars, in denen sich Männer meines Alters treffen, »Runzelkammer« genannt werden. Ein runzliger Mann, der einen andern umarmen möchte. Da ist der Zölibat sicher besser. Aber natürlich habe ich sexuelle Wünsche, und ich fühle Versuchung. Ich habe Barry Sanders nie angerührt, aber nachts ist es schon vorgekommen, daß ich daran gedacht habe, wie angenehm es sein könnte. Sogar mit Jaime Rose. Ich habe das Gefühl, daß ich noch vor der Erniedrigung davonlaufe und mich zugleich danach sehne, mich ihr anheimzugeben. Aber was ist Erniedrigung? Ist das nicht eine Definition, die aus der Heterowelt herrührt? Und ich beneide jene schwulen Männer – sind sie wirklich die Mehrheit? –, die als Schwule ganz glücklich zu sein scheinen.

In meinen Jahren in Aurelius ist es nur dreimal vorgekommen, daß ich Liebhaber in meinem Haus empfangen habe, und jedesmal war ich die ganze Zeit nervös. Vielleicht bin ich vorsichtiger als die meisten, aber ich habe es immer vorgezogen, mich anderswo mit meinen Freunden zu treffen. Selbst wenn ich mit ihnen zusammen beim Sex bin, sehnt sich ein Teil meiner selbst nach dem Zölibat. Und ich weiß, daß das falsch ist. Ich weiß, daß ich meine Sexualität akzeptieren sollte, aber der Gedanke an die spöttischen Blicke meiner Schüler erfüllt mich mit Grauen. Einen Verdacht haben natürlich viele – ich bin schließlich ein unverheirateter Mann –, aber beweisen können sie nichts. Betrüblicherweise ist es dieser Verdacht, um den es mir hier geht.

Ich bezweifle, daß einer der schwulen Männer in Aurelius die Existenz der »Untersuchung der Rechten« als einen Glücksfall für sich empfand, aber für jeden, der ein wenig außerhalb des Gewöhnlichen stand, diente die UDR als Puffer. Die Leute haben das Bedürfnis zu glauben, daß schlechte Dinge von schlechten Menschen getan werden. Und was ist schlecht? Ist es nicht definiert als alles, was außerhalb des allgemeinen Guten steht, welches wiederum als das definiert ist, was die Mehrheit als gut empfindet? Warum muß der Schurke einen schwarzen Hut tragen? Weil wir nicht wissen könnten, daß er der Schurke ist, wenn er es nicht täte.

Zuerst dachte man, Sharon Malloy sei von jemandem entführt worden, der nicht aus Aurelius war. Als man anfing, daran zu zweifeln, richteten immer mehr Leute ihren Blick auf Houari Chihani und die »Untersuchung der Rechten«. Die UDR predigte die Notwendigkeit der Unordnung, und hier nun war der Höhepunkt der Unordnung. Außerdem hatte man in einem Fall Chihani am Schauplatz des Verschwindens gesehen. Dazu kam, daß er ein Ausländer von eigentümlichem Aussehen war; er trug eine Baskenmütze und war ein wenig dunkelhäutiger als der Durchschnitt. Nicht jeder hielt ihn für schuldig, aber man fand, es wäre doch praktisch, wenn er es wäre. Als Meg Shiller verschwand, fingen die Leute jedoch an, ihren Argwohn darüber hinaus auf alles zu richten, was abweichend oder eigenartig war.

Ich weiß das, weil ich es selbst zu spüren bekam. Mein unverheiratetes Dasein machte die Leute mißtrauisch. Außerdem war bekannt, daß Sadie mich zu besuchen pflegte und daß ich ihre Freundinnen kannte. Meg Shiller mußte wenige Augenblicke vor ihrem Verschwinden an meinem Haus vorbeigekommen sein. Ich sprach zwar mit der Polizei, aber ich wurde nie als Verdachtsperson behandelt. Der Gedanke war absurd. Aber viele Leute schauten mich mit anderen Augen an, und in der Schule wurde über mich geredet. Die Schüler fanden es aufregend, daß der Biologielehrer ein Sexualmörder sein könnte. Aber andere wurden genauso gemustert: schwule Männer, lesbische Frauen, Exzentriker, Eremiten, Schwachsinnige. Und auch ich sah meine Nachbarn jetzt anders; diese Leute, die es für möglich hielten, daß ich schuldig sei, hatte ich die für meine Freunde gehalten? Und dabei kannte ich sie mein Leben lang.

Bob Moreno, der Textilhändler, war der kleine Bobby gewesen, der von der ersten bis zur sechsten Klasse vor mir gesessen hatte. Als er heiratete, war ich auf seiner Hochzeit. Mindestens sechs seiner sieben Kinder waren meine Schüler gewesen. Und jetzt hielt er es für möglich, daß ich ein Verbrecher war. Als ich in sein Geschäft kam, um ein paar Unterhemden zu kaufen, starrte er mich an, als hätte er mich noch nie gesehen.

Man muß sagen, daß in den ersten paar Tagen nach Meg Shillers Verschwinden allgemeine Hysterie herrschte. Ein Mitglied des Stadtrates, George Rossi, wollte eine Resolution erlassen, in der die State Police aufgefordert wurde, jedes einzelne Haus der Stadt zu durchsuchen. Mit seinem eigenen Haus könnten sie sofort anfangen, erklärte er. Als andere Ratsmitglieder protestierten, hatte Rossi die Unverschämtheit zu vermuten, daß sie dann wohl etwas zu verbergen hätten. Erst ein paar Monate später entschuldigte er sich dafür.

Viele Leute wurden von der Polizei nach ihrem Aufenthalt an Halloween befragt, darunter auch ein paar Schwule. Jaime Rose wurde zum Polizeirevier gefahren und verbrachte eine Stunde mit einem Sergeant der State Police. Er wurde zwar wieder freigelassen, aber die Tatsache, daß man ihn vernommen hatte, war doch bald allgemein bekannt. Ich sollte erwähnen, daß Jaime Rose in seinem ganzen Leben bisher noch nicht einmal einen Parkzettel bekommen hatte. Die Leute bedrängten Cookie Evans, ihn zu entlassen, und acht Frauen erklärten, sie würden nicht mehr in den Salon kommen, wenn Jaime weiter dort arbeitete. Cookie ließ sich nicht einschüchtern, und sie behandelte Jaime auch nicht anders als vorher. Ein paar Leute bewunderten sie deshalb, aber sie verlor zweifellos auch ein paar Kundinnen.

Unter den Leuten, die befragt wurden, waren auch Dr. Malloy und sein Bruder Donald sowie ihr Schwager Paul Leimbach. Donald und Paul waren auf Streifenfahrt gewesen. Sogar Ralph Shiller und sein Bruder Mike mußten angeben, wo sie sich im Monat zuvor aufgehalten hatten, als Sharon Malloy verschwunden war. Natürlich hatten sie beide ein zufriedenstellendes Alibi.

In der Bank traf ich zufällig meinen Cousin, und ich gab ihm zu verstehen, daß ich es übertrieben fand, wenn die Polizei die Väter der Opfer drangsalierte.

Chuck tat meine Einwände erst ab. »Statistisch gesehen ist es fast immer einer aus der Familie.« Dann wurde er ein bißchen milder. »Ja, mir war auch nicht wohl dabei.«
Vermutlich meinte er, daß die Polizei sich nicht leisten konnte, irgendeine Möglichkeit zu übersehen, aber es brachte die Leute doch auf, daß man die Malloys oder die Shillers im Verdacht haben konnte.
Wieder einmal sah man FBI-Agenten in die City Hall gehen. Ryan erzählte, Captain Percy habe sich vor allem selbst die Schuld daran gegeben, daß Meg verschwunden sei; wenn er alles getan hätte, um Sharon zu finden, wäre Meg nichts passiert. Das wiederholte er immer wieder. Manche Leute äußerten die Vermutung, daß die beiden Fälle nichts miteinander zu tun hätten. Vielleicht war Meg von jemand anderem entführt worden, oder sie war überhaupt nicht entführt worden. Das erschien zwar unwahrscheinlich, aber, wie Ryan zu Franklin sagte, jede Möglichkeit mußte in Betracht gezogen werden.
Die »Freunde von Sharon Malloy« wurden durch Megs Verschwinden neu belebt. Das soll nicht heißen, daß sie sich über dieses Ereignis freuten, aber die Suche nach Sharon war doch in eine Sackgasse geraten, und Megs Verschwinden gab der Sache neuen Schwung. Innerhalb weniger Stunden waren mindestens fünfzig »Freunde« zwischen den Häusern an der Van Buren Street auf der Suche, was Captain Percy mit leisem Verdruß betrachtete, denn er meinte, ihre Anwesenheit störe die Hunde, die aus Utica hergebracht worden waren; die »Freunde« würden alle Spuren verwirren oder verwischen. Am nächsten Morgen, am 1. November, drängten sich in dem Ladenlokal, das die »Freunde von Sharon Malloy« gemietet hatten, die freiwilligen Helfer. Und sie brannten zunehmend darauf, sich ermittlerisch zu betätigen. Am späteren Vormittag gingen mehrere Mitglieder, darunter auch Donald Malloy, zum Hause Houari Chihanis, um mit ihm zu sprechen. Sie hatten keine Ahnung, daß er tot war, bis sie dort ankamen und die Polizei sahen. Man fragt sich, was sie mit Chihani gemacht hätten, wenn er noch gelebt hätte. Aber möglicherweise bekommt man eine Vorstellung davon, wenn man bedenkt, was mit Harry Martini passierte, dem Schulleiter von der Knox Consolidated. Wenn ich jetzt davon spreche, greife ich vor, aber es ist hier eher angebracht als an späterer Stelle. Ich sollte

noch ergänzen, daß es absolut trivial war und nichts mit den verschwundenen Kindern zu tun hatte, aber es ist bezeichnend für die Stimmung in dieser Gruppe und in der Stadt insgesamt.
Harry Martini war fünfundzwanzig Jahre mit seiner Frau Florence verheiratet. Es war eine Ehe, die man am besten mit dem Wort »frostig« beschreibt, und wenn Harry den Mut dazu gehabt hätte, dann hätte er sich scheiden lassen. Aber er dachte nervös an den Schulausschuß und an die öffentliche Meinung in der Stadt, obwohl ich gar nicht glaube, daß eine Scheidung seine Stellung gefährdet hätte. Harry und seine Frau hatten zwei Kinder. Sally, die ältere Tochter, arbeitete bei Kodak in Rochester, und Harold Junior war Student an der Alfred University. Kein besonders heller Junge, aber durchaus willig. Harry und seine Frau wohnten zwar zusammen, aber sie hatten getrennte Schlafzimmer und verbrachten wenig Zeit miteinander. Nach allem, was ich mitbekommen habe, lag die Abneigung großenteils bei Florence. Harry hatte eine wichtige Position, die ihn beschäftigte, während seine Frau, obwohl sie ein Geschichtsexamen abgelegt hatte, nur einen Teilzeitjob bei »Letter Perfect« hatte, einem Bürogeschäft in der Jefferson Street. Auch sie war aktiv bei den »Freunden von Sharon Malloy« und in der Presbyterianerkirche. Sie war um die Fünfundvierzig, eine hochgewachsene Frau mit einem feinen Schnurrbart und grauen Haaren.
Die Begebenheit war ganz simpel. An Halloween verließ Harry am frühen Abend das Haus; er sagte, er müsse mit Frank Armstrong, seinem Stellvertreter, einige Papiere durchgehen. Wegen ihrer Beziehung zu den »Freunden von Sharon Malloy« hatte Florence Martini schon frühzeitig, nämlich gegen dreiundzwanzig Uhr, von Megs Verschwinden erfahren. Sofort rief sie bei Frank an und wollte ihren Mann sprechen, und erfuhr von Franks Frau, daß Harry den ganzen Abend nicht dagewesen war. Als Harry eine Stunde später nach Hause kam, fragte seine Frau ihn, wo er gewesen sei. Er behauptete, er sei bei Frank Armstrong gewesen, und seine Frau nannte ihn einen Lügner. Ich sehe Harrys Gesichtsausdruck beinahe vor mir: eine Art überlegenes Schmollen, wie ich es schon viele Male gesehen habe. Florence verlangte zu erfahren, wo er gewesen sei, und Harry weigerte sich, es ihr zu sagen. Am nächsten Morgen bekannte Florence bei den »Freunden

von Sharon Malloy«, daß ihr Mann am Abend zuvor ausgegangen war und ihr nicht hatte sagen wollen, wohin.

Kann sein, daß sie da nicht ganz aufrichtig war. Mehrere Leute behaupteten, Florence wisse genau, wo ihr Mann gewesen sei, und sie habe die ganze Szene nur arrangiert, um ihn in Verlegenheit zu bringen. Wie dem auch sei, sie erzählte Paul Leimbach und Donald Malloy, ihr Mann sei am Abend zuvor fortgewesen und benehme sich überhaupt merkwürdig, seit Sharon verschwunden sei.

Statt sich an die Polizei zu wenden, fuhren Donald und zwei andere Mitglieder der Gruppe zur Schule, um Harry zur Rede zu stellen. Ich sah sie gegen elf kommen, dachte mir aber nichts weiter dabei; die andern übrigens auch nicht. Sie saßen in seinem Büro, und die Tür war zu. Anscheinend weigerte Harry sich auch bei ihnen zu offenbaren, wo er am Abend zuvor gewesen war. Da fragten sie ihn, wo er gewesen sei, als Sharon verschwunden war. Ich sagte schon, daß Donald Malloy ein großer, ziemlich massiger Mann ist, und er beugte sich auf bedrohliche Art über Harrys Schreibtisch. Das alles hörte ich später. Wie sich herausstellte, war Harry auch an dem Tag, als Sharon verschwunden war, abwesend gewesen – angeblich auf einer Konferenz in Utica.

Ich habe Harry am selben Tag noch gesehen, und ich muß sagen, er sah angespannt und bleich aus. Am Nachmittag hatte eine Lehrerkonferenz stattfinden sollen, aber Harry sagte sie ab. Ich glaube, er machte früh Feierabend.

Als ich am Donnerstag morgen zur Schule kam, war ich sicher, daß Harry nicht erscheinen würde. Aber ich irrte mich. Es war typisch für ihn, daß er nie das tat, was er tun sollte, aber oft das, was er nicht tun sollte. So war er schon als Kind. Er schikanierte die Gemeinde mit seinen aufgeblähten Buchstabierkünsten und seiner ermüdenden Fragerei in der Bank und im Supermarkt. Wen interessierte es denn schon, daß er »Quetzalcoatl« buchstabieren konnte? Jedenfalls ging Harry in sein Büro und schloß die Tür ab, nachdem er Mrs. Miller gesagt hatte, er wolle niemanden sehen und auch keine Anrufe annehmen. Das war um halb neun.

Um halb elf kam Peter Marcos, der junge Lieutenant, der als Captain Percys Assistent herbeordert worden war, mit drei weiteren Männern zur Schule. In Albany war Marcos häufig dem Gouverneur zugeordnet, und er war sich noch nicht im klaren darüber, ob Aurelius ein Schritt nach oben oder ein Schritt nach unten war; deshalb war er darauf erpicht, gute Arbeit zu leisten. Jedenfalls lag ihm daran, es zu einem Schritt nach oben werden zu lassen. Zehn Minuten später brachte er Harry fort.

Es war Harrys Gewohnheit – eher noch sein Markenzeichen –, eine Blume, meistens eine Nelke, am Revers zu tragen. In der Unterrichtspause, nachdem Harry fortgegangen war, fand man die Nelke im Hauptflur. Man kickte sie eine Weile hin und her; dann hob der kleine Tommy Onetti sie auf und versuchte sie zu verkaufen. Er fand aber keinen Käufer, und am Ende trug er sie für den Rest des Tages selbst: eine leicht geknickte und verstaubte rosarote Nelke.

Mrs. Miller sagte, Harry habe geweint, als er abgeführt wurde, und mindestens zehn andere Leute erzählten mir das gleiche. In der Mittagspause wußte schon jeder, daß die Polizei Harry abgeholt hatte und daß er in Tränen aufgelöst gewesen war. Einige behaupteten, er habe Handschellen getragen, was nicht stimmte, und ein paar andere verbreiteten, er habe gestanden, Sharon Malloy und Meg Shiller entführt zu haben.

Natürlich hatte Harry nichts dergleichen getan. Ryan Tavich erzählte Franklin, was sich zugetragen hatte:

»Als sie Martini hereinbrachten, heulte er sich die Augen aus. Marcos brachte ihn zu Captain Percy. Ich ging auch mit hinein. Bevor Percy ihm eine Frage stellen konnte, fing Martini an, eine komplizierte Geschichte hervorzublubbern: Er hätte da irgendeine Frau in Utica kennengelernt, und sie wäre jetzt hergekommen und wohnte in Gillian's Motel. Er erzählte, wie sehr sie ihn liebte und wie gut sie ihn verstände, und daß sein ganzes Leben jetzt ruiniert wäre. Man hatte Mühe, da einen Sinn hineinzubringen. Ich muß sagen, Percy war sehr geduldig. Jedenfalls war klar, was Martini den ganzen Abend gemacht hatte: Er hatte irgend 'ne Lehrerin aus Utica gebumst. Und ich wette zehn Dollar, daß seine Frau es genau wußte. Daß sie es schon wußte, als sie an Halloween bei Armstrong anrief.«

Die Nachricht, daß Harry Martini nichts mit Megs Verschwinden zu tun hatte, verbreitete sich nicht so schnell wie die, daß er unter Verdacht stand. Als er am selben Nachmittag gegen zwei in die Schule zurückkam, gerieten mehrere Schülerinnen, die ihm im Flur begegneten, in Panik und rannten weg. Solche Reaktionen blieben nicht auf die Schule beschränkt. Auch in den Sitzungen des Schulausschusses, der Elternpflegschaft und des Stadtrates wurden Fragen gestellt. Waren die Kinder sicher, solange Harry Schulleiter war? Man sprach davon, ihn vom Dienst zu suspendieren, aber das hielt ich für übertrieben. Ganz offensichtlich war, daß er weniger Ärger bekommen hätte, wenn er gleich zu Anfang gestanden hätte, daß er seine Zeit mit einer Dame aus Utica verbracht hatte. In der darauffolgenden Woche, als Harrys angebliche Verwicklung in den Fall der verschwundenen Mädchen allmählich in Vergessenheit geriet, reichte seine Frau die Scheidung ein.

Diese Begebenheit mit Harry war eine von vielen. Ich weiß hundertprozentig, daß Paul Leimbach und zwei andere Mitglieder der »Freunde von Sharon Malloy« zu Cookie Evans in den Frisiersalon gingen und mit Jaime Rose redeten. Cookie sagte, es sei absolut freundlich verlaufen, aber wer weiß? Tatsächlich war die Tatsache, daß man sie in den Salon gehen sah, viel bedeutsamer als das, was dabei herauskam. So, wie es auch bedeutsamer war, daß man gesehen hatte, wie Donald und ein paar andere in Harrys Büro gingen. Wen man erst mal im Verdacht hatte – und das waren mehrere –, der hatte Mühe, den Verdacht wieder loszuwerden. Und jeder erinnerte sich noch daran, daß diese Leute unter Verdacht gestanden hatten, als die ganze Sache längst vorbei war.

Aber es war noch komplizierter. Wie ich schon sagte, man widmete mir eine gewisse Aufmerksamkeit als einem unverheirateten Mann mittleren Alters, der sich anscheinend für heranwachsende Mädchen interessierte. Nun, und ich war froh, als Harry in Verdacht geriet, denn das lenkte die Aufmerksamkeit von mir ab. Freilich, ich hatte deshalb ein schlechtes Gewissen. Ich habe Harry nie leiden können. Er ist ein alberner Wichtigtuer, und er stolziert umher wie ein Gockel, aber die Tatsache, daß ich froh war über sein Leiden und darüber, daß die Leute in seine und nicht in meine Richtung schauten, gab mir ein schreckliches Gefühl. Und ich bin davon überzeugt, daß andere insgeheim genauso empfanden. Es war, als wäre das Mißtrauen eine klebrige Substanz, die durch unsere Stadt floß. Wer daran hängenblieb und wer nicht, schien eine Sache des Zufalls zu sein.

Zwei weitere Ereignisse sollten noch kurz erwähnt werden. Am Montag morgen, dem 6. November, erschien Tom Schneider auf dem Polizeirevier und wollte verhaftet werden. Schneider gehörte die Mobil-Tankstelle am Rande der Stadt. Er behauptete, er sei pervers und wollte ins Gefängnis, auch wenn er, wie er sagte, mit dem Verschwinden Sharons und Megs nichts zu tun hatte. Aber er rechnete offensichtlich damit, daß man ihm die Schuld in die Schuhe schieben würde. Schneider sagte, er habe seine beiden Kinder, die knapp über zehn Jahre alt waren, sexuell mißbraucht. Er gab an, seine Frau wisse darüber Bescheid, und er gestehe es jetzt, weil sie gedroht habe, ihn anzuzeigen, wenn er es nicht täte. Sie habe ihn auch im Verdacht, etwas mit Sharon Malloy und Meg Shiller zu tun zu haben, aber er schwor, daß er damit nichts zu tun habe.

Ryan sprach mit Schneiders Frau und den beiden Kindern. Er sprach mit Schneiders Nachbarn und mit seinem Hausarzt, und die Folge war, daß man Anklage gegen Schneider wegen inzestuösen Kindesmißbrauchs in mehreren Fällen erhob. Er saß ein paar Tage in Untersuchungshaft und wurde dann gegen Kaution entlassen. Anscheinend engagierte er jemanden, der die Tankstelle für ihn weiterführte, und beantragte die Erlaubnis, bis zum Prozeß in Utica oder in Rome – ich weiß nicht genau, wo – zu wohnen. Obwohl es keinen einzigen Beweis dafür gab, deuteten die Leute an, daß er wahrscheinlich auch etwas mit Sharon und Meg zu tun gehabt habe. Eine Woche nachdem das Verfahren gegen Schneider eingeleitet worden war, warf jemand an seiner Tankstelle die Fenster ein und stürzte eine der Zapfsäulen um. Am Tag darauf nagelte der Mann, den Schneider für die Tankstelle eingestellt hatte, Sperrholzplatten vor die Fenster und machte die Tankstelle zu. Nicht lange danach sprühte jemand mit roter Farbe »Sexgangster« auf das Sperrholz. Niemand machte sich die Mühe, es wieder zu entfernen.

Das zweite Ereignis betraf Billy Perkins, einen Trinker aus der Stadt, der von einer kleinen Veteranenrente lebte. Zwei Tage nachdem Schneider sich selbst angezeigt hatte, tauchte Perkins auf dem Polizeirevier auf. Er hatte Angst. An Halloween war er betrunken gewesen. Ein paar junge Männer hatten ihm erzählt, er habe wahrscheinlich Meg Shiller ermordet, aber Billy konnte sich an nichts erinnern. Einmal hatte er einen Hund totgeschlagen, als er betrunken gewesen war, und das verfolgte ihn immer noch. Jedenfalls bat Billy, man möge ihn einsperren. Er hatte Angst, daß die »Freunde von Sharon Malloy« ihn verprügeln oder sogar umbringen könnten, wenn er sich auf die Straße wagte.

Mein Cousin war einer der beiden Polizisten, die den Auftrag bekamen, herauszufinden, wo Billy sich an Halloween herumgetrieben hatte. Sie erfuhren, daß er gegen sechs Uhr abends im Schnapsladen eine Flasche Old Duke gekauft hatte. Sie befragten die beiden Männer, mit denen er sie geteilt hatte und die noch zwei weitere Flaschen gekauft hatten. Sein Vermieter, Pat O'Shay, sagte aus, Billy sei gegen Mitternacht in sein Zimmer gekommen. Er habe Soldatenlieder gesungen; das tue Billy oft, erzählte der Vermieter. In der Halloween-Nacht habe er Billy aber gebeten, das Maul zu halten. Billy habe sich entschuldigt und sei still zu Bett gegangen.

Pat O'Shay meinte: »Er ist ein Wrack, aber ein netter Kerl.«

Billy willigte ein, nach Syracuse in ein Therapiezentrum zu gehen. Da war er zwar schon einmal gewesen, aber diesmal würde es vielleicht anders werden. Tatsächlich wollte Ryan ihn aus der Stadt schaffen. Es war klar, daß Billy nichts mit Sharon oder Meg zu tun hatte, aber in den Augen einiger Leute war er trotzdem potentiell verdächtig, und deshalb war er vielleicht in Gefahr. Da war wieder das Mißtrauen, die Tatsache, daß die Leute Angst hatten und darauf brannten, jemanden zu finden, dem sie die Schuld am Verschwinden der Mädchen geben konnten. Aber jetzt greife ich wirklich zu weit vor.

30

Als Ryan den schneebedeckten Leichnam Houari Chihanis sah, konnte er sich leicht denken, was passiert war. Er sah, daß jemand den Citroën mit einem Baseballschläger bearbeitet hatte, und er wußte, daß Hark und seine Kumpane am Abend draußen auf dem Land Mailbox-Baseball gespielt hatten. Nach Ryans Schätzung hatte der Citroën rund dreißig Hiebe abbekommen. Er spürte, wie die Wut auf Hark in ihm aufstieg, und am liebsten hätte er ihn und seine Freunde in Stücke gehauen, wie sie das kleine rote Auto in Stücke gehauen hatten.

Irving Powell stand in der Zufahrt. »Kann ich jetzt gehen?« fragte er. Er hatte seinen schokoladenbraunen Labrador an die Leine genommen und hielt Chihanis Baskenmütze in der linken Hand. Unter seinem Mantel guckte eine blaugestreifte Pyjamahose hervor. Er war ein Mann um die Fünfzig, der sein Leben lang hier in der Gegend gewohnt hatte.

»Selbstverständlich nicht«, schnauzte Ryan. »Sie sind hier in einen Mordfall verwickelt.« Dann wurde er milder. »Gehen Sie nach Hause, und ziehen Sie sich was an, aber dann kommen Sie sofort wieder her. Und lassen Sie den Hund zu Hause.«

John Farulli saß am Radio. Ryan teilte ihm mit, daß Chihani allem Anschein nach ermordet worden war. Er wußte, daß man Chief Schmidt informieren und die Polizeimaschinerie in Gang setzen würde. Die Straße würde abgeriegelt werden. Man würde die Leute befragen und Haftbefehle vorbereiten. Und weil fast jeder Cop im County nach Meg Shiller suchte, würde Ryan knapp an Leuten sein.

Nach kurzer Zeit traf die Polizei ein. In den folgenden Stunden wurden drei Halloween-Masken gefunden: eine schwarze Maske mit einem Schnurrbart, eine zerbrochene Mickymaus-Maske und eine grüne Grashüpfer-Maske. Eine »Mets«-Baseballmütze fand sich ebenfalls, und auch Chihanis Gehstock. Außerdem sammelte die Polizei sechs Budweiser-Flaschen ein, zwei davon halb voll. Der Schnee im Vorgarten war kreuz und quer von Fußspuren durchzogen. Die Nachbarn auf der anderen Straßenseite – Mrs. Morotti und James Pejewski – gaben an, sie hätten am vergangenen Abend die Polizei alarmiert. Sie beschrieben, wie mehrere Männer den Citroën mit Baseballschlägern zertrümmert hatten. Jeb Hendricks' Chevy Blazer konnten sie nicht genau identifizieren, aber sie sagten, es sei ein rotes Allradfahrzeug gewesen.

»Der hatte keine Windschutzscheibe«, sagte James Pejewski. »Ich kam einfach nicht drüber weg. Die Kerle müssen gefroren haben.«

Etwa zehn Polizisten waren damit beschäftigt, die Nachbarn zu vernehmen und Chihanis Grundstück abzusuchen. Mrs. Morotti machte Kaffee für sie. »Seien Sie vorsichtig«, sagte sie dauernd, »er ist sehr heiß.«

Franklin Moore kam just in dem Moment, als zwei Helfer gerade Chihanis Leiche auf eine Bahre hoben. Der Krankenwagen würde ihn zur Autopsie nach Potterville bringen. Wie Ryan und die anderen Polizisten war auch Franklin die ganze Nacht auf den Beinen gewesen, aber er hatte es wenigstens geschafft, sich zu rasieren. Während die Polizisten grau aussahen und Ringe unter den Augen hatten, wirkte Franklin frisch und eifrig. Er trug seinen alten Lammfellmantel und den gestreiften Schal.

»Was macht Sadie?« fragte Ryan.

»Ich habe sie eben zur Schule gefahren. Es geht ihr ganz gut – ein bißchen benommen ist sie. Was ist hier passiert?«

Sie standen neben dem Krankenwagen und tranken Kaffee aus blauen Keramikbechern. Mrs. Morotti hatte ein dutzendmal gesagt, daß sie die Becher alle wiederhaben wolle, und sie hatte sogar einen Polizisten, Henry Swender, damit beauftragt, sie einzusammeln.

»Hark Powers ist mit seinen Freunden hier aufgekreuzt und hat Chihanis Citroën zertrümmert«, berichtete Ryan. »Chihani ist wahrscheinlich rausgekommen, um zu protestieren, und da haben sie ihn auch erledigt.«

»Sind sie verhaftet worden?« Franklin machte sich bereits Notizen.

»Die gehen nirgendwo hin«, sagte Ryan. »Ich kriege sie bald.« Ryan sah plötzlich, daß der Mord an Chihani ihm noch mehr Grund gab, Aaron und die Mitglieder der UDR festzunehmen. Er konnte sie jetzt zum Thema Hark und Meg Shiller gleichzeitig vernehmen.
In diesem Augenblick bog ein weißer Laster von Channel 9 aus Syracuse um die Ecke in die Maple Street ein, dicht gefolgt von einem Laster von Channel 5. Beide fuhren sehr schnell.
»Man wird gründlich über euch berichten«, sagte Franklin. »Die sind noch alle wegen Meg hier.«
Ryan ging bereits auf einen Polizeiwagen zu. »Schmidt kann sich darum kümmern«, sagte er über die Schulter. »Ich ertrag's nicht, mit diesen Leuten zu reden.«

Ryan war sicher, daß er wußte, wer mit Hark unterwegs gewesen war und daß es sich bei dem Allradfahrzeug um den roten Chevy Blazer von Jeb Hendricks gehandelt hatte. Ryan schickte zwei Mann in die Auspuffwerkstatt, die ihn festnehmen sollten. Zwei weitere schickte er zu Henderson's Plumbing and Heating, um Ernie Corelli zu holen, und schließlich zwei zur Knox Consolidated und zu Jimmy Feldman. Außerdem verlangte er, daß man ihm Aaron aufs Revier bringen sollte, ebenso wie Barry, Harriet, Leon und Jesse und Shannon Levine. Er erklärte ausdrücklich, daß keines der UDR-Mitglieder wegen Meg Shiller festgenommen werde, was aber nicht ganz stimmte.
Was Hark betrifft, so fuhr Ryan selber zu Jack Morris Ford, um ihn zu holen. Er dachte nicht daran, jemanden mitzunehmen. Die Leute hatten viel zu tun, und Ryan wollte keine zusätzliche Mühe machen. Auf alle Fälle wollte er diese Sache erledigen, bevor die State Police sich einmischte.
Es hatte aufgehört zu schneien, und die Sonne war herausgekommen. Ryan bezweifelte, daß am Abend noch Schnee liegen würde, außer vielleicht hier und da unter den Bäumen. Im Moment schien der Schnee richtig zu dampfen, während er durch die Stadt fuhr. Das Licht war grell, und er setzte seine Sonnenbrille auf. Wie er es oft tat, machte er einen Schlenker durch die Hamilton Street – das war ein Umweg von nur zwei Blocks –, um an dem Haus vorbeizufahren, in dem Janice

McNeal gewohnt hatte; ein kleines, zweigeschossiges Backsteinhaus mit einer weißen Veranda. Janice war vor genau zwei Jahren ermordet worden; der Jahrestag lag gerade zwei Wochen zurück: der 16. Oktober. Ryan hatte allein in seinem Wohnzimmer gesessen, Billie Holiday gehört und sich mit Jack Daniels betrunken. Und er hatte ein Feuer im Kamin gemacht. Den ganzen nächsten Tag über hatte er sich verflucht, weil er ein sentimentaler Idiot sei, aber er hatte gar nichts dagegen, sentimental zu sein.
Janices Haus hatte ein Jahr lang leergestanden. Dann hatte es ein Ingenieur aus Kingston gekauft, der eine Frau und drei kleine Kinder hatte. Im Vorbeifahren sah Ryan, daß schon ein Schneemann im Vorgarten stand, und zwei blaue Plastikschlitten waren auch zu sehen. Er warf einen Blick hinauf zu Janices ehemaligem Schlafzimmerfenster und sah Kürbisgesichter aus orangegelbem Papier auf jeder Fensterscheibe. Er und Janice hatten es in jedem Zimmer dieses Hauses getrieben, sogar auf dem Speicher und im Keller. Und hinten im Garten. Das galt wahrscheinlich auch für andere Männer. Ryan wußte, daß sie manchmal an einem einzigen Tag zwei Liebhaber gehabt hatte. Zum Teufel, wahrscheinlich ein halbes Dutzend. Er schlug mit der Faust auf das Lenkrad und hupte dabei versehentlich. Er nahm sich vor, nicht noch einmal die Hamilton Street entlangzufahren. Das hatte er sich schon öfter vorgenommen. Im Rückspiegel sah er, wie das Haus und die blauen Plastikschlitten immer kleiner wurden.
Wieder dachte er daran, wer sie wohl ermordet hatte. In Anbetracht ihres Appetits konnte es jeder gewesen sein. Der Betreffende mußte gar nicht aus Aurelius sein. Er konnte auch in Potterville wohnen, in Norwich, oder sogar ganz woanders. Daß Janice von einer Frau ermordet worden war, glaubte Ryan nicht. Sie war von einem ihrer Liebhaber umgebracht worden. Vielleicht hatte er es aus Eifersucht getan. Ryan hielt inne. Es brauchte nicht Eifersucht zu sein. Es hätte einer von vielen verschiedenen Gründen sein können. Aber wenn Ryan selbst sie umgebracht hätte – und er hatte große Lust dazu gehabt, nachdem sie ihm gesagt hatte, daß sie ihn bis obenhin satt habe –, dann wäre Eifersucht der Grund gewesen. Er mußte an ihre fehlende Hand denken, und an die Puppenhand in Sharon Malloys Rucksack. Ob Megs Kleider

auch zurückgebracht werden würden? Und würde eine Hand dabeisein?

Ryan kam kurz nach halb zehn bei Jack Morris Ford an. Er parkte hinten neben der Garage und stieg aus, ohne seinen Escort abzuschließen. Er hatte zwar eine Pistole und Handschellen dabei, aber daran dachte er nicht. Shep McDonald fegte den Schnee von den neuen Autos auf dem Platz. Aus der Garage kam der Klang von Metall auf Metall, und hin und wieder dröhnte ein elektrisches Werkzeug. Ryan ging auf das offene Doppeltor zu und bemühte sich, nicht in den Schneematsch zu treten, obwohl seine Schuhe schon naß von Chihanis Vorgarten waren. Ein paar Leute hörten auf mit dem, was sie taten, und sahen ihn an, aber sie sagten nichts. Sie kannten ihn, und an seinem Gesicht konnten sie sehen, daß er nicht gekommen war, um sein Auto reparieren zu lassen.

Hark arbeitete am Turbolader in Pete Roberts' blauem '92er Mustang, der in der vergangenen Woche zwischen Aurelius und Clinton den Geist aufgegeben hatte. Er war über den vorderen Kotflügel gebeugt, den er zum Schutz des Lacks mit einer grünen Matte bedeckt hatte. Ryan hatte er den Rücken zugewandt. Als Ryan durch die Werkstatt ging, legten mehrere Männer ihr Werkzeug hin, um ihn zu beobachten. Niemand wußte etwas von Chihani, aber sie wußten, daß Hark in der vergangenen Nacht mit seinen Freunden unterwegs gewesen war und daß es Ärger gegeben haben mußte, denn als Hark am Morgen verkatert und mürrisch zur Arbeit gekommen war, hatte er ein blaues Auge gehabt.

Als es in der Werkstatt still wurde, merkte Hark, daß etwas nicht stimmte. Er drehte sich um. Auf der Brusttasche seines blauen Overalls stand »Jack Morris Ford«. Seine dunkelblonden Haare hingen lose herab; sie waren in der Mitte gescheitelt und bedeckten das Ohr und die Narbe. Seine linke Wange war geschwollen und am Auge verfärbt. Auf der Stirn hatte er einen roten Bluterguß.

Hark sagte nichts, aber seine Augen wurden größer. Er hielt einen Kropfschlüssel in der einen Hand, einen orangeroten Lappen in der anderen. Ryan war immer noch fünf, sechs Schritte entfernt. Hark ließ abrupt den Schraubenschlüssel fallen, daß er auf dem Zementboden klirrte, und rannte dann auf eine Tür am hinteren Ende der Halle zu.

In Bud's Tavern erzählte Jerry Golding später: »Der alte Ryan ist ihm nachgegangen, aber ohne zu rennen. Vielleicht ging er ein bißchen schneller. Sah aus wie 'ne kleine Lokomotive. Zielstrebig.«

Harks Ford-Pickup parkte hinter der Halle. Als Ryan durch die Tür auf den Parkplatz hinaustrat, sah er Hark an der Fahrertür stehen und panisch die Taschen seines Overalls durchwühlen. Dann erstarrte er. Sein Autoschlüssel war in seiner Straßenkleidung im Spind. Hark sah sich nach Ryan um. Er ließ die Schultern hängen und lehnte sich vorwärts an die Motorhaube seines Pickup, als Ryan herankam.

Nach einem kurzen Moment bemühte er sich, ein bißchen Wildheit auf die Beine zu bringen. Er fuhr herum und deutete ruckartig mit dem Daumen auf sein Gesicht. »Sehen Sie, was er mit mir gemacht hat?« schrie er. »Der Scheißaraber!«

Ryan sagte nichts; er ging einfach weiter. Ein paar Männer waren aus der Werkstatt gekommen. Harks Blick wurde unsicher. Er hatte die Fäuste erhoben und ließ sie wieder sinken.

»Chihani ist tot«, sagte Ryan, als er nur noch zwei Schritte weit weg war.

»Sie lügen.«

»Du hast ihn mit dem Baseballschläger erwischt.«

Harks Miene wandelte sich; sie zeigte Trotz, dann Überraschung, dann Angst. Er preßte die Hände an die Brust. Die Hände waren ölverschmiert und hinterließen schwarze Abdrücke an seinem Overall. Er schloß die Augen und beugte sich vornüber. Ein harsches, ratschendes Geräusch kam aus seiner Kehle, wie von einem Motor, der nicht anspringt.

Ryan sah ihn an. Als Ryan 1977 nach Aurelius gekommen war, da war Hark sechs Jahre alt gewesen. Ryan erinnerte sich, daß Harks Haare damals fast weiß ausgesehen hatten, nicht viel dunkler als bei Barry Sanders. Er legte einen Arm um Hark und klopfte ihm auf die Schulter. So standen sie da, und ungefähr fünf Männer schauten von der Werkstatt aus zu. Dann führte er Hark über den Parkplatz zu seinem Escort. Als er später gefragt wurde, warum er Hark keine Handschellen angelegt habe, sagte Ryan zuerst, er habe es vergessen, und dann sagte er, er habe Hark nicht in Verlegenheit bringen wollen.

Als Ryan mit Hark zum Polizeirevier kam, waren Jeb Hendricks, Ernie Corelli und Jimmy Feldman dabei, ihre Aussage zu Protokoll zu geben. Sie sagten, es sei Harks Idee gewesen, zu dem Araber zu fahren. Sie selbst hätten wieder zu Bud's Tavern zurückgewollt. Jeb gab an, er habe versucht, Hark aufzuhalten, als dieser mit dem Baseballschläger auf Chihani losgehen wollte. Ernie meinte, er habe ebenfalls versucht, Hark aufzuhalten, aber in Wirklichkeit erinnerte er sich an nichts mehr, nachdem sie Jesse und Shannon verfolgt hatten und zurückgekommen waren. Jimmy erinnerte sich ebenfalls nicht mehr gut, aber er hatte auch ein blaues Auge und konnte detailliert schildern, wie Chihani fast ohne jeden Grund über ihn hergefallen war. Schließlich hatte er ja keinen Baseballschläger geschwungen. Und er hatte auch gar nichts gegen den Araber. Leben und leben lassen, das war sein Motto.
Hark sagte auch aus. Er kam gar nicht auf den Gedanken, es nicht zu tun. Er fühlte sich so geschlagen, daß er keinen Sinn mehr darin sah, mit irgend etwas hinterm Berg zu halten, auch wenn seine Erinnerungen nebelhaft waren. Er wußte nicht, warum er sich in den Kopf gesetzt hatte, den Wagen des Arabers zu zertrümmern. Die Idee war in dem Moment irgendwie gut gewesen. Er erinnerte sich, daß er den Schläger geschwungen und den Araber getroffen hatte, und er wußte, daß er ihn nicht hatte umbringen wollen. Da war er ganz sicher. Immer wieder sagte er, es tue ihm leid. Und als er hörte, daß Meg Shiller verschwunden war, sagte er nur noch: »Scheiße, o Scheiße.«
Barry und Leon wurden nach dem vergangenen Abend befragt. Barrys Mutter begleitete ihn und ließ ihn keinen Satz sagen, ohne ihn zu unterbrechen und zu erklären, was Barry meinte und wie die anderen Mitglieder der UDR ihn ausgenutzt hätten. Sie sagte, sie habe die ganze Zeit gewußt, daß Hark nichts tauge, aber Aaron tauge auch nichts. Und sie sagte, das mit Meg Shiller sei ja schrecklich.
Immer wieder fragte Barry: »Aber was ist denn mit Professor Chihani?«
Seine Mutter sagte: »Um ihn zerbrich dir nicht den Kopf.«
Aber für Barry war Chihanis Tod viel schlimmer als die Tatsache, daß Meg verschwunden war. Barry sah Professor Chihani regelmäßig; die

Sache mit Meg Shiller fand er zwar schlimm, aber er konnte sich gar nicht genau erinnern, wer sie eigentlich war.
Leon wußte überhaupt nichts von Meg Shiller. Er konnte immer nur an Chihani denken. »Sie haben ihn umgebracht?« fragte er. »Aber warum denn? Was hat er denn getan?« Über Meg wollte er gar nicht sprechen. Er wußte nicht, was das für einen Sinn haben sollte. Er dachte an die Aufsätze, an denen Chihani gearbeitet hatte und die jetzt unvollendet bleiben würden. »Was für eine Schande«, sagte er. »Denkt doch an all die Arbeit.«
Jesse und Shannon gaben zu, daß sie die Frontscheibe an Jebs Blazer eingeschlagen hatten. Danach hätten sie noch eine Weile herumgetrödelt, sagten sie; sie hätten zwei Bier getrunken und wären vor Mitternacht wieder zu Hause gewesen. Jawohl, sie hätten gehört, wie die Polizei am Morgen bei ihnen an die Tür geklopft hatte, aber da hätten sie noch schlafen wollen. Über Meg wußten sie nichts. Als sie hörten, daß Chihani umgebracht worden war, wurden sie wütend.
»Was zum Teufel hat er ihnen jemals getan?« fragte Jesse.
»Diese Arschlöcher«, sagte sein Bruder.
Dann fing Jesse an zu schluchzen, und sein Bruder legte ihm den Arm um die Schultern. Ryan starrte ihre blonden Ziegenbärte und die blonden Pferdeschwänze an. Ihre Emotionen überraschten ihn, und er fragte sich, warum sie ihn überraschten. Später erzählte er Franklin, daß er wirklich keinen blassen Schimmer von irgendwem habe. »Man erwartet, daß einer etwas tut, und er tut das genaue Gegenteil.« Gegen Mittag schickte Ryan die Brüder wieder nach Hause.
Harriet Malcomb wollte nicht sagen, wo sie gewesen war, bis sie von Meg hörte.
»Aber warum soll ich was mit ihr zu tun gehabt haben?« fragte sie. Auch sie war schockiert über Chihanis Tod. »Ihr könnt überhaupt niemanden schützen, was?« sagte sie zu Ryan. »Ihr könnt die Lehrer nicht schützen, und ihr könnt die Kinder nicht schützen.«
Wie sich herausstellte, hatte sie eine Affäre mit einem verheirateten Geschichtslehrer namens Sherman Carpenter angefangen, bei dem sie einen Kurs über die Geschichte der Gewerkschaftsbewegung belegt hatte. Carpenters Eheprobleme waren in der ganzen Stadt bekannt. Die

beiden waren in ein Hotel in der Nähe von Clinton gefahren. Sie war gegen fünf Uhr morgens nach Hause gekommen; der Schnee hatte sie aufgehalten.
Ryan wollte sie fragen, welche Note sie in ihrem Gewerkschaftskurs erwartete und ob sie sich Gedanken über Carpenters Frau gemacht habe, die darüber geklagt hatte, daß ihr Mann gewalttätig werde, wenn er getrunken habe. Aber Harriet zeigte sich kalt und hochfahrend und starrte Ryan an, als wisse sie etwas Schmutziges über ihn. Sie trug einen engen blauen Rollkragenpullover und eine enge Levi's, und immer wieder faßte sie in ihr langes dunkles Haar und warf es nach hinten, als sei es der Gegenstand ihres Zorns. In seinen Augen war sie eine »Schwanz-ab«-Frau, aber der stärkste Ausdruck, den er Franklin gegenüber benutzte, war »ein zähes Biest«. Die Tatsache, daß er mit ihr im Bett gewesen war, vernebelte sein Denken.
»Du hast die ganze Situation vermasselt«, sagte Harriet zu ihm. »Ich werde das nicht nur dem Bürgermeister melden, sondern ich werde auch mit dem Präsidenten des College sprechen.«
»Mach, daß du rauskommst«, sagte Ryan.
Beim Hinausgehen flüsterte sie Ryan zu: »Mir wird schlecht, wenn ich dran denke, daß ich mich von dir hab anfassen lassen.«
Damit blieb Aaron.
Er hatte zwei Stunden allein in einem Büro sitzen müssen, und das gefiel ihm nicht. Ryan trat ein und setzte sich an den Tisch, ohne ihn anzusehen. Weil viele Leute mit der Suche nach Meg befaßt waren, war es draußen laut, aber in diesem Büro war es still. Aaron hatte die Hände auf dem Schoß gefaltet und blickte starr auf den Boden. Ryan erkannte nicht, daß er wütend war; er sah versonnen aus, als denke er über die Nöte des Lebens nach. Ryan mußte daran denken, wie Harriet gesagt hatte, Aaron habe ihr aufgetragen, mit ihm ins Bett zu gehen, und er merkte, daß ihm die vertrackte Situation mißfiel, in die einen der Verlust der gesellschaftlichen Anonymität bringen konnte. Vielleicht hatte er jetzt lange genug in einer Kleinstadt gelebt.
Ryan zog die Schublade am Tisch auf und nahm einen Notizblock heraus. Er schrieb das Datum oben auf das Blatt und seinen und Aarons Namen darunter. Dabei sagte er kein Wort. Er malte kleine Sterne an den

oberen Rand und zeichnete dann eine Entenmutter, gefolgt von einer Reihe Entenbabys. Beim sechsten Entenbaby sagte Aaron: »Und?«
»Ich bin heute morgen am Haus deiner Mutter vorbeigefahren«, sagte Ryan.
»Soll mich das milder stimmen?« Aaron lehnte sich zurück, streckte die Beine aus und legte die Füße übereinander. Seine Hände waren auf dem flachen Bauch verschränkt.
»Ich frage mich, ob die Leute, die da wohnen, je daran denken, daß deine Mutter im Wohnzimmer ermordet wurde.«
»Da müssen Sie sie fragen«, sagte Aaron.
Ryan sah die Abneigung in Aarons Augen. Er riß das gelbe Blatt mit den Enten ab, zerknüllte es und warf es in Richtung Papierkorb. Es traf den Rand und prallte ab. »Was hast du von Chihani gehalten?«
»Er war harmlos. Und er war ein kluger Mann. Ich habe ihn gemocht.«
»Ich frage mich, ob Hark ihn umgebracht hätte, wenn du ihm nicht das Ohr abgebissen hättest«, sagte Ryan. Er hatte angefangen, auf dem nächsten gelben Blatt herumzumalen. Eier diesmal.
»Was soll das heißen?«
»Was ich sage.« Ryan kam zu dem Schluß, daß es eine dumme Bemerkung gewesen war.
»Sie meinen, ich bin dafür verantwortlich, daß er umgebracht wurde?«
Ryan wich der Frage aus. »Glaubst du, daß der Mörder deiner Mutter in Aurelius lebt?«
Aaron gab keine Antwort.
»Was würdest du tun, wenn du wüßtest, wer sie umgebracht hat?«
»Was würden Sie tun?«
»Ich nehme an, ich würde ihn umbringen.«
»Was wäre damit erreicht?«
»Ich könnte besser schlafen. Du hast meine Frage nicht beantwortet: Was würdest du tun?«
Aaron wandte den Blick ab. »Ich weiß nicht, was Sie das angeht.«
»Liegt dir was dran?«
Aaron fuhr herum. »Natürlich liegt mir was dran.«

»Würdest du ihn umbringen wollen?«
»Woher wissen Sie, daß es ein Mann war?« Aarons Ton war spöttisch.
»Natürlich ist es ein Mann.«
»Wenn sie von einem Mann ermordet wurde, der in Aurelius lebt, wieso haben Sie ihn dann nicht gefunden?«
»So einfach ist das nicht.«
»Das ist eine Erklärung«, sagte Aaron. Dann fragte er. »Glauben Sie, es war derselbe, der Sharon und Meg entführt hat?«
»Es würde mich nicht überraschen.« Ryan hatte acht Eier nebeneinander gemalt. Jetzt zeichnete er Risse hinein. »Warum hast du Harriet gesagt, sie soll mit mir schlafen?«
»Hat sie das erzählt?«
»Warum hast du es ihr gesagt?«
»Sie ist mein Soldat.«
»Was soll das heißen?«
»Fragen Sie sie selbst.«
Ryan hatte in jedes Ei Risse gemalt. »Mit wem warst du gestern nacht zusammen?«
»Ich habe nicht vor, Ihnen das zu sagen.«
Ryan riß das Blatt ab, knüllte es zusammen und warf es zum Papierkorb. Diesmal traf er. Er stand auf, ging zur Tür und rief Chuck Hawley. »Chuck, bring diesen Typen nach Potterville und sperr ihn ein.«

31

Die zehn Tage nach Megs Verschwinden waren Tage der zerschlagenen Hoffnungen und des Aufruhrs. Der Umstand, daß ein zweites Mädchen verschwunden war, und die wachsende Gewißheit, daß der Verantwortliche in Aurelius leben mußte, lenkte nicht nur die Aufmerksamkeit des ganzen Landes auf unsere Stadt, sondern lockte auch Helfer von überallher an, darunter eine Hellseherin – so nannte sie sich selbst – namens Madame Respighi, die sich im Aurelius Motel einquartierte und mit Hilfe von Kleidungsstücken, die Sharon und Meg gehört hatten, eine übersinnliche Suche nach den beiden Mädchen begann. Sie beanspruchte kein Honorar für diesen Dienst, und man nahm allgemein an, daß sie keinen Schaden anrichten könne; aber jedesmal, wenn ich an dem Motel vorbeifuhr, sah ich Madame Respighi vor mir, wie sie, in ihrem Zimmer eingeschlossen, furchtbare Kämpfe mit böswilligen übersinnlichen Mächten ausfocht. Viele Leute sahen sie mit Verachtung; sie fanden, daß die Frau am Unglück unserer Stadt verdiente. Sie war eine füllige Frau im grauen Kostüm, was mich ein wenig verdroß, denn ich hatte mir die bunten, langen Röcke und die baumelnden, großen goldenen Ohrringe einer Zigeunerin vorgestellt. Sie trug eine schwarzgeränderte Hornbrille, und ihr kurzes Silberhaar war lockig und kraus.

Mehrere Leute kamen mit Hunden, die über ungewöhnliche Fähigkeiten verfügten. Andere kamen allein und wollten bloß bei der Suche helfen. Zwei Schriftsteller kreuzten auf, weil sie sich einbildeten, sie könnten Buchaufträge ergattern. Es kamen Psychologen und Leute aus den Justizbehörden im ganzen Land, die ähnliche Fälle zu bearbeiten hatten, und auch Sozialarbeiter, die darauf trainiert waren, Menschen im Umgang mit ihrer Trauer zu helfen. Die Besucher jedoch, die mich persönlich besonders verstörten, waren die Eltern von Kindern, die anderswo verschwunden waren. Sie kamen, um den Malloys und den Shillers Trost zu spenden, aber auch in der Hoffnung, der Täter werde gefaßt werden und ihnen dann Informationen über ihre eigenen Kinder geben. Es waren traurige Leute mit resignierten Gesichtern, und man konnte sie kaum ansehen, ohne ihren Schmerz zu spüren.

Am Ende der ersten Novemberwoche war jeder, der irgend etwas Relevantes gesehen oder gehört haben konnte, vernommen worden. Verdächtige Autos waren aufgespürt worden. Hunderte von Leuten hatten Felder und Wälder rings um die Stadt durchkämmt und die Seen abgesucht. Megs Onkel Mike wurde aktives Mitglied bei den »Freunden von Sharon Malloy«, und die Gruppe verschickte Informationen über Meg in die gesamten Vereinigten Staaten. Und wieder gab es Anrufe, angebliche Sichtungen, Verdächtige, die überprüft werden mußten.

Das Foto von Meg Shiller zeigte ein dünnes dreizehnjähriges Mädchen mit langen braunen Haaren, das neben einem Picknicktisch stand. Sie winkte in die Kamera und lächelte ein bißchen albern. Sie trug einen karierten Rock und eine helle Bluse. Ihr Haar war in der Mitte gescheitelt, hinter die Ohren gesteckt und hing über ihre Schultern herab. Ihre Nase war gerade, beinahe spitz, und ihre Unterlippe war leicht vorgeschoben, so daß es aussah wie ein fröhliches Schmollen. Sie hatte den Kopf zur Seite gelegt, was ihr einen leise fragenden Ausdruck verlieh: ein kleines Lächeln, ein kleines Schmollen, ein kleines Fragezeichen. Innerhalb von vierundzwanzig Stunden hatte das Foto seinen Platz neben Sharons in Schaufenstern, an Telefonmasten und an den Mautkassen der Autobahn. Viele Leute befestigten die beiden Bilder auch in den Heckfenstern ihrer Autos.

Die Angst, die Megs Verschwinden umgab, war größer als die Angst im Fall Sharon Malloy. Bei Sharon hatten wir noch hoffen können, daß es ein Einzelfall sein würde. Aber mit Megs Fall wurde klar, daß wir es wahrscheinlich mit einer Serie von Entführungen zu tun hatten, und praktisch vom nächsten Augenblick an sah man kein Mädchen – und auch keinen Jungen – mehr allein auf der Straße, und das galt bis Binghamton, ja, bis Syracuse. Megs Verschwunden ließ uns eine dritte Entführung befürchten, vielleicht sogar eine vierte und fünfte.

Diese Befürchtungen führten zu einer Reihe von falschen Alarmen.

Betty Brewer in der Forest Street sah einen Mann, der ihr Haus beobachtete, und sie hatte das Gefühl, er habe es auf ihre Tochter Ilene abgesehen. Sie rief die Polizei, und drei Minuten später waren vier verschiedene Polizeiwagen an Ort und Stelle. Der Mann, der ihr Haus beobachtet hatte – er war nur vorbeigegangen –, war ein Officer der State Police in Zivil gewesen. Zehn Zivilpolizisten patrouillierten in den Straßen von Aurelius, und alle wurden irgendwann angezeigt. Auch Strom- und Wasserzählerableser wurden wieder und wieder gemeldet. Männer, die ihren Hund ausführten, ja, sogar Postboten wurden verdächtigt. Und nachts gab es dann die verdächtigen Geräusche: Schritte im Garten, ein klapperndes Fenster, Laub, das auf der Veranda raschelte. Zehnmal pro Nacht ging ein solcher falscher Alarm bei der Polizei ein, und jedesmal rasten sie los, weil es diesmal vielleicht wirklich der Täter war.

Was für eine Person war dieser Täter? Die Polizei ließ sich von Psychologen ein Persönlichkeitsprofil anfertigen, und Ryan zufolge sah es so aus, als habe jeder in der Stadt den einen oder anderen Charakterzug davon. Aber das stimmte nicht. In erster Linie suchte die Polizei einen ledigen Mann zwischen fünfundzwanzig und fünfzig – und wenn keinen ledigen, so doch einen, der sich seiner Frau entfremdet hatte. Ich bin sicher, daß man die Polizeiakten mehrerer tausend Männer im County überprüfte, meine eigene eingeschlossen. Das war die Zeit, als Harry Martini vor den Augen der ganzen Schule aus seinem Büro geholt und als Jaime Rose auf dem Revier vernommen wurde. Ein Mann, Herbert Maxwell, der seit zwanzig Jahren als Klempner arbeitete, wurde von der Polizei vernommen und als Vietnam-Deserteur entlarvt. Er lebte allein und ziemlich zurückgezogen. Für die Desertion vom Militär war er bereits bestraft oder amnestiert worden – ich weiß nicht, was der Fall war –, aber er wollte nicht, daß die Sache allgemein bekannt wurde. Jetzt war sie es. Als lediger Mann, der allein lebte und in seinen Gewohnheiten zurückgezogen war, hatte man ihn zu den Verdächtigen gezählt. Und das galt für viele Männer. Es galt für Ryan Tavich, und es galt für mich.

Am Samstag nach Halloween traf es sich, daß mein Nachbar von nebenan, Pete Daniels, mit mir sprach, als wir beide Laub harkten. Er sprach sonst fast nie mit mir; infolgedessen war ich von seiner Aufmerksamkeit überrascht. Zunächst machte er eine Bemerkung über das schöne Wetter, und dann sagte er, es sei doch eine Schande, das mit Meg Shiller.

Und dann sagte er: »Sadie Moore ist oft bei Ihnen zu Hause, nicht wahr?«

Es überlief mich kalt. Wenn ich nein sagte, würde er das verdächtig finden. Wenn ich ja sagte, würde er es ebenfalls verdächtig finden. Natürlich ging es ihn überhaupt nichts an; die Frage an sich ließ also schon Mißtrauen vermuten. Pete machte ein hellwaches Gesicht, wie ein Mann, der auf ein Echo lauscht. Er stützte sich auf seine Harke, ein dünner Mann in einem Sweatshirt von der Syracuse University.

»Es macht mir Spaß, Franklin auszuhelfen, wenn ich kann«, sagte ich. »Er hat ja viel zu tun.«

Man redete über mich. Ich sah, daß meine Nachbarn mich mit anderen Augen anschauten. Natürlich lag es nahe, paranoid zu reagieren. Hätte ich Pete fragen können, ob er glaube, daß ich Sharon Malloy und Meg Shiller entführt hätte? Die Polizei wußte, daß ich im ersten Fall in der Schule und im zweiten mit Sadie zu Hause gewesen war. Aber was wußten meine Nachbarn? Sobald diese Art von Gerede anfängt, kommt es auf Wahrheit oder Unwahrheit nicht mehr an. Das Gerede hat seine eigene Dynamik.

Am nächsten Tag, am Sonntag, erzählte Sadie, daß ihr Vater jemand anderen suchte, der auf sie aufpassen könnte. Mrs. Kelly stand nur an drei Nachmittagen und Abenden zur Verfügung, und außerdem war sie schon mehr als einmal frühzeitig wieder gegangen. Franklin wollte noch jemand anderen haben. Er überlegte sogar, ob er Sadie nicht zu ihrer Tante nach White Plains schicken sollte, »bis das alles aufgeklärt wäre«. Sadie protestierte so energisch, daß die Sache vorläufig auf Eis gelegt wurde. Aber Franklin gab ihr doch zu verstehen, daß sie nicht mehr soviel Zeit bei mir zu Hause verbringen dürfe. Darauf gab sie zur Antwort, sie habe gedacht, Franklin möge mich.

»Es geht nicht um mögen oder nicht mögen«, sagte Franklin.

Er schlug Sadie auch vor, abends doch zu Paula nach Hause zu gehen.

»Eher laufe ich weg«, sagte Sadie.

Und als Sadie dann am Montag nachmittag aus der Schule nach Hause kam, saß Barry Sanders' Mutter im Wohnzimmer vor dem Fernseher. »Wie eine große, häßliche Pflanze«, erzählte Sadie mir.

»Sag mir, wenn du Hunger hast, und ich mache dir eine Kleinigkeit«, sagte Mrs. Sanders und wandte sich wieder ihrer Show zu. Weil sie angeblich gegen Hunde allergisch war, hatte sie Sadies Cockerspaniel Shadow in den Keller gesperrt. Sadie befreite Shadow und ging auf ihr Zimmer. Gegen sechs machte Mrs. Sanders Makkaroni mit Käse und grünen Bohnen. Barry kam zum Essen, aber er sprach nicht mit Sadie, weil er in Anwesenheit seiner Mutter zu schüchtern war. Mrs. Sanders drängte Barry, er solle seine grünen Bohnen essen. Nach dem Essen wollten Barry und Sadie zu mir hinübergehen, aber Mrs. Sanders meinte, das sei »keine gute Idee«. Statt dessen sahen sie fern. Shadow winselte in Sadies Zimmer, aber er durfte nicht zu ihnen herüberkommen.

»Sie will mich in meinem eigenen Haus gefangenhalten«, erzählte Sadie mir am nächsten Morgen in der Schule.

Dienstag abend ging ich zu Franklin hinüber, als er gegen elf nach Hause kam. »Glauben Sie wirklich, daß ich etwas mit dem Verschwinden dieser Mädchen zu tun habe?«

Die Situation war ihm unbehaglich. »Es wird eine Menge verrücktes Zeug geredet.«

»Das ist keine Antwort auf meine Frage.«

»Selbstverständlich glaube ich nicht, daß Sie etwas damit zu tun haben. Aber die Leute sind aufgeregt. Was kann ich da machen?«

Ich hätte gern gesagt: Franklin, sehen Sie mich an, ich bin Ihr Freund. Aber statt dessen sagte ich: »Nun, ich hoffe, die Sache ist bald erledigt.«

»Das hoffe ich auch«, sagte Franklin. »O Gott, ich hoffe es.«

Hark kam vor Gericht. Der Staatsanwalt wollte ihm eine Mordanklage anhängen, aber Ryan konnte ihn überreden, sich mit Totschlag zu begnügen. Ich möchte gern annehmen, daß Ryan Mitleid mit Hark hatte, aber vielleicht wußte er auch, daß eine Verurteilung wegen Mordes nicht in Frage kam. Es gab eine Menge Leute, die meinten, daß Hark gar nicht hätte verhaftet werden dürfen, weil er das Richtige getan habe. Es hieß, Chihani habe zwar nichts mit den verschwundenen Mädchen zu tun, aber er repräsentiere dennoch eine Art Denken, die zu kriminellem Verhalten führe. Man hörte das Argument, Gesetze existierten, um Abweichler aus der Gesellschaft auszusondern, und wer wie Chihani nach einer radikalen Änderung dieser Gesetze trachte, der mache die Gemeinschaft verwundbar. Chihanis Predigten und die Existenz der UDR hätten eine Atmosphäre geschaffen, in der diese Mädchen überhaupt erst hätten verschwinden können.

Die Gefahren des Laissez-faire wurden allgemeines Gesprächsthema, und ich erfuhr, daß Henry Skoyles, der Besitzer des Kinos in der Main Street, drei geplante Filme abgesetzt hatte, weil sie zu gewalttätig oder sexuell provokant waren, und statt dessen Filme ins Programm genommen hatte, die er als »Familienkost« bezeichnete. Ich war mit Henry Skoyles zur Schule gegangen. Er war zwei Klassen unter mir gewesen und hatte in dem Ruf gestanden, ziemlich erfindungsreich zu sein, was Obszönitäten anging. Einmal hatte er den Schulleiter »Kacknase« genannt, und bald darauf hatte anscheinend jeder dieses Wort benutzt. Und jetzt sah er sich bemüßigt, die Walt-Disney-Fassung von Aladin zurückzuholen und den ganzen Monat zu spielen.

Aber ich werde dem Grauen nicht gerecht. Wir wußten ja nicht nur, daß schreckliche Dinge passiert waren, wir fürchteten auch, daß noch mehr schreckliche Dinge passieren würden. Das machte uns noch mißtrauischer, als könnte das Mißtrauen selbst uns beschützen, indem es uns wachsam sein ließ.

Nachdem Meg verschwunden war, schlossen sich viele neue Leute den »Freunden von Sharon Malloy« an. Meist nannte man die Gruppe jetzt nur noch »Freunde«, denn jetzt gehörten ja auch die Freunde von Meg Shiller dazu; aber rechtlich gesehen waren es immer noch die »Freunde von Sharon Malloy«. Die »Freunde« überlegten sich, daß sie helfen könnten, indem sie Teams von Freiwilligen organisierten, die in Aurelius auf Streife gingen. Bis zum Wochenende hatten sie drei Autos mit drei Leuten, die vierundzwanzig Stunden am Tag durch die Straßen von Aurelius fuhren und aufpaßten. Sie bemühten sich nicht mehr nur, die vermißten Mädchen zu finden, sondern sie wollten auch verhindern, daß noch weitere verschwanden. Wenn ich in der Schule die Meinung geäußert hätte, daß es sich um eine Bürgermiliz handelte, hätte man mich gemaßregelt. Ich bin sicher, daß andere es ebenso empfanden wie ich, aber die Angst hatte ein solches Ausmaß erreicht, daß man keine andere Wahl hatte, als den »Freunden« Beifall zu spenden.

Sharons Onkel, Paul Leimbach und Donald Malloy, waren am aktivsten bei der Organisation dieser Patrouillen, aber Megs Onkel, Mike Shiller, war auch daran beteiligt. Man sprach davon, daß die Männer bei diesen Patrouillen eine spezielle Mütze oder eine Armbinde tragen sollten, um ihren Status als Beschützer kenntlich zu machen, aber Leimbach meinte, das würde zu sehr den Eindruck einer Polizeitruppe erwecken. Donald Malloy beschaffte eine Anzahl von magnetischen Dreiecken von einer Straßenbaufirma in Utica. Sie strahlten in einem reflektierenden Leuchtorange und waren vierzig Zentimeter hoch, und die »Freunde« hängten sie an die Vordertüren ihrer Patrouillenfahrzeuge. Ich weiß nicht, wie oft am Tag ich in der Schule oder zu Hause aus dem Fenster schaute und ein Auto mit diesen orangegelben Dreiecken langsam vorbeifahren sah. Es war beruhigend und beängstigend zugleich. Ich weiß, daß Ryan Tavich diese Patrouillen mißbilligte, aber Chief Schmidt meinte, sie könnten nicht schaden, und war froh, sie auf der Straße zu wissen. Captain Percy sah es mit gemischten Gefühlen.

Paul Leimbach und Donald Malloy verbrachten immer weniger Zeit mit ihrer Arbeit. Von beiden war zu hören, daß die Polizei nicht genug unternehme, um den Täter zu finden und die Bürger von Aurelius zu schützen. In einer Stadtratssitzung schlug Donald eine Sperrstunde vor: Alle unter achtzehn sollten abends um sechs Uhr von der Straße verschwinden. Trotz einiger Proteste wurde der Vorschlag in modifizierter Form angenommen. Mit sofortiger Wirkung durften alle, die unter sechzehn waren, ab sieben Uhr abends nur noch in Begleitung Erwachsener auf der Straße unterwegs sein.

Ich fühlte mich versucht, die Leute daran zu erinnern, daß Sharon am hellichten Nachmittag verschwunden war, aber wir waren so weit gekommen, daß die Leute – und auch ich – sich gründlich überlegten, was sie sagten. Jeder, so schien es, achtete auf Nuancen des Schuldbewußtseins, auf jeden Doppelsinn, der etwas verraten könnte. Wenn ich etwas sagte, hatte ich das Gefühl, daß die Leute nicht auf meine Worte hörten, sondern auf das, was sich dahinter verbarg. Und natürlich glaubten die Leute etwas zu hören, wenn sie in Wirklichkeit nichts dergleichen hörten. Da war es weit besser, den Mund zu halten und tapfer zu lächeln und die »Freunde« für ihre Aufopferung zu preisen. Ich erwog sogar für kurze Zeit, mich ihnen anzuschließen – das war, als ich mich beobachtet fühlte –, aber dann rebellierte ich auf meine eigene, unscheinbare Art und weigerte mich, auch wenn ich niemandem von meiner Weigerung erzählte und und mich eigentlich nur vor mir selbst weigerte.

Als die Sperrstunde in Kraft war, setzte Henry Skoyles die zweite Abendvorstellung in seinem Kino ab, und auch die erste war nur spärlich besucht. Viele Geschäfte und Restaurants, die abends geöffnet waren, änderten ihre Öffnungszeiten. Junior's schloß schon um sieben, der Aurelius Grill um acht. Wegmans Supermarket, der seit Jahren bis Mitternacht geöffnet war, wurde jetzt um neun Uhr zugemacht. Abendliche Versammlungen wurden abgesagt. Die Proben für die Herbstaufführung der High-School wurden ebenfalls abgesagt, genauso wie die Proben für das Weihnachtsstück in der Kirche von St. Mary. In den Bars und Restaurants am Ort ging der Umsatz zurück. Leute, die sonst nie ihre Haustür abgeschlossen hatten, taten es jetzt.

Andererseits hatte der Pizza-Service jetzt doppelt soviel zu tun, und die Videotheken machten ein Riesengeschäft. Der Spirituosenladen im Einkaufszentrum hatte auch mehr Betrieb. Die Stadtbibliothek verzeichnete höhere Ausleihezahlen, und der Kirchenbesuch stieg an. Ich muß auch sagen, daß ein höherer Prozentsatz meiner Schüler die Hausaufgaben jetzt rechtzeitig ablieferte. Nach allem, was ich im Lehrerzimmer hörte, war es in vielen Klassen so. Die Morellis, die auf der anderen Straßenseite wohnten, kauften sich in einem Zwinger in Utica einen deutschen Schäferhund, der die ganze Nacht bellte und die Katzen der Nachbarschaft terrorisierte. Überhaupt kauften sich viele Leute einen Hund.

Vieles von all dem war bei Franklin zu lesen, und indem er darüber schrieb, schien er das Ausmaß der Angst unter uns zu steigern. Seine Artikel führten dazu, daß noch mehr Versammlungen abgesagt wur-

den, noch mehr Geschäfte früher schlossen. Gleichwohl hatte man den Eindruck, wenn Franklin nichts geschrieben hätte, wäre die Angst noch schlimmer gewesen. Also schrieb er, soviel er konnte. Aber wegen seiner Beziehung zu Paula und Aaron, und weil er Chihani öfters interviewt hatte, ja, sogar weil er nicht aus Aurelius stammte, vermutete man, daß er uns weniger verriet, als er wußte. Man nahm an, daß er Informationen zurückhielt, als hätte die Polizei Verdächtige – wie Aaron oder andere Mitglieder der UDR –, von denen Franklin wußte, über die er aber nichts sagte.
Franklin geriet dadurch in eine unmögliche Lage. Schrieb er etwas, weckte er Angst. Schrieb er nichts, weckte er auch Angst. Und er konnte nie genug schreiben; man glaubte doch immer, daß er Schlimmeres verheimlichte.

32

Der dicke Leon Stahl fuhr in seiner Alltagsroutine fort, als hätte sich nichts Ungewöhnliches ereignet. Chihanis Kurse wurden von anderen Mitgliedern des Lehrkörpers übernommen, und der Kurs, in den Leon sich eingeschrieben hatte – »Klassenbeziehungen im 19. Jahrhundert« –, wurde Sherman Carpenter zugewiesen, dem Professor, der die – allerdings kurze – Affäre mit Harriet Malcomb gehabt hatte. Leon war zwar bestürzt über Chihanis Tod, aber über Sharons und Megs Verschwinden dachte er kaum nach. Nicht, daß er gefühllos gewesen wäre – eher lebte er, wie die meisten Studenten, in einer anderen Welt. Viele verließen den Campus niemals – und wenn, dann nur, um in einen der Pubs oder in eine Snackbar zu gehen. Leon wußte, daß die Mädchen vermißt wurden, und vielleicht machte er sich auch Sorgen um sie, aber die Tatsache, daß Harriet, die er ja zu lieben glaubte, sich sexuell mit Professor Carpenter eingelassen hatte, war viel bedeutsamer.

In den zehn Monaten, die Leon der UDR angehört hatte, war er ein wenig reifer geworden. Er hatte seinem kleinen schwarzen Schnurrbart einen kleinen schwarzen Ziegenbart hinzugefügt, und er kleidete sich in diverse Sportsakkos, Tweed- und Fischgrätmuster, die er in Second-Hand-Läden in Utica erstand. Sie waren alle nicht in erstklassigem Zustand, und sie saßen nicht gut. Als es kälter wurde, fing er außerdem an, ein kariertes Hütchen zu tragen, und während die meisten Studenten ihre Bücher im Rucksack mit sich herumschleppten, hatte Leon eine alte lederne Aktentasche, ebenfalls aus einem Secondhandladen. Und er kaufte sich eine neue Brille, mit Drahtgestell. Er hielt sich für einen Intellektuellen, und vielleicht war er auch einer. Zumindest steckte seine Nase immer in irgendeinem Buch. Er konnte sogar beim Gehen lesen, und so sah ich ihn oft, wie er vom Campus in die Stadt ging und dabei ein Buch las.

Auf einem solchen Gang lief er Andy Wilkins und Russ Fusco über den Weg. Sie waren zwei junge Männer, die in der Seilerei arbeiteten. Aber was wichtiger ist: Sie gehörten zu den »Freunden« und beteiligten sich an den Patrouillen. Allerdings waren sie nicht im Dienst, als sie Leon trafen. Die beiden waren ein selbstzufriedenes Paar mit einer übertriebenen Meinung von ihrem guten Aussehen. Andy hatte bei den »Terriers« Football gespielt und sogar das High-School-Examen geschafft. Russ stammte aus Norwich, aber er war nach Aurelius gezogen, als er den Job in der Seilerei bekommen hatte. Beide waren Mitte Zwanzig.

Wer weiß, was sie dachten? Keiner der beiden war dafür bekannt, daß er gern andere schikanierte, aber man hörte auch nicht viel zu ihren Gunsten. Sie waren junge Männer, die Bier tranken, sich nicht besonders gut artikulieren konnten und schockiert, aufgebracht und empört über die jüngsten Ereignisse in unserer Stadt waren. Sie wollten Leon eine Frage stellen; das behaupteten sie jedenfalls. Und es stimmt vielleicht, aber die Frage bezog sich auf Leons Verbindung zur UDR und auf die Verbindung zwischen der UDR und Sharon und Meg. Andy und Russ kannten Hark Powers; sie waren zwar nicht mit ihm befreundet, aber sie fanden, daß man Hark übel mitgespielt hatte. Schließlich hatte Chihani ihn ja mit seinem Stock geschlagen.

Leon ging die Monroe Street hinunter und auf die Main Street zu. Es war kurz nach Mittag, und er wollte zum Aurelius Grill, um dort etwas zu essen. Jeden Mittwoch gab es im Grill ein Sonderangebot: Hackbraten mit Stampfkartoffeln und Sauce. Für Leon war es ein Ritual geworden, zumal da seine Lieblingskellnerin ihm immer eine extradicke Scheibe Hackbraten abschnitt. Es war ein milder Tag; kleine weiße Wölkchen zogen über einen blauen Himmel. Leon las im Gehen ein Buch von Terry Eagleton über marxistische Literaturtheorie.

Andy ließ seinen grünen Camaro am Randstein ausrollen. Als Leon den Wagen erreicht hatte, rief Andy: »Hey, du.«

Leon ging weiter. Später sagte er, er habe niemanden gehört.

Andy rief ihn noch einmal, aber Leon blieb nicht stehen. Andy legte den Rückwärtsgang ein, setzte ruckartig zurück, trat auf die Bremse und stieg aus. Russ Fusco stieg ebenfalls aus.

Andy stand mitten auf dem Gehweg, als Leon herankam; er las immer noch in seinem Buch.
»Hey«, sagte Andy noch einmal. Er konnte sich nicht vorstellen, wie jemand ein Buch las, schon gar nicht im Gehen.
Leon ging weiter. Er schien Andys Anwesenheit gar nicht zu bemerken.
Andy schlug Leon das Buch aus den Händen. Er flog über den Gehweg, und Russ hob es auf. Der Titel sagte ihm nichts, aber er erkannte den Namen Marx. Er zeigte Andy den Titel.
»Gib mein Buch her«, sagte Leon, der die beiden Männer erst jetzt bemerkt hatte. Sein Ton war herrisch. Er begriff nicht, wieso irgend jemand ihm ein Buch aus der Hand schlagen sollte. Er war größer als Andy und Russ und wog soviel wie die beiden zusammen. Russ sagte später, Leons Hütchen habe auf seinem Kopf gesessen wie eine Rosine auf einem Hefekloß, und diese Beschreibung wurde von vielen Leuten aufgegriffen.
»Ich hab eine Frage an dich«, sagte Andy.
»Gib mein Buch her«, sagte Leon ein bißchen lauter.
»Das kriegst du, wenn ich bereit bin, es dir zu geben«, sagte Russ.
Da griff Leon die beiden an. Wenn man bedenkt, wieviel Wert er Büchern beimaß, war dies eine religiöse Angelegenheit für ihn. Er stieß Andy zu Boden und wollte Russ das Buch aus der Hand reißen, aber Russ wich zurück. Leon stürzte sich auf ihn, aber da war Andy schon wieder aufgestanden und packte ihn von hinten.
Das Ende war, daß Andy Leon verprügelte. Er zerbrach seine Brille, schlug ihn zu Boden und schleuderte sein kariertes Hütchen mit einem Fußtritt auf die Straße. Und als Leon wie eine mächtige, stöhnende Masse am Boden kauerte, schnappte Andy sich das Buch und zerriß es. Das passierte am hellichten Tag, und es gab Leute, die es sahen. Bevor Andy fertig war, hielt ein Polizeiwagen mit Chuck Hawley und Ray Hanna mit kreischenden Reifen, und die beiden zerrten Andy von Leon weg. Russ hatte Leon nicht angerührt, aber er hatte auch nichts unternommen, um seinen Freund von ihm abzubringen.
Leon war zwar nichts Ernstes passiert, aber er war doch verletzt. Andy war wütend darüber, daß eine fette Kreatur wie Leon es wagen konnte,

ihn anzugreifen. Leon war wütend darüber, daß sie ihm sein Buch weggenommen und es zerrissen hatten. Er erstattete Anzeige, und Andy und Russ wurden festgenommen. Leon bestand außerdem darauf, ins Krankenhaus gebracht zu werden. Röntgenaufnahmen erbrachten keinen Hinweis auf innere Verletzungen, und nachdem man ihm zwei Pflaster verpaßt hatte, war er wieder so gut wie neu.

Franklin schrieb einen Artikel über die Angelegenheit für den *Independent*, der am nächsten Donnerstag erschien. Die Leute erfuhren, daß Andy und Russ aktive Mitglieder bei den »Freunden von Sharon Malloy« waren. Leons Mitgliedschaft in der UDR und seine Beziehung zu Chihani wurden nachdrücklich herausgestellt. Andy behauptete, er habe Leon lediglich eine simple Frage stellen wollen (er sagte nicht, welche), und Leon sei über ihn hergefallen. Leon sagte, er habe nur versucht, sein Buch zurückzubekommen.

Franklin sprach mit Paul Leimbach über den Zwischenfall und hoffte auf eine Entschuldigung seitens der »Freunde«. »Die Leute sind aufgebracht«, sagte Leimbach. »Infolgedessen werden Fehler begangen.« Niemand fand das beruhigend.

Am Donnerstag abend warf jemand Steine ins Fenster von Leons Apartment im ersten Stock; dabei landeten Glasscherben auf dem Teppich, und ein Kassettenrecorder wurde beschädigt. Leon war zu der Zeit in der Bibliothek. Niemand wurde dafür zur Rechenschaft gezogen, aber Ryan ermittelte, daß Russ oder Andy nicht daran beteiligt gewesen sein konnten. Am Sonntag abend gegen zehn warf wieder jemand einen Stein durch Leons Fenster. Leon rief die Polizei. Chuck Hawley fuhr hin, fand in der Umgebung aber niemanden. »Verlassen« war das Wort, das Chuck benutzte. Die Straßen waren verlassen.

Am Montag traf der Studentendekan im College sich mit Leon und fragte ihn, ob er beurlaubt werden wolle. Die Gebühr, die er für das Herbstsemester bezahlt habe, könne auf ein späteres Semester angerechnet werden. Leon akzeptierte. Jetzt, da die Welt seine Aufmerksamkeit auf sich gelenkt hatte, wurde ihm bang. Er begriff nicht, weshalb jemand sein Buch stehlen oder ihm die Fenster einschmeißen wollte.

»Schließlich«, sagte er, »war ich doch noch nicht mal mit auf dem Friedhof.«
Den Umstand seiner Mitgliedschaft bei der »Untersuchung der Rechten« betrachtete er nicht als wichtig.
»Eine Diskussionsgruppe«, sagte er immer wieder. »Wieso sollen wir ein kleines Mädchen kidnappen?«
Am Dienstag packte Leon seinen Koffer und fuhr heim nach Dunkirk am Ufer des Lake Erie. Die Polizei hatte seine Telefonnummer, falls sie ihn brauchen sollte. Damit waren noch fünf Mitglieder der UDR übrig: Aaron, Harriet, Barry und die Brüder Levine. Sie hielten keine Sitzungen mehr ab. Barry und Aaron trafen sich manchmal. Manchmal traf Aaron sich mit Harriet. Jesse und Shannon wandten sich wieder ihren Skateboards zu, aber sie nannten sich immer noch Marxisten. Aber ihre spezielle Form des Marxismus erforderte kein Studium. Sie war schlicht eine Alternative zu allem, was an der Welt auszusetzen war, und die Verwendung des marxistischen Jargons verschaffte ihnen einen Vorteil bei Diskussionen mit anderen Studenten. »Praxis«, pflegten sie zu sagen. »Epistemologische Dialektik!« Aber natürlich waren wir noch nicht fertig mit ihnen.
Der Überfall auf Leon stieß zwar auf Mißbilligung, aber etliche sahen darin doch ein dringend benötigtes Mittel gegen die Kräfte der Anarchie. Sie verstanden es auch als Aktion der »Freunde von Sharon Malloy«, obwohl Andy und Russ zum fraglichen Zeitpunkt nicht im Dienst gewesen waren. Die »Freunde« wurden zu einer Macht in Aurelius, aber es sah nie so aus, als würden sie durch ein Gefühl der Macht motiviert, sondern vielmehr durch Angst: Angst vor dem Verlust weiterer Kinder. Ihr Machtgebrauch rührte aus dieser Angst, nicht so sehr aus Freude an der Macht um ihrer selbst willen. Es gab ein paar Mitglieder, die ihre Macht mißbrauchten, aber die Gruppe an sich schien von guten Absichten beseelt zu sein.
Aber ihre Angst führte sie dazu, ihre Befugnisse zu überschreiten – das spürte ich. Ein Beispiel dafür war ihr Besuch bei mir an dem Tag, als Leon verprügelt wurde. Ich sollte ergänzen, daß viele Leute von ihnen Besuch bekamen und daß niemand sich davon eingeschüchtert fühlte. Zumindest beklagte sich keiner.

Ich hatte die Unterrichtsvorbereitungen für den nächsten Tag beendet und es mir bequem gemacht, um im *Scientific American* zu blättern. Ich muß zugeben, daß ich selten mehr als die ersten paar Absätze der Artikel lese, aber die Bilder sind ein Genuß, und mindestens eine Story ist immer für den Biologieunterricht in der zehnten Klasse zu gebrauchen. Einmal im Monat lasse ich einen Schüler ein Referat darüber schreiben, und dafür gibt es Extrapunkte.

Um neun Uhr läutete es an der Tür. Erst dachte ich, es sei Sadie; sie klopfte meistens oder kam einfach so herein, aber jetzt hatte ich wie jedermann die Haustür abgeschlossen. Sadie wurde weiterhin von Barrys Mutter beaufsichtigt, dem »Kloß«, wie Sadie sie nannte. Und da es ein Mittwoch abend war, wußte ich, daß Franklin in der Zeitung beschäftigt war.

Durch die Scheibengardine an der Haustür sah ich drei Leute auf der Veranda. Ich schaltete das Licht ein und erkannte Donald Malloy, Agnes Hilton und Dave Bauer. Ich erschrak, denn ich wußte, daß sie alle zu den »Freunden« gehörten. Andererseits arbeitete Agnes Hilton auch als Kassiererin und Sekretärin der Ebenezer-Baptistenkirche, und Dave Bauer war stellvertretender Leiter des YMCA und gehörte der Freiwilligen Feuerwehr an. Und sie machten freundliche Gesichter, besonders als ich das Licht anmachte.

Ich öffnete die Tür und bat sie herein. Es folgte ein kurzes Fußgetrappel; Mäntel wurden ausgezogen, Hände geschüttelt. Es war ein kalter Abend, und alle waren dick angezogen. Wieder fiel mir ihre Freundlichkeit auf, aber noch mehr ihr Bestreben, freundlich zu erscheinen.

»Wir haben uns gefragt, ob wir wohl kurz mit Ihnen sprechen dürfen«, sagte Donald Malloy herzlich. »Wir werden Sie nicht lange belästigen.«

Ich bat sie ins Wohnzimmer. Agnes machte eine schmeichelhafte Bemerkung über die Möbel, obwohl sie alle nichts Besonderes waren. Sie war eine rothaarige Frau von Ende Vierzig, die stets Kleider trug. Ihr Mann war entweder tot oder irgendwie verschwunden, denn sie lebte allein mit einer jüngeren Schwester. Aber sie trug einen Ehering am Finger; also hatte es vermutlich irgendwann einmal einen Mr. Hilton gegeben.

Ich bot ihnen Tee an.
»Das wäre sehr nett«, sagte Dave Bauer.
Agnes Hilton erbot sich, mir zu helfen, aber ich sagte, ich käme schon zurecht. Ich wollte einen Augenblick allein sein, um mich zu sammeln. Ich ging also in die Küche und besorgte ein Tablett. Im Schrank war eine Dose mit dänischen Keksen, die ich verwahrt hatte; ich legte ein Dutzend auf einen Teller. Solche Situationen sind immer dumm. Sollte ich die Kekse auf einen guten oder auf einen gewöhnlichen Teller legen? Ich entschied mich für einen gewöhnlichen: Porzellan aus Syracuse. Dann schüttete ich das Wasser in die Teekanne und trug das Tablett ins Wohnzimmer. Dave Bauer und Agnes saßen auf der Couch. Donald saß im Sessel, in dem Sessel, in dem ich immer sitze.
Donald klappte den *Scientific American* zu, in dem er geblättert hatte. »Ziemlich phantastisch, dieses Human-Genom-Projekt«, sagte er. »Dieser Watson, das ist ein Mann, dem ich gern mal die Hand schütteln würde.« Er legte das Heft auf den Couchtisch. Er hatte ein offenes, liebenswürdiges Gesicht, und die Sommersprossen ließen ihn jünger aussehen, als er tatsächlich war. Er trug Khakihosen und so einen braunen Flickenpullover von L. L. Bean. Als er sich vorbeugte, um die Zeitschrift auf den Tisch zu legen, ächzte er leise.
Ich stellte das Tablett neben die Zeitschrift.
»Sie müssen betrübt sein wegen der Terriers«, meinte Bauer.
Die High-School-Footballspiele am Freitag abend waren wegen der Sperrstunde abgesagt worden, und das bedeutete, daß die Mannschaft in ihrer Liga nicht mehr im Wettbewerb war. Aber ich mußte einen Moment überlegen, ehe ich wußte, wovon Bauer da redete.
»Es ist schon schade«, sagte ich und goß Tee in drei Tassen. »Zucker und Milch nehmen Sie sich bitte selbst.«
»Ich trinke meinen so«, sagte Donald.
Ich reichte ihm eine Tasse, schenkte mir dann selbst eine ein und setzte mich in den Sessel auf der anderen Seite des Kamins. Ich hatte zwar Birkenscheiter für das Feuer aufgestapelt, aber die hob ich mir für Freitag abend auf. Jetzt verzog ich das Gesicht zu einem erwartungsvollen Ausdruck.

»Ich nehme an, Sie fragen sich, warum wir hier sind«, sagte Donald und lächelte seine Begleiter an. Bauer nahm ein Plätzchen.
Agnes erklärte, daß sie von den »Freunden von Sharon Malloy« kämen, und es werde ja so einiges über die verschwundenen Mädchen geredet. Ich war, das muß ich leider sagen, ängstlich darauf bedacht, nichts Falsches zu sagen, und auch darauf, nicht nervös zu erscheinen. Bauer nahm sich noch einen Keks. Er war einer von diesen drahtigen jungen Männern, die den ganzen Tag essen können, ohne ein Pfund zuzunehmen. Im Sommer trainierte er die »Little League«-Baseballmannschaft, und im Winter leitete er ein Basketballprogramm im YMCA. Ich hoffte, er würde nicht merken, daß ich mich für Sport nicht interessierte. Dann beunruhigte es mich, daß ich mich von diesen Leuten eingeschüchtert fühlte.
»Was hat das alles mit mir zu tun?« fragte ich.
»Ich höre, Sie haben Meg Shiller an dem Abend, an dem sie verschwunden ist, gesehen«, sagte Donald. Er schien sich in meinem Sessel sehr wohl zu fühlen. Seine Teetasse stand unberührt auf dem Couchtisch. Er hatte keinen Keks genommen.
»Sie kam mit Hillary und Sadie zu mir, bevor sie auf Sammeltour gingen. Sie wollten ihre Kostüme vorführen.«
»Sie kennen Meg also?« fragte Agnes.
Mir fiel auf, daß sie im Präsens sprach. »Ich kenne Sadie, und Meg ist eine Freundin von Sadie. Natürlich kenne ich sie auch aus der Schule. Meg hatte letztes Jahr bei mir Naturkunde.«
»Und wann haben die drei Sie besucht?« fragte Donald.
»Gegen sechs.«
»Und Sie haben Meg nicht noch einmal gesehen?«
Ich schwieg einen Moment lang. Dann sagte ich: »Darf ich den Grund für Ihr Interesse erfahren? Ich habe bereits mit der Polizei gesprochen, und mir scheint doch, daß ich über diese Angelegenheiten – wenn sie in der Tat von Bedeutung sein sollten – vielleicht den Behörden gegenüber Rechenschaft abzulegen habe, aber niemandem sonst. Zumindest bin ich nicht verpflichtet, Ihre Fragen zu beantworten.« Ich geriet ziemlich außer Atem, als ich das alles sagte.
Die drei schauten einander an. In ihren Gesichtern lag freundlicher,

milder Verdruß, als hätten sie schon befürchtet, daß ich mit dieser Frage kommen würde.

»Wir haben mit vielen Leuten gesprochen«, sagte Bauer. »Uns ist klar, daß Sie mit der Polizei gesprochen haben wie andere auch. Aber wir fanden, es könnte nichts schaden, das Material noch einmal durchzugehen. Nicht, daß Sie etwas verbergen wollten. Aber es kann sein, daß der Polizei etwas entgangen ist.«

Es lag mir auf der Zunge, sie zu fragen, was sie denn zu kompetenten Ermittlern mache, aber mir schien, weitere Proteste meinerseits könnten mir als Trotz ausgelegt werden, und ich mußte mich fragen, ob sich dieses Risiko lohnte.

»Ich habe Meg an dem Abend nicht noch einmal gesehen«, sagte ich.

Sie stellten weitere Fragen, und ich erzählte, wie Sadie zu mir gekommen war, wie wir zusammen losgezogen waren, um Meg zu suchen, und wie Sadie den Schirm gefunden hatte.

»Sie waren es, der die Polizei gerufen hat?« fragte Agnes.

Ich gab zu, daß ich es gewesen war. Ich bemühte mich, auf ihre Fragen kühl zu antworten, ohne meine Verärgerung zu zeigen, und berichtete, wie ich bis gegen Mitternacht bei Franklin geblieben und dann nach Haus gegangen war.

»Ich habe noch eine Frage«, sagte Donald, »und ich muß Ihnen sagen, daß mir absolut nichts daran liegt, Sie zu beleidigen.«

Ich wartete und rechnete mit dem Schlimmsten.

Donald warf Mrs. Hilton einen Blick zu, und sie nickte. »Wir hätten gern gewußt, ob Sie homosexuell sind.«

Ich hatte zwar mit einer Überraschung gerechnet, aber jetzt war ich doch schockiert. »Mein Privatleben geht Sie überhaupt nichts an«, sagte ich.

»Das ist uns klar«, sagte Donald. Wieder warf er den andern einen hilfesuchenden Blick zu und versuchte dann, liebenswürdig zu lächeln. Mit seinem breiten irischen Gesicht sah er zwar fröhlich aus, aber er war dennoch kein Mann, bei dem ich besonders viel Fröhlichkeit vermutete. »Sie müssen verstehen«, fuhr er fort, »daß wir diese Fragen nicht für uns selbst stellen, sondern um die verschwundenen Mädchen zu finden. Kennen Sie andere Homosexuelle in Aurelius?«

Ich zögerte wieder. »Kann sein.«
»Was ist mit Jaime Rose?« fragte Agnes Hilton.
»Ist er homosexuell?« fragte ich zurück.
»Was ist mit Aaron McNeal?« fragte Donald.
»Bei dem bezweifle ich es sehr. Er hat Freundinnen in der ganzen Stadt.« Seine Frage überraschte mich, und ich fragte mich, ob er durch Aarons Freundschaft mit Barry darauf gekommen war.
Donald fing an, hastig zu reden; er beugte sich vor, stützte die Ellenbogen auf die Knie, und sein dicker Bauch ruhte auf den Oberschenkeln. »Ob Sie homosexuell sind, ist Ihre eigene Sache. aber wir haben uns gefragt, ob es in Aurelius eine Organisation von schwulen Männern gibt. Wir hätten gern Gelegenheit, uns an sie zu wenden, nur um sicherzugehen, daß alle Möglichkeiten ausgeschöpft wurden.«
»Wir haben auch mit anderen Gruppen gesprochen«, sagte Bauer, und er erzählte etwas von einer Standardtanzgruppe, die sich in der Episkopalkirche traf. Ich fand es unfaßbar, daß er eine Schwulenorganisation mit einer Standardtanzgruppe verglich.
»Mit den Freimaurern und mit der Kiwani-Loge haben wir auch gesprochen«, ergänzte Agnes. Sie musterten mich mit freundlicher Besorgnis, als stimme mit mir etwas nicht. Ich schaute ausdruckslos zurück und bemühte mich, die Tatsache zu verbergen, daß ich fand, mit ihnen stimme etwas nicht.
»Ich weiß von keiner Organisation schwuler Männer in Aurelius«, sagte ich, und das stimmte. Im übrigen war ich sicher, daß sie das auch wußten, und das bedeutete, daß sie nicht wegen derartiger Informationen gekommen waren, sondern um mich genauer in Augenschein zu nehmen.
»Ich weiß, Sie sind betroffen über das Verschwinden der Mädchen«, sagte Donald und lehnte sich im Sessel zurück, »zumal da Sie eine so enge Beziehung zu Sadie haben. Es ist eine schreckliche Sache, nicht nur für die Familien der Mädchen, sondern für die ganze Stadt.« Sanft rieb er sich mit der rechten Hand die Wange, als berühre er da einen Bluterguß. »Sie sind sicher besorgt über all das, was da passiert ist: der Bombenalarm in der High-School, der Tod dieses Professors und natürlich dieses Mißtrauen. Aber unser normales Leben wird erst wie-

der weitergehen, wenn wir wissen, was mit Sharon und Meg passiert ist. Ihr außergewöhnliches Verschwinden zwingt uns zu außergewöhnlichen Maßnahmen.«

»Glauben Sie im Ernst, unser Leben wird wieder normal werden?« fragte ich. »Selbst wenn wir erfahren, was passiert ist?«

»Vielleicht nicht«, sagte Donald.

»Aber wir hoffen es«, sagte Agnes Hilton. »Und auf alle Fälle beten wir darum.«

33

Zwei Tage nach Halloween bekam Ryan Tavich einen Anruf. Er hörte eine leise Frauenstimme, die flüsterte.
»Sie können Aaron McNeal laufenlassen«, sagte sie. »Er war am Halloween-Abend bei mir.«
Daß Aaron in Potterville im Gefängnis saß, hatte im *Independent* gestanden.
»Und wer sind Sie?« fragte Ryan. Mit so etwas hatte er gerechnet. Er versuchte die Stimme irgendwo unterzubringen, aber er konnte es nicht.
»Das möchte ich nicht sagen«, antwortete die Frau ziemlich steif.
Ryan grunzte bedauernd. »Ich kann McNeal leider nicht auf Ihr bloßes Wort hin laufenlassen. Ich weiß nicht, wer Sie sind, und ich weiß keine Einzelheiten über die Zeit, die er mit Ihnen verbracht hat.«
»Die Einzelheiten können Sie sich doch sicher vorstellen.«
Ryan fragte sich, ob er es wirklich konnte. »Aber ich weiß immer noch nicht, wer Sie sind. Warum sollte ich Ihnen glauben?«
»Wenn ich Ihnen meinen Namen nenne, würden Sie mir versprechen, daß Sie ihn nicht preisgeben?«
»Ich müßte mit Ihnen reden.«
»Sie reden ja mit mir.«
»Ich muß persönlich mit Ihnen reden.«
»Das ist unmöglich.« Die Frau hob die Stimme ein wenig.
»Dann muß Aaron im Gefängnis bleiben.« Ryan wartete.
»Aber warum?« fragte die Frau.
Ryan beschloß, mit den Albernheiten aufzuhören. »Weil ich von Angesicht zu Angesicht mit Ihnen sprechen will. Es liegt jetzt bei Ihnen.«
Eine kurze Pause trat ein, und Ryan hörte die Frau atmen. Im Hintergrund hörte er eine Registrierkasse klingeln. Wer benutzte denn noch

eine altmodische Registrierkasse? Captain Percy kam mit zweien seiner Männer ins Büro. Sie traten an eine topographische Karte, die an der Wand befestigt war, und Percy deutete auf einen Punkt im Norden der Stadt.

»Es müßte wirklich unter vier Augen sein«, sagte die Frau.

»Wo Sie wollen.«

»Wenn Sie überzeugt wären, daß Aaron bei mir war, würden Sie ihn dann sofort laufenlassen?«

»Selbstverständlich.«

»Dann sollten wir uns noch heute vormittag treffen.« Die Frau schwieg einen Moment. »Wie wär's, wenn wir uns um neun im Lexikonraum der Bibliothek treffen, um halb zehn? Da ist nie jemand.«

Ryan war einverstanden, und sie beendeten das Gespräch. Er überlegte. Die Stimme war keine Mädchenstimme gewesen, aber ihr Alter konnte er nicht schätzen. Und er dachte auch an die Registrierkasse. Vor seinem geistigen Auge sah er sie vor sich – verchromt, mit schwarzen Tasten –, aber er konnte sich nicht vorstellen, wo sie stehen sollte. Bis zur Bibliothek waren es drei Häuserblocks, und Ryan beschloß, zu Fuß zu gehen. Captain Percy und seine Leute studierten noch immer die Karte an der Wand. Im Laufe des letzten Monats hatte Percy ein wenig von seiner militärischen Erscheinung verloren. Nicht, daß er warmherziger geworden wäre, aber er wirkte weniger zuversichtlich. Wie wir alle, dachte Ryan.

Er schnappte sich seine Sportjacke, verließ die City Hall und bog nach rechts in die Main Street. Es war ein kühler, sonniger Tag, und ein paar letzte Blätter wehten durch die Gosse. Viel Verkehr war nicht, aber er sah ein paar Leute, die er kannte, und winkte ihnen zu. Autos parkten schräg vor dem Haus der »Freunde von Sharon Malloy«. Sharons Bild hing rechts neben der Tür, Megs auf der linken Seite. Ryan ging bei Junior's und an der Key Bank vorbei, dann an Weaver's Bakery und Malloy's Pharmacy. Das Riesenbild von Sharon lächelte ihm aus Malloys Schaufenster entgegen. Er warf einen Blick durch die Tür, sah drinnen aber niemanden; vielleicht bewegte sich auch etwas, aber er konnte es nicht genau erkennen. Dann hatte er die Bibliothek erreicht; er stieg die Treppe hinauf und betrat den allgemeinen Lesesaal. Zirka zehn Leute

blätterten in Zeitungen und Zeitschriften. Ryan kannte fast alle und nickte mehreren zu. Die Bibliothekarin, Mrs. Wright, schaute ihn mit hochgezogenen Brauen an.
»Ich muß was nachschlagen«, sagte er, und er eilte an ihr vorbei, ehe sie ihm ihre Hilfe anbieten konnte, und ging die Treppe zum ersten Stock hinauf. Der Lexikonraum war leer. Aus den Heizkörpern kamen metallische Geräusche. Ryan nahm einen Band der Encyclopedia Britannica heraus und setzte sich mit dem Gesicht zur Tür an einen Tisch an der hinteren Wand. Er schlug einen Artikel über Tibet auf und begann ihn zu überfliegen, und er dachte, daß er wahrscheinlich niemals nach Tibet kommen würde – und nach Europa übrigens wohl auch nicht. Er überlegte, ob er das bedauerte, und stellte fest, daß er es nicht tat.
Jemand betrat den Raum. Es war Mrs. Porter, die in Malloy's Pharmacy arbeitete. Das ärgerte ihn; er fürchtete, daß sie mit ihrer Anwesenheit die Frau verscheuchen könnte, mit der er sich hier treffen wollte. Dann sah er zu seiner Überraschung, daß Mrs. Porter geradewegs auf seinen Tisch zukam, und mit noch größerer Überraschung erkannte er, daß sie die Frau war, mit der er telefoniert hatte. Jetzt erinnerte er sich auch, wo er die Registrierkasse gesehen hatte; das zumindest war also geklärt.
Mrs. Porter war eine achtbar aussehende Frau über Vierzig, schlicht, aber gut erhalten. Sie trug eine dreiviertellange graue Wolljacke über einem dunklen Kleid. Ryan erwartete, daß sie nun sagen würde: »Ich schäme mich so.«
Statt dessen sagte sie: »Genügt Ihnen das?«
Ryan hatte sie schon hundertmal gesehen, aber nie außerhalb der Apotheke. Er begriff, daß er überhaupt nichts über sie wußte. Verschwommen konnte er sich an einen Mr. Porter erinnern, aber er hatte keine Ahnung, was der Mann machte. Die Frau war nie hübsch gewesen, dessen war Ryan sicher, aber sie war gut gekleidet, und ihre dunkelbraunen Augen waren attraktiv. Sie war weder dünn noch dick – »kompakt«, hätte Ryan gesagt.
»Setzen Sie sich«, sagte er.
Nach kurzem Zögern setzte sich ihm gegenüber an den Tisch und fal-

tete die Hände vor sich. »Soll ich mir auch ein Buch nehmen?« fragte sie ein bißchen ironisch.
»Wenn Sie möchten.« Sie rührte sich nicht. Ryan schaute auf seine Hände, breit, mit kurzen Fingern. Dann schaute er auf Mrs. Porters Hände; sie waren groß, mit langen Fingern – wahrscheinlich größer als seine. »Wie heißen Sie mit Vornamen?« fragte er.
»Mildred.«
Jäh fiel ihm ein, daß sie mit Rolf Porter verheiratet war, dem Geschäftsführer der Immobilienfirma »Century 21«, der zusammen mit Sandra Petoski den Vorsitz bei den »Freunden von Sharon Malloy« führte. Er konnte sich nicht erinnern, ob sie auch Kinder hatten.
»Erzählen Sie mir von Ihrer Beziehung zu Aaron«, sagte Ryan.
»Es gibt keine Beziehung. Er war ein paarmal bei mir zu Hause und ist über Nacht geblieben. Ich weiß nicht, ob er noch mal kommt.« Ihr Tonfall klang ein wenig trotzig, als erwarte sie, daß Ryan dies mißbillige. Sie sah ihm in die Augen, ohne mit der Wimper zu zucken.
»Und an Halloween war er bei Ihnen?«
»Er ist am nächsten Morgen gegangen, als ich zur Arbeit mußte.«
»Seit wann kennen Sie ihn?«
»Wer er ist, weiß ich seit Jahren. Vor einem Monat hat er in der Apotheke mit mir gesprochen. Einen Tag später kam er wieder, und wir unterhielten uns noch einmal. Zwei Tage später kam er abends zu mir nach Hause. Ich habe ihn nicht weggeschickt.« Wieder hatte ihre Stimme diese trotzige Schärfe. Ryan fragte sich, was Aaron an ihr gereizt haben mochte.
»Worüber haben Sie sich unterhalten?« fragte er.
Sie wirkte einen Moment lang unsicher, als habe Ryan angedeutet, daß ein Mann von zwanzig und eine Frau von vierzig Jahren kein gemeinsames Gesprächsthema finden könnten. »Über alles mögliche.«
»Hat er über Houari Chihani gesprochen?«
»Nein.«
»Über Sharon Malloy?«
»Ein bißchen.«
»Hat er über seine Mutter gesprochen?«
»Ja, ein paarmal.«

»Was hat er gesagt?«
»Er sprach von ihrem Humor und davon, wie energisch sie war, und daß sie sich anscheinend immer für ihn interessiert habe. Er sprach sogar davon, wie sie sich das Haar bürstete.«
Ryan sah Janice plötzlich in der Erinnerung vor sich, wie sie vor ihrem Spiegel saß und ihr Haar bürstete und bürstete – manchmal eine halbe Stunde lang. Die Erinnerung hätte ihn fast entwaffnet.
»Hat er auch über ihre Ermordung gesprochen?«
»Nicht direkt. Das Thema ist sehr schmerzlich für ihn.«
»Und über ihre Beziehung zu Männern?«
»Er sagte, sie habe wahrscheinlich mit über zweihundert Männern in Aurelius geschlafen. Das hat ihn beeindruckt. Ich habe ihn gefragt, ob er es ihr mit der Zahl seiner Frauen nachmachen wolle, und er sagte, vielleicht.«
»Was hat Ihnen an Aaron gefallen?« fragte Ryan.
»Er war nett, und er wollte mich. Überrascht Sie das?«
Ryan schaute weg. Sie waren immer noch allein im Raum. Er klappte den Band der Enzyklopädie zu. »Kannten Sie seine Mutter?« fragte er.
Mrs. Porter zögerte. »Sie war ein paarmal in der Apotheke.«
»Um etwa zu kaufen?«
»Natürlich.«
»Was?«
»Das Übliche.«
»Hat sie Kondome gekauft?«
»Ja.«
»Hat sie mit Donald gesprochen?«
»Manchmal hat er sie bedient.«
»Wirkten sie befreundet?«
»Nicht besonders. Eigentlich behandelten sie einander ziemlich kühl.«
»Was hielten Sie von ihr?«
»Ich weiß nicht, ob ich eine Meinung zu ihr hatte.«
»Das müssen Sie doch.«
Sie schaute auf die Tischplatte und hob dann den Kopf wieder. »Sie war auch Ihre Geliebte, nicht wahr?«

Ryan reagierte gereizt auf diese Frage, aber dann mußte er fast lächeln über seine Prüderie. »Eine Zeitlang.«
»Hatten Sie sie gern?«
»Sehr.«
»Sie muß eine erstaunliche Person gewesen sein, wenn so viele Männer so starke Gefühle für sie entwickeln konnten. Mögen Sie Aaron?«
»Er geht mir auf die Nerven, aber es fällt mir schwer, ihn nicht zu mögen. Er sieht aus wie sie.«
»Denken Sie immer noch an seine Mutter?«
Ryan lehnte sich zurück. »Ich sollte derjenige sein, der hier die Fragen stellt.«
Mrs. Porter schnalzte mit der Zunge hinter den Zähnen, ein geringschätziges Geräusch. »Stellen Sie.«
»Hatten Sie je ein Verhältnis mit Donald Malloy?«
»Selbstverständlich nicht.«
»Wieso selbstverständlich?«
»Er ist mein Arbeitgeber.«
»Finden Sie ihn unattraktiv?«
»Unter diesem Aspekt habe ich nie über ihn nachgedacht.«
Ryan dachte über Mrs. Porters Gefühle für Männer nach. Er hatte angenommen, daß man es Frauen immer ansehen könne, wenn sie Spaß am Sex hatten. Aber Mildred Porter sah man überhaupt nichts an. Vermutlich hatte er sich also geirrt, wie er sich auch in vielen anderen Dingen geirrt hatte.
»Werden Sie Aaron jetzt aus dem Gefängnis lassen?« fragte sie.
»Sofort.«
Eine Stunde später holte er Aaron aus der Untersuchungshaft. Er sagte nichts, als sie zu seinem Wagen gingen. Er wollte Aaron neugierig machen, falls das möglich war. Der Himmel hatte sich bewölkt, und die Temperatur ging zurück. Am Abend würde es Schnee geben. Aaron blickte starr durch das Fenster nach vorn und schwieg.
»Sag mir mal«, begann Ryan, nachdem sie ein paar Meilen gefahren waren, »was findest du an Mildred Porter?«
»Sie hat Spaß am Sex.« Aaron blickte weiter geradeaus. Er war wütend

auf Ryan, weil er ihn eingesperrt hatte. Seine Wut ließ die L-förmige Narbe auf seiner Wange dunkler erscheinen.

»Sie muß zwanzig Jahre älter sein als du, und sie ist unscheinbar.«

»Achtzehn Jahre. Und ich habe ihren Körper gefickt, nicht ihr Gesicht.«

Ryan war ziemlich geschockt. »Du mußt sie gemocht haben.«

»Wenn ich wählen kann zwischen einer unscheinbaren Frau, die Spaß am Sex hat, und einer schönen, der es egal ist, dann nehme ich die unscheinbare. Ich mag Mildred Porter. Sie ist leidenschaftlich und bescheiden.«

»Wirst du sie wiedersehen?«

»Das bezweifle ich.«

»Wieso nicht?«

»Weil ich schon da war.«

»Was weißt du über den Mord an deiner Mutter?« fragte Ryan.

»Nicht mehr als Sie.«

»Bist du sicher?«

»Das habe ich doch gesagt, oder?«

Ryan fuhr eine Zeitlang schweigend. Auf den Feldern zwischen Potterville und Aurelius wuchs größtenteils Weißkohl. Um diese Jahreszeit waren sie grau und abgeerntet. Die paar Köpfe, die man übriggelassen hatte, erinnerten Ryan an verwesende Schädel.

»Glaubst du, daß der Mord an deiner Mutter etwas mit den verschwundenen Mädchen zu tun hat?« fragte Ryan.

»Ich habe keine Ahnung.«

»Wieso hast du Harriet gesagt, sie soll mit mir schlafen?«

»Fragen Sie sie selbst.«

Nachdem er Aaron in der Stadt abgesetzt hatte, fuhr Ryan zu Bud's Tavern. Er wollte einer Idee nachgehen, die ihm gekommen war. Es war kurz vor halb zwölf, und Sheila Murphy stand hinter der Bar und spülte Gläser. Sheila hatte sich das rote Haar auf dem Kopf hochgebunden, und als sie aufblickte und Ryan ansah, strich sie sich ein paar lose Strähnen aus dem Gesicht. Sie war eine große, dralle Frau, die mit Mitte Zwanzig anfing, massig zu werden. Aus der Küche kam der Geruch von bratendem Fleisch.

»Mittag ist noch nicht fertig«, sagte Sheila. »Wollen Sie 'n Bier?«
»Ich möchte mit Ihnen reden.«
Sheila machte ein bedauerndes Gesicht. »Ich hab ziemlich viel zu tun. Geht's nicht später?«
Ryan bemühte sich, freundlich auszusehen. »Ich schätze, ich könnte Sie auch mit aufs Revier nehmen, und dann unterhalten wir uns da.«
Sie schwieg einen Moment lang. »Worüber wollen Sie denn reden?«
»Waren Sie mit Janice McNeal befreundet?«
»Wir kannten uns«, sagte Sheila verblüfft.
»Ich will mehr wissen.« Ryan setzte sich auf einen Hocker.
»Was denn zum Beispiel?«
»Ob Sie zusammen mit Männern ausgegangen sind.«
»Ich wüßte nicht, was Sie das angeht.« Sheila hatte lauter gesprochen. Sie warf einen raschen Blick zur Küche.
»Dann lassen Sie uns aufs Revier fahren.«
»Schon gut, verdammt.« Sheila biß sich auf die Unterlippe, wobei sie eine Lippenstiftspur auf ihren Schneidezähnen hinterließ. »Manchmal hab ich sie zu Hause besucht. Ich mochte sie. Wir sind dann mit Männern ausgegangen. Blind Dates, sozusagen. Entweder waren es Bekannte von mir oder von ihr.«
»Kam es mit diesen Männern auch zum Sex?«
Sheila faltete ihr Geschirrtuch viereckig zusammen und legte es auf die Bar. »Manchmal. Wenn sie uns gefielen.«
»Sie kannten also die Männer, mit denen sie sich einließ?«
»Ich wußte, daß Sie ihr an die Wäsche gegangen waren, ja«, sagte sie grob und strich sich wieder eine Haarsträhne aus dem Gesicht. »Aber ich kannte nicht alle ihre Männer.«
»Hat Aaron Ihnen diese Fragen gestellt?«
»Wann?«
»In der Nacht im Motel, als er Sie gebissen hat.«
»Woher wissen Sie das?«
Sheila hatte beide Hände auf die Bar gelegt und beugte sich Ryan entgegen. Er drehte sich auf seinem Hocker ein Stückchen nach links und dann ein Stückchen nach rechts. Es hatte etwas beinahe Kindliches.

»Sie haben's ihm nicht gesagt, nicht wahr? Und deshalb ist er wütend geworden.«
»Ich habe ihm gesagt, es geht ihn nichts an. Und Sie geht es auch nichts an.«
»Haben Sie ihm irgend etwas erzählt?«
»Wir haben rumgealbert – ich zumindest. Ich habe erzählt, seine Mutter hätte über einen ›Akademiker‹ gelacht. So nannte sie den Mann – ›Akademiker‹, als wäre das ein Witz. Er fragte, wer es war, und ich wollte es ihm nicht sagen. Mir wurde klar, daß er nur mit mir ausgegangen war, um mir diese Fragen zu stellen, und da war ich gekränkt. Und außerdem wollte ich niemanden in Schwierigkeiten bringen. Wir haben uns gebalgt. Er sagte, er würde mir eine Hark-Behandlung verpassen, wenn ich nicht redete. Ich dachte, er macht Witze, und hab ihm gesagt, er soll mich am Arsch lecken. Da hat er mich gebissen.«
»Wer war dieser Akademiker?«
»Das möchte ich nicht sagen. Ich meine, ich weiß nicht, ob sie je was mit ihm gehabt hat.«
»Ob Sie es möchten oder nicht, hier geht es um polizeiliche Ermittlungen. Sie müssen es sagen.«
Zwei Männer kamen in die Bar, und Sheila wollte sich ihnen zuwenden.
»Ich verspreche Ihnen«, sagte Ryan, »daß ich Sie mit aufs Revier nehme.«
Sheila funkelte ihn an. »Na, Tatsache ist, ich weiß es nicht genau, aber ich wette, es war Dr. Malloy. Sind Sie jetzt glücklich? Janice sagte, sie fickte gern mit Ärzten; sie röchen immer so sauber.«
Ryan sah ihr nach, als sie an der Bar hinunterging und die beiden Männer begrüßte. Er sah, daß es Farmer waren, aber er wußte nicht, wie sie hießen. Er dachte an Janice und ihren Appetit, als er die Kneipe verließ und zu seinem Wagen ging, um zu Janices Haus in der Hamilton Street zu fahren.
In der nächsten Stunde sprach er mit Janices Nachbarn: Floyd und Lois Washburn im linken Haus und Mrs. Winters im rechten. Er hatte gleich nach dem Mord mit ihnen geredet, aber jetzt wollte er es noch einmal

tun. Beiden stellte er die gleiche Frage: Hatte Aaron McNeal in letzter Zeit mit ihnen gesprochen?
Alle drei bestätigten, daß Aaron sie in den letzten paar Monaten mehrmals aufgesucht hatte. Er habe wissen wollen, wen sie um die Mordzeit herum in Janices Haus hätten gehen sehen.
»Er wollte sogar wissen, ob ich Sie gesehen habe«, sagte Mrs. Winters. Sie war eine pensionierte Lehrerin, und in ihrem Wohnzimmer roch es muffig nach alten Büchern und zu vielen Katzen. »›Haben Sie Ryan Tavich mal gesehen?‹ hat er gefragt. Aber nach anderen Männern hat er sich auch erkundigt.«
»Nach wem?« fragte Ryan. Er stand in Mrs. Winters' Diele.
»Nach allen möglichen Männern. Nein, das stimmt nicht. Er interessierte sich besonders für ›Akademiker‹, wie er sagte. Er sprach von mehreren Anwälten, einem Steuerberater, einem Professor, einem Ingenieur.«
»War der Steuerberater Paul Leimbach?«
»Ja.«
»Und der Professor?«
Mrs. Winters blinzelte mit ihren kleinen schwarzen Augen. »Professor Carpenter, drüben vom College.«
»Und hatten Sie einen von diesen Männern gesehen?«
»Ich habe ihm gesagt, daß ich nicht Tag und Nacht aufgepaßt hätte, wer da seine Mutter besuchte.«
»Hat er nach Dr. Malloy gefragt?«
»Nein, nie.«
Floyd und Lois Washburn antworteten ziemlich genau das gleiche. Sie saßen in der Küche beim Mittagessen, und Ryan nahm die Tasse Kaffee, die sie ihm anboten. Floyd hatte Hausgeräte repariert und trug eine grüne Hose und ein grünes Hemd.
»Er hat einen ganzen Haufen Namen heruntergerattert«, erzählte Floyd. »Die meisten kannte ich nicht, aber Sie waren auch dabei. Natürlich hatte ich Sie bei Janice gesehen, aber das war eine ganze Weile vor dem Mord.«
»Man konnte meinen, wir hätten eine Liste geführt«, sagte Lois. »Ich meine, er schien überrascht zu sein, daß wir es nicht getan hatten.«

»Um Ihnen die Wahrheit zu sagen«, ergänzte Floyd, »ich habe mich bemüht, gar nicht zu sehen, wer da hineinging. Es hätte ja peinlich sein können. Wie, sagen wir mal, Ihr Zahnarzt – können Sie sich vorstellen, daß Ihr Zahnarzt eine unerlaubte Affäre hat?«
»Und Sie wissen dann genau«, sagte Lois, »daß er Ihnen mit denselben Händen in den Mund faßt.«
Als Ryan ging, hatte er kaum mehr erfahren als in den Wochen nach dem Mord an Janice, und das, was er erfahren hatte, betraf eher Aaron als seine Mutter. Trotzdem hatte er ein gutes Gefühl dabei. Aarons Benehmen wirkte nicht mehr so willkürlich. Ryan fuhr hinüber zum College. Er wollte mit Sherman Carpenter in der historischen Abteilung sprechen, mit dem Mann, der an Halloween mit Harriet Malcomb im Motel gewesen war. Ryan hatte schon mal mit ihm gesprochen, um sich Harriets Geschichte bestätigen zu lassen. Jetzt hatte er noch eine Frage.
Carpenter hatte einen Studenten bei sich, und Ryan wartete auf dem Gang. Andere Studenten, die vorbeikamen, musterten ihn neugierig. Er hörte, wie Carpenter lachte und eine Geschichte von John L. Lewis und seinen dichten weißen Augenbrauen erzählte.
Als der Student gegangen war, streckte Ryan den Kopf durch die Tür. »Eine Frage: Hat Harriet Sie nach Janice McNeal gefragt?«
Carpenter saß an seinem Schreibtisch, der mit Papierstößen bedeckt war. »Kommen Sie herein, und machen Sie die Tür zu, ja?«
Ryan trat ins Büro und machte die Tür zu. Carpenter war ein athletischer Mann Ende Dreißig. Ryan hatte nichts gegen ihn – außer daß er wie ein Professor aussah: zuviel Tweed und Gesichtsbehaarung.
»Sie hat gefragt, ob ich Janice gefickt hätte.«
»Und – hatten Sie?«
»Ein-, zweimal. Ehrlich gesagt, sie war mir zu herrschsüchtig. Mach dies, mach das. Gefiel mir nicht.«
»Wann war das?«
Carpenter rieb sich die Stirn. Er sah betreten und ironisch zugleich aus, als wäre er verlegen, aber doch nicht allzu verlegen. »Ungefähr einen Monat bevor sie umgebracht wurde.«
»Hat Harriet gefragt, ob Janice je von einem Akademiker gesprochen hat?«

»Ja, aber das hat Janice nicht getan. Nach allem, was ich weiß, war ich der Akademiker. Janice und ich haben nicht viel miteinander gesprochen. Meistens sind wir sofort an die Arbeit gegangen, wenn Sie wissen, was ich meine.«
Ryan merkte, daß er die Zähne zusammenbiß.
»Hat Harriet Sie auch gefragt, ob Janice je von Dr. Malloy oder von Paul Leimbach gesprochen hat?«
»Nein, sie hat speziell nur nach einem Mann gefragt.« Wieder nahm Carpenters Gesicht diesen ironisch verlegenen Ausdruck an.
»Nämlich?«
»Sie wollte wissen, ob Janice je von Ihnen gesprochen hat. Ich habe ihr gesagt, ich könnte mich nur an eine Gelegenheit erinnern. Janice hat gesagt, die Frauen, mit denen Sie ausgingen, nennen Sie den ›Alten Schweiger‹. Darüber hat Harriet gelacht.«

Einen Tag nachdem mich die »Freunde von Sharon Malloy« besucht hatten, wollte ich mir die Haare schneiden lassen. Es war kein völlig beiläufiger Entschluß. Meistens ging ich zu einem Friseur namens »Jimmy's«, wo ein älterer Mann namens Jimmy Hoblock mir die Haare schnitt. Tatsächlich hatte er es schon getan, als ich noch klein war. Aber ich hatte bemerkt, daß Cookies »Make Waves« sich als Unisex-Salon bezeichnete; deshalb beschloß ich, mir mal von Jaime Rose einen Haarschnitt verpassen zu lassen. Man wird verstehen, daß die Neugier mich übermannte.
Nach der Schule fuhr ich in die Stadt, und kurz darauf saß ich in Jaimes Stuhl.
»Ist ja 'n Weilchen her«, sagte er.
Ich erwiderte, daß ich erst vor einem Monat beim Friseur gewesen sei.
»Ich meine, seit ich Sie zu Gesicht bekommen habe«, sagte er. Jaime hatte einen makellosen schwarzen Bart, den er Haar für Haar getrimmt haben mußte. Er schmiegte sich sauber an seine Wangen. Das Tuch, mit dem ich bedeckt war, sah aus wie schwarzer Satin.
Ich sagte, ich sei beschäftigt gewesen, und die schrecklichen Ereignisse in unserer Stadt hätten mich sowieso davon abgebracht, das Haus zu verlassen, wenn es nicht unbedingt sein müsse.

»Lohnt sich kaum noch, hier zu leben«, sagte Jaime.
»Meinen Sie, Sie wollen weg?«
»Dran gedacht hab ich. Ich habe Freunde anderswo.« Er gab dem Wort »Freunde« eine leichte Betonung. Jaime war nicht besonders weibisch, aber er gab sich auch keine Mühe, maskulin aufzutreten.
»Ich kann nicht glauben, daß der Mensch, der das tut, in Aurelius wohnen soll«, sagte ich.
»Oh, ich würde mich nicht wundern.«
»Im Ernst?«
Jaime schaute mich im Spiegel an. Er wußte mehr über mich, als mir lieb war, obwohl wir nie zusammengewesen waren, und wir hatten auch kein Interesse aneinander – in dieser Hinsicht, meine ich. Andererseits wußte er, daß ich ihm helfen würde, wenn es nötig wäre, so wie er mir ebenfalls helfen würde. In New York hätte ich es nicht so empfunden, aber Aurelius ist eben eine Kleinstadt.
»Glauben Sie mir«, sagte er, »ich habe hier schon ein paar Irre kennengelernt.«
»Das heißt aber doch nicht, daß einer von denen ein kleines Mädchen entführen würde.«
Jaime wandte sich wieder meinem Haar zu. Es war das erste Mal in meinem Leben, daß ich einen Messerhaarschnitt bekam. Ich fragte mich, was mich das wohl kosten würde.
»Vielleicht nicht, aber wenn ich der Polizei über zwei oder drei unserer Mitbürger ein paar Sachen erzählen würde, gäbe das ein ziemliches Gequake.«
»Wen meinen Sie denn?« fragte ich, so sanft ich konnte.
Jaime zwinkerte mich im Spiegel an. »Nicht so neugierig.«
»Wenn Sie was über die Mädchen wissen«, sagte ich mit Entschiedenheit, »dann müssen Sie aber zur Polizei gehen.«
»Selbstverständlich weiß ich über so was gar nichts«, antwortete Jaime abwehrend. »Ich will bloß sagen, daß manche Leute nicht das sind, was sie zu sein vorgeben. Im Gegenteil, manche sind ziemlich scheußlich.«
Für mein Leben gern hätte ich gewußt, wen er meinte, aber mir war klar, daß ich nicht darauf beharren durfte. »Wir haben alle unsere Geheimnisse«, sagte ich.

Jaime sprühte mir etwas auf den Kopf. »Aber manche sind schwärzer als andere.« Er schnipselte noch ein bißchen. »Kennen Sie die beiden Brüder in dieser Marxistengruppe am College?«
»Jesse und Shannon Levine?«
»Richtig.«
»Die haben schwarze Geheimnisse?«
»Nichts dergleichen. Ich habe zufällig in der Bar im Gillian's mit ihnen gesprochen, und sie wurden beleidigend. Ich war ganz überrascht.«
»Anscheinend haben sie Barry Sanders verprügelt, oder sie haben's doch wenigstens versucht.«
»Wundert mich nicht. Wirklich, ich hab nur Small talk gemacht.« Jaime trat hinter mich, legte mir die Hände an die Wangen und drehte meinen Kopf vor dem Spiegel ein bißchen nach links und dann nach rechts. »Könnte ein bißchen dichter sein«, sagte er.
»Ich fürchte, die dichten Zeiten sind vorbei«, sagte ich.
»Was für ein gräßlicher Gedanke«, sagte Jaime. »Vielleicht sollte ich doch von hier verschwinden. Was soll ich in so 'ner albernen Stadt? Da wär's ja sogar in Syracuse noch besser.«
»Machen Ihnen diese Leute angst?« fragte ich. »Ich meine die Leute mit den Geheimnissen.«
»Natürlich nicht.« Er wuschelte mir durchs Haar, um es ein bißchen aufzustellen. »Ich plaudere bloß.«
Bald darauf war ich fertig. Das Ganze war wirklich nur ein kleines Fünkchen in einem langen Tag, der vom Unterricht beherrscht wurde. Und es wäre ganz bedeutungslos geblieben, wenn das, was später geschah, nicht gewesen wäre. Meine Behauptung, ich sei vor allem ins »Make Waves« gegangen, um Jaime Rose zu sehen, ist vermutlich gar nicht wahr. Tatsache ist, daß mein Haar dünner wurde und ich eine Glatze bekam. Es war Eitelkeit, nichts weiter – ich dachte, daß Jaime etwas dagegen tun könnte. Und ich bin sicher, daß mein Haar danach viel besser aussah, mindestens ein paar Tage lang.

34

Seit Meg Shiller verschwunden war, standen die Tür zum Polizeirevier und die anderen drei Eingänge der City Hall vierundzwanzig Stunden täglich unter Bewachung. Captain Percy war voller Hoffnung. Wenn der Täter in beiden Fällen derselbe war, dann würde er ganz bestimmt auch Megs Kleider zurückbringen, genau wie er Sharons zurückgebracht hatte.

Später stellte sich die Frage, wie viele Leute von der Überwachung gewußt hatten. Die Beobachtung der Türen erforderte, daß jemand rund um die Uhr vier Videomonitore im Auge behielt. Zwei der Kameras standen im Schuhlager von Weber's Shoes, auf der anderen Straßenseite, nördlich der City Hall, die beiden andern in Bob Morenos Herrenausstattungsgeschäft südlich der City Hall. Die Monitore befanden sich im Keller der City Hall. Bob Moreno wußte, daß die Kameras oben über seinen Verkaufsräumen standen, und Charlie Weber wußte es auch. Als sich die Frage stellte, woher der Entführer der beiden Mädchen gewußt hatte, daß die Polizeiwache beobachtet wurde, lag die Antwort daher scheinbar auf der Hand. Zu viele Leute hatten davon gewußt, als daß dieses Geheimnis hätte gewahrt bleiben können.

Frieda Kraus, die nach Meinung vieler Leute den *Independent* in Gang hielt, kam morgens um halb acht zur Arbeit, manchmal auch früher. Franklin hatte das Glück gehabt, eine Schlaflose mit der Energie eines Sattelschleppers einzustellen. Hätte sie Talent zum Schreiben gehabt, so hätte sie die Zeitung ganz übernehmen können, aber zu Franklins Glück hatte sie keines. Sie war schätzungsweise fünfzig, hatte fünf Siamkatzen und einen großen Garten. Zwei der Katzen wohnten in der Redaktion, weil sie sich mit den drei anderen zu Hause nicht vertrugen. Frieda hatte viele Freunde gehabt, als sie jünger gewesen war, aber keiner war bei ihr hängengeblieben. Franklin war der Meinung, sie habe sie zu sehr strapaziert. Jetzt hatte sie ein praktisches Verhältnis mit einem selbständigen Dachdecker aus Norwich, der sie einmal die Woche besuchte. Ihre Energie und ihr unaufhörliches Geplapper (meistens erzählte sie von den Sportereignissen, die sie in der Nacht in ihrem Satellitenfernseher gesehen hatte) machten es schwierig, mit ihr zusammenzusein.

Frieda war eine Cousine zweiten Grades von Meg Shillers Mutter, Helen Shiller, geb. Kraus, und so war sie über Megs Verschwinden besonders betroffen. Nicht, daß irgend jemand nicht betroffen gewesen wäre. Sie war eine handfest aussehende Frau mit kurzem schwarzen Haar, das sie nach vorn kämmte wie Marlon Brando in Julius Caesar, und sie trug eine Brille mit übergroßen Gläsern, die nicht nur ihre Augen vergrößerten, sondern auch ihre Brauen und die Wangenknochen.

Als sie die sechs Blocks von ihrer Wohnung zur Redaktion ging, dachte Frieda daran, wie langweilig der kommende Tag werden würde. Da die Zeitung am Abend zuvor in den Verkauf gekommen war, würde sie wenig zu tun haben. Um diese Zeit waren die Geschäfte noch geschlossen, und nur wenige Leute waren zu sehen; nur vor dem Aurelius Grill auf der anderen Straßenseite parkten ein paar Autos. Als Frieda sich dem *Independent* näherte, sah sie einen mit silbernem Isolierband verklebten Miller's-Bierkarton am Türknopf hängen. Manchmal klebte ein Informant aus dem Ort einen verspäteten Bericht über ein abendliches Basketballspiel oder auch eine Story über einen tödlichen Verkehrsunfall an die Tür, aber ein Karton hatte noch nie da gehangen.

Der Klebstreifen war um den Türknopf gewickelt, und Frieda gebrauchte ihr Schweizer Messer, um ihn durchzuschneiden. Dann schloß sie die Tür auf, ging hinein und stellte den Karton auf ihren Schreibtisch. Bevor sie nachschaute, was er enthielt, fütterte sie ihre Katzen. Dann öffnete sie den Karton. Das erste, was sie sah, als sie den Deckel hob, war eine Hand mit aufwärtsgewandter Handfläche und blutigen Fingernägeln. Sie fuhr zurück und stieß einen Stuhl um. Erst im nächsten Augenblick erkannte sie, daß die Hand nicht echt war: Es war eine Halloween-Hand aus Gummi, die man über die eigene streifen konnte. Diese Hand aber war mit Gips gefüllt und hart. Sie lag auf einem Stapel zusammengefalteter Kleider.

Frieda rief Chuck Hawley auf dem Revier und Franklin zu Hause an. Während sie auf die Polizei wartete, machte sie ein paar Fotos von dem Karton mit der Hand, die am nächsten Donnerstag in der Zeitung erschienen. Frieda wußte, daß die Polizei die City Hall beobachtete. Es überraschte sie nicht, daß der Karton beim *Independent* abgeliefert worden war.

Captain Percy kam als erster. Er wirkte wütend, aber wahrscheinlich war es eher Frustration.

»Warum haben Sie den Karton aufgemacht?« fragte er Frieda.

»Woher sollte ich wissen, was drin war, bevor ich ihn aufgemacht hatte?«

Franklin kam ein paar Minuten später und sah, daß die Polizei seine Redaktion in Besitz genommen hatte. Er mußte sogar die Hintertür benutzen, weil der Vordereingang fotografiert und auf Fingerabdrücke untersucht wurde, während man die Umgebung in Augenschein nahm.

Als Franklin hereinkam, sah er, wie Percy eben einen Umschlag aus dem Karton nahm und einsteckte. »Was ist das?« fragte er.

»Geht Sie nichts an. Ich will Sie hier nicht haben.«

»Wollen Sie mich aus meinem eigenen Büro werfen?«

»Ganz recht«, sagte Percy und tat es.

Neben der Hand enthielt der Karton die Kleider, die Meg Shiller an Halloween getragen hatte. Sie waren gewaschen und zusammengefaltet. Zunächst gab es einige Aufregung wegen der roten Flecken an dem weißen Hemd, aber dann wurde klar, daß es sich um Farbflecken handelte, die zu Megs Kostüm gehört hatten. Ihre Eltern identifizierten die Sachen. Es lag etwas Furchtbares darin, sich vorzustellen, daß Sharon und Meg nackt irgendwo lagen. So sah es jetzt zumindest aus, nachdem ihre Kleider wieder da waren.

Die Berichte aus dem Polizeilabor in Ithaca ergaben, daß sich weder in noch an dem Karton und auch nicht an der Tür des *Independent* irgendeine Spur desjenigen gefunden hatte, der ihn dort hinterlassen hatte. Und niemand hatte etwas gesehen. Roy Hanna hatte seine Streife durch die Main Street am Morgen gegen fünf beendet und sagte, als er um halb fünf an der Redaktion vorbeigekommen sei, habe nichts an der Tür gehangen. Mitglieder der »Freunde« übernahmen es, die Leute, die in der Stadtmitte wohnten, zu fragen, ob sie irgend etwas Verdächtiges gesehen hätten. Manchmal tauchten sie genau dann auf, als die Polizei sich gerade verabschiedete. Und natürlich stellten sie genau die gleichen Fragen, die schon die Polizisten gestellt hatten.

Percy beschwerte sich bei Paul Leimbach über die Anwesenheit der »Freunde«. Technisch gesehen, hätte er sich besser bei den beiden Vorsitzenden beschwert, bei Sandra Petoski und Rolf Porter.

»Wir wollen nur sicherstellen, daß alles Menschenmögliche tatsächlich auch getan wird«, erklärte Leimbach ziemlich aggressiv.

Ryan erklärte, Percy könne Leimbach zwar nicht leiden und betrachte ihn als Ärgernis, aber er sei doch dankbar, daß die Freiwilligen bei der Suche halfen, und er habe ein Gespür für ihre Macht – ihre politische Macht. Deshalb sei er darauf bedacht, Leimbach nicht zu verärgern.

»Ich versichere Ihnen, daß alles getan wird«, sagte Percy.

»Aber die Mädchen sind immer noch verschwunden«, sagte Leimbach.

»Daß Ihre Leute uns im Weg sind, hilft niemandem.«

»Sie wollen nur dafür sorgen, daß nichts übersehen wird.«

Percy hatte rosige Wangen, aber es war kein natürliches Rosa, sondern sah aus, als habe er sie mit Sandpapier gescheuert. Seine Stirn war im Gegensatz dazu ziemlich blaß.

»Und Sie glauben, daß man etwas übersieht?« fragte er.

»Hat man die Mädchen gefunden?«

Franklin, der diesen Wortwechsel mitanhörte, erzählte, daß Percys Stimme so spröde wie trockenes Reisig geklungen habe. Er stand sehr gerade und mit verschränkten Armen da. Öffentliche Konfrontationen zwischen zwei Leuten, die einander nicht leiden können, dies aber nicht zeigen dürfen, können sehr schmerzlich sein.

»Was würden Sie denn tun, das wir nicht tun?« wollte Percy wissen.

»Ich würde jedes Haus in der Stadt durchsuchen«, sagte Leimbach. »Jedes Haus im ganzen County.«

»Das wäre gegen das Gesetz.«

»Sind die Mädchen nicht wichtiger?«

Als sie an diesem Vormittag allein waren, öffneten Percy und Chief Schmidt den Briefumschlag, den Percy aus dem Karton genommen hatte. Das war in Schmidts Büro.
Wieder war darin eine Liste von Wörtern, die aus ausgeschnittenen Zeitungsbuchstaben zusammengefügt und auf das Blatt geklebt worden waren. Bestimmte Buchstaben waren mit einem dunklen Stift durchgestrichen – fast herausgerissen –, aus »SCHLAMPE« wurde so »HLAMPE«, und aus »HURE« wurde »URE«. Fingerabdrücke fanden sich auf dem Papier nicht. Die Psychologen, die das FBI zur Verfügung stellte, machten viel Aufhebens um die Tatsache, daß Megs Kleider sehr viel schneller aufgetaucht waren als Sharons. Sie redeten auch davon, wie schwierig es gewesen sein müsse, die Sachen bei der Zeitung zu hinterlegen, und wie raffiniert der Betreffende vorgegangen sein müsse. Andererseits sei die Rückerstattung der Kleider natürlich ein öffentliches Statement. Die Psychologen behaupteten, der Täter versuche selbstverständlich, sich zu schützen, aber ein Teil seiner selbst wolle auch gefaßt werden. Auf einer bestimmten Ebene sei er entsetzt von dem, was er da tue. Infolgedessen werde er anfangen, größere Risiken einzugehen und häufiger tätig zu werden – nicht aus Übermut, sondern aus dem Wunsch heraus, daß man seinem Treiben ein Ende mache.
Ryan Tavich war bei diesen Zusammenkünften dabei.
»Sie werden erleben«, sagte ein Psychologe aus der Großstadt, »daß der Täter mit zunehmender Brutalität und Waghalsigkeit zu Werke geht; man könnte dies fast als einen Hilfeschrei interpretieren.« Er war ein kleiner, schwarzbärtiger Mann in einem Tweedjackett. Ryan sagte, er habe ausgesehen wie eine geschmeidige Ratte.
»Sie meinen, es wird weitere Vermißtenfälle geben?« fragte Schmidt.
»Höchstwahrscheinlich«, sagte der Psychologe. »Zumindest versuchen wird er es. Dies alles verläuft nach dem klassischen Beschleunigungsmuster.«
Ryan hatte eine Abneigung gegen diese Akademiker; er fand, daß sie unsere Notlage ausnützten, um ein fettes Honorar zu kassieren. »Ich weiß bloß eins«, sagte er später. »Die Stadt ist vollgestopft mit Arschlöchern.«

Ein weiteres Ereignis sollte an dieser Stelle noch erwähnt werden. Madame Respighi, die Erforscherin des Übersinnlichen, saß immer noch im Aurelius Motel und beschäftigte sich mit ihren geheimnisvollen Untersuchungen. Zwei Tage nachdem der Karton mit den Kleidern vor der Redaktion des *Independent* gefunden worden war, legte man ihr das weiße Hemd mit den roten Farbflecken vor, damit sie es untersuchte oder beschnüffelte oder bedachte – wie immer ihre Arbeit aussehen mochte. Die Polizei war nicht dafür, aber Megs Eltern hatten darum gebeten, es zu versuchen, und die »Freunde von Sharon Malloy« ersuchten ebenfalls darum. Genau gesagt, sie bestanden sogar darauf. Captain Percy hielt es zwar für absurd, das Hemd einer Wahrsagerin zu geben, aber er merkte, daß er es nicht verweigern konnte.
Madame Respighi nahm das Hemd in Empfang und zog sich damit in die Abgeschiedenheit ihres Motelzimmers zurück, während Mitglieder der »Freunde« draußen warteten; Donald Malloy war dabei und vielleicht sechs andere, darunter auch Sandra Petoski. Sandra gehörte zu den Leuten, die überall dabeisein müssen und unaufhörlich darüber reden. Man fragt sich, wie sehr ihr Unterricht in dieser Zeit gelitten haben mag.
Nach zehn Minuten rief Madame Respighi die Gruppe herein. Wie ich schon sagte, war sie eine ziemlich konventionell aussehende Frau, die graue Kostüme und eine Hornbrille bevorzugte. Tatsächlich waren die grauen Kostüme ihr Markenzeichen. Sie lebte zwar in Nordkalifornien, aber sie stammte aus Brooklyn, und ihr Akzent erinnerte noch leicht daran.
»Es haben sich mehrere Bilder manifestiert«, erklärte sie ihnen. Dabei saß sie auf einem Stuhl am Tisch, während die andern standen. Es war ein Motelzimmer wie jedes andere, eine Mischung aus Behaglichkeit und Unpersönlichkeit. Sie hielt das weiße Hemd mit den roten Farbflecken in den Händen – in den Fäusten, besser gesagt. »Ich sehe einen Keller mit einem Lehmboden«, sagte sie.
Ich will diese Geschichte jetzt nicht in allen Einzelheiten schildern; sie zog sich ziemlich in die Länge. Aber die »Freunde« verschlangen natürlich jedes Wort. Sie beschrieb ein Haus, das einen Anstrich nötig hatte, ein weißes Haus, vielleicht hundertfünfzig Jahre alt. Sie be-

schrieb eine Vorderveranda. Ein langes, schmales Haus mit zwei Obergeschossen und einer Einzelgarage an der Rückseite. Sie beschrieb Ahornbäume im Vorgarten. Sie beschrieb ein Erkerfenster und schwarze Fensterläden. Sie beschrieb einen alleinlebenden Mann. Das Haus konnte eines von vielen in Aurelius sein, aber je länger sie es beschrieb, desto unverwechselbarer wurde es.

»Können Sie uns den Namen einer Straße sagen?« fragte Donald Malloy.

»Ein berühmter Forscher«, sagte Madame Respighi. »Ein Schiff.«

»Hudson Street«, sagte Sandra Petoski.

Ich sollte erwähnen, daß bei uns auch Straßen nach Desoto, Cook und Francis Drake benannt sind.

Weitere Fragen wurden gestellt, ein Stadtplan wurde hervorgeholt, und man kam zu dem Schluß, daß Madame Respighi von Irving Powell redete, der in der Hudson Street wohnte und Chihanis Leiche entdeckt hatte. Das war am Samstag vormittag.

»Sehen Sie auch einen Hund?« fragte Sandra Petoski, die an Powells schokoladenbraunen Labrador Sidney dachte.

»Nein, ich sehe keinen Hund«, sagte Madame Petoski.

Donald Malloy wollte auf der Stelle zu Powell fahren. Aber Sandra entschied, es sei besser, die Polizei zu informieren. Also rief sie an und sprach mit Ryan Tavich.

Als sie ihm erklärt hatte, was Madame Respighi gesagt hatte, sagte Ryan: »Wir können Powells Haus nicht ohne richterlichen Beschluß durchsuchen, und wir bekommen keinen Durchsuchungsbeschluß auf der Grundlage der Äußerungen einer verrückten Wahrsagerin. Kommen Sie, Sandra, benutzen Sie doch Ihren Grips.«

Ryan wurde später wegen seines mangelhaften Taktgefühls kritisiert.

»Von jetzt an«, sagte Captain Percy, »rede ich mit diesen Leuten.«

Sandra berichtete Malloy und den anderen, wie Ryan reagiert hatte.

»Dann gehen wir selbst«, sagte Donald Malloy.

Irving Powell arbeitete seit dreißig Jahren im Standesamt, und die gewählte Amtsleiterin, Martha Schroeder, erklärte, er sei die Seele des Büros. Er lebte allein mit seinem Hund, ein Witwer mit erwachsenen Kindern, und er war ein sanftmütiger Mann in den ausgehenden mittleren Jahren, Mitglied des Lesekreises in der Bibliothek, einer Gartengruppe und eines Schachclubs. Soweit ich weiß, war er nicht schwul, und das war ein Segen.

Gegen Mittag standen Malloy, Sandra Petoski und ein paar andere vor Powells Haustür und trugen ihm ihr Anliegen vor. Powell ließ sie draußen auf der Veranda stehen. Drinnen bellte der Hund. Es dauerte zehn Minuten, bis er begriffen hatte, wovon sie da redeten. Er war ein knochiger Mann mit einem etwas runden Rücken, der gern Strickjacken trug und sich immer vorbeugte, wenn er jemandem zuhörte.

Er sagte: »Sie dürfen unter keinen Umständen mein Haus durchsuchen.«

Malloy und die andern zogen sich auf den Gehweg zurück. Sie befürchteten, daß Powell Beweismaterial vernichten könnte, wenn er schuldig wäre. Sandra meinten, sie brauchten noch mehr Leute, und Tom Simpson fuhr zum Büro der »Freunde«, um Hilfe zu holen. Um halb eins wimmelten bereits fünfzig Freiwillige vor dem Haus herum. Als Powell aus dem Fenster schaute und dies sah, rief er die Polizei an und behauptete, sein Haus werde angegriffen. Innerhalb weniger Minuten trafen vier Polizeiwagen ein, und kurz danach kam auch Captain Percy. Er war nicht glücklich über den Anblick der »Freunde«.

»Warum haben Sie uns nicht informiert?« fragte Percy.

»Haben wir getan«, sagte Donald. »Wir haben mit Ryan Tavich gesprochen. Aber er war nicht interessiert.«

Inzwischen war eine ziemliche Menschenmenge zusammengeströmt. Irving Powell stand auf seiner Veranda und hielt Sidney am Halsband fest. Es war nicht ganz klar, wer hier wen beschützte. Franklin war gekommen und interviewte Sandra Petoski. »Wir hatten das Gefühl, daß uns nichts anderes übrigblieb, als selbst zu handeln«, wiederholte sie dauernd. Jemand schrie zu Powell hinauf und nannte ihn einen »Perversen«. Zunächst klang es wie ein Witz, aber die Anspannung in der Menge war so groß, daß man gleich darauf erkannte, wie ernst es den Leuten war. Es bestand die Hoffnung, man werde etwas finden und Powell verhaften, um die Sache endlich zu Ende zu bringen. Infolgedessen machte ein beträchtlicher Klatsch die Runde. Manche behaupteten, Chihani habe noch gelebt, als Powell ihn gefunden habe, und Powell habe ihn dann erledigt. Viele Leute waren bereit, schlecht von Powell zu denken, obwohl er nach allem, was ich weiß, ein unbescholtenes Leben geführt hatte. Aber die Tatsache, daß Powell unbescholten gewesen war, hatte nichts zu bedeuten. Wer wußte denn schon, was er in finsterer Nacht trieb, wenn er allein war?

Captain Percy ging auf die Veranda hinauf, um mit Powell zu sprechen.

»Am besten«, sagte er, »Sie bitten zwei oder drei von denen zu sich hinein, und Chief Schmidt und ich kommen auch mit. Oder Sie rufen einfach Ihren Anwalt an.«

»Aber das ist doch absurd«, sagte Powell.

»Ich will Ihnen nicht vorschreiben, was Sie tun sollen«, sagte Percy.

»Wenn ich sie reinlasse, werden die andern dann aus meinem Vorgarten verschwinden?« fragte Powell.

»Wenn sie zufriedengestellt sind«, sagte Percy.

»Das geht mir sehr gegen den Strich«, sagte Powell.

Captain Percy bemühte sich, ein geduldiges Gesicht zu machen, aber er brachte nur eine Grimasse zustande. Chuck Hawley meinte, Powell sei am Rande der Hysterie gewesen; ich weiß aber nicht, ob das stimmt. Man muß sich nur vorstellen, man hat sein Leben lang als geachtetes Mitglied der Gemeinde in einer Stadt gelebt, und plötzlich wird man als Perverser verdächtigt, als Mörder, und man sieht, wie über hundert Leute sein Haus umzingeln. In seinen schlimmsten Alpträumen hätte Powell so etwas nicht vorhersehen können.

»Kommen Sie in Gottes Namen herein.«

Donald Malloy, Sandra Petoski und Dave Bauer vom YMCA vertraten die »Freunde«, Percy, Chief Schmidt und Chuck Hawley die Polizei. Powell führte sie durch sein Haus.

»Dave Bauer ist in die hintersten Winkel der Schränke gekrochen«, sagte Chuck. »Im Keller gab es keinen Lehmboden. Der Boden war massiver Estrich.«

Powell hatte ein Leben lang in diesem Haus gewohnt und eine Menge Sachen zusammengetragen. Er hatte die Sachen seiner verstorbenen Frau. Und seine drei erwachsenen Kinder hatten ebenfalls noch Sachen im Haus.

Wenig später hielt ein Fernsehübertragungswagen vor dem Haus. Die

Tatsache, daß Madame Respighi anscheinend den Finger auf Irving Powell gerichtet hatte, war eine bedeutende Nachricht.
Die Polizei und die »Freunde« verbrachten eine Stunde im Haus. Es wurde nichts gefunden.
»Natürlich könnte noch was versteckt sein«, sagte Donald Malloy.
»Holen Sie Ihre Spurensicherung«, schlug Powell am Rande der Panik vor. »Nehmen Sie sich soviel Zeit, wie Sie wollen. Bitte, Sie können tun, was Sie für richtig halten.«
»Ich glaube nicht, daß wir die Spurensicherung brauchen«, sagte Sandra Petoski.
»Wie sollen wir dann sicher sein?« fragte Malloy. Sie standen jetzt auf der Vorderveranda. Vor ihnen drängten sich Fernsehkameras und freie Fotografen.
»Bitte«, sagte Powell, »wenn die Spurensicherung benötigt wird, lassen Sie sie kommen.«
Also ließ Captain Percy die Spurensicherung kommen. Aber warum soll ich das alles noch weiter in die Länge ziehen? Man fand nichts. Doch nachdem Powell einmal unter Verdacht stand, war es schwer, ihn von diesem Verdacht wieder zu befreien. Einige der »Freunde«, darunter auch Donald Malloy, deuteten an, daß die Spurensicherungstechniker sich ein bißchen mehr hätten anstrengen können. Und am Samstag abend warf jemand einen Stein in Irving Powells Wohnzimmerfenster. Danach wurde für fünf Tage rund um die Uhr ein Polizist vor seinem Haus postiert. Powell selbst erbot sich, den »Freunden« nach besten Kräften zu helfen. Man hatte ihm angst gemacht, und es war erbärmlich, ihn zu sehen.
Madame Respighi hat sich nie bei ihm entschuldigt, aber andererseits war es natürlich nicht unbedingt sein Haus gewesen, was sie in ihren »Gesichten« gesehen hatte. Ich schrieb das ganze dem allgemeinen Mißtrauen zu; es war wie ein rotierender Suchscheinwerfer: Bald erfaßte es diesen, bald jenen. Eine kurze Zeit lang lebte Irving Powell in einem Zustand des Terrors. Dann richtete sich die Aufmerksamkeit woanders hin.

Unter den Leuten, die sich vor Powells Haus versammelt hatten, waren auch Barry Sanders und Jaime Rose. Sie waren dort vorbeigekommen. Das »Make Waves« schloß Samstags mittags. Barry kam vom Haus seiner Mutter und wollte zum College, und Jaime begleitete ihn – hauptsächlich, weil er nichts anderes zu tun hatte. Es war ein milder Herbsttag, und viele Leute waren dabei, ihre Gärten winterfest zu machen. Barry trug, wie tagsüber meistens, eine Mütze – eine Golfmütze, genau gesagt – und eine dunkle Brille. Jaime liebte Leder; er trug eine Lederhose und eine schwarze Lederjacke über einem Sweatshirt. Beide wirkten ziemlich deplaziert in Aurelius.

Ich hatte Franklin gegenüber erwähnt, was Jaime ein paar Tage vorher zu mir gesagt hatte. Und vielleicht habe ich ein bißchen übertrieben, um meine Geschichte interessanter zu machen. Jedenfalls hatte Franklin beschlossen, selbst mit Jaime zu sprechen. Also schlenderte er jetzt durch das Gedränge zu ihm hinüber. Er und Jaime kannten sich, wenn auch nicht besonders gut.

»Uuuuh«, sagte Jaime. »Der rasende Reporter.«

Nachdem sie einander begrüßt hatten, sagte Franklin: »Ich würde gern ein bißchen mehr darüber hören, wie Sie über die Leute von Aurelius denken.«

»Ich muß jetzt zum College«, sagte Barry und entfernte sich ziemlich hastig. Vielleicht war es Schüchternheit, aber wer ihn beobachtete, hätte auch den Verdacht haben können, daß etwas anderes dahintersteckte. Und das war das Problem: die Beobachter. Hier waren über hundert Leute, von denen jeder die drei zusammen hätte beobachten können.

»Ich denke 'ne ganze Menge«, sagte Jaime.

»Jemand hat mir gesagt, Sie seien kein bißchen überrascht von dem, was hier passiert sei«, sagte Franklin und zitierte mich ein bißchen unzutreffend.

»So ein Racker«, sagte Jaime. Das schräge Benehmen war hundertprozentige Schauspielerei bei Jaime; meistens benahm er sich wie jeder andere auch. Natürlich war ihm bewußt, daß er vor einem Publikum stand. »Scheußlich, wie die Leute quatschen«, sagte er noch.

Die beiden spazierten langsam den Gehweg entlang in Richtung Stadt-

mitte. Sie waren ungefähr gleich groß und schlank. Franklin trug seine irische Fischermütze. Jaime war barhäuptig; er war eitel mit seinem Haar und bedeckte es nicht gern.
»Haben Sie eine Ahnung, wer die Mädchen entführt haben könnte?« fragte Franklin.
»Das habe ich nie behauptet«, sagte Jaime. »Ich habe nur gesagt, ich kenne Leute, die etwas ziemlich Unangenehmes an sich haben.«
»Wen?«
»Seien Sie nicht albern. Glauben Sie, ich will, daß Sie ihre Namen in der Zeitung drucken?«
»Aber wenn sie etwas mit Meg oder Sharon zu tun hatten?«
Jaime machte ein verächtliches Gesicht. »Das habe ich nie gesagt. Sie haben lediglich Wünsche, die ein bißchen außerhalb des Üblichen rangieren.«
»Von wie vielen Leuten reden wir denn da?« fragte Franklin, der allmählich schon ein paar Dutzend vor sich sah.
»Es sind zwei oder drei, nicht mehr.«
»Gehören Jesse und Shannon Levine dazu?«
»Natürlich nicht. Das sind Rüpel, nichts weiter.«
»Was für Wünsche meinen Sie denn?«
»Das ist ja das Problem. Wenn ein geachteter Bürger der Gemeinde sich gern fesseln und den Hintern versohlen läßt, muß man deshalb ja noch lange nicht annehmen, daß er kleine Mädchen entführt. Was würde passieren, wenn ich Ihnen Namen gäbe? Schauen Sie sich Irving Powell an. Wer um alles in der Welt könnte auf den Gedanken kommen, daß dieser alberne kleine Mann sich irgend etwas hat zuschulden kommen lassen? Ich glaube, wir haben uns jetzt lange genug unterhalten.«
»Aber wenn einer von diesen Leuten …« setzte Franklin an.
»Nein«, sagte Jaime. »Ich dürfte mich eigentlich gar nicht dabei sehen lassen, daß ich mit Ihnen rede.«
Aber da war es schon zu spät.

35

Die Vorstellung, Brutalität sei ein Hilfeschrei, konnte ich nur schwer nachvollziehen. Sie ließ die Motivation desjenigen, der für das Verschwinden der Mädchen verantwortlich war, zunehmend rätselhaft erscheinen. Die Rückgabe der Kleider gab uns weitere Bestätigung – als ob wir die noch gebraucht hätten –, daß der Täter nicht nur in Aurelius wohnte, sondern Insiderkenntnisse über die Aktionen der Polizei besaß. Es war notwendig, daß wir auf solche Weise daran erinnert wurden, denn sonst hätten wir uns vielleicht eingeredet, es sei unmöglich, daß der Täter einer von uns sei.

Am Sonntag abend döste ich unten über einem Buch, als es plötzlich an der Haustür klopfte. Erschrocken ließ ich das Buch fallen; es war ein Daphne-du-Maurier-Thriller, den ich noch einmal las. Ich schaute zur Uhr; es war kurz vor elf. Erst wollte ich nicht öffnen, aber dann zwang ich mich doch, meinen Sessel zu verlassen. Draußen stand Sadie.

»Jemand versucht bei uns zur Hintertür reinzukommen«, sagte sie. Sie trug einen altmodischen Flanellmorgenmantel und war barfuß. Immer wieder schaute sie sich um, und da ließ ich sie hereinkommen.

Nichts ist so ansteckend wie Angst, und ich wünschte jetzt, ich hätte eine Pistole oder ein Gewehr – viele Leute hatten sich so etwas gekauft –, aber ich hatte bloß ein paar stumpfe Küchenmesser.

»Wo ist Franklin?«

»Unterwegs.«

»Und Mrs. Sanders?«

»Die schläft auf der Couch vor dem Fernseher. Ich kriege sie nicht wach. Shadow hat sie im Keller eingesperrt. Er bellt dauernd.« Sadie stellte sich vor den Kamin. Mit ihrer schlanken Gestalt und den kleinen Brüsten erinnerte sie mich an eine Pflanze vor der Blüte. Sie strich sich die Haare über die Schulter nach hinten.

»Was ist denn passiert?« fragte ich.
»Ich hörte die Fliegentür hinten knarren, und dann hat jemand den Türknopf gedreht. Die Tür ist aber abgeschlossen. Er hat heftig dran gerissen, und da bin ich weggerannt.«
Ich konnte ihre Angst spüren, aber ich wollte nicht glauben, daß es wahr war. Es war eine stürmische Nacht; vielleicht hatte der Wind die Fliegentür klappern lassen. Die Hoffnung, daß doch niemand da sei, hinderte mich daran, die Polizei zu rufen. Ich hatte schon von so manchem falschen Alarm gehört, bei dem der Anrufer nachher ziemlich töricht ausgesehen hatte. Die alte Mrs. Sherman hatte sich im Badezimmer eingeschlossen, nachdem sie in ihrer Speisekammer Mäuse gehört hatte. Selbst als die Polizei gekommen war, hatte sie sich nicht herausgewagt. Am Ende war ihre Tochter aus Norwich heraufgekommen. Chuck Hawley hatte sich kaputtgelacht.
»Gehen wir nachsehen«, sagte ich.
»Alleine?« Sadie rührte sich nicht.
Ich nahm das Schüreisen von seinem Ständer am Kamin. »Zumindest können wir Mrs. Sanders wecken.«
Sadie nickte und folgte mir. Ich gab ihr eine alte Wolljacke aus dem Schrank in der Diele und zog meinen Mantel über. Leise traten wir hinaus auf die Veranda. Die Straße lag verlassen da. Der Wind trieb ein paar welke Blätter raschelnd durch die Vorgärten. Die meisten Häuser lagen im Dunkeln, aber im Zimmer des blinden Mädchens brannte Licht. Eine Mondsichel hing über der Stadtmitte, und dunkle Wolken zogen darüber hinweg. Sadie stieß mich von hinten an, und ich schrak zusammen; dann faßte ich mich wieder. Ich war noch nie besonders tapfer. Als Kind war mir sogar das Zeltlager zu furchterregend.
Wir gingen durch Pete Daniels' Vorgarten. Die Straßenlaterne warf unseren Schatten bis auf seine Eingangsstufen. Dann gelangten wir in Sadies Vorgarten. Nur im Wohnzimmer brannte Licht. Sogar die Lampe auf der Veranda war aus. Ich schmiegte mir das Schüreisen ans Bein, damit es nicht auf den ersten Blick auffiel, und ich fragte mich, wie oft es wohl vorkam, daß jemand sich in Gefahr brachte, nur weil er Angst hatte, ausgelacht zu werden.
Wir stiegen die Stufen zur Veranda hinauf. Sie knarrten. Sadie blieb

dicht hinter mir. Ich öffnete die Haustür, und wir traten ein. Shadow bellte noch immer im Keller; es war ein stetiges Kläffen. Das Wohnzimmer lag links von der Diele. Der Fernseher lief. In den Elf-Uhr-Nachrichten aus Syracuse brachten sie etwas über eine Doppelhochzeit im St.-Joseph's-Hospital. Man sah Bilder von einer fröhlichen Feier. Mrs. Sanders lag auf der Couch; ihr Kopf ruhte auf einem Kissen. Sie hatte sich die Schuhe ausgezogen, und ihr Mund stand offen. Wenn sie nicht geschnarcht hätte, hätte ich einen Schlaganfall befürchtet. Sie war eine große, runde Frau, und ihr silbernes Haar war in wütende Dauerwellen gepreßt. Ihr Schottenmusterrock war hochgerutscht, so daß ich fleckig weiße Haut an der Innenseite ihres Schenkels sehen konnte. Ich schaute weg. Gedämpftes Schwatzen kam aus dem Fernsehapparat.

Ich trat an die Couch und schüttelte Mrs. Sanders' Schultern. Sie reagierte nicht. Ich schüttelte sie heftiger, und ihr Kopf rutschte vom Kissen. Sie öffnete die Augen, und dann richtete sie sich hastig auf.

»Was machen Sie hier?« fragte sie.

»Sadie konnte Sie nicht wecken. Sie hatte Angst.«

»Ich habe einen guten Schlaf«, sagte Mrs. Sanders.

Sadie stand hinter mir. Ich wollte hinausgehen.

»Wo wollen Sie hin?« fragte Mrs. Sanders. Ihr Blick richtete sich auf das Schüreisen, und mir wurde klar, daß ich sie beunruhigte. Ich schaute ebenfalls auf das Schüreisen.

»Man kann nicht vorsichtig genug sein«, sagte ich und ging durch die Diele zur Küche.

Hinter mir hörte ich Mrs. Sanders sagen: »Es gefällt mir nicht, daß der hier ist.«

Ich hörte nicht, was Sadie antwortete. Ich ging zur Hintertür, und sie war verschlossen. Ich knipste das Licht auf der hinteren Veranda an und schloß die Tür auf. Draußen neben der Tür stand eine Mülltonne; der Deckel war ab. Wir haben manchmal Ärger mit Waschbären, und ich fragte mich, ob Sadie und der Hund vielleicht einen gehört hatten. Ich legte den Deckel auf die Tonne. Nichts auf der Veranda deutete darauf hin, daß jemand versucht hatte, einzubrechen, aber ich wußte auch nicht, wie solche Anzeichen aussehen würden. Wahrscheinlich müßte dann etwas zerbrochen sein.

Sadie hatte Shadow aus dem Keller befreit, und der Hund stieß hinter mir die Fliegentür auf, sprang an meinen Beinen hoch und galoppierte dann die Verandastufen hinunter. Unten fing er sofort an zu kläffen.
Ich spähte durch den Garten. Zwischen den Bäumen kam jemand auf mich zu. Instinktiv hob ich mein Schüreisen.
»Wollen Sie mich wirklich angreifen?« fragte eine Stimme. Es war Aaron. Ich erkannte ihn am Pferdeschwanz, bevor ich sein Gesicht sah.
»Was suchen Sie da hinten?« rief ich.
»Abkürzung. Ist Sadie noch auf?« Shadow hörte auf zu kläffen und rannte ihm entgegen. Aaron bückte sich und kraulte dem Hund die Ohren.
»Waren Sie schon mal hier?«
»Wovon reden Sie?«
»Sadie meint, sie hat jemanden gehört.«
Inzwischen war Sadie zu mir auf die Veranda gekommen.
»Aaron«, sagte sie.
Aaron blieb unten an der Treppe stehen und schaute zu uns herauf. Sein Pferdeschwanz war so stramm gebunden, daß er die Augenwinkel zurückzog und ihm ein beinahe asiatisches Aussehen gab. »Ich habe Neuigkeiten für dich«, sagte er, zu Sadie gewandt. »Dein Vater wird meine Schwester heiraten. Noch in dieser Woche.«
Ich fand, das war eine ziemlich gute Neuigkeit, aber als ich Sadie und Aaron sah, erkannte ich, daß meine Empfindungen nicht geteilt wurden.
»Was geht da draußen vor?« rief Mrs. Sanders.
»Eine Hochzeitsparty«, sagte Aaron. Dann lachte er.

Nach meinem Besuch bei Jaime bemerkte ich die Feindseligkeit, die ihm von den Brüdern Levine entgegengebracht wurde. Natürlich hatte Jaime ein Zusammentreffen mit ihnen in Gillian's Bar erwähnt, aber er hatte nicht genau erzählt, was sie zu ihm gesagt hatten. Möglicherweise hatte Jaime sie angesprochen, und ihnen hatte sein Tonfall nicht gefallen. Aber so war es nicht gewesen. Was sie störte, war Jaimes Freundschaft zu Barry Sanders.

Am Montag morgen dann waren sie am »Make Waves« vorbeigekommen und hatten zur Tür hineingeschaut. Jaime war gerade dabei gewesen, Mrs. Adams Lockenwickler ins Haar zu drehen. Mrs. Adams' Mann saß im Stadtrat. Jesse und Shannon blieben in der Tür stehen, deuteten mit ausgestrecktem Finger auf Jaime und lachten. Es war aber kein richtiges Lachen, sondern ein Cartoongelächter wie von Woody Woodpecker. Cookie jagte sie hinaus. Zunächst sah es so aus, als wollten sie nicht gehen, aber dann sprühte sie die beiden mit irgendeinem süß duftenden Zeug ein, und das gefiel ihnen nicht.

Am Dienstag kamen Jesse und Shannon in den Aurelius Grill, wo Jaime und Barry zusammen beim Lunch saßen. Ich glaube, daß zwischen Jaime und Barry lediglich Freundschaft oder beginnende Freundschaft war, aber die Levines fanden diese Freundschaft inakzeptabel. In ihren Köpfen schien sich der Marxismus mit einer Art Puritanismus vermischt zu haben. Und vielleicht fanden sie, daß Barry die UDR verriet.

Barry und Jaime saßen an einem Tisch, und Jesse und Shannon setzten sich zu ihnen. Ihre identischen blonden Ziegenbärte ließen sie ein bißchen bescheuert aussehen.

»Niemand hat euch aufgefordert, Platz zu nehmen«, sagte Jaime.

»Doch, Little Pink«, sagte Jesse.

»Er hat uns zugezwinkert«, sagte Shannon.

»Hab ich nicht«, sagte Barry.

»Was gibt's zum Essen?« fragte Jesse.

»Laßt uns in Ruhe«, sagte Jaime.

»Haben wir nicht das Recht, was zu essen?« fragte Shannon.

»Er will uns am Essen hindern«, sagte Jesse.

Jaime winkte Ralph Stangos, dem der Aurelius Grill gehört. Ralph ist bei der Freiwilligen Feuerwehr, und er ist Sportler. Wie er auch immer zu Jaime stehen mochte, er wußte, daß er Stammgast war. Stango wischte sich die Hände an einem Handtuch ab und kam herüber.

»Du ißt anscheinend Suppe«, sagte Shannon und deutete auf Jaimes Tomatensuppe.

»Ein bißchen Suppe hätte ich wohl auch gern«, sagte Jesse.

»Kriegst du«, sagte Shannon. Er streckte die Hand aus, schob den Fin-

ger unter den Tellerrand und kippte Jaime den Teller in den Schoß. Jaime schob seinen Stuhl zurück.
»Hoppla«, sagte Shannon.
»Das hast du absichtlich gemacht«, sagte Barry.
Im selben Augenblick packte Ralph Stango Shannon im Nacken. »Raus«, sagte er. »Alle beide.«
Das war vielleicht die bedeutsamste Episode. Aber es gab noch andere, und vielleicht habe ich die eine oder andere vergessen. Zweimal gröhlten sie Jaime auf der Straße hinterher. So ging es ein paar Tage lang, und ich weiß, daß Jaime sich überlegte, gerichtlich gegen sie vorzugehen.
Barry kam an dem Abend bei mir vorbei und erzählte mir, was sich im Aurelius Grill ereignet hatte.
»Jaime mußte nach Hause gehen und sich umziehen«, sagte er. »Die ganze Hose war voll Tomatensuppe.«
Wir saßen in den Sesseln zu beiden Seiten des Kamins und tranken Tee.
»Wieso belästigen sie ihn?« fragte ich.
Barrys Augen hinter den dicken Brillengläsern waren rosig verschwommen. »Shannon sagt, Homosexualität ist reaktionär. Aber ich vermute, Jaime hat sie in Gillian's Motelbar angesprochen, und es hat ihnen nicht gefallen, was er gesagt hat.«
Barry nippte an seinem Tee und blinzelte. Wir unterhielten uns dann über Franklins Hochzeit mit Paula, die am Tag darauf im Gericht in Potterville stattfinden sollte.
»Sadie ist ganz aufgelöst deshalb«, sagte ich zu Barry.
Franklin meinte, Sadie müsse ihre Beziehung akzeptieren, wenn er und Paula heirateten; davon war schon seit ein paar Monaten die Rede. Ihm war außerdem nicht wohl dabei, Sadie sich selbst zu überlassen, und er hielt es für besser, wenn Paula im Haus wäre. Paula war liebevoll und intelligent. Franklin sah keinen rationalen Grund dafür, daß Sadie weiter in ihrer Abneigung verharren sollte. Aber Sadie brauchte natürlich auch keinen rationalen Grund.
Ich dachte auch an das, was Jaime über die Geheimnisse einiger Männer in Aurelius gesagt hatte, und wieder fragte ich mich, wer wohl der

Mann sein mochte, mit dem Barry sich für kurze Zeit eingelassen hatte, als er noch zur High-School ging.
Ich fragte Barry, ob er sexuelle Beziehungen zu Jaime habe.
»Nein, nichts dergleichen. Wir sind nur befreundet.«
»Siehst du den Mann noch, mit dem du mal zusammen warst?«
»Welchen Mann?« Barry ging sofort in die Defensive.
»Als du auf der High-School warst.«
»Ich möchte nicht über ihn reden.«
»Ist er noch in der Stadt?«
Barry wiederholte, daß er nicht über ihn reden wolle.
»Kennt Jaime den Mann?«
»Das weiß ich nicht.«
Barry stand auf und erklärte, er müsse jetzt gehen. Ich entschuldigte mich und versuchte, ihn zu beruhigen.
»Trink noch eine Tasse Tee«, sagte ich.
»Ich muß wirklich gehen.«
Er ließ sich nicht aufhalten. Seine Mutter hatte ihm befohlen, um acht bei Sadie zu sein, und jetzt war es schon kurz nach acht. Ich ärgerte mich über Barry. Wir kannten uns schon lange, und ich fand, er müßte Vertrauen zu mir haben.
Unterdessen setzten die »Freunde« ihre Streifengänge fort. Sie sprachen mit den Leuten, und sie standen in Kontakt mit anderen Gruppen im ganzen Land. Obwohl es auf der Hand lag, daß Irving Powell mit dem Verschwinden der beiden Mädchen nichts zu tun hatte, unterhielten sie sich mit seinen Nachbarn. Und sie konnten den Polizeifunk abhören; wenn also jemand glaubte, ein merkwürdiges Geräusch zu hören oder etwas Ungewöhnliches zu sehen, und deshalb die Polizei anrief, dann rollten auch die »Freunde« an. Manchmal waren sie sogar schneller da als die Polizei. Captain Percy beschwerte sich mehrmals beim Stadtrat, aber die Ratsmitglieder schritten nicht ein. Inmitten dieser Angst verließen ein paar weitere Leute Aurelius, und etliche andere schickten ihre Töchter zu Verwandten in anderen Städten, wo die Mädchen ihrer Meinung nach sicherer sein würden, obgleich dieser Gedanke an Sicherheit zusehends problematisch wurde. In meinen Klassen waren leere Plätze. Als ich sie meldete, erfuhr ich, daß die-

und die vorübergehend an eine Schule in Rome oder Baldwinsville verlegt worden sei. Das Wort »vorübergehend« hing dann in der Luft, und niemand stellte es in Frage.

Das Mißtrauen wuchs, und Klatsch und Behauptungen wurden immer niederträchtiger; häufig grenzte es an Verleumdung, was die Leute redeten. Ich weiß, daß auch über mich geredet wurde, aber es geschah auf einem Niveau von derartiger Ignoranz, daß es eher provozierend als beängstigend war. So kam ich zum Beispiel eines Tages nach der Mittagspause zur fünften Stunde in die Klasse und sah, daß jemand »Homer« an die Tafel geschrieben hatte. Einige Jahre zuvor hatten wir eine Geschichtslehrerin namens Margaret Homer an der Schule gehabt, und ich dachte zunächst, sie sei gemeint. Aber ein Blick in die grinsenden Gesichter meiner Achtkläßler verriet mir, daß das Wort nur falsch geschrieben war. Die tiefempfundene Heiterkeit in ihren gespannten Gesichtern war abstoßend. Ich fühlte mich versucht, etwas zu sagen, aber statt dessen wischte ich das Wort ab und begann mit dem Unterricht. Ich ließ in dieser Stunde einen Überraschungstest schreiben, bei dem niemand gut abschnitt. Die Botschaft entging ihnen nicht.

Aber das Mißtrauen war in der ganzen Schule zu spüren. Im Lehrerzimmer wurde immer mehr geschwiegen. Sonst war es ein Ort für Kritik, Gefrotzel und Tratsch. Aber jetzt waren die Leute sich nicht mehr sicher, ob sie wußten, mit wem sie es zu tun hatten, wenn sie mit jemandem sprachen. War die Sandra Petoski, die ich jahrelang täglich gesehen hatte, dieselbe Sandra Petoski, die bei den »Freunden« als stellvertretende Vorsitzende fungierte? Und wenn es nun noch eine dritte Sandra Petoski gab, die noch unheimlicher war?

Ich neigte dazu, den Ausdruck »dunkle Seite« in einem beinahe komischen Sinn zu verwenden. Mrs. Hicks' Leidenschaft für Schokolade war ihre dunkle Seite, und Harry Martinis Affäre mit der Lehrerin aus Utica war die seine. Aber jetzt gab es Hinweise auf etwas wirklich Dunkles. Das schärfte unser Gefühl dafür, wie dunkel eine solche Dunkelheit wirklich sein konnte. Jemand unter uns hatte zwei kleine Mädchen geraubt. Und was hatte dieser Mensch mit ihnen getan? Das war die Frage, die wir nicht stellten. Und deshalb hatte ich in dem Schweigen, das im Lehrerzimmer herrschte, nie das Gefühl, daß meine

Kollegen keinen Gesprächsstoff mehr hatten; im Gegenteil, sie hatten Angst vor dem, was da zu sagen war.
Am Mittwoch nachmittag wurden Franklin und Paula vom Standesbeamten in Potterville getraut. Ryan war als Trauzeuge dabei. Alle drei hatten sich eine Stunde frei genommen. Ryan ließ seine Mittagspause ausfallen. Der Standesbeamte, Mitchell Friedman, machte unablässig seine Scherze darüber, wie sie nun das Band der Ehe knüpften und aus Paula eine ehrenwerte Frau machten, aber Ryan sagte, sie und Franklin waren so ernst wie bei einer Beerdigung. Als es vorbei war, küßte Franklin die Braut, und Ryan schüttelte beiden die Hand. Dann fuhren sie zurück nach Aurelius. Als Sadie kurz nach drei aus der Schule nach Hause kam, stellte sie fest, daß sie eine neue Mutter hatte. Sie war darüber nicht glücklich. Franklin und Paula brachten ungefähr eine Stunde damit zu, ein paar von Paulas Sachen aus dem Haus ihres Vaters herüberzubringen. Das Haus würde verkauft werden. Franklin hatte nicht viel Zeit, weil die Zeitung um siebzehn Uhr in Druck gehen mußte. Es gab ein Problem mit Paulas Hund Fletcher, weil er sich mit Sadies Shadow nicht vertrug. Freunde auf dem Land nahmen Fletcher zu sich, bis Franklin und Paula sich überlegt hätten, was zu tun sei.
Franklin schrieb einen kurzen Artikel über die Hochzeit. Tatsächlich muß er ihn schon vorher geschrieben haben. Er enthielt nur die grundlegenden Details, aber Franklin wurde darin als Chefredakteur des *Independent* vorgestellt (als ob er dieser Vorstellung bedurft hätte) und Paula als psychologische Beraterin im Dekanat des Aurelius College. Die Leute lasen den Artikel und schüttelten die Köpfe. Viele fanden, sie wüßten bereits zuviel über die Familie McNeal. Natürlich wünschte man Franklin alles Gute, aber ich glaube nicht, daß irgend jemand feierte.

36

Die Malloys und die Shillers wurden nie richtige Freunde, wenn sie einander in dieser Zeit auch ziemlich nahe waren. Aber gerade die Trauer, die sie zusammenführte, war es auch, was sie voneinander trennte. Schließlich trauerte jede Familie um ein anderes Mädchen. Immerhin, sie hatten ständig Kontakt miteinander, und jeder erkundigte sich, ob der andere etwas Neues gehört hatte. Ralph und Helen Shiller hatten mit den »Freunden« unmittelbar nichts zu tun, aber Ralphs Bruder Mike war täglich dort. Mike nahm Urlaub von seiner Stellung bei der Post. Ein zweiter Bruder, Albert, widmete ebenfalls einen Teil seiner Zeit den »Freunden«. Und Helen Shiller hatte zwei Brüder und einen Cousin, die sich am Streifendienst beteiligten.

Ralph und Helen Shiller versuchten, ihr Leben weiterzuleben, aber sie taten dies in einem Zustand, der an Lähmung grenzte. Sie bewegten sich ein paar Augenblicke lang vorwärts; dann wurde ihnen wieder bewußt, daß ihre Tochter verschwunden war, und die Erkenntnis schlug sie zu Boden. Zum Glück hatte Ralph Angestellte, die für ihn arbeiteten. Das Schreckliche war, nichts zu wissen, aber sie konnten auch nicht aufhören, sich die gräßlichen Dinge vorzustellen, die man ihrem Kind vielleicht angetan hatte. Der seltsame Umstand der zurückgebrachten Kleider und der künstlichen Hand ließ noch das grausigste Szenario möglich erscheinen. Ralph fing an, mit seinem Lieferwagen in der Stadt herumzufahren – nicht, um Kunden zu besuchen oder Besorgungen zu erledigen; er sah sich nur um. Man sah den Wagen langsam vorbeifahren – einen blauen Ford mit der weißen Aufschrift »Ralph Shiller, Elektriker« auf der Seite – und sah Ralphs dunkles, trauriges Gesicht über das Lenkrad spähen.

Was Helen anging, so verließ sie nur noch selten das Haus. Megs Bruder Henry war bei mir im Biologieunterricht, und er fehlte oft. Es kam nicht in Frage, daß ich ihm dafür eine schlechtere Note gab. Er war immer ein fröhlicher Junge gewesen, aber jetzt war sein Gesicht unbewegt, und er schien außerstande zu sein, dem Unterricht zu folgen. Andere Schüler sprachen flüsternd mit ihm, aber viele ließen ihn lieber ganz in Ruhe. Der jüngere Bruder, Bobby, war in der vierten Klasse. Ich weiß nichts über ihn, aber das hindert mich nicht daran, mir den Kopf zu zerbrechen.

Den Malloys erging es ähnlich. Dr. Malloy ging nicht mehr in seine Praxis. Er saß allein zu Hause oder ging zum Polizeirevier. Wie Henry Shiller versäumte auch sein Sohn Frank oft den Unterricht. Die kleine Millie war in der dritten Klasse. Der Arzt fuhr sie täglich zur Schule und holte sie wieder ab. Er fuhr sie auch zu ihren Freundinnen und wartete draußen, wenn sie dort spielte. Er war besessen von der Angst, ihr könnte etwas zustoßen.

Seine Frau Catherine ging nur aus, um die Leimbachs oder die Shillers zu besuchen. Allen war bewußt, daß man sie beobachtete und daß die Leute Mitgefühl für sie empfanden. Sie waren froh über diese Freundlichkeit, aber jedesmal wenn sie sahen, wie jemand sie traurig anschaute, fühlten sie sich an den Grund für ihre Trauer erinnert, und das Verschwinden ihrer Tochter stand ihnen wieder frisch vor Augen. Dr. Malloy fuhr einen kastanienbraunen Chevrolet Pickup. Eines Tages sah ich eine Gewehrhalterung vor dem Rückfenster. Beim nächsten Mal, ein paar Tage später, sah ich, daß ein Gewehr daranhing. Es war im Staat New York im November; die Jagd war ein populäres Vergnügen. Aber ich glaubte nicht, daß Dr. Malloy das Gewehr hatte, um damit Rehe zu jagen. Auch er fuhr in der Stadt herum, bog langsam um die Ecken und schaute zu den verschiedenen Häusern hinauf.

Oft war es Paul Leimbach, der die Autostreifen in Aurelius leitete. Es waren alles in allem zwanzig Autos, aber es waren nie mehr als fünf gleichzeitig unterwegs. Die Präzision, die Leimbach zu einem ausgezeichneten Steuerberater machte, verwandte er auch auf die Patrouillen. Jedes Auto war für einen Sektor zuständig. Jedes fuhr nach einem bestimmten Muster umher und wechselte dann unvermittelt zu einem anderen, als könnte dieser jähe Umschwung einen Umherschweifenden mit einem diabolischen Interesse an jungen Mädchen überraschen.

Ich habe Paul Leimbach mein Leben lang gekannt, wenn auch nicht gut. Seine Leidenschaft für Baseballkarten als Kind und für Zahlen als Erwachsener erweckte den Eindruck, als sei es sein Wunsch, die Welt in Daten zu zerlegen, die sich messen und wiegen ließen. Er war frei von körperlichem Ballast, muskulös und sehnig. Jemand erzählte mir, daß er nachts nicht mehr als vier Stunden zu schlafen pflege. Er hatte ein dunkles, aufmerksames Gesicht und schien seine Umgebung zu studieren, reglos wie ein Falke auf einem abgestorbenen Baum. Man konnte sich nie vorstellen, daß ihn etwas überraschen könnte, aber das Verschwinden seiner Nichte überraschte ihn. Es waren Daten, die keine seiner Maschinen verdauen konnte.

Leimbachs eigene Tochter, Jenny, war zwölf Jahre alt, und er hatte schreckliche Angst, daß ihr auch etwas passieren könnte. Seine Frau Martha hätte Jenny am liebsten in eine andere Stadt geschickt, aber das lehnte Leimbach ab. Er fand, das wäre unfair gegen Dr. Malloy gewesen. Nicht, daß er das Gefühl hatte, er müsse seine eigene Tochter riskieren, weil Sharon verschwunden war, aber er fand doch – Gott weiß, wie er es in Worte faßte –, daß es unfair wäre, Jenny in allzu große Sicherheit zu bringen. Andererseits sorgte er dafür, daß sie niemals allein war. Wenn er oder Martha nicht bei ihr sein konnten, dann war es der fünfzehnjährige Mark oder Scott, der die letzte Klasse der High-School besuchte.

Ich schätze, Donald Malloy widmete den »Freunden« jede Woche mehr als vierzig Stunden. Mildred Porter übernahm immer mehr die Leitung der Apotheke, auch wenn Donald ein- oder zweimal am Tag kam, um Rezepte anzufertigen. Er wohnte allein in der Dodge Street, allerdings mit einer Katze, wie ich hörte; das Haus hatte zwei Obergeschosse und war ziemlich schmal, aber es stand auf einem großen Grundstück. Ein paar Jahre lang hatte man gedacht, er werde heiraten, aber er tat es nie. Er war geschieden, und vielleicht wollte er es nicht noch einmal probieren. Kinder hatte er keine. Nach seinem Umzug nach Aurelius war er eine Zeitlang mit mehreren Frauen ausgegangen. Er war damals schlanker und beweglicher gewesen, ein Mann, der aussah, als habe er in der Schule Football gespielt, bevor seine Muskeln sich langsam in Fett verwandelt hatten. Nicht, daß er jetzt gräßlich fett

gewesen wäre, aber er war schwer. Vielleicht hatte er immer noch dann und wann Beziehungen zu Frauen, aber davon wußte ich nichts.
Zusammen mit Agnes Hilton und Dave Bauer besuchte er viele Häuser, wie er meins besucht hatte. Sie bemühten sich stets, freundlich zu sein, aber es war nicht zu übersehen, daß derjenige, den sie da gerade besuchten, auf irgendeine Weise verdächtig war, auch wenn es nur ein winziger Verdacht war. Donald veranstaltete Zusammenkünfte in seinem Haus, um mögliche Szenarien über das Schicksal der Mädchen zu entwickeln, und diese Zusammenkünfte führten zu weiteren Besuchen. Natürlich verliefen nicht alle diese Besuche freundlich, und so bekamen manche Leute Angst vor Donald und gaben sich Mühe, sich sein Wohlwollen zu erhalten.
Franklin hatte in dieser Zeit noch einmal versucht, ihn für die Zeitung zu interviewen, aber ohne Erfolg; besser gesagt, Donald sagte, er wolle ihm mit Vergnügen alle Fragen beantworten, aber er wolle nicht zum Gegenstand eines Interviews gemacht werden.
»Ich bin nur ein Werkzeug«, sagte er immer wieder. »Meine Aufgabe ist es, die Mädchen zu finden. Einen anderen Beruf habe ich nicht.«
»Aber Sie können von einem ganzen Leben berichten.«
»Vielleicht später, wenn das alles vorbei ist«, sagte Donald.
Die Leidenschaft, mit der er die Mädchen suchte, hätte bemerkenswert sein können, wenn sie nicht genau wie die Leidenschaft seines Bruders gewesen wäre, oder wie Leimbachs Leidenschaft oder Ralph und Mike Shillers Leidenschaft. Ich kannte diese Leute seit Jahren. Leimbach hatte meine Steuererklärung gemacht. Dr. Malloy war mein Arzt, wenn ich einen brauchte. Ralph Shiller hatte Elektroarbeiten in meinem Haus vorgenommen. Bei Mike Shiller hatte ich Briefmarken gekauft, bei Donald verschreibungspflichtige Medikamente. Sie gehörten zu den verbindlichsten und freundlichsten Gesichtern in Aurelius. Ihre Kinder waren meine Schüler oder die Schüler meiner Kollegen. Jetzt aber waren sie eine Gruppe für sich, als seien ihre Gesichter mit einem schrecklichen Mal gezeichnet worden. In gewisser Weise hatten sie unsere Gemeinschaft verlassen und ihre eigene, furchtbare Gemeinschaft gegründet. Wir übrigen sahen dieses Mal und beteten, daß es nicht auch uns treffen möge.

»Ich bin nur ein Werkzeug«, sagte Donald. Wer konnte es ihm verdenken, daß er die menschliche Seite von sich abstreifen wollte, den Teil, der so leiden mußte? Was machte es da, wenn er sich in die Häuser anderer Leute drängte und ihnen Fragen stellte? Er tat uns leid. Und eben seine Körperfülle, das Gewicht, das er unter den dunklen Anzügen oder seiner weißen Apothekerjacke mit sich herumschleppte, schien die physische Gestalt seines Leids zu sein, als wäre er ohne dieses Leid ganz dünn.

Dr. Allen Malloy war oft bei Captain Percy und besuchte ihn auch zu Hause in Norwich. In ihrem Pflichtgefühl und ihrem Wunsch, als zuverlässig und ehrlich zu gelten, ähnelten die beiden Männer einander. Beide gaben sich ziemlich stoisch. Beide hatten ein rotes Gesicht und ein ruhiges Äußeres, als lege gerade diese glühende Farbe Zeugnis von einer wütenden Aktivität im Innern ab. Und sie hatten Kinder, die mehr oder weniger im gleichen Alter waren; insofern konnte Captain Percy sicher nachempfinden, was für einen Verlust Dr. Malloy erlitten hatte.

Ryan meinte, die zunehmende Freundschaft mit Dr. Malloy verschärfte nur Captain Percys Schuldgefühle ob der Tatsache, daß er den Täter noch nicht gefunden hatte. Percy stellte lange Listen von Möglichkeiten auf, um sie dann zu diskutieren und zu erforschen. Darin ähnelte er den »Freunden von Sharon Malloy«, die auch mit peinlicher Sorgfalt nach neuen Möglichkeiten fahndeten und dann jede einzelne gründlich untersuchten. Er fing sogar an, sich Ryan anzuvertrauen; bis dahin hatte er ihn eher mißachtet und sich lieber mit seinen eigenen Kollegen abgegeben.

Aber die »Freunde« bereiteten Percy Unbehagen – besser gesagt, ihre Versuche, sich polizeilich zu betätigen, mißfielen ihm. Er hatte freundschaftlichen Umgang mit Dr. Malloy, aber nicht mit Leimbach und Donald. Er hatte etwas gegen die Patrouillenfahrten, und er war dagegen, daß Donald die Einwohner von Aurelius verhörte – nicht etwa aus professioneller Rivalität: Percy glaubte, daß der Täter, wer immer es sein mochte, sich bereitwilliger offenbaren würde, wenn die Patrouillen nicht wären, und er meinte, daß Donald mit seinen Verhören nur dafür sorgte, daß die Leute auf der Hut waren.

Für Captain Percy war jeder in Aurelius verdächtig – sogar Ryan, sogar Dr. Malloy. Es paßte ihm nicht, daß die Hasen mit den Hunden liefen. Er erinnerte sich, daß man Ryan von den Ermittlungen im Mordfall Janice abgezogen hatte, und die Tatsache, daß Hände als blutiges Motiv weiterhin eine Rolle spielten, war ihm nicht entgangen. Man stellt sich bei jeder Gemeinschaft vor, daß es darin von Geheimnissen wimmelt. Percy sah seine Aufgabe darin, die Haut abzuschälen, die diese Geheimnisse schützend umgab, bis er am Ende das Geheimnis der verschwundenen Mädchen entdeckt hätte. In seinem Computer hatte er Daten über jeden in Aurelius – vielleicht nicht über die ganz Alten und die ganz Jungen, aber verzeichnet waren ganz bestimmt auch deren Namen. Als Harry Martini aufs Revier gebracht wurde und seine Affäre mit einer Lehrerin in Utica gestand, da wußte Captain Percy bereits davon. Und ich bin mir sicher, er wußte auch von meiner unglückseligen Zeit in New York City. Er wußte bei uns allen über unsere dunklen Gewohnheiten Bescheid, oder doch bei fast allen.
Es ist furchtbar, wenn man keine Geheimnisse haben darf. Vor Jahren habe ich in meinem Garten mal ein Nest mit Maulwurfbabys entdeckt, und ich sah, wie sie sich erbärmlich im Sonnenlicht wanden. Genauso waren wir auch. Das Privatleben ist der Puffer zwischen dem inneren Ich und der Gesellschaft. Percy wollte allen den Panzer herunterreißen. Man konnte sich vorstellen, wie er die Badezimmer der Leute ausspionierte und nachts in ihren Schlafzimmern spitzelte. Ich weiß nichts über Percys politische Überzeugung, aber im Grunde seines Herzens wurzelte eine totalitäre Gesinnung. In seinen Augen war Freiheit nichts als die Fähigkeit der Menschen, sich zu verbergen, und diese Macht wollte er ausmerzen. Und natürlich war er überzeugt, daß alle Informationen in seiner Hand oder in seinem Computer sicher aufgehoben seien. War das nicht eine Art Ignoranz? Denn was ist Sicherheit, und wo kann man sie finden?
Für Captain Percy ging es nicht nur darum, daß die Mädchen verschwunden waren – bestimmt an sich schon schrecklich genug –, sondern auch darum, daß da jemand versuchte, sich vor ihm zu verbergen. Es wäre falsch, wenn man behauptete, daß das letztere in Percys Augen schlimmer war als das erstere, aber ungeheuerlich war es doch. Jemand

in Aurelius hatte die Mädchen entführt, jemand, den Percy häufig sah. Diese Person verhöhnte ihn mit der Rückgabe der Kleider. In der Tat fiel es Percy schwer, die Sache nicht auf einen Kampf zwischen ihm selbst und dieser unbekannten Person zu reduzieren, die sich scheinbar vorgenommen hatte, ihn lächerlich zu machen. Percy hatte Vorgesetzte bei der State Police, und sie müssen ihn gefragt haben, weshalb die Ermittlungen so lange dauerten. Ganz gleich, wie sehr sie ihm vertrauten, es war möglich, daß man ihn ablösen mußte. Percy wußte, wenn es ihm nicht gelingen sollte, den Entführer der Mädchen zu finden, würde das seine Karriere beschädigen. Und das nahm er persönlich. Er hatte das Gefühl, daß der Täter darauf aus war, auch ihm persönlich zu schaden. Er hatte das Gefühl, daß jemand ein Spiel mit ihm trieb.
Ryan hatte Captain Percy von seinem Gespräch mit Sheila Murphy erzählt, bei dem sie von Janices »Akademiker« gesprochen hatte. Und er hatte ihm von Professor Carpenter berichtet, dessen Alibi für den Zeitpunkt des Mordes soeben überprüft werde.
»Wie sind Sie denn auf sie gekommen?« hatte Percy gefragt. Sie hatten in einem Büro in der City Hall gesessen, das Percy für seine Sonderkommission benutzte.
»Ich hatte die ganze Zeit gedacht, daß Aaron keinen vernünftigen Grund gehabt habe, Sheila zu beißen – daß er es aus Perversität getan haben müsse, oder weil er betrunken war. Aber wenn er nun doch einen Grund hatte? Keinen guten, aber einen Grund? Als ich erkannt hatte, daß Aaron herausfinden wollte, wer seine Mutter ermordet hatte, schien mir, daß seine Attacke gegen Sheila etwas mit Janice zu tun haben müsse. Janice war immer auf der Suche nach Möglichkeiten, neue Männer kennenzulernen. Die Freundschaft mit Sheila eröffnete ihr Zugang zu einem ganzen Haufen von Kerlen.«
»Aber das dürften keine Akademiker gewesen sein.«
»Ich bin sicher, Janice hat den Ausdruck eher ironisch verwendet. Vielleicht, weil jemand sich selbst so bezeichnet hatte? War es jemand wie ein Arzt oder ein Rechtsanwalt? Oder war es jemand, den sie so nannte, weil er nicht wirklich maskulin war, sondern nur so aussah?«
»Was soll das heißen?«
»Ich weiß es nicht. Janice war ironisch, sie hatte immer etwas Spötti-

sches. Es könnte sich um jemanden handeln, der scheinbar auf Frauen steht, sie in Wirklichkeit aber nicht leiden kann.«
Percy entschied, daß Ryan sich noch einmal mit Mrs Porter beschäftigen solle. Ryan traf sich wieder im Lexikonraum der Stadtbibliothek mit ihr. Sie hatte erst nicht kommen wollen, aber dann hatte Ryan gesagt, in diesem Fall sei er gezwungen, sie in der Apotheke aufzusuchen.
»Das gefällt mir nicht«, sagte sie, als sie ihm gegenüber am Tisch Platz genommen hatte. »Ich habe das Gefühl, daß Sie mein Vertrauen ausnutzen.«
»Es geht nicht um Aaron«, sagte Ryan, und er fragte sich, ob das stimmte. »Ich glaube, daß Sie Janice besser kannten, als Sie andeuteten. Sie waren mit ihr befreundet, stimmt's?«
»Ist das notwendig?«
»Ich glaube, ja.«
Sie schaute Ryan ins Gesicht und sah dann weg. »Ich habe sie ein paarmal zu Hause besucht, aber ich glaube nicht, daß man uns als Freundinnen hätte bezeichnen können.« Um den Hals trug Mrs. Porter ein weißes Seidentuch; es war mit einer Kamee befestigt, die ein Frauengesicht im Profil zeigte. Beim Sprechen befingerte sie die Kamee. »Ich war damals noch verheiratet. Sie wußte, wie meine Beziehung zu Rolf aussah. Daß sie nicht … befriedigend war.« Sie schwieg.
»Haben Sie sich in ihrem Haus mit Männern getroffen?«
Mrs. Porter nickte. Sie schaute Ryan wieder in die Augen, beinahe zornig jetzt.
»Und hat Aaron Sie nach diesen Männern gefragt und danach, ob Sie noch andere Männer kannten, die ein Verhältnis mit seiner Mutter hatten?«
»Ich habe ihm fünf Namen genannt. Damit schien er zufrieden zu sein.«
»Waren welche dabei, die man als Akademiker bezeichnen könnte?«
Mrs. Porter zog die Brauen hoch. »Na ja, zunächst mal waren Sie dabei. Janice hatte gerade mit Ihnen Schluß gemacht. Dann Henry Swazey, der Rechtsanwalt. Den mochte sie eine ganze Weile.«
»Mit dem hatte sie ein Verhältnis, nachdem sie mit mir zusammengewesen war?«

»Schon währenddessen, glaube ich.«
Ryan glaubte einen boshaften Unterton in ihrer Stimme zu vernehmen. Er beschloß, das Thema zu wechseln. »Ich bin neugierig, was Ihre Beziehung zu Donald Malloy angeht.«
Mrs. Porter schaute ihn scharf an. »Ich versichere Ihnen, sie beschränkt sich absolut auf das Berufliche.«
»Wissen Sie etwas über sein Leben außerhalb der Apotheke?«
»Nein. Ich kenne natürlich seinen Bruder, und ich weiß, wie aufgebracht Donald wegen seiner Nichte war.«
»Und bevor Sharon verschwunden war?«
»Ich weiß nichts über sein Privatleben.«
»Wissen Sie, ob er Beziehungen zu Frauen in der Stadt hat?«
»Er hat nie von einer gesprochen. Er redet nicht viel, und ich nehme an, er schätzt mich zum Teil deshalb, weil ich auch nicht viel rede.«
»Mögen Sie ihn?«
»Wir haben ein absolut zufriedenstellendes berufliches Verhältnis zueinander.«
»Nennt er es so – ein berufliches Verhältnis?«
»Natürlich nicht – es ist einfach eins.«
»Wissen Sie, ob Donald je mit Janice McNeal zusammen war?«
»Davon weiß ich nichts.«
»Aber er hat mit ihr gesprochen.«
»Er hat sie ein paarmal bedient. Das habe ich schon gesagt.«
»Hat er ihr Kondome verkauft?«
»Kann sein.«
»Hat Donald Freunde?«
»Er hat ein enges Verhältnis zur Familie seines Bruders und zu den Leimbachs.«
»Haben Sie ihn je bei Janice zu Hause gesehen?«
»Niemals. Was wollen Sie damit andeuten?«
Ryan sagte später, er habe nicht aufhören können, an Mrs. Porter und Aaron zu denken. Man sollte noch einmal wiederholen, daß sie wirklich kein bißchen sexy wirkte. Sie war hübsch gekleidet und in guter körperlicher Verfassung, aber sie hatte überhaupt nichts Provokantes an sich. Und doch sah Ryan vor sich, wie Aaron und Mrs. Porter sich

nackt im Bett wälzten. Er war während des ganzen Gesprächs verlegen und hatte schreckliche Angst, rot zu werden. Infolgedessen wurde er rot.

Captain Percys neues Interesse an Akademikern umfaßte einen Zahnarzt, den Rechtsanwalt Henry Swazey, Paul Leimbach und Dr. Malloy, einen Architekten aus der Stadt sowie Donald Malloy. Alle wurden vernommen. Bald hatte Percy erfahren, daß Donald einige Jahre zuvor Beziehungen zu drei Frauen unterhalten und daß er mit einer davon auch im Bett gewesen war, mit Joan Thompson, einer Schwester aus dem Krankenhaus. Sie war vierzig und unverheiratet, aber sie gab an, einen festen Freund zu haben.

»Ich kann mich an Donald Malloy kaum erinnern«, sagte sie zu Ryan. »Das ist Jahre her.«

»Hatte er irgend etwas Bemerkenswertes an sich?« fragte Ryan. Sie saßen in der Krankenhauscafeteria. Joan Thompson trug ihre weiße Schwesterntracht und eine kleine Haube.

»Nein. Vielleicht ist das an sich schon wieder bemerkenswert. Er war ziemlich langweilig. Wir gingen zusammen essen, und er sagte kaum ein Wort.«

»Wie haben Sie ihn kennengelernt?«

»Durch seinen Bruder, den armen Kerl. Dann hat Donald mich angerufen. Oder vielleicht auch ich ihn, das weiß ich nicht mehr.«

»Wie war er im Bett?« Ryan verabscheute solche Fragen.

»Kann man vergessen.« Joan Thompson lachte. »Ich hab's wenigstens vergessen. Es ist nur ein- oder zweimal dazu gekommen. Er wirkte nicht besonders interessiert. Aber er war sehr sauber; daran erinnere ich mich. Und er hatte wunderschöne Hände.«

Ryan besuchte auch Leimbach. Sie unterhielten sich in einem Hinterzimmer bei den »Freunden von Sharon Malloy«. Im vorderen Raum klingelten unaufhörlich die Telefone. Zwanzig Leute waren hier bei der Arbeit. Ryan hatte das Gefühl, daß irgend etwas nicht stimmte. Dann dämmerte ihm, daß man kein Lachen hörte.

Leimbach saß an einem Schreibtisch. Er hatte die Neigung, abgehackt zu sprechen, was seiner Rede etwas Maschinengewehrhaftes verlieh.

Er trug einen dunklen Anzug und eine blaugestreifte Krawatte mit einem tadellosen Knoten.
»Ich wüßte nicht, was meine Beziehung zu meiner Frau irgend jemanden angeht«, sagte Leimbach eben.
»Es geht nicht um Ihre Beziehung zu Ihrer Frau, sondern um Ihre Beziehung zu anderen Frauen.«
Leimbach räumte widerwillig ein, daß er sich zwei- oder dreimal in Syracuse mit einer Frau getroffen habe.
»Aber das ist alles lange her«, sagte er. Seine Hände lagen flach vor ihm auf der Schreibtischplatte.
»Betrachten Sie sich als Akademiker?« Noch während Ryan die Frage stellte, wußte er, daß er sie unbeholfen formuliert hatte.
»Wie meinen Sie das? Hilfsarbeiter bin ich jedenfalls nicht. Ich bin Betriebswirt.«
»Erzählen Sie mir von Ihrer Freundschaft zu Janice McNeal.«
»Von was für einer Freundschaft?«
»Das wissen Sie genau.«
»Ich habe keine Ahnung, wovon Sie reden.«
Ryan beugte sich über den Schreibtisch nach vorn. »Sie vergessen eines. Ich hatte selbst etwas mit ihr.« Er hatte keine Lust zu erwähnen, daß die Nachbarn Leimbach gesehen hatten, wie er Janices Haus betrat.
»Sie hat es Ihnen erzählt?« Leimbach saß völlig regungslos da.
»Erzählen Sie mir davon«, sagte Ryan.
»Sie war verrückt, völlig verrückt. Ich war nur zweimal bei ihr. Sie hat mir weh getan.«
»Wie hat sie Ihnen weh getan?«
»Sie hat … Sie wissen schon. Ihre Fingernägel haben Schrammen an meinem Penis hinterlassen. Gott, was habe ich da für einen Fehler gemacht. Sie hat es Ihnen wirklich erzählt?«
»Ich frage mich, wem sie es noch alles erzählt hat«, sagte Ryan, ehe er sich versah.
Leimbach umfaßte die Schreibtischkante. »So etwas geht nie vorbei, nicht wahr?«
Von Leimbach aus fuhr Ryan hinüber zu Dr. Malloys Praxis. Die

Schwester führte ihn ins Sprechzimmer. Erst wollte Ryan sich auf den Untersuchungstisch setzen, aber dann entschied er sich für einen Stuhl. Nach fünf Minuten fing er an, sich zu langweilen; er zog seine Slipper aus und wog sich: hundertdreiundfünfzig Pfund. Er stand noch auf der Waage, als Dr. Malloy hereinkam.

»Ich dachte, es handelte sich um einen polizeilichen Besuch«, sagte der Arzt und warf einen Blick auf Ryans Schuhe.

Ryan wurde ein bißchen rot. »Ich habe mir nur die Zeit vertrieben.« Er schob die Füße wieder in seine Slipper. »Ich muß Ihnen eine persönliche Frage stellen. Hatten Sie je ein Verhältnis mit Janice McNeal?«

»Selbstverständlich nicht.« Dr. Malloy trug einen blauen Anzug mit Weste. In der Tasche seines Jacketts steckte ein Stethoskop. »Ich meine, sie hat mich aus unerfindlichen Gründen ein paarmal angerufen, und einmal kam sie auch in die Praxis und tat, als habe sie Leibschmerzen.«

»Woher wissen Sie, daß sie nur so tat?«

»Weil ich nicht feststellen konnte, daß ihr irgend etwas fehlte. Sagen wir, für das, was sie wollte, war ich nicht der Richtige.«

»Haben Sie Verhältnisse mit anderen Frauen gehabt?«

»Das geht Sie überhaupt nichts an.«

Ryan sah plötzlich, daß es besser gewesen wäre, auf dem Polizeirevier mit Dr. Malloy zu sprechen, statt ihm auf seinem eigenen Gelände entgegenzutreten. »Und wie ist es mit Paul Leimbach oder Ihrem Bruder – hatten die je etwas mit Janice zu tun?«

»Da müssen Sie sie schon selbst fragen.« Dr. Malloy legte die Hand auf den Türknopf.

»Hat Janice ausdrücklich gesagt, daß sie mit Ihnen ins Bett gehen wollte?«

»Es war eher eine Sache von Blicken und Andeutungen, die ich aber ignorieren konnte.«

»Wann war das?«

»Kurz bevor sie ermordet wurde. Vielleicht eine Woche vorher.«

»Bezeichnen Sie sich je selbst als Akademiker?« Ryan zuckte innerlich zusammen, als er die Fragen stellte.

Dr. Malloy sah ihn kurz an und blinzelte dann. »Ich bezeichne mich als Arzt«, sagte er.

Ryan bekam Donald Malloy zu fassen, als der Apotheker gerade von einer seiner Patrouillen zurückkam. Sie standen auf dem Gehweg vor dem Ladenlokal der »Freunde«. Es war später Nachmittag, und die Sonne stand schon tief am Himmel. Donald war offenbar in Eile und reagierte ungeduldig auf Ryans Fragen.

»Können Sie mir noch mal sagen, wer das war?«

Ryan schaute Donald in die Augen; sie waren hellblau und sehr ruhig.

»Das wissen Sie nicht mehr?«

»War es Aaron McNeals Mutter, die ermordet wurde?«

»Sind Sie je mit ihr ausgegangen?«

»Selbstverständlich nicht.«

»Warum betonen Sie das so?«

»Bei ihrem Ruf konnte ich mir nicht erlauben, mit ihr gesehen zu werden. Außerdem fand ich sie nicht attraktiv.«

»Ich dachte, Sie könnten sich nicht an sie erinnern.« Ryan versuchte so zu stehen, daß er nicht frontal auf die Fotos von Sharon und Meg schauen mußte.

»Es fällt mir wieder ein.« Donald starrte Ryan an, als halte er ihn für einen absoluten Trottel. »Ist Ihnen nicht klar, daß mich im Augenblick nichts anderes interessiert als meine Nichte?«

»Janice war bei Ihnen in der Apotheke.«

»Ja, daran erinnere ich mich.«

»Was hat sie da gekauft?«

»Das weiß ich nicht mehr.«

»Hat sie Kondome gekauft?«

Donald machte ein schockiertes Gesicht. »Sie können doch nicht erwarten, daß ich Ihnen erzähle, was eine Kundin bei mir gekauft hat. Ich glaube, dazu könnte mich nicht einmal ein Gericht zwingen.«

Der vierte Akademiker, mit dem Ryan an diesem Tag sprach, war Harry Martini. Er kam kurz vor Schulschluß zur Knox Consolidated. Martini bestritt, daß er je etwas mit Janice zu tun gehabt hatte. Er habe sich nicht gern mit Frauen eingelassen, die in Aurelius wohnten. »Ich habe mich versucht gefühlt«, sagte er. »Aber man muß sich von seinem

eigenen Vorgarten fernhalten.« In Anbetracht der Affären, die er bereits zugegeben hatte, glaubte Ryan ihm. Später würde er seine Informationen über alle vier an Percy weitergeben.
Als er aus Martinis Büro kam, sah er, wie Sadie ihren Mantel aus dem Spind nahm. Er bot ihr an, sie nach Hause zu fahren, und sie war einverstanden.
»Es wäre aber spannender, mit einem Polizeiwagen zu fahren«, sagte sie, als sie in Ryans Ford Escort stieg.
»Vielleicht beim nächsten Mal.«
Sie plauderte über die Schule und über Leute, die sie kannte.
»Wie kommst du mit Paula zurecht?« fragte Ryan.
»Sie ist mir allzu bemüht.« Sadie hatte einen roten Mantel an und trug eine lange, graue Skimütze mit einem Zipfel, der ihr über den Rücken hing.
»Vielleicht bist du eifersüchtig?«
»Und? Wieso konnte sie sich keinen anderen Mann suchen?«
»Sie lieben einander.«
»Und was ist mit meiner Mutter?«
»Die ist nicht mehr hier.« Ryan hatte erst »tot« sagen wollen, aber dann bremste er sich.
»Das einzig Gute daran, Paula im Haus zu haben, besteht darin, daß Aaron jetzt vorbeikommen kann, ohne daß mein Dad sich aufregt.«
»Hängt er viel bei euch rum?«
»Er hängt nicht rum. Er besucht uns.«
Ryan parkte vor dem Haus und ging mit hinein, um Paula guten Tag zu sagen. Sie war in der Küche und trug eine Schürze über der Jeans. Ihre Brille war beschlagen vom Dampf aus der Spülmaschine, und sie wischte sie an ihrem Sweatshirt ab. Sie hatte Kekse gebacken. Als sie Ryan sah, lachte sie. Sadie war auf ihr Zimmer gegangen.
»Es ist schwierig, wenn man sich bemühen muß, nett zu sein«, sagte sie. »Ich dachte, ich wäre schon nett. Ich habe keine Kekse mehr gebacken, seit Aaron klein war.«
»Wieso können Sie sich denn frei nehmen, um nach Hause zu fahren und zu backen?« fragte Ryan.
»Ich fange um acht an und mache um zwei Feierabend. Die Mittags-

pause lasse ich ausfallen. Wenn ich nach Hause komme, bin ich halb verhungert.«

»Die glücklich verheiratete Frau«, bemerkte Ryan. Er überlegte, ob er von Sadie sprechen sollte, und ließ es dann bleiben.

»Ich bin glücklich, ja«, sagte Paula. »Ich liebe Franklin mehr, als ich sagen kann.«

37

Als Cookie Evans am Freitag morgen um halb acht ins »Make Waves« kam, war die Eingangstür angelehnt. Sie nahm an, daß Jaime vor ihr dagewesen war, obwohl er meistens erst gegen acht kam. Sie stieß die Tür auf und sah die Sauerei. Das war das erste Wort, das ihr einfiel: »Sauerei.« Das nächste war »Schlachtfeld«. Stühle waren umgeworfen, der Spiegel war zerschlagen, ein Tisch zertrümmert. Illustrierte lagen überall verstreut. Cookie sah sie und bemerkte, daß sie blutbefleckt waren. Dann sah sie das Blut auch an den Spiegelscherben. Die Tapete zeigte eine Meute von Pudeln in den unterschiedlichsten Phasen der Coiffur: beim Kämmen, Trimmen, Toupieren, Schleifchenbinden. Auch sie war mit Blut bespritzt. Ein Verkaufsregal mit Shampoo und Conditioner war umgekippt. Der süße Geruch aus zerbrochenen Parfümflaschen erfüllte den Raum. Cookie nahm all das auf einmal in sich auf und begann dann, genauer hinzuschauen. Später sagte sie: »Ich glaubte, ich sei in den falschen Laden gekommen.« Ein schwarzer, italienischer Slipper mit einer kleinen Quaste lag mitten im Raum auf dem Boden. Sie erkannte, daß es einer von Jaimes Schuhen war.

»Jaime?« rief sie. Niemand antwortete.

Sie hätte die Tür zumachen und die Polizei anrufen sollen, aber eine Mischung aus Empörung und Neugier zwang sie hineinzugehen. So winzig sie war, hatte Cookie doch nie das Gefühl gehabt, daß ihr irgendwoher Gefahr drohte. Außerdem hatte Louise Talbot einen Termin für acht Uhr, und Cookie würde anrufen und absagen müssen. Das Radio lief, ein Softrocksender aus Utica, aber es rauschte, und der Sender schwand immer wieder.

»Jaime?« rief Cookie noch einmal. Sie betrat den Salon und ließ die Tür hinter sich offen. Das Sonnenlicht fiel herein und malte ein schräges Dreieck auf den Boden; das ausgelaufene Shampoo glitzerte.

Hinter dem Salon befanden sich ein Lagerraum und ein kleines Zimmer, das Cookie als ihr »Beratungszimmer« bezeichnete; hier bediente sie Kundinnen, die Diskretion wünschten. Eine Toilette gab es außerdem. Cookie schaute als erstes in den Lagerraum. Er war unberührt. Aber das Beratungszimmer war verwüstet: umgestürzte Stühle, zerschlagene Flaschen, der Computer zerschmettert auf dem Boden. Cookie sah ihr erschrockenes Gesicht, das ihr aus den Spiegelscherben entgegenstarrte. Sie ging weiter zur Toilette. Sie hatte keine Fenster, und das Licht brannte nicht. Cookie drückte auf den Lichtschalter. Und dann fand sie Jaime Rose.

Er war über das Waschbecken gebeugt, und sein Kopf klemmte zwischen den Wasserhähnen. Er trug nichts als ein schwarzes T-Shirt und ein Paar weiße Socken. Ein meterlanges Stück von einem gelben Besenstiel ragte aus seinem After. Der abgebrochene Besen lag zwischen Jaimes Füßen; die schwarzen Borsten deuteten nach oben. Ein Blutrinnsal schlängelte sich in einer langen Linie am Besenstiel entlang bis zum Boden, wo es eine dunkle Pfütze gebildet hatte. Jaimes Hände waren mit einem Verlängerungskabel auf den Rücken gebunden, und sein Kopf war zur Seite gedreht, so daß er Cookie das Gesicht zuwandte. Sein Mund war mit einem blutigen Verband geknebelt, der ihm um den Kopf geschlungen war. Seine Augen waren verdreht. Das T-Shirt war zerrissen, und Cookie sah Schnittwunden und Blut an seiner Haut. Zwei getrocknete Blutrinnsale kamen aus seinen Nasenlöchern und verschwanden in seinem schwarzen Bart.

Cookie hörte, wie sie ein Geräusch machte, ein dumpfes Heulen mit zusammengebissenen Zähnen. Das Telefon war aus der Wand gerissen. Sie rannte auf die Straße hinaus, um die Polizei von der Versicherung nebenan zu rufen. Einer der Streifenwagen der »Freunde« mit dem orangegelben Dreieck kam die Straße heruntergefahren. Cookie schwenkte die Arme. »Hey«, schrie sie.

Der Wagen, ein cremefarbener Mazda, hielt am Straßenrand, und der Fahrer drehte das Fenster herunter. Es war Paul Leimbach. Bei ihm waren zwei Männer: Russ Fusco und Bud Shiller, ein Cousin von Ralph und Mike, der als Lastwagenfahrer bei Aurelius Oil arbeitete. Leimbach lächelte Cookie entgegen. »Selber hey«, sagte er.

»Jemand hat Jaime umgebracht. Sie müssen die Polizei holen.«
Leimbach ließ seinen Wagen schräg am Randstein stehen und kletterte hastig heraus. Die andern sprangen ihm nach.
»Wo ist er?«
»Er ist schon tot. In der Toilette. Jemand hat ...« Cookie brachte es nicht über sich, den Besenstiel zu beschreiben.
»Ruft die Polizei über Funk«, befahl Leimbach Shiller. Dann rannte er mit Russ Fusco auf den Salon zu.
»Halt«, schrie Cookie. »Sie dürfen da wahrscheinlich nicht rein.« Aber da waren sie schon drinnen.
Cookie lief ihnen nach. Der Boden im Salon war glitschig vom vergossenen Shampoo. Als sie bei der Toilette ankam, kauerte Fusco bereits auf dem Boden und übergab sich. Leimbach starrte Jaime an.
»Die Polizei ist unterwegs«, rief Bud Shiller und kam durch den Salon gelaufen. Er warf einen Blick in die Toilette. »O mein Gott!«
Captain Percy kam ein paar Minuten später mit zwei Mann von der State Police. Weitere Polizeiwagen rollten an, und bald war Chuck Hawley dabei, den ganzen Bereich mit gelbem Plastikband abzusperren. Ryan Tavich war drüben in Potterville zu einer Gerichtsverhandlung, in der es um ein halbes Dutzend Einbrüche ging – ein Fall, der sich mehrere Monate lang hingezogen hatte.
Percy war wütend über Leimbach. »Sie waren nicht berechtigt, da hineinzulaufen! Sie sind keine Polizisten! Sie sind niemand! Weiß der Himmel, was Sie da alles vernichtet haben!«
»Wir dachten, wir könnten helfen«, sagte Leimbach.
»Indem Sie den Tatort vollkotzen?« brüllte Percy.
Sie standen draußen vor dem Haus, und eine Zuschauermenge strömte zusammen. Paul Leimbach war wegen seiner Arbeit bei den »Freunden« dermaßen angesehen, daß die Leute über Percys Ton ganz entsetzt waren. Chief Schmidt schaltete sich ein und führte Percy beiseite. Weitere Polizeiwagen trafen ein. Es war einer jener Herbsttage, die abwechselnd sonnig und wolkig sind. Ein paar Regentropfen fielen.
Chief Schmidt ging zu Paul Leimbach, um mit ihm zu reden. »Sie müssen wirklich vorsichtiger sein«, sagte er.
Leimbach sah nicht ein, daß er etwas falsch gemacht haben sollte; Russ

Fusco indessen schämte sich, weil er sich übergeben hatte, und hoffte, daß die Leute nicht darüber reden würden. Schließlich kamen die Spurensicherungstechniker. Eine Stunde später brachte man Jaimes Leiche auf einer Bahre aus dem Salon. Der Besenstiel steckte immer noch in ihm; der Gerichtsmediziner sollte sich darum kümmern. Mit dem Stiel in sich, aber mit einer roten Plane bedeckt, sah Jaime aus, als sei er anderthalb Meter breit.

Peter Marcos, der Lieutenant der State Police, fuhr mit zwei Mann hinüber zu Jaimes Apartment im Belvedere-Komplex in der Nähe der City Hall. Es war derselbe Komplex, in dem auch Aaron wohnte, aber ein anderes Gebäude. Jaime wohnte im Erdgeschoß. Die Tür war verschlossen, und Marcos holte den Hausmeister, um sich aufschließen zu lassen. Drinnen war eine große Sammlung von CDs auf dem Teppich verstreut. Eine kleine Gipsnachbildung von Michelangelos David war auf den Boden gefallen, und der Kopf war abgebrochen. Einer der Polizisten trat versehentlich auf den Kopf und zermalmte ihn. Marcos überprüfte Schlafzimmer und Küche, aber nur das Wohnzimmer war in Unordnung.

Marcos schickte seine Leute zu den Nachbarn. Eine Frau in der darübergelegenen Etage, Clara Schloß, die in der Nachmittagsschicht in der Seilerei arbeitete, gab an, sie habe gegen zwei Uhr morgens auf den Boden stampfen müssen, weil die Musik so laut gewesen sei. Ausländische Musik, sagte sie. Jaime oder sonst jemand habe sie dann leiser gestellt. Mehrere andere Nachbarn hatten die Musik ebenfalls gehört, sogar Leute in anderen Häusern. Es war Salsa gewesen, und dieselbe CD war immer wieder gelaufen. Marcos warf einen Blick auf den CD-Player und fand eine CD von Juan Luis Guerra. Niemand hatte Geschrei oder anderen Lärm gehört, wahrscheinlich wegen der Musik.

Alles redete von Jesse und Shannon Levine und ihrer Feindseligkeit gegen Jaime. Um zehn Uhr schickte Percy zwei Polizeiwagen zu den Brüdern, um sie festzunehmen. Die Wagen fuhren schnell und ließen an jeder Kreuzung ihre Sirene losheulen. Die Wohnung der Brüder lag im ersten Stock und erstreckte sich über die ganze Länge des Hauses; deshalb konnten sie aus dem Fenster schauen und die Polizei kommen sehen. Sechs Polizisten rannten unter Führung von Marcos die Treppe hinauf und hämmerten gegen die Tür. Niemand meldete sich. Die Polizisten traten die Tür ein. Auf dem Tisch stand Frühstück – Schalen mit Cornflakes und frisch eingegossene Milch. Die Hintertür war offen. Die Polizisten hasteten die Hintertreppe hinunter und in den Hof, wo sie Jesse und Shannon gerade noch über einen Zaun klettern sahen.

Noch ein paar Wochen danach erzählten die Leute, die in der Gegend wohnten, wie die State Police durch ihre Gärten gestürmt war. Da die »Freunde von Sharon Malloy« den Polizeifunk abhörten, waren nach kurzer Zeit ungefähr zwanzig Mitglieder der »Freunde« auf der Suche nach Jesse und Shannon. Und weil einige Polizisten in Zivil waren und etliche der »Freunde« lediglich wußten, daß man auf der Suche nach »zwei jungen Männern« war, gab es einige Verwirrung in der Frage, wer eigentlich wer war. Hunde bellten. Ein Schuß fiel, aber die Polizei bestritt, daß er von ihren Leuten abgefeuert worden war. Ein junger Officer der State Police wurde von Russ Fusco und Bud Shiller zu Boden gerungen. Einige Leute, die sahen, daß Fremde durch ihren Garten galoppierten, riefen die Polizei.

Jesse wurde schließlich in einem Baumhaus gefunden, das Bobby Hicks gehörte, dem Sohn der Englischlehrerin an der High-School. Einer der »Freunde« sah zufällig einen Basketballschuh aus einem Loch in der Wand des Baumhauses ragen. Natürlich wußte er nicht, daß er Jesse gehörte. Der »Freund«, Don Evans, der im Sägewerk arbeitete, kletterte die Leiter hinauf. Als er den Eingang erreichte, versetzte die Person im Baumhaus ihm einen Fußtritt, so daß er rückwärts hinunterfiel. Don bekam einen Ast zu fassen und konnte sich festhalten, aber er hing immer noch sechs Meter hoch über der Erde. Der Baum war ein alter Ahorn. Drei Polizisten kamen in den Garten gerannt, sahen Don am Ast hängen und nahmen an, daß es sich entweder um Jesse oder um Shannon handeln müsse. Don war etwa im gleichen Alter. Sie befahlen ihm, sich zu Boden fallen zu lassen. Don weigerte sich und gab den Polizisten zu verstehen, daß sich Jesse (oder vielleicht Shannon) in dem Baumhaus aufhalte. Die Polizisten glaubten ihm nicht. Don gelang es, die Beine hochzuschwingen, so daß er halbwegs wie ein Faultier an seinem Ast hing. Er schrie die Polizisten an, und sie schrien ihn an. Kleingeld, Schlüssel und Kamm fielen ihm aus der Tasche und prasselten auf die Polizisten herab. Immer mehr Leute kamen in den Garten gestürmt, darunter auch »Freunde«, die Don identifizieren konnten. Etliche der Freunde hasteten davon, um eine Leiter zu besorgen.

Jesse versteckte sich immer noch im Baumhaus. Die Polizei brüllte zu ihm hinauf, aber er gab keine Antwort. Vier Staatspolizisten kletterten die Leiter zum Haus hinauf – tatsächlich handelte es sich um Vierkantsprossen, die an den Baum genagelt waren. Als der oberste Polizist das Baumhaus erreichte, trat Jesse ihm gegen den Kopf. Zum Glück konnte der Officer sich festhalten, aber der nächste unter ihm wäre beinahe abgestürzt. Es stand also unentschieden: Die Polizei brüllte weiterhin Befehle zu dem – noch nicht identifizierten – Jesse hinauf, und der gab keine Antwort. Weitere Polizisten kamen in den Garten, weitere Freunde, Leute aus der Nachbarschaft und Franklin. Ein Gewächshausdach wurde zerbrochen, und ein schwarzer Hund rannte hin und her.

Marcos kam und übernahm das Kommando; er befahl seinen Leuten, das Baumhaus zu stürmen. Acht Mann erklommen die Leiter. Die ersten beiden wurden von Jesse hinuntergestoßen, aber nur einer fiel ganz hinunter auf die Erde; ein dritter wurde versehentlich von seinen Kollegen in die Tiefe geschubst. Als die Polizei die Leiter erstürmt hatte und mit Jesse rang, wurde deutlich, daß das Baumhaus das Gewicht so vieler Männer nicht tragen konnte. Es begann auseinanderzubrechen. Franklin hatte seine Kamera dabei; er machte mehrere Bilder von Polizisten der State Police, die an Ästen baumelten. Man bewog ihn aber, sie nicht in die Zeitung zu setzen. Bretter vom Baumhaus fielen auf den Boden, und es gab viel Gebrüll und Warnschreie.

Jesse war auf einen Ast hinausgekrochen. Mittlerweile war die Feuerwehr mit Leitern gekommen, die sie jetzt durch die Gärten schleppten. Die Leitern wurden an den Baum gelehnt, und die Polizisten, die hilflos an den Ästen baumelten, wurden gerettet. Jesse kletterte in den Wipfel des Baumes hinauf und schleuderte den Polizisten Beschimpfungen entgegen. »Kapitalistische Laufburschenhunde« war eine davon. Sein blonder Ziegenbart wippte. Ein Polizist stieg ihm nach und konnte eine Handschelle um seinen Fußknöchel schließen. Dann stellte man Jesse

vor die Wahl: Er konnte herabklettern oder sich herunterreißen lassen. Er kletterte, von mehreren Polizisten unterstützt (allerdings nicht allzu sanft). Dann packte man ihn in einen Polizeiwagen und fuhr ihn zur City Hall.
Als Ryan um eins aus Potterville nach Aurelius zurückkam, saß Jesse in der Zelle, weigerte sich aber zu reden. Shannon war noch nicht gefunden. Dem vorläufigen gerichtsmedizinischen Bericht zufolge war Jaime erwürgt und erstochen worden. Den Besenstiel hatte man ihm erst in den After gerammt, als er schon tot war. Die Polizei befragte Dutzende von Leuten, aber niemand hatte gesehen, wie Jaime sein Apartment verlassen oder den Salon betreten hatte. Er hatte am Abend zuvor um sechs Uhr Feierabend gemacht und war ins Aurelius Grill gegangen, wo er allein zu Abend gegessen hatte. Mehr wußte niemand.
Ryan brauchte eine Stunde, um die Einzelheiten zu sortieren. Er sprach mit Cookie, dann mit Franklin. Er warf einen Blick auf Jesse, der düster in der Haftzelle hockte, und er dachte daran, wie Jesse – oder war es Shannon gewesen? – Jaime im Aurelius Grill den Teller Tomatensuppe in den Schoß gekippt hatte.
Den Rest des Nachmittags verbrachte Ryan damit, die Fahndung nach Shannon zu leiten. Bis zur Autobahn wurden Straßensperren eingerichtet. Jesses und Shannons Wohnung wurde nach Hinweisen auf eine Verbindung der Brüder zum Mord an Jaime oder zur Entführung der beiden Mädchen durchsucht. Gegen vier Uhr wurde es dunkel. Man holte Polizeihunde aus Utica, aber so viele Leute halfen bei der Suche nach Shannon, daß die Hunde bald viel zu aufgeregt und nicht mehr zu gebrauchen waren. Die »Freunde« waren begeistert, weil sie etwas Konstruktives tun konnten. Ich weiß nicht, wie weit die Leute glaubten, Shannon sei für das Verschwinden der Mädchen verantwortlich, aber anscheinend zweifelten sie alle nicht daran, daß die beiden Brüder Jaime umgebracht hatten. Dafür gab es jedoch keinen Beweis außer der Tatsache, daß die zwei Jaime ein paar Wochen lang drangsaliert hatten. Aber es gab den machtvollen Wunsch, Jesse und Shannon schuldig zu wissen.
Um sieben Uhr fuhr Ryan nach Hause. Er parkte in seiner Einfahrt. Das Haus lag im Dunkeln. Seit dem Frühstück hatte er nichts mehr geges-

sen, und er war halb verhungert. Er schloß die Haustür auf, knipste das Licht in der Diele an, ging durch die Diele zur Küche und blieb stehen. Auf der Theke lag ein Brot. Das Mayonnaisenglas war offen. Ein kleiner Berg Schinkenscheiben lag mit einem Stück Käse auf einem Teller. Der Schinken verströmte einen leicht säuerlichen Geruch. Dann sah Ryan, daß die Glasscheibe in der Hintertür zerbrochen war.
Ryan hörte eine Stimme hinter sich und fuhr herum.
»Tut mir leid, daß ich die Scheibe kaputtgemacht habe. Ich werde sie bezahlen. Und das Essen werde ich auch bezahlen. Ich war am Verhungern.«
Es war Shannon. Er saß im Halbdunkel auf der Couch im Wohnzimmer, wo er geschlafen hatte. Auf seinem Schoß saß Ryans Kater und schnurrte.
»Was machst du hier?« fragte Ryan, und er dachte, daß Chief selten schnurrte, wenn er ihn im Arm hielt.
»Ich will mich stellen.«
»Wegen was?«
»Keine Ahnung. Weshalb all die Cops uns gejagt haben.«
Ryan machte Licht. Shannon trug Jeans und ein graues Sweatshirt. An seinen Kleidern war Erde, an der Couch ebenfalls. Seine lehmverschmierten Turnschuhe standen auf dem Boden.
»Jemand hat Jaime Rose umgebracht«, sagte Ryan.
»Sie wollen mich verarschen.« Der Kater sprang zu Boden.
»Wart ihr das?«
»Nein!«
»Warum seid ihr dann weggelaufen?«
»Sie würden auch weglaufen, wenn eine Million Cops kreischend hinter Ihnen her wären. Was sollten wir denn machen – stillstehen? Wie wurde er umgebracht?«
Ryan beschloß, darauf nicht zu antworten. »Ich muß dich in die Stadt bringen.«
Ryan brachte Shannon ohne Handschellen in die City Hall; Chief Schmidt war noch dabei, die Fahndung zu leiten. Ryan war klar, daß er hätte anrufen müssen, aber er hatte befürchtet, daß dann ein Haufen Staatspolizisten in sein Haus gestürmt kommen würde. Ein Dutzend

Leute waren auf dem Revier, darunter auch mein Cousin, und sie starrten Shannon an, als wäre er rosa und hätte Federn. Ryan führte ihn zu einer Gewahrsamszelle und schloß ihn ein. Jesse saß in der Nachbarzelle. Die Brüder schauten einander an, sagten aber nichts.
Ryan kehrte zu Percy zurück. »Die Kids haben niemanden umgebracht.«
»Das haben Sie nicht zu entscheiden«, widersprach Percy.
Später am Abend machte Ryan sich auf die Suche nach Barry. Er war nicht zu Hause, und seine Mutter war auch nicht da. Sie war als Babysitterin bei Sadie. Ryan fuhr hinüber zum College, warf einen Blick in die Bibliothek und beschloß dann, zu Aaron zu fahren.
Es war halb zehn. Aaron öffnete die Tür. Ryan warf einen Blick über Aarons Schulter und sah, daß Barry auf der Couch saß; er hatte ein Glas Milch in der einen Hand, ein Sandwich in der anderen. Auf seiner Wange saß ein Klecks Erdnußbutter.
Barry hatte Angst. »Jemand ist hinter mir her«, sagte er zu Ryan. »Er ruft bei mir zu Hause an. Wenn ich den Hörer abnehme, meldet er sich nicht.«
Weder Barry noch Aaron hatten von dem Mord an Jaime gehört. Als Ryan es ihnen erzählte, warf Barry sich auf die Couch. Er blieb einen Moment liegen, und dann fingen seine Schultern an zu zucken.
»Wer war es?« fragte Aaron. Er sah wachsam aus und schaute Ryan mißtrauisch an.
»Das wissen wir noch nicht«, sagte Ryan. Ihm war klar, daß Aaron ihn im Verdacht hatte, Janice umgebracht zu haben, aber es überraschte ihn, daß Aaron ihn auch mit Jaimes Tod in Verbindung bringen konnte. Er hätte Aaron gern gesagt, daß er Janice geliebt hatte und ihr nie etwas angetan hätte, aber der Gedanke, daß es zwischen den Morden an Janice und Jaime einen Zusammenhang geben könnte, begann seinen Kopf zu erfüllen.
»Haben Sie eine Ahnung, wer es gewesen sein könnte, Barry?« fragte Ryan.
»Wieso sollte ich?« Barry preßte das Gesicht in die Kissen.
»Weil derselbe vielleicht hinter Ihnen her ist.«

38

Die ganze Woche über hatte man das Gefühl, daß der Entführer der beiden Mädchen immer bedenkenloser wurde; ob er sich damit allerdings retten oder ob er sich noch mehr schaden wollte, konnte man nicht sagen. Aber ich mußte an Sadie denken, die am Sonntag abend Angst gehabt hatte, weil jemand versuchte, in ihr Haus einzudringen. Ich war versucht, es ihrer Nervosität zuzuschreiben, weil ich einfach nicht wollte, daß es wahr war. Ich sagte mir, es sei unmöglich; niemand würde versuchen, in ihr Haus einzubrechen. Aber dann passierte es ein zweites Mal, und diesmal war es noch beängstigender.

Man stelle sich vor, man ist nachts allein im Haus und hört ein Geräusch: eine Diele knarrt, ein Fenster wird hochgeschoben. Sofort beginnt der Verstand, sich zu überlegen, was es gewesen sein könnte: etwas Gutartiges wie der Wind oder das Haus, das sich setzt – oder etwas Böses. Man wartet auf ein zweites Geräusch. Man hört, wie die Ölheizung sich einschaltet, das Summen einer elektrischen Anlage, das Ticken einer Uhr. Listen von Alternativen gehen einem durch den Kopf. Wenn man von Schuld- oder Angstgefühlen erfüllt ist, befürchtet man womöglich das Schlimmste. Ist man zufrieden und lebt man an einem Ort, den man für sicher hält (aber was ist sicher?), kehrt man vielleicht zu seinem Buch zurück. Dann kommt ein zweites Geräusch.

Samstag abend gingen Franklin und Paula zur Feier ihrer dreitägigen Ehe zusammen essen. Ryan sollte mit Cookie Evans zu ihnen stoßen, aber dann mußte er arbeiten. Cookie sagte ebenfalls ab. Jaimes Tod hatte sie so sehr aufgewühlt, daß sie den Salon für den Rest des Monats November geschlossen hatte. Sie wäre sogar verreist, wenn die Polizei sie nicht gebeten hätte zu bleiben.

Franklin und Paula fuhren nach Hamilton ins Colgate Inn. Franklin sagte, sie würden bis halb zehn zurück sein. Mrs. Sanders kam herüber und machte Sadie das Abendessen. Es war nicht ganz klar, wie lange sie bleiben konnte, aber man kam überein, daß Sadie zu mir kommen sollte, wenn Mrs. Sanders frühzeitig gehen müßte.

Wie immer verbrachte Mrs. Sanders den Abend vor dem Fernseher. Wegen ihrer Allergie hatte sie Shadow in den Keller gesperrt. Sadie duschte und las dann in ihrem Zimmer, das dem Wohnzimmer gegenüber auf der anderen Seite der Diele lag. Hin und wieder hörte sie Mrs. Sanders' Lachen durch das Gelächter des Fernsehpublikums. Um halb zehn klingelte das Telefon.

Sadie nahm an, es sei ihr Vater, der anrief, um zu sagen, daß er später käme, aber dann hörte sie Mrs. Sanders fragen: »Wer ist denn da?« Und dann: »Was heißt das, er ist verletzt?« Sadie kam hinaus in die Diele, als Mrs. Sanders gerade den Hörer auflegte.

»Irgendwas ist mit Barry«, sagte sie. »Ich muß sofort nach Hause.«

Sadie hatte schon ihren Pyjama an. »Soll ich mich anziehen und mitkommen?«

Mrs. Sanders sah auf die Uhr. »Dein Vater dürfte jeden Augenblick nach Hause kommen. Du wirst zu dem Mann rübergehen müssen.« Damit meinte sie mich. Sie fing an, ihren Mantel anzuziehen. »Wir müssen uns beeilen.«

Sadie zog einen Mantel über ihren Pyjama und folgte Mrs. Sanders auf die Veranda. Mrs. Sanders' Auto parkte in der Einfahrt. »Lauf schon los«, sagte sie zu Sadie. »Ich behalte dich vom Auto aus im Auge, bis du da bist.«

Sadie war halb durch den Vorgarten der Daniels gerannt, als Mrs. Sanders rückwärts aus der Einfahrt fuhr. Im selben Moment hörte Sadie ihren Hund bellen. Shadow war noch im Keller. Mrs. Sanders setzte rückwärts in die Van Buren Street und hielt an. Sadie stand zwischen meinem Haus und dem der Daniels; sie winkte Mrs. Sanders zu, und Mrs. Sanders fuhr los. Aber statt weiterzulaufen, kehrte Sadie um. Shadow regte sich auf, wenn er allein zu Hause bleiben mußte, und Sadie wußte, daß ich nichts dagegen hatte, wenn sie den Hund mitbrachte.

Sadie rannte durch ihren Vorgarten zurück und die Verandatreppe hinauf. Es ist wahrscheinlich ein Glück, daß sie dabei kein Geräusch machte. Der Hund bellte weiter, und zum erstenmal kam Sadie auf den

Gedanken, daß Shadow Angst haben könnte. Das Bellen klang ein bißchen panisch. Sadie lief durch die Diele. Als sie die Kellertür öffnen wollte und der Hund verstummte, hörte Sadie, wie es an der Hintertür rüttelte.

Sie dachte, es sei der Wind, aber als sie durch die dunkle Küche spähte, sah sie die Silhouette eines Mannes hinter der Scheibe. Erst glaubte sie, es sei Aaron, aber die Gestalt war zu breit für Aaron. Shadow fing wieder an zu bellen, und Sadie sah, wie der Mann innehielt und den Kopf hob. Er drückte seine behandschuhten Hände flach und mit gespreizten Fingern an die Scheibe. Sein Gesicht war ein verschwommener runder Fleck dazwischen. Er drehte langsam den Kopf hin und her und starrte in die dunkle Küche.

Sadie wagte nicht, durch die Diele zur Vordertür zurückzugehen, weil im Wohnzimmer noch Licht brannte und sie durch das Blickfeld des Mannes gehen mußte. Sie befürchtete, daß seine Verzweiflung zunehmen würde, wenn er sie sähe, und daß er außen herum nach vorn laufen würde. In Sadies Zimmer war ein Nebenanschluß des Telefons. Sie würde die Polizei rufen. Aber vorher machte sie die Kellertür auf. Shadow sprang an ihr hoch und lief dann kläffend in die Küche. Er rutschte über die Küchenfliesen, und seine Krallen machten klickende Geräusche.

Sadie eilte in ihr Zimmer und nahm den Hörer ab. Die Leitung war tot. Der Hund bellte und sprang an der Hintertür hoch. Rasch öffnete Sadie ihr Fenster, das seitwärts zu meinem Haus hinüberschaute. Ich schätze, wir sollten dankbar sein, daß Franklins zahlreiche Aktivitäten ihn bisher daran gehindert hatten, Sturmläden anzubringen. Sadie schwang die Beine über das Fenstersims und sprang hinaus. Im nächsten Moment war Shadow da; er sprang hoch und legte die Pfoten auf das Sims. Sadie hob ihn heraus. Dann hörte sie Glas klirren; die Scheibe in der Hintertür zerbrach und fiel auf den Küchenboden.

Sadie ließ Shadow zu Boden gleiten. Statt bei ihr zu bleiben, jagte der Hund um das Haus herum nach hinten und kläffte. Sadie hatte zuviel Angst, um den Hund zu rufen und Aufmerksamkeit auf sich zu lenken. Sie drehte sich um und rannte zu meinem Haus hinüber.

Um halb zehn dachte ich bereits daran, nach oben zu gehen. Ich lese gern im Bett, bis ich schläfrig werde. Da ich von Sadie nichts gehört hatte, nahm ich an, daß Franklin inzwischen zu Hause war. Vielleicht käme es der Wahrheit näher, wenn ich sagte, ich hatte sie vergessen. Ich las noch immer Daphne du Mariers »Jamaica Inn« und war erfüllt von der Trostlosigkeit und dem stürmischen Wetter dieser Geschichte.

Aber als ich Sadies Schritte auf meiner Vorderveranda hörte, sprang ich aus dem Sessel. Das Licht auf der Veranda brannte, und ich sah ihr Gesicht durch die Scheibe. Sie klopfte hektisch, obwohl sie mich kommen sehen mußte. Sie trug eine zu große Jacke und schaute sich immer wieder um. Ich spürte ihre Angst, bevor ich die Tür geöffnet hatte. Es überlief mich eisig.

»Er ist wieder da!« schrie sie. »Ich hab ihn gesehen!«

Ich spähte durch den dunklen Vorgarten, sah aber niemanden.

»Wer?« fragte ich.

»Weiß ich doch nicht«, antwortete sie beinahe wütend. »Der, der versucht hat, ins Haus zu kommen.«

Ich führte sie ins Wohnzimmer und bat sie, mir alles zu erzählen. Sie war ganz außer sich und wollte sich nicht setzen. Die Jacke war eine dicke, rotkarierte Wolljacke, die Franklin gehörte, und Sadie ertrank fast darin. Ihre Füße steckten in einem Paar alten Lammfellpantoffeln.

Im Laufe der Woche hatte ich daran gedacht, mir eine Waffe zu kaufen, wie es viele meiner Nachbarn taten, aber schon der Gedanke an eine Pistole machte mir angst, und so hatte ich es nicht getan. Ich habe nur einmal im Leben geschossen, als Kind auf dem Jahrmarkt, aber ich vermute heute, daß es kein echtes Gewehr war, und ich schoß auch daneben. Aber ich hatte eine Taschenlampe, und damit trat ich hinaus auf die Veranda und leuchtete im Vorgarten herum. Zu hören war nichts. Der Hund hatte aufgehört zu bellen. Ich wollte die Polizei anrufen, aber als ich noch auf der Veranda stand, sah ich ein Auto die Straße heraufkommen. Ich erkannte das organgegelbe Dreieck an der Tür. Ich winkte mit der Taschenlampe, und der Wagen, ein cremefarbener Mazda, hielt an. Ich erkannte den Wagen, bevor der Fahrer ausstieg. Es war Leimbach, und er war allein.

Zunächst fiel mir nicht auf, daß es sonderbar war, ihn allein hier zu sehen. Ich war froh und lief ihm durch den Vorgarten entgegen.

»Was ist los?« fragte Leimbach. Er trug einen dicken Mantel und einen Schal.
Ich berichtete ihm, daß Sadie erzählt hatte, jemand habe versucht, durch die Hintertür in ihr Haus einzudringen. Sofort stieg Leimbach aus und lief auf das Haus zu. Ich rannte hinterher, vor allem, weil ich nicht allein zurückbleiben wollte. Sadie kam auch mit. Ich hatte immer noch meine Taschenlampe, und als der Lichtstrahl über Leimbach huschte, sah ich, daß er eine Pistole in der rechten Hand hatte, eine von der Art, die man Automatic nennt. Es hätte mich beruhigen müssen, aber das tat es nicht. Beim Laufen flatterten ihm die Schöße seines Mantels um die Knie. Sadie pfiff nach Shadow, aber der Hund kam nicht.
Wir stürzten ins Haus. Drinnen war es sehr still. Leimbach hastete durch die Diele und schaltete unterwegs das Licht ein. Unsere Schritte schienen eine Menge Lärm zu machen. Das Fenster in der Hintertür war eingeschlagen. Leimbach bemühte sich, um die Scherben herumzugehen, aber ein paarmal knackte es doch unter seinen Sohlen. Er öffnete die Tür. Die Fliegentür stand offen. Das Gitter war durchgeschnitten, der Haken aus der Öse gehoben.
»Ich rufe die Polizei«, sagte Leimbach. Er wirkte geschäftsmäßig und aufgeregt zugleich. Die Pistole hielt er neben seinem Bein nach unten. In seinem Mantel sah er größer aus, als er war, und ich mußte an die Silhouette denken, die Sadie gesehen hatte. Leimbach nahm den Hörer vom Küchentelefon ab. »Die Leitung ist tot.«
Er hatte ein Telefon im Auto, und wir gingen wieder hinaus. Der Wind war stärker geworden, und es war kalt.
Sadie pfiff immer noch nach ihrem Hund. »Wo ist Shadow?« fragte sie. »Er kommt nicht.«
Nachdem Leimbach die Polizei alarmiert hatte, kam er eilig zurück, um zu sehen, wo die Telefonleitung von der Straße ins Haus mündete. Wir begleiteten ihn, obwohl die glückliche Fügung, die ihn so prompt hatte erscheinen lassen, mich allmählich beunruhigte. Andererseits verbrachte Leimbach ja täglich mehrere Stunden damit, durch die Straßen zu fahren. Der Umstand, daß er in einem so passenden Augenblick aufgekreuzt war, war noch kein Grund, ihn zu verdächtigen. Ich blieb bei ihm und leuchtete ihm. Die Telefonleitung kam an der Nord-

ecke ins Haus und lief neben der Veranda an der Wand herunter. Sie war durchgeschnitten. Die Kupferdrähte blinkten im Licht. Als Sadie das sah, kam sie näher zu mir.

Wir gingen um das Haus herum nach vorn, und ich ging die Verandastufen hinauf. Leimbach und Sadie waren zwei Schritte hinter mir. Ich leuchtete mit der Taschenlampe in die dunklen Ecken, und ich dachte plötzlich, wenn etwas passieren sollte, würde ich vor lauter Angst nicht mal schreien können. Franklins Veranda erstreckte sich über die ganze Vorderfront des Hauses, und an einem Ende hing eine Schaukel von der Decke. Sie schwang leicht hin und her. Auf dem Sitz lag etwas. Ich machte ein paar Schritte darauf zu.

Ich muß einen Laut von mir gegeben haben, denn Leimbach kam sofort an meine Seite. »Was ist das?« fragte er.

Ich befürchtete, ich würde gleich die Taschenlampe fallen lassen. »Eine Hand«, sagte ich.

Sie lag auf dem Sitz der Schaukel: eine Frauenhand, rosig und schlank. Erst dachte ich, sie sei echt, aber dann sah ich, daß das Handgelenk in einer Art Verbindungsstück endete. Es war die Hand einer Schaufensterpuppe.

Leimbach blieb neben mir stehen. »O Gott«, sagte er.

»Die war nicht hier«, sagte Sadie. Sie hielt meinen Arm fest. Ich leuchtete mit der Lampe im Vorgarten herum, sah aber nichts. Die Schaukel schwang leise, und die Hand kippte hin und her, als wäre Leben darin. Ich fühlte, wie Sadie fröstelte.

»Wo ist Shadow?« fragte sie. »Wieso kommt er nicht?«

Darauf wußte ich keine Antwort.

Die Polizei und Franklin und Paula kamen gleichzeitig eine Minute später. Es waren zwei Polizeiwagen; mein Cousin war einer der vier Polizisten. Leimbach erklärte, daß jemand versucht habe, durch die Hintertür einzudringen, und daß die Scheibe zerschlagen sei. Chuck und zwei andere liefen sofort um das Haus herum. Sie hatten Taschenlampen dabei; ihre Lichtstrahlen schwenkten durch die dunklen Gärten. Ich versuchte Franklin und Paula zu erzählen, was passiert war.

Sadie umklammerte die Hand ihres Vaters. In der klobigen rotkarierten Jacke sah sie aus wie eine verkleinerte Version Franklins. Sie war nicht

mehr besorgt um sich, sondern hatte Angst um ihren Hund. »Shadow«, rief sie. »Komm her, mein Kleiner.« Dann lauschte sie.
Nach ein paar Minuten kam Chuck zurückgelaufen. Er befahl dem anderen Polizisten, das Revier anzurufen und Ryan und Captain Percy kommen zu lassen. Dann wandte er sich an Franklin; er bemühte sich, leise zu sprechen, damit Sadie ihn nicht hörte. »Da hinten liegt ein toter Hund, ein Cockerspaniel. Das Genick ist gebrochen.«
Sadie rannte nach hinten, gefolgt von ihrem Vater. Der Hund lag neben einem Baum, ein paar Schritte weit von der Veranda entfernt, ein dunkler Fleck auf dem Boden. Sadie stürzte sich auf ihn, nahm ihn in die Arme und rief Shadows Namen. Blut rann dem Hund aus Maul und Nase und beschmierte Sadies Jacke und ihr Gesicht. Franklin zog sie sanft weg, nahm sie auf den Arm und trug sie ins Haus. Sadie vergrub ihr Gesicht an seinem Hals. Ich folgte ihnen ins Wohnzimmer.
»Wo ist Mrs. Sanders?« fragte Franklin.
»Sie mußte weg«, sagte ich.
Noch nie hatte ich Franklin so betroffen gesehen. Er saß neben Sadie und strich ihr immer wieder übers Haar. Dann holte er einen feuchten Waschlappen und wischte ihr das Blut des Hundes aus dem Gesicht. Sadie lag zusammengekrümmt auf der Couch und weinte. Nach einer Weile schlief sie ein. Paula deckte sie mit einer Wolldecke zu und setzte sich neben sie. Ich stellte mir vor, ich sei an Franklins Stelle und hätte beinahe meine Tochter verloren, nur weil ich mich verspätet hatte. Vielleicht hatten Franklin und Paula noch ein Dessert genommen oder einen zweiten Kaffee oder einen Brandy. Vielleicht hatten sie im Wagen gesessen und sich geküßt, bevor sie nach Aurelius zurückgefahren waren, und nur deshalb wäre Sadie beinahe ermordet worden.
In der nächsten Stunde herrschte großes Durcheinander. Polizisten kamen, Erklärungen wurden abgegeben. Man fand keine Spur von dem, der da versucht hatte, ins Haus zu kommen, obwohl man nach Fingerabdrücken suchte. Der Hund wurde ins Labor geschickt, weil es sein konnte, daß Shadow seinen Mörder gebissen oder gekratzt hatte. Besonders scharf wurde Paul Leimbach von Captain Percy vernommen; Percy wollte wissen, wieso er ausgerechnet in dieser Gegend und wieso er allein unterwegs gewesen sei, wo die »Freunde« ihre Strei-

fenfahrten für gewöhnlich doch zu zweit oder zu dritt unternahmen. Leimbach gab an, daß er oft allein unterwegs sei und daß er jede Nacht viermal durch die Van Buren Street fahre. Percy forderte ihn auf, den Waffenschein für seine Pistole vorzulegen. Leimbach war kühl, aber hilfsbereit. Die Abneigung, die Captain Percy ihm entgegenbrachte, erwiderte er offensichtlich. Percy tat so – ohne daß er es jemals ausgesprochen hätte –, als könnte auch Leimbach selbst der Mann an der Hintertür gewesen sein. Ryan mischte sich nicht ein, aber er beobachtete alles aufmerksam, als wolle er mit seinen Blicken Leimbachs Gehirn durchleuchten.

Gegen elf erschien Aaron. Er hatte in der Stadt einen verworrenen Bericht gehört und wollte sich vergewissern, daß Sadie nichts passiert war. Es erhob sich die Frage, weshalb Mrs. Sanders so früh gegangen war. Sadie hatte gesagt, es sei etwas mit Barry gewesen. Ryan sagte es Aaron.

»Nichts war mit Barry«, antwortete Aaron. »Er war die ganze Zeit bei mir.«

Percy schickte zwei seiner Leute zu Mrs. Sanders, um sich nach dem Telefonanruf zu erkundigen. Unsere Naivität war bemerkenswert. Der Gedanke, daß derjenige, der Mrs. Sanders angerufen hatte, derselbe sein könnte, der versucht hatte, in Franklins Haus einzubrechen, erstaunte uns. Es erstaunte uns, daß er von Barry und seiner Mutter wissen konnte, daß er uns so gut kennen sollte. Obwohl alles darauf hindeutete, daß er einer von uns war, wunderten wir uns jedesmal wieder, wenn diese Möglichkeit sichtbar wurde. Wie konnte es einer von uns sein? Wer denn? Ein Polizist? Ein Nachbar?

Am nächsten Tag, am Sonntag, schneite es. Ich erwachte am Morgen in der Stille, die entsteht, wenn dreißig Zentimeter Schnee auf dem Boden liegen. Ich hörte, wie meine Heizung sich einschaltete. Ich sah die dicken Flocken, die an meinem Schlafzimmerfenster vorbeitrieben. Etwas bei ihrem Anblick ließ mich an andere Winter denken und weckte sehr frühe Erinnerungen in mir. Wir hatten zwar an Halloween schon nassen Schnee gehabt, und seitdem hatte es ein paar Schneeschauer gegeben, aber dies war der erste richtige Schnee des Winters. Und obwohl ich auf die Fünfzig zuging, fand ich es aufregend. Wäre es Mon-

tag statt Sonntag gewesen, wäre die Schule ausgefallen, und einen Moment lang bedauerte ich, daß wir nicht Montag hatten. Als Kind bin ich auf dem Hang im Lincoln Park, beim Krankenhaus, Schlitten gefahren. Ich hatte einen Schlitten mit Kufen, einen »Flexible Flyer«. Heutzutage haben die Kinder flache Plastikschlitten, auch wenn man immer noch den einen oder anderen Kufenschlitten sehen kann.
Es war acht Uhr, und ich machte mir Frühstück. Als ich aus dem Fenster schaute, sah ich, daß vor Franklins Haus ein Polizeiwagen stand. Weil er Schnee auf dem Dach hatte, nahm ich an, daß er die ganze Nacht dort gestanden hatte. Eine kleine Auspuffwolke verriet mir, daß der Motor lief.
Die Stille auf der Straße war wie Angst. Alles war darin eingehüllt. Ich habe schon gesagt, daß die Leute sich Schußwaffen kauften. Weil es eine gewisse Zeit dauert, bis man einen Waffenschein für eine Pistole bekommt, kauften viele statt dessen ein Gewehr. George Fontini hatte ein Jagdgeschäft in der Main Street, und er verkaufte seinen gesamten Bestand an Jagdgewehren, sogar die teuren Modelle. Und er verkaufte eine Anzahl Pistolen. Im Scherz erzählte er, er habe auch schon seine Armbrüste verkauft und rechne damit, bald auch keine Darts mehr zu haben.
Jesse und Shannon blieben übers Wochenende im Gefängnis. Sie bestritten, irgend etwas mit Jaimes Tod zu tun zu haben, aber sie hatten kein Alibi. Der Gerichtsmediziner sagte, Jaime sei zwischen Mitternacht und vier Uhr früh gestorben, zu einer Zeit also, in der nicht viele Leute ein gutes Alibi haben. Der Bericht der Spurensicherung indessen ergab, daß weder Shannons noch Jesses Fingerabdrücke irgendwo im »Make Waves« oder in Jaimes Apartment gefunden worden waren. Man beschuldigte sie aber auch nicht, Jaime ermordet zu haben. Jesse wurde wegen tätlichen Angriffs auf einen Polizisten festgehalten, Shannon wegen Einbruchs in Ryans Haus.
Die Frage, die allgemein gestellt wurde, lautete: Wenn Jesse und Shannon nicht die Täter waren, wer hatte Jaime dann umgebracht, und warum? Es fiel mir schwer, nicht daran zu denken, was Jaime über Leute mit Geheimnissen gesagt hatte. Er hatte das gleiche wahrscheinlich auch zu anderen gesagt, und für mich lag es auf der Hand, daß er

von jemandem ermordet worden war, mit dem er sexuelle Beziehungen gehabt hatte und der nicht wollte, daß diese Beziehungen bekannt wurden. Die nächste Frage war, ob diese Person etwas mit dem Verschwinden der Mädchen zu tun hatte. War es derselbe, oder war es jemand anders, der das Verschwinden der Mädchen nur zur Verschleierung benutzte?

Die Polizei sprach mit jedem, den sie auftreiben konnte, der Jaime gekannt hatte. Sie sprach auch mit mir. Ein Detective der State Police kam zu mir, ein Polizist in Zivil namens Mitchell.

»Ich weiß nichts über ihn«, sagte ich. »Er hat mir vor kurzem die Haare geschnitten. Normalerweise gehe ich zu Jimmy, aber Jimmy hatte für eine Woche geschlossen, um auf die Jagd zu gehen.«

»Wer waren Jaimes Freunde?«

»Ich habe keine Ahnung. Vielleicht weiß Cookie Evans das.«

Wir standen in der Diele. Ich ließ Mitchell nicht mal in mein Wohnzimmer, und ich sah, wie verärgert er darüber war. Ich war kein bißchen hilfsbereit, aber es störte mich, daß man im Hinblick auf mein Leben von bestimmten Annahmen ausging.

Barry wurde ebenfalls befragt. Er sagte, er habe Jaime ein wenig gekannt, aber das sei alles. Er habe das Gefühl, daß auch hinter ihm jemand her sei, aber er konnte keinen vernünftigen Grund angeben, weshalb das so sein sollte. Weil Barry so nervös war und stotterte, nahm die Polizei an, daß er entweder hysterisch sei oder aber log, um sich wichtig zu machen. Barry erwähnte nichts von seinen Erfahrungen mit Männern in Aurelius; statt dessen äußerte er die Vermutung, man habe es wegen seiner Mitgliedschaft bei der »Untersuchung der Rechten« auf ihn abgesehen. Er berichtete, wie einige Mitglieder gezwungen worden seien, die Stadt zu verlassen. Sein Pech sei es, meinte Barry, daß er nirgends hinkönne. Die Polizei fand, er sei überängstlich. Er wirkte so unbedeutend, daß es schwer war, sich vorzustellen, er könnte irgend etwas wissen.

Bei der Polizei herrschte das Gefühl, daß sich der Kreis immer enger zöge. Percy hatte seine Vermutungen großenteils für sich behalten, aber jetzt begann er aggressiver vorzugehen, besonders nachdem Ryan mit Sheila Murphy gesprochen hatte. Er war sicher, daß derjenige, der

Janice ermordet hatte, auch für das Verschwinden der Mädchen verantwortlich war und Jaime umgebracht hatte. Und er brütete über dem, was Sheila von Janices Interesse an einem »Akademiker« erzählt hatte. Zweimal hatte er Sheila in die City Hall bringen lassen und sie persönlich vernommen. Und er befragte Dr. Malloy, der ihm schwor, er habe niemals etwas mit Janice zu tun gehabt. Er ließ sogar Donald Malloy bringen, der äußerst empört reagierte.

»Wie können Sie es wagen anzudeuten, daß ich etwas mit einer solchen Frau zu tun gehabt habe«, beschwerte er sich. »Sie war nichts anderes als ein Flittchen!«

Am Samstag abend, nachdem jemand versucht hatte, in Franklins Haus einzubrechen, führte Percy rasch Leute heran, die die Umgebung durchsuchten. Ein paar Häuser standen leer. Nicht viele, vielleicht zwanzig in der ganzen Stadt – aber es waren Häuser von Leuten, die aus Angst fortgegangen waren. Manche davon waren Rentner, die für den Winter in den Süden gezogen waren, aber es waren auch Familien mit halbwüchsigen Töchtern dabei. Und weitere würden bald ebenfalls fortgehen. Wie Percy es sah, konnten solche leeren Häuser einem, der nachts umherstreifte, Unterschlupf bieten.

Tatsächlich stand auch das Haus hinter Franklins leer; es gehörte Maggie Murray, einer pensionierten Lehrerin. Jedes Jahr am Neujahrstag fuhr sie für den Rest des Winters zu ihrer Schwester nach Fort Lauderdale. Dieses Jahr war sie schon kurz nach dem 1. November gefahren. Percy meinte, jemand habe in Maggies Einfahrt parken und durch die Gärten zu Franklins Haus herüberkommen können. Das war ein Grund, weshalb er so mißtrauisch gegen Leimbach gewesen war, dessen Wagen in einem so günstigen Augenblick erschienen war.

Und am Sonntag bekam er einen weiteren Grund, mißtrauisch gegen Leimbach zu sein. Ein großer Briefumschlag mit Captain Percys Namen wurde auf dem Polizeirevier abgeliefert. Nachher konnte niemand mehr sagen, wo er hergekommen war: ob er mit der Samstagspost zugestellt worden war – es klebte allerdings keine Briefmarke drauf – oder ob er vor der Tür gelegen hatte. Dutzende von Leuten gingen ständig ein und aus; da konnte ihn aus Hilfsbereitschaft jemand aufgehoben und auf die Theke geworfen haben.

Als der Umschlag zu Percy gelangte, war er schon ein paar Stunden herumgereicht worden. Percy stand vorn an der Theke, als er ihn aufriß. Ryan war in der Nähe, und er sah, daß Percy ein wenig zusammenzuckte. Darin war ein Blatt Papier, und darauf stand in großen Druckbuchstaben der Name »Leimbach«. Die Lettern waren mit Buntstift geschrieben, und man sah deutlich, daß sie mit vielen verschiedenen Farben wieder und wieder ummalt worden waren, als habe jemand zunächst zehnmal mit einem schwarzen Stift »Leimbach« geschrieben und dann das gleiche mit Grün und Rot und Blau und Braun und Gelb getan, bis die Lettern einen Zoll breit waren und von dick, beinahe wütend aufgetragener, wachsiger Farbe fettig glänzten.

39

Nach Meg Shillers Verschwinden leitete Captain Percy eine Reihe von Strategien ein, von denen er hoffte, daß sie zur Ergreifung des Täters führen würden. Zum Beispiel wurden zehn Mädchen, die Ähnlichkeit mit Sharon und Meg hatten – alle waren groß und schlank und hatten langes Haar – heimlich beobachtet. Die Nummernschilder durchfahrender Autos wurden an einem halben Dutzend Orten in Computer eingegeben; so wollte man feststellen, ob ein Muster erkennbar war oder ob diese Nummern mit den Kennzeichen von etwa einhundert Personen übereinstimmten, die zum Zeitpunkt des Verschwindens mit ihrem Auto unterwegs gewesen waren. Und es gab noch andere Projekte, von denen ich nichts wußte. Sie waren zwar kostspielig, aber in den Führungskreisen der State Police hatte man entschieden, daß man lieber einen hohen Preis bezahlen als noch ein Mädchen verlieren wollte. Leider nützten diese Ausgaben nichts – wenigstens nicht in dieser Hinsicht.

Eine von Percys Unternehmungen drehte sich um den Einsatz eines Lockvogels. Er ließ Becky DeMarino kommen, eine fünfunddreißigjährige Polizistin von der State Police aus Corning, die ziemlich klein war. Wenn sie sich jugendlich kleidete, konnte man sie für einen Teenager halten. Dem Plan zufolge sollte sie in Nebenstraßen spazierengehen, in denen sich Polizisten verborgen hielten. Die Sache war komplizierter, und ich beschreibe hier nur in Umrissen, worum es bei dem Plan ging; ich weiß zum Beispiel, daß Percy einen Lieferwagen hatte, auf dem der Name einer Beleuchtungsfirma stand, aber darin saßen ein Mann mit einem Funkgerät und zwei Polizisten.

Becky DeMarino hatte eine Pistole und ein Funkgerät, so daß die Leute im Lieferwagen es hören konnten, wenn jemand sie ansprach. Sie kam am Mittwoch, dem 15. November, nach Aurelius. Lieutenant Marcos hatte die Leitung der Operation, wenn man es so nennen kann. Sie sollte am Freitag beginnen, aber dann wurde Jaimes Leiche gefunden. Infolgedessen ging es erst Sonntag los.

Bei ihren Rundgängen trug Becky DeMarino einen pinkfarbenen Parka und zog einen roten Plastikschlitten hinter sich her. Mit einer Skimütze auf dem Kopf und einem Schal um den Hals sah sie aus wie eine Zwölfjährige. Ich habe gehört, daß man mit ihr geübt hatte, zu gehen wie ein Kind – das heißt, sie mußte sich im Zickzackkurs und ohne erkennbares Ziel bewegen. Ryan sagte, sie hatte die Anweisung, hin und wieder zu hüpfen. Alldem mag man das Ausmaß der Verzweiflung entnehmen, das die Polizei empfand. Trotz der angstvollen Atmosphäre in der Stadt waren an diesem Sonntag zahlreiche Schlittenfahrer im Lincoln Park unterwegs, und Becky sollte dort in der Umgebung durch die Straßen streifen und ihren Schlitten hinter sich herziehen. Ein kleines Mädchen am dämmrigen Nachmittag allein auf der Straße: Vielleicht würde sich unser Entführer in Versuchung bringen lassen.

Aber wiederum bestand das Problem darin, daß nicht wenige Leute in den Plan eingeweiht waren. Die Polizei war selbstverständlich informiert. Als Becky dann mit ihrem Schlitten die Walnut Street hinunterspazierte, hielt ein Streifenwagen der »Freunde« neben ihr an. Der Fahrer – ich glaube, es war Henry Polaski – wollte sie auffordern, nach Hause zu gehen, und war bereit, sie auch zu fahren. Neben Polaski saß noch ein Mann im Wagen. Natürlich sahen sie, daß Becky kein Kind war, und nach einem kurzen Wortwechsel fuhren sie weiter. Hatten sie begriffen, daß Becky Polizistin war? Und haben sie andern von der Frau erzählt, die einen Schlitten hinter sich herzog und aussah wie zwölf, in Wirklichkeit aber Mitte Dreißig war?

Um diese Jahreszeit war es in Aurelius gegen vier Uhr nachmittags dunkel, besonders an einem verschneiten Nachmittag. Becky wanderte am Rande des Parks entlang, nicht weit von dem Hang, an dem die Kinder seit dem Morgen rodelten. Dort standen zwar Bäume, aber nur vereinzelt, und die Kinder rodelten zwischen ihnen hindurch. Der Gehweg war ungefähr fünfzig Meter weit von dem Hang entfernt, und nur die schnellsten Schlitten konnten nach ihrer rasenden Schußfahrt noch so weit gleiten. Die Kinder waren entweder mit ihren Eltern oder in kleinen Gruppen gekommen. Die Angst, daß etwas passieren könnte, war so beherrschend, daß kein einziges Kind allein da war, und viele hatten gar nicht kommen dürfen. Ich erinnere mich an Zeiten, als über hundert Kinder im Park rodelten, aber an diesem speziellen Sonntag waren es höchstens zwanzig. Trotzdem war großes Geschrei, und Hunde tobten umher. Aber als es drei Uhr geworden war, fing alles an, nach Hause zu gehen.

Es war etwa viertel vor vier, als Becky die Johnson Street entlangging, die an den Park grenzt. Die Straßenbeleuchtung hatte sich eingeschaltet, aber es war noch so hell, daß Becky sechs Kinder rodeln sehen konnte. Ihre grellbunten Parkas leuchteten matt durch die Dämmerung.

Als sie das Ende der Rodelbahn erreichte, sah sie einen grünen Schlitten auf dem Gehweg, einen billigen Plastikschlitten, an dem vorn eine orangegelbe Kordel befestigt war. Sie blieb stehen, und in diesem Moment hörte sie jemanden rufen.

»Karla! Karla!«

Becky drehte sich um und sah, wie eine Frau den Hang herunter auf sie zu gelaufen kam; sie war noch ungefähr hundert Meter weit entfernt. Die Frau fiel hin und kam taumelnd wieder hoch.

»Karla, wo hast du gesteckt?«

Becky wartete, während die Frau herangelaufen kam; sie ging ein kleines Stück weit langsamer und rannte dann wieder, und sie schien wütend und erschrocken zugleich zu sein. Es war eine ziemlich junge Frau mit einer dreiviertellangen grünen Daunenjacke und einer blauroten Skimütze.

»Karla, ich habe dir gesagt, du sollst auf der Stelle wieder raufkommen!«

Und als sie noch zwanzig Schritte weit entfernt war, rief sie: »Du bist nicht Karla. Wo ist sie?«

Die Frau fing wieder an zu laufen.

»Das da ist ihr Schlitten«, sagte sie. Dann blieb sie stehen und schlug die Hände vors Gesicht. Sie fing an zu schreien.

Der Tontechniker im Lieferwagen riß sich den Kopfhörer herunter. Der

Fahrer schaltete die Scheinwerfer ein und gab Gas, daß die Räder auf der verschneiten Straße durchdrehten.
Die Frau schrie immer weiter. In diesem Augenblick wußten die ersten, daß ein drittes Mädchen verschwunden war.
Die Frau hieß Louise Golondrini. Sie war eine alleinerziehende Mutter von dreißig Jahren, die in der Seilerei arbeitete. Sie hatte einen Freund, aber der war zur Zeit auf Montage in Florida. Sie lebte mit einer anderen unverheirateten Frau zusammen, einer gewissen Pam O'Brien, die einen achtjährigen Sohn namens Harry hatte. Auch Pam arbeitete in der Seilerei, aber in einer anderen Schicht. Louise war aus Utica; sie war zwei Jahre zuvor nach Aurelius gezogen, als sie den Job hier bekommen hatte.
Ihre Tochter Karla hatte im Jahr zuvor bei mir in der achten Klasse Naturkunde gehabt. Sie litt an dem, was man als »Aufmerksamkeitsstörung« bezeichnet; das heißt, sie starrte verträumt aus dem Fenster oder malte Pferde in ihr Heft. Ich hätte sie durchfallen lassen können, aber aus Gutmütigkeit gab ich ihr eine Vier. Sie war auf eine blasse Art hübsch, ein schmales Kind mit langem dunklen Haar. Alle diese Mädchen, diese Dreizehn- und Vierzehnjährigen, befinden sich so sichtbar in einer Übergangsphase, daß sie im Moment beinahe nichts sind. Das stimmt zwar nicht ganz, aber man neigt doch dazu, sich mehr auf das zu konzentrieren, was sie werden, als auf das, was sie sind. Karla Golondrini würde nun gar nichts mehr werden.
Becky DeMarinos pinkfarbener Parka hatte fast die gleiche Farbe wie Karlas, sagte ihre Mutter; deshalb hatte sie Becky zunächst für ihre Tochter gehalten. Sie waren seit zwei Uhr Schlitten gefahren, und Louise Golondrini hatte nach Hause gehen wollen; sie fror und hatte nasse Füße. Ihr Auto stand auf dem Parkplatz oben am Hang. Karla hatte noch einmal hinunterfahren wollen. Ihre Mutter war schließlich einverstanden gewesen, aber sie hatte oben warten wollen. Karla rodelte den Hang hinunter, und ihre Mutter verlor sie in der einsetzenden Dämmerung aus den Augen. Sie wartete. Fünf Minuten vergingen. Ein Hund sprang umher und lenkte sie ab. Dann rief sie nach ihrer Tochter. Als sie dann oben auf der Anhöhe stand und keine Antwort bekam, begann sie zu fürchten, es könnte etwas Schreckliches geschehen sein.

Sie war durch den Schnee hinuntergelaufen. Als sie Becky DeMarino in ihrem pinkfarbenen Parka gesehen hatte, war sie sehr erleichtert gewesen. Die Erleichterung hatte nicht lange angehalten.
Karla war noch keine zehn Minuten verschwunden, als ihre Mutter anfing zu schreien. Wegen des Lieferwagens mit dem Funkgerät war die Polizei sofort informiert. Ein Dutzend Staatspolizisten schwärmten auf dem Hang aus und suchten nach Karla. Ortspolizisten läuteten an den Haustüren der Umgebung, und Freiwillige durchstöberten die Nachbarschaft. Um halb fünf waren an sämtlichen Ausfahrtstraßen von Aurelius Straßensperren eingerichtet, des weiteren an der Autobahn und an der Route 20. Aber wie Chuck Hawley sagte: »Wir wußten alle, daß das Mädchen noch irgendwo in Aurelius war.«
Louise Golondrini wollte im Lincoln Park bleiben, aber schließlich konnte man sie bewegen, mit zum Polizeirevier zu kommen. »Mein Baby«, sagte sie unaufhörlich und weinte. Roberta Fletcher wurde gerufen, die Krankenschwester aus Dr. Malloys Praxis. Auch Dr. Malloy kam, und seine Frau ebenfalls. Dr. Malloy wollte Louisa ein Beruhigungsmittel geben, aber sie wollte keins. Sie brachten sie in Chief Schmidts Büro. Eigentlich gab es auch keinen anderen Ort zum Warten. Kurze Zeit später erschienen auch die Shillers. Für Louise muß es furchtbar gewesen sein, zu erkennen, daß sie jetzt zu ihrer Gesellschaft gehörte.
Als es fünf Uhr wurde, waren über hundert Leute auf der Suche nach dem verschwundenen Mädchen. Es hatte den ganzen Tag leicht geschneit, manchmal nur ein paar Flocken, aber als es jetzt Abend wurde, schneite es fester. Die TV-Übertragungswagen aus Syracuse und Utica und sogar aus Binghamton kamen an, und ihre hellen Scheinwerfer ließen den frischen Schnee funkeln. Der Lincoln Park war nicht weit weg von meinem Haus. Ich ging mit Sadie hinüber, um zuzuschauen. Sie war es, die mir erzählte, daß Karla verschwunden war. Ich hatte zu Hause die Sonntagszeitung gelesen. Jemand hatte Franklin angerufen, und er war aus dem Haus gestürzt. Paula hatte Sadie nicht gehenlassen wollen, aber dann war sie mitgekommen. Sadie ging an meiner einen Seite, Paula an der anderen, als wäre ich ein Zaun zwischen ihnen. Paula war eine Handbreit größer als ich, Sadie ein bißchen kleiner. Der

Schnee war ziemlich tief, und ich war froh, daß ich Stiefel angezogen hatte.
Die Nachricht, daß ein drittes Mädchen verschwunden war, rührte uns an wie eine Krankheit. Es war, als sei dieses Verschwinden gar nicht durch menschliches Handeln bewirkt, als sei unsere Stadt von einer jener Plagen befallen, von denen man im Alten Testament liest. Die Leute sprachen mit gedämpfter Stimme. Ihre Gesichter waren angespannt; manche weinten. Sie wirkten geduckt. Die blitzenden blauen Lichter der Polizeiwagen lieferten die einzige Farbe und schufen blaue Gesichter, blaue Tränen. In den Häusern ringsum sah ich noch mehr Gesichter, an die Scheiben gepreßt.
»Ich wußte, wer sie war«, sagte Sadie, »aber ich glaube nicht, daß ich je mit ihr gesprochen habe.«
»Ihre arme Mutter«, sagte Paula immer wieder.
Die Stille hatte etwas Ominöses. Mit ihren dicken Mänteln, Mützen und Schals sahen die Leute am Hang eher wie menschliche Gestalten als wie richtige menschliche Wesen aus. Sie gingen steifbeinig, und ich fühlte mich daran erinnert, wie die Toten in dem Film »Nacht der lebenden Leichen« gingen. Die Polizei war sehr beschäftigt. Aufgeregte Knisterstimmen kamen aus den Lautsprechern der Polizeiradios. Was sie sagten, klang wie eine Geheimsprache. Um sechs gingen wir zu mir nach Hause, und ich machte Tee.
Captain Percy hatte eine Liste von fünfzig Personen, deren Aufenthalt er so genau wie möglich ermittelt haben wollte. Auf der Liste standen etliche Leute, die ich noch nicht erwähnt habe, aber auch Harry Martini, Sherman Carpenter und Henry Swazey. Ich war ebenfalls dabei. Ein Mann, den die Polizei besuchte, war Greg Dorough, ein Anwalt aus der Stadt, der zufällig schwul war und mit einem Mann zusammenlebte, der als Techniker bei dem Pharmaunternehmen in Norwich beschäftigt war. Man wäre nicht darauf gekommen, daß sie schwul waren, wenn man es nicht gewußt hätte. Wie dem auch sei, das Unerfreuliche daran war, daß Greg – da bin ich sicher – nur deshalb besucht wurde, weil er schwul war. Es war ein sehr kurzer Besuch: Die Polizei wollte wissen, wo Greg am Nachmittag gewesen war. Aber besucht ist besucht. Sadie war bei mir, als die Polizei kam, und ich war froh, daß

Paula auch bei uns war. Sonst hätte ich mir noch mehr Bemerkungen über mein Interesse an kleinen Mädchen anhören können.
Die Polizei suchte auch Paul Leimbach, Donald Malloy, Mike Shiller und andere, die in enger Beziehung zu den Familien der vermißten Mädchen standen. Aaron fanden sie in seiner Wohnung, wo er mit Harriet zusammen war. Er sagte aus, daß er und Harriet den ganzen Nachmittag über gearbeitet und eine Gedenkfeier für Houari Chihani vorbereitet hätten. Mike Shiller behauptete, er sei zum Eisfischen am See gewesen. Donald Malloy war zunächst nicht aufzutreiben, aber dann fiel Percy ein, daß er bei den Freiwilligen war, die den Park nach Spuren von Karla absuchten und sich als einer der ersten gemeldet hatte.
Percy erfuhr, daß Paul Leimbach allein mit seinem Auto unterwegs gewesen war, vorgeblich um in dem ihm zugewiesenen Bezirk von Aurelius zu patrouillieren, als das Mädchen verschwunden war. Die Leute sagten später, Percy habe überreagiert, aber anscheinend konnte er nicht anders, besonders nachdem er den Zettel bekommen hatte, auf den in so besessener Weise Leimbachs Name geschrieben worden war. Jedenfalls ließ er Leimbach aufs Polizeirevier bringen und übergab seinen Wagen der Spurensicherung. Chihani war tot, Jaime Rose war tot, Oscar Herbst war noch in Troy, andere UDR-Mitglieder hatten die Stadt verlassen, Hark Powers saß im Gefängnis, die Brüder Levine ebenfalls – und jetzt, da die mutmaßlich Schlimmsten unter uns versorgt waren, wurde es Zeit, sich anderen zuzuwenden, darunter auch den Besten.
Man erhob keinerlei Vorwürfe gegen Leimbach, aber er wurde aufgefordert, Rechenschaft über seine Unternehmungen abzulegen. Alle waren sehr höflich oder bemühten sich doch, es zu sein. Sie hatten sich in eine Ecke des Reviers zurückgezogen, weil Louise Golondrini noch in Chief Schmidts Büro saß. Chuck Hawley war dabei. Er erzählte, Leimbach habe eine dunkle Hose, einen dunklen Rollkragenpullover und ein dunkles Jackett angehabt – fast wie einer von einem Sondereinsatzkommando. Leimbach erklärte, er sei ungefähr drei Stunden lang in Aurelius umhergefahren. In der ersten Stunde sei Jamie Fendrick dabeigewesen, aber Jamie habe dann zur Arbeit gemußt; er mache den Einpackservice in Wegmans Supermarket. Von halb drei bis

halb fünf, als die Polizei ihn angehalten hatte, war er deshalb allein gewesen.

Hatte er Karla Golondrini gekannt?

Nein, er habe sie nie gesehen.

Man zeigte ihm ihr Bild. Erkannte er sie wieder?

Er könne sich nicht erinnern, sie je gesehen zu haben.

Karlas Mutter wurde hereingeholt und gefragt, ob sie Leimbach wiedererkenne. Sie kannte ihn nicht. Dann fragte sie: »Ist das der Mann, der mir mein Baby weggenommen hat?« Sie fing an zu schreien, und eine Polizistin mußte sie hinausführen.

»Wieso bin ich hier?« fragte Leimbach. »Das ist doch absurd.«

Ryan legte ihm das Blatt vor, auf dem in einem Dutzend Farben sein Name stand. Im Laufe des Tages hatte Ryan versucht, so etwas auch zu machen – einen Namen wieder und wieder zu ummalen. »Janice« war der Name, den er gemalt hatte, und er hatte festgestellt, daß derjenige, der Leimbachs Namen auf diese Weise geschrieben hatte, mindestens eine Stunde darauf verwandt haben mußte.

»Wegen diesem Ding schleifen Sie mich hierher?« fragte Leimbach.

»Man hat Sie nicht geschleift«, sagte Ryan.

Lieutenant Marcos sagte: »Sie müssen einsehen, daß wir keine Möglichkeit außer acht lassen dürfen.«

Ryan wußte, daß alles nur von Leimbachs Wagen abhing. Wenn sich darin eine Spur von Karla fände, würde man Leimbach verhaften. Wäre der Wagen sauber, würde man ihn laufenlassen, auch wenn es nicht notwendigerweise bedeutete, daß er unschuldig war. Schon jetzt wurden die Leute in der Gegend, in der Leimbach auf Streifenfahrt gewesen sein wollte, befragt, ob sie ihn gesehen hätten. Und manche hatten ein Auto mit orangegelben Dreiecken an den Vordertüren gesehen, aber die Marke wußten sie nicht, und sie hatten auch nicht gesehen, wer am Steuer gesessen hatte.

Irgendwann kam ein Techniker der Spurensicherung herein und flüsterte Marcos etwas zu.

»Haben Sie in Ihrem Auto etwas verschüttet?« fragte Marcos.

»Ich habe mir bei McDonald's eine Coke und einen Hamburger geholt und ein bißchen von der Coke verschüttet«, sagte Leimbach.

»Und das haben Sie mit Wasser saubergemacht?«
»Ich habe an der Tankstelle gehalten und mir ein bißchen Wasser besorgt, ja.«
»Und Sie haben nur verschüttete Cola ausgewaschen?«
»Selbstverständlich.«
Um sechs Uhr ließen sie Leimbach nach Hause gehen.
Etwa um dieselbe Zeit fand man im Schnee in der Nordwestecke des Lincoln Park einen roten Wollschal. Er wurde zum Polizeirevier gebracht, und Louise Golondrini identifizierte ihn als Karlas Schal. Die Polizei sperrte den Bereich des Parks ab und durchsuchte ihn Zoll für Zoll; sie siebten sogar den Schnee durch ein Gitter. Nach zwei Stunden fanden sie einen silbernen Cross-Füller, etwa zweieinhalb Schritte neben der Stelle, wo der Schal gefunden worden war.
»Sie waren ganz aufgeregt, weil sie dachten, er gehört vielleicht dem Kerl, der Karla entführt hat«, sagte Ryan. »Obwohl, andererseits, vielleicht ja auch nicht.«
Das einzige Geschäft in der Stadt, das die Marke Cross führte, war das Büromaterialgeschäft, in dem Florence Martini arbeitete, »Letter Perfect« in der Jefferson Street. Die Vermutung wurde laut, der Füller gehöre ihrem Mann – ihrem Ex-Mann demnächst. Er hatte der Polizei erzählt, er sei praktisch den ganzen Nachmittag zu Hause gewesen und nur gegen drei zu Wegmans zum Einkaufen gefahren.
Lieutenant Marcos fuhr mit dem Füller zu Martini nach Hause. Martini sagte, es sei nicht seiner. Er habe zwar einen Cross-Füller, aber der sei kastanienbraun mit goldenem Besatz. Marcos fragte, ob er ihn sehen dürfe. Martini suchte in seinem Schreibtisch. Er hatte ein Arbeitszimmer im Erdgeschoß. Seine Frau stand in der Tür.
»Ich kann ihn nicht finden«, sagte Martini. »Er ist wahrscheinlich in der Schule.«
»Habe ich dir nicht auch einen silbernen geschenkt?« fragte seine Frau.
»Nein«, sagte Martini, »hast du nicht.«
Marcos besuchte den Besitzer von »Letter Perfect«, Noah Frankenmuth, gegen neun. Frankenmuth wohnte in der Butler Street. Er war in einem Schlafzimmer im Obergeschoß beim Anstreichen und ärgerte

sich über die Störung. Ein Zwergdackel namens Fritz wieselte Marcos vor den Füßen herum, und Marcos befürchtete, er könne ihn treten.

»Im Geschäft habe ich eine Computerliste von Leuten, die Cross-Produkte gekauft haben. Hat das nicht Zeit bis morgen?«

»Nein«, sagte Marcos.

Sie fuhren zum Geschäft. Frankenmuth schaltete seinen Computer ein, und dann druckte er eine Liste von fünfundzwanzig Leuten, die in den letzten zwei Jahren Cross-Stifte gekauft hatten. Fünf davon waren silberne Füllfederhalter. Eine der Personen auf der Liste war Paul Leimbachs Frau Martha, die den Füller im vergangenen Februar gekauft hatte.

»Sie sagte, es sei ein Geburtstagsgeschenk«, sagte Frankenmuth.

Marcos fuhr zu Leimbach. Er fuhr schnell und schleuderte um die Ecken.

Die Leimbachs wohnten in einem der neueren Häuser in der Myrtle Street, einem Haus im Cape-Cod-Stil mit einem großen Panoramafenster an der Vorderseite. Sie saßen vor dem Fernseher.

»Sieht aus wie meiner«, sagte Leimbach. »Zumindest hatte ich mal einen silbernen. Ich habe ihn irgendwann im letzten Sommer verloren. Er war ein Geburtstagsgeschenk, und es hat mir leid getan, daß ich ihn verloren habe. Wo haben Sie ihn gefunden?«

»Das darf ich Ihnen nicht sagen«, antwortete Marcos.

Später berichtete Marcos, er habe sich versucht gefühlt, Leimbach auf der Stelle festzunehmen, aber er habe sich zurückgehalten. Er hatte Captain Percy noch nicht informiert, und deshalb fuhr er zurück zum Polizeirevier.

Percy war nicht erfreut. »Jetzt ist er gewarnt«, sagte er, und er beauftragte einen Mann, sich die anderen vier Personen vorzunehmen, die ebenfalls silberne Cross-Füller gekauft hatten. Aber es schien klar zu sein, daß der Füller Leimbach gehörte. Damit war allerdings noch nicht bewiesen, daß er ihn auch in den Schnee hatte fallen lassen. Zwei Mann von der State Police wurden in Leimbachs Büro geschickt; sie sollten sich erkundigen, ob er dort einmal erwähnt hatte, daß er seinen Füller verloren hatte.

Es schneite noch mehr in dieser Nacht. Gegen halb elf gab die Polizei die Suche im Park auf. Inzwischen gab es dort keine Handbreit Schnee mehr, die nicht plattgetrampelt war. Und Donald Malloy hatte zwanzig Mitglieder der »Freunde« mit beachtlicher Gründlichkeit durch hundert Gärten geführt. Überall in Aurelius war der Schnee zertreten und in Matsch und Schlamm verwandelt. Aber im Laufe der Nacht fielen noch einmal knapp zwanzig Zentimeter. Neuschnee bedeckte Gärten, Gehwege und den städtischen Park. Am Montag morgen ließ nichts mehr erkennen, daß die Suche stattgefunden hatte.

40

Es war schwer vorstellbar, daß in einer Woche Thanksgiving sein sollte. Wir hatten so wenig Grund zur Dankbarkeit. Im Jahr zuvor hatte ich an Thanksgiving einen kleinen Truthahn gebraten und Franklin und Sadie dazu eingeladen. Dieses Jahr hatte ich keine Pläne. Die Schule würde natürlich geschlossen sein. Ich dachte daran, nach Utica zu fahren und in einem Restaurant allein ein Thanksgiving-Dinner zu mir zu nehmen, aber das wäre mir wie ein Verrat an meinen Freunden in Aurelius vorgekommen – als ob ich mich heimlich amüsierte.

Jaime Rose wurde Dienstag beerdigt. Erst wollte ich zur Beerdigung gehen, aber dann ging ich doch nicht. Ich wollte nicht angestarrt werden. Nachts klingelte mein Telefon ein halbes dutzendmal, und wenn ich mich meldete, war niemand dran. Das beunruhigte mich, und ich ließ meine Nummer ändern. Später erfuhr ich, daß auch andere solche Anrufe bekamen, aber zu der Zeit dachte ich, ich sei der einzige.

Die Beerdigung war eine unbeträchtliche Angelegenheit. Cookie Evans war da, und ein paar Freunde von Jaime kamen aus New York. Seine Mutter aus Clinton war auch dabei. Barry ging hin, obwohl seine Mutter es ihm verbieten wollte. Aaron und Harriet begleiteten ihn. Und ein paar Wildfremde waren da, die nur gekommen waren, weil Jaime auf eine so furchtbare Weise umgebracht worden war. Ein Polizist in Zivil machte ein Verzeichnis der Trauergäste. Ryan meinte, es bestehe die Möglichkeit, daß der Mörder dort auftauchte.

Shannon und Jesse wurden – ebenfalls am Dienstag – gegen Kaution freigelassen. Im Zusammenhang mit Jaime wurde niemals irgendeine Beschuldigung gegen sie erhoben; man warf ihnen lediglich den Angriff auf einen Polizisten und den Einbruch vor. Ryan vermutete allerdings, daß diese Verfahren ebenfalls eingestellt werden würden. Bei der Polizei herrschte Uneinigkeit in der Frage, ob Jaime das Opfer einer gescheiterten homosexuellen Liebesaffäre war oder ob es irgendeinen Zusammenhang mit dem Verschwinden der Mädchen gab. Dadurch geriet die Gruppe der Schwulen in Aurelius weiter unter Druck. Im weiten Umkreis, bis nach Norwich hinüber, wurden Schwule verhört. Aber ich mußte daran denken, wie Franklin sich an dem Tag, als die »Freunde von Sharon Malloy« Irving Powells Haus umzingelt hatten, mit Jaime unterhalten hatte. Viele Leute hatten Jaime und Franklin zusammen gesehen, und womöglich hatte jemand Angst vor dem, was Jaime da erzählt haben könnte. Und Barry war ja auch bei ihnen gewesen.

Captain Percy machte viel Aufhebens um den Anruf bei Mrs. Sanders am Samstag abend. Sie berichtete, eine Männerstimme habe ihr erzählt, Barry sei die Verandastufen hinuntergefallen und habe sich das Bein gebrochen. Deshalb sei sie eilig nach Hause gefahren. Manche Leute meinten, jemand habe ihr einen Streich spielen wollen, aber Percy war sicher, daß der Entführer am Telefon gewesen war. Und er betonte Ryan gegenüber, dies sei ein Hinweis darauf, daß ihm Franklins Abwesenheit bekannt gewesen sei und er überdies gewußt habe, wo Mrs. Sanders zu finden war.

Percy ließ auch Aaron in die City Hall bringen und befragte ihn zusammen mit Ryan. Percy saß auf einer Seite des Schreibtisches, Aaron auf der anderen, und Ryan stand neben der Tür. Aaron schaute immer wieder zu ihm herüber, und jedesmal wurde Ryan bewußt, wie sehr Aaron ihn verabscheuen mußte.

Percy leitete die Vernehmung ein, indem er sagte, er wisse, daß Aaron nach Aurelius zurückgekommen sei, um den Mörder seiner Mutter zu finden. Er wisse auch, daß Aaron Janices Nachbarn ausgefragt habe und daß er Sheila verletzt habe, weil sie sich geweigert habe, ihm etwas über Janice zu erzählen. Dann starrte er Aaron an, als erwarte er Widerspruch.

»Sie sind ganz schön clever«, sagte Aaron.

»Werden Sie nicht frech«, sagte Percy. »Haben Sie mit Ihrer Mutter gesprochen, bevor sie ermordet wurde?«

»Wir haben zweimal in der Woche miteinander telefoniert.«

»Hat sie etwas über die Männer gesagt, mit denen sie zu tun hatte?«

»Sie hat vielleicht mal gesagt, daß sie einen kennengelernt hatte, der ihr gefiel, aber Namen hat sie nie genannt.«
»Haben Sie eine Ahnung, wer dieser ›Akademiker‹ sein könnte?«
Aaron streckte die Beine aus und verschränkte die Arme. »Vielleicht Tavich, vielleicht Sie.«
»Könnte es Dr. Malloy gewesen sein?«
»Möglich.«
»Aber Sie haben einen präziseren Verdacht.«
»Möglich.«
»Sind Sie nicht mit Sadie Moore befreundet? Sie wäre neulich beinahe entführt worden. Wenn Sie uns nicht erzählen, was Sie wissen, setzen Sie dadurch ihr Leben aufs Spiel.«
Aaron schaute zu Boden und schwieg. Percy stellte ihm noch ein paar Fragen, die er einsilbig beantwortete. Schließlich schickte er Aaron nach Hause.
»Er glaubt, er kann den Täter auf eigene Faust finden«, sagte Percy.
Die Vernehmung hatte Ryan deprimiert. »Entweder das, oder er vertraut uns nicht. Haben Sie Janice eigentlich gekannt?«
»Sie meinen, ob ich ein Verhältnis mit ihr hatte? Selbstverständlich nicht.«
»Sie war genauso stur wie er.«
Ein paar Tage lang hatte es den Anschein, als stelle irgend jemand Barry nach, und dann hörte es auf, oder Barry hatte sich geirrt. Er behauptete, er habe Geräusche an der Hintertür gehört oder es habe an der Haustür geläutet, wenn seine Mutter nicht zu Hause war. Und er erzählte etwas von einem Auto, das langsam vorbeigefahren sei, aber an die Marke konnte er sich nicht erinnern. Blau oder cremefarben sei es gewesen – aber auch da war er nicht sicher. Anrufe hatte er gleichfalls erhalten, und wenn er sich gemeldet hatte, war der Anrufer stumm geblieben. Aber das mußte natürlich kein potentieller Mörder gewesen sein. Viele Leute bekamen anonyme Anrufe; wir erfuhren später, daß Mitglieder der »Freunde von Sharon Malloy« mit anonymen Anrufen Leute drangsalierten, die ihrer Meinung nach verdächtig waren. Es stellte sich heraus, daß Donald Malloy diese Strategie ersonnen hatte. Er behauptete, wenn man eine Reihe potentieller Verdachtspersonen

hinreichend unter Druck setzte, würde der Schuldige vielleicht irgendwann zusammenbrechen. Es war jedoch nicht eindeutig klar, ob die »Freunde« für alle diese Anrufe verantwortlich waren.
Aaron hielt die Anrufe bei Barry für bedeutsam, und er nahm sich vor, herauszufinden, was Barry eigentlich verheimlichte. Mit wem hatte Barry sein Verhältnis gehabt, und womit hatte der Mann ihm angst gemacht? Die Polizei wußte überhaupt nichts davon, und Franklin ebenfalls nicht. Aber Aaron wußte es, und ich wußte es. Wir wußten nur keinen Namen. Aaron nahm Barry nach Jaimes Beerdigung mit nach Hause und schücherte ihn ein. Barry sagte, er habe ihn sogar geohrfeigt. Barry war ganz außer sich und erzählte mir kurz danach davon.
»Was hattest du ihm denn gesagt?« wollte ich wissen.
»Nichts. Ich wollte ihm nichts erzählen. Ich hatte ihm nur gesagt, was ich Ihnen auch schon gesagt habe – daß es ein ›Akademiker‹ war. Ich hätte nie gedacht, daß Aaron mir weh tun könnte. Er ist völlig ausgerastet.«
Zu jenem Zeitpunkt wußte ich nicht, was dieser Ausdruck für Aaron bedeutete, aber er wurde sehr wild, und die Folge war, daß Barry ihm den Namen des Mannes nannte.

Am Montag wurden zehn Mädchen durch ihre Eltern vom Unterricht an der Knox Consolidated abgemeldet; die älteste war sechzehn, die jüngste zwölf. Alle fuhren zu Verwandten in anderen Städten. Fünfzehn Mädchen waren bereits abgemeldet worden, und ihre Abwesenheit hinterließ sichtbare Lücken in unseren Klassen. Karla Golondrini hatte wenige Freundinnen, aber viele Bekannte. Am Montag wurde viel geweint, und die Anwesenheit der Fernsehreporter machte die Sache noch schlimmer. Es kam sogar der Vorschlag auf, die Schule zu schließen, bis die ganze Geschichte vorbei wäre. Aber Harry Martini entgegnete, daß die Kinder einen Ort brauchten, an den sie gehen könnten. Wenn sie in der Schule waren, waren sie wenigstens in Sicherheit – wenn aber nicht, wer konnte dann sagen, wo sie sein würden? Lou Hendricks meinte – laut genug, daß etliche Leute ihn hörten –, nachdem Harry Martini am Sonntag zweimal von der Polizei aufgesucht worden sei, habe er ja vielleicht seine eigenen perversen Gründe, die Mädchen in der Schule halten zu wollen. Ich fand das ziemlich unfair, und vielen anderen erging es ebenso. Aber manchen auch nicht, das war mir klar.

Den Familien, die ihre Kinder von der Schule abmeldeten oder die Stadt überhaupt verließen, machte niemand einen Vorwurf. Ich bin sicher, daß andere es genauso gemacht hätten, wenn sie dazu in der Lage gewesen wären. In der Schule gab es weniger Geschrei auf den Gängen, weniger Geplauder im Lehrerzimmer. Die Stille griff auch auf andere Orte über. Bei Wegmans sah man weniger Leute miteinander sprechen. Die Restaurants waren fast leer, das Kino wie tot. Die diversen Lesegruppen, Nähkränzchen, Garten- und Reiseclubs stellten ihre Treffen ein. Nur den Videotheken ging es gut – und den Pizzerien, denen zumindest, die einen Lieferservice boten.

Am Mittwoch fand ein Gottesdienst für Karla in der Good Fellowship Evangelical Church statt. Man nannte es einen Gottesdienst der Hoffnung. Viele Leute nahmen daran teil, und das Gebäude war rappelvoll. Louise Golondrini erzählte von ihrer Tochter: daß sie gern Hunde gehabt habe und Barbie-Puppen gesammelt habe und daß sie Krankenschwester habe werden wollen. Keinem Lebewesen habe sie ein Haar krümmen können, und sie habe streunende Katzen gefüttert und den Vögeln Krümel hingestreut. Sie habe Aurelius geliebt, und ihre Freundinnen seien ihr sehr wichtig gewesen. Und alle beteten darum, daß sie wohlbehalten zurückkommen möge. Ich war froh, daß ich nicht hingegangen war; ich hätte es nicht ertragen.

Karlas Bild nahm seinen Platz an den Telefonmasten und in den Schaufenstern ein. Jemand bemerkte, daß alle drei Mädchen lange Haare gehabt hatten, und sofort schnitten sich viele Mädchen die Haare kurz, als könnten sie sich damit schützen.

Die Polizei war sehr mutlos. Suchaktionen wurden veranstaltet, Experten um Rat gebeten. Captain Percy hatte viel von seinem Selbstbewußtsein verloren. »Wenn Sie irgendwelche Ideen haben, irgendwelche Vorschläge, dann sagen Sie es uns nur«, forderte er die Leute bei mehr als einer Gelegenheit auf. Man schlug vor, eine Anzahl von Leuten einem Lügendetektortest zu unterziehen. Percy war nicht scharf

darauf: er meinte, diese Tests seien nicht hundertprozentig zuverlässig, aber ganz von der Hand weisen wollte er die Möglichkeit nicht.
Die Eigentümer der vier anderen Silberfüller wurden ausfindig gemacht. Zwei wohnten nicht im Staat. Einer wohnte zwar in Aurelius, war aber den Winter über in Florida. Der vierte wohnte in Norwich und arbeitete bei dem Pharmaunternehmen. Aber alle vier hatten ihre Füller noch. Daraufhin veranlaßte Percy, daß Leimbach vierundzwanzig Stunden am Tag überwacht wurde. Dies war ein gut gehütetes Geheimnis, aber man muß es wiederholen: Geheimnisse waren nicht leicht zu bewahren. Wiederum bedrängte man Captain Percy, er solle Lügendetektortests zulassen. Leimbach sollte man damit verhören und andere Leute ebenfalls. »Verflucht«, sagte mein Cousin, »die waren bereit, die ganze Stadt auf so ein Ding zu schnallen.«
Unter den »Freunden« gab es so manche Beschwerde. Donald Malloy meinte, man solle Percy zur Stadt hinausjagen und sich einen andern holen, der die Sache richtig machen würde. Diese Ansicht vertrat er äußerst vehement. Dr. Malloy hatte immer noch Vertrauen zu Percy; zumindest kritisierte er ihn nicht öffentlich. Sein Bruder dagegen beschwerte sich beim Bürgermeister, Bernie Kowalski, und drängte ihn, die Sache in die Hand zu nehmen. Und Donald sprach mit Will Fowler, dem Stadtdirektor, der die Verwaltung von Aurelius leitete.
»Wo bleibt Ihr Verantwortungsgefühl?« fragte er Fowler.
Fowler indessen unterstützte Percy. Percy war ein Profi, und als solchen betrachtete Fowler sich auch selbst. Amateure wie Donald waren es, die den Ärger machten. Nicht, daß Fowler so etwas gesagt hätte, aber er sagte, wir machten alle schwere Zeiten durch, und jedermann müsse sich in Geduld üben.
Jeglicher Gemeinschaftsgeist, den wir als Stadt einmal gehabt haben mochten, war verschwunden. Unsere allgemeine Zufriedenheit war wie ein Tuch, das jemand weggerissen hatte, so daß nun zutage trat, was immer schon dagewesen war: Unsicherheit und Angst. Die Männer und Frauen, die uns führen sollten, stritten untereinander. Die Besten von uns wurden zusammen mit den Schlechtesten verdächtigt. Und der Winter rückte rasch näher. Jeden Tag gab es ein, zwei Minuten

weniger Sonnenlicht, und jeden Abend waren die Straßen leer bis auf die Polizisten und die Streifenwagen der »Freunde«.
In jenen Tagen dachte ich, daß der Mensch, der für all das verantwortlich war, sich für unbesiegbar halten mußte. Wir waren sein Spielzeug und konnten uns nicht wehren. Aber welche Angst verbarg sich unter diesem Allmachtsgefühl? Drei Mädchen waren verschwunden, und beinahe hätte er Sadie geholt. Fragte er sich nicht, wann seine Gier aufhören würde? Und wenn er Risiken einging, wollte er dann die Polizei verhöhnen oder wollte er Gelegenheit bieten, ihn zu fassen?
Am Mittwoch nachmittag stieß Chuck Hawley versehentlich eine Papiertüte von Ryans Schreibtisch auf den Boden. Er hob sie auf und warf einen Blick hinein, um nachzusehen, ob auch nichts beschädigt worden war. Das Polizeirevier war voller Leute, die kamen und gingen. Am Vormittag hatte eine Pressekonferenz stattgefunden. Danach hatte Chief Schmidt versucht, die polizeilichen Aktivitäten mit denen der »Freunde« zu koordinieren. Diese beschwerten sich über Schikanen, während die Polizei der Ansicht war, die »Freunde« seien mit ihren Befragungen zu aggressiv.
Die Papiertüte enthielt einen rosaroten Parka, säuberlich zusammengefaltete Kleider und obenauf die Hand einer Schaufensterpuppe.
»Scheiße!« brüllte Chuck.
In den folgenden Aufruhr mischten sich Verlegenheit und Fassungslosigkeit. Mindestens zwanzig Leute drängten sich um meinen Cousin.
Percy schüttelte den Inhalt der Tüte auf den Schreibtisch. Jeans, Schlüpfer, Bluse, grüner Pullover, Söckchen, Parka, Hand. Außerdem waren siebenundfünfzig Cents dabei, zwei Streifen »Juicy Fruit«-Kaugummi, ein rotes, textilbezogenes Haargummiband, eine Goldkette mit einem Herzmedaillon, in das die Worte »Freunde für immer« eingraviert waren, ein Ring mit der Abbildung zweier einander umfassender Hände und zwei blaue Plastikhaarspangen. Ganz unten in der Tüte befanden sich ein Paar roter Snowboots und ein Paar rote Fausthandschuhe. Und ein weißer Briefumschlag war dabei, den Percy gleich einsteckte.
»Er war hier mitten im Raum«, erklärte Chuck.
Ryan dachte: Zusammen mit zweihundert anderen Leuten.

Captain Percy, Lieutenant Marcos und Chief Schmidt diskutierten darüber, ob die Ablieferung der Kleider als Botschaft gedacht sein könne. Ryan hörte zu, beteiligte sich aber nicht. Welche Seite da auch immer recht haben mochte, er hatte das Gefühl, daß der Täter einen Kurs eingeschlagen hatte, der ihn zur Selbstoffenbarung führen mußte. Vielleicht war er entsetzt über sein Tun, vielleicht verlor er den Verstand, vielleicht war er auch angeschwollen von Eitelkeit und Machtgefühl. Ryan war es egal, weshalb er sich offenbarte; er wollte ihn nur entlarvt sehen.

Der Umschlag enthielt wiederum ein Blatt Papier mit einer Liste von verstümmelten Wörtern. »FOTZE« war zu »OTZE« geworden, »FICKEN« zu »CKEN«, »DRECK« zu »ECK«. Die verstümmelten Buchstaben waren mit einem Buntstift herausgefetzt worden. Percy legte das Blatt auf seinen Schreibtisch neben den Zettel mit Paul Leimbachs Namen.

»Das muß derselbe Kerl gewesen sein«, sagte Ryan. »Sehen Sie sich bloß an, wie verrückt das ist.«

»Bedeutet das, daß Leimbach unschuldig ist?« fragte Marcos.

»Er könnte sich auch selbst bezichtigen«, meinte Percy. »Das ist schon vorgekommen.«

Die Rückgabe der Kleider brachte Percy zu dem Entschluß, den Lügendetektor einzusetzen. »Ich teste das ganze County, wenn es sein muß«, sagte er. Er rief in Albany an und machte die nötigen Pläne, um so bald wie möglich anzufangen.

Auch die »Freunde« verstärkten ihre Aktivitäten und ignorierten ganz unverhohlen Percys Ersuchen, nichts zu tun, ohne die Polizei zuvor von ihren Plänen in Kenntnis zu setzen. Nachdem Karla verschwunden war, wurden die Tatsachen, daß jemand versucht hatte, in Franklins Haus einzudringen, und daß eine Puppenhand auf der Veranda entdeckt worden war, besonders wichtig genommen. Die Polizei behielt Franklins Haus zwar schon rund um die Uhr im Auge, aber das war den »Freunden« nicht genug. Donald Malloy gab bekannt, daß sie zwei Mann vor Franklins Haus postieren würden. Und noch besser wäre es, schlug er vor, wenn Franklin sie hineinkommen ließe. Franklin lehnte ab. Er wisse ihre Hilfe zu schätzen, aber er wolle das Haus nicht voller

Leute haben. Donald reagierte damit, daß er Franklin beschuldigte, das Leben seiner Tochter aufs Spiel zu setzen, und mit vier »Freunden« besuchte er Franklin in der Redaktion des *Independent*.

Franklin bestritt, daß er Sadie in Gefahr bringe. Donald widersprach; er benutze sie als Köder, um den Täter zu fassen und auf diese Weise den anderen Zeitungen und dem Fernsehen einen Knüller wegzuschnappen. Franklin und Donald gerieten in einen ziemlich barschen Wortwechsel, bevor Frieda Kraus ihnen zu verstehen gab, daß sie sich wie Kinder aufführten. In diesem Augenblick kam Mike Shiller in die Redaktion gestürmt und verkündete, man habe Karlas Sachen zurückgebracht, und Captain Percy habe jetzt vor, jeden in Aurelius einem Test mit dem Lügendetektor zu unterziehen. Das war eine ziemliche Sensation. Auf jeden Fall parkte von diesem Abend an ein Auto der »Freunde« neben dem Polizeiwagen vor Franklins Haus in der Van Buren Street.

Was bedeutet das: Anwendung von Druck? Jemand handelt, weil etwas ihn zwingt zu handeln. Aber ist es eine oder ist es die Anhäufung vieler Sachen? Ein paar Leute waren sehr aufgebracht über das Ansinnen, sich einem Lügendetektortest zu unterziehen. Harry Martini erklärte, eher werde er kündigen, als einen solchen Test hinzunehmen. Er wandte sich sogar an den Bürgerrechtsverband. Die meisten Leute hatten genau wie ich nur sehr vage Vorstellungen von einem Polygraphen; manche stellten sich vor, es sei so etwas wie ein Wahrheitsserum, das sie zwingen würde, alle ihre vergangenen Sünden seit der frühen Kindheit auszuplaudern. Und die Drohung mit einem solchen Test muß den Täter einem zusätzlichen Druck ausgesetzt haben. Er muß sich gefragt haben, ob er einem solchen Test würde aus dem Weg gehen können und ob er, wenn er ihn mitmachen müßte, vielleicht nicht bestehen würde.

In dieser Phase, als unsere Blindheit am tiefsten war, brachte Aaron seine privaten Ermittlungen um einen entscheidenden Schritt voran. Zum Teil gelang es ihm durch das, was er von Barry erfahren hatte, aber auch, weil er glaubte, daß Sadie in Gefahr sei. Gleich nachdem am Mittwoch Karlas Kleider aufgetaucht waren, kaufte Aaron bei J. C. Penney's in Utica die Hände von einem halben Dutzend Schaufensterpuppen und legte jede Hand in einen Schuhkarton auf ein rotes

Kissen. In die Handflächen legte er Fotos von seiner Mutter, und auf deren Rückseite schrieb er: »In Liebe, Janice.« Oben auf die Hände legte er einen Bogen rosa Seidenpapier. Er packte die Schuhkartons in rotes Papier und band sie mit roten Schleifen zu. Dann ließ er sie von Harriet und Barry ausliefern. Es erschien passend, daß diese Aufgabe von den Überresten der »Untersuchung der Rechten« ausgeführt wurde. Eine Schachtel wurde in Paul Leimbachs Büro abgeliefert, die zweite in Malloys Apotheke, die dritte in Dr. Malloys Praxis, die vierte bei Ryan Tavich auf dem Polizeirevier, die fünfte bei Sherman Carpenter am College und die sechste bei Henry Swazey, der Patrick McNeals Anwalt und einer von Janices Liebhabern gewesen war. Ryan war der einzige, der den Schuhkarton persönlich in Empfang nahm

»Was ist das?« fragte er Barry.

»Ich weiß es nicht«, sagte Barry und wurde rot. Er wandte sich zum Gehen.

»Halt«, sagte Ryan. »Du gehst erst, wenn ich weiß, was das ist.«

Er öffnete die Schachtel, nahm das rosa Seidenpapier heraus und erblickte Janices Foto und die Hand.

»Mein Gott«, sagte er.

»Kann ich jetzt gehen?« fragte Barry.

»Wer hat dir das gegeben?«

»Das darf ich nicht sagen.«

Ryan rief Chuck Hawley. »Sperren Sie den Bengel ein. Eine Woche im Knast wird ihm helfen, einen klaren Kopf zu bekommen.«

Barry redete. »Es war Aaron«, sagte er. »Aaron hat es mir gegeben.«

Ryan war so verblüfft, daß er Barry gehen ließ, ohne ihn zu fragen, ob noch andere Leute ein solches Päckchen bekommen hätten.

»Deshalb hat er ihr befohlen, mit mir zu ficken«, sagte er laut.

Chuck Hawley glaubte, er habe sich verhört. »Hä?« sagte er.

Ryan gab keine Antwort. Er begriff, daß Harriet sich nur mit ihm eingelassen hatte, um ihn nach Janice zu fragen. »Sein Soldat«, sagte Ryan.

Barry verließ das Revier und lieferte das zweite Päckchen in Dr. Malloys Praxis ab. Der Arzt war nicht da, und Barry war froh, daß er es ihm nicht persönlich aushändigen mußte. Den dritten Karton gab er bei der Sekretärin in der historischen Abteilung am College ab.

Leimbachs Steuerberaterbüro wurde von seinem Partner Frank Kanter geführt; Leimbach hatte sich Urlaub genommen. Er versprach Harriet, er werde Leimbach anrufen und ihm sagen, daß das Päckchen da sei.

»Ein Geschenk, ja?« sagte Frank.

»Sozusagen«, antwortete Harriet.

Henry Swazeys Karton brachte sie in seine Kanzlei in der Main Street und gab ihn seiner Sekretärin. Sie hatte ein Verhältnis mit ihm gehabt, genau wie mit Carpenter und mit Ryan, und deshalb war sie froh, ihm nicht persönlich zu begegnen.

Mildred Porter war in der Apotheke, als Harriet das letzte Päckchen ablieferte. Sie sagte, Donald werde gegen sechs Uhr kommen, um Rezepte zu bearbeiten.

Am nächsten Tag erzählte sie Franklin, was passiert war.

»Ich gab ihm das Päckchen, als er kam, und sagte ihm, wer es gebracht hatte. Er war in Eile, aber er nahm es mit hinter die Theke. Ob es wichtig sei, wollte er wissen. Ich sagte, ich hätte keine Ahnung. Er hatte mir den Rücken zugewandt. Als er die Schachtel aufmachte, versteifte er sich am ganzen Körper. Dann klappte er den Deckel zu und rannte zur Tür hinaus, und den Karton nahm er mit.«

Um neunzehn Uhr bekam Roy Hanny, der auf dem Polizeirevier Dienst tat, einen Anruf von einem Mann, der seinen Namen nicht nennen wollte. »Paul Leimbach hat die Mädchen ermordet«, sagte der Anrufer und legte auf. Aurelius hatte kein Polizeinotrufsystem, und es gab daher keine Möglichkeit, den Anruf zurückzuverfolgen. Roy informierte auf der Stelle Chief Schmidt. Ähnliche Anrufe gingen beim Sheriff's Department in Potterville und bei der State Police ein. Captain Percy war bei Dr. Malloy zu Hause. Als das Telefon klingelte, ging Sharons älterer Bruder Frank an den Apparat. »Was?« sagte er. »Was?« Er legte die Hand auf die Sprechmuschel. »Jemand sagt, Onkel Paul hat Sharon und die anderen Mädchen umgebracht«, sagte er zu seinem Vater.

Captain Percy nahm ihm den Hörer aus der Hand, aber die Leitung war tot. »War das ein Mann oder eine Frau?« fragte er.

»Ein Mann.«
»Hast du die Stimme erkannt?«
»Sie war gedämpft. Klang nicht wie jemand, den ich kenne.«
Die »Freunde von Sharon Malloy« bekamen auch einen solchen Anruf. Leimbach war nicht im Büro. Sandra Petoski meldete den Anruf der Polizei. Außerdem rief sie ihren Kollegen im Vorsitz in seinem Maklerbüro an, und Rolf Porter versprach, sofort zu kommen. Als Donald Malloy kurze Zeit später ins Büro kam, befahl er Sandra, weitere Helfer anzurufen, und er wollte wissen, wo Leimbach sich aufhielt. Sandra wußte es nicht.
»Wir müssen ihn finden«, sagte Donald. Das Telefon läutete, und immer mehr Leute kamen in das Ladenlokal. Es war kalt, weil die Tür offenstand, und die Leute schleppten den Schneematsch vom Gehweg herein. Auf der Straße hupten Autos.
Donalds Mantel war offen, und Mrs. Petoski sah, daß in seinem Gürtel eine Pistole steckte.
»Da läuft was schief«, sagte Donald. »Sadie Moore könnte in Gefahr sein.«
Mike Shiller kam mit mehreren Männern ins Büro.
Donald gab Shiller den Pappkarton mit der Hand. »Schauen Sie sich an, was eine von dieser Marxistenbande bei mir abgegeben hat.«
Shiller öffnete den Karton. »O Gott«, sagte er.
»Stellen Sie fest, was die vorhaben.«
»Zum Teufel«, sagte Shiller und rief zwei andere Männer. »Gehen wir«, sagte er.
Franklin war im *Independent*. Gegen acht rief Sandra Petoski ihn vom Büro der »Freunde« aus an und erzählte ihm von den Anrufen wegen Leimbach. »Die Leute sind schrecklich aufgebracht, und Donald sagte irgend was von Sadie.«
Franklin verließ auf der Stelle die Redaktion.
Etwa um dieselbe Zeit kamen drei Männer zu Barrys Haus. Mrs. Sanders erkannte sie als Mitglieder der »Freunde«, und sie sagte ihnen, Barry sei nicht da. Die Männer – einer von ihnen war Mike Shiller – ignorierten sie. Sie stürmten ins Haus und suchten nach Barry. Mrs. Sanders rief: »Ihnen ist hoffentlich klar, daß Sie gegen das Gesetz verstoßen.«

»Das glauben Sie«, erwiderte Shiller. Mrs. Sanders wollte die Polizei rufen, aber die Nummer war besetzt. Als Shiller sich vergewissert hatte, daß Barry nicht zu Hause war, verschwand er mit den andern. Harriets Nachbarn erzählten, daß auch sie von drei Männern gesucht worden sei. Vielleicht waren es dieselben. Harriet war nicht zu Hause. Die drei Männer klopften, und einer rannte mit der Schulter gegen die Tür.

Die Studentin, die nebenan wohnte, sagte: »Ich glaube, er hätte sie eingeschlagen, wenn ich nicht herausgekommen wäre. Sie wollten wissen, wer ich bin, und notierten sich meinen Namen.«

41

Sadie war mit Paula zu Hause. Wegen ihrer Abneigung gegen ihre neue Stiefmutter verbrachte Sadie immer mehr Zeit auf ihrem Zimmer. Sie hatte eine kleine Stereoanlage und hörte eine Gruppe namens »Indigo Girls«. Zu laut, fand Paula, aber sie beschwerte sich lieber nicht. Paula saß im Wohnzimmer und versuchte zu lesen. Kurz vor acht hämmerte es an der Tür. Paula ging hinaus und öffnete die Tür einen Spaltbreit. Es war Donald Malloy. Er trug einen dicken Mantel und einen Tweedhut.

»Sadie ist vielleicht in Gefahr«, sagte er. »Sie müssen mich hineinlassen.«

»Sie können nicht herein«, sagte Paula. Sie sah noch weitere Männer auf der Straße, vielleicht sechs. Der Polizeiwagen parkte immer noch am Straßenrand, aber er schien leer zu sein. Eine Stunde zuvor hatte Aaron sie angerufen und ihr von den sechs Händen erzählt, die er verteilt hatte. Infolgedessen war sie jetzt mißtrauisch gegen Donald, ja, sie hatte Angst.

»Ist sie im Hause?« fragte Donald.

Paula wollte die Tür zumachen, aber Donald drückte von der anderen Seite dagegen und schob Paula in die Diele zurück. Zwei Männer folgten ihm ins Haus.

»Raus«, sagte Paula. »Sie dürfen hier nicht rein.«

»Das ist nur zu ihrem Besten«, sagte einer der anderen Männer.

»Haben Sie Paul Leimbach gesehen?« fragte Donald.

»Ich habe überhaupt niemanden gesehen. Jetzt machen Sie, daß Sie rauskommen.« Sie versuchte ihnen den Weg zu versperren und stellte sich zwischen sie und das Wohnzimmer. Sie hatten die Haustür offengelassen, und man hörte Geschrei auf der Straße.

»Wo ist Sadie?« fragte Donald.

»Sie ist in ihrem Zimmer.«
»Sehen Sie nach, ob sie da ist.«
»Natürlich ist sie da. Verlassen Sie das Haus!« Jetzt hatte Paula wirklich Angst.
»Ich will sie sehen«, sagte Donald.
Paula ging rasch zu Sadies Zimmertür und klopfte. Es kam keine Antwort. Die Musik spielte noch immer. Sie drehte den Türknopf. Die Tür war abgeschlossen. Donald drängte sich an ihr vorbei. Paula sah, daß er eine Pistole in der Hand hatte.
»Lassen Sie sie in Ruhe!« rief Paula. »Sie ist wütend auf mich; deshalb macht sie nicht auf.«
»Was hat sie mit der Hand gemacht, die auf der Veranda gefunden wurde?«
Paula erzählte später, daß Donalds Augen übergroß ausgesehen hätten. Unter der Iris sei ein weißer Rand gewesen. »Die Polizei hat sie mitgenommen.«
»Sie lügen!«
»Was um alles in der Welt ist in Sie gefahren?«
»Sadie ist in Gefahr. Ich muß sie sehen.«
Donald packte den Türgriff und rüttelte daran. Dann trat er einen Schritt zurück und stieß hart mit der Schulter gegen die Tür, daß sie krachend aufflog. Donald stürmte in Sadies Zimmer. Das Fenster stand offen. Sadie war fort.
In diesem Augenblick kam Franklin in sein Haus gerannt und sah, daß seine Tochter verschwunden war.
Zwei Paar Fußspuren führte vom Fenster durch den Schnee nach hinten in den Garten. Das kleine Paar mußte von Sadie stammen. Das zweite Paar hatte mindestens Schuhgröße 44. Es waren offensichtlich die Spuren eines Mannes mit Timberland-Boots. Nach sechs bis acht Schritten hörten Sadies Spuren auf, als habe der Mann sie aufgehoben und getragen. Am Gehweg verschmolzen die Spuren mit anderen und verloren sich; man konnte aber immerhin erkennen, daß sie nach Westen führten, weg von der Stadtmitte also. Der Polizist aus dem Streifenwagen kam mit einem Kaffeebecher in der Hand die Straße heruntergelaufen und befahl Donald und den anderen, sich von den Fußspuren fernzuhalten.

Nach ein paar Minuten kamen drei Polizeiwagen mit gellenden Sirenen zu Franklins Haus. Von meiner Veranda aus sah ich, wie die Männer aus ihren Wagen sprangen und durch den Schnee rannten. Ryan war dabei. Rasch holte ich meinen Mantel aus dem Schrank in der Diele.

Donald Malloy fragte Paula immer wieder: »Wer könnte sie geholt haben?«

Sie stand am Straßenrand und starrte die Straße hinauf; sie war völlig außer sich und wollte nicht ins Haus gehen, obwohl sie nicht mal eine Jacke anhatte. »Ich habe nichts gehört«, sagte sie immer wieder. »Überhaupt nichts.«

Franklin wollte, daß man ihm eine Richtung wies und ihm Gelegenheit gab, nach seiner Tochter zu suchen. Er drehte sich zu Paula um, ging dann auf die Straße hinaus und schaute sich um. Immer wieder nahm er die Mütze ab und fuhr sich mit der Hand durchs Haar. Er sah als, als sei er verraten worden, als habe sich irgendein schreckliches Unheil ereignet, das er noch gar nicht begreifen konnte. Immer mehr Leute kamen zum Haus gelaufen. Ryan Tavich sprach über Funk mit der State Police. In der Ferne hörte man Sirenen. Es war unfaßbar: Innerhalb von drei Tagen sollten nun zwei Mädchen verschwunden sein. Ich holte einen Mantel aus meinem Haus und gab ihn Paula. Die Vorstellung, Sadie könnte etwas Furchtbares zugestoßen sein, erfüllte mich mit Entsetzen.

Donald Malloy war genauso hektisch. Er lief unablässig zwischen Haus und Gehweg hin und her. Aus seinem Wagen hatte er einen flachen Diplomatenkoffer geholt, den er jetzt bei sich trug. In Hut und Mantel sah er aus, als komme er zu spät zu einem geschäftlichen Termin.

»Es ist nicht richtig, daß sie weg ist«, wiederholte er immer wieder.

Die Leute redeten alles mögliche, und so schien an seinen Worten nichts Ungewöhnliches zu sein. Polizeiwagen kamen, andere fuhren weg. Die Nacht wurde kälter, und der Wind trieb den Schnee durch die Gärten.

Unvermittelt schrie Franklin: »Wo ist sie?« Paula lief zu ihm, und die beiden standen in seinem verschneiten Vorgarten und hielten einander im Arm. Niemand näherte sich ihnen.

In diesem Augenblick hielt ein kastanienbrauner Chevrolet Pickup am Straßenrand. Es war Dr. Malloy. Er hatte den Polizeifunk gehört. Ohne den Motor abzustellen, sprang er aus dem Wagen. Er sah sich um und lief dann zu seinem Bruder. Es schien ihn kaum zu interessieren, was hier vor sich ging und was mit Franklin war.

Statt dessen packte er Donald mit einer Hand beim Mantelrevers. Die beiden standen auf dem Gehweg. »Wieso beschuldigst du immer wieder Paul?« schrie der Arzt. »Was weißt du?«

Ich stand ungefähr drei Schritte weit daneben. Natürlich hatte ich keine Ahnung, wovon er redete, aber sein Gesichtsausdruck fiel mir auf, eine Mischung aus Fassungslosigkeit und Wut. Donald hatte mir den Rükken zugewandt, und seine Schultern schienen schmaler zu werden. Er hatte immer noch seinen Diplomatenkoffer bei sich, und er hatte gelbe Gummistiefel an, die sich leuchtend vom Schnee abhoben.

»Ich habe nichts getan«, sagte Donald. Andere Leute waren aufmerksam geworden. Ryan machte einen Schritt auf sie zu und hielt dann inne.

»Du redest den Leuten ein, Paul hätte Sharon entführt!« brüllte der Arzt.

Donald stieß seinen Bruder von sich. »Woher weißt du, daß er es nicht getan hat?«

Der Arzt rutschte aus und fing sich gleich wieder. »Er ist dein Freund! Du weißt, daß er unschuldig ist!«

Donald beugte sich vor und zischte dem Arzt etwas entgegen. Ich bin sicher, daß nur wenige Leute es hörten. »Er ist ein Trottel«, sagte er.

In diesem Moment sprang ein Polizist aus seinem Wagen und kam im Laufschritt auf Ryan zu. »Wir haben eine Meldung, daß ein Mann im Lincoln Park ein Mädchen den Hang hinaufträgt.«

»Los, hin!« schrie jemand.

Dr. Malloy sah sich um. Er hatte uns sicher schon gesehen, aber die Tatsache, daß hier etwas Schreckliches passiert sein mußte, schien ihm erst jetzt plötzlich klar zu werden. »Was ist los?« fragte er.

»Franklins Tochter ist verschwunden«, sagte jemand.

Donald rannte auf die Straße. »Zum Park!« rief er und stieg in einen Wagen, den einer der »Freunde« fuhr.

»Nein, warten Sie!« rief Ryan. Er stand auf dem Gehweg und hielt die Arme hoch. Die meisten kümmerten sich nicht um ihn; vor allem die »Freunde« hasteten zu ihren Autos. Franklin rannte die Straße hinauf. Dr. Malloy stand da und starrte seinem Bruder nach. Ein Polizeiwagen ließ den Motor schrill aufheulen; seine Reifen drehten auf dem vereisten Boden durch.
»Es ist Leimbach!« schrie Donald aus dem offenen Autofenster. »Leimbach hat das Mädchen!«
»Nein!« rief Dr. Malloy. Er lief zu seinem Pickup. Viele Leute schrien jetzt durcheinander, und der Lärm der Automotoren klang wild und wütend. Scheinwerferlicht strich über Hausfassaden und kahle Bäume. Ich stand neben Paula, als die Leute im Halbdunkel um uns herumhasteten.
»Halt«, rief Ryan noch einmal. Dann lief auch er zu einem Auto. Bald war niemand mehr in Franklins Vorgarten. In ein paar Fenstern sah ich Gesichter. Der Wind wehte über den plattgetretenen Schnee.
»Bringen Sie mich hin«, sagte Paula. Wir liefen zu meinem Wagen.
Der Lincoln Park lag am Stadtrand und grenzte an ein ungefähr fünfundzwanzig Hektar großes Waldgebiet, in dem man Langlaufloipen angelegt hatte. Am Sonntag hatte die Polizei das Gelände äußerst methodisch durchsucht; sie hatte Sektoren abgeteilt und sie Zoll für Zoll durchkämmt. Jetzt, am Mittwoch abend, gab es keinen Plan. Als Ryan zum Park kam, rannten bereits Dutzende von Leuten durch den Schnee. Nur wenige hatten Taschenlampen. Die – angebliche – Tatsache, daß jemand mit Sadie auf dem Arm gesehen worden war, genügte, um sie alle den Kopf verlieren zu lassen. Drei Leute hatten bei der Polizei angerufen – zwei Männer und eine Frau – und gemeldet, sie hätten einen Mann gesehen, der ein Mädchen trug. Es schien völlig klar zu sein, daß dieser Mann Paul Leimbach war; ich bin allerdings nicht sicher, ob die Leute sich auch nur einen Moment lang fragten, woher sie das eigentlich wußten. Sie hatten den leidenschaftlichen Wunsch zu glauben, daß es eine konkrete Person sei, und man hatte ihnen Leimbachs Namen genannt. Aber es steckte mehr dahinter. Donald Malloy hatte ihnen den Namen genannt. Und war er nicht einer, der es wissen mußte?

Später hieß es, über zweihundert Leute, überwiegend Männer, hätten den Park und den angrenzenden Wald abgesucht. Die mangelnde Koordination, das Geschrei, die Dunkelheit und das Gefühl, daß die Auflösung bevorstand, führten zu zahlreichen Fehlalarmen, und mancher, der entdeckt wurde, erwies sich bald als Suchhelfer. Ryan gelang es, die Polizisten größtenteils unter Kontrolle zu bringen, und er ließ Scheinwerfer von der Verkehrspolizei holen. Außerdem ließ er den ganzen Bereich weiträumig umstellen, obwohl er mit mehr als hundertzwanzig Hektar so groß war, daß die Kette lächerlich dünn war. Er forderte allerdings weitere Polizisten und Deputys vom Sheriff's Department zur Verstärkung an. Seine Funksprüche wurden von Leuten aufgefangen, die den Polizeifunk abhörten, und bald kamen sie aus der ganzen Stadt zum Park gefahren – so sah es wenigstens aus. Und natürlich wußten im Handumdrehen auch die Fernsehsender Bescheid.

Ich fuhr mit Paula zum Park, und wir parkten in der Johnson Street. Wir sahen Dutzende von Leuten auf dem Hang zwischen den Bäumen. Lichter hüpften durch die Dunkelheit. Ich ließ den Motor laufen, um die Heizung in Gang zu halten. Paula hatte die Füße auf den Sitz gezogen und umschlang ihre Knie. Sie hatte noch den dicken Mantel an, den ich ihr gebracht hatte, einen dunklen Mantel, den mein Vater fünfzig Jahre zuvor getragen hatte. Sie starrte aus dem Fenster und schwieg. Manchmal fröstelte sie.

Ryan tat sein Bestes, das Unternehmen zu koordinieren; an der Ecke Johnson und Walnut Street hatte er eine Kommandozentrale eingerichtet. Er war skeptisch, was die Berichte über den Mann mit dem Mädchen auf dem Hang anging, und auch die Fußspuren, die sich von Sadies Fenster entfernten, hatten ihn skeptisch gemacht. Wieso war sie mitgegangen? Wieso hatte sie nicht gerufen? Vorläufig jedoch konnte er diesen Fragen nicht nachgehen. Die Suche war ihm aus der Hand genommen worden. Aber er schickte einen Polizisten zu Aarons Wohnung.

Ryan hatte das Gefühl, Geschrei aus fünfzig verschiedenen Richtungen zu hören, und überall sah man hüpfende Lichter und verschwommene Gestalten. Dann hörte er zu seinem Schrecken einen Pistolenschuß. Er schickte mehrere Polizisten los, die sich darum kümmern sollten, und rief dann einen Krankenwagen. Die Tatsache, daß zwölf Stunden Dunkelheit vor ihm lagen, war beängstigend; Ryan befahl zwei Männern – Zivilisten, keinen Polizisten –, ein Feuer anzuzünden, damit die Leute sich wärmen könnten. Als er zwei weitere Schüsse hörte, lief er selbst den Hang hinauf.

Franklin war allein zum Park gelaufen. Von seinem Haus bis dorthin waren es vier Häuserblocks. Er hatte eine Taschenlampe, und damit kraxelte er den Hang hinauf, rutschte im Schnee aus, fiel hin und rappelte sich wieder hoch. Wegen des Geschreis nahm er an, daß Sadie gefunden worden war, und er rannte immer in die Richtung, aus der er den Lärm hörte. Auf diese Weise gelangte er tiefer und tiefer in den Park. Vor sich hörte er Lärm, hinter sich auch. Leute liefen vorbei, aber niemand wußte etwas, oder sie riefen: »Man hat sie da drüben gesehen!« oder etwas Ähnliches. Zwei Männer sagten ihm, man habe Leimbach entdeckt. Franklin trug halbhohe Wanderstiefel, und der Schnee drang hinein. Irgendwann blieb seine irische Fischermütze an einem Zweig hängen. Sein britischer Schal verhedderte sich immer wieder. Er rutschte dauernd aus und fiel in den Schnee, der an manchen Stellen fast einen halben Meter tief war. Wenn er Sadie nicht finden könnte, wollte er laufen, bis er umfiele. Und wenn er stürzte und sich weh tat, war selbst der Schmerz ein gutes Gefühl, als beweise er ihm etwas: die Reinheit seiner Sehnsucht, die Intensität seiner Bemühung. Da war es weit besser, sich voranzutreiben, so schnell zu laufen, wie er konnte, und seinen Kopf mit körperlicher Anstrengung auszufüllen, als sich Gedanken hinzugeben, die nirgends hinführten außer zur Reue.

Franklin hatte den Gipfel der Anhöhe hinter sich gelassen und war in den Wald eingedrungen, der ebenfalls von lauten Rufen erfüllt war. Zweige zerkratzten ihm das Gesicht. Er rief den Namen seiner Tochter, aber sie antwortete nicht. Zwischen den Bäumen war der Schnee nicht so tief, aber dafür lagen überall Äste und umgestürzte Stämme. Er lief mit erhobenem Arm, um sein Gesicht zu schützen. Irgendwann riß er sich den Schal herunter und warf ihn weg. Er sah nichts außer dem Strahl seiner Taschenlampe, der vor ihm umherzuckte. Als er mit dem Fuß zwischen zwei herabgefallene Äste geriet und vornüber flog, war es, als habe jemand seinen rechten Fußknöchel festgehalten. Er kippte über einen Stamm, schlug schwer in den Schnee und ließ die Lampe fallen. Schnee rutschte ihm unter das Hemd und über den Rücken. Der Schmerz in seinem Fußknöchel war wie ein greller Blitz. Keuchend und mit einem Gefühl von Übelkeit blieb er im Schnee liegen. Dann hob er die Taschenlampe auf und wollte aufstehen, aber sofort knickte er wieder ein. Der Fußknöchel wollte sein Gewicht nicht tragen. So hatte es sich angefühlt, als er sich ein paar Jahre zuvor beim Basketball den Knöchel verstaucht hatte. Ihm war übel, und vor seinen Augen tanzten Lichter. Er blieb im Schnee liegen und streckte langsam das Bein aus. Dann rappelte er sich wieder auf, zog sich an einem Ast hoch und blieb auf dem linken Bein stehen. Er war wütend auf alles: auf den Schnee, auf seine Stiefel, auf sich selbst. Der Schmerz in seinem Knöchel war ein Schmerz, den er verdient hatte. Er versuchte den Knöchel zu belasten, aber es tat zu weh, und er konnte nicht darauf stehen. Er hielt sich an dem Baum fest und bemühte sich, die Taschenlampe nicht fallen zu lassen.

Franklin wußte, daß er hier im Wald war, aber er hatte keine Ahnung, wo. Er hüpfte weiter, von Baum zu Baum. »Hey!« schrie er. Er versuchte, Äste abzubrechen, um einen davon als Krücke zu benutzen, und schließlich fand er einen abgestorbenen. Er knickte die Zweige ab und schmetterte ihn an einen Baumstamm, um ihn zu kürzen. Der Ast war vielleicht einen Meter zwanzig lang und oben gekrümmt. Er vertraute ihm sein Gewicht an und humpelte weiter.

Nach zehn Minuten gelangte er zu einer Skiloipe. In anderen Wintern war er mit Sadie hier im Wald Ski gelaufen, und er wußte, daß es Unterstände gab, in denen Skiläufer sich ausruhen konnten. Franklin wandte sich nach links und folgte der Loipe, ohne zu wissen, ob sie ihn aus dem Wald hinaus oder tiefer hinein führen würde. Seinen Knöchel konnte er nicht belasten, und er wagte auch nicht, dem abgebrochenen Ast allzuviel zuzumuten. Zweimal fiel er hin. Bei dem Gedanken, der Schmerz könnte ihn von seiner Tochter ablenken, erfüllte ihn Panik. Dann hörte er irgendwo hinter sich einen Schuß. Er blieb stehen und versuchte, zwischen den Bäumen hindurchzuspähen. Anscheinend wurde seine Taschenlampe schwächer.

Dreihundert Meter weiter am Rande der Loipe sah er einen Unterstand, aber er brauchte zehn Minuten, um ihn zu erreichen. In dieser Zeit hörte er zwei weitere Schüsse. Sein Hemd war durchgeschwitzt, und seine Socken waren naß von Schnee. Er duckte sich in die Hütte und ließ sich auf die lange Bank fallen, die sich an der Rückwand entlangzog. Den abgebrochenen Ast legte er neben sich. Endlich war er vor dem Wind geschützt. Franklin sah einen kleinen, bauchigen Ofen, aber er hatte keine Streichhölzer. Er schaltete seine Taschenlampe ab, und dann setzte er sich auf der Bank auf, beugte sich nach vorn und begann seinen Knöchel zu massieren.

Nach ein paar Minuten sah er auf der Loipe ein Licht herankommen. Der Strahl schwenkte zwischen den Bäumen hin und her. »Hey!« rief er; er wollte aufstehen, sackte aber wieder auf die Bank.

Jemand erschien im Eingang der Hütte und richtete seine Taschenlampe auf ihn.

»Wer sind Sie?« fragte eine Stimme.

»Franklin Moore.« Franklin blinzelte.

»Der von der Zeitung, ja? Es ist Ihre Tochter, die sie alle suchen.«

»Ja. Wer sind Sie?«

»Martin Farmer. Was machen Sie denn hier drin?«

Franklin kannte den Namen nicht, und hinter dem Licht konnte er nichts erkennen. »Ich habe mir den Knöchel verstaucht.«

»Und Sie können nicht gehen? Hey, das ist schlecht.«

»Können Sie mir helfen?«

»Na klar. Ich sag Bescheid, daß Sie hier sind.« Der Mann wandte sich zum Gehen.

»Warten Sie!« Franklin schaltete seine Lampe ein. Farmers Gesicht tauchte verschwommen aus dem Dunkel auf. Franklin sah eine dunkelrote Jagdmütze und eine rote Wolljacke.

»Ich kann Sie selber nicht tragen«, sagte Farmer. »Ich habe einen verknacksten Rücken. Aber ich hole ein paar Leute. Komisch, daß ich Sie hier treffe.« Dann war der Mann verschwunden.

Franklin lehnte sich an die Wand und hob den Fuß auf die Bank. Schon die kleinste Bewegung tat weh. Nach seiner Uhr war es zehn. Er knipste die Lampe aus. Die Luft war feucht, als ob es bald wieder schneien würde. Der Wind seufzte in den Bäumen.

Jemand rannte den Weg herunter. Franklin rief: »Hey, helfen Sie mir!« Die Person rannte weiter. Oder hatte Franklin sich verhört? War es der Wind gewesen?
Nach ungefähr fünf Minuten hörte er wieder jemanden – schwere, schnelle Schritte. Er wollte rufen, aber dann hörte er, wie jemand seinen Namen rief.
»Franklin, Franklin.« Er war eine hohe, dünne Stimme.
»Hier!« rief Franklin.
Eine Gestalt erschien im Eingang. Franklin leuchtete in die Richtung. Das Licht seiner Lampe war so matt geworden, daß er die dunklen Beine und die gelben Gummistiefel kaum erkennen konnte.
»Da sind Sie ja«, sagte die Stimme. Es war Donald Malloy.
»Ich habe mir den Knöchel verstaucht«, sagte Franklin. Er war ungeheuer froh, den Mann zu sehen, und er begann sich zu entspannen.
»Habe ich gehört«, sagte Donald. Er ließ sich schwer auf die Bank fallen, und Franklin spürte, wie sie sich durchbog. Donald hatte eine Taschenlampe dabei und leuchtete Franklin für einen Augenblick ins Gesicht; Franklin blinzelte und wandte das Gesicht ab. Donald schaltete die Lampe aus und wurde zu einer großen, undeutlich sichtbaren Gestalt im Schimmer von Franklins Lampe.
»Da draußen sind sie«, sagte Donald. »Alle rennen rum.«
»Was ist mit Sadie?« fragte Franklin.
»Noch ein kleines Mädchen«, sagte Donald und seufzte.
»Herrgott. Sie ist meine Tochter.«
Donald lehnte sich an die Wand. Sein Atem war ein heiseres Geräusch – als ob jemand Holz zersägte. »Ich habe nie Kinder gehabt«, sagte er.
Franklin versuchte, ihn in der Dunkelheit zu erkennen. Donald mußte vom Rennen erschöpft sein.
»Gibt es eine Spur von ihr?« fragte Franklin. »Ich muß hier raus.«
»Irgendwo muß es eine Spur geben«, sagte Donald. »Aber hier ist nichts. Alles geht jetzt zu Ende.«

42

Paul Leimbach war bei der State Police in Potterville gewesen und hatte die Fotoalben mit Kinderschändern angesehen, als über Funk die Meldung gekommen war, daß Sadie Moore verschwunden sei. Natürlich hatte er die Erlaubnis, sich die Bilder anzusehen, von Captain Percy bekommen, und Percy wußte auch, daß er jetzt hier war. Leimbach verließ das Büro und lief zu seinem Wagen. Als er zur Stadt hinausfuhr, hörte er im Autoradio, daß man im Lincoln Park einen Mann gesehen hatte, der ein Mädchen den Hang hinauftrug. Er rief seine Frau übers Autotelefon an.

»Alle möglichen Leute rufen an«, berichtete sie. »Sie waren sogar hier, um dich zu suchen.«

Leimbach glaubte, sie meine Leute von den »Freunden«. Die Straße war größtenteils schneefrei, aber in manchen Kurven lag Eis. Obwohl er schnell fuhr, überholten ihn sechs Streifenwagen der State Police, die mit blitzenden Blinklichtern in Richtung Aurelius rasten.

Er rief Sandra Petoski im Hauptquartier der »Freunde« an. »Irgend was stimmt nicht«, sagte sie. »Die Leute reden alles mögliche. Ich glaube, Sie sollten zum Polizeirevier fahren.«

Leimbachs Pistole lag im Schreibtisch in seinem Büro; also fuhr er dorthin zuerst. Auf dem Schreibtisch stand ein in rotes Papier eingepackter Karton mit seinem Namen. Er nahm den Karton und seine Pistole und eilte zurück zu seinem Wagen. Auf der Fahrt zum Lincoln Park öffnete er den Schuhkarton und sah die Hand und das Foto von Janice McNeal. Es war zu dunkel, um zu lesen, was auf der Rückseite stand, aber beim Anblick der Hand lief es ihm eiskalt über den Rücken. Er verstand nicht, wieso er sie bekommen hatte. Er wußte wohl, daß sein Name im Zusammenhang mit den verschwundenen Mädchen genannt worden war und daß die Polizei auch von seiner kurzen Beziehung zu Janice wußte, aber das Ganze ergab für ihn keinen Sinn. Er parkte in der Johnson Street am Rande des Parks und stieg aus. Oben an der Ecke Walnut Street sah er ein großes Feuer; ein paar Männer standen darum herum. Acht oder neun Polizeiwagen standen mit blitzendem Blaulicht auf der Straße. Über den Hang bewegten sich Lichter. Männer riefen. Er sah ihre dunklen Gestalten zwischen den Bäumen laufen. Der Wind wehte den Schnee über den Boden. Leimbach blieb unter der Straßenlaterne stehen und knöpfte sich den Mantel zu. Er schob die Pistole in die Manteltasche. Dann zog er seine Handschuhe an.

Er war keine drei Schritte in den Park hineingelaufen, als er hörte, wie jemand laut seinen Namen rief. Zwei Männer kamen ihm entgegen. Gleich darauf schlossen sich ihnen weitere an. Er schaute zum Hang hinauf und sah, daß dort noch mehr Männer stehenblieben und dann zu ihm heruntergelaufen kamen. Zehn, fünfzehn Männer. Diese Reaktion verblüffte ihn. Erst empfand er fast so etwas wie Stolz, als würden hier seine Führungsqualitäten anerkannt. Aber dann fiel ihm auf, wie schnell die Männer liefen, und wie wütend ihre Stimmen klangen.

Leimbach erkannte Mike Shiller vor allen anderen. Er ging einen Schritt auf ihn zu. »Mike«, begann er, aber dann sah er, daß das Gesicht des anderen zu einer wilden Maske verzerrt war.

»Drecksau!« sagte Shiller.

Leimbach hob die Hand, aber Shiller blieb nicht stehen. Er sprang Leimbach entgegen, rempelte ihn in Brusthöhe an und stieß ihn nach hinten, so daß sie beide in den Schnee fielen. Die anderen Männer kamen herbeigerannt. Leimbach hob den Arm, um sich zu schützen, aber Shiller schlug ihm ins Gesicht. Zwei Mann packten Leimbach beim Kragen seines Mantels und zerrten ihn in Richtung Straße. Leimbach versuchte seine Pistole aus der Tasche zu ziehen, aber wegen der Handschuhe konnte er den Abzug nicht fühlen. Dann gab ihm jemand einen Tritt, und die Pistole ging los. Der Knall übertönte das Geschrei. Die Männer, die an Leimbach zerrten, ließen ihn los und sprangen zurück. Leimbach rollte im Schnee herum, wand sich und krallte sich die Hände in den Leib. Ein halbes Dutzend Taschenlampen waren auf ihn gerichtet, und in ihrem Licht färbte der Schnee sich rot. Die Leute verstummten.

Andere kamen auf die Gruppe um Leimbach zugelaufen. Ryan war dabei. Er hörte jemanden weinen, aber daß es Leimbach war, sah er erst, als er sich zwischen den Männern hindurchgedrängt hatte.
»Wer hat auf ihn geschossen?« wollte Ryan wissen. Er stieß Mike Shiller zur Seite, atemlos und wütend auf alle.
»Er selber«, sagte Shiller.
»Das war ein Unfall«, sagte ein Mann.
»Er wollte Selbstmord begehen«, sagte jemand anders.
»Hoffentlich stirbt er«, sagte Shiller.
Ryan riß den Stoff von Leimbachs Hose über dem linken Knie auf. »Holen Sie den Krankenwagen her«, rief er.
Der Rettungswagen parkte ungefähr hundert Meter weit weg an der Ecke. Ein paar Männer riefen, und der Wagen setzte sich in Bewegung und kam heran.
Shiller hielt die Taschenlampe, während Ryan das Bein mit einem Taschentuch notdürftig abband. Der Krankenwagen holperte über den Bordstein herauf, und das rote Blinklicht kreiste über den Männern und färbte ihre Gesichter.
»Er hat die Mädchen entführt«, sagte Mike Shiller.
Ryan hockte neben Leimbach, der anscheinend kaum bei Bewußtsein war. »Dafür haben Sie keinen Beweis.«
»Dann besorgen wir den Beweis«, sagte Shiller. »Er ist in seinem Haus.«
»Wenn er dort ist«, sagte Ryan, »dann wird die Polizei ihn finden.«
»Ihr Scheißer braucht doch viel zu lange«, sagte Shiller.
In diesem Moment schrie einer der Männer, die an Leimbachs Mazda standen: »Guckt mal, was er auf dem Sitz liegen hatte!«
Ein halbes Dutzend Taschenlampen richtete sich auf den Mann, der eine Puppenhand mit leuchtend rot lackierten Nägeln hochhielt. Einen Moment lang sagte niemand etwas.
»Los!« schrie Shiller dann.
»Wir schauen uns Leimbachs Haus an«, brüllte ein anderer.
Shiller und zwei andere Männer liefen zur Straße. Einer löste sich aus der Gruppe um Leimbach und schloß sich ihnen an, dann folgte ein zweiter und ein dritter.

»Halt!« rief Ryan. Aber die Männer liefen schon zu ihren Autos. Ryan wollte ihnen nachlaufen, aber dann hörte er das heulende Geräusch, mit dem die Räder des Krankenwagens im Schnee durchdrehten. Leimbach stöhnte. »Kommt mit der Trage hierher!« rief Ryan.

Das Haus der Leimbachs in der Myrtle Street lag im Dunkeln; nur über der Haustür brannte ein Licht und eins hinten an der Garage, wo ein Basketballkorb hing. Martha und die Kinder waren zu Dr. Malloy gefahren. Mike Shiller und die anderen hielten vor dem Haus, drei Autos insgesamt. Sie waren zu acht. Später erfuhr Captain Percy von Fritz Mossbacher, einem Briefträger, der mit Mike zusammenarbeitete, was passiert war.

»Es war niemand zu Hause. Mike ging hinten herum. Alle Türen waren abgeschlossen. Mike hob einen Stein auf, schlug das Fenster in der Seitentür ein und ließ uns alle hinein. Als ob er genau wüßte, was er vorhatte.«

Mike Shiller war davon überzeugt, daß man in Leimbachs Haus Beweismaterial finden werde. Vielleicht irgendeine Waffe. Vielleicht Chloroform. Vielleicht Megs Kissenbezug mit den Süßigkeiten von Halloween, der nie aufgetaucht war.

»Donald hatte uns erzählt, daß Leimbach andauernd an Sharon herumgefummelt hätte«, erklärte Mossbacher. »Hätte sie gekitzelt und geneckt. Er sagte, Leimbach konnte die Finger nicht von ihr lassen. Mike hatte keinen Zweifel daran, daß er schuldig war. Dann war da die Sache mit dem Füller gewesen und diese Anrufe. Und dann die Hand in seinem Auto. Wir haben einfach alles auseinandergerissen. Wir haben im Keller und in allen anderen Räumen gesucht. Und wir haben nicht groß aufgepaßt, ob wir was kaputtmachten.«

Aber sie fanden nichts. Es gab einige Aufregung, als sie auf Mädchenkleider stießen, aber sie gehörten Leimbachs Tochter. Das Haus war äußerst ordentlich. Das Geschirr war weggeräumt. Alle Kleider hingen auf Bügeln oder lagen in Kommoden, Zeitungen waren säuberlich auf dem Recycling-Container gestapelt. Aber statt die Suche abzubrechen, wurden die Männer wütend.

»Mike erklärte immer wieder, die Tatsache, daß wir nichts fänden, hätte einen Scheißdreck zu bedeuten«, berichtete Mossbacher.
Also machten sich die Männer daran, das Haus zu verwüsten. Ich bin sicher, hier steckte mehr dahinter als nur die Gewißheit, daß Leimbach schuldig sei. Hier ging es auch um wochenlange Frustration; wochenlang hatten sie im dunkeln getappt, wochenlang ihre Wut in sich aufgestaut. Die Männer waren aufgebracht und angespannt. Sie waren bereit, ihren Zorn an allem möglichen auszulassen, und es war beinahe Zufall, daß es nun Leimbachs Haus traf.
»Sie fingen an, mit Geschirr herumzuwerfen«, sagte Mossbacher. »Einer zerschlug die Mikrowelle, ein anderer begann, alles aus den Schränken zu reißen – Lebensmittel, was weiß ich. Mike und Charlie Potter kippten den Kühlschrank die Kellertreppe hinunter. Gott, machte das einen Krach. Die Leimbachs hatten ein Wasserbett, und einer der Männer stach hinein, bis das Wasser durch die Decke lief, ein richtiger Wasserfall. Sie warfen ein Kinderbett aus dem Fenster. Manche lachten. Einige flippten richtig aus dabei. Ich meine, warum den Fernsehapparat zertrümmern? Es wurde pervers.«
Mossbacher wurde gefragt, ob Shiller sie dazu aufgefordert habe.
»Wir haben's alle gemacht. Wir brauchten keine Aufforderung.«
Zum Glück rief ein Nachbar die Polizei, und zum Glück war jemand auf dem Polizeirevier, der den Anruf entgegennahm. Chuck Hawley erschien mit zwei Kollegen und zwang Mike Shiller und den Rest, das Haus zu verlassen.
»Ihr solltet auf unserer Seite sein, nicht auf seiner!« schrie Shiller. »Habt ihr keine Kinder?«
Chuck hielt Shillers Arm fest, und Shiller riß sich los. Ungefähr zwanzig Leute standen vor dem Haus. Der Weg vom Gehweg zu Leimbachs Haustür war zu beiden Seiten mit weißen Steinen gesäumt. Shiller bückte sich, packte einen davon und warf ihn durch das Panoramafenster.
»Die Scheibe zerbrach in tausend Stücke«, berichtete Mossbacher, »fast, als ob sie explodierte. Da steht ein Busch vor dem Haus, und der war völlig mit Glas bedeckt. Die Vorhänge wehten heraus. Es war 'ne richtige Sauerei. Chuck Hawley kriegte einen Anfall. Er legte Mike

Handschellen an, und dann beförderte er ihn ziemlich unsanft auf den Rücksitz des Streifenwagens.«

Später, als alles bekannt wurde, empfand man es als einen ironischen Umstand, daß Dr. Malloy genau zur selben Zeit, als Mike Shiller und die andern Paul Leimbachs Haus verwüsteten, zum Haus seines Bruders gefahren war. Er war allein, und er mußte an der Rückseite ein Fenster einschlagen. Am nächsten Tag sagte der Arzt, er habe nicht begriffen, weshalb Donald angefangen habe, Paul Leimbach zu beschuldigen; die beiden Männer seien immer Freunde gewesen. Er konnte sich nicht erklären, weshalb sein Bruder sich so benahm, und er hoffte, irgendeinen Grund für sein Verhalten zu finden. Und vielleicht hatte er noch einen anderen Verdacht, einen beinahe unaussprechlichen Verdacht; das bestritt er später, aber wer weiß, ob dieses Dementi hundertprozentig wahr war? Natürlich war Dr. Malloy schon oft im Haus seines Bruders gewesen, aber selten oben im ersten Stock und noch nie auf dem Dachboden.

Franklin hielt seinen Notizblock auf dem Knie, denn Donald Malloy wollte den Block sehen können. Das Licht von Franklins Taschenlampe war inzwischen sehr matt. Er konnte nicht sehen, was er schrieb, und die Tinte wollte bei der Kälte nicht fließen. Aber er schrieb, so gut es ging. Er wollte Donald nicht wütend machen. Im Dunkeln konnte er die Umrisse des Mannes neben ihm kaum erkennen. Donald ließ Franklin die knappen Fakten seines Lebens aufschreiben: seine Geburt in Rochester, die Jahre der Arbeit in Buffalo, die Jahre seiner gescheiterten Ehe.

»Jemand hat etwas getan, was mich aufgebracht hat«, sagte Donald. Seine Stimme klang gepreßt, als habe er Mühe, nicht zu schreien.

»Was ist denn passiert?«

»Jemand hat mir eine Hand geschickt. Eine Hand in einem Schuhkarton. Ein Bild von Janice war auch dabei. Und auf die Rückseite hatte Janice geschrieben: ›In Liebe‹. Dieses Marxistenmädchen hat es mir geschickt.«

»Harriet Malcomb?« Franklin fragte sich, ob er Donald irgend etwas glauben konnte.

»Können Sie sich an Janices Augen erinnern? Ich habe ihre Augen gehaßt.«

»War das ein Scherz?«

»Mich hat es aufgebracht«, sagte Donald. »Es war keine echte Hand. Nur eine Puppenhand. Um die Schachtel war ein Band.«

»Haben Sie die Hand der Polizei gegeben?«

»Warum schickt sie sie mir?« fragte Donald mehr sich selbst als Franklin. Er verlagerte sein Gewicht auf der Bank, und sie bebte ein wenig. »Es muß die Hand sein, die man an Ihrem Haus gefunden hat, die Hand, die für Sadie gedacht war. Das konnte kein Scherz sein.« Er schwieg und fragte dann wütend: »Warum schreiben Sie das nicht auf?«

»Ich schreibe doch«, sagte Franklin und notierte im Dunkeln Harriets Namen.

»Lügen Sie mich nicht an!« sagte Donald.

Sie saßen stumm da; man hörte nur Donalds Atem. Die Pistole lag auf seinem Schoß.

»Wer immer mir die Hand geschickt hat, weiß, daß ich jemanden schütze. Es ist meine Pflicht, ihn zu schützen – sogar meine Mutter hat das gesagt. Ein Glück, daß sie jetzt tot ist, daß sie es nie erfahren wird. Haben Sie eine Ahnung, wie schrecklich es gewesen ist?«

Franklin bewegte die Beine, und der Schmerz schoß durch seinen Knöchel herauf. »Wer ist es denn? Wen schützen Sie?«

»Sehen Sie denn nicht, wer der Schuldige ist?« Donald hob die Stimme. »Seien Sie nicht so dumm!«

»Wer denn? Leimbach?«

»Leimbach ist ein Trottel!« Donalds Stimme war fast ein Quieken.

»Ihr Bruder? Allen?«

»Ich schäme mich seinetwegen!«

»Allen hat seine Tochter entführt?« Franklin hatte Angst vor dem Mann, der da neben ihm saß.

»Die Leute glauben, er ist so gut. Doktor hier und Doktor da. Meine Mutter hat ihn geschützt, und ich habe ihn auch geschützt. Aber er ist ein Tier. Er ist wie eine verfaulte Frucht.«

»Das hat niemand gewußt«, sagte Franklin. Gern hätte er Donalds Gesicht gesehen, aber er hatte seine Taschenlampe abgeschaltet. Es war

besser, die Batterien für später zu schonen, wenn er sie vielleicht dringend benötigen würde.
»Wie können Sie ohne Licht schreiben?« fragte Donald.
»Die Batterien sind fast leer«, sagte Franklin.
»Hier, nehmen Sie meine.« Donald schaltete seine Lampe an und legte sie auf die Bank. Der starke Lichtstrahl bohrte sich quer über den Weg zwischen die kahlen Bäume. Franklin sah, daß Donald lächelte – ein vages, eitles Lächeln.
»Mein Bruder ist clever«, sagte Donald. »Ich wußte es natürlich. Ich habe seine schlechten Angewohnheiten immer schon gekannt.«
»Der Lügendetektor wird ihn entlarven«, sagte Franklin. Er bemühte sich, seine Stimme möglichst ausdruckslos klingen zu lassen.
»Allen will mir schaden«, sagte Donald. »Er wird es so drehen, daß der Test sagt, ich hätte das alles getan.«
»Aber Sie haben ihn geschützt.«
»Ich war immer der gute Bruder«, sagte Donald »Ich habe mir viel Mühe gegeben. Immer wieder habe ich ihn gedeckt. Wieso hat sie mir die Hand geschickt? Hat sie nicht gesehen, daß es Allen war?«
»Hatte Ihr Bruder etwas mit Janice McNeal?«
»Natürlich.« Donald sprach wieder lauter. »Begreifen Sie denn gar nichts?«
»Erzählen Sie mir davon.«
»Es ist keine schöne Geschichte …« Donald brach ab.
Franklin wartete, daß er weiterredete. Aus weiter Ferne hörte er Rufe. Der helle Lichtstrahl ließ Donalds gelbe Stiefel glänzen. »Können Sie mir helfen, den Hang hinunterzukommen?« fragte Franklin.
»Warten Sie doch«, sagte Donald. »Sie wollen mich hetzen. Warum schreiben Sie nichts auf?«
»Ich schreibe ja, ich schreibe.« Franklin schrieb ein paar Worte auf seinen Block. »War es eine Männerhand oder eine Frauenhand, die Hand in der Schachtel?«
Donald packte die Pistole und fuhr wütend herum. »Sie wollen mich verarschen!« Er holte mit der Pistole aus und schlug Franklin seitlich gegen den Kopf. Franklin rutschte von der Bank herunter und versuchte, seinen Kopf mit beiden Händen zu schützen.

»Wissen Sie nicht, daß ich Sie umbringen könnte?« schrie Donald.
Franklin rieb sich das Gesicht. Es war taub vor Kälte, und er spürte nichts. Er kniete auf der Erde.
Donald gab ihm einen Tritt. »Kommen Sie hier rauf, und tun Sie, was Sie tun sollen!«
Franklin zog sich wieder auf die Bank hinauf. Mit Donalds Taschenlampe suchte er nach Block und Stift. Jede Bewegung jagte einen Schmerz durch seinen Fußknöchel. Als er Stift und Notizblock gefunden hatte, setzte er sich wieder hin.
»Ich kann Sie nicht leiden«, sagte Donald. »Ich konnte Sie noch nie leiden. Ich habe mich gefreut, als Ihre Frau starb.«
Franklin wischte Erde von seinem Stift. Er versuchte, in ruhigem Ton zu sprechen, ohne sich seine Wut anmerken zu lassen. »Okay«, sagte er. »Erzählen Sie mir von Ihrem Bruder und Janice.«
»Diese Frau hat ihm weh getan«, sagte Donald nach einer Pause.
»Was hat sie getan?«
»Sschh«, flüsterte Donald. »Sie hat ihm weh getan mit ihrer Hand. Sie hat ihn gepackt und ihm weh getan.«
»Ich dachte, er hätte es gern gehabt«, lockte Franklin.
»Hat er nie. Wer das sagt, lügt.«
»Ihr Bruder?«
»Allen. Sie hat in Allens Hose gegriffen und seinen kleinen Jungen herausgezogen. Dann hat sie dran gerissen und ihn gequetscht. Sie hat gesagt, sie sieht es gern, wenn er abschießt. Aber er hat es verabscheut.«
»Warum, glauben Sie, hat er es dann zugelassen?«
»Weil ein Teil von ihm krank ist. Das habe ich Ihnen schon gesagt.«
»Aber er hat sich immer wieder mit ihr getroffen.«
Donald flüsterte. »Das war seine Krankheit.«
»Hat er Janice umgebracht?« Franklin merkte, daß er im Gesicht blutete. Er wischte sich die Wange mit dem Mantelärmel ab.
»Als sie ihn wieder packte, nahm Allen sie bei der Kehle. Er quetschte sie, wie sie ihn quetschte, aber er quetschte sie so lange, bis sie keinen Laut mehr von sich gab.«
»Was war mit ihrer Hand?«

»Hände folgen ihrem Appetit. Die eine Hand ist schmutzig, die andere ist sauber. Er hat die schmutzige Hand mitgenommen.«
»Hat er sie noch?«
»Natürlich. Sie sind alle zusammen.«
Franklin schauderte es. Donald saß vornübergebeugt, und seine Stimme war gedämpft. Franklin sah die Pistole neben ihm, aber er wagte nicht, danach zu greifen.
»Und Sharon?« fragte Franklin. »War sie auch schmutzig?«
»Sie hatte schmutzige Gedanken«, sagte Donald.
»Haben Sie sie angefaßt?«
»Ich habe sie nie angefaßt!« Ruhiger fuhr er fort: »Allen hat alle Mädchen angefaßt.«
»Hat Allen Sharon auf der Straße angehalten?«
»Ihr Fahrrad war kaputt, und er hielt an. Er hatte sie schon früher angefaßt, und er hatte Angst. Er fragte sie, ob sie ihn verraten würde. Sie gab keine Antwort. Er hatte sie nicht anfassen wollen, aber sie brachte ihn dazu. Sie wollte ihm ihren Pelz zeigen. Er hatte Angst, daß sie es weitererzählen würde. Sie war Sadie Moores Freundin. Sie könnte es Sadie erzählen, vielleicht sogar Aaron. Aaron hatte Fragen nach seiner Mutter gestellt. Deshalb sagte Allen, sie müßte ihm versprechen, nichts zu erzählen, aber sie gab immer noch keine Antwort. Da drückte er ihr den Mund zu. Sie wollte schreien, aber er ließ sie nicht. Er hielt ihr immer weiter den Mund zu. Als Sharon klein war, war sie nett, aber sie war nicht mehr nett. Sie wurde zu groß, um nett zu sein. Sie brachte ihn dazu, daß er sie anfaßte, und wenn er sie dann anfaßte, tat sie, als wäre es seine Schuld. Und seine Finger rochen nach ihrem Pelz. Seine Hand wurde schmutzig davon. Sie würde erwachsen werden und Männer anfassen, wie Janice es getan hat. Mein Bruder wollte sie davor bewahren. Er wollte eine Kirche aus ihr machen.«
In der Ferne stieß jemand in eine Trillerpfeife.
»Sie schreiben nicht«, stellte Donald erbost fest.
»Doch«, sagte Franklin. »Das sind Kurzschriftnotizen. Ich kann das alles später rekonstruieren. Was ist mit Sharons Hand?«
»Begreifen Sie es nicht?« Donald senkte die Stimme. »Die Hand ist schuld. Sie packt gern, quetscht gern. Sie ißt. Hände essen. Sie ist be-

deckt mit Pisse und Scheiße, ja, mit noch Schlimmerem. Das alles faßt sie gern an, beschmiert sich gern damit.«

»Und was hat er getan?«

Donald lachte ganz leise. »Sie wissen, was er getan hat.«

»Hat er die Hand abgeschnitten?«

»So wird man den Dreck los. Die linke Hand ist die böse Hand. Er mußte sie ja saubermachen, mußte all die Mädchen saubermachen.«

»Und Megs Hand?«

»Alle Hände sind zusammen.«

Ein hohles Pochen ertönte, und entsetzt sah Franklin, daß Donald auf seinen Diplomatenkoffer klopfte.

»Sind sie da drin?« flüsterte Franklin.

Donald schnalzte leise mit der Zunge. »Soll ich sie Ihnen zeigen?«

Franklin versuchte, nicht weiter an den Diplomatenkoffer zu denken, aber seine Gedanken wollten sich nirgendwoanders hinführen lassen.

»Wieso die anderen Mädchen?« fragte er.

»Möchten Sie die Hände nicht sehen?« wisperte Donald. Er hob den Diplomatenkoffer hoch und legte ihn sich auf den Schoß. »Es wird Sie lehren, mir zu glauben.«

»Wieso Meg und Karla?« fragte Franklin beharrlich.

»Die waren nicht besser«, sagte Donald. »Sie kamen in die Apotheke. Mein Bruder sah, wie sie waren. Sie hatten schmutzige Gedanken. Sie streckten ihre kleinen Brüste vor, ihre kleinen Tittis. Ich konnte sie sehen. Sie haben gelacht und geflirtet. Sie haben ihre nackten Beine gezeigt. Und sie wollten auch kleine Jungen anfassen. Außerdem war Sharon einsam. Allen mußte ihr Gesellschaft beschaffen, Mädchen, die genauso böse waren wie sie. Mädchen mit Pelz. Aber er wollte ihnen nicht weh tun. Er wollte sie bessern.«

»Und wie hat er sie bekommen?«

»Mit dem Auto; er hat neben ihnen angehalten und sie gequetscht und sie dann in den Kofferraum gelegt.«

»Warum sind sie nicht weggerannt?«

»Warum sollten sie? Das Auto hatte orangegelbe Dreiecke an den Türen. Er war ein Freund.«

»Und Sadie?« Franklin konnte den Namen kaum aussprechen. Er war so groß, und er erfüllte ihn mit Trauer.
»Sie ist böse. Sie kam in die Apotheke. Sie hatte sich verletzt, und ich mußte ihr Bein anfassen. Aaron war bei ihr, und sie stellten Fragen. Aber sie tat nur so, als ob sie sich verletzt hatte. Sie wollte, daß ich ihr Bein anfasse. Sie trug einen Ring mit einer Taube. Aaron muß sie so böse gemacht haben. Er wollte, daß sie wurde wie Janice.«
»Aber Allen hat sie nicht geholt?«
»Er hat es versucht. Ich will nicht darüber reden.«
Es war nicht ganz Hoffnung, was Franklin plötzlich verspürte; eher war es, als nehme ein offener Raum vor ihm Gestalt an, und in diesem Raum stand Sadie. »Er hat Sadie also nicht geholt?«
Donald hob die Stimme. »Ich habe doch gesagt, ich will nicht darüber reden!« Er schwieg, und als er weitersprach, klang er ruhiger.
»Die Mädchen lieben einander, und sie lieben ihren Dreck. Haben Sie gesehen, wie sie lächeln? Sie glauben doch nicht, daß es ein echtes Lächeln ist, oder? Allen dachte, niemand würde es herausfinden. Er dachte, nur meine Mutter wüßte Bescheid. Aber er ist schlecht. Hatte er etwa keine schlechte Tochter? Und sie hatte es von ihm. Jetzt hat mein Bruder eine Kirche mit drei Mädchen gebaut. Man könnte glauben, sie wären tot, aber sie sind es nicht. Sie bewegen sich, und sie glänzen. Sie funkeln im Licht. All die dreckigen Wörter sind saubergemacht. Sie wissen doch, daß es gute und schlechte Zahlen gibt, nicht wahr? Alle guten Zahlen beschützen sie. Mein Bruder betet da. Er will sie bessern, aber die Schlechtigkeit durchdringt ihn bis zum Grund. Nicht einmal mit Messern könnte man ihn sauber schaben. Ich sollte es der Polizei sagen. Aber er ist mein Bruder. Ich habe ihn zu lieben.«
»Und Jaime Rose?« fragte Franklin und schrieb Jaimes Namen auf seinen Notizblock.
»Er war wie Janice. Diese Leute – ihre Gesichter sind Masken. Sie lächeln und sehen glücklich aus. Sie tun, als ob sie einen gern hätten. Aber wissen Sie, wie häßlich der Schädel ist, wenn man die Haut fortnimmt? Dann sieht man die Zähne. So sehen ihre wirklichen Gesichter aus. Mein Bruder hat ihn erledigt, jawohl. Jaime hat Allen in die Hose gefaßt. Er hat Allens kleinen Jungen gequetscht, und er wollte es wei-

tererzählen. Das durfte Allen nicht erlauben; er hat ihn in den Schönheitssalon zurückgebracht. Dieser Name, der ist schon fast komisch. Ein Drecksalon ist das, ein Fotzensalon!«
»Und Barry?«
»Oh, der wird bald sterben. Er hat es erzählt, nachdem ich ihm erklärt hatte, daß er es nicht dürfte, daß es unrecht wäre, etwas zu erzählen. Man muß ihn lehren, das Maul zu halten. Aber das macht mein Bruder. Das kann er gut.«
»Aber Allen ist gefährlich.«
Donald kicherte. »O ja, er ist sehr gefährlich.«
»Man muß dafür sorgen, daß er aufhört.«
»Oh, da stimme ich Ihnen zu. Er hat sich schmutzig gemacht, sehr schmutzig.« Donald schwieg einen Moment. »Es ist kalt, aber nicht zu kalt, was meinen Sie? Wenn Allen erst weg ist und die andern weg sind, dann wird es schon besser werden. Wir haben nicht viel Zeit. Ist es nicht schrecklich, dieses Gehetze? Wir müssen wieder für Stille sorgen. Die Leute haben Angst vor dem Tod, aber zu Unrecht. Der Tod ist sehr still. Die Mädchen sitzen so still da. Manchmal denke ich, sie beten.«
»Sie sollten mit der Polizei sprechen.«
Donald lachte. »Die werden mir nie glauben, daß er es war. Wissen Sie, es sah ja immer so aus, als wäre er der Gute. Er war so gut in der Schule. Aber ich habe ihn gesehen, wenn er schlief, wenn er mit den Zähnen knirschte. Ich habe ihn beobachtet, wenn er nicht wußte, daß ich ihn beobachtete.«
»Sie sollten mit Ryan Tavich sprechen.«
»Sie wollen mich austricksen«, sagte Donald.
»Nein«, sagte Franklin. »Ich bin Ihr Freund.«
»Sie tun, als ob Sie schreiben, aber Sie schreiben überhaupt nicht.« Donald riß Franklin den Block vom Knie und richtete die Taschenlampe darauf. Es war nur Gekritzel auf dem Papier, halbe Buchstaben.
»Sie machen sich über mich lustig!« schrie Donald und schleuderte den Block in den Schnee.
»Ich habe alles im Kopf«, sagte Franklin. »Ich schreibe es später auf.«
Donald machte ein zischendes Geräusch. »Wenn ich Ihnen die Hände

zeige, dann werden Sie mir schon glauben. Dann werden Sie sehen, wie böse sie sind.«
»Ich glaube Ihnen.« Franklin war verzweifelt. »Ich habe alles verstanden.« Er hörte ein Klicken, dann noch eins. Die Schließen an dem Diplomatenkoffer sprangen auf.
»Hier, schauen Sie!« sagte Donald.
Franklin wollte sich wegdrehen und stemmte sein gesundes Bein gegen den Boden. Donald hielt die Taschenlampe in der einen Hand und etwas Furchtbares in der anderen. Zunächst glaubte Franklin, was Donald ihm da zeigte, sei eine Wurzel – sie war dunkel, und es hingen kleinere Wurzeln daran. Dann sah er die Fingernägel, ihre rötliche Farbe. Donald hob sie ihm entgegen, vors Gesicht. Franklin fuhr zurück und stieß die Pistole zu Boden. Dann sprang er nach vorn, zur Hütte hinaus, hielt sich an der Wand fest, stieß sich mit dem gesunden Bein ab, quer über den Pfad. Er stolperte gegen einen Baum, fiel auf den Bauch, fing an, durch den Schnee zu kriechen. Der Strahl von Donalds Taschenlampe fuhr über ihm durch die Luft. Franklin kroch zwischen die Bäume, kroch über einen Stamm hinweg und sackte zusammen. Er hörte Donald lachen.
»Ich bin froh, daß wir dieses Gespräch geführt haben«, rief Donald. Der Lichtstrahl schwenkte über Franklin hin und her, verharrte aber nicht auf ihm.
»Sadie ist ein hübscher Name«, rief Donald. »Ich bin sicher, wir werden sie finden.«

43

Donald kam oben beim Parkplatz aus dem Wald. Ein Bus der Heilsarmee war aus Utica gekommen, und eine Frau in einer dunklen Uniform verteilte Becher mit Kaffee. Für die andern mußte Donald aussehen wie einer von denen, die den Wald durchstöbert hatten. Er blieb nicht stehen, sondern lief quer über den Parkplatz zum Rodelhang. Das war der kürzeste Weg in die Stadt.
Ryan sah ihn den Hang herunterkommen. Besser gesagt, er sah einen Mann mit einem Diplomatenkoffer, und er sah die gelben Gummistiefel. Er wußte, daß es Donald war. Donald hatte eine Art zu laufen – vorgebeugt und ohne die Beine zu strecken –, die Ryan an ein Tier erinnerte. Donalds Taschenlampe warf einen Keil aus Licht vor ihm auf den Schnee. Ryan wollte mit Chuck Hawley quer über den Hang zu Aaron, der anscheinend eben aufgetaucht war. Ryan hielt es für möglich, daß Aaron etwas über Sadie wußte. Aber dann stoppte er und wandte sich Donald zu.
»Das ist Donald Malloy«, sagte Chuck.
»Hey!« rief Ryan und trabte auf Donald zu. Er wollte ihn fragen, was Dr. Malloy gesagt hatte; außerdem machte der Diplomatenkoffer ihn neugierig. Er wollte einen Blick hineinwerfen.
Donald blieb auf dem Hang stehen. Er knipste seine Lampe aus und steckte sie in die Manteltasche. Dann stand er da und schaute Ryan entgegen, und den Diplomatenkoffer hielt er sich mit beiden Händen vor den Bauch. Sein Hut war auf dem Kopf nach hinten geschoben. Wie er so oben am Hang stand, sah er riesig aus. Als Ryan näherkam, sah er, daß Donald grinste. Ryan richtete seine Lampe auf ihn und sah gerade noch, wie Donald die rechte Hand hinter dem Koffer hervornahm. Als er Donalds Pistole erblickte, glaubte er im ersten Moment, er habe sich getäuscht. Deshalb zögerte er einen Augenblick. Dann sprang er, und

Donald schoß. Ein Ruck durchfuhr ihn, und es war, als habe ihm jemand einen Tritt versetzt. Seine Lampe flog durch die Luft. Ein zweiter Schuß fiel. Ryan flog in den Schnee und rollte zur Seite. Er wollte seine Pistole ziehen, aber keiner seiner Muskeln tat, was er sollte.

Aaron war auf halber Höhe des Hanges, als er den Schuß hörte. Er sah jemanden fallen, aber er wußte nicht, daß es Ryan war. Dann knallte ein zweiter Schuß. Er fing an, bergauf zu laufen. Vor ihm war Chuck Hawley; er starrte zu Donald hinauf und zerrte seine Pistole aus dem Halfter.

»Donald!« schrie Chuck. Dann feuerte er: ein-, zwei-, dreimal.

Donald Malloy wandte sich ab und rannte zurück, den Hügel hinauf. Oben standen ein paar Bäume; Donald verschwand dahinter. Er blieb stehen und schoß herunter. Aaron sah, wie die Männer an dem großen Feuer erstarrten und sich dann zu Boden warfen. Er kam nicht auf den Gedanken, daß er getroffen werden könnte. Er sah, wie Chuck auf den Mann zulief, der da rücklings im Schnee lag, und eilte ihm nach. Die Taschenlampe des Mannes brannte noch; sie steckte im Schnee wie eine Fackel. Das keilförmige Dreieck des Lichtstrahls schien die tiefhängenden Wolken zu streifen. Erst als Aaron die Taschenlampe erreicht hatte und zu Chuck hinüberschaute, erkannte er, daß der Mann am Boden Ryan Tavich war.

»Scheiße«, sagte Chuck. »Scheiße, Scheiße.« Er kauerte am Boden neben Ryan, der sich dort wand.

Aaron packte die Taschenlampe und rannte bergauf hinter Donald her, der eben den Gipfel der Anhöhe erreicht hatte. Von oben ertönten Rufe. Aaron rutschte aus, fand sein Gleichgewicht aber wieder. Als er am Parkplatz ankam, sah er mehrere Männer, die ihm entgegenliefen. Es mochten um die zwanzig sei, aber Donald sah er nirgends.

»Ist es Leimbach?« rief jemand.

»Wo ist Donald Malloy?« fragte Aaron. Er sah den Bus der Heilsarmee und die Frau darin, die zu ihm herausstarrte. Mehrere Polizisten hatten ihre Waffen gezogen. Leute liefen in verschiedenen Richtungen davon. Ein Mann, den er noch nie gesehen hatte, hielt ihn beim Arm fest und schrie: »Wer ist tot?«

Aaron deutete den Hang hinunter und riß sich los. Er rannte auf den

Waldrand zu. Ein kleines Schild zeigte das Piktogramm eines Langläufers und einen Richtungspfeil. Aarons Lichtstrahl strich darüber hinweg, und er dachte an Donald Malloy, der jetzt vor ihm den Pfad entlanglief. Er wußte, daß Donald die Affäre mit Barry Sanders gehabt hatte, und er wußte jetzt auch, daß Donald seine Mutter ermordet hatte. »Akademiker« hatte er sich genannt. Aaron sehnte sich so sehr danach, ihm weh zu tun, daß er den Geschmack von Eisen auf der Zunge spürte. Er rannte so schnell, daß er immer wieder ausrutschte, und einmal fiel er hin.

Aaron rannte den Pfad entlang und schwenkte die Taschenlampe hin und her, um sicherzugehen, daß er keine Fußspuren übersah, die womöglich seitwärts in den Wald hineinführten. Da waren nur die parallelen Spuren von Langlaufskiern, überlagert von schweren Fußabdrücken. Allmählich befürchtete er, Donald sei gar nicht vor ihm, und er habe ihn verloren. Aaron blieb stehen und lauschte. Weiter vorn hörte er jemanden rufen.

»Hey! Ist da jemand?«

Aaron erkannte die Stimme nicht; er lief eilig weiter, rannte aber nicht mehr. Er fragte sich, ob es ein Trick sein sollte, aber er wußte nicht, wozu solch ein Trick gut sein sollte. Er stellte sich vor, daß Donald ihm entkommen könnte und wie schrecklich das sein würde. Es hatte angefangen zu schneien; dicke Flocken wehten durch den Lichtstrahl seiner Taschenlampe.

»Hey! Helfen Sie mir!«

Noch bevor Aaron die verschwommene Gestalt erblickte, die vor ihm auf dem Weg stand, erkannte er Franklins Stimme. Ihm fiel plötzlich ein, daß Franklin sein Schwager war, und bei dem Gedanken fuhr er schmerzlich zusammen, nicht aus Abneigung, sondern eher peinlich berührt.

»Hilfe!« rief Franklin. Er sah Aarons Licht herankommen.

Aaron hielt den Lichtstrahl auf Franklins Gesicht gerichtet, so daß Franklin gezwungen war, sich abzuwenden. Er stand auf einem Bein. Wie eine Ente, dachte Aaron.

»Franklin«, sagte er.

Franklin hob die Hand, um seine Augen vor dem Licht zu schützen.

Mit der anderen Hand hielt er sich an einem Baum fest. »Aaron? Ich habe mir den Knöchel verstaucht. Ich kann nicht laufen.«
Aaron kam näher. »Donald Malloy hat auf Ryan geschossen«, sagte er.
»O Gott, hat er ihn umgebracht?« Franklin taumelte und mußte sich mit beiden Hände am Baum festhalten.
»Glaube ich nicht. Malloy ist in den Wald gelaufen.«
»Er sucht Sadie. Wir müssen ihn finden«, sagte Franklin voller Panik.
»Sadie findet er nicht.« Aaron senkte die Lampe. »Die habe ich.«
Aaron hatte Sadie ins Aurelius Motel gebracht. Harriet war bei ihr. Er hatte es getan, um Sadie zu beschützen. Er hatte gehofft, daß die Kartons mit den Händen den Mörder ans Licht treiben würden, aber vorher hatte er Sadie in Sicherheit bringen wollen. Und dann war er auf die Idee gekommen, ihr Verschwinden wie einen weiteren Entführungsfall aussehen zu lassen. Würde das den Täter nicht provozieren und ihn glauben lassen, jemand anders bemächtige sich unbefugt seines Verbrechens? Nachdem Barry ihm von seiner kurzen Beziehung zu Donald erzählt und ihm beschrieben hatte, wie Donald ihm angst gemacht hatte, war Aaron so gut wie sicher gewesen, daß Donald seine Mutter ermordet und die Mädchen entführt hatte. Aber ein Rest Unsicherheit war geblieben, und deshalb hatte er den Täter zwingen wollen, zu handeln und sich zu offenbaren, damit kein Zweifel an seiner Schuld mehr bestehen konnte.
»Aber jemand hat gesehen, wie sie in den Park getragen wurde. Sie haben die Polizei gerufen. Ist sie denn wirklich in Sicherheit?«
»Das habe ich doch gerade gesagt.« Aaron war wütend auf seinen Schwager.
»Du mußt mir den Berg hinunterhelfen.«
»Ich muß Malloy finden.«
Franklin packte Aarons Arm und hätte fast das Gleichgewicht verloren. »Aaron, ich sterbe hier oben. Ich werde erfrieren.«
»Er hat meine Mutter ermordet.« Aarons Stimme war ausdruckslos, als verlese er den Wetterbericht.
Franklin schwieg. Dann sagte er: »Ich weiß.«
»Drecksau«, sagte Aaron und riß sich los.

Franklin sackte stöhnend zu Boden. Aaron stand reglos da, die Lampe auf Franklin gerichtet. Keiner der beiden sagte etwas. Franklin versuchte sich aufzurichten. Sein Lammfellmantel war schneebedeckt, und er hatte Schnee in den Haaren.
Aaron dachte daran, ihn hier liegenzulassen. Er stellte sich vor, wie Franklin zu einem Eisblock gefror und wie er hinfiel und in tausend Stücke zersprang.
Er beugte sich vor und packte Franklins Handgelenk. »Zieh schon«, sagte er. Franklin zog sich auf sein linkes Bein hoch, und Aaron schlang ihm den Arm um die Taille. »Leg den Arm um meine Schulter«, sagte er.
Franklin hängte sich an Aarons Schulter und humpelte vorwärts. Sie kamen langsam voran, aber sie blieben in Bewegung.
»Ich wollte Ryan schon mal selbst umbringen«, sagte Aaron, »aber ich war nicht sicher.«
Sie brauchten zehn Minuten, um aus dem Wald zu kommen. Sie begegneten niemandem, aber am Rande des Parks stießen sie auf zwei Mann von der State Police. Der Heilsarmeebus war weg. Die Polizisten halfen Franklin den Hang hinunter. Aaron sah ihnen nach, verfolgte die hüpfenden Lichter. Er dachte daran, daß er Donald hatte entkommen lassen, und versuchte sich einzureden, daß es so am besten sei. Und er stellte sich vor, wie Donald vor Gericht stand. Aber es war nicht Strafe genug.

Donald Malloy rannte nur durch eine Ecke des Waldes und war nach kurzer Zeit schon wieder auf der Straße. Es muß ihn erheitert haben, sich vorzustellen, wie die Polizei den Wald durchsuchte, während er hier durch den Weg zwischen Juniper und Spruce Street rannte. Er hielt seine Pistole in der einen Hand, den Diplomatenkoffer in der anderen. Sein dunkelbrauner Mantel reichte bis knapp über die Knie. Der Hut, den er getragen hatte, war verlorengegangen. Auf der Straße waren Autos unterwegs, aber der Weg zwischen den beiden Straßen war leer. Im Laufe des letzten Monats hatte er die Wege und Gärten von Aurelius gründlich kennengelernt.
Donald betrat Barry Sanders' Garten von der Rückseite her und war-

tete an der Hausecke, bis er sich vergewissert hatte, daß niemand in der Nähe war. Es schneite wieder. Nach zwei Minuten war die Straße leer. Er muß gewußt haben, daß die Polizei nach ihm suchte und daß sein Name aus allen Radios kam. Er stieg seitlich über das Geländer und überquerte mit schweren Schritten die Veranda. Dann hämmerte er an die Tür.

Als Mrs. Sanders sie einen Spaltbreit öffnete, stemmte Donald die Schulter dagegen, stieß sie beiseite und trat in die Diele.

»Wo ist Ihr Sohn?« fuhr er sie an. In seinen dünnen, rötlich-blonden Haaren war Schnee.

»Raus mit Ihnen«, sagte Mrs. Sanders. »Verlassen Sie sofort mein Haus.«

Donald schlug ihr mit der Pistole hart gegen die Wange, und sie taumelte zurück. »Wo ist Barry? Wo ist er?« Er schrie mit hoher, fast quiekender Stimme.

»Er ist nicht hier.« Mrs. Sanders kniete am Boden und berührte ihr blutendes Gesicht.

»Sie lügen! Wissen Sie nicht, wie verdorben er ist?«

»Er ist nicht hier«, wiederholte Mrs. Sanders und versuchte auf die Beine zu kommen.

Donald schlug sie noch einmal mit der Pistole, und sie fiel wieder auf die Knie. »Wissen Sie nicht, wie ungezogen es ist, wenn man lügt? Dafür können Sie bestraft werden. Wissen Sie nicht, daß ich für das Bestrafen zuständig bin? Schauen Sie!« Er kniete neben ihr nieder, nahm einen kleinen Schlüssel aus der Tasche und schloß seinen Diplomatenkoffer auf. Die beiden blanken Schließen klickten auf.

Als Mrs. Sanders die Hände sah, fing sie an zu schreien.

Donald klappte den Koffer zu und lief ins Wohnzimmer. »Barry!« rief er. »Ich komme!«

Barry war oben. Er rannte ins Bad und schloß sich ein. Donald hatte etwas gehört; er lief die Treppe hinauf. Mrs. Sanders schrie weiter. Barry nahm an, daß sie verletzt sei; er wollte ihr helfen, aber er hatte zuviel Angst. Er versteckte sich in der Dusche, zog den Vorhang vor, preßte die Augen zu und wünschte, er könnte sich unsichtbar machen.

»Barry, du bist ein böser Junge!« schrie Donald. Türen knallten, wäh-

rend er Zimmer für Zimmer absuchte. »Ich mache dich sauber! Ich mache dich zu einer Kirche!«
Barry sprang aus der Dusche und stürzte zum Fenster. Donald wollte die Badezimmertür aufreißen, aber sie war abgeschlossen.
»Barry, ich will dir nicht weh tun. Du mußt geheilt und gebessert werden.«
Barry rüttelte am Badezimmerfenster, aber es klemmte. Vor dem Fenster lag das Dach der Seitenveranda.
»Mach die Tür auf, Barry, und ich tu dir nur ein bißchen weh.« Donald warf sich mit seinem ganzen Gewicht gegen die Tür, daß das Holz knackte. Er grunzte, und dann trat er gegen die Tür und brach das untere Geviert heraus. Barry sah den großen gelben Gummistiefel.
Im Badezimmer stand ein Schemel, auf den seine Mutter sich manchmal setzte, um sich vor dem Spiegel das Haar zu bürsten. Barry hob ihn hoch und zerschmetterte damit die Fensterscheibe.
»Barry!« kreischte Donald. »Ich werde dir schrecklich weh tun müssen!« Wieder warf er sich gegen die Tür, aber sie hielt noch, und er versuchte es zum drittenmal. Dann hob er die Pistole und schoß durch die Tür. Die Kugel prallte vom Waschbecken ab. »Barry, du bist sehr unartig!«
Aber Barry war schon draußen auf dem Verandadach. Er kroch bis zum Rand und schaute hinunter. Bis zum Boden waren es fast fünf Meter. Barry setzte sich auf die Kante und ließ die Beine hinunterbaumeln. Der Wind blies ihn an, und er fror. Er versuchte sich zum Sprung zu zwingen, aber es ging nicht. Dann hörte er, wie die Badezimmertür krachend aufflog, als Donald sich erneut dagegenwarf. Er drehte sich um und sah die massige Gestalt ins Bad taumeln. Und Barry sprang. Mit angezogenen Knien traf er unten auf; er rollte zur Seite, und jeder Knochen im Leib tat ihm weh, aber er konnte sich hochrappeln.
»Barry!« schrie Donald. Er hing halb aus dem Fenster. Schneeflocken wehten ihm ins Gesicht.
Barry rannte.
Donald sprang nicht. Er lief die Treppe hinunter und zur Vordertür hinaus. Mrs. Sanders hatte sich in der Küche versteckt; sie hörte nur, wie die Tür zuflog. Donald hetzte durch den Vorgarten. Er folgte Barrys

Fußspuren, aber sie verloren sich auf der Straße. Barry war inzwischen an der nächsten Querstraße angekommen und flüchtete durch einen Garten zu dem Weg zwischen den Häusern.

Donald lief durch die Vorgärten in Richtung Stadtmitte. Seine Fußspuren verliefen in gerader Linie durch den Schnee. Es war nicht klar, wohin er wollte. Später vermuteten einige Leute, er habe zum Polizeirevier gewollt. Andere meinten, er wollte zum Laden der »Freunde«, wo sein Auto parkte. Mehrere Leute sahen ihn durch ihre Vorgärten laufen. Sie sagten, er sei vornübergebeugt gelaufen, als folge er einer Spur. Er habe riesenhaft ausgesehen, weil sein Mantel offen war und sich um ihn herum blähte. Sie erwähnten auch den Diplomatenkoffer, der gegen sein Knie geschlagen sei.

Sheila Murphy stand im Eingang von Bud's Tavern. Sie hatte keine Gäste außer dem betrunkenen Tommy Sheperd, und sie war vor die Tür gegangen, um den Schnee zu betrachten. Sie fragte sich, wo alle Welt stecken mochte. Da sah sie einen Mann, der die Straße heruntergelaufen kam, halb vornübergebeugt, »als ob er einer Witterung folgte«, sagte sie. Sie erkannte Donald. Die Straße war voller Matsch, aber es schneite jetzt heftig darüber.

Dann sah Sheila einen Pickup, der hinter Donald die Straße herunterkam. Mit schmalen Augen spähte sie in die hochgelegten Scheinwerfer. Das Licht streifte Donald, und der Fahrer trat jäh auf die Bremse, so daß der Laster seitwärts rutschte, bis er mit dem Hinterrad an den Randstein prallte.

Der Fahrer öffnete die Tür und stieg aus. Langsam nahm er ein Gewehr von der Halterung hinter dem Sitz. Seine Bewegungen waren ohne Hast. Er hatte die Fahrertür offen und das Licht eingeschaltet gelassen. Die Schneeflocken wirkten riesig vor den hochstehenden Scheinwerfern. Sheila konnte das Gesicht des Mannes nicht erkennen; das Schneetreiben war zu dicht. Sie rief in die Bar: »Hey, Bud, da ist ein Typ mit 'nem Gewehr. Ruf die Polizei!« Dann lief sie auf die Straße hinaus und rieb sich dabei die Arme, um die Kälte zu vertreiben.

Donald Malloy lief die Main Street hinunter zur City Hall und auf das Bürgerkriegsdenkmal zu, wo der Bronzesoldat mit Muskete und Bajonett strammstand. Auf dem Obelisken standen die Namen der Männer

von Aurelius, die im Krieg gekämpft hatten. Die Namen der Gefallenen waren mit einem bronzenen Stern markiert. Es sah aus, als ob der Schnee in Spiralen um das Denkmal herumwirbelte.
Donald blieb für einen Moment stehen, um zu Atem zu kommen. Im selben Augenblick hob der Mann aus dem Pickup sein Gewehr an die Schulter. Der Schuß, vom Schnee gedämpft, war ein dumpfer Knall. Donald wankte, wollte fallen und hielt sich dann am Bein des Bronzesoldaten fest. Er drehte sich zu dem Mann um, der auf ihn geschossen hatte. Er tat einen Schritt vorwärts und wollte etwas sagen. Der andere Mann hielt das Gewehr an der Schulter, als wolle er ein zweitesmal schießen. Donald blieb stehen und verharrte regungslos. Dann schüttelte er den Kopf – mehr um ihn zu klären, als um Widerspruch kundzutun.
Er stand neben dem Denkmal, und der Schnee wirbelte um ihn herum. Sein Kopf schien zwischen die Schultern zu sinken, und in seinem Mantel sah er breit und rechteckig aus. »Wie ein Sarg«, sagte Sheila. Er wandte sich ab und ging den Gehweg entlang. Er ging nicht gerade. Der Mann mit dem Gewehr nahm ihn aufs Korn. Er hätte Donald den Kopf abschießen können, aber er drückte nicht ab, sondern ließ das Gewehr langsam sinken und ging ihm nach, die Straße hinunter. Sheila folgte den beiden.
Donald taumelte ein paar Schritte weiter und fiel dann auf die Knie. Er warf die Pistole weg; sie rutschte durch den Schnee. Er beugte sich kniend nach vorn und drückte die Stirn in den Schnee. So blieb er einen Augenblick lang. Dann wühlte er ohne Hast in seinen Taschen und holte einen Schlüssel hervor. Er schob ihn in das Schloß an seinem Diplomatenkoffer. Die Schließen schnappten mit einem kleinen Blitz auf. Er klappte den Deckel auf, und Sheila hatte den Eindruck, es sei ein viereckiges Stück Metall, was er herausnahm. Das Licht blinkte auf der Oberfläche. Dann sah Sheila, daß es ein Metzgerbeil war. Donald hob das Beil über die Schulter. Seine linke Hand und der Unterarm lagen flach auf dem verschneiten Gehweg. Er hielt das Beil hoch über den Kopf. Vier Autos hielten vor dem Denkmal; eins war ein Polizeiwagen. Unvermittelt ließ Donald das Fleischerbeil auf sein Handgelenk niedersausen. Sein ganzer Körper bäumte sich auf, und er riß den

Kopf in den Nacken, so daß er senkrecht zum Himmel starrte. Seine gelben Stiefel zuckten. Blut spritzte in den Schnee. Langsam hob er das Beil noch einmal und schlug auf sein Handgelenk, und dann noch ein drittesmal. Sheila kreischte. Donalds Hand rollte in den Schnee. Blut schoß im hohen Bogen aus dem Handgelenk und färbte den Schnee rot. Donald kam taumelnd auf die Beine und ließ das Fleischerbeil fallen.

»Malloy!« schrie jemand.

Donald schien ihn nicht zu hören. Behutsam hob er die abgehackte Hand auf, wischte an seinem Mantel den Schnee ab und legte die Hand in seinen Diplomatenkoffer. Dann klappte er den Deckel zu. Sheila hörte, wie die Verschlüsse klickten. Das Blut strömte weiter aus seinem Handgelenk in den Schnee. Donald richtete sich auf und wich einen Schritt weit vor den Männern zurück, die jetzt aus den Autos stiegen. Sein Armstumpf baumelte blutspritzend an der Seite. Die Männer setzten sich in Bewegung. Donald machte noch einen Schritt. Dann blieb er leicht schwankend stehen, schaute zu den weißen Flocken hinauf, die durch den Lichtkreis der Straßenlaterne wehten, und fiel plötzlich vornüber aufs Gesicht. Rote Tropfen sprühten im Halbkreis und malten einen Bogen in den frischen Schnee.

Die Männer auf der Straße fingen an zu laufen, aber Dr. Malloy erreichte ihn als erster. Er blieb vor dem Diplomatenkoffer stehen und hob den Deckel mit dem Gewehrlauf hoch. Vier Hände lagen auf einem Kissen, von einem Gummiband gehalten. Eine fünfte Hand, Donalds, lag quer darüber. Von Donalds Hand abgesehen sahen sie kaum noch menschlich aus. Die Finger waren gekrümmt, als wollten sie etwas umfassen, einen Ball oder einen Lufthauch. Die älteste Hand war dunkelbraun und skeletthaft, und die Haut sah aus wie Leder. Die Fingernägel waren in stumpfem Rot lackiert. Die jüngste Hand war noch halbwegs fleischfarben. Sie sah aus wie eine Kinderhand, während die anderen knorrig und trocken waren: Affenhände. Die Haut an den Handgelenken war runzlig gekräuselt. Malloys große Hand war dagegen hellrosa und sah verglichen mit den anderen absurd gesund aus. Sie lag wie eine weiche Wurzel auf den anderen. Blut quoll aus dem Stumpf auf den roten Samt.

Allen Malloy starrte immer noch auf die Hände, als die anderen Männer zu ihm traten.
»Was ist das?« fragte Sheila Murphy. »Was ist das?« Sie drängte sich nach vorn, um besser sehen zu können.
»Dr. Malloy«, sagte jemand, der von hinten herankam. Es war Captain Percy.
Der Arzt drehte sich um und wischte sich die Schneeflocken aus dem Gesicht. Er wirkte überrascht, als er die anderen Leute sah. Langsam reichte er Percy sein Gewehr.

44

So sahen sie aus: Drei tote Mädchen, die aufgerichtet auf drei Stühlen saßen. Die Vierzehnjährige saß in der Mitte. Sie war um einen halben Kopf größer als die anderen. Die beiden Dreizehnjährigen saßen rechts und links neben ihr. Über die Brust eines jeden Mädchens spannte sich x-förmig ein Seil bis über die Schultern und um die Taille herum, auf dem Rücken verknotet. Alle drei Mädchen waren barfuß und mit den Fußknöcheln an die Stuhlbeine gefesselt.
Donald Malloy hatte den Dachboden verschlossen; er hatte Tür und Rahmen entfernt und eine Rigipsplatte vor die Öffnung gelegt. Dann hatte er die Wand tapeziert, so daß man in der Diele im ersten Stock nicht mehr erkennen konnte, daß sich hier einmal eine Tür befunden hatte. Die Tapete war hellblau mit kleinen dunkelblauen Blumensträußen. Die Sträußchen waren umrahmt von gelben Butterblumenketten, die ein diagonales Muster wie in einem Maschendrahtzaun bildeten.
Es war Dr. Malloy, der die Falltür im Wandschrank gefunden hatte, als er am Abend ins Haus eingedrungen war, und er sah den Dachboden als erster. Danach trat er die Rigipswand heraus, so daß die Polizei die Treppe hinaufsteigen konnte. In seiner Wut trat er hart dagegen, und die Splitter flogen weit in den Gang hinaus. Danach hatte er sich auf die Suche nach Donald gemacht.
Chuck Hawley machte für die Polizei Fotos vom Dachboden. Er sagt, er braucht die Bilder gar nicht wiederzusehen, um zu wissen, was drauf ist. Er sagt, er sieht sie sowieso die ganze Zeit vor sich. Drei tote Mädchen, die aufrecht auf drei Stühlen saßen.
Im Lincoln Park wurde ein Denkmal für die Mädchen aufgestellt. Im Frühjahr wurde es enthüllt. Ein viereckiger Obsidianklotz, drei Meter hoch, einen Meter dick, mit Namen und Geburts- und Todesdaten der Mädchen auf allen vier Seiten. Bei der Einweihung war die halbe Stadt

da, und ich auch. Bernie Kowalski hielt eine Rede. Father Murray von St. Mary sprach ebenfalls, und zwar ziemlich lange, und die Leute hatten Mühe, der Ansprache zu folgen. Nichts von dem, was die beiden sagten, machte irgend etwas besser. Die Eltern der toten Mädchen bekamen auch Gelegenheit, etwas zu sagen, aber sie wollten nicht. Ralph Shiller meinte, er sei froh, daß alles vorbei sei, aber er wollte nicht vor so vielen Leuten sprechen. Paul Leimbach war da; er ging am Stock. Mike Shiller war auch da, zusammen mit ein paar Freunden von der Post – dieselbe Gruppe, die Leimbachs Haus zertrümmert hatte. Man sollte meinen, daß sie sich schuldbewußt gezeigt hätten, aber das taten sie nicht. Für mich sahen sie immer noch wütend aus, als sei ihre Wut jetzt ein Teil von ihnen und könne nie mehr weggehen. Karlas Vater war ein Mann aus Kalifornien, der seine Tochter noch nie gesehen hatte. Trotzdem machte er den weiten Weg zu uns. Mein Kollege Lou Hendricks meinte, er habe von allen Eltern noch am meisten Glück gehabt, aber viele fanden diesen Gedanken doch zu zynisch.
Aaron McNeal war nicht dabei. Er war da schon nicht mehr in der Stadt. Franklin kam mit Sadie und Paula; er stand in der Mitte und hielt verstohlen alle beide an der Hand. Er sah sehr gut aus in seinem dunklen Tweedanzug. Paula trug ein dunkles Kostüm, und ihr dunkles Haar glänzte. Es war April, aber es war schon ziemlich warm, und die Osterglocken blühten. Ryan Tavich stand auch bei Franklin, aber er würde ebenfalls bald abreisen. Er ließ sich irgendwo im Westen nieder.
Für manche Leute gab es zu viele Erinnerungen, zu viele Dinge, die sie vergessen wollten. Das machte es ihnen schwer, in Aurelius zu bleiben. Dr. Malloy und seine Familie wollten wieder nach Rochester ziehen. Die Tatsache, daß Allen seinen Bruder erschossen hatte, war für unsere Stadt ein zu dicker Brocken. Den eigenen Bruder mit dem Gewehr in den Rücken zu schießen. Und Franklin hatte erzählt, wie Donald seinen Bruder Allen beschuldigt hatte – als hätte Dr. Malloy und nicht Donald die Mädchen ermordet. Manchen Leuten war die Sache immer noch ein Rätsel. Sie schauten Dr. Malloy mit Mißtrauen an. Wie konnte er unter solchen Bedingungen als Arzt arbeiten? Sogar über Paul Leimbach wurde geredet. Und die Tatsache, daß Mike Shiller das Haus der Leimbachs verwüstet hatte – manche verteidigten das. Sie sagten,

Mike habe im richtigen Augenblick das Richtige getan. Es gab so manche Diskussion darüber, sogar harte Worte. Das Mißtrauen ging nicht einfach weg. Es glitt nur wieder dahin zurück, wo es sich sonst auch verbarg. Ich hatte das Gefühl, es würde immer bei uns sein, als könnten wir einander immer nur durch seinen Filter anschauen, durch die gefärbte Linse des Mißtrauens. Deshalb war es eine Lüge, als Bernie Kowalski sagte, wir hätten nun alles hinter uns gebracht. Und dann dieser große schwarze Stein – als ob er das Mißtrauen niederdrücken, es unter der Erde halten könnte. Aber so ging es nicht.

Zum Beispiel Ryans Abschied. Ich denke mir, daß Ryan versuchte, einen Faden zu durchtrennen, daß er versuchte, Janice zu vergessen, die toten Mädchen zu vergessen. Er hatte eine Kugel in die Schulter bekommen. Wenn er die Schulter jetzt bewegt, wird er sich immer an uns erinnern. Er kann Aurelius nicht hinter sich lassen. Es ist in ihm, egal, wohin er geht. Oder Aaron. Das Grab seiner Mutter ist hier. Seine Schwester ist hier. Wenn er irgendwo sitzt und aus dem Fenster schaut und seine Gedanken umherschweifen läßt, wird er dann nicht bald an Aurelius denken? Auch wenn er es haßt? All diese Leute, die sich bemühen, ihr Leben vorwärtsgehen zu lassen – werden die Erinnerungen sie nicht immer wieder festhalten? Und wenn Franklin nachts aufwacht, wird er dann nicht Donalds dünne Stimme im Dunkeln hören, wie er ihm wieder etwas vom Dreck erzählt? Ich bin sicher, daß es schon vorgekommen ist. Ich bin sicher, dann dreht er sich nachts zu Paula um und hält sich an ihr fest.

Für mich zumindest ist die Arbeit ein besseres Heilmittel. Sie ist etwas, dem ich vertrauen kann: ein täglicher Plan, wiederholte Handlungen, die, wie ich mir einbilde, dem öffentlichen Wohl dienen. Ich gebe mehr Unterricht. Ich habe meine Hobbys. Ich verbringe mehr Zeit mit meinen Schülern. Manchmal, so scheint mir, denke ich öfter als früher an sie als Sexualwesen. Nicht, daß ich sie anfassen wollte. Aber ich denke daran, wie Donald im Wald mit Franklin sprach. Wenn man bis auf den Grund eines menschlichen Wesens schauen könnte, was für Wünsche würde man da finden? Und was für Wünsche verbergen sich hinter meinem weißen Hemd und meiner Schleife, unter meinem zivilisierten Furnier?

Donald Malloy hatte lange Zeit mit seinen Wünschen gelebt. Wer weiß, wie er dagegen gekämpft hat? Er muß sie jedesmal in seinem Gesicht gesehen haben, wenn er in den Spiegel schaute. Später erfuhren wir, daß er in seiner Apotheke in Buffalo schon einmal ein Mädchen angefaßt hatte. Er hatte ihre Hand genommen und sie an seinen Genitalien gerieben. Sie hatte es ihren Eltern erzählt, und die hatten ihn zur Rede gestellt. Er hatte sie angefleht, es nicht bekanntzumachen. Er hatte den Eltern des Mädchens versprochen, sich an einen Arzt zu wenden. Er hatte sich bereit erklärt, die Gegend zu verlassen. Er hatte sie beschworen, seine Zukunft nicht zu ruinieren. Niemand hatte davon gewußt, auch nicht sein Bruder. Die Eltern des Mädchens hielten den Mund, bis die Nachricht von seinem Tod in der Zeitung stand. Wie viele Mädchen mochte er außerdem angefaßt haben? Welch grausige Süße fand er in solchen Erlebnissen? Und als er Janice McNeal ermordete, welche Süße fand er da?

Wie muß dieses süße Empfinden zu ihm gesungen haben, und wie unerbittlich muß es gewachsen sein, während es ihn zu immer neuen Risiken verleitete. Ist es möglich, daß diese Stimme in uns allen wohnt und in den meisten nur schweigt? Wenn ich einem Zehntkläßler bei seinen Biologieaufgaben helfe und die Wärme seines Körpers neben mir fühle, die Glut seiner Wangen, höre ich dann nicht auch ein süßes Rufen? Natürlich tue ich nichts. Ich rücke von dem Jungen ab, oder ich schicke ihn zurück an seinen Platz, aber manchmal habe ich doch Phantasien. In meinen Träumen tue ich Dinge, die ich nicht tun sollte. Aber ich bin ein guter Mann. Ich habe eine angesehene Stellung. Ich würde nie etwas Böses tun.

Ich denke an meine Nachbarn. Ich sehe Männer, die auf der Straße jungen Mädchen nachsehen. Oder ich sehe, wie Männer und Frauen gleichermaßen die jungen High-School-Sportler beobachten. Welche Wünsche müssen diese Leute in sich niederhalten? Ist es gut, so zu tun, als hätten wir solche Gefühle nicht? Und der Ort, wo Donald die Sauberkeit anbetete. Ich bin bestimmt nicht der einzige, der sich vorstellt, wie er oben auf seinem Dachboden ist – in seiner Kirche. Fragen sich nicht auch andere, was es für ein Gefühl war, Wünschen nachzugeben, wie er sie hatte?

Die drei Mädchen wurden zu Beginn der Thanksgiving-Woche beerdigt. Ihre Familien hatten beschlossen, einen gemeinsamen Trauergottesdienst in der Kirche von St. Mary zu feiern. Drei gleich aussehende Särge standen vorn in der Kirche, und natürlich war die Kirche rappelvoll. Von überallher kamen Fernseh- und Presseleute. Franklin sagte, es sei ein Zoo. Und eine ganze Meute zog mit zum Homeland-Friedhof. Reden wurden nicht gehalten, und die Bestattung wurde so schlicht wie möglich vollzogen. Der Berg Blumen aus der Kirche wurde nachher zum Krankenhaus und in ein Altenheim gebracht. Bestimmt wurden auch viele in Müllsäcke gestopft und weggeworfen.
Auch Houari Chihani bekam seine Trauerfeier. Am Ende wurden viele solche Tribute abgestattet. Das geschah natürlich für die Lebenden, denn was interessierten sich die Toten dafür? Aaron und Harriet organisierten die Trauerfeier für Chihani Anfang Dezember, und zwar in der Unitarierkirche – ich nehme an, weil sie dachten, daß Chihani gegen diese Kirche noch die wenigsten Einwände gehabt hätte. Tatsächlich war der Raum ja kaum mehr als ein Versammlungssaal. Alle Mitglieder der »Untersuchung der Rechten« waren dabei. Die Studenten sammelten für eine Tafel, die im Flur der Historischen Abteilung aufgehängt wurde. Darauf standen Chihanis Name, sein Geburts- und Todesdatum und das Wort »Lehrer«. Das war alles. Ich bin sicher, nach einer Weile hatten die Leute keine Ahnung mehr, was dahintersteckte.
Donald Malloy wurde auf dem Homeland-Friedhof begraben. Sein Grabstein maß kaum drei Handbreit und lag sehr flach am Boden. Sein Name stand drauf – D. Malloy – und Geburts- und Todestag. Manche Leute wollten nicht, daß er in Homeland begraben wurde, als könne die Anwesenheit seines Leichnams ihre eigenen geliebten Toten vergiften. Ich weiß, daß diese Frage im Stadtrat erörtert wurde. Aber da war Donald schon unter der Erde, und den Leichnam zu exhumieren und woanders hinzuschaffen, hätte unerwünschte Publicity gebracht.
Dr. Malloy, Ryan Tavich und Captain Percy gingen zu Donalds Beerdigung. Sie waren die einzigen. Natürlich hielt Dr. Malloy die Sache auch so gut wie möglich geheim. Ryan arrangierte alles mit Ralph Belmont, dem Bestatter, mit dem er Donnerstags abends Basketball spielte – oder früher gespielt hatte. Die allermeisten Leute wußten von der Beerdi-

gung erst, als sie schon vorbei war. Und Dr. Malloy hatte sie bis zum Dezember hinausgezögert; da waren die drei Mädchen schon beerdigt, und es war ein regnerischer Tag mit Graupelschauern am Nachmittag. Niemand wollte, daß die Fernsehübertragungswagen noch einmal aufkreuzten. Wir hatten die Nase voll vom Ruhm. Nicht, daß es bei dieser Beerdigung nicht auch ein kleines Geheimnis gegeben hätte. Ein kleines Rätsel. Malloys Leichnam war in Belmonts Bestattungsinstitut aufbewahrt worden. Jedermann wußte, daß er da war. Der Leichnam war zurechtgemacht worden, und Donalds abgetrennte Hand lag an seiner Seite. Der geschlossene Sarg stand in einem Kühlschrank; das ist wahrscheinlich nicht die richtige Bezeichnung, aber das Ding hatte eine große, verchromte Tür wie ein Kühlschrank in einem Restaurant.

In der ersten Dezemberwoche, als der Zeitpunkt für Donalds Beerdigung heranrückte, öffnete Ralph Belmont den Sarg und sah, daß die Hand weg war. Zunächst nahm er an, er habe sich geirrt; er durchsuchte den Sarg, aber die Hand war nicht da. Schließlich war ihm klar, daß jemand sie gestohlen hatte. Er erzählte es Ryan – sie waren schließlich befreundet –, aber Dr. Malloy sagte er nichts davon; er hoffte, daß der Arzt den Leichnam seines Bruders nicht noch einmal sehen wollte. Aber Allen hatte nicht den Wunsch, das Gesicht seines Bruders noch einmal zu sehen. Wahrscheinlich ging er nur aus Pflichtgefühl überhaupt noch zur Beerdigung. Aber nein, das stimmt nicht. Er wollte sehen, wie Donald zwei Meter tief in die Erde gelegt und mit Lehm bedeckt wurde, in einer Ecke von Homeland, weit weg von den drei Mädchen. Er wollte sehen, wie sein Bruder zugedeckt und vergessen wurde.

Ryan versuchte herauszufinden, was aus der Hand geworden war, aber er ging sehr umsichtig vor. Er wagte nicht, es allgemein bekannt werden zu lassen, daß die Hand gestohlen worden war. Er wußte, daß es Leute gab, die sagen würden, die Hand sei nicht gestohlen. Sie würden sagen, sie sei entkommen, habe ihre Finger wie kleine Füße benutzt und sei davongekrochen. Die Leute glauben alle möglichen Dummheiten. Also stellte Ryan nur ein paar Fragen, und als er nicht herausbekam, wo die Hand sich befand, hielt er lieber den Mund. Seltsamerweise behauptete Madame Respighi vor ihrer Abreise aus Aurelius,

Donald sei ohne seine Hand begraben worden, aber niemand glaubte ihr. Sie behauptete, sie habe Donalds Hand in einem Glas neben anderen Gläsern schwimmen sehen. Die Leute lachten sie aus. Aber sie hatte Vertrauen in ihre Visionen oder was es sonst sein mochte. Sie ignorierte ihre Kritiker, zuckte mit den Achseln und stieg in den Bus nach Utica oder Syracuse.

Ein Problem war es jedenfalls nicht, die Hand zu stehlen. Der Hintereingang des Bestattungsinstituts war nicht verschlossen und der Kühlschrank auch nicht. Ralph Belmont war donnerstags abends immer mit Franklin und Ryan zusammen, auch wenn sie erst wieder Basketball spielten, als Ryans Schulter verheilt war. Der Deckel auf Donalds Sarg war nicht festgeschraubt. Belmonts Frau hielt sich am anderen Ende des Hauses auf, und was sollte auch einer in einem Bestattungsinstitut stehlen wollen?

Im Tode war Donalds Gesicht so ausdruckslos wie ein fettes Knie. Sein feines Haar klebte am Schädel. Er schien nicht zu schlafen. Er schien nicht zu warten. Sein Leichnam war eine Hülle, eine Schale, weiter nichts. Alle bösen Gedanken waren weg. Seine Kirche der toten Mädchen war aus seinem Gehirn gelöscht. Und ich brauchte nur den Sargdeckel hochzuheben, die Hand herauszunehmen, sie in einen Plastikbeutel zu legen und den Deckel wieder zu schließen. Natürlich hatte ich meine Taschenlampe dabei.

Die Sammlung meiner biologischen Präparate steht jetzt über meinem Schreibtisch: meine Mixed Pickles. Die Frösche, die Ratte, die Schlange, die Augäpfel der Kühe, der Schweinefötus, der menschliche Embryo mit den geschlossenen Augen. Ich zeige sie meinen Schülern nicht mehr. Sie leisten mir auf ihre düstere Art Gesellschaft. Ich frage mich, was die Augäpfel der Kühe gesehen haben mögen und wie das Leben des menschlichen Embryos wohl hätte verlaufen können. Donald Malloys linke Hand steht jetzt auch dabei und wird im Formaldehyd allmählich dunkler. Das Glas steht in der Mitte, auf dem Ehrenplatz zwischen dem Schweinefötus und dem menschlichen Embryo. Für mich ist sie eine Erinnerung an das, was immer da ist, an die Sehnsüchte, die in den Leuten wohnen, an die Sehnsüchte, die wir in uns verbergen. Ich schaue hinauf zu Donalds Hand, die da in der Flüssigkeit schwimmt. Ich betrachte sie als meinen Privatlehrer. Als meine Akademie. Sie unterrichtet mich. Inzwischen sind die rechte Hand und Donalds ganzer Körper verwest, aber die linke Hand ist in Sicherheit. Das Handgelenk ist zwar ausgefranst, aber die Venen und Arterien, die Sehnen und Muskeln sind alle sichtbar, und die Knochen natürlich auch. Manchmal bedaure ich, daß ich sie nicht meinen Schülern zeigen kann; sie macht alles so klar. Ich versuche mir vorzustellen, was diese Finger gefühlt haben, und mich gruselt: die Hälse der drei Mädchen, ihre Zartheit.

Donald Malloy war sehr penibel mit seinen Händen. Ich kann mich erinnern, wie rosig sie aussahen, wenn er mich in seiner Apotheke bediente, und auch an die säuberlich geschnittene Nagelhaut und die polierten Nägel. Manchmal trug er sogar klaren Nagellack. Jetzt deuten die Finger nach unten, und das Handgelenk zeigt nach oben, zum Rand des Glases. Auf dem Handrücken sind nicht viele Haare, nur ein paar Dutzend kurze, rötlich-blonde. Die Finger sind gekrümmt, die Knöchel in der Flüssigkeit dick geschwollen. Der Daumen ist nach außen gestreckt, als wolle er sich allein davonmachen. Der Knochen im Handgelenk leuchtet. Und die Nägel – wie sorgfältig sie geschnitten sind.

Stephen Dobyns

Die zwei Tode der Señora Puccini
Roman
Aus dem Amerikanischen von Bernhard Schmid
Band 14387

Die Kirche der toten Mädchen
Roman
Aus dem Amerikanischen von Rainer Schmidt
Band 14404

Jimmys Fehler
Roman
Aus dem Amerikanischen von Rainer Schmidt
Band 14858

Der Junge im Pool
Roman
Aus dem Amerikanischen von Rainer Schmidt
Band 14884

Sams Falle
Roman
Aus dem Amerikanischen von Gabriele L. Ulrich-Hunter
Band 14547

Fischer Taschenbuch Verlag

fi 1218 / 2